रूपतिल्ली की कथा

रूपतिल्ली की कथा

श्रीप्रकाश मिश्र

लोकभारती प्रकाशन

लोकभारती प्रकाशन
पहली मंजिल, दरबारी बिल्डिंग, महात्मा गाँधी मार्ग
प्रयागराज-211 001
वेबसाइट : www.lokbhartiprakashan.com
ईमेल : info@lokbhartiprakashan.com
शाखाएँ : 1-बी, नेताजी सुभाष मार्ग, दरियागंज
नयी दिल्ली-110 002
अशोक राजपथ, साइंस कॉलेज के सामने
पटना-800 006 (बिहार)
36-ए, शेक्सपियर सरणी
कोलकाता-700 017 (प. बंगाल)

मूल्य : ₹ 600

प्रथम संस्करण : 2006
द्वितीय संस्करण : 2019

आस्था पेपर कन्वर्टर
प्रयागराज द्वारा मुद्रित

ROOPTILLI KI KATHA
by Shriprakash Mishra

ISBN : 978-81-8031-070-1

समर्पण

स्व० डॉ० काली प्रसाद
और स्व० चंद्रानी देवी को

आमुख

यह उपन्यास उन पाठकों को पसंद आयेगा, जिन्हें गप्प पसंद आता है, क्योंकि यह निरा गप्प है। फिर भी यह पूर्वोत्तर भारत की समस्या को, खासकर खासी जनजाति को समझने में वही भूमिका निभायेगा, जो मेरे पिछले उपन्यास 'जहाँ बाँस फूलते हैं' ने मिज़ो लोगों को समझने में निभाया था। अन्तर यह है कि उस उपन्यास का नायक जहाँ एक राजनीतिक समस्या थी, इस उपन्यास का नायक संस्कृति है—एक जाति की एक विशेष कालखंड की संस्कृति, जब उस जाति को अंग्रेजों द्वारा गुलाम बनाया जा रहा था। वह कालखंड 18वीं सदी के कुछ अन्तिम और 19वीं सदी के कुछ आरम्भिक दशकों का है।

इस उपन्यास के प्रकाशन के वक्त उन तमाम व्यक्तियों की याद आ रही है, जिनके साथ इस जीवन को देखा जाना था, जैसे पैट्रिशिया माउरी, रिंडम बहनें आयोना और जूलिया, खसिया कवि स्व० स्टेन, मेरे सहकर्मी मार्खम ड' खार, एडविडिस नानग्रुम, माहम सिंह, जी० जी० स्वेल, ए० सी० पीटर, अखौरी परिवार अजित व नलिनी सिंहा, प्रो० गिरीश प्रसाद सिंह, ए० के० बनिक और उनका परिवार, ए० के० महन्ता और उनका परिवार.....और जाने कितने लोग।

इस उपन्यास का कच्चा तैयार करते वक्त अहमदाबाद में कई लोगों का बड़ा सहयोग मिला था। दफ्तर में मेरे बॉस श्री विश्वरंजन, सहकर्मी ज्योतिप्रकाश पुरोहित और आर० के० रावत, दफ्तर के बाहर कौमुदी राठौर, अवधेश कुमार पांडेय, भटनागर दंपति अनिल और स्वाती। पक्का करते वक्त बांदा में कवि नरेन्द्र पुंडरीक ने इसका एक-एक पन्ना पढ़ा। उन्होंने तो इसका पूरा प्रूफ भी पढ़ा है। इस तरह वे इस उपन्यास के प्रथम पाठक हैं। इसे प्रकाशित करने के लिए लोक भारती प्रकाशन के मालिक श्री दिनेश ग्रोवर ने बड़ी तत्परता दिखाई है। इन सभी का मैं बहुत आभारी हूँ।

—श्रीप्रकाश मिश्र

भारद्वाज निवास
मनोहरीगंज, बांदा (उ० प्र०)

: 1 :

बूँदें तड़ातड़ गिर रही थीं। गिर क्या रही थीं, कोड़े की तरह बरस रही थीं। घने पेड़ों के चौड़े पत्तों पर उनका टपर-टपर जैसे सूखी पथरीली ज़मीन पर घोड़ों के टापों की मार हो। घोड़े ही तो थे आसमान में जो हवा के इशारे पर इधर से उधर रूप बदलते भागे जा रहे थे। पता नहीं उन्हें कोई मार रहा था कि लगाम से ही इशारा कर रहा था कि वे गिरि, वन, कंदराओं में पटे जा रहे थे। जैसे वे घाटियों में भाप की तरह उड़ रहे थे, वैसे ही वे डगर पर भी उड़ रहे थे। राफताब के कानों में उनकी आवाज़ घनघना रही थी। उनकी स्पर्श से उसके दाँत किटकिटा रहे थे। फिसलन से सम्हलने के लिए उसने अपनी लकुटी टिकाई तो वह फिसल गई। गनीमत थी कि बरसाती घास से रास्ता अटा पड़ा था। चोट नहीं लगी। एक विचित्र सी आवाज़ जरूर हुई। उसके साथ ही उसके मुँह से गाली निकल गई। यह गाली जमीन को थी, आसमान को थी, बादल को थी, बरसात को थी, अपनी लकुटी को थी, या स्वयं अपने को—राफताब के मन में कुछ भी स्पष्ट नहीं था। हाँ, इतना अवश्य था कि इतनी आवाजों के बीच मनुष्य द्वारा उत्पादित यह एकमात्र आवाज़ थी, जिसको सुनने के लिए उसके कान कब से तरस गये थे।

ऐसे मौसम में गाँव के पुरुष पहाड़ की तलहटियों, ढलानों, ढाड़ों तथा चोटियों पर आबाद खेत देखने जाते हैं। किन्तु राफताब कोपिली नदी को पार करने के लिए बढ़ा जा रहा था। नदी बहुत दूर नहीं थी। उसे पार करने से पहले साथ में जो चावल था उसे खा लेना था। न खाया जाये तो साथ के तमाम खाद्य-पदार्थों के साथ फेंक देना था। नदी के उस पार गाँव बहुत दूर था। सूखा मौसम होता तो सुबह से शाम तक दुलकिया चाल चलकर कोई भी आदमी उस गाँव तक पहुँच जाता था। गाँव के लोग बड़े भले थे। बिना नाम-ठिकाना पूछे ही अच्छा से अच्छा भोजन कराते थे। जानते थे कि जो भी आया है, भूखा-प्यासा है। किन्तु इस बरसात में क्या दिन भर में वहाँ पहुँचतना संभव होगा! और क्या इस बरसात में कोई दिन होता भी है! वह दनादन बीतता चला जाता है—पता ही नहीं चलता कब दिन हुआ, कब रात! इसका भेद अँधेरे के झीनेपन-गाढ़ेपन में ही सिमट कर रह जाता है।

कीचड़ और घास का रंग धुला तो वह एक छाया तलाशने लगा जहाँ बैठकर वह अपनी पोटली का चावल खा सके। नदी की ढलान शुरू होने वाली थी। कटानों के चलते काम लायक वृक्ष वहाँ बच ही नहीं पाते थे। दूर एक नाटा सिलवर ओक चमक रहा था। वहाँ पहुँचते-पहुँचते शाम हो गयी। और दिन होता-यानी बरसात का दिन न होता-तो वह चावल को नमक मिला कर रांध लेता। लेकिन आज यह संभव न था।

कच्चा चावल ही चबाने लगा। बीच-बीच में नमक चाट लेता और मिर्च काट लेता। ये गुरतार, हल्का नमकीन और तीखा स्वाद उसकी लार को इतना गाढ़ा कर दे रहे थे कि निगलना कठिन हो रहा था और कड़ा चावल चबाते-चबाते दाँत दुःखने लगे थे। तो भी वह ज्यादे से ज्यादे खा लेना चाहता था। खाते-खाते ही कई बार सोचा कि बचा चावल फेंक दे। लेकिन कल लगने वाली भूख का एहसास आज ही होने लगा था। इसलिए खाये ही जा रहा था। पूरा खा लिया तो पेड़ के छाये से बाहर आया। सिंगे में बरसते पानी को इकट्ठा कर कई बार पीआ। फिर भी सिंगे भर पानी से क्या प्यास बुझती है? इतने बरसते पानी के बावजूद कहीं साफ पानी नहीं दिख रहा था। और नदी दूर थी। संतोष कर गुड़ी-मुड़ी मारकर उसी पेड़ के नीचे सो गया। पर ऐसे में क्या सोया भी जा सकता है! हाँ ऐसे लेटे रहने का उसे काफी अभ्यास है। पेट जो न करा दे!

राफताब बढ़ता जा रहा था। यह बारिश तो आये दिन होती है और जब होती है तो महीनों होती है। यह जाने कितने बरसों से हो रही है। तो क्या ऐसे में आदमी अपनी दिनचर्या रोक दे! अंधेरा घिरा आ रहा था। पवन पीछे ढकेल रहा था—जन्मभूमि की ओर। लेकिन पाँवों को तो जन्मभूमि से दूर जाना था। पकड़ लाओ, नहीं तो खुद चढ़ो। और यह कोई धमकी नहीं थी। नौकर पाले ही इसीलिए जाते थे कि जब कोई और विकल्प न हो तो उन्हें ही पकड़कर बलि चढ़ा दिया जाय। भला यह कैसे होता है कि अपनी जिम्मेदारी से बचने के लिए दूसरों को काट चढ़ाया जाय उस जिम्मेदारी को धारण करने के लिए! और ऐसा भला कैसे हो जाता है कि मरने वाला दूसरे की जिम्मेदारी अपने ऊपर लेकर उसे मुक्त कर देता है! तभी ठोकर लगी। राफताब को लगा कि खाली मन जाने क्या-क्या सोचने लगता है। पर क्या मन खाली होता है कभी? वह तो लगता है गात से भी अधिक भरा होता है, सक्रिय रहता है। बंगाली तांत्रिक कहता है कि जब तक साँस चलती है, तब तक मन चलता है। का ब्लेङ[1] को पाना है तो या तो साँस को रोक कर मन को रोको, या फिर मन को रोक कर साँस को रोको। पहली क्रिया कठिन है, इसलिए दूसरी क्रिया करो। उसके लिए खैचरी विद्या साधो।

तभी दूसरी ठोकर लगी। लड़खड़ाता हुआ राफताब कई कदम पीछे चला गया। तो भी गिरा नहीं। अंधेरा और गहरा हो गया था। सुबह का गहरा अंधेरा रात की दृष्टिरोपी कालिमा से कम नहीं था। फिर भी खसिया होने के कारण ही उसके पाँव नदी-कटान

---

1. **का ब्लेङ = देवी। खासिया समाज के मातृ-सत्तात्मक होने के कारण देवता की अवधारणा भी अधिकतर नारी रूप में ही है।**

की संधि-संधि पर मिलने वाली फाटों, पिच्छल चट्टानों और करारी कगारों वाली कटानों में अडिग सीधे पड़ रहे थे ऊपर से नीचे की ओर। पनियाई ठंड से अंग-अंग थर्रा रहे थे। छुद्र नदी को थोड़ा पानी क्या मिल गया था, बौराई जा रही थी। उस बौराहट में शोर मचाए जा रही थी कि मेरा हौसला तो देखो-दरियाव का सारा पानी अकेले ही ढोये जा रही हूँ आकाश से, पहाड़ से। दुनिया का यही नियम है—जो जितना ही कम करता है उतना ही शोर मचाता है। ड' खार[1] इसे कहता है मूतों कम हिलाओ ज्यादे कि लगे कि बस वही सब मूत रहा है: सब वही कर रहा है। लेकिन मैं भी जानता हूँ कि इस नदी में ऐसी कौन सी जगह है, जिसे यूँ ही चलकर पार किया जा सकता है।

राफताब वहीं पहुँचा। पानी में पाँव डाला तो छन्न से रह गया जैसे जलते तवे पर कोई पानी की बूँदे डाल दे। दो कदम आगे बढ़ा तो लगा बर्फानी पानी कह रहा है कि जा कहाँ रहे हो, मैं ही तुम्हें घसीट कर ले चलूँगा। कानों में किसी प्रबल प्रचंड अंधड़ का शोर बज रहा है कि थोड़ी दूर पर उछल कर गिरता पानी जैसे चिग्घाड़-चिग्घाड़ कर कह रहा है कि जावोगे कैसे—मैं उछाल कर, पटक कर, कुचल कर चूर-चूर कर दूँगा और बहाकर किसी और देश ले जाऊँगा। राफताब भीतर तक काँप उठा बाहर छूती ठंड से कम, भीतर उपजते भय से अधिक। ऊपर से देखने पर लगता था कि पानी स्थिर है, पारदर्शी। एक-एक छोटे पर मजबूत पत्थर दिखाई दे रहे हैं, पानी से मार खा कर चिकने बने कि जैसे कभी उन पर काई चढ़ी ही न होगी। उन्हीं पर पाँव रखता राफताब टटोल-टटोल कर आगे बढ़ रहा था कि सामने से कुछ आता हुआ दिखा—सिरहीन साँप सरीखा ऐंठ-ऐंठ कर उछलता। इससे पहले कि वह सम्हलता, वह उससे टकरा गया। वह साँप जैसा चिकना न था, लिजलिजा भी न था, टकराई वस्तु के अनुसार शरीर-मुद्रा अख्तियार कर लेने वाले रस्से जैसा लचीला कोई जीवधारी भी न था। वह सुपारी का तना था जो थपेड़े खा-खा कर कई हिस्से में टूटने के बजाय गतर-गतर से पुचक गया था और अनेक होने से पहले एक बना प्रचंड लहरों पर उछलता-कूदता चला जा रहा था किसी अनिश्चित गंतव्य की तरफ। गन्तव्य तक पहुँचने से पहले वह हर बाधा को स्वयं ही मार कर, तोड़ कर, लपेट कर दूर कर लेना चाह रहा था। राफताब के पाँव उसके लिए बाधा ही थे जिनसे टकरा कर उसने पहले उन्हें तोड़ देना चाहा। न टूटे तो उन्हें लपेट कर उखाड़ देना चाहा। इस प्रबलता से राफताब जब तक सम्हले, उसके पहले ही उसका एक पाँव उखड़ गया। सुपारी का गाछ तो बह गया, किन्तु राफताब छपाक् से पानी में गिर कर सरक गया धार के साथ। राफताब ने सोचा कि लो वह अंत आ गया जिसकी ओर जीवन जन्म के क्षण से ही क्षण-क्षण चलता-सरकता आ रहा था।

ऊपर आसमान तड़तड़ाया। पल भर के लिए दिन भर का उजाला छा गया। आँखें इसे बरदाश्त न कर पायीं। मुँद गयीं। कानों में मृत्यु का कराल रणडंका बज उठा। दो

---

1. ड' खार-गैर खासी (non-khasi outsider)

हाथी जितना ऊँचा पानी बड़े-बड़े पत्थर, शिलाएँ उखाड़ता-पछाड़ता, ठेलता-पटकता उसे पीस देने के लिए आगे बढ़ा। "हे कोपिली माई! रख्खा करो। तुम्हें बलि नहीं दे पाया, यह मेरा दोष है। लाचार था, लौट कर दे दूँगा। माई रख्खा करो......" राफताब का आर्तनाद गूँज उठा। लेकिन उस अरण्य-रोदन को सुनने वाला वहाँ कोई नहीं था। कोपिली माई भी नहीं। कोपिली माई—कोपिली नदी की देवी; जिसे पार करने से पहले हर खासी को चावल समेत सभी खाने के पदार्थ फेंक देना होता है। नदी में पाँव डालने से पहले बलि चढ़ानी होती है—हो सके तो आदमी की, नहीं तो बकरे की, नहीं तो मुर्गे की। राफताब ने खाने के बाद बंधा चावल फेंक दिया था, अदरक फेंक दिया था, मिर्च फेंक दिया था, यहाँ तक कि नमक फेंक दिया था; बस बलि नहीं चढ़ा पाया था। आदमी कहाँ से पाता; बकरा कहाँ से पाता! मुर्गे के लिए उ[1] कालीचरण से माँगा था। लेकिन उसने दिया नहीं। राजा अपने कारज के लिए खरचा नहीं देता। प्रजा उसकी अपनी होती है। उसके कारज के लिए वह जो भी करेगी, वह स्वयं राजा कर रहा होगा—चाहे इसी न्याय की बिना पर राजा का करना प्रजा के लिए करना न हो। राजा का पाप प्रजा के लिए चाहे जितना हो, उसका पुण्य प्रजा के लिए नहीं होता। प्रजा का सारा पुण्य राजा के लिए होता है, लेकिन प्रजा का पाप राजा के लिए नहीं होता। रास्ते में कहीं मुर्गा दिखा ही नहीं, नहीं तो हड़प लिए होता। कौन देखता कि बलि दिया जाने वाला मुर्गा चोरी का है! कोपिली माई तो देखतीं। लेकिन मजबूरी तो उन्होंने मेरी देखी है, फिर भी मदद नहीं करतीं। करती क्यों नहीं—आर्त होकर अभी पुकारा ही नहीं। "क्षमा करो माई! दया करो माई!!" कहकर राफताब चीख उठा। माई ने सुना कि नहीं-कौन जाने; लेकिन राफताब के हाथ एक चट्टान से चिपक गये। हर पशु जिंदा रहने का ढब जानता है। जहाँ पाँव काम नहीं करते वहाँ हाथ से काम लेता है। यूँ भी बाज वक्त हाथ का काम पाँव और पाँव का काम हाथ करने लगते हैं। अपार पानी की बलशाली लहरों का थप्पड़ खाता यह पत्थर अनादि काल से नदी के पेट में जड़ जमाये मस्तक ताने खड़ा था। हाथों के सहारे राफताब उसके मस्तक पर चढ़ बैठा। दाँत किटकिटा रहे थे। आँखों में कीचड़ और कींचर भर आया था। कँपकँपी मिटाने के लिए घुटनों में सिर दिया तो कींचर भी पोंछ लिया। हाथ से चट्टान का सिरा छोड़ नहीं सकता था। साफ तरल पानी कठोर गंदे चट्टान से टकरा कर जैसे बल्लियों उछल रहा था फौव्वारे की शक्ल में और किनारे की मृदा में गिर कर तिरोहित हो जा रहा था। कुछ देर बाद आश्वस्त होने पर राफताब ने आँखें खोल कर देखा तो लगा कि चट्टान पेटी में नहीं बगली पर है। फटी धाराएँ कुछ अधिक ही वेग से उसके इर्द-गिर्द से निकल भागी जा रही हैं। उनमें पाँव डालना सीधे मृत्यु के मुख में कूद जाना है। लेकिन एक बाजू में धारा बस कूदने की आँवक में ही है—उसकी कूद से शायद थोड़ी चौड़ी। उतना तो कूद कर पार करने की जोखिम तो उठाना ही पड़ेगा। और उसी

1. उ = खासी पुरुष के लिए सम्मान सूचक शब्द, श्रीमान

उत्साह में राफताब 'हे कोपिली माई दया करो, गुनाह माँफ करो' चिल्लाता कूद पड़ा। और लो! वह पार आ गया।

: 2 :

आसमान बरस कर खुल गया था, तो खुल गयीं थी पहाड़ की नसें। उनके सहारे सारा पानी पर्वत-माथ से सरक कर पवर्त-पेट में पैठ गया था। आँत की तरह पतली और उलझी नदी गरज रही थी। उसके शोर में हवा का साँय-साँय दब गया था। जो भाग्यशाली थे उनके खेतों में मक्का के सफेद धनहरे हिल-हिल कर जैसे गा रहे थे। हवा का एक वर्तुल आता तो जैसे पत्तों में कंघी फेर देता। एक तरफ से नंगे हो गये पौधों में बालियाँ चमकने लगतीं। वह वर्तुल जब लौटता तो पाँक पर खड़े पौधों को जड़ समेत नेवा कर जमीन पर लोटा देता। किसान का कलेजा मुँह में आ जाता। किंतु बाहर नहीं निकल पाता। यह जाने कब से होता आया है और प्रतिवर्ष होता आया है। माथ पर उल्टी हथेली ठोक कर किसान दाव लेकर खेतों की तरफ चल देते। कुछ देर तक अपने सीढ़ीनुमा खेतों को घूरते और जब आँखों में भाप भरने लगती तो दाव की धार दरेर कर निर्लिप्त भाव से जड़ों से चार अुंगल ऊपर से काटने लगते। हमने नहीं खाया तो कोई बात नहीं, चलो हमारे मवेशी खा लेंगे। उन्हीं के सहारे फिर रोपेंगे अगले मौसम में यह मक्के का एकजनमिया पौधा।

जो इतने अभागे नहीं थे—इस साल ऐसी जमीन पाने में सफल हो गये थे, जिस पर बने सीढ़ीनुमा खे्त से पानी बह भी जाय और जमीन भी न कटे—वे अपनी धवल मूँछों की कोरों को ओठों की संधियों पर दाँत से दबा कुछ ऐसे मुस्कराते कि जैसे किसी अहोम सिपहसालार ने कछार के किसी मिट्टी के किले को फतह कर लिया हो। वे अपनी कौपीननुमा धोती को और कसके कमर से लपेट कर कुछ और बलशाली हो उठते और चिथड़ों की पगड़ी को इस तरह से सजाते कि जैसे वह जइता की घुंडियों से बना किसी नये राजा का मुकुट हो। एक हाथ में लकुटी, दूसरे में दाव, टेट में जिलिंगिया पत्थर, गम्हार की लकड़ी और मिकिरिया रूई दबा कर खेतों की ओर ऐसे चल देते कि जैसे तीरथ पर जा रहे हों, गाँव से हमेशा-हमेशा का नाता तोड़कर , किसी अनन्त सुख की तलाश में, जिसमें गाँव से, अपनों से वियोग की कोई वकत ही न हो। खेत पर पहुँच कर पहले भीग गयी सूखी घास इकट्ठा करते। उलट-पुलट कर और झटकर कर उसका पानी गारते। मचान के नीचे सहेज कर रखते। फिर पूरा खेत घूमते। एक-एक पौधे को छूते। जिनमें बालियाँ निकल आयी होतीं, उसे कमर पर हाथ रखकर दाँत चियार कर बड़ी हसरत से देखते। जिन मोचों के बाल भूरे पड़ने लगे होते, उन्हें दबाकर देखते। जो गदराया लगता उसे तोड़ लेते। उसकी पतई छीलकर उलट

गाँठ बाँध देते। एक को दूसरे से बाँधते-बाँधते जब मन भर जाता तब मचान तक आते। जिलिंगिया पत्थर और गम्हार की लकड़ी के बीच रूई रख रगड़-रगड़ कर चिंगारी पैदा करते। सूखने के बाद फिर भीग कर गीली हो गयी घास में बड़े उद्यम से आग धराते और धुँआती घास के बीच भुट्टे डाल उनके पकने का इंतजार करते। गाना गा-गा कर पड़ोसी खेतहों को बताते कि श्रम का फल खाने वाला हूँ।

दबइल सिंह को पूरी उम्मीद थी कि उसकी भी झूम ऐसे ही लहरा रही होगी। लेहाजा उसने भी दोकछा को कसकर बाँधा, पगड़ी को ठीक से सेराहा हाथ में लकुटिया और दाव लेकर चल पड़ा। मन ही मन ताजा भुने भुट्टे का स्वाद लेने लगा। इस वर्ष बड़ी मुश्किल से गाँव वालों ने उसे अपने मन की जमीन पर खेती लगाने की अनुमति दी थी। दी थी—यही बड़ी बात है। और साल तो देते ही नहीं थे। इसके लिए उसने इस साल अन्य सालों से ज्यादे कड़ी मेहनत की थी। हर परिवार के मालिकों के खेतों में बिना मजदूरी के ही काम किया था। बार-बार दाँत चियार कर उनकी हर टहल की थी। किन्तु सेवा पर प्रसन्न होकर नहीं, उसकी चढ़ती उम्र पर ख्याल कर लोगों ने उसे विशाल पेड़ तले की चौरस जमीन पर खेती करने की सामूहिक इजाजत दे दी थी। दाढ़ी-मूँछ उगने की उमर हो चली है, घर बसायेगा, इस बार मौका दे दो। किसका हाथ पकड़ेगा यह तो पता नहीं, पर पकड़ेगा इसी गाँव के ही किसी बाला का तो। लड़के से मर्द बन जायेगा। दबइल सिंह इसे खूब समझ रहा था। इसलिए खूब प्रसन्न भी था। मैं सबकी उम्मीदों पर पानी फेर दूँगा। शादी तो इस साल करूँगा ही नहीं। और करूँगा भी तो ड' खार देश में। कोई खारमुखी[1] लाऊँगा। उसे नदी के उस पार रात-दिन नाचती रहती लम्बी-लम्बी लालुङ लड़कियाँ बहुत अच्छी लगतीं। हमेशा हँसती जो रहतीं। उनमें से यदि कोई ऐसे नहीं आयेगी तो उठा लाऊँगा। हम खसिया लोग मैदानी इलाके में छापा मारने जाते ही हैं। इस बार धन नहीं लड़की ले आयेंगे। दबइल सिंह मुस्करा उठा। फिर शरमा गया। दोनों से उबरने के लिए कटान से बच गयी झाड़ी पर दाव मारा। झाड़ी कटीली थी। लपक कर एक काँटा हाथ में चुभ गया। उसे दबाने की गरज से हाथ का दाव नीचे फेंका तो साथ ही दृष्टि भी दूर फिंक गयी। उसका मुँह खुला का खुला रह गया। उसके खेत के माथे पर का विशाल वृक्ष गिर गया था।

मूँज की रस्सी से बँधी तितलौकी की मटमैली तुमड़ी पीठ पर चमक रही थी। उसी के ऊपर चावल, नमक, अदरक, मिर्च की पोटली उछल रही थी। यह पीछे छूट रहे गाँव वालों की कृपा थी। कमर का नंगापन फटही बिस्टी से ढका था। उसी से

1. **खारमुखी: विदेशी चेहरे वाली सुन्दरी—गैर-खासी सुन्दरी**

लटकता कच्चे काले लोहे का दाव इधर-उधर हिल रहा था। करीब-करीब बकैंया होकर जब वह बेबने रास्ते पर चढ़ता तो मेढक की तरह लगता। दबइल सिंह उसे काफी देर से देख रहा था। तभी से उसके पास जाने के लिए गति भी बढ़ाये जा रहा था। फिर भी उस मेढ़क-जैसे फुदकते आदमी के पास पहुँचना सम्भव नहीं हो पा रहा था। खसिया था—आगे के आदमी को पीछे से आवाज नहीं दे सकता था। यह दस्तूर के ख़िलाफ़ होता। लेकिन रास्ता काटने के लिए एक से दो भले होते हैं। खासियों में अजीब रिवाज है कि वे अपरिचित से बात नहीं करते, साथ चाहे दिन भर रहें। लेकिन दबइल सिंह तो ङ' खारों के बीच रहा है। उन्हीं के देश जा रहा है। आगे वाला भी तो उधर ही जा रहा है। तो उनका दस्तूर भी जानता होगा। राह में कोई भी मिल जाय वे कचर-पचर करने लगते हैं, बिना बात की बात पर। और इस बिना बात की बात में अपना सब कुछ उगल देते हैं। कुछ भी गोपन नहीं रहता। दुःख रहता है तो घट जाता है, सुख रहता है तो बढ़ जाता है। लेकिन खासी के लिए बोली के स्तर पर सुख-दुःख सभी बराबर। अपरिचित के साथ रोवो भी नहीं तो हँसों भी नहीं। अपने को जब्त करके रखो। चेहरे पर कोई भाव न आने दो। जाने अपना क्या छिपा कर रखो!

तो भी आगे वाले को देखते-देखते रास्ता कटता ही जा रहा था। बल्कि छोटा होता जा रहा था। इतना छोटा कि दबइल सिंह उसके पास पहुँच गया। आदमी मुँह से न बोले, तो भी आँखों की एक भाषा होती है। भाषा तो अंग-अंग की होती है। जरूरी नहीं कि शब्दों के माध्यम से ही संवाद स्थापित किया जाय। गौर कीजिए तो प्रकृति के सभी उपादान कुछ-न-कुछ कहते-सुनते मिलेंगे। यह घावों भरा आकाश और उन घावों की दवा धारण किये यह धरती, हमारे पाँवों के नीचे की दूब और उसमें रेंगता अदना-सा विषैला कीड़ा, हहरा-हहरा कर झूमते पेड़ कि जैसे उल्लास में या किसी विपत्ति से बचने के लिए जैसे माथे का सारा बोझ अनन्त आकाश में उड़ा देना चाहते हों, मौन बैठा पत्थर और मस्तक तान खडा पर्वत, धरती से रिस-रिस कर बहता सोता और अकूत पानी लादे-फाँदे भागती नदी, सिर उठाकर अकनता बनैला पशु और पालतू कुत्ता—सभी अपनी देह-मुद्रा से कुछ कहते लगते हैं। इनमें सबसे प्रभावशाली आँखों की भाषा होती है।

उसी भाषा को बाँचकर राफताब को लगा कि आगंतुक साथ चाहता है। उसे रास्ते में एक और आदमी मिल जाने का न तो कोई डर है और न ही साथ की आश्वस्ति। एक ठंडापन दोनों के बीच आता-जाता। दोनों एक-दूसरे से निरपेक्ष सिर्फ अपनी राह चलते हुए। मिल गये हैं तो जैसे स्पर्शीवृत्त की परिधियाँ—किसी बिंदु पर साथ होते हुए भी एक-दूसरे को अप्रभावित करती हुईं।

दबइल सिंह की उम्र ही ऐसी थी कि वह देर तक चुप न रह सके। रास्ते भर वह कुछ न कुछ गुनगुनाता आया है। सिर्फ इतनी जोर से कि सिर्फ वही सुन सके। अपनी आवाज भी दूसरे के साथ का एहसास कराती है। इसी साथ के लिए ही तो आदमी अपने आप से बात करता चलता है। आदमी कमजोर पड़े तो यह आवाज संबल देती

है। शक्ति का दुरुपयोग करे तो वह आत्मा की आवाज बन कर रोड़े डालती है। यह और बात है कि आदमी का अहम् उसे हावी न होने दे और मनमानी कर बैठे।

ऐसे साथ का क्या मतलब कि आदमी बोले तक नहीं। खासें तक नहीं। उसी से ऊब कर दबइल सिंह ने एक गीत कढ़ाया, पहले धीरे-धीरे, फिर स्वर को क्रमशः ऊँचा करता गया। धीरे-धीरे इस लिए कि साथ का आदमी सुने भी तो उसे अनकुस न लगे। फिर जोर-जोर से इसलिए कि लगे भी तो हमें क्या। लेकिन उसमें एक ऐसा आकर्षण तो था ही कि राफताब ने दाद दे दिया। युवक कोपिली नदी को टेर रहा था। उसी में अपनी उत्पत्ति, उसी में अपना वास बता रहा था। उसी में शमन की कामना रखता था। और यह परिणति जैसे पूर्व-नियोजित थी।

राफताब ने मनन किया कि जीवन की रीति, गति और परिणति यदि इतनी स्पष्ट हो जाय तो भला जीवन का तात्पर्य और जीने का मजा ही क्या रह जाय। आदमी तो अँधेरे में चलता है कि शायद कभी और कहीं रोशनी दिखे। उसके लिए कभी वह दूसरों की बनाई राहों पर चलता है तो कभी अपनी राह बनाता है कि मंजिल मिले। लेकिन मंजिल तो छलावा होती है। क्या होती भी है? जीवन को गौर से देखो तो आदमी जन्म लेता है, बड़ा होता है, जाने कितने लोगों से टकराता है, कितने लोगों का साथ धरता है। घरनी लाता है, बच्चे पैदा करता है। अपने लिए से अधिक दूसरों के लिए—चाहे किसी अमूर्त दबाव में ही सही—कुछ करता है और एक दिन मर जाता है अपने पीछे एक पूरा संसार छोड़कर उसी की तरह जीवन को दुहराने के लिए। तो क्या यही मंजिल है? नहीं मंजिल तो वह खुद निर्धारित करता है और उसके लिए चलता है। कोई-कोई कभी पाता भी है। जीवन में वह क्षण बस अचानक आता है, पर आता है जरूर। और सबके जीवन में वह आता है, जिसकी इंतजार में वे रहते हैं। अगर आदमी तैयार है, उसे पहचान गया, पकड़ लिया तो जीवन सुकारथ हो गया। नहीं तो जैसे सबका बीता वैसे ही उसका बीता।

इतनी ज्ञान की बातें दबइल सिंह ने पहले नहीं सुनी थीं। उसे धक् से लगा कि जब साथ का आरम्भ ही इतना प्रभावशाली है, तो परिणति कैसी होगी। उसने पूछा, "उ कहाँ के रहने वाले हो?"

"मउपुंकिरलियाङ का। सुना है?"

"हाँ सुना है। मउपुंकिरलियाङ के बारे में बहुत सुना है।"

राफताब एक अपूर्व गर्व से फूल उठा कि चलो वह एक ऐसे गाँव का बासी है, जिसके बारे में यह दूर-दराज के गाँव का छोकरा भी कुछ जानता है। लेकिन यह परीक्षा लेने के लिए कि यह कुछ जानता भी है या यूँ ही कह बैठा हैं, उसने पूछा, "क्या जानते हो?"

दबइल सिंह ने कहा, "सुना है वही रानी का[1] रितियाङ का गाँव है। लोग कहते हैं कि रितियाङ अभी ठीक से किशोरी भी नहीं हुई थी कि एक दिन ढोल भर रुपया

---

1. **का—खासी स्त्री के लिए सम्मानसूचक शब्द।**

और कोख भर गर्भ लेकर घर पहुँची। लोगों को बताया कि आज जब वह नल्ले में मछली पकड़ रही थी तो अचानक झपकी आ गयी। झपकी में ही देखा कि एक सुन्दर-सा राजकुमार ढोल भर रुपया लेकर खड़ा है और कह रहा है कि तुम कभी विवाह मत करना। इन रुपयों से इस नल्ले पर एक पुल बनवाना जो एक ही शिलाखंड का हो। फिर घर बनवाना। मैं ऐसे ही आता रहूँगा। तुम्हारे बच्चे होंगे। उनसे राज चलेगा। उसने ऐसा ही किया। उसके कई देवपुत्रियाँ हुईं। उन्हें खोडर[1] लोगों ने व्याह-व्याह कर राज बनाया। राज चलाया।''....

यहाँ तक की कथा तो राफताब चलते-चलते सुनता रहा। किन्तु आगे की कथा सुनने के लिए उसने आँखें फेर कर एक चमक दबइल सिंह के चेहरे पर टिकाते हुए अपना ध्यान केन्द्रित किया। दबइल सिंह कहे जा रहा था, ''लेकिन भाई! समय!! जब वृद्धावस्था आयी तो रितियाङ को शादी करने को सूझी। घर उजड़ गया। एक अंधा पुत्र भी हुआ। सुना है उसका भी खानदान अभी चल रहा है।''

राफताब ने स्वीकार में सिर हिलाया। उसमें एक भाव यह भी था कि बेटा तो तुम इस बात को जानते हो! कि अच्छा बेटा!!

रास्ता अच्छा कटता जा रहा था। सामने सोना गाँव दिखाई दे रहा था। वहाँ के गुमास्ते ने पूरी मदद करने की बात प्नार[2] राजा से कही थी। उसी के बूते पर राफताब अकेले निकल पड़ा था। गुमास्ते ने तो स्वयं ही पूरी व्यवस्था कर देने की बात कही थी। किन्तु आदमी को तो वह नहीं पहचानता था। तमाम झमेले होते हैं सिंतेङों[3] के। एक साल इस जाति का आदमी चाहिए तो दूसरे साल उस जाति का। एक साल आदमी में ये-ये लक्षण होने चाहिए तो दूसरे साल ये-ये। हिन्नुओं[4] का क्या? किसी भी जाति का हो; कुछ तयशुदा लक्षण हैं; यदि उसे धारण किये है तो काली माई को चढ़ा दो। अब तो काले बकरे से ही काम चल जाता है। किन्तु क्या यह ठीक है? बकरा भला आदमी की जगह कैसे ले सकता है? चढ़ाते वक्त आदमी जो अपनी मूक आँखों से भय बखानता है, उसके चेहरे पर जो तनाव आता है, जल्दी-जल्दी जो रंग बदलता है जो उसके मनोभावों के सबूत होते हैं; वह क्या बकरे के चेहरे पर उभर सकते हैं? और

---

1. खोडर —जिस वंश के पुरुष राजा बनते हैं।
2. प्नार—सिंतेङ लोग अपने को प्नार कहते हैं।
3. सिंतेङ—खासियों की वह शाखा जो जयंतिया पहाड़ी में रहती है और अपने को दूसरों से थोड़ा ऊँचा समझती है।
4. हिन्नू—हिन्दू

नहीं उभरता है तो माई क्या संतुष्ट होगी?

सोना गाँव इतना करीब नहीं था कि तुरंत पहुँचा जा सके। राफताब ने पूछा, "किस जाति के हो?"

दबइल सिंह ने कहा, "वार"

राफताब की आँखें निमिष मात्र के लिए कुंचित हुईं। फिर बहुत फैल गयीं। जल्दी ही सहज होकर पूछा, "घर में कौन-कौन हैं?"

"सभी हैं।"

यह भी कोई उत्तर हुआ? सभी हैं के क्या माने? सभी में क्या-क्या आता है? इसका कम से कम क्या है? इसका अधिक से अधिक क्या है? कंदरा योगी के पास उठते-बैठते वह इतना तो जान ही गया था कि हर शब्द का एक निश्चित अर्थ होता है। किन्तु उस निश्चित अर्थ तक क्या आसानी से पहुँचा जा सकता है? योगी तो यही कहता है कि पूरा जीवन ही एक अर्थ की तलाश है; और उसके जीवन का अर्थ भी एक व्यक्ति का जीवन नहीं होता; उसके पूरे समुदाय का जीवन होता है। और वह सिर्फ आज का जीवन नहीं होता। उसके अतीत की जाने कितनी पीढ़ियाँ इस अर्थ में सनी होती हैं। तो भी क्या अर्थ मिलता है? उसे दबइल सिंह पर बड़ी दया आयी: यह बच्चा अभी भोला है। कुरेद कर ही उसके शब्दों के तह तक जाया जा सकता है। बोला, "सभी के माने?"

"कोई नहीं।"

"ओह! ओह!!" कहकर राफताब कहीं खो गया। जिसका कोई नहीं होता उसके सभी होते हैं। इसी न्याय से जिसके सभी होते हैं, उसका कोई नहीं होता। राफताब को अपने सहयात्री पर दया हो आई।

एक सहानुभूतिभरा श्रोता पाकर दबाइल सिंह थोड़ा उत्साहित होकर बताने लगा, "मैं कोपिली-पुत्र हूँ। किसने पाला, कहाँ पाया, कुछ पता नहीं। लेकिन जब से याद है इस उत्तरमुखी कोपिली के इस पार सराई गाँव में खेलता, खाता, घूमता रहा हूँ। एक दुधिया ड' खार की उजड़ी हुई खूँटी[1] है। उसी के गिरे ओसारे में सो जाता रहा हूँ। इस साल झूम लगाया था। लेकिन इस बरसात ने उसे कोपिली माई के भख्खर[2] में डाल दिया। घाटी में जा रहा हूँ। किसी दाता की चाकरी करूँगा।"

दबइल सिंह उदास हो गया। उसे देखकर राफताब भी उदास हो गया। इस उदासी ने दोनों में एक आत्मीयता पिरो दी। दस्तूर के ख़िलाफ़ राफताब ने दबइल सिंह को सुपारो दी। यह खसिया परम्परा के विरुद्ध था। छोटे ही सम्मानार्थ बड़े को पहले सुपारी पेश करते हैं। छोटे-बड़े का जहाँ कोई दूसरा मानदंड न दिखे, वहाँ उम्र ही मानदंड बन जाती है। राफताब दबइल से उम्र में काफी बड़ा था। तो भी सुपारी दिया।

---

1. **खूँटीं—जहाँ दूध देने वाले पशु—गाय, भैंस बाँधे जाते हैं। घारी।**
2. **भख्खर—खप्पर**

दबइल इस दरियादिली से पिघल गया।

सोना गाँव आ गया था। जैसा नाम वैसा रूप। सिर्फ विशाल पाकड़ के ताजा धुले पत्ते शाम की मद्धिम धूप में सोने के पत्तों की तरह नहीं चमक रहे थे; सामने की पगडंडी, उसके किनारे बसे घरों की छाजन के सरकंडे, उनके सामने बिखरे पीतल के बरतन और उनमें नाचता पानी, सभी कुछ सोने का लग रहा था। खासी को एक छप्पर की जरूरत होती है बसेर के लिए। लेकिन वह न मिले तो वह बहुत परेशान नहीं होता। एक खुली जगह देख दोनों बैठ गये। उँगलियों से पूरे बदन का पसीना पोंछा। फिर इधर-उधर नजर दौड़ाई। ढेले जैसे कुछ पत्थर दिखे तो दबइल उठा लाया। राफताब ने तुमड़ी में पानी भरा, थोड़ा खर-पतवार उठा लाया। सा... के घर के सामने पड़े पीतल के बटुए को दोनों देर तक देखते रहे। खासी भरसक किसी से कुछ माँगता नहीं; लेकिन जरूरत पड़े तो हिचकता भी नहीं। एक गंदी-सी औरत घर के बाहर आयी तो उसे माँग लाये। चकमक पत्थर रगड़कर आग पैदा किये और चावल उबाल उसे अदरक नमक के साथ खा, बाहों को तकिया बना वहीं सो गये।

चिड़ियों की चर-पर के साथ नींद खुली। अभी सूरज के उगने की आभा दूर-दूर तक नहीं फैली थी। हाँ, आसमान का गहरा नीलापन कुछ फीका जरूर पड़ने लगा था। पूरा प्रांतर गीली राख में गड़ा लग रहा था। राफताब नित्य क्रिया से फारिग हो चलने के लिए तैयार हो गया तो दबइल उसका मुँह देखने लगा। राफताब के सोचा कि कह दे कि अपने सुपारी के व्यापारी के लिए रास्ता नापो। लेकिन दबइल की मूक आँखों में कोई ऐसी बात थी कि कह पड़ा, ''दिन चाहे जहाँ काटो, रात को यहीं आ जाना।'' फिर कुछ सोचकर बोला, ''यदि गुमास्ता के दरबार में काम करो तो बात करूँ?'' दबइल को इसमें क्या फर्क पड़ता था कि वह काम व्यापारी के लिए करे कि राजा के लिए। वह जानता था कि उबरा-पबरा आधा पेट भोजन और एक बिस्टी के अलावा उसे कहीं से भी कुछ और मिलने वाला नहीं। काम भी क्या करना है, उससे कोई फर्क नहीं पड़ता। कोई गोरू चरवा ले या बोझा उठवा ले, गोबर फेंकवा ले या मालिक के बदन में तेल लगवा ले। उसे तो जो अरहाया जायेगा वही करना है। सो उसके पीछे चल पड़ा।

गुमास्ता का घर थोड़ी दूर पर था। एक बड़े से अहाते में एक बड़ा-सा फूस का घर। पहले घर चारों तरफ से घेर कर बनता था, इकड़ा बाँस की पच्चियों पर नदी तल की मिट्टी छोपकर। एक तरफ की दीवार में एक बड़ा-सा अच्छे काठ का नक्काशीदार दरवाजा, उसके पार भीतरी बरामदा, फिर बड़ा-सा आँगन। घर की औरतें वहाँ बैठकर न केवल बदन में धूप लगाती थीं, पूरे इलाके की पंचायत भी करती थीं, गृहस्थी का आम काम करते-करते। वह उनका बैठका होता था, स्नानघर होता था, धान सुखाने

की जगह होता था, चारपाइयाँ रखने की जगह होता था, बच्चों को तेल-बुकुआ लगाने की जगह होता था, गर्मी की रातों में पसर जाने की जगह होता था। बाहर-भीतर की दीवार हमेशा लिपी-पुती होती थी नदी की पेटी की कठभट्ठा माटी से जिसकी चमक आँखों को भाती थी। उस पर विभिन्न रंगों के हाथी-घोड़े, आदमी-चिड़िया, पशु-पक्षी खँचे होते थे। जितना ही बड़ा आदमी होता था, उतना ही ज्यादे घर का साज-सिंगार होता था।

राफताब दबइल को लेकर उस अहाते में घुसा तो भींगी चमेली के ताजा खिले फूलों की तीखी बास उसके नासापुटों से खेल गयी। बगीचे में गर्माहट, बल्कि उमस और मौसम की स्थिरता भरी थी। सुपारी के ऊँचे छरहरे गाछों के बीच एक सचल कुहासे की पतली झिल्ली फैली हुई थी, जिसमें आदमी और चौपाये गहरे थक्के का रूप धर भूत की तरह किसी और दुनिया से उतरते लगते थे। वहाँ का पूरा जगत् बेतरतीब गहरे नीले थक्के की देहयस्टियों का जगत् लगता था। उसी के पार एक गहरे ठोस थक्के की तहर चबूतरा उगा था। दोनों अपनी लकुटिया टिका उसी पर बैठ गये। कुछ और लोग पहले से ही बैठे हुए थे। लेकिन चुप थे। सभी को गुमास्ता के बाहर आने का इंतजार था। गुमास्ता यहाँ का दोलोई था। यानी कछारी राजा का मनसबदार। लेकिन जयंतिया राजा के काली उपासक बनने पर वह उसका पदेन गुमास्ता बन गया था। घाटी में उसका मुख्तार। यह कछारी राजा की सहमति से था। थोड़ी देर के बाद वह घर के भीतर से निकला। लम्बी घेरदार शेरवानी जैसा रेशम का जामा, एड़ी ढकती हुई फूलदार किनारे वाले कोरी चुन्नी धोती, चाँदी की खूँटी वाली खड़ाऊँ और जड़ाऊ साफा। योद्धा की तरह की पतली, नोकों पर घुमावदार मूँछ और लाल बुर्राक चेहरा। दोलोई की ढलती उम्र थी और अनुभव और तत्काल स्वार्थ से पकी आँखें थीं। उनका मूँदना-डोलना बहुत कुछ कहता था। वे शब्दों से कम, चेहरे के भावों से अधिक बात करते थे। उस वक्त कुहरा फट कर स्थिर हो गया था और सुपारी की पत्तियों तथा घर के छज्जे पर जा बैठा था। सुबह की गुलाबी धूप सुनहरी में तब्दील होकर चबूतरे पर पड़ने लगी थी, जिसमें चबूतरे पर बैठे लोग किसी इतर लोक के प्राणी लग रहे थे। गुमास्ता के खड़ाऊँ की खटर-पटर सुनते ही दो को छोड़ सभी लोग नाक और हाथ के बल जमीन पर लेट 'प्रभु-प्रभु' कहते प्रणामवत् हो गये। किन्तु राफताब और दबइल अपनी परम्परा के अनुसार उकड़ू होकर नमन जताये। इसीलिए गुमास्ता की निगाह उन पर पहले पड़ी। उसकी चमकीली आँखों की चमक और बढ़ गयी और कान के कुंडल एकदम से हिल उठे। 'खुब्लेई'[1] कह उसने उनका हाल-चाल पूछा। उसे लगा कि ये रात ही यहाँ आ गये होंगे। थके होने के कारण खाकर सो गये होंगे। देर रात हो जाने के कारण किसी चाकर ने उनके आने की बात उससे न बताई होगी। किसी ने पीछे से लाकर एक मचिया रख दिया। उसी पर बैठ वे उनको चबूतरे से हटकर बरामदे में बैठने का संकेत कर दूसरों से बातें करने लगे। अधिकतर लोग या तो कर्ज लेने आये थे

1. खुब्लेई—देवता भला करे। खासिया अभिवादन का शब्द।

या ददनी[1]। इसलिए उनको एक-एक से बात अलग-अलग करनी होती थी। वे वही करते जा रहे थे। बीच में नौकर पानी रख गया तो प्रच्छालन कर लिए। पोस्ता के दानों का हलवा रख गया तो नाश्ता कर लिए। उस वक्त दूसरों को बित्ता-बित्ता भर के बतासे दिए गये। अधिकांश लोग उसे गठिया लिए बच्चों के लिए और छूँछे पानी पी गये। कुछ फोड़ कर थोड़ा खाकर पानी पीये। यही राजा और राजदरबार का सुख था उस जमाने में।

इनसे गुमास्ता जी फारिग हुए तो सात घड़ी दिन चढ़ आया था। उन्होंने इशारे से मचिया बरामदे में रखवायी। उस पर बैठकर राफताब को इशारे से पास बुलाया। बताये कि दो पकड़ वे पहले से ही कर तहखाने में बंद किये हैं। उन्हें खाना-पीना दिया जा रहा है। लक्षण देख लो तो काम बना-बनाया है।

राफताब को उनमें सटीक लक्षण नहीं दिखे। देखने में वे वार नहीं मिकिर लगते थे, जिनकी बलि इस साल नहीं चढ़नी थी। उम्र भी थोड़ी कड़ी हो गयी थी। बाल और शरीर के रंग, भुजों और जाघों की पेशियाँ वैसी नहीं थी जैसी होनी चाहिए थीं। फिर एक के गर्दन पर मशा था और दूसरे के होंठ पर तिल। दिया तो यह प्रकृति का था, लेकिन देखने में मानव-निर्मित लगता था। इसलिए वे बलि के उपयुक्त नहीं थे। सबसे बड़ी बात यह थी कि जिन आँखों से उन्होंने राफताब को पहली बार देखा, उसमें करुणा और निरीहता की वह भंगिमा थी, जिसके चलते वह उनसे आँखें नहीं मिला सका। जब उनके गात का निरीक्षण हुआ तो दोनों समझ गये कि यह खसिया उनकी बलि चढ़ायेगा। इससे उनका भय जाने कहाँ गायब हो गया और एक प्रतिहिंसा उनके अंग-अंग में धधक उठी। उसकी उष्णता इतनी अधिक थी कि राफताब का मन डोल गया। जब गुमास्ता को पता चला कि वे काम के नहीं हैं तो उन्हें मुक्त कर लाख-लाख आशीर्वाद पाया। लेकिन इससे वह संतुष्ट नहीं हुआ; बल्कि राफताब पर थोड़ा क्रोध हो आया। क्या फर्क पड़ता था कि वे साबूत लक्षणों के साथ थे या नहीं; चढ़ना तो बलि ही था न! लेकिन राफताब जानता था लिङडोह[2] जब उनका मिजान करेगा तो अस्वीकार कर देगा। आनन-फानन में कोई और बलि नहीं मिलेगी तो उसे ही चढ़ा दिया जायेगा। नौकरों को बलि चढ़ाते वक्त उनके लक्षण नहीं देखे जाते—वे आपद्धर्म निर्वाह के लिए होते हैं।

गुमास्ता ने बड़े धैर्य से कहा "तब पकड़ को तलाशने और पकड़ने की जिम्मेदारी तुम्हारी। हाँ, मैं आदमी जरूर दे दूँगा जो पकड़ने में तुम्हारी मदद करेंगे; किन्तु पहचानने

---

1. **ददनी—खेती करने के लिए अग्रिम पैसा।**
2. **लिङदोह—पुजारी, पुरोहित।**

में नहीं। यह काम तुम्हें स्वयं अपने इस साथी के साथ करना होगा।''

राफताब की मुश्किल बढ़ गयी। जो दोनों आदमी छूटे थे वे पूरे इलाके में प्रचारित कर दिये कि इस बार पकड़ सोना गाँव के इलाके से जायेगी और इसके लिए पहाड़ों से खसिया आ गये हैं। फलस्वरूप हाट-बाजार, रास्ता-गाँव कहीं भी खसियों को देखते तो लोग बातचीत करना बंद कर देते और हाथ की लाठी इस तरह से सम्हालते कि पहला वार वे ही करेंगे। धीरे-धीरे हालत यह हो गयी कि राफताब और दबइल कई बार पिट गये। जमाना ऐसा था कि उसमें दुश्मन की शान मारी जाती थी, जान नहीं। इसलिए बचें रहे। तो भी जाहिर हो गया कि राफताब के बूते पकड़ सम्भव नहीं। गुमास्ता इससे बेचैन था। सिर्फ इसलिए नहीं कि पकड़ नहीं मिल रही थी; इसलिए भी कि जो पकड़ उसने रखी थी उसे छोड़ देना पड़ा था। एक उसका कर्जदार था। जिस तरह से वह बचता आ रहा था, उससे दीगर आदिवासियों का मनोबल बढ़ता जा रहा था। भय था कि एक दिन वे आँखें न गूरेर दें। बलि बढ़ जाता तो संदेश जाता दोलोई का खाकर गुरेरना आसान नहीं। दूसरा उससे आँख मिलाता था। अंग्रेज के चाय बागान में पहरेदारी क्या करने लगा था, अपने को फौज का कप्तान समझता था। गुमास्ता ने दिखाने के लिए राफताब के सामने छोड़ जरूर दिये था, लेकिन छोड़े नहीं था। रास्ता खोज रहा था कि उनका बध कैसे किया जाय। बलि चढ़ जाते तो रास्ता साफ था; इल्जाम भी उस पर नहीं लगता और काम हो जाता। अब कोई और उपाय करना होगा। राफताब से एक दिन ताव में बोल बैठा, ''दो एक-दिन में सफल नहीं हुए तो निजपत खबर भेज दूँगा। तब तुम जानना।''

राफताब को जानना क्या था? जानता ही था। उसे सोचकर उसकी हड्डियों में ऐसी सनसनाहट पैठ जाती कि कुछ क्षणों के लिए वह न तो जिन्दा रहता था, न मुर्दा। होश में आता तो हाथ जोड़ कर कोपिली माई से आर्त स्वर में मन ही मन प्रार्थना करता ''माँ पूजा चढ़ाने में चूक गया हूँ। तू अंतर्यामी है तो जानती है क्यों चूक गया हूँ? माँ! इसका बदला मुझसे न ले। खता माफ कर। देख तेरी सेवा के लिए कितना श्रम कर रहा हूँ।''

ऐसे ही किसी क्षण में एक दिन दबइल का चेहरा उसकी मुदी आँखों के भीतर कौंध गया। उठती उम्र है। मसें नहीं भींगी हैं। छरहरा बदन, हाथ-पाँव सुघड़। कहीं कोई दाग नहीं, कोई विकार नहीं। मन ही मन निश्चय कर लिया और आत्मदया से भर गया—पकड़ यहीं थी और वह जाने कहाँ—कहाँ भटक रहा था। बस कमी यह थी कि वह प्रामाणिक रूप से वार नहीं था, कोपिली पुत्र था। .....कई तरह से तर्क कर वह इस निष्कर्ष पर पहुँचा कि नहीं है तो क्या? वह कहता तो अपने मुँह से अपने बारे में वार ही है। फिर कोपिली-पुत्र कोपिली की सेवा में! माँ ने उसे इसी दिन के लिए बचा कर रखा था—सही समय पर चबायेगी। उसकी अपनी जान बची। माँ बहुत दयालू है।.....इस तरह उसने अपने को तर्क से न्यायोचित ठहरा लिया।

: 3 :

जोर राय जब भी मासुमाई झरने की तरफ नीचे से ऊपर की ओर देखता तो लगता आसमान उसके सिर पर रख दिया गया है। जो आसमान वृत्ताकर चारो ओर घरती पर ओरमा लगता, वही मासुमाई पर लम्बवत् एक झटके से कट गया लगता। जोर राय हमेशा सोचता कि एक दिन वह चोटी पर चढ़ेगा और देखेगा कि वहाँ आसमान कहाँ है। सोचते-सोचते उम्र बीत गयी, किन्तु उसके गोरख धंधे में वह दिन कभी आया ही नहीं। जीवन की ऊब से उबरने के लिए वह एक दिन उस चोटी पर चढ़ गया और सभी दिशाओं को जल्दी-जल्दी देखने के बाद दक्षिण की तरफ एकटक देखने लगा। अनन्त हरियाली फैली हुई थी। नीचे से ऊपर की ओर देखने पर जो घास, पौधे, झाड़ी, पेड़, महीरुह अपनी औकात के अनुसार छोटे-बड़े लगते, छरहरे और झंखाड़ लगते, वही पेड़-पौधे, घास-पात ऊपर से देखने पर बराबर लगते। उच्चता अपने से इतर सबको बराबर बना देती है, उनमें भेद देखने नहीं देती। भेद अपने बनाम उनमें होता है। दोनों दो ब्लाक या वर्ग की तरह हो जाते हैं। इसी को बड़ा होना कहते हैं, जब कोई अपने अलावा सबको बराबर समझे।

जोर राय ने सोचा कि यदि वह इस ऊँचाई पर रहता होता तो जीवन में जो भी दु:ख उठाये हैं, उनका नामोनिशान तक नहीं होता। दु:ख होते, उनका एहसास नहीं होता। पहले खेती चौपट हुई, फिर बनिज चौपट हुआ, अब एक-एक कर लोग मरते जा रहे हैं। उ थ्लेन[1] पूजा माँग रहा है—ऐसा सभी एकस्वर से कहते हैं। अब यह देवता पर है कि वह अपनी पूजा कब स्वीकारे।

जोर राय ने नीचे की ओर देखा। सामने का प्रांतर समुद्र की तरह बिछा था। लेकिन एकदम सफेद। उसी से कुछ फाह-फाह उठ रहा था कि जैसे किसी दूरस्थ जंगल के किसी अदृश्य सेमल वृक्षों के कोये मद्धिम धूप में एक साथ फट गये हों और रूई खूब तेज चलती हवा में उड़ती जा रही हो। उसके लम्बे-लम्बे रेशे स्वच्छ नीले आकाश को झीने पर्दे की तरह छाये जा रहे थे कि जैसे कोई मुगलानी ढाके के मलमल के सात पर्तों के बीच भी नंगी-नंगी झलकती जा रही हो। देखते ही देखते ये फाह-बादल थक्के में तब्दील हो स्थिर हो गये जैसे एक अपरिकल्पनीय विस्तृत चारागाह में असंख्य भेड़ें एक ही मुद्रा में सिर गड़ाये चर रही हों, या कि शायद बैठी हों। कहीं एक मंथन हिरण्यगर्भ की तरह उठा और तमाम भेड़ें एक साथ अचकचा कर उठ खड़ी हो गयीं।

---

1. **उ थ्लेन—सर्प देवता।**

और उनकी अचानक ही उठी समवेत में-में एक तड़क में बदल गयी। उस तड़क के प्रभाव में बड़ी धीमी गति से उत्तर की ओर बढ़ते बादल अस्त-व्यस्त होकर जैसे जलकर भूरा पड़ने लगे। एक अदृश्य आग से उठता हुआ हल्का भूरा धुँआ रंग बदलते-बदलते गहरा भूरा पड़ने लगा और लहरा-लहरा कर उत्तर की ओर बढ़ने लगा। एक काला थक्का आता और जोर राय के पाँवों के बहुत नीचे घाटी में जम जाता कि जैसे अँधेरे की एक कालीन बिछती जा रही हो। उसकी धुँधली पारदर्शिता में वनस्पतियाँ अपना स्वाभाविक रंग खोती जातीं। फिर दूसरा थक्का आता, फिर तीसरा, चौथा.......थक्के के आवर्त इस तरह से लहरा-लहरा कर आते कि लगता समुद्र की विशाल लहरें ठोस होकर उमड़ती चली आ रही हों। जोर राय ने समुद्र नहीं देखा था। किन्तु जो समुद्र के बारे में सुन रखा था उससे यही बिम्ब उसके मन पर बन रहा था। देखते ही देखते उसके पाँवों के नीचे बादलों की एक छत बन गयी—एक आधारभूमि पाँव रखने की, जिसके ऊपर जोर राय नाव के मस्तूल की तरह अकेला खड़ा था। उसके सिवाय कुछ भी नहीं था उस खम् में, सिवाय बादलों के जो अब बादल नहीं, धरा बन गये थे।

इसी तरह दुःख आते हैं पहले लहरा-लहरा कर; फिर स्थायी भाव बन जाते हैं। उन्हीं पर खड़ा होकर आदमी सिर तानने की कोशिश करता है बार-बार। दुःख नीचे खींचता है, दुःख का मोचन ऊपर। देनों की तनातनी में आदमी टूट जाता है। सोचते-सोचते जोर राय वही एक शिलाखंड पर बैठ गया। पाँव के नीचे के बादल उठने लगे थे लम्ब की तरह। पहले वे आपस में मिल कर घुमरी खाये जैसे संयुक्त हो रहे हों आपस में लिपट कर, ऐंठ कर। फिर एक ठोस पिंड के मानिन्द एक इकाई बन गये तो खम्भे की तरह आसमान की ओर उठने लगे। जोर राय ने जरा नीचे झुक कर देखा तो पाँवों तले के बादल भी घुमरी खाते लगे जैसे खूब तेज बहती नदी में भंवर उठे। लगा कि सारी पृथ्वी ही मथा जायेगी। लेकिन इस दृश्य को देखने में उसका मन नहीं लगा। मन दुःखों का कारण तलाश रहा था। कहीं और न दिख पाने पर वह पुरखों की करतूत में दिखता। आखिर क्या जरूरत थी उ थ्लेन की सगौती को फेंक देने की? कितनी कठिनाई से वीर पुरुष स्वीदनोह ने उसे मारा था!

जयंतीमाई रिंडम इस कथा को बचपन से ही सुनाती रही है, कभी सिलसिलेवार तो कभी बात तोड़कर। लब्बोलुआब यह कि राङजिरतेह के उस पार कोङखेन गाँव में कभी बड़ा ही उत्तम् बाजार लगता था। इलाके भर के लोग लांघियाङ नाले के सुन्दर पुल को पार कर उस बाजार में जाया करते थे। कुछ समय तक तो सब ठीक-ठाक चलता रहा। लेकिन बाद में यदि दस लोग साथ जाते तो उनमें से पाँच ही वापस आते। दो गुज़रते तो एक गायब हो जाता। हाँ यदि कोई एक जाता तो उसे कुछ नहीं होता।

सभी हैरान। तब टोटका करने वालों ने बहुत यत्न करके पता लगाया कि राङजिरतेह गाँव के बगल की गुफा में कहीं से आकर एक विशाल साँप रहने लगा है। देवता ने आज्ञा दे रखी है कि जो भी जीवित प्राणी उधर से गुजरे उसे वह निगल जाय। शर्त यह होगी कि जितने परानी होंगे उनका आधा छोड़ना होगा। इसलिए वह एक परानी को नहीं निगलता है। इससे जन-जन में यह भय पैठ गया कि धीरे-धीरे करके यह साँप एक दिन पूरे खसिया प्रांतर के आदमी-पशु-परानी को खाकर पूरे इलाके को बीरान कर देगा। इससे उबरने के लिए उन लोगों ने पहाड़ के और मैदान के लोगों की एक सभा बुलाई सुनाई के बाजार में। बड़ी गहमा-गहमी हुई। लम्बी-लम्बी बहसें हुईं। तय हुआ कि उनके बीच का कोई एक आदमी साँप से दोस्ती करे, फिर उसकी पूजा तय कर दे। लेकिन कोई आदमी अपनी जान जोखिम में डालने के लिए तैयार नहीं हुआ। माना कि वह अकेले आदमी को नहीं निगलता। लेकिल साँप की जात, निगल ही बैठे तो? यही न कि देवता का कौल तोड़ने की उसे सजा मिलेगी। लेकिन सजा जब मिलेगी तब मिलेगी, उसकी जान तो चली गयी होगी। होते-होते बात सुनाइदोह के पास पहुँची। बाग का रखवाला। दिन ताम्बूल, आम, कटहल, नीबू, संतरे, अन्नास की सेवा कर के बिताता। उनका मालिक अकेला आदमी। अकेले तो बहुत से लोग थे। लेकिन वह स्वभाव का बहादुर था। यह बहादुरी भीतर की चीज होती है, उपदेश या लालच से नहीं आती। उसी बहादुरी ने उसे उकसाया तो उसने साँप को समाप्त करने का बीड़ा उठाया—पूजा का कौल बाँधने पर तो जान चढ़ानी ही पड़ती, चाहे एक-एक कर ही क्यों न हो। इसलिए उसे समाप्त कर देना ही ठीक है। पर कैसे? लोग उसकी चिरौरी तो कर सकते थे, पर रास्ता नहीं बता सकते थे। सुनाइदोह ने स्वयं ही रास्ता खोजा। भेड़, बकरी, खरगोश, बछड़ा लेकर जाता और थ्लेन को पेट भर खिलाता। होते-होते थ्लेन उसकी आहट पहचानने लगा और भोजन के लिए इंतजार करने लगा। उसके पाँवों की आवाज पर मुँह बा देता जैसे दोस्ती के लिए हाथ बढ़ाया हो। सुनाइदोह उसके मुँह में भेड़-बकरी का मांस भर देता। वह इतना हिये लग गया कि सुनाइदोह अगर आता नहीं तो गुस्सा होता। किन्तु गुस्से में हानि नहीं पहुँचाता। एक तरह से मनुहार करता। सुविधा पाकर उसकी आक्रामकता आलस्य में बदल गयी। पेट आसानी से भरे तो प्राणी यूँ भी अकर्मण्य हो जाता है। परनिर्भरता इतनी बढ़ जाती है कि वह पालतू होकर अपना स्वाभाविक कर्म ही भूल जाता है। इसीलिए जानवर और आदमी को ही नहीं, कौमों और राष्ट्रों को बहाने-बहाने पालतू बनाया जाता है। वह दूसरी बात है।

सुनाइदोह उसका मित्र और विश्वासपात्र बन गया। इतना कि वह आँख मूँद कर ही उसका दिया आहार ग्रहण करने लगा। तब एक दिन सुनाइदोह ने अपनी भट्ठी में एक बड़ा-सा लोहे का गोला तपाकर लाल किया और चिमटे से उठाये साँप के पास पहुँचा। बड़े प्रेम से पुकारा कि बहनोई! जल्दी से मुँह खोलो, आज तुम्हारे लिए बड़ा ही लजीज गोश्त लाया हूँ। साँप ने जैसे ही कोकाच बाया उसने जलता गोला उसके मुँह में डाल दिया। थोड़ी आँच तो लगी, लेकिन जब तक कुछ समझता निगलने के लिए

मुँह बंद कर लिया। साँप का स्वभाव है कि जिसे निगलने के लिए वह मुँह में भर लेता है उसे न तो छोड़ सकता है, न उगल सकता है। इसलिए छटपटा-छटपटा कर गर्म लोहे का गोला निगलता गया और साथ ही भयंकर आर्तनाद करता गया। उसकी चिग्घाड़ सुनकर वन-प्रांतर के सभी पशु-परानी भाग गये। धरती काँप गयी, लेकिन सुनाइदोह खुशी से बेहोश हो गया। आँखें खुलीं तो सुस्त पड़े साँप के पास गया। वह कातर आँखों से अपने विश्वासघाती मित्र को देख रहा था। मरने से पहले बोला, ''इस विश्वासघात का बदला मेरे शरीर की बोटी-बोटी लेगी। जितनी पेशियाँ हैं सड़कर उतनी साँप बनेंगी। पूरा इलाका साँपों से भर जायेगा। खासी जाति का नामोनिशान मिट जायेगा.......''

एक बड़ी जोर की चमक गिरि-वन-कंदराओं में फैल गयी। जैसे आसमान फट गया हो और उसके पीछे से कई-कई सूरज एक साथ चमक उठे हों। फिर जैसे आसमान तुरंत ही जुट गया हो, जिसके पीछे वे सारे सूरज एक बार फिर छिप गये हों। जोर राय की मुँदी आँखें तक चुँधिया गयीं। अचकचा कर उन्हें खोला तो कुछ दिखाई ही नहीं दिया। जब दिखाई दिया तो पाया कि बादल का जो खम्भा घाटी से आसमान की ओर लम्बवत उठता गया था उसी में से निकलती चमक बिजली बनकर अंतरिक्ष तक कौंध रही है।

इस व्यवधान ने जयंतिमाई की सुनाई थ्लेन की कथा का सूत्र छोड़ने के लिए उसे कोई अवसर न दिया। बल्कि इस चमक में मन की व्यथा कल्पना की जगह एक साक्षात् सच की तरह आ खड़ी हुई। इसने देखा कि सुनाइदोह भागा-भागा गाँव आया है और पूरी बात बताया है। लोग भागे-भागे पूरे जवार में फैले हैं। उनकी बात-सुनकर हर जगह के लोग एक जगह इकट्ठे हो रहे हैं भाग-भाग कर। पंचायत बैठ रही है। लम्बी-चौड़ी आशंकाओं, बातों, बहसों के बीच तय होता है कि साँप का आधा हिस्सा मैदान के लोग पकाकर खा लें, आधा हिस्सा पहाड़ के लोग। मैदान के लोगों की संख्या अधिक थी। वे पूरा खा गये। पहाड़ियों की संख्या कम थी। वे थोड़ा-थोड़ा कर बाँट-बाँट कर खाने लगे। उसी में माफू गाँव की बुढ़िया थी, जो अपना हिस्सा वृद्धावस्था के चलते खाना भूल गयी। उसी टुकड़े की पेशियों से फिर तरह-तरह के साँप पैदा हुए, जो पहले पहाड़ों में, फिर मैदानों में फैल गये। वे ही लोगों को सताते हैं, खास कर खासियों को। जोर राय तो उसी बुढ़िया की संतति-परम्परा में है।

जोर राय ने अपने अफसोस पुते चेहरे को ऊपर उठाया तो पाया कि वह नाचता हुआ मेह-खंड पूरी शक्ति के साथ घाटी में धँस रहा है। उसके समूचा धँसते ही एक बड़ी जोर की कड़कड़ाहट चिक्कार कर पहाड़ियों में धँस गयी है। जैसे सभी दिक्पाल एक साथ हने जा रहे हों। उनकी आर्तनाद और हथियारों के घर्षण से उठता शोर समवेत होकर खम् में भर रहा है। उसी वक्त एक अकल्पनीय तेज बिजली पुनः कौंधी कि जैसे सैकड़ों सूर्य एक साथ उग आये हों और उनकी तापहीन ज्योति पूरे ब्रह्मांड को आच्छादित कर सभी दीदधारी प्राणियों की पलकें एक साथ बंद कर गयी हो कि आगे

समय की गणना की शुरुआत सबके लिए एक साथ इस निमिष से आरम्भ होगी।

जोर राय ने आँखें खोलीं तो कुछ दिखाई नहीं दिया। एक अभेद्य अँधेरा प्रांतर में भर गया था। उसे शक हुआ कि कहीं आँखों की रोशनी तो नहीं चली गयी है और प्रलय का दिन आन पड़ा है। इस चौतरफे अँधेरे को अति जोर की वृष्टि और गहरा कर गयी। बड़ी-बड़ी बूँदों की मार, उनकी रफ्तार और उनका धरती पर एकाएक एक हो जाने के कारण पाँवों तले अचानक बनी पानी की तेज धार से जोर राय को लगा कि बस यही जीवन का अंतिम क्षण है। इस अकूत अँधेरे में ही दूसरे लोक को जाना है। शायद हिन्दू इसे ही वैतरणी पार करना कहते हैं।

उसे अपने जेहन में उभरी वैतरणी की कल्पना बड़ी अनर्गल लगी। खासी धार्मिक मान्यताओं में तो वह होती नहीं। लेकिन इधर सारे खासी इसी शब्दावली में सोचने लगे हैं। यह उत्तर और दक्षिण से एक साथ चली बयार है, जो हिन्नू अवधारणाओं को हमारे बीच पसारती जा रही है।

वह जब-जब अपने को सम्हालकर खड़ा करता, पानी का दौगरा उसे लुढ़का देता। बार-बार बिगड़ जाते संतुलन से वह घबरा उठा और पर्वत-शीर्ष को आज देख लेने के अपने निर्णय पर पछताने लगा। आँखें धीरे-धीरे अँधेरे में देखने को अभ्यस्त हुईं तो लगा अँधेरा छँट रहा है और उन्हें चीरकर आगे देखा जा सकता है। पहले मोटे पर्दे को, फिर झीने पर्दे को चीर कर देखने की क्षमता आयी तो लगा कि भूरी हो रही नीलिमा के उस पार पर्वतमाथ आकृति ले रहा है। देर तक देखते-देखते जब पर्दा कोहासे जैसा बन गया तो लगा कि पवर्तमाथ कुछ जम कर ठोस हो गया है। कोहरा भी छँट गया। किन्तु बारिश की धारासार इतनी तेज थी कि उसके पार कुछ दिखाई नहीं दे रहा था—बस वस्तुओं की एक आभा आभास की तरह हिलती-डुलती लग रही थी। उसकी इच्छा हुई कि वह भाग कर पेड़ों तक जाय और शरण ले ले। किन्तु हवा इतनी तेज थी कि गात के कोमल हिस्सों को बचाये रखने के लिए वहीं घास पर बैठ जाना अधिक सुभीते का था। बैठ कर उसने सिर को दोनों पाँवों के बीच गाड़ लिया।

जाने कितनी देर तक पानी बरसता रहा। उसके साथ ही उठती रही मृदंग की एक मंद आवाज, दूर से आती हुई, पानी के छहर-छहर को बेधती, फिर एकस्वर होती कि जैसे एक हहास पहाड़ियों से बार-बार उभर कर पहाड़ियों में ही लुप्त हो जा रही हो बार-बार। फिर अचानक ही बारिश खुल गयी। उसके साथ ही वह आवाज भी बंद हो गयी। पानी की मार से अधमरे हो गये जोर राय ने पाँवों से सिर निकाला तो देखा धुले आकाश की चमक प्रकृति पर फैली पड़ी है। पाँवों के नीचे घाटी में से बड़ी जोर का शोर क्रमश: उठता आ रहा है। मासुमाई का क्षैद[1] पूरी उफान पर है। कई मील से तिरछी पहाड़ी पर अपने बनाये रास्ते से भाग कर आता पानी उससे भी तेज गति से एक बैग घाटी में कूद-कूद कर सैकड़ों हाथ नीचे गिर रहा है। धार की जो वक्रता बनती

1. **क्षैद—झरना**

उसमें तमाम पानी फौव्वारे की तरह फैल कर तरल चाँदी की पारदर्शी पर्त की तरह छिटका जा रहा है। नदी की पेटी से उभरती लयवद्ध हहास आ–धरती–आकाश एक किये दे रही है। उसने सिर फेर कर रूपतिल्ली की तरफ देखा तो बीच की पूरी टीलामाला ही गायब हो गयी थी। वह धक् से रह गया, जैसे आँखों पर विश्वास ही न हो। इस धक् ने उसके अधमरे शरीर में जैसे जान भर दी। बार–बार आँखें पोंछ कर देखा तो पाया कि उन टीलों की मिट्टी टूटकर पूरी पेटी को भरती, चौरस करती बड़ी वेग से बही जा रही है। उसके उस पार की हरियाली धूसर लग रही थी जैसे पूरा पर्वत–स्कंध ही जल गया हो। उसकी समझ में कुछ–कुछ आने लगा कि बादल फट पड़ा था और बिजली गिरी थी, जिससे इस भू–भाग की हुलिया ही बदल गयी थी। पहाड़ सरक रहा था। जोर राय के कान सुन्न हो गये। उसके भीतर एक साँय–साँय बजने लगी। कलेजे में डर पैठ गया। उसे दबाये वह रास्ते की ओर बढ़ना चाहा नीचे उतरने के लिए। किन्तु पाँवों ने जवाब दे दिया। वह धड़ाम से गिर पड़ा।

नजवा नानग्रुम तेजपात के पत्ते बटोर रही थी। लम्बे–लम्बे रहेठों से बने खरहरे से एक तरफ से खरहेर कर ढेरी बनाती तो दूसरी तरफ से आती हवा उन्हें हुरहुरा कर उड़ा ले जाती। फिर वह दूसरी तरफ से खरहेरने लगती। लेकिन ढेरी बन ही नहीं पा रही थी। हारकर वह खरहरा एक तरफ फेंक कर बैठ गयी। साफ नीले आकाश में दोपहर का पूर्ण प्रखर सूर्य चमक रहा था। हेमंत के इस निरभ्र आकाश को चित्रग्रीवों का दल बार–बार नाप रहा था। नदी की तरफ से साफ और स्वास्थ्यवर्द्धक वायु अनवरत बह रही थी। नजवा ने उधर ही सिर धुमाया। उसे धक् से लगा। नदी तो थी ही नहीं। वह स्मृतियों में खो गयी। वह एक ऐसी ही स्वास्थ्यप्रद और सुखद दोपहरी थी, जब नदी का जल सूर्य की तीक्ष्ण किरणों से तप गुनगुना हो गया था। वृक्षों की धनी छाया में नदी के पनालों में बन गये गढ़ों में केंकड़ें और झींगा पकड़ते–पकड़ते वह नदी की मुख्य धारा तक आ गयी थी। गुनगुने जल के स्पर्श से उत्पन्न सुख के चलते वह नदी में तैरने की लालच संवरण न कर पायी। गंदे कपड़ों को पछार कर तट पर फैला दिया और सिर्फ का जिम्पिन[1] पहने धारा में गहरे उतर गयी। कुछ देर तक वह अपने गाँव की दिशा की ओर उल्टी धारा में तैरती रही और जल्दी ही थक गयी। तब धारा के साथ तैरने का मन हो आया और चल पड़ी। जहाँ तक नदी ऊपर–ऊपर थी वहाँ तक धारा मंद थी। किन्तु जहाँ से थोड़ी नीची होनी शुरू हुई थी वहाँ से धार एकदम से तेज हो गयी थी। यूँ ऊपर से देखने पर जल स्थिर दिखता था, पर नीचे–नीचे तेजी से बहता था और थोड़ी दूर जाकर एक बड़े से पोखरनुमा गड्ढे में पहले जमा हो जाता था, फिर उस

1. **जिम्पिन—कमर से नीचे लंगोटी की तरह पहने जाने वाला वस्त्र**

पर सरकता था। नजवा उसी पोखर में पहुँच गयी। थोड़ी देर तक करीब-करीब स्थिर पानी पर लेटी रही तो एक नयी ऊर्जा से स्पंदित हो उठी। तैर कर जिधर से आयी थी उधर जाना संभव नहीं था और जिधर आयी थी उधर का छोर दिख नहीं रहा था। अन्जान दिशा में जाने से अच्छा था कि वह जानी दिशा में जाय। फिर सोचा कि नदी-पोखर से बाहर निकल जाया जाय और और फिर पैदल चल कर जहाँ कपड़े सूख रहे थे, वहाँ पहुँचा जाय। तट ऊपर था। उस पर चढ़ने के लिए बार-बार पानी में से हुमाँच बाँधती। कोई नुकीला पत्थर पकड़ लेती। उसके सहारे बाँहों को सिकोड़ ऊपर पहुँचना चाहती। लेकिन कभी फिसल जाती, कभी पत्थर छूट जाता, कभी बाहों पर बदन का अपेक्षित भार नहीं डाल पाती, कभी साँस फूल जाती। बार-बार ऐसा करते-करते वह थकने लगी थी और डरने लगी थी कि शायद बाहर निकल नहीं पायेगी। डर यह भी था कि नदी की सीधी धारा में तैर कर जाने कहाँ पहुँचेगी और विपरीत धारा में तो तैर ही नहीं सकती। ये तीनों डर मिल कर एक चौथा डर बना दिये—अकेलेपन का डर। इसका एहसास होते ही वह चीख उठी। उसकी चीख चारों तरफ की पहाड़ियों से टकराकर कई-कई चीखों में बदल लौट आयी। ऐसा बार-बार करने से चीखों की गूँज का एक जंगल बन गया, जिसमें पता ही नहीं चलता था कि कौन-सी चीख उसकी मौलिक चीख है और कौन-सी उसकी प्रतिध्वनि! वह रूँआसी होकर और चीखती, चीख के साथ हाँफती और उनकी प्रतिध्वनियों के साथ और अकेली पड़ जाती। यह अकेलापन उसे थका देता। थकते-थकते वह अंतिम बार चीखी और उसके बाद अचेत हो गयी।

राफताब नीचे घाटी में बहती नदी में तैर रहा था। लम्बे-लम्बे बालों से लगा कि कोई लड़की तैरती हुई उसकी तरफ चली आ रही है। उसके उभरे गोल कंधे, छोटी-सी गर्दन और थके चेहरे पर उदास आँखें साफ दिख रही थीं। देहमुद्रा से लगता कि बाला ने अपने गात को पानी पर लिटा कर छोड़ दिया है कि वह जिधर चाहे बहा ले जाये, बस नुकसान न करे।

नीचे लगभग हरा पानी। ऊपर खूब चमकती धूप। बीच में लहर खाती सुस्थ काया। उसके धक्के से टूट कर मोती जैसा उड़ता बूँद-बूँद पानी। सब मिलाकर लगता कि एक जल-परी विचर रही है। यह सच तुरंत ही एक अविश्वास में बदल गया, जिसे परखने के लिए राफताब ने अपनी आँखें खूब मल कर खोलीं। लेकिन सच सच ही था। उसे लगा कि लड़की तैर कम रही है, बह अधिक रही है और उसे पकड़ने के लिए कुछ करना चाहिए। उसने पानी पर पाँव तानकर डुबकी लगायी और नीचे ही नीचे उसके पास पहुँच गया।

अर्धचेत लड़की को अंदेशा नहीं था कि वहाँ कोई आदमी भी हो सकता है। लेहाजा जब राफताब ने उसके केश पकड़े तो पहले वह चीखी। उसे लगा कि घड़ियाल ने पकड़ लिया। उसकी चीख से राफताब को लगा कि वह बिल्कुल थक गयी है। उसे आश्वस्त करते हुए बोला कि मैं आदमी हूँ। नजवा ने आँखें फाड़ कर

देखा। आदमी को देखते ही एक आश्वस्ति उसके रोम-रोम में भर गयी। उसी आश्वस्ति के बूते उसने अपना पूरा भार राफताब पर डाल दिया। परिणामस्वरूप राफताब को एक बार लगा कि वह उसे लिये-दिये डूब ही जायेगा। बदन को छुड़ाकर बालों के सहारे करीब-करीब घसीटता हुआ तट की ओर चला तो नजवा की चेतना थोड़ी लौटी और उसी में पाँव जमीन से टिकाया तो पाया कि पानी कंधे तक भी नहीं है। राफताब ने बाल छोड़ दिया और कंधा पकड़ कर तट पर लाया।

उन दिनों को याद कर नजवा मुस्करा उठी। उसकी आँखों में वे दिन उभर आये जब वह राफताब की तलाश में वहाँ जाती और निराश होकर लौट आती। पहले वह यह सोचकर कि पहली बार वह अमुक दिन को मिला था, इसलिए वह उस दिन को जाती। फिर लगा कि शायद वह किसी भी दिन आ जाये। इसलिए वह रोज-रोज जाती। उसे लगता कि वह जरूर आया होगा, उसी के आने में देर हो गयी। तब वह सुबह से ही वहाँ जाकर बैठ जाती और जब दिन डूबने लगता तब कभी अपने को और कभी राफताब को गाली देती लौट आती मन ही मन यह दृढ़-निश्चय करती कि अब कभी नहीं जायेगी और यह कि गयी भी तो यदि वह मिला तो बोलना कौन कहे पहचानेगी भी नहीं ।

महीनों बीत गये। उसी उदासी में वह एक दिन नदी में उतर गयी। यूँ ही तैर रही थी कि पानी नीचे से फटा। उसकी आवाज पर वह उधर की तरफ देखी तो आँखें फटी की फटी रह गयीं। काँपते होंठों पर कोई भाव डालना चाहा तो वे सफेद पड़ गये। लगा कि एक सूंस उसकी तरफ मूड़ गाड़े बढ़ रहा है। पानी एक बार फिर फटा और एक नंग-धड़ंग आदमी कमर से ऊपर पानी पर खड़ा हो गया है। उसकी साँस टंग गयी और चेहरा फक् पड़ गया। वह बोला, ''माफ करना काङ! मैंने तुम्हें डरा दिया। दरअसल डूब कर तैरना मुझे अच्छा लगता है।'' तब उसे विश्वास हुआ कि अरे यह तो सचमुच का राफताब है। उसके चेहरे की रंगत लौट आयी। राहत से हँसी और पानी पर लेट भाग चली। राफताब पीठ के बल पानी पर लेट पहले उसके पीछे, फिर बराबर और फिर आगे निकल कर तैरता गया। वह आचरित आँखों से देखती तैरती रही। दोनों तट पर पहुँचे तो बोली, ''मछुआरे हो क्या?''

वह बोला, ''तुम्हारा अंदाज इतना सही कैसे है?''

''कितने बरस से पानी से खेलते हो?''

''जब से मछलियाँ पकड़ना शुरू कीं।''

''किस गाँव के हो?''

''मउपुंकिरलियांग का।''

''तुम?''

''माफू की।''

दोनों को पूरी दुनिया, पूरी चराचर, धरती-आकाश एक ऐसे तेज-पुंज में डूबा लगा जो पृथ्वी पर नहीं मिलता; एक ऐसे संगीत में डूबा लगा जो कानों से नहीं आत्मा से

सुनी जाती है। दोनों कुछ क्षण तक एक-दूसरे को देखते रहे। फिर मुँह फेरते हुए नजवा बोली, ''मुझे पकड़ो'' और पानी पर पीठ के सहारे फिसलती भाग चली। राफताब पानी के पार उसके उन्नत उरोजों को एकटक देखता रहा। उसे ऐसे देखता देख वह पेट के बल हो गयी। राफताब बहुत तेजी से उसकी तरफ तैर कर बढ़ा, किन्तु उसके पास तक पहुँच न पाया। वह रुक गयी और पीतल की नन्हीं घंटियों की तरह खनककर बोली, ''तुम भागो मैं पकड़ती हूँ। राफताब अनमनस्क भाव से, अपने पर कूढ़ता मंथर गति से तैरने लगा। उसने एक झटके में, यूँ कहें, एक कुदान में ही उसे पकड़ लिया। राफताब का मन जाने क्यों बुझ गया था। उसे ताड़कर वह बोली, ''मैं कल फिर इसी समय यहीं आऊँगी।'' और बाहर निकल कर घर की तरफ चल दी।

राफताब कुछ नहीं बोला। लेकिन दूसरे दिन, फिर तीसरे दिन यानी प्रतिदिन महीनों उसी समय, उसी जगह रोज जाता और वह रोज आती।

फिर गाँव में एक दिन शोर हुआ कि वह पेट से है।.......

नजवा ने सिर फेर कर देखा। सूरज वैसे ही चमक था। दूर की पहाड़ियाँ वैसी ही नीली और खामोश थीं। लेकिन उस दिन तो ठीक इसी वक्त दूर से आती एक गड़गड़ाहट चारों दिशाओं में भर गयी थी। सूरज के गुनगुनेपन को आवरण देते नीची ऊँचाइयोंवाले गाढ़े रंग के बादल पर्त-दर-पर्त एक होकर पहले आकाश में टंगे थे; फिर पूरी ताकत से धरती में मेह की तरह गड़े थे। धरती का एक बड़ा-सा भाग पिघले लावे की तरह पहले ऊपर उछला था जैसे एक छोटे से पुकुर में एक बड़ा-सा पत्थर ऊपर से सीधा छोड़ दिया जाय। फिर पीछे की पहाड़ी उसके साथ धीरे-धीरे जैसे खिसकने लगी थी। आँखें कुछ समझ ही नहीं पा रही थीं। हाथ रोके, माथे पर बल दे, उन्हें फाड़ कर उसने देखा कि हाँ सामने का पूरा पहाड़ एक अनजानी तीव्र गति से भागा आ रहा है नदी की ओर गाँव-गिराँव, जंगल-ढलान को एक-सा सपाट करता। और देखते ही देखते नदी ही नहीं पूरी घाटी जाने कहाँ चली गयी। उसे लगा कि वह उसी में धसी जा रही है। उसका खेत, गाँव की जिर्रात, पूरा इलाका उसी में पैठता जा रहा है। कहीं निस्तार नहीं है। पूरे ब्रह्मांड से एक शोर उठ रहा है। लोग भागे जा रहे हैं। कहां? कुछ पता नहीं। होश नहीं। वह अचेत हो गयी।

: 4 :

आँखों पर दुरबीन लगाये वह घंटे भर से रूपतिल्ली की शोभा निहार रहा था। उसने यूरोप के तमाम दर्शनीय स्थान देखे हैं, पूर्वी एशिया और भारत का भी बहुत कुछ

देखा है; किन्तु प्रकृति का यह रूप कहीं भी देखने को नहीं मिला है। पिरामिड की तहर उभरे नीले पहाड़ के गले में चाँदी की हँसुली की तरह उमगोट चमक रही थी। एक दूरी पर नदी का बहता साफ तरल पानी लगता था कि जमकर चाँदी का गहना बन झलक रहा है। एक धवल आभा गहरी नीली वनस्पतियों के थक्कों को दमकाती हुई हल्के नीले आकाश में तनी लगती। पर्वत-माथ से गुजरते महीन बादल के गुच्छे उसकी चमक को पारे की तरह रगड़कर और धवल तथा चमकीला बनाये दे रहे थे।

बेचैन आँखों से रूप पकड़ते-पकड़ते उसकी पलकें जब थकने लगीं तो उन्हें मन फेर देने के लिए उसने अपनी आँखें पीछे की ओर घुमायीं। उसे उम्मीद थी कि उसका खच्चर उधर ही कहीं चर रहा होगा। लेकिन वह दूर-दूर तक नहीं दिखा। लाइकिंसाउ के इस समतल के पश्चिम दृष्टि ले गया तो काले ग्रेनाइट की पहाड़ी का बीरान मस्तक उदास दिखा। वाइनाकुलर से उसने एक बार फिर पूरब-दक्षिण की ओर रूपतिल्ली की पहाड़ी का अवलोकन किया। कहाँ दमकता यह स्कंध और कहाँ वह सफाचट सिर! उस सिर के नीचे जेडथाउ के झुले वृक्ष अपनी लम्बी छरहरी टहनियों पर गाढ़े हरे पत्ते लादे खामोश पड़े थे। दूरबीन को आँखों पर लगाते ही उनके लाल-लाल फूल चमकने लगे। पतली पारदर्शी चमड़ी वाली उँगलियों में जैसे मांस की जगह रंगीन मोम भर दी गयी हो। और नीचे आँखें ले गया तो पतली नदी उस वन-खंड से आगे बढ़ने से पहले फैलकर एक उथले पोखर की तरह बन गयी थी। तमाम काली ठोस चट्टानें इधर-उधर बिखरी पड़ी थीं तथा सूखा बालू पेटी में भरा था। उन्हीं में से होती एक पतली धारा बिना वेग के बहुत धीरे-धीरे बह रही थी। उसके पेट में एक शिलाखंड गड़ा था, जिसका एक हिस्सा चबूतरे की तहर पसरा था। उसने गौर से देखा तो प्लेटफार्म पर शिलाखंड को जैसे थामें एक और छोटा-सा सफेद शिलाखंड खड़ा था। उसे बड़ा आश्चर्य हुआ कि काले पत्थरों के बीच इतना सफेद—संगमरमर से भी सफेद—शिलाखंड कहाँ से आ गया, जैसे चित्रकूट की स्फटिक शिला का कोई लघुरूप हो! वाइनाकुलर को पोंछ एक बार फिर आँखों पर ठीक से लगाया तो लगा कि सफेद शिला जैसे थोड़ी बढ़ती जा रही है, जैसे समुद्र का फेन दादुर को घेरकर बड़े हौले से बढ़ता है। फिर लगा कि वह हिलता हुआ पानी में पैठ रहा है। आँखों से वाइनाकुलन हटाकर उसके शीशे पर जमे भाप को पुनः पोंछकर शिला पर फिर टिकाया तो उसका मुँह खुला का खुला रह गया। एक स्त्री मलमलकर अपना गात धो रही थी। उसका थोड़ा झुका पृष्ठभाग ही दिख रहा था, कंधे से कुल्हे तक चौकोर, बिना किसी वक्रता के, सपाट, ठोस। उसी तरह दोनों पाँव। स्त्री ने सीधा खड़ा होकर अपने बाल झटके तो वह सिर से पाँव तक ढक गयी।

उसका कलेजा मुँह में आ गया। वह वाइनाकुलर हटाकर घूरने लगा। लेकिन कुछ देख नहीं पा रहा था। फिर लगाया तो देखा स्त्री पलट कर अपने बाल धो रही है, निरापद, निश्चिंत। कोई वन-देवी है जो सैंड-सोप से नहा रही है—उसने सोचा और अपनी नंगी आँखों से उसे देखने के इरादे से नीचे उतरने लगा। कोई दो सौ गज नीचे

उतरते-उतरते उसका पाँव एक रोड़े-पत्थर से टकराया। जमीन भीगकर पहले से ही पोली थी। लोहं की नाल लगे बूट के अग्रभाग से ठोकर लगते ही उखड़कर दूसरे पत्थरों से टकराता, भड़भड़ाकर नदी में डब् से जा गिरा। इससे स्त्री का ध्यान टूटा तो सामने से बड़ा-सा टोप लगाये, घुड़सवारी का कपड़ा पहने एक लाल मुँहवाला आदमी उसकी तरफ बढ़ता दिखा। स्त्री अपनी जाति की स्वाभाविक लाज से ठक् हो गयी। आदमी खासी होता तो इस लाज के अलावा भय की कोई बात नहीं होती। लेकिन यह तो लाल मुँहवाला था—शायद इसी को गोरा सॉब कहते हैं। अरे ये तो बड़े पाजी होते हैं—यह ख्याल आते ही वह जैसे थी वैसे ही पानी से निकलकर भाग चली। थोड़ी दूर पर साहब का खच्चर पानी पी रहा था। उसकी नंगी पीठ पर कूद कर बैठी और जंगल के अंतस्थल की ओर सरपट दौड़ा चली। खच्चर पर चढ़ते वक्त खच्चर जितना लचा था और जिस गति से दौड़ा था, उसके अनुसार वह औरत का वजन कूतने लगा।

कुछ दिनों बाद राली साहब को अपने मुखबिरों से जब पता चला कि उसके खच्चर पर चढ़कर भगी विवस्त्र नहाने वाली महिला खिर्रिम की देव-रानी है, तो खिर्रिम राज से अपनी मित्रता बढ़ाने के लिए उसे एक अच्छा मौका मिला। खबर भिजवाया कि हम दारबार की सेवा में हाजिर होना चाहते हैं।

यह खिर्रिम के लिए नयी बात थी। एक तो अभी तक के इतिहास में किसी ने इस तरह का मिलन-संदेश नहीं भेजा था। दरबार को ही जिससे जरूरत होती उसे बुलाकर मिल लेता। दूसरे यह संदेश लाल मुँहवाले बड़ साब का था। सो दरबारवालों ने सोचा कि यह ब्रितानियों का ढंग होगा राजा से मिलने का। दरबार और आम लोगों के प्रतिनिधियों की एक औपचारिक बैठक बुलाई गयी और मिलने का दिन तयकर संदेशा भेज दिया गया। लिडदोह[1] से बड़ी हुज्जत हुई थी। उसकी जंत्री में इस तरह के आदमी से मिलने का कोई विधान ही नहीं था। लेकिन खिर्रिम में देव-रानी ही वास्तविक पुजारिन होती थी—लिडदोह को उसके निर्देश में काम करना होता था। इसलिए उसे विधान बदलने का या नई परिस्थितियों में विधान बनाने का पूरा विवेकाधिकार था। लेहाजा लिडदोह को उसे स्वीकार करना पड़ा। यह भार उसी को सौंपा गया कि वह जल्दी ही किसी दिन मफलाङ जाये और रालिन्सन साहब को नेवत आये। यानी परम्परा भी अक्षुण्ण रखे और रालिन्सन का मान भी रह जाये।

---

1. **लिडदोह—पुजारी, पुरोहित**

उस दिन गाँव में बड़ी गहमागहमी थी। नीचे से ऊपर को जाती गाँव की एकमात्र सड़क को साफ किया जा रहा था। सड़क क्या गली थी। खासी लोग एक सीधी पटिया छोड़कर उसके दोनों किनारे अपना घर बनाते हैं। यह पटिया उनके घरों को सीधाई देती हैं, सीमांकन करती हैं, गाँव के लिए रास्ता का काम करती है और पानी बहाने के लिए मुख्य नाली का भी काम करती है। जहाँ पानी ने रास्ता काट दिया था, वहाँ मिट्टी डालकर पिटाई की जा रही थी। रास्ते में जहाँ आदि काल से न भरे जा सकने वाले गड्ढे थे, उनमें पत्थर ठूँस-ठूँस कर सपाट किया जा रहा था। गली के किनारे जो घर थे उन्हें भी चमकाया जा रहा था। सामने के टट्टर बदल दिये गये थे और दरवाजों तथा फर्शों पर मोम या चिकनाई रगड़ी जा रही थी। खर-पतवार नोंच दिये गये थे और सुअरों को गाँव के बाहर खोभारियों में अँटका दिया गया था। वे वहीं घेंचू-घेंचू कर रहे थे जैसे किसी अनन्त दुःख के विशाल कड़ाह में पकाये जा रहे हों। बच्चों को नहला-धुला कर साफ कर दिया गया था। कपड़े तो थे नहीं, नहीं तो पहना दिया गया होता, भरसक नया ही। स्त्रियों ने अवश्य ही अपना जिमफ्राम और मुरैठा केले की राख से धोकर चमका लिया था। पीठ पर रखने के लिए बाँस और बेंत की टोकरियाँ और सिर से उनको ढ़कने के लिए सूप नया कर लिया था।

सूरज जब पश्चिम की तरफ जरा झुका तो राली साहब अपने पाँच खासी टहलुओं और मुखबिर के साथ गाँव के सीमांत पर पहुँचा। वहाँ बढ़ियाँ काठ के नक्कासीदार दो नये खंभों से स्वागतद्वार बनाया गया था। खम्भों के ऊपर एक बड़ा-सा पटरा चौड़ाई के बल खड़ा किया गया था, जिस पर एक तरफ हाथी और दूसरी तरफ बराह खुदा था। बीच में रियासत का चिह्न शेर या कछुए से मिलता-जुलता कोई पशु, जिसे पहचानना कठिन था। खासियों में जो पवित्र-पशु होते हैं, उन्हें टोटम नहीं माना जाता, जैसा कि दूसरी कौमों में माना जाता है। उन्हें मारने पर रोक नहीं होती, बल्कि मारे जाने का आधार होता है। वे पालने के लिए नहीं, खाने के लिए होते हैं। गोत्र के निशान नहीं, परिवार के निधि होते हैं। राली साहब को हैरत हुई कि आखिर खिर्रिम वाले किस विभाग के हैं। इतना मौका नही था कि वह अपने टहलुओं या मुखबीर से यह पूछता। उसे देखते ही गाँववाले समवेत स्वर में एक अजीब-सी ध्वनि निकालकर लाल कपड़ों के टुकड़ों को हिला-हिला कर जैसे अभिवादन करने लगे थे। उनके पास जाकर रालिंसन जैसे ही रुका, पाँच लोग बढ़कर उनके टट्टुओं की रास पकड़ लिये। रालिंसन को थोड़ी अनमनस्कता हुई। वह जानता था कि खसिये घुड़सवार नहीं होते। राज परिवार के लोग भी काम चलाऊ ढंग की ही घुड़सवारी जानते हैं—एक स्थान से दूसरे स्थान तक किसी तरह पहुँचने के लिए। इसलिए टट्टू कहीं विदक कर भाग न जायें। किन्तु उसे इसका भी एहसास था कि ये सिखाये गये टट्टू हैं और विदेशी नस्ल के हैं,

इसलिए वे अपनी अर्जित अनुशासनशीलता के चलते ऐसा कुछ भी नहीं करेंगे। सीखने से स्वभाव थोड़ा यूँ ही बेहतर हो जाता है और सीखनेवाला विदेशी हो तो भला क्या पूछना?

उसकी अन्मनस्कता जाती रही। उतरते ही बड़ी गरमजोशी से आगे बढ़ा। स्त्रियाँ मंगलगीत गाने लगीं। उनका जो नेतृत्व कर रही थी, उसने आगे बढ़कर क्रोसिये से बुने और पीली कौड़ियों से सजे रेशमी धागों को बँट कर बनाये गये बटुए से निकाल कर एक बड़ी-सी बड़ी ही सुन्दर सुपारी और भिगों-भिगों कर सिझाए गये पान के पत्ते देकर राली साहब का स्वागत किया। उसकी देखा-देखी दूसरी स्त्रियों ने भी आगे बढ़कर मुखबीर और टहलुओं को पान-सुपारी अर्पित कर दीं। गान समाप्त होने पर राजा का प्रतिनिधि आगे बढ़ा और रेशमी वस्त्र का थान रालिंसन साहब को देकर स्वागत किया। अपनी उदारता दिखाने के लिए रालिंसन ने दस्ताना उतार कर हाथ मिलाया, फिर टोप उतारकर गले मिला। प्रतिनिधि थोड़ा हिचकिचाया कि क्या गले मिलने के लिए उसे अपनी पगड़ी उतारनी चहिए। खासी के लिए तो ऐसे मौके पर पगड़ी उतराना बड़े असम्मान की बात होती है। किन्तु सोच-विचार के लिए बहुत समय नहीं था। जैसे बना वैसे ही मिल लिया। उनके अलग होते ही स्त्रियों ने अपनी पीठ की टोकरियाँ उतारकर गली के सामने रख दीं। यह उनका उपहार था। किसी में चावल, किसी में स्थानीय फल, किसी में विभिन्न जानवरों के सुखाये गोश्त, किसी में सुपारी, किसी में विभिन्न प्रकार के मसाले, नमक। नहीं था तो पानी। पानी खासी हिल्स में अफराद था।

आगे-आगे प्रतिनिधि पीछे-पीछे गोरा साहब, बगल में मुखबिर, पीछे टहलुए और इनके पीछे पूरा गाँव दरबार की ओर बढ़ा। राली ने गौर किया कि सभी घर काठ और बाँस की खपच्चियों से बने हैं। छाजन सरपत की है। पूर्वी भारत में कहीं भी छत पकायी मिट्टी यानी खपरैल से नहीं बनती। अब कोई विदेशी शोधकर्त्ता यह निष्कर्ष निकाले कि मोहन-जो-दारो की सभ्यता नष्ट हो जाने के बाद भारतीयों में यह प्रविधि भी नष्ट हो गयी तो उसकी मानसिक कृपणता पर टिप्पणी करने का मुझे कोई अधिकार नहीं, पर इतना तय है कि इन्होंने अपनी आर्थिक स्थिति के मद्दे-नजर स्थानीय वस्तुओं का बड़ा ही सहज और उत्तम् इस्तेमाल किया है, इस भूकम्प प्रभावित इलाके में। किसी भी घर के आगे न सहन है, न पीछे कोलिया। सभी घर दो कमरों के हैं और अंग्रेजी के अक्षर 'एल' (L) के आकार के हैं। सबके सामने बर्तन धोने से लेकर पानी सम्बन्धी हर काम के लिए एक बाँस की फट्टियों से बना चबूतरा है, जिसके नीचे तमाम सफाई के बावजूद कीड़े बजबजा रहे हैं, क्योंकि नाली कहीं नहीं है।

राली दरबार के गेट तक पहुँचा तो जोर से नगाड़ा बज उठा। उसकी अचानक उठी आवाज से टट्टू चौंक उठे। वे भागना ही चाहते थे कि सिंघे की आवाज उठी। उनकी समवेत आवाज़ से वे चकड़िया गये तो कोई बात नहीं, स्वयं राली चिहुँक गया-यह बड़ी बात थी। उसे अक्सर लगता कि भारत के छोटे-छोटे इलाके में भी सैनिक और नागरिक संस्थाओं में भेद नहीं है और राज-काज एक सैनिक शिविर की चलन है।

नगाड़े व सिंघे से स्वागत उसी का प्रातिनिधान है। चलाया यह अकबर ने था और पहुँच गया है सुदूर जंगलों में। चारों तरफ देखकर वह तुरंत ही सामान्य हुआ और सधे रोबीले डग भरता दरबार हाल में घुसा तो कुछ लोग खड़े हो गये, कुछ बैठे ही रहे। दरबार हाल उत्तर से दक्षिण की ओर बढ़ा लम्बोतरा घर था। बाहर से पत्थर से चिना, भीतर काठ और बाँस की फर्रियों से मढ़ा। छत फूस की थी। कीमती पटरों की सीलिंग लगाई गयी थी। बाहर की दीवारें सीलन भरी उदास, भीतर की दीवारें उसी अनुपात में सूखी, चहकतीं। घर काफी पुराना था। पत्थर की दीवार तीन ही तरफ थी। चारों तरफ पत्थर की दीवार बनाना खासी लोगों में तब वर्जित था। गम्हार की लकड़ी की छोटी-छोटी चौकोर चौकियाँ बड़े करीने से दायीं-बायीं तरफ रखी थीं, जिन पर सभासद बैठे थे। सामने सियेम[1] के बैठने का स्थान था, जो सामने से लकड़ी की रेलिंग लगाकर घेरा हुआ था। उसमें तीन बड़ी चौकियाँ गद्दियों से ढकी रखी थीं। उत्तर तरफ का दरवाजा खुला हुआ था। उसी से दो जन भीतर आये। कानों में कुंडल, गले में कंठा। सिर पर जो मुरैठा था वह भी मोतियों की झालर से सजाया हुआ। एक में किसी पक्षी का खूबसूरत लहरीला कटावदार पाँख खुसा था। राली को समझने में देर नहीं लगी कि यही राजा है। उसने झुककर फर्शी बजाई तो वह पास आ गया और हाथ पकड़कर गद्दीदार आसन की ओर ले गया। बीच में खुद बैठा। दाहिनी तरफ उसका मंत्री, बायीं तरफ रालिन्सन। मुखबिर और टहलुओं को उनकी जगह बता दी गयी। जब सभी बैठे गये तो दो तरफ से निकल कर दो खानसामें आये। एक के हाथ में ताँबे का झझ्झर था, दूसरे के हाथ में तस्तरी। मुखबिर उठकर रालिन्सन के बगल में आ गया और इशारे से बताया कि हाथ-मुँह धोने के लिए पानी है। एक तस्तरी को पकड़े रहा, दूसरा उसमें धीरे-धीरे पानी गिराता रहा, जिससे राली ने प्रच्छालन किया। धोकर, हाथ-मुँह पोंछ लिया तो वे सेवक हट गये। दूसरे आये। उनके हाथ में तालमिस्त्री, सूखे मेवे और मधु के पात्र थे। रालिन्सन ने उन्हें ग्रहण करना आरम्भ किया तो खसिया बालाओं का एक दल धीरे-धीरे आकर एक बड़े ही कोमल वाद्य-धुन पर नृत्य में मशगूल हो गया। उनके ताम्बाई चेहरे पर चाँदी और तमाम रंगीन पत्थरों के गहनों की चमक एक खास तरह की आभा निर्मित कर रही थी। वेणी से लटकते तमाम ताजे खिले फूलों की सुगंध पूरे माहौल को नशीली कर रही थी। नाच खत्म हुआ तो रालिन्सन को पान-सुपारी दी गयी। यानी समारोह खत्म। अतिथि आराम करें। उन्हें अतिथिशाला तक पहुँचा दिया गया।

शुभ्र नीला आकाश पारदर्शी कुहरे से भर गया था। अति हल्का भूरा कोहरा लहरा-लहरा कर आसमान से उतरता तो लगता आकाश में कोई दैवी शाहजादी धवल झीना

1. **सियेम—राजा**

वस्त्र पहने उड़ी जा रही है। वे वस्त्र जब पहाड़ियों के जंगल को छूते हैं तो वे कभी ढक जाते हैं, कभी उधड़ जाते हैं। इनके दोलन में पूरा वातातरण अजागतिक लगता है। ऐसा तब लगता था, जब एक पहाड़ी पर खड़े होकर दूसरी पहाड़ी को देखा जाय और दोनों के बीच नीचे एक घाटी पटी पड़ी हो। अन्यथा खिर्रिम में तो चीड़ के मोटे-मोटे बोटों को चीरकर बनाये गये मशाल राजभवन के बाहर और भीतर इस तरह से जल रहे थे कि लगता था कि चारों तरफ से रोशनी एक पारदर्शी स्पिरिट की दरिया को लांघकर ठंडी लपट की तरह लपलपा रही हो। उसके चारों तरफ एक जादुई लोक फैला हुआ था, जिसे चीर कर आती आदिवासी संगीत की आदिम ध्वनियाँ पूरे वातावरण को रहस्यमय बनाये दे रही थीं।

खिर्रिम का राजपरिवार सुअर का गोश्त नहीं खाता तो क्या; दूसरे तो खाते हैं। और खूब चाव से खाते हैं। इतने चाव से कि उसे विशेष भोज का आवश्यक अंग माना जाता है। लेहाजा दिन डूबने से काफी पहले ही स्वस्थ बधिया सुअरों को जुलाब खिलाकर साफ कर लिया गया था। फिर उन्हें नहला-धुला कर कड़ा, मोटा, मीठा स्थानीय चावल शहद और चर्बी में लपेटकर खिला दिया गया था। इससे पहले कि उनकी पाचन प्रक्रिया शुरू होती एक बहाने से उनके जबड़े और चारों पाँव बाँध दिये गये थे। उनकी आर्तनाद को कभी नजरंदाज कर और कभी उसे भोज के सुखादु होने की भविष्यवाणी की तरह लखकर गोरे के भाग्य को मुबारकबाद दिया गया था। कई अलाव जल रहे थे। उनमें नुकीले लम्बे शब्बल गर्माये जा रहे थे। सबमें पीछे की तरफ बेंट की तरह लकड़ी का हत्था लगा हुआ था। शब्बल लाल हो गये तो एक-एक सुअर पर चार-चार जन चढ़ बैठे और दो-दो, तीन-तीन वलिष्ठ लोगों ने पूरी शक्ति के साथ उनके मलद्वार में उन गर्म सलाखों को घुसेड़ मुँह की तरफ से निकाल लिया। इसके पहले उन पर चावल के दाने अक्षत की तरह फेंककर उन्हें पवित्र कर लिया गया था। गर्म सलाखों की नोक की तरफ भी लकड़ी का हत्था लगाकर धधका दिये गये अलावों के इधर-उधर लकड़ी के खपचे खड़ा कर उन पर साबूत जिन्दा सुअर लटका दिये गये। लोहा के भीतर जाते ही उनके प्राण पहले ही करीब-करीब निकल चुके थे; जिनके नहीं निकले थे, या जितना निकलने से बच गया था, उनमें इतनी शक्ति नहीं थी कि वे पहले इसकी घोषणा करें और फिर मरें। उन्हें उलट-पुलट कर भून लिया गया। भीतर लोहे की और बाहर लपट की गर्मी से पेट में पड़ा अनपचा चावल चर्बी के साथ चुर गया था, जिसे पशुओं को चीरकर निकाल लिया गया और ताम्बे के बड़े-बड़े परातों में भर दिया गया। फिर पहले से भून कर रखे मुर्गों के मांस के साथ उसे बिरियानी की तरह तल लिया गया। दूसरी तरफ सुअर के मांस के टुकड़ों को विभिन्न आकृतियों में काटकर जंघा, पीठ, सीना और खाल के अनुसार दूसरे परातों में भर लिया गया।

राली साहब कुलियों की पीठ पर लदवाकर बाँस के बड़े-बड़े भोंभड़ों में जंगली नाशपाती और जंगली संतरों से बनी शेरी और माल्ट नामी शराब ले आया था और उपहारस्वरूप राजा के परिचारकों को सौंप दिया था। उन्हें टीक के बने बक्सानुमा कठौतियों में अलग-अलग भर दिया गया था। स्थानीय चावल की कच्ची शराब अलग

से उड़ेली जा रही थी। तभी तुरही बजी। यह भोज में अतिथि के पहुँचने की सूचना और तद्जन्य कार्यवाई के लिए चेतावनी थी। आवाज़ सुनते ही अफ़रा-तफरी मच गयी। जो जितना ही खाली और बेकार था, वह उतना ही व्यस्त होकर शोर मचाने लगा।

दरबार कक्ष के पीछे बड़े-से हालनुमा कमरे में दीवार से सटाकर तीन तरफ लकड़ी की ऊँची पर पतली चौकियाँ बिछी थीं। दक्षिण तरफ की दीवार से सटाकर चार बड़ी-बड़ी मचियानुमा चौकोर नक्कासीदार चौकियाँ रखी थीं। उन पर हिरन के खाल में मिकिरिया रूई और नारियल की जटाएँ साफ कर भरी हुई दो-दो गद्दियाँ रखी थीं। एक बैठने के लिए थी, दूसरी पीठ से टेक लगाने के लिए। अभी वहाँ कुर्सियों का चलन नहीं आया था।

नगाड़े की थाप पर बायीं तरफ के दरवाजे से राली और दायीं तरफ के दरवाजे से सियेम, दोनों एक साथ कमरे में घुसे और बराबर की संख्या में कदम चलकर हाल के बीचोबीच पहुँचे तो एक तरफ राली ने थोड़ा झुककर मिलाने के लिए हाथ बढ़ाया तो दूसरी तरफ सियेम ने अकड़कर प्रणाम की मुद्रा में हाथ उठाया। दोनों को ही लगा कि कुछ गलती हो गयी है। उसे सुधारने के लिए सियेम ने हाथ नीचाकर मिलाने के लिए बढ़ाया। तब तक राली ने प्रणाम की मुद्रा में दोनों हाथ जोड़ दिया। अभिवादन में तालमेल न बैठ पाने के कारण दोनों थोड़ा असहज हो उठे। तभी भीड़ को जैसे अपनी प्रसन्नता जाहिर करने का मौका मिल गया। खासी लोग थोड़ा वैसे भी हँसोड़ होते हैं। उनकी हँसी फूटते ही दोनों सहज हो एक साथ अपने-अपने आसनों पर बैठ गये।

जयंती रिडंम अपनी मुख्य परिचारिका के साथ आयी। खासियों का समाज यद्यपि कि मातृप्रधान था और हर जगह स्त्रियों का ही दबदबा स्वीकार किया जाता था, तो भी राजा की पत्नी और दूसरी महिलाएँ दरबार के काम-काज में हिस्सा नहीं लेती थीं और न ही दरबार में आती थीं। कहती थीं कि बाग तो मुर्गा की देता है। मर्द लड़ता है, इसलिए राजा होता है, मालिक भले ही औरत हो। जयंती रिडंम की बात दूसरी थी। पिछले मालकिन की बड़ी बेटी होने के कारण राज्य की मुख्य पुरोहित, पुजारिन थी। राज्य धरा पर देव का प्रतिनिधित्व करने वाली संस्था माना जाता था, इसलिए वह अपवादस्वरूप आयी थी। सच्ची बात यह थी कि राली उसी से मिलने आया था और इस पर हुज्जत नहीं की जा सकती थी। वह अंग्रेज था—कम्पनी बहादुर का आदमी। कम्पनी ने सिराजुद्दौला को नेस्तानाबूद कर दिया था; मुगल बादशाह से बंगाल, बिहार और उड़ीसा की दीवानी छीन ली थी और ढाके का नवाब उसके लिए ठीके पर मालगुजारी वसूलता था। पता नहीं यह ललमुँहा किस इरादे से खिर्रिम आया था। इसलिए यहाँ अपवाद का प्रयोग औचित्य के रूप में हुआ। जयंती से राली का जब औपचारिक परिचय कराया गया तो जो बात सबसे पहले उसके मन में आयी वह यह थी कि उसे अपनी मेम को साथ लेकर आना चाहिए था। लेकिन यहाँ मेम होती तब न! अपनी स्वाभाविक अंग्रेजियत में उसने जयंती से मिलाने के लिए अपना हाथ बढ़ा दिया। फिर सोचा कि यह ठीक नहीं हुआ। उसकी दुविधा को तोड़ते हुए जयंती ने

उसे तुरंत थाम लिया तो राली की आँखें खुली की खुली रह गयीं। अपने मनोभाव पर नियंत्रण कर उसने गौर किया कि जयंती के हाथ बड़े गरम हैं और उतने ही कोमल तथा छोटे। जैसे मक्खन की डली पिघलकर छोटी होती जा रही हो।

राली ने मुखबीर को इशारा किया। तीन व्यक्ति एक-एक ढकी तस्तरी लेकर आगे आये। राली ने एक का ओहार खोलकर सियेम की ओर बढ़ा दिया। उम्दा चीनी रेशम का थान, एक छोटी-सी बंदूक गोलियों के साथ और कुछ सामान्य रत्न। दूसरी तस्तरी का ओहार खोलकर जयंती की ओर बढ़ा दिया। केले के नये पत्ते के रंग का उम्दा चीनी रेशम का जिङ्फ्राम उन्हें टांकने के लिए हीरे की क्लिप, नगीना जड़ी चाँदी की लड़ीदार भारी करधन, बहुटें और सोने के कर्णफूल। सोने की ही हँसुली काफी भारी। जयंती की आँखें लालच से भरी की भरी रह गयीं। उसकी इच्छा हुई कि वह तुरंत हाथों में ले तौलकर देखे। हो सके तो तुरंत ही पहन ले। लेकिन यह शिष्टाचार के विरुद्ध था। परिचारक उन तस्तरियों को भीतर की ओर ले जाने लगे तो तीनों अपने-अपने स्थान पर बैठ गये। तब सियेम का मामा, जो सेनापति तथा प्रधानमंत्री दोनों होता था, आकर बिना किसी को अभिवादन किये चौथी चौकी पर बैठ गया।

औपचारिकताएँ पूरी होते ही नगाड़े, सिंघे और तुरही सभी एक साथ बज उठे। घुटनों तक की सफेद धोती, बिना बाँह का कोट और सिर पर पगड़ी बाँधे प्रौढ़ पुरुषों का नाचनेवाला दल उनके सामने आ मजीरा बजा-बजा कर नाचने-गाने लगा। उनके हाव-भाव बड़े ही मरियल और एकरस थे। राली को आश्चर्य हो रहा था कि जहाँ अहोम, नागा, तिप्पेरा और लुसेई हिल्स के लोग बड़े ही जोश, फुर्ती और उछल-कूद कर नृत्य करते हैं, वहाँ खासी लोग सिर्फ कमर झुका कर पावों को इधर से उधर ले जाकर जोड़ी की धुन पर बड़े ही सुस्त ढंग से हिल रहे हैं। फिर भी वह नकली हँसी हँस कर अपनी प्रसन्नता जाहिर करता रहा और हर मौके का इस्तेमाल जयंती से बातचीत करने तथा निकटता बढ़ाने के लिए करता रहा।

धुँधली रोशनी में हो रहे नृत्य के समाप्त होते ही और भी मशालें जलाकर रोशनी तेज कर दी गयी। एक बार फिर अफरा-तफरी मच गयी। भोज्य के परात ला-लाकर कमरे के बीच में रखे जाने लगे। शिष्टाचार की माँग थी कि जयंती अगर दरबार में है तो अतिथि को अपने हाथ से परोसकर खिलाये। इसके लिए उसने अपनी परिचारिका से पूरा सहयोग लिया। ऐसा नहीं था कि खासी महिलाएँ शराब नहीं पीती थीं। तो भी उस जमाने में महिलाओं के सामने शराब पीना उस समाज में असभ्यता मानी जाती थी। इसलिए वे जल्दी ही अपना दायित्व पूरा कर चली गयीं। जयंती को तो अपना उपहार देखने का वैसे ही बड़ा कुतूहल था। उनके जाते ही मेहमान और मेजबान एक-दूसरे की सेहत के लिए जाम चढ़ाने लगे। यह एक नयी बात थी। पहले सिर्फ पीना होता था गप्प लड़ाते-लड़ाते। उसमें कोई किसी से पीने के लिए आग्रह नहीं करता था। हलाँकि पीते सभी थे। सियेम और राली ने जब एक-एक गिलास ले लिया तब मंत्री ने सभासदों की ओर इशारा किया। सभी लोग टीक के विशाल कंडाल से अपनी-अपनी कटोरी डूबो कर पीने लगे। खबर बाहर गयी तो सभी जन टूट पड़े।

: 5 :

अल्खा आवरी ठीक उस उम्र पर पहुँच गयी थी जब लड़कियाँ सोचती हैं कि यह दिल प्यार करने के लिए बना है। तब आँखों में एक चमक, एक सपने की चमक भर जाती है, जिसे छिपाने के लिए वे कनखियों से देखना शुरू करती हैं। यद्यपि कि बड़ी-बड़ी पलकों को झुकाये वे नीचे, बिल्कुल पैर के अँगूठे के कोर पर देखती हैं, लेकिन उनमें चित्र किसी बलिष्ठ युवक का उभरा होता है। चेहरे पर उभरी एक खास तरह की पांडुरता उनके दबे अरमानों का यदि भेद खोलती हैं तो सिर्फ इतना कि एक आग उसमें सुलगने लगी है और उसकी आभा काया को रंगती जा रही है। अल्खा सामान्य खसिया बालाओं से थोड़ी लम्बी है, इसलिए अपेक्षाकृत छरहरी लगती है। उसकी कटि सामान्य खासी बालाओं की तुलना में थोड़ी पतली है, जिससे जब वह चलती है, तब लगता है जानबूझ कर लचका रही है। तो भी उसकी दूसरी हरकतें बड़ी स्वाभाविक और भव्य लगती हैं।

वह अल्खा आज सुबह से ही बड़ी व्यस्त है। जिन सहेलियों ने एक-दूसरे पर आजवाइन का उबटन लगा कर मैल छुड़ा दिया था, वे सभी मिलकर अल्खा को रगड़-रगड़ कर जैसे मैल की जगह एक पर्त की चमड़ी ही उखाड़ गयी हैं। अब इससे ताम्बाई रंग तो ताम्बाई ही रहेगा, गोरा तो हो नहीं जायेगा, लुनाई चाहे जितनी बढ़ गयी लगे। आजवाइन की गर्मी और झीनी गंध से छुटकारा पाने के लिए वह नदी में जा सोप-स्टोन से मलमल कर नहा आयी है। नदी वह अकेली ही गयी थी, सहेलियों से बच कर। मरछिए बहुत तंग करती हैं। साथ गयी होती तो अंग-अंग चिकोट डाली होतीं। तो भी वे बालों को सवाँरने आ गयीं। तेल की जगह सुअर की चर्बी लगा वे बालों को सीधा गाह गयी हैं। माँग नहीं काढ़ा है। खासी औरतें माँग नहीं काढ़तीं। उनको समेटे रखने के लिए जंगली रंगीन फूलों के गजरे से गर्दन के पास बाँधकर उसे कानों से लटका दिया है। एक गजरा सफेद ठीक मस्तक के ऊपर खोंस दिया है। जिम्पेन[1] तो वही पहना है, लेकिन जाइन्सेन[2] बदल-बदल कर देख रही है। जिम्पेन का झब्बा भी बदल-बदल कर देखा है। कभी लाल-काले सूत से बनी लाल-काली चोटियों को लटका कर देखा है, तो कभी ऊन से बने बहुरंगी फुलेनों की लड़ियों के लटका कर। कभी चाँदी के न बजने वाले घुंघरुओं के गुच्छ को लटका कर देखा है, तो

---

1. **जिम्पेन—कौपीन, इसे भगई की तरह कमर कुल्हे और तलपेट के उपर नीचे से जाघों के बीच से निकाल कर लपेट कर पहनते हैं।**
2. **जाइन्सेन—अंग वस्त्र। दो वस्त्र खंडों को दोनों कंधों पर गाँठ दे उल्टी तरफ की काँख के नीचे से लटका पर पहनते हैं। घुटनों तक लटकता है।**

कभी सोने की लड़ी में पिरोये कच्चे पीतल के बहुत महीन खनक बिखेरने वाले घुँघरुओं की पेटी को। भरी जाँघों से टकराकर उनकी आवाज सुनी है और शरमा कर मन ही मन मुस्कराई है। फिर निर्णय लिया है कि गहरे रंगों वाले फूलेनों से बने गुच्छे को ही लटकाकर तीरंदाजी में जायेगी और पीतल के घुँघरुओंवाले को बाँधकर नाच में। लेकिन का जाइन्सेन की समस्या नहीं सुलझ पा रही है। मूँगे रेशम की बनी एक ही है। उसे ही पहनकर दोनों जगह खेल में और नाच में जाना ठीक नहीं लगेगा। लोग उसे कितना गरीब समझेंगे! और आज के दिन किसी से माँगा नहीं जा सकता—सभी को इनकी जरूरत है।

उसका मन बुझा गया। जब सुअर की टंगरी हरी छरहरी कइन में बाँधकर निस्सोर सिंह रिंजा उसके गाँव आया था, तभी इंकार कर देना चाहिए था। पर क्या कोई राजा का निमंत्रण ऐसे ही इंकार कर सकता है? कोई बहाना बनाकर यदि हो भी सकता था तो क्या अल्खा नहीं जानती थी कि निस्सोर सिंह रिंजा क्यों आया है? बस दो ही वाक्य बोला था। तो भी साफ था कि तुम नहीं आओगी तो मेरा एक भी तीर निशाने पर नहीं बैठेगा। उसके नासापुटों से जो साँस की हवा निकली थी, वह इतनी गरम थी कि उसका कलेजा तक टहक गया था। मन मसोसकर सोचा कि चलो देखना तो निस्सोर को ही है और उसे मैं उन्हीं कपड़ों में चाहे जितनी बार दिखूँ, लगूँगी हर बार नयी और अति-सुन्दर! फिर झट से उसने अपना जाइन्सेना तहाकर रख लिया। निगोड़ी इस बीच आ गयीं तो बदन का एक-एक उभार नोंच डालेंगी।

सजी-बजी हम उम्र क्वाँरी लड़कियों का दल गाँव से बाहर निकला तो अपने आप ही सबकी दोनों बाहें अगल-बगल की एक-दूसरे के कंधों पर कस गयीं और सारी की सारी एक वेणी की तरह गुंथ बंवरलता की तरह लहराती एकसुर से अवसर के अनुरूप अपना लोकगीत हरहराने लगीं। उनमें कुछ गाती थीं तो कुछ हँसती थीं, कुछ सिर्फ आवाज मिलाती थीं। फिर भी उनके स्वर से पहाड़ियाँ गूँज उठीं। नापालतू पशु-परानियों की निगाहें उनकी तरफ उठ खिंच गयीं। धूप चटकार हो गयी और हवा का वेग बढ़ गया।

गाँव की सीमा तक पहुँचने से पहले ही खिर्रिम वालों को पता चल गया कि कुमारिकाओं का दल मिल्लिम से आ पहुँचा है। अब आयेगा मजा जब गाँव ठसाठस भर जायेगा। लड़कियों को थोड़ी इर्ष्या जरूर हुई कि चेङड़े[1] पराई छोकरियों के पीछे अब गोल बाँध कर घूमेंगे, उनसे बिना बात की बात करेंगे, बेमतलब जोर-जोर से हँसेंगे और इनके जवाब में यदि कोई हँस दी तो जो गुण उसमें न भी होगा उसका बखान करते-करते मरेंगे। मरे-मुएँ दो-चार दिन ही तो! उनका भी भाव बढ़े दो-चार दिन ही तो! लेकिन तरुणों के लिए ये दो-चार दिन बड़े महत्त्व के थे। ये वही दिन थे जब वे अपने मन के मीत दूसरे गाँव में ढूँढ़ सकते थे। लेहाजा सीवान पर उनकी आवाज़ सुनते

1. **चेङड़ा—तरुणा-यह असमिया शब्द है।**

ही जो जहाँ था, वहीं से अपने दोस्त को आँख मारकर ऊपर चलने का इशारा किया तो दूसरा ओठ काट कर चल दिया। सीवान पर पहुँचते-पहुँचते, आने वाली लड़कियों से अधिक संख्या स्वागत करने वाले लड़कों की हो गयी। इच्छा तो इन लड़कों को भी कुछ गाने की हो रही थी, किन्तु किसी के पास कोई गान था ही नहीं—सबके गाने एक साथ चुक गये थे—सो वे उन्हीं लड़कियों की तरह एक-दूसरे के कंधे पर हाथ रख, राह रोक कर खड़े हो गये। लड़कियाँ उसी तरह इतनी तेजी से आगे बढ़ी कि लगा वे लड़कों की पंक्ति तोड़कर गाँव में घुस जायेंगी। लेकिन पास पहुँचते-पहुँचते—इतना पास पहुँचते कि गात छू जाय—वे एकदम से रुक गयीं। दोनों दल खिल-खिलाकर हँस पड़ा और बिना किसी अभिवादन के एक दूसरे के पीछे चल पड़ा।

गाँव के उत्तरी छोर पर भीड़ पहुँचने लगी थी। वहीं पर आन गाँव से आये अतिथियों का स्वागत होना था। मक्के को कूटकर और उसे गुड़ के साथ उबालकर एक तरह की लपसी बना ली गयी थी। उसी के साथ विभिन्न स्थानीय फलों से बने मादक पेय दिये जा रहे थे। जरूरी नहीं था कि सभी पीयें ही। लेकिन भला वहाँ ऐसा कौन था, जो और नहीं तो देखा-देखी ही सही, ऐसा न करे! गहमा-गहमी तो वहाँ सुबह से ही छायी थी। एक तरफ गोरे के मनोरंजन के लिए खेल-स्पर्धा का आयोजन था तो दूसरी तरफ नाँडक्रेम पूजा और नृत्य होना था। अल्खा आवरी दोनों के लिए अपरिहार्य थी। एक तरफ उसे अपने चहेते युवकों का उत्साह बढ़ाना था, तो दूसरी तरफ उनके उत्साह पर नाँचना था। यह बाद की बात है। अभी तो किसी को भी फुरसत नहीं थी अपने-परायों पर ध्यान देने की। जो भी सामने पड़ जाता उस पर लोग इस तरह से मुँह बनाते कि जैसे दाँत चियार कर उसकी उपस्थिति पर अपनी प्रसन्नता व्यक्त कर रहे हों, हर परिचित-अपरिचित का तहे-दिल से स्वागत कर रहे हों। कच्ची सुपारी चुभलाने का सुख कुछ ऐसा स्वर्गिक है कि बोलने के लिए मुँह नहीं खोल सकते। लेहाजा सारी प्रसन्नता चेहरे की पेशियों पर-और झुर्रियों पर तो विशेष ही—मुस्कान की तरह फैल जाती। खासी लोग वैसे भी खासा कम बोलते वाले लोग होते हैं।

किशोर, तरुण और युवक अपने लम्बे बालों को लपेटकर ललाट के ठीक ऊपर जूड़ा की तरह बाँधे थे। उन्हें रंगीन, और कोई-कोई तो लाल चटकार धारियों वाले ऊनी कपड़े की पट्टी से साजये हुए थे। धड़ तो लगभग सबका विवस्त्र था; किन्तु नाभि के ऊपर से लपेटकर घुटनों तक की बिना चुन्नट की लुंगी सभी ने पहन रखी थी, जो लुंगी कम और बेतरतीब ढंग से लपेटी स्कर्ट अधिक लग रही थी। जिनके चेहरे पर दाढ़ी थी, उन्होंने उसे हाथ से या बाँस की बनी कंधी से झार कर पूरी लम्बाई में फैला दिया था। बाल चूँकि बहुत ही कम थे, इसलिए वे लम्बई चेहरे पर हल्की लकीरों की तरह मड़राते लगते थे। जो प्रौढ़ थे वे अपने मुँह में ढेर सारी कच्ची सुपारी भरे उसकी पीक को इस तरह से थूकते कि घुली पीक तो ओठों के कोनों से पिचकारी की तरह बाहर निकल जाय, लेकिन चुभलायी सुपारी का एक कण भी बाहर न निकले। यह उनके लम्बे अभ्यास का प्रमाण था। वे कमर पर छोटे-छोटे बच्चों को बिठाए पूरे मैदान को एक पंक्ति में घेर कर खड़े थे। जिनके पास सामर्थ्य थी, उनके बच्चे कपड़े के एक टुकड़े

को सिर पर लपेट उसके ऊपरी दो छोरों को गर्दन से बाँध निचले दोनों छोरों को खुला छोड़ दिये थे। जिनके पास नहीं थी, उनके बच्चे नंग-धडंग ही पहुँचे थे, बशर्ते उनकी उम्र यदि लड़के थे तो आठ वर्ष से नीचे, लड़की थी तो छः वर्ष से कम हो। किन्तु बालेपन को पार कर रही लड़कियों से लिए वस्त्र की कमी नहीं थी। वे रेशम से लदी-फदी वहाँ पहुँची थीं, भले ही उनकी माताएँ सिकुड़े, पुराने, काई लगे वस्त्रों में हों।

खेल में हिस्सा लेने वाले तरुण और प्रौढ़ स्थानीय तुहना[1] पर बुने मोटे गमछे को कमर से लपेट कर एक गाँठ लगा एक छोर को जाँघों पर खूब नीचे तक लटकते छोड़ दिये थे। दूसरे छोर को जाँघों के बीच से निकालकर पीछे की तरफ खोंस लिये थे, जिससे उनका नंगापन तो ढक ही गया था, उनके मजबूत पुट्ठे और शरीर की तमाम मांसपेशियों को भी पूरी तरह से उभार दिया था। पूरे बदन पर तेल या चर्बी चुपड़ी होने के कारण मछलियाँ हल्की किन्तु शुभ्र धूप में चमाचम चमक रही थीं।

वैसे ही सजा निस्सोर सिंह रिंजा कभी कनखियों से और कभी चलते-चलते अचानक कहीं पटल कर अल्खा आवरी को जाने कितनी बार उस भीड़ में खोज चुका था। उसी तरह सहेलियों की पीठ पर ठुड्डी गड़ाये उनके कंधों के पार झाँककर न जाने कितनी बार अल्खा आवरी उस पूरी भीड़ को चाल चुकी थी कि कहीं रिंजा दिख जाय। लेकिन यदि दोनों एक-दूसरे को नहीं दिखे, तो नहीं दिखे। अल्खा पर क्या गुजरी यह तो पता नहीं, किन्तु रिंजा पहले क्षोभ, फिर गुस्सा और फिर निराशा से भर उठा। गनीमत थी कि उसने हर खेल में हिस्सा नहीं लिया था, अन्यथा एक भावी खिलाड़ी पर से दर्शकों का भरोसा ही उठ जाता।

पहले दो-चार पकड़ कुस्ती की हुई, फिर तलवारबाजी, बल्लमबाजी की। खासी लोग व्यक्ति केंद्रित खेल-कूद पर बहुत ध्यान नहीं देते। इसलिए बहुत पारंगत भी नहीं होते। इसलिए आयोजन ऊबाऊ था, भले ही पूरा मैदान किसी के जीतने पर खुशी से चिल्ला रहा हो या किसी के समर्थक उसके हारने पर मुँह लटकाये बैठे-बैठे सहानुभूति व्यक्त कर रहे हों। राली ने बस इतना गौर किया कि खसिया तलवार लोहे के एक भारी टुकड़े को पीट-पीट कर बनायी गयी एक खासी लम्बी भोड़े ढंग की तलवार होती है, जिसमें मूँठ अलग से नहीं जोड़ी जाती। पहले सोचा कि यह खेल के लिए होती है। मिंत्री[2] से पूछा तो पता चला यही लड़ने के लिए भी है। बाद में किसी एक से लेकर आजमाया तो पाया कि यह लड़ने के लिए बेकार है। धार नदारत है। किसी की गर्दन काटती भी होगी तो अपने भार से। भारी इतनी हैं कि चार-छः बार भांजने में ही बाहें दर्द करने लगें। लम्बी इतनी हैं कि घोपनें के काम नहीं आ सकतीं। स्थानीय लौह अयस्क को लकड़ी के कच्चे कोयले में तपाकर बनायी गयी होने के कारण मजबूत भी नहीं हैं। वह मन ही मन बड़ा खुश हुआ।

---

1. **तुहना—स्थानीय हथकरघा।**
2. **मिंत्री—खासी लोग मंत्री का उच्चारण मिंत्री करते हैं।**

इसी तरह बल्लमबाजी के दौरान उसने गौर किया कि भाले के फाल मोटे, भद्दे और भारी हैं। हत्था बाँस का है, जो कड़े दबाव में टूट सकता है, लचक तो जायेगा ही। फेंककर मारने में उनका संतुलन कुछ इस प्रकार बिगड़ जायेगा कि लक्ष्य तक पहुँच ही न पायेगा।

लोगों की रुचि तीरंदाजी में थी। और क्यों न हो! आपस में बाजी महीनों पहले लग गयी थी। फिर खिर्रिम और मिल्लियम वाले ऊपर से चाहे जितना दोस्त दिखें, भीतर-भीतर दुश्मनी निभाते ही हैं। मिल्लीयम आरम्भ में नाङक्रेम राज्य का ही हिस्सा था। किन्तु पुराने जमाने में एक सियेम का अपने भानजे से विवाद हो गया। परिणामस्वरूप राज बट गया। मुख्य राजा खिर्रिम में रहने लगा। भानजा राजा मिल्लीयम में। उनकी परम्पराओं में, खासकर राज्योत्तराधिकार की परम्परा में अंतर आ गया। इससे दूरी बढ़ती गयी। हर साल जब दोनों गाँवों के बीच तीरंदाजी होती तो वह बाकायदा एक छद्म युद्ध होता। इसलिए दोनों दल अपना सर्वोत्तम् प्रदर्शन करते। दर्शकों का उत्साह सातवें आसमान पर होता और अपनी चहेती टीम के लिए बाजी बदते।

इस खेल में नोङ-खान ख्लाम[1] को बड़े-बड़े काम करने होते हैं। बरियाङ और मोरवाह मुँह अँधेरे ही उठकर बाँस के तीन पोड़वाले मोंमड़ों में झरने तक जाकर ताजा और साफ पानी भर लाये थे। लाने में इतनी सावधानी बरती गयी थी कि कोई भी कह सकता था कि लबालब भरे मोमड़ से पानी की एक बूँद भी जमीन पर नहीं गिरी है। यही तो कमाल है। इसमें जो जितना ही पारंगत होता है, उसका दल उतनी ही बड़ी विजय प्राप्त करता है। जब सारे लोग रात के जश्न में पीने-खाने लगे थे तब नोङखान ख्लामों ने जाने कितनी बार मन ही मन पानी लाने का पूर्वाभ्यास किया था। एक स्वर में जितने भी देवी-देवता याद आये थे उनकी मिन्नतें की थीं, मन्नते मानी थीं। अब उसका कुछ भी याद नहीं है।

खेल के मैदान में जिधर उनके तीरंदाज लोग बैठकर निशाना साधने वाले थे, उधर तीर और धनुष को इकट्ठा कर एक बड़ी-सी ढेरी लगा दी गयी थी। लक्ष्य भेद के लिए जो का सोह पडुङ[2] के मुगड़े गाड़े जाने वाले थे, उनमें से चुनकर चार-पाँच को चारों तरफ ठोंककर गाड़ दिया गया था। उन्हीं के सामने उत्तर-पूर्व दिशा में मुँह कर बैठे हुए दोनों पुजारी अपनी बोली में मंत्र की तरह कुछ बुदबुदाते हुए रंगीन चावलों से बेंदी बना कहे थे। बेंदी बन जाने के बाद मुर्गी का एक अंडा उस पर सीधा खड़ा कर एक ने दाहिने हाथ को भीतर की तरफ करके बायीं ओर से वृत्त बनाते हुए तीन बार पानी गिराया। तब यही काम दूसरे ने ठीक उल्टी दिशा से किया। फिर हाथ को माथे की ओर उठाकर दोनों ने जोर-जोर से कहना शुरू किया: विरोधी दल के तीर भारी हो

---

1. **नोङखान ख्लाम—umpire-cum-playpriest**
2. **का सुह प्डुङ—एक तरह की घास, जिसे लकड़ी पर बाँध लक्ष्य भेद के लिए पुतले बनाये जाते हैं।**

जाँय, धनुष की प्रत्यंचा ढीली पड़ जाय, कि पड़छ ठीक बीचोबीच से न नेवे, लक्ष्य भेद के खूटें ठीक-ठीक दिखाई न दें, लक्ष्य साधते वक्त उनके हाथ हिल जाँय। हे देव, लेकिन हमारे खिलाड़ियों के हाथ सधे रहें, लक्ष्य साफ-साफ दिखे, धनुष तने रहें, तीर हल्के होते रहें। हे देव, अपना पूजा ग्रहण करो और हमारा काम सुगम करो। हे देव.......कह कर उन्होंने अंडे को उठा लिया और सामने की कड़ी जमीन पर दे मारा। अंडा टूटा तो आधी जर्दी अंडे में बनी रही और आधी छिलके के साथ छिटक कर फैल गयी। दोनों पुजारियों ने हाथ माथे के ऊपर ले जाकर आँखें मूँद लीं और उ फान किरपद[1] को गोहरा कर कहा कि हे देव! पूजा ग्रहण करो और हमारे गाँव पर कृपा करो!!

ठीक यही काम मैदान के दूसरे छोर पर दूसरे गाँव के पुजारी कर रहे थे।

देव ने किस पर कृपा की, वह दोपहर बाद पता चला। तब तक दोनों गाँवों के धनुर्धर लोग इन सारे क्रियाकलापों से दूर आन गाँव से आयीं युवतियों के पीछे-पीछे झुंड बाँधकर मड़रा रहे थे अपने अंतरंग मित्रों के कंधों पर हाथ रखे। जो नहीं मड़रा रहे थे उनमें रिंजा भी था। यह जानते हुए कि अल्खा जरूर आयी होगी और वही अपने गाँव की तरुणियों की केंद्र में होगी—कुछ उसी तरह, जिस तरह तमाम खिले फूलों की माला के मध्य, बीच के ही फूल पर ध्यान अधिक जाता है, माली भी जानबूझ कर सर्वोत्तम् फूल ही बीच में झुलाता है—वह उसकी तलाश में नहीं गया। सोचता था कि अल्खा जहाँ भी होगी, उसकी आँखें उसे ही ढूँढ़ रही होंगी। उन आँखों से वह भरसक बचना चाहता था। यह बचना-बचाना ही उनमें वह कौतुहल पैदा करनेवाला था, जिसका आकर्षण अछोर होता है।

बीच मैदान में लक्ष्य भेद के लिए दो तरह के खूँटे एक पंक्ति में एक बे बाद दूसरे के क्रम में गड़े थे। एक तरह के खूँटे तीन फुट ऊँचे बाँस के टुकड़ों पर एक फुट लम्बी और चार इंच की गोलाई में उ स्कुम घास को बाँधकर बनाये गये थे। दूसरे तरह के खूँटे उसी ऊँचाई और गोलाई के का सुह पट्टुड की जड़ों से बनाए गये थे। उनसे कोई पचास फुट की दूरी पर दोनों टीमें अपनी पंक्ति से अंग्रेजी का अक्षर 'एल' (L) बनाती हुई आ बैठी थीं। दोनों दलों के नोङखान ख्नाम का काम एक बार फिर बढ़ गया था। उन्होंने अपने-अपने गोल को बताना शुरू कर दिया था कि घास वाला खूँटा मिल्लियम वालों के लिए हैं तो जड़ वाला खूँटा खिर्रिम वालों के लिए। कि मिल्लियम वालों के तीर में धनेस और गिद्ध के पंखों को खोंसा गया है संतुलन बनाने के लिए और बत्तख तथा सारस के पंखों वाले तीर खिर्रिम वालों के हैं। कि साप[2] तीरों का ही प्रयोग इस खेल में होता है, की प्लियाड[3] का नहीं, वे शिकार के लिए हैं। कि उ स्पिट[4] के धनुष ही

---

1. **उ फान किरपद—कृपा के देवता।**
2. **साप—सीधी नोक वाले।**
3. **की प्लियाड—ऐंठी नोक वाले तीर।**
4. **उ स्पिट—बाँस का एक खास किस्म।**

प्रयोग में लाये जायेंगे। कि एक-एक आदमी को दस-दस तीर मारने हैं घुटनों के बल बैठकर और दस ही तीर खड़े होकर। कि गाँव की इज्जत का सवाल है। कि जीतने वालों को दूसरे गाँव की लड़कियाँ पसंद करेंगी। कि हारने वाली टीम जीतने वालों को दारू-गोश्त की दावत देगी। कि उनके जीतने का मौका कैसे दूसरों से बेहतर है। कि दूसरे की तैयारी में क्या-क्या कमियाँ हैं।

इस बीच औरतें और लड़कियाँ अपने चहेते धनुर्धरों को कभी पानी पिला रही थीं, तो कभी ताड़ी पिला रहीं थीं, तो कभी किसी के मुँह के क्वाय[1] ठूँस रही थीं, तो किसी के साथ धौल-धुप्प कर रही थीं, तो किसी से ठिठोली कर रही थीं। इसमें बँटवारा गाँव के अनुसार नहीं, चहेते खिलाड़ी के अनुसार था। तथा शादी-शुदा और क्वाँरी लड़कियों में कोई अंतर नहीं था। बस जरूरत थी तो अपने को युवा समझने की। इसलिए संतान उत्पन्न करने की वय वाली सभी स्त्रियाँ एक-सा व्यवहार कर रही थीं। पूरा मैदान बेबात की बात पर हँस रहा था। बस अपने पुरखों-पुरखिनों की पीठ पर बँधे बच्चे अपनी नाक उनकी पीठ से रगड़कर भकुआई आँखों से पीछे की ओर देख रहे थे। तभी चारों पुजारियों ने जोर से का मेई का नोङ हुकुम[2] का आवाहन किया: "हे देवी! तुम्हारी ही याद में यह खेल होता है, कि सृष्टि के आदि में तुम्हीं ने अपने पुत्रों को यह विद्या दिया था और तुम्हीं ने चेतावनी दी थी कि अपनी इस विद्या का इस्तेमाल अपनी रक्षा के लिए करना और उससे किसी की जमीन न छीनना, कि तीरंदाजी के दौरान कभी क्रोध न करना। हे देवी! खेल की इजाजत दो। देवी....." के साथ ही पूरे मैदान में उपस्थित जन की समवेत वाणी से एक बड़ी गर्जना उठ कर पहाड़ियों में प्रतिध्वनित होने लगी। पुजारियों ने जमीन पर भोभड़ से पानी छिरका तो सभी धनुर्धर बड़ी ही डरावनी आवाज़ निकालते हुए हवा में उछलने लगे। लड़कियों की तालियाँ बज उठीं। सभी धनुर्धर एक साथ जमीन पर धुटना टिका सर्र से बाण छोड़े। चौतरफा तालियाँ बज उठीं। यही प्रक्रिया हर बार दुहराई गयी। अल्खा रिंजा के पीठ पर सवार थी। शाबाशी देते-देते उसे चूम लेती तो दूसरे युवक जहाँ जल उठते, लड़कियाँ सकुचा जातीं। उत्साह ठीक है, किन्तु उसका इतना भोड़ा प्रदर्शन क्या जरूरी है?

राली की निगाह कहीं और थीं। तीर उनके सही निशाने पर लग रहे थे, जो उँगलियों की जगह गदोरी से प्रत्यंचा खींच रहे थे। उनके बाण अधिक मारक थे, जो पडछ को पाँवों से दबाकर तीर छोड़ते। उसने निष्कर्ष निकाला कि खसिया के दाव, तलवार और भाला से जितना ही न डरने की जरूरत है, उतना ही उसके तीर से डरने की जरूरत है। इसे भी वह कभी पक्की तरह आजमा लेना चाहता था।

---

1. **क्वाय—कच्ची सुपारी।**
2. **का मेई का नोङ हुमुक—खेल आरम्भ करने के लिए आज्ञा देने वाली देवी।**

: 6 :

बिल्कुल पिंजड़े में बंद कर उसे लाया गया। पिंजड़ा कच्चे लोहे की काली सलाखों से बना था। जोड़ इतने भद्दे, खुरदुरे और नुकीले थे कि जरा-सी असावधानी पर गहरे तक चुभ सकते थे। कहा तो यह भी गया था कि उन पर सनोय की पत्तियों का रस चुपड़ा गया है, जो खून में मिल कर उस कैद आदमी को पहले अचेत करेगा और तब जब वह होश में आयेगा तो अपने सड़े तंतुओं में पिल्लुओं का राज पायेगा जो उसे अंतहीन वेदना में डुबाये रहेंगे। उसे विश्वास था कि ऐसा प्रचारित सिर्फ इसलिए किया गया है कि वह सलाखों को मोड़ कर, मरोड़ कर, तोड़ कर भागने की कोशिश न करे। उसने अनेक बार सोचा कि मरना तो है ही: चाहे बलि चढ़ाकर मारा जाय या खुद ही किसी तरह मर मिटे, तब क्यों न मुक्ति की चेष्टा की जाय। कोई फर्क नहीं पड़ता कि प्राण कटकर एक झटके में निकले या तिल-तिल सड़कर। किन्तु इसमें मृत्यु की संभावना तत्काल थी। बलि के दिन तक हो सकता था कि कोई ऐसा चमत्कार हो जाये, कोई ऐसा कुलक्षण निकल आये उसके शरीर में कि बलि के काबिल ही न रह जाय। शायद कोई हमला कर उसे छुड़ा ले—ऐसा कभी हुआ नहीं था, तो भी एक गुप्त आशा उसे जीते रहने की प्रेरणा देती रही थी।

वे हेमंत के आरम्भिक दिन थे। मैंदानों में शुभ्र आकाश को जहाँ चित्रग्रीवों का दल नाप रहा था, वहीं नदी पर गहरे कोहरे की चादर बिछी थी। नदी में कोई हरकत नहीं थी। शायद इसलिए कि पानी बिना कोई शोर मचाए अपनी स्वाभाविक गति से बह रहा था। पानी का स्वभाव ही चुपचाप का है। आदमी में जब पानी भरा होता है तो वह चुप होता है। मुझमें पानी भरा है, इसलिए चुप ही रहना चाहिए। शोर मचाकर अपने में मुक्ति का विश्वास तो भरा जा सकता है, आशा नहीं। विश्वास को आशा में बदलने के लिए कुछ और ही करना पड़ता है। दबइल सिंह ने देखा कि वही 'कुछ और' नदी के दूसरे छोर पर कुछ लोग कर रहे हैं। उसी कोहरे की गहरी नीली चादर धीरे-धीरे भूरी होती पतली पड़ती गयी थी और अब उसे चीर कर रोशनी एकदम से आ गयी थी। सूरज सीधे माथे पर था जिससे जो सफेद था वह और भी सफेद लगने लगा था और जो नीला था वह और भी गहरा नीला। अद्‌भुत बात यह थी कि जहाँ सफेद गर्म बिल्कुल नहीं महसूस हो रहा था, वहीं नीलेपन की ठंड बढ़ गयी थी। उसी ठंड में कुछ हरकत होती दिखी। कुछ लोग बिस्टी के ऊपर बिना बाँह का साफ कोट पहने और सिर पर गंदी पगड़ी बाधें चले आ रहे थे। रालिङ के पास आये तो उनकी आकृतियाँ स्पष्ट हुईं। उनमें से एक ने काले रंग के स्वस्थ, युवा, अड़ुहर बकरे को अपने कंधे पर से उतारा। डियङ स्निङ[1] का नाटा वृक्ष वहीं खम्भे की तरह गड़ा था। हर वर्ष पूजा से

1. **डियङ स्निङ—खसिया बलूत।**

पहले उसकी टहनियाँ पाँग दी जाती थीं। छोटी-छोटी शाखाओं में पत्तियाँ इस तरह से उगतीं कि जैसे कोई सिर पर रंगीन मूँज की टोकरी रखे हो। लोग जानते थे कि कंधे से उतारते ही वह बकरा भागने लगेगा, इसलिए सावधान थे और जमीन पर उसके पाँव लगते ही दबोच लिए। उसके पाँव शरीर से सटा कर बाँध दिये गये, फिर मुँह को बाँध दिया गया। सब कुछ इतना फटाफट किया गया कि उसे छटपटाने तक का मौका नहीं मिला। बस मिमियाकर लेड़ी फेंक कर रह गया। आगे लेइत ब्लेई का पत्थर चमक रहा था जैसे नदी के बीचो-बीच एक उल्टी नाव रखी हो। यही पत्थर तो इस पूजा का कारण था। जाने किस जमाने की बात है; पर है बिल्कुल सच्ची। कि उस जमाने में जो लोग इस नदी में मछली पकड़ने आते थे, उनमें से आधे ही घर लौटकर जा पाते थे और वह भी जितनी मछलियाँ वे पकड़ सकते थे उसका आधा ही लेकर। तब नदी में एक साक्षात् देवी रहती थी, एक वरुणी। मछली पकड़ने वालों को देखकर मगर का रूप धर लेती थी। पूजा न मिलने पर डोंगियों को पलट देती थी और जिन मछुआरों को पकड़ पाती थी उन्हें निगल जाती थी। बचे-खुचे लोग जो पकड़ पाते उसे अपना भाग्य समझ घर ले जाते। तब किसी लिङदोह ने शासन बाँधा था कि उसे पूजा दो तो वह आशीर्वाद देगी। लाङरिन राजा की प्रजा ने इसे पहली बार आजमाया। मगर को देखते ही एक बकरा उसके सामने ढकेल दिया। मगर उसे लीलकर दलदल में सोने चला गया। लोगों ने जी भर कर आखेट किया। उनकी देखा-देखी नोबोसोहपोह और नोङस्टाइन के लोगों ने भी बकरा खिला-खिला कर मछली मारना चालू किया। कुछ समय बाद मगर तो मर गया किन्तु उसकी पूजा जारी रही। आज वही दिन था। उस उल्टी नाव या लेइत ब्लेई के दिन बहुर आये थे।

झकाड़ी देवधाई और बसंता लालूङ में सुबह से ही मारामारी चल रही थी। झकाड़ी कह रहा था, ''बार-बार नापकर तुम्हें का उम्कोई[1] की जमीन ही बताता रहूँ कि तुम खोद कर उसे सही-सही बनाओगे भी?''

बसंता ने कोई प्रतिक्रिया नहीं व्यक्त की। वैसे ही सब्बल लिए खड़ा रहा। झकाड़ी की तुनक बढ़ गयी। आदमी स्वभाव से गम्भीर था। लेकिन जब सुपारी की ताड़ी पी लेता था तो उसकी जुबान पर पिशाच आकर बैठ जाता था। गालियाँ देता उसके हाथ से सब्बल छीन लिया। फटे कंबल का लम्बा कोट और बिस्टी पहने झकाड़ी उकड़ू बैठकर बेंदी के तीन किनारों को नापने लगा। भुजाओं की लम्बाई बराबर न होने के कारण त्रिभुज ठीक-ठीक बैठा न था। वह नथुने फड़फड़ाने लगा, ''तुम्हारा काम मैं कर दूँ और तुम साँड़ की तरह बैठे पागुर करते रहो।'' दरअसल सेंधा नमक की तरह जमी चिकनी और चमकीली जादुकटा नदी की पेटी में तीन दिनों से कई बार झकाड़ी नाप कर बेंदी बनाने की रेखाएँ खींच चुका था, लेकिन बसंता एक पाजी था। हर बार कुछ न कुछ गड़बड़ कर देता था। अपनी गलती मानने की जगह वह हँसने लगा,

1. उम्कोई—बेंदी।

"सुस्ता मैं रहा हूँ कि तू? सुबह से अबतक तीन बार उम्काय[1] पी आया है और गाली मुझे देता है!" कह तो गया लेकिन डर गया। उसका भविष्य झकाड़ी देवधाई के हाथों में है। उसकी कौम में पुजारियों-पुरोहितों की कमी है तो क्या, कोई भी अपना पुस्तैनी पेशा छोड़ना पसंद नहीं करता। और कोई अपना छोड़कर दूसरे का अपना भी ले तो क्या समाज स्वीकार करता? सुना है कि नये तरह की पूजा-पद्धति खासी-जयंतिया की पहाड़ियों में आने वाली है। उसे सीख लेता है तो शायद आगे कोई जुगत बने। उस कर्मकांड को जाननेवाला वह अपने कौन का अकेला और पहला आदमी होगा। इसलिए उसका इस कमाई पर एकाधिकार रहेगा। समाज में अतरिक्त सम्मान अलग से मिलेगा। उसे पुजारी-पुरोहित तो भला कोई क्या मानेगा, लेकिन अगली पीढ़ियों में उसका परिवार निश्चिय ही लिङदोह परिवार की समृद्धि और सम्मान पा सकेगा। इसलिए वह झकाड़ी की हर धौंस, हर कुटेव को सहता रहता है। उसी की सिफारिश पर कान्द्रा योगी उसे दीक्षा देगा।

झकाड़ी देवधाई को लगा कि लोग अब आने वाले ही होंगे। तीन राज्यों के मछुवारों के बीच अगर वह सुन्दर बेंदी की कला न दिखा सका, चबूतरे को तमाम तरह की रंगोलियों से न सजा सका, तो आगे के लिए उसकी साख मारी जायेगी। लड़का इसे खूब समझता है और उसे फजीहत में डाले रहना चाहता है। यूँ ही चुहुल बस! या अपने पर पड़ रही झिड़कियों का थोड़ा बदला लेने के लिए! या यह बताने के लिए कि बुढ़ऊ, तुम चाहे जितना काबिल हो, बिना मेरे काम नहीं चलेगा!

खिसिआया बूढ़ा लगा जमीन खोदने। सामने की पहाड़ी के एकमात्र पेड़ पर बैठी चील पिल्हकने लगी और उसके नीचे चर रहा गदहा गर्दन उठाकर इस तरह गतिहीन खड़ा कुछ अकनने लगा कि जैसे वह पत्थर का बना हो। अपने बालों को हवा में उड़ता छोड़ बसंता लालूङ भी मूर्ति की तरह लाहरकत खड़ा रहा। वातावरण में फैली उदासी से जैसे नींद आ रही हो।

झकाड़ी ने बेंदी खोद लिया तो पहले अपने माथे के बाल और चेहरे की दाढ़ी से पसीना पोंछा। परिणामस्वरूप गंदे बालों पर पतली कीचड़ की एक और पर्त चढ़ गयी। शरीर की गर्मी मिटाने के लिए उसने अपना कम्बल का फटा कोट उतार फेंका। हड्डी के ढाँचे पर मढ़ा चाम ताम्बें की तरह चमक उठा। उसका पसीना पोंछते हुए बसंता पर फिर बरस पड़ा, "पहले कोई काम हाथ में लो ही नहीं। लेकिन अगर एक बार ले लिया तो उसे पूरी कुशलता से कर निपटाओं।"

बसंता जैसे एक गहरी ऊब में डूबा हुआ था। हवा उसे इतनी नाजुक लग रही थी कि जैसे अपनी ही भार या स्थिरता से टूट जायेगी। यह थकान से उत्पन्न नींद की करामात थी। लेकिन उसका असर लम्बा नहीं रहने वाला था। झकाड़ी उसे गर्दनिया कर सूखे पाट की दूसरी तरफ ले गया। वहाँ कच्चे चीड़ के तने का एक बड़ा-सा छाल

1. उम्काय—ताड़ी।

छिला लग्गा रखा था। कई दिनों से किसी से प्याज, किसी से चुकंदर, किसी से गेरू, किसी से रामराज मिट्टी, किसी से सेम के पत्ते का रस वगैरह माँग कर, वनस्पतियों से विभिन्न प्रकार का रंग नीचोड़-बना उस लग्गे को रंग-टीक दिये था। लग्गा भारी था और बसंता के हाथ-पाँव अभी नरम थे, इसलिए टेकाकर लाते वक्त लगता कि जमीन से अब रगड़ाया, अब रगड़ खाया। झकाड़ी को भला यह कैसे वरदास्त होता! जरा-सा भी हाथ नीचे होने पर वह चीखता, ''ऐ लोरा,[1] चेडड़ा[2] हो गया, पर इतना दम नहीं कि एक दस हाथ का लग्गा सम्हाल सके? ऐ गावदी,[3] सम्हाल!!''

लड़के के पास इस पर प्रतिक्रिया व्यक्त करने की न तो फुरसत थी, और न ही ताकत। वह दाँतों को एक-दूसरे पर चढ़ाकर पूरा जोर लग्गे को उठाये रखने में लगाये हुए था। और लग्गा था कि उसे धनुष की तरह नेवाते जा रहा था। किसी तरह वे बेदी तक पहुँचे तो बड़ी सावधानी से एक सिरा छेद में घुसा दूसरा सिरा आसमान की ओर तानकर खड़ा कर दिये। एक पकड़े रहा तो दूसरे ने गड्ढे में मिट्टी पत्थर भरकर कूट दिया।

हर्षातिरेक में दोनों ने जोर की आवाज़ लगाई जो पहाड़ियों में गूँजने लगी। गूँज थमने के साथ ही बकरे को कंधे पर लाद कर आते लोग दिखे। रंगीन बलियूप उन्हें पत्थर की उलटी नाव का मस्तूल लगा। आगे एक चौकोर चबूतरे के आकार का शिलाखंड था, जिसे सिंदूर से पोतकर लाल कर दिया गया था। उस पर कई तरह की रंगोलियाँ सजा दी गयीं थीं। बकरे को उठा कर उसी चबूतरे पर रख दिया गया। तब पत्थर पर रगड़ कर धार चमकाये काले दाव के एक ही झटके से लिडदोह ने सिर को धड़ से अलग कर दिया। हेमन्त के स्वच्छ नीले आकाश के बहुत नीचे भुवरी नदी के हरिहर जल में एकाएक फूटे लाल रक्त के फौब्बारे के सौंदर्य पर बिना ध्यान दिये सभी लोग एक साथ छटककर गिरे सिर की दिशा में दौड़ गये। सिर का अगला हिस्सा यानी बकरे का मुँह पूरब की दिशा में था। यह देवी की कृपा थी। यदि उत्तर या पश्चिम की ओर गिरता तो? यह देवी की कृपा थी कि शुभलक्षण देखने को मिला। मछलियाँ अफराद मिलेंगी। हर्षातिरेक में लगे लोग किन्होई[4] गाने। स्वर नाभि से निकल रहा था और शोर गले के खिंचाव से। दबइल ने देखा कि बकरे के उछल रहे धड़ पर किसी का ध्यान नहीं है जो मृत्यु की मिरगी में अपना छान-पाट तुड़ाकर लाल वेदी के चौकोर पत्थर पर रह-रह कर उछल रहा था, ठंडा पड़ने से पहले। खून की एक पतली धार हरे पानी में पैठ अदृश्य हो रही थी। देवी पूजा ग्रहण कर रही थीं।

गाते हुए लोगों की आवाज़ सुन कर माझियों ने नावों की पाले खोल दीं। मटमैले रंग की पचासों तरणियाँ देखते ही देखते नदी की पेटी में फैल गयीं। देवी एक बकरा

---

1. **लोरा—लड़का।**
2. **चेडड़ा—तरुण।**
3. **गावदी—मूर्ख।**
4. **किन्होई—अवसर गीत**

लेकर तृप्त हो गयीं। इन नाविकों के जालों में अब चाहे जितनी मछयिाँ फँसे, वे तृप्त नहीं होंगे।

तृप्त देवधाई भी नहीं था। उसकी कला की प्रशंसा करने को कौन कहे, किसी ने धन्यवाद तक नहीं कहा। ऐसे ही हैं ये गवाँर माँझी। उन्हें तो सिर्फ अपनी उपलब्धि से मतलब। उसकी कला को इज्जत तो खिर्रिम, चेरा, निजयपत ज़ैसे राजघरानों में मिलती है। वहीं जाना है। बसंता ने बलि चढ़े बकरे का पिछला एक टाँग सीधा किया तो झकाड़ी ने दाव के एक ही वार से उसे कोंहड़ी से छिनगा लिया। रास्ते में दोनों भून कर खायेंगे।

दबइल सिंह को अपनी दशा याद आयी। बिसूरने का समय नहीं था। उसके पिंजड़े को नाव पर लाद दिया गया। पाल खोलने की जरूरत नहीं थी। वह उल्टी दिशा में ले जाती। चार मल्लाह पथरीली डगर पर नाँव की रस्सियाँ खींचते पैदल चलने लगे। उस पार ले जायी जाने के लिए नाव नदी की उल्टी दिशा में खींची जाने लगी। दबइल को लगा कि बलात् घसीटी जा रही उसकी नाव भी बलि चढ़ रही है।

इलाके में सूखा नहीं पड़ा था। लेकिन गरीब के लिए क्या अकाल, क्या दु:काल। सिर्फ भोजन के लिए जंगल की लकड़ी काटते, मधुमक्खियों का छत्ता नोचते, लाह इकट्ठा करते, नदी की बिलों से केंकड़ा पकड़ते, दौड़ा कर खरगोश, साही का आखेट करते-करते खरलुक्की अपने जीवन से इतना ऊब गया था कि अपने को परम् दु:साहसी समझने लगा था। उसी दुस्साहस में मन ही मन तय कर लिया था कि उम्र आने पर वह राजा के सामने पेश होकर मुगा खाउरा[1] बनने का अनुरोध करेगा। उस साल वह सत्रह वर्ष का हुआ तो गर्मियों के बीतने और बरसात शुरू होने से पहले जो ढोल बजा और गाँव के बीचो-बीच इलाके में उपलब्ध सबसे ऊँचे बाँस को गाड़ दिया गया तो खरलुक्की उस पर चढ़कर कूदने के लिए आगे आया। गाँव का लिटदोह कई महीने से उसे, अप्रत्यक्ष रूप से सही, उस बाँस पर से कूदने के लिए प्रोत्साहित करता आ रहा था। इसमें यह भाव भी था कि बड़े बहादुर बनते हो; डाड[2] के मौके पर बाँस पर चढ़कर कूदो तब न! लेकिन खरलुक्की के लिए यह महत्त्वपूर्ण नहीं था। महत्त्वपूर्ण यह था कि कूद के बाद एक सप्ताह तक गाँव में उपलब्ध सर्वोत्तम भोजन और वस्त्र

---

1. **मुगा खाउरा—बलि का जीव।**
2. **डाड—खेती आरम्भ करने से पहले का एक उत्सव, जिसमें किसी किशोर को बाँस की ऊँचाई से नीचे तने मछली पकड़ने के जाल में कूदना होता था। किशोर जितना ही निर्भीक होकर कूदता था, माना जाता था कि उस साल फसल उतनी ही अच्छी होगी।**

प्रदान किया जाता था पूरे परिवार को। गाँव के युवाओं का उतने दिन तक नायक माना जाता था। उसी लोभ में खरलुक्की जब बाँस की ऊँचाई से दो पोरसा जमीन से ऊँचे पर तने जाल को देखा तो चीख उठा। नीचे उसके माँ-बाप भी चीख उठे। लेकिन उन चीखों को ढोल-ताशे के समवेत स्वर और उपस्थित समुदाय की वीर-गर्जना ने दबा दिया। खरलुक्की की आँखों के सामने अँधेरा छा गया और कूदने को कौन कहे मुर्छित होकर गिर पड़ा। लेकिन तब ढोल-नगाड़े और तेजी से गरज कर बज उठे। लोगों की वीर-गर्जना रणहास में बदल गयी। घंटों बाद होश आया तो बोला: देवी माँ सीधे अपने पास मेरे प्राण ले गयी थीं और कही थीं: बेटा! बेकार ही इस उत्सव में शरीक हुए—मेरा इरादा तो इस बार गाँव को उजाड़ कर देने का था। पर तुम्हारे साहस और कुर्बानी पर सात बार न्योछावर! इस बार गाँव को मालामाल कर दूँगी। तू कोपिली माई का खावरा बनने लायक है। जा, राजा के सामने जा। माई को बहुत दिनों से अच्छे सपूत का साथ नहीं मिला है। उनकी गोद में जा।''

खरलुक्की के बयान से पूरा गाँव प्रसन्न और आश्चर्यचकित हो गया। उसे जो आदर मिलना था, उससे अधिक मिला—राजा और कोपिली की अमानत मान कर। फिर उसकी बात मानकर पूरा गाँव दूने जोश से चौगुना श्रम करने निकल पड़ा अपने नये झूम[1] में। और उस साल फसल अठगुना होकर झूमी। लिड्दोह को तब लगता कि यह ड'खारों का झूमना शब्द किसी ऐसे ही झूम को देखकर बना होगा।

लेकिन खरलुक्की की माँ पागल होकर जिस-तिस के पास जाती और रो-रोकर गुहार करती कि कोई तो उसके पूत को मनाये। लेकिन किसमें इतनी हिम्मत थी कि कोई उसके पूत को मनाये। कोपिली माई क्या कहेंगी! राजा जाने क्या कर बैठे!! खावरा बनने की भविष्यवाणी तो उसके पूत ने किया है और तब किया है जब उस पर देवी का आसन था। देवी ने जब उसे चाहा है और उसने स्वीकार कर लिया है तो कोई क्या कर सकता है! वह न भी स्वीकार करता और देवी चाहती तो कोई क्या कर लेता? राजा अपने चाकर भेज कर उठवा लेता तो भी कोई क्या कर लेता? अरे शुक्र मानों कि देवी ने स्वयं चुन लिया है। राजा तुम्हारे खानदान को मालामाल कर देगा।

कई गरीब-गुरबा परिवार खरलुक्की के परिवार से छिपे तौर पर इर्ष्या करते कि न हुआ कोई पूत उसके जैसा उनके परिवार में। भाग्य बदल जाता। यह और बात है कि उस परिवार में दरअसल कोई ऐसा पूत होता, तब क्या गुजरती! इसे कौन सोचे!

अपने पूत को बचाने के लिए बूढ़ी खरलुक्की कहती: उस पर देवी का आसन है। उसे बचा लो। जब-तब देवी का आसन उस पर बुलाओ। गाँव का वर्तमान-भविष्य जानो। अपना आगा-पीछा देखो। आदर दो, वह जीवित-देव की तरह कल्याण करेगा। लेकिन उसकी बात सुनने की फुरसत किसी को नहीं थी। उसके रुदन पर पहले जिनके दिल भर आते थे, वे भी रोज-रोज के इस प्रलाप से ऊबने लगे थे। शुरू होते ही तमाम

---

1. **झूम—जंगल के एक टुकड़े को जलाकर की जाने वाली खेती, जिसका स्थान हर साल बदल दिया जाता है।**

गैर-जरूरी कामों में व्यस्त होकर उसे अनसुनी कर देते।

खरलुक्की खा-मोटा कर जब गदरा गया तो भरी बरसात में उमियाङ को पार कर निजपत पहुँचा।

श्रावण के अंतिम दिन राजा के सामने हाजिर होकर बोला, "सपने में कोपिली देवी ने कहा है कि इस साल तुम्हें खाऊँगी।"

इस तरह स्वेच्छा से आये मुगा खाउरा में जरूरी नहीं होता था कि सभी बत्तीसों लक्षण हों। पंद्रह-सोलह मिल जायें तो बहुत होता था। राजा ने उसके लक्षणों को फटाफट देखा और देवी कोपिली के नाम पर रखा सोने का बायें पाँव का गोड़हरा निकालकर उसके दाहिने पाँव में पहना दिया। फिर उसे अतिथिशाला में पहुँचा दिया गया। पूरी छूट दे दी गयी कि वह जहाँ चाहे रहे, खाये, पीये।

प्रथा थी कि जो बलि के लिए चुना जाता था या जो स्वेच्छा से खाउरा बनना स्वीकार करता था उसे निकट के बाजार में ले जाया जाता था, जहाँ उसे सरकारी कोष पर वह सब कुछ मुहैया कराया जाता था, जो वह चाहता था। पुराने जमाने में उसकी चाहत को पूरा करने के लिए युद्ध तक करना पड़ता था, यदि भोग खाउरा उस वस्तु की माँग कर बैठे जो उस राज में उपलब्ध न होकर दूसरे राज्य में उपलब्ध होता था। एक बार तो एक खाउरे ने अमृत की ही माँग कर दिया था। अब राजा अमृत कहाँ से लाये! उसे मिलता तो वह स्वयं न पी लेता! तब उसका संकट कुल-पुरोहित ने यह कहकर दूर किया था कि यदि खाउरा अमृत पी लेगा तो कटेगा नहीं, मरेगा नहीं। और कटेगा-मरेगा नहीं तो कोपिली देवी नाराज होंगी। इसलिए इस माँग को पूरा करने की कोई जरूरत नहीं है। तब से प्रथा चल पड़ी थी कि खाउरा की इच्छा पूछी नहीं जायेगी। खाने, पीने और रहने के लिए जो भी उत्तम् उपलब्ध होगा, बिना माँगे ही प्रदान कर दिया जायेगा। इसके लिए निजपत में एक लकड़ी का महल ही बनवा दिया गया था, जिसमें साल-साल भर खाउरा लोग रहते थे, आनन्द मनाते थे। सुख-सुविधाएँ इतनी आकर्षक थीं कि तमाम गरीब लोग खाउरा बनने के लिए स्वयं सामने आ जाते थे। ऐसा ही खरलुक्की भी था।

निजपत के बीचोबीच तीस हाथ ऊँचे बाँस के गड्डों को मजबूती से बाँधकर खम्भे बनाये गये थे। सोगहग बासों के टुकड़ों को पूर कर उन खम्भों पर रख एक मंच बनाया गया था, कोई साठ हाथ लम्बा, तीस हाथ चौड़ा। उसी पर रियासत के प्रमुख लोग बैठे थे। उनके कपड़े धुले थे। पगड़ियों पर गोटे लगे थे, सुनहरे, रुपहले और करजीरी के तेज लाल रंग वाले बीजों के, जिन पर काला-सा नन्हा निशान विशेष रूप से चमक रहा था। ये गोटे उनकी ओहदा के द्योतक थे। सुनहरी पट्टियों वाले मिंत्री लोग थे। रूपहली पट्टियों वाले पुजारी-पुरोहित लोग। गुरिया वाले सिरदार लोग थे। सबके सामने पान के पत्ते और कच्ची सुपारी से भरी मूँज की रंग-बिरंगी डलिया सरौते के साथ रखी थी।

लोग कच्ची सुपारी सरौते से तोड़-तोड़ कर खाये जा रहे थे। ये स्वार्गिक आनन्द के क्षण थे। खासियों में स्वर्ग की कल्पना नहीं होती; एक बेहतर इतर लोक की कल्पना जरूर होती है, जहाँ मृत व्यक्ति का प्रेत यदि बास करने का मौका पाता है तो निरंतर क्वाय[1] चबाता रहता है, दुनिया के झंझटों से दूर। ये सभी लोग इस वक्त सभी सांसारिक समस्याओं को दर किनार कर आध्यात्म के लिए जुटे थे।

सिंघा बजने की आवाज़ आयी तो सभी चौकन्ने हो गये। तांत्रिक कान्द्रा[2] योगी के आगमन की यह सूचना थी। वे बाँस की बल्लियों से बँधी बाँस की सीढ़ियाँ चढने लगे तो सभी उठ खड़े हुए। हलाँकि रोझन लिडदोह को यह अच्छा न लगा। अभी कुछ ही समय पहले तक लिडदोह ही प्रधान पुरोहित होता था। और सिर्फ इसलिए नहीं होता था कि वंश-परंपरा उसे वैसा बनाये हुए थी। इसलिए भी होता था कि पूजा की समस्त बारीकियों को वह बचपन से ही सीखता था, उनके निर्वाह के लिए वह बचपन से ही पवित्र जीवन जीता था। उसका आचरण अनुकरणीय माना जाता था। इसलिए उसे अपने हर व्यक्तिगत, पारिवारिक और सामाजिक जीवन में बड़ी सावधानी बरतनी पड़ती थी। यहाँ तक कि उसे अपने विचार स्पष्ट ढंग से रखने का मौका भी कम ही मिलता था। बिना बुलाये वह किसी के घर जा नहीं सकता था। और उसको बुलाने में औपचारिकता के इतने झंझट होते थे कि अलावा पूजा कराने के शायद ही कभी कोई उसे बुलाता था। सियेम की बात दूसरी थी। और यह सियेम हजोम सिंह उसे कुछ विशेष ही महत्त्व देता था। धार्मिक मामलों से हटकर राज के मामलों में, विशेष कर न्याय के मामले में उसकी राय अवश्य लेता था और भरसक उसे मानता भी था। इससे रोझन लिडदोह का महत्त्व पहले के लिडदोह की अपेक्षा थोड़ा बढ़ गया था। किन्तु उसी के अनुपात में उसका अकेलापन भी बढ़ गया था। यानी अकेलेपन की कीमत पर वह बड़ा आदमी बन रहा था।

इधर उसे एक खतरा अनुभव होने लगा था। सियेम जब से काली उपासक बनता जा रहा था और धीरे-धीरे श्रीहट्ट[3] के राजा के अनुरूप हिन्दू बनता जा रहा था, कान्द्रा योगी का महत्त्व राज में बढ़ता जा रहा था। इससे लिडदोह को आने वाले दिनों में अपने पद से हाथ धो लेने का अंदेशा होने लगा था। वैसे न तो राजा की तरफ से ऐसा कोई इशारा था और न ही जन में ऐसी कोई धारणा प्रचलित हो रही थी; तो भी रोझन को लगता था कि हिन्दू कर्मकांड की रीति में दक्ष न होने के कारण हो सकता है कि सियेम हजोम सिंह कोई हिन्दू लिडदोह नियुक्त कर ले। इसके पहले कि ऐसा हो, वह इस नये कर्मकाण्ड को पूरी तरह से सीख लेना चाहता था। उसे और पक्का कर अगली पीढ़ी को सौंपने के इरादे से वह अपनी छोटी बेटी के सबसे बड़े बेटे को बेनिया के राधा मोहन मुखर्जी की टोल में संस्कृत पढ़ने के लिए भेज चुका था। इसके लिए पुराने

---

1. **क्वाय—कच्ची सुपारी।**
2. **कान्द्रा—कन्दरा, गुफा।**
3. **श्रीहट्ट—सिलहट।**

जमाने से गृहकोष में रखीं स्वर्ण-मुद्राएँ खरच रहा था। तो भी जब तक वह अपनी विद्या में पारंगत नहीं हो जाता था, एक खतरा तो बना ही था। वैसे यह आयोजन काली को नरबलि देने के अनुष्ठान के विधान में उसे पारंगत बनाने के लिए ही किया गया था, तो भी तांत्रिक कान्द्रा योगी उसे एक अरि की तरह लगता था। एक बात यह भी थी कि अब से पहले वह सिर्फ सियेम के अभिवादन में ही खड़ा होता था, वह भी दरबार के औपचारिक अवसरों पर। अकेले में तो सियेम ही उसको नमन करता था। किन्तु अब उसे तांत्रिक की आगवानी में भी खड़ा होना पड़ रहा था। ऐसा करने के लिए उससे किसी ने कहा नहीं था। किन्तु तांत्रिक के आने से पहले ही उसके व्यक्तित्व, उसके करतब, उसकी सिद्धियों की जो शमा बाँध दी गयी थी, उससे आक्रांत हो जाना स्वाभाविक था। और जब पहले दिन उठकर अभिवादन कर गया तो उस अभ्यास, उस परंपरा को तोड़ना अब लगभग असंभव था। इससे बचने के लिए वह अक्सर सोचता कि तांत्रिक के आने के बाद ही सभा में जाय। किन्तु ऐसा हो नहीं पाता था। गरज अपनी थी। नयी विद्या सीखने के लिए गण्डा तो बँधवाना ही पड़ेगा।

कान्द्रा योगी ने मंच पर चढ़ सिंहावलोकन किया क्षितिज से लेकर पावों तले की जमीन तक। उसमें मंच का अस्तित्त्व रंचमात्र ही था। वे इस बात से खुश हुए कि उनके गेरुए वस्त्र के रंग की ही सुतली से बनी पाल मंच पर बिछायी गयी थी। उनके बैठने के लिए जो आसन बना था वह खसिया बलूत की लकड़ी का था, जिस पर कहीं सोने तो कहीं चाँदी का काम किया गया था। बलूत खासी लोगों के लिए पवित्र पेड़ होता है। उसे वे काटते नहीं। तांत्रिक ने जब उसका एक छोटा-सा तख्ता बनवाने का प्रस्ताव रखा था, तो सियम को खटका था—हमारा समुदाय कहीं इसे बुरा न माने। लेकिन मिंत्री ने तुरंत हामी भर दी थी। सियेम की भृकुटी चढ़ी तो थी, पर उसे जाहिर न होने दिया था। बाद में पूछा तो मिंत्री बोला, "किसी यूँ ही सूखकर उखड़ गये पेड़ से यह चौकी बना दी जायेगी।" उसके लिए पूरा लाव-लश्कर जंगलों में भेजा गया था। पर कहीं वैसा पेड़ मिला नहीं। यह तो संयोग था कि धरती-धसान में एक पेड़ भू-लुंठित हो गया और इज्जत बच गयी। नहीं तो पता नहीं क्या अनिष्ट होता। तांत्रिक उसी पर जाकर बैठ गये तो लोगों ने जहाँ सुपारी चबाना बंद किया था, वहीं से आरम्भ किया। तांत्रिक ने बलि के लिए आयी पकड़ को हाजिर करने का आदेश दिया।

भय भी शक्ति देता है। उसी शक्ति के सहारे दबइल सिंह ने सोच लिया था कि जब तक जीऊँगा, शान से जीऊँगा। भला कैदी का जीवन शान से क्या हो सकता है, तो भी जो मौका मिलेगा उसे शानदार बनाने से नहीं चूकूँगा। इसी प्रतिज्ञा के वशीभूत जब वह तांत्रिक के सामने निरीक्षण के लिए लाया गया तो जिन लक्षणों को गोपित हो जाने के लिए जाने किन-किन देवताओं की मन ही मन प्रार्थना करता रहा था और उन्हें विकृत कर देने का काल्पनिक जाल बुनता रहा था, उन्हें खोल-खोल कर दिखाने लगा। उन लक्षणों को देख कर कान्द्रा योगी ने उसे एक बहुत ही उपयुक्त बलि माना।

दरअसल दबइल सिंह भय की शक्ति से कम, खरलुक्की की मौजूदा जीवन-पद्धति से प्रभावित होकर, बल्कि ईर्ष्या खा कर अधिक बहादुरी पर उतर आया था। लेहाजा

राजा ने जब अपनी अतिप्रसन्नता में पूछा कि उसकी इच्छा क्या है, तो वह बड़ी निर्भीकता से बोला, "मैं आपकी बेटी को पत्नीवत् अपने साथ रखना चाहता हूँ।" पूरी सभा दंग रह गयी! राजा की बेटी के साथ इस तरह के व्यवहार की माँग कभी किसी ने नहीं किया था। यहाँ तक कि श्रीहट्ट के जालिम राजा ने चूने और लोहे की खानों को माँगा था, उसके लिए लड़ा था, पर बेटी कभी नहीं माँगी। लोग सोचते थे कि कारण शायद यह रहा होगा कि बेटी जाने पर उसका राजघराना मातृसत्तात्मक हो जायेगा—उसके खसिया होने के कारण यह हस्र स्वाभाविक था और कोई ड' खार यह कत्तई बरदाश्त न करता कि संपत्ति स्त्रियों के हाथ में जाय। जिमूतवाहन ने मिताक्षरा की जगह जो दायभाग की परंपरा चलायी थी, जिसके कारण स्त्रियों को अपने पति के धन से कुछ भाग पाने की आशा बनती थी, तो सती प्रथा चला दी गयी थी, न केवल उच्च धार्मिक मान्यता और प्रशंसा-उपलब्धि के रूप में, एक सामाजिक प्रथा के रूप में जिसमें चीखती स्त्री को जबरजस्ती मृत पति की चिता पर चढ़ाकर उसके शव के साथ बाँध दिया जाता था तथा उसकी आर्तनाद को ढोल-मजीरे, घंटी-घड़ियाल एवम् वैदिक मंत्रों के स्वर में दबा दिया जाता था।

राजा की आँखें जल उठीं। इस भिखमंगा छोकरे की यह मजाल! यह अपनी संतति हमारे मातृगोत्र में पैठाएगा! लेकिन वह कोई राजच्युत राजा तो था नहीं कि इस बात को अपने सम्मान के इतना विरुद्ध समझे कि याचक का सिर एक झटके में अपनी भोथरी तलवार से उतार दे। आखिर वह भोग खावरा[1] था।

मिंत्री गण थोड़ा कसमसा उठे कि राजा को यह पूछने की क्या आवश्यकता थी। यह परंपरा इसीलिए तो जाने कब से बंद कर दी गयी थी। जैसे दूसरे खावरा को रखा गया था, वैसे ही इसे भी रखा जाता। लेकिन तांत्रिक कान्द्रा योगी ने इसे शुभ लक्षण माना। शासन दिया कि खाउरा की इच्छा देवी की बेहतर अनुकंपा के लिए पूरी की जाय।

कोई रास्ता नहीं था। राजा को अपनी बेटी मुहैय्या करानी ही थी।

: 7 :

कोई पंद्रह दिन पहले जब सियेम की कि-खोह[2] उसके गाँव आयी थी अल्खा आवरी को बस इतना गुमान हुआ था कि वह गाँव की हम-उम्र लड़कियों में सबसे

---

1. **भोग खवरा—काली के लिए बलि-जीव। कोपिली के लिए बलि जीव मुगा खावरा से भिन्न अर्थ देने के लिए यह शब्द प्रचलन में आया।**
2. **कि खोह—बेंत की बनी बड़ी सी अँगूठी, जिसे गाँवों में घुमाया जाता था, निमंत्रण के रूप में राजपरिवार से संबन्धित सामूहिक समारोहों में भाग लेने के लिए।**

युवा है। और यौवन में तो सुअरी भी सुन्दर दिखती है, इसलिए सुन्दर है। इसलिए इस गाँव की युवतियों पर जो भी निगाह डालेगा उसकी आँखों में वह गड़ जायेगी। लेकिन खिर्रिम की बड़पुजारिन जयंती रिडंभ की आँखों में भी गड़ जायेगी इसका तनिक भी भान उसे नहीं था। वह तो अपनी गरीबी से पहले ही तंग थी और बड़ी मुश्किल से खुरदुरे सूतों से एक नयी लंगोटी बुन पायी थी। ऊपर के कपड़े किसी और से लेने की जुगत में थी। लेकिन जब बड़-पुजारिन ने उसे नृत्य के लिए अपना खास जोड़ीदार मानकर यह शृंगार किया तो वह जितना प्रसन्न हुई उतना ही एक संकोच से गड़ गयी कि क्या इतना बड़ा भार उठाने की सामर्थ्य उसमें है भी? पहले से पता होता तो और कुछ नहीं तो नृत्य का इतना अभ्यास अवश्य कर लिए होती कि लोगों की निगाह देहयष्टि से हटकर उसकी कला पर जाती। फिर भी बरे जाने का एक आवेग तो ऐसा था ही, जिसके बूते पर वह बड़ी से बड़ी जिम्मेदारी पूरा कर लेगी।

बड़पुजारिन की तरह ही उसके केश को बिना माँग निकाले सँवार कर पीछे की तरफ एक गाँठ दे उन्हें खुला छोड़कर उसके नितंब तक फैला दिया गया था जिससे कि वह कंधे से कुल्हे तक एक सपाट आयत की तरह लग रही थी, जिसके नीचे की तरफ दो सुडौल पाँव निकले हुए थे, जमीन से पूरी तरह चिपके, भारी छोटे पंजों पर टिके और ऊपर की तरफ एक साँवला मुखमंडल कि जिसे गम्हार की पकी लकड़ी से बड़ी कुशलता से तराश कर बनाया गया हो। चपटी फिर भी आकर्षक नाक, छोटी-छोटी पर बड़ी चमकीली आँखें, आपस में मिलते बहुत महीन भूरे रोम भौहों पर बिखरे। उभरा हुआ चौड़ा ललाट। नाक में बुलाक, कान में कर्णफूल और माथे पर सोने का पतला किंतु ठोस, मजबूत दिखता तीन कोणों वाला मुकुट। गले में चाँदी, सोने और रंग-बिरंगी गुरियों के हार की कई-कई लड़ियाँ। हाथों में चाँदी और सोने के कई-कई तरह के कड़े। पाँव में बजने वाली झाँझ।

खिर्रिम राज के सभी गाँवों की बारह वर्ष से ऊपर की कुवाँरी कन्यायें अपनी सामर्थ्य के अनुसार सर्वोत्तम् कपड़ों और आभूषणों में सज कर का सियेम साद[1] के विशाल प्रांगण में आ पहुँची। इसके पहले सोह ब्लेई[2] ने खिरम ब्लाङ[3] में चावल और कच्ची सुपारी के दारू का तर्पण चढ़ा दिया था। उसकी गंध बकरों की लेड़ी और मूत के चिराँयध को मात देती हवा में फैली हुई थी। वह बलियूप पर दारू की हंडिया उड़ेल ही रहा था कि ताडमुरी[4] बज उठी। वादक न जाने कब से सुरा की गंध पर मदहोश हुआ जा रहा था और पुरोहित को मन ही मन गाली दे रहा था कि आदमी के पीने की चीज़ को जमीन और खम्भे पर उड़ेल रहा है, जिसे पीता हुआ कोई देवता नजर नहीं आ रहा है। अपनी लार को टपकने से बचाने के लिए उसने पहले थूका, फिर तुरही से

1. **का सियेम साद—श्रीमतो पुजारिन राजा, या राजा-पुजारिन।**
2. **सोह ब्लेई—परिवार के देवता का पुजारी—परिवार का पुरोहित।**
3. **खिरम ब्लाङ—बलि का पशुशाला।**
4. **ताडमुरी—तुरही।**

ओठ लगा लिया। तुरही बजते ही ढोल बज उठे, सिंघा बज उठे, शंख बज उठे और उनके साथ ही सैकड़ों जोड़े पाँव एक लय से कच्ची जमीन पर थिरक उठे। का सद किंथेयी[1] का नृत्य आरम्भ हो गया।

उस भादो की बरसात के ठंडे मौसम में जब नर्तकियाँ पसीने से भीग गयीं और उनके जाँघों की पेशियाँ इतनी कड़ी पड़ गयीं कि उन्हें हल्का-सा दर्द महसूस होने लगा, तब सियेम महल से बाहर निकले। उनके पीछे पुरोहित थे, मिंत्री थे, सिपहसालार थे, उनका लाव-लश्कर था, दूसरे गाँवों से आये आम-ओ-खास मेहमान थे, और तो और राली था, अपना पूरा गाँव था। बीच में बलि का बकरा था। उसकी दोनों सींगों को धो-पोंछ कर लाल रंग दिया गया था। माथे पर सिंदूर से जैसे माँग भर दी गयी थी। गले में लाल पटुका बँधा था, जिससे उसका निर्दोष काला रंग और भी काला होकर उभर आया था। जिस मंथर गति से यह जलूस पहाड़ की ओर बढ़ रहा था, उसी के अनुशासन में बकरा बिना किसी बाहरी शासन के पहाड़ पर चढ़ रहा था। उसे पर्वत के शीर्ष पर शिलाङपीक देव को चढ़ाया जाना था।

झकाड़ी देवधाई एक बार फिर अपनी कला से सबको चकित कर देना चाहता था। ऐसा वह जाने कितनें वर्षों से करता आया है। चीकट, जट्ट बाल; टूटे, गंदे, पीले दाँत; निरंतर कींचर में डूबी आँखें और बहती नाक के चलते उसे समाज में जो उपेक्षा मिलती है, उसका शमन वह माँग कर, चुरकार, लरियाकर, दारू पीकर करता है। किन्तु वर्ष में आज का दिन ऐसा होता है, जब सभी उसकी कला से हार मानते हैं। तब वह सोचता है कि अभी क्या, झकाड़ी मर जायेगा, तब समझोगे, और पछतावोगे। कुछ लोगों को तब गर्व होगा कि वे झकाड़ी के दोस्त थे, उसके साथ खाया-पीया था। बड़े नाज से वे ये बात अपने यार-दोस्तों से कहेंगे। इसी प्रभाव में वह बसन्ता को न केवल कई बार गरिया चुका है, सुबह से तीन बार पीट भी चुका है। सामने की गहरी अंधेरी चोटी की अंधेरी छाया ठंड को बढ़ा दिये है तो क्या, बसन्ता के हाथ रुकने नहीं चाहिए, चाहे वे बलिभूमि रंग रहे हों या बलि-पत्थर चमका रहे हों। और इस काम को चूँकि पूरी पवित्रता से किया जाना है, इसलिए नाक सुड़ॅक तो सकते हो, छिड़क नहीं सकते; थूक घोंट सकते हो, थूक नहीं सकते। पिशाब न करना पड़े, इसलिए चाहे मर जाओ पानी नहीं पी सकते। यह प्रतिबंध बसन्ता के लिए ही नहीं, झकाड़ी के लिए भी है। दोनों को एक-दूसरे पर चाहे गुस्सा आये, व्यक्त कर सकता है तो सिर्फ झकाड़ी। वह गुरू है। इसलिए बसन्ता के दिमाग में बार-बार आता है कि वह चल दे। तब देखे बेटा अपनी कला कैसे दिखाते हैं। काम पूरा न होने पर सियेम बकरे की जगह इन्हें ही चढ़ा देगा!! पर कर नहीं पाता। चेलवाही की ऐसी बेड़ियाँ है कि बिना उनको कसे इतना ज्ञान नहीं मिल सकता। झकाड़ी भी क्या इसे ऐसे ही पाये होगा!

---

1. **का सद किंथेयी—मातृ पूजा का नृत्य**

बसन्ता के सारे श्रम को एक वाक्य में उड़ाते हुए झकाड़ी ने कहा, "इससे अच्छा तो पिछले साल था। भले वह लड़का थोड़ा पगला-पगला था, लेकिन मेहनत करता था। उसकी मेहनत से ही निर्मिति का सौंदर्य खिलता था। और एक तू है कि बस! जुल्फी गाहना ही सारी कला समझता है। अरे, कला वह है जो बेजान पत्थरों में जान डाल दे। ऐसी घिसाई और रंगाई करनी होती है बेटा! और जितने ही कम रंगों से यह बनाया जाय, उतना ही सुंदर वह होता है। यह तो फूहड़पन है कि दुनिया भर के रंगों से लीप डालो। देखनेवाला उलझा ही रह जाय कि किस रंग को पकड़कर वह कलाकार के हाथ की बारीकी परखे!"

झकाड़ी अपने हुनर को कभी सिलसिले से नहीं बताता। इसलिए साल भर होने को आये और बसन्ता को लगता है कि वह कुछ जानता ही नहीं। कब किस झोंक में वह कौन-सा गुर बता दे, कहा नहीं जा सकता था। इसलिए जब वह बोलना शुरू करता तो बसन्ता के हाथ जितनी तेजी से चलते, उससे अधिक तेजी से उनका दिमाग चलता। एक पत्थर छीलता तो दूसरा उपदेश को पत्थर की पर्त की तरह अपने भीतर जमाता चलता। बूढ़ा कह रहा था, "और देखो! कला पूर्णता में नहीं होती। पूर्णता में जो खोट होती है उसमें होती है। लेकिन तुम्हारा काम खोट बनाना नहीं, पूर्णता बनाना है। पूर्णता बनते-बनते जो छूट गया होता है, कला उसमें होती है। जान-बूझ कर उस कमी को उकेरोगे तो वह भद्दापन होगा—अपने आप उभर आयेगा तो कला। इस बात को गाँठ बाँध, साले!"

तभी एक काला भुचेङ कहीं से उड़ता हुआ आया और उ माउ क्नी[1] पर बैठ कर बीट कर गया। पहले रगड़ कर चमकाये और फिर गेरू से लाल किये पत्थर पर उसका ढेर सारा चितकबरा बीट चमक उठा। उसे देखता बसन्ता सोचता ही रह गया कि यह गाली उसे है या भुचेङ को? झकाड़ी चिड़िये की ओर पत्थर फेंकने के दौरान खुद ही का इ आउबेह तिगोन[2] पर गिर, उसके रंग-रोगन में डूब अजीब-सी शक्ल धारण कर लिये था। बसन्ता लालुङ उसे देखकर ठठा उठा, तो झकाड़ी देवधाई दूसरा पत्थर उसकी ओर तानकर उछाल दिया। लालुङ और जोर से हँसता दूर जाकर उसे बिराने लगा, तो झकाड़ी को भी हँसी आ गयी। बदन से रंग काछते हुए बसन्ता को पुनः रंगने के लिए बुलाने लगा। आनन-फानन में दोनों ने मिलकर बीट साफ किया। रंगना अभी पूरा ही किया था कि नीचे से तुरही की आवाज़ आने लगी। झकाड़ी ने तुरंत बसन्ता को गाली देते हुए धमकाया कि सियेम पहुँच रहा है और तू साला इतना धीरे-धीरे हाथ चला रहा है! फिर सिर ऊपर की तरफ उठाकर देखा कि सूरज अभी खड़ा था तो धूप तेज थी। उसने अंदाज लगाया कि जितनी देर में उनका दल पहुँचेगा, उतनी देर में ये पत्थर पर के रंग अवश्य सूख जायेंगे।

---

1. **उ माउ क्नी—मामा की याद में लगा पत्थर।**
2. **का इ आउबेह तिमोन—गोत्र-मातृ का पत्थर।**

बलियूप के शीर्ष पर ठोस चाँदी का पक्षी चमक रहा था। महीने भर के श्रम से झकाड़ी ने चाँदी पकाया था। चाँदी को राजा ने प्रजा से प्राप्त किया था, कभी कर के रूप में, कभी उपहार के रूप में, तो कभी जोर-जबरदस्ती। उसे पकाकर, पीटकर, ढालकर पाँख समेट कर बैठी ब्राह्मणी बत्तख की तरह बनाया था, जिसके पर नीले और भूरे थे। चोंच लाल। सिर पर एक माँग सरीखी ऊँची कलंगी, जो माथे से गर्दन तक सीधी रेख में गयी थी, थोड़ी दबी-दबी। यह रंग चाँदी को रंग कर नहीं पाया जा सकता था, इसलिए इस बात का प्रमाण देते हुए कि कभी उसने पछीमा सोनारों की शागिर्दी की है उन रंगों का मीना भर कर ऐसी घिसाई की थी कि वे चाँदी के हिस्से लग रहे थे, जड़ाऊ नहीं। उसके नीचे सातों रंग चटकार-चटकार पोते गये थे—इतना चटकार कि कोहरे की चाहे कितनी ही गाढ़ी पर्त फैली हो—आदमी चाहे अपना हाथ न देख पाये—बलियूप अवश्य देख ले। खम्भे को जहाँ कहीं भी गोलाकार तराशा गया था, वहाँ लाल रंग चुपड़ा गया था, जहाँ चौकोर वहाँ नीला। जहाँ नक्काशी थी, वहाँ दूसरे तमाम रंग।

थोड़ी देर बाद पहाड़ी के तीनों कंधों से लोगों के झुंड एक-साथ एकाएक उभरे तो उसे देख कर सबके मुँह खुले के खुले रह गये। एक ऐसी चुप्पी फैल गयी कि लगा सबको एक साथ साँप सूँघ गया है। सिर्फ दमामे की आवाज़ पहाड़ियों से प्रतिध्वनित होकर गड्ड-मड्ड हुई जा रही थी। देवधाई और लालुङ चारो ओर अपना सिर और आँखें फेर कर लोगों की प्रतिक्रिया का अंदाज लगाते रहे। तभी सियेम ने सी-सी की आवाज़ की और तब वहाँ जमे समस्त लोगों की सी-सी की आवाज़ में दमामें की प्रतिध्वनि दब गयी। लोग जोर से हँस पड़े तो झकाड़ी की आँखें छलछला आयीं। महीने भर की मेहनत सार्थक हो गयी: लोगों को मेरी कृति पसंद आयी।

जब सभी लोग बलियूप के पास पहुँच गये तो लिङ्दोह ने दमामा माउलाङ[1] के हाथों से ले लिया और एक पझारी बजा कर शिलाङ गाथा का गायन आरम्भ किया। बीच-बीच में जहाँ लय-भंग होता या अंत्यानुप्रास नहीं मिलता, वहाँ जोर-जोर से पीटता गया:

पड़ोस के जंगल में बास करने वाले
उ लेई शिलाङ
कि तब तुम्हारा नाम अनाम था
कि जिसने तुम्हें खोजा
उसी के नाम पर चल पड़ा तुम्हारा नाम
शिलाङ
कि आज भी तुम्हारा नाम अज्ञात है
कि वही विस्तार देता है

---

1. माउलाङ—ढोलकिया।

तुम्हारी स्थिति का
तुम्हारी शक्ति का

कि हा काबा निडक्कोङ चला बिन्ना
बो दोन कावेई का ब्रिएउ
हा का क्रेम मरई, का बा हाजान
हा श्नोङ पोन्लत राइ मिंता
हा तिलोङ का वाह उमिएउ ने उमियाम

पाल कराई गाँव में स्थित
वह मरई की गुफा
तुम्हारी गोद ही तो थी
उमियाङ के छोर पर

कि उसके सौंदर्य की बढ़ी जब ख्याति
यौवन के साथ
कितनों ने चाहा उसे वरण करना
पर पहुँच नहीं पाये उसके पास
कि गुफा का मुख सकरा था

कि तभी आया वह आदि पुरुष
जिसका भूल गये आज हम नाम
उसकी ही सवतिया—
—हम मातृगोत्री हैं न
—जिसने छल से पकड़ लिया उसका हाथ
दिखाकर उ तिएउ जलिङ क्वोडका
मुग्धकारी फूल
और खींच कर बलात्
ले गया अपने गाँव नाडजीरी

पैदा किये अट्ठारह पुत्र-पुत्रियाँ
एक से एक बढ़कर सुन्दर बलवान होशियार

कि देबी ने रखी थी शर्त
कि वह कभी न देखेगा
उसे विवस्त्र

कि अट्ठारह बच्चों के बाद भी
जब बढ़ता गया उसका रूप यौवन
तब रोक नहीं पाया खोंकर एक दिन
चोरी से देखने को उसका गात

कि उसके तेज से जल गयी पुतलियाँ
तब का पाह उड़ चली अपने देश
अपनी गुफा
और रत हो गयी चिर विश्राम में

पुत्र-पुत्रियों के साथ आया खोंकर
करता विलाप
कि का पा सिंतेहूँः
तोमार बेटा रोये
तोमार बेटी रोये
तोमार बकरी रोये
सुअर रोये
तोमार पाला तोता भी रोये..........

कि काया सिंतेहूँ का कलेजा नहीं पसीजा
तो नहीं पसीजा
भले ही लोग उनकी विलाप सुन
जुटे चतुर्दिक से
और वरण कर लिया उन्हें अपना राजा
मानकर अपना देवपुत्र, अपनी पुजारिन
मानकर देवपुत्री
कि वे पालित संतति हैं शिलाङदेव के

कि हे देव!
आज ग्रहण करो अपना वार्षिक पूजा
अपनी संततियों का
जो कहे जाते हैं
का सियेम ब्लेई
कि हमारी आदि पुरखिन
का पाह सिंतियेउ
पली थी तुम्हारे ही आगोश में

कि तुम्हीं से हैं दो मिल्लिम और खिर्रिम
इन दो नामों के राजघराने
और जब तक तुम्हारा नाम रहे
बने रहें ये राज घराने
कि उन्हीं से मिलती है
तुम्हें हर साल पूजा

लिड्दोह का कथागान समाप्त हुआ तो सामने के झंखाड़ जंगइल पेड़ से दो विशाल मधुकढ़वा पक्षी जाडिङा[1] की ओर उड़ चले। उनके डैने एक तरफ सात हाथ लम्बे थे—ऐसा सियेम का अनुमान था। उनमें इतनी ताकत थी कि उनकी उड़ान में नीचे आने वाले वृक्षों की टहनियाँ कुछ देर के लिए इस तरह से काँप उठतीं कि जैसे एक छोटा-मोटा बवंडर ऊपर से गुजरा हो। उसी क्षण राली सोच रहा था कि हो न हो शिलाङ शब्द की उत्पत्ति संस्कृत के 'शिला' शब्द से हुई हो।

सियेम देर तक उन्हें उड़ता देखता रहा। तब तक लोग साँस रोके खड़े रहे। कहनी थी कि जब अहोमों ने मिकिरों को परास्त कर उनका राज ले लिया तब से किसी श्राप के फलस्वरूप दुनिया भर के विशाल मांसाहारी पक्षी जाड़िङा जाकर आत्माहुति करते हैं। खासी लोग उस दिशा में मधुकढ़वा पक्षी की उड़ान बहुत शुभ मानते हैं। जब वे आँखों से ओझल हो गये तो सियेम ने उधर से आँखें फिरा शिलाङ पीक की ओर देखा। तब पूजा शुरू हुई। माउबिन्ना[2] के सामने वहाँ पहुँचने से थोड़ा पहले झकाड़ी ने कोई ढाई फुट ऊँचे चिकने लाल पत्थर की वेदी को अक्षत जैसे खड़े रंगीन चावलों से अल्पना पूर का सजा दिया था। उसी पर एक सहायक लिंगदोह ने मुर्गे को लाहरकत लिटा दिया। यह बड़े कौशल की बात थी कि एक खाये-पीये, स्वस्थ, जीवित मुर्गे को बलि

1. **जाडिङा—मिकिर हिल्स का एक पहाड़, जहाँ हर वर्ष हजारों की संख्या में विभिन्न प्रजाति के पक्षी आत्महत्या करते हैं।**
2. **माउ बिन्ना—स्मृति शिलापटों की शृखला।**

को वेदी पर इस तरह से लिटा दिया जाय कि वह कोई हरकत ही न करे, सिवाय अपनी आँख मूँदने और खोलने के। राली ने गौर किया कि वह यदा-कदा जीभ भी बाहर निकाल रहा है, जैसे बड़ा प्यासा हो। उसके लिटाते ही का सोहस्ला[1] ने यत्न से तैयार किये गये उ क्प[2] को पूरब की तरफ और बढ़िया स्थानीय शराब की तुमड़ी को पश्चिम की तरफ रख दिया। फिर खसिया बलूत की पत्तियाँ एक थाल में सजा कर वेदी पर रख दिया। अगर यह सब वह जतन से तैयार कर न ले आवे तो सारा दोष उसका। लिडदोह तो सिर्फ उसका सहायक होता है।

उसके मन में एक कसक उठी। सभी बुढ़े-पुराने लोग जानते थे कि असली पुजारी तो का सोहस्ला ही है, लिडदोह तो सिर्फ उसका सहायक होता है। लेकिन अब स्थिति दूसरी है। यानी वास्तविकता दूसरी है, सिद्धांत तो अभी वही है। पहले कहा गया कि माह में तीन दिन स्त्री अछूत होती है, वह उसके अशौच के दिन होते हैं। उसमें वह कोई धार्मिक काम नहीं कर सकती। फिर कहा गया कि कोई काम नहीं कर सकती, सिवाय आराम के। आराम का ऐसा चस्का लगा कि सत्ताइस दिनों का जो उसका वास्तविक अधिकार था, वह भी धीरे-धीरे जाता रहा। उसकी उपस्थिति प्रतीकात्मक हो गयी और जो सहायक होता था, उसका प्रतिनिधि होता था, वही वास्तविक कर्त्ता हो गया। का सोहस्ला की स्थिति धीरे-धीरे हिन्दू कर्मकांड में जो नापिता की भूमिका होती है, वह बन गयी। यह दक्षिण से, श्रीहट्ट से चली हवा की देन है। गनीमत है कि लिंडदोह उसके बहन का बेटा होता है। अन्यथा मातृ-सत्ता का पितृ-सत्ता में विसर्जित होने पर तो वही हिन्दुओं की स्थिति हो जायेगी, जहाँ नापित ब्राह्मण और शुद्रा के वर्ण संकर होते हैं और जिन्हें रोजी के लिए कर्मकांड में यह सेवक की भूमिका दे दी गयी है। उसके मन में आया कि अभी इस संक्रमण काल में जो बचा है, उसे कैसे अक्षुण रखा जाये— इस पर कोई योजना बनाये। किन्तु उसके लिए अभी समय नहीं था।

सारी तैयारी करने के बाद वे दोनों पाँच-सात कदम पीछे हट गये तो मिल्लिम का सियेम अपने लाल-काले चोंगानुमा लिवास में आगे आया। पूजा उसे करना था। यह उसका अधिकार नहीं था। खिर्रिम और मिल्लिम के राज घरानों ने ऐसा कभी तय नहीं किया था। इस पर कभी बात ही नहीं की थी। जब ये दो घराने मामा-भांजे की प्रतिद्वंद्विता से विलग हुए थे, तब उस वर्ष जो पूजा हुई थी उसमें दोनों एक ही कुल के हैं के प्रमाणस्वरूप जब मिल्लिम का राजा आगे बढ़ा तो खिर्रिम के राजा ने रोका नहीं—बड़े-बूढ़े चाहते थे कि दोनों घरानों का एका बना रहे। तब से परम्परा चल पड़ी कि नोडक्रेम की पूजा में यदि मिल्लिम घराने का कोई पुरुष उपस्थित है तो मुर्गे की बलि वही चढ़ायेगा। लेहाजा उसने अपनी कमर से निकाल कर एक छोटे से दाव की धार दो-चार बार उँगलियों से करकराया। उस वक्त मुख्य पुरोहित के नेतृत्व में

---

1. **का सोहस्ला—पूजा की सहायिका।**
2. **उ क्प—चौरठ (पिसे चावल का बूरा)।**

लिडदोह लोग मंत्र की तरह उच्चारित करने लगे:

उ खुन का ब्लेई उबा कित रिलाङ
बा साह रिदाङ ना का बिन्ता जोङ डाउ ब्रेउ
डा ब्रियेङ डा पाप
अप जुताङ में उ ब्लेइ इएङ
राङ बाह में उ ब्रियेङ

यानी : ईश्वर का पुत्र जो अपनी गर्दन
मेरे लिए निछावर करता है-वह आदमी
आदमी ने पाप किया है
हे देवी! मत भूलना वह संविदा
आदमी के लिए आवाहित हो
मैं आदमी की जगह मुर्गा काट रहा हूँ
दया कर स्वीकार करो

राली जितना खसिया बोली जानता था उसके अनुसार उसे लगा कि ये सारे देव दर असल देवी ही रहे होंगे, जब तक औरतें पूरी तरह से सर्वसत्तायुक्त पुजारिन रही होंगी। जब मर्द पहले प्रतिनिधि और फिर सर्वेसर्वा बन गये होंगे और औरत की भूमिका प्रतीकात्मक रह गयी होगी, तब देवियाँ भी देव में रूपांतरित हो गयी होंगी। उसे बड़ा आश्चर्य हुआ यह रेखांकित कर कि यह बलि भी इसाई और यहूदी बलि की ही तरह है, जिसमें पशु को आदमी का स्थानापन्न बना दिया गया है। हिन्दुओं की तरह की बलि नहीं है, जिसमें पशु सीधे-सीधे देवी-देवता के भोज में प्रस्तुत होता है। राली को अपनी गवेषणा यहाँ बड़ी मौलिक लगी और मुस्कराते हुए सोचा कि यह तर्क आगे बड़ा काम आयेगा।

राली ने जो भी अर्थ लगाया हो, खासी लोग तो आज भी यही कहते हैं कि सृष्टि के आरम्भ में आदमी और देव की एक भाषा थी, जिसके चलते वे आपस में सीधे-सीधे बात करते थे। लेकिन जब पाप आया तो आदमी और देव की दो भाषाएँ हो गयीं और प्रकारांतर में उनके बीच का यह पुल भी ढह गया। यह पाप क्योंकर और कहाँ से आया यह तो पता नहीं, किन्तु देव और मानव में सम्बन्ध जोड़ने के लिए और उसे बनाये रखने के लिए आदि पुरखा-पुरखिन, जिन्हें खुन लुड-खुनलाई कहते हैं, यह अद्‌भुत पक्षी मुर्गा खोज लाये अपनी भावी संततियों की रक्षा और कल्याण के लिए। अब वही देव और मानव के बीच संपर्क का काम करता है। जब तक जीवित रहता है मानव-लोक में विचरता है, जब दिवंगत होता है तब देव-लोक में विचरता है। मानव-लोक से देव-लोक में संदेश तभी ले जा सकता है, जब वह एक विशेष अनुष्ठान

में प्राण त्यागे। और यह परा-लोक में विचरण देव को यह याद दिलाने के लिए होता है कि कभी उसने आदमी से वादा किया था कि तुम्हारा कल्याण करूँगा, यदि गाहे-ब-गाहे याद करोगे। मेरे माध्यम से आज आदमी ने अमुक काम के लिए तुम्हें याद किया है।

मंत्र समाप्त होते ही लिङ्दोह लोगों ने मुर्गे पर चावल फेंकना शुरू किया तो मुर्गा पहले चौकन्ना हुआ, फिर उठ खड़ा होना चाहा। धार से कम और भार से अधिक कटकर उसका सिर कोई हाथ भर दूर छटक कर वेदी से नीचे जा गिरा, तो मुर्गे का धड़ दो पाँवों पर खड़ा हो चला भाग! गर्दन से रक्त का पिचकारा छूट रहा था। चालिस पचास कदम चलने-उड़ने के बाद जब वह लुढ़क गया तो पुजारियों ने दौड़कर देखा कि वह किस करवट गिरा है। दायें गिरा है तो शुभ, बायें गिरा है तो अशुभ! फिर यदि गर्दन पूरब या उत्तर की दिशा में है तो शुभ, नहीं तो अशुभ। रक्त का पिचकारा उत्तर-पश्चिम दिशा में गिरता गया था, इसलिए थोड़ा भय हुआ। पर कुकुट्ट की मरी पर तनी देह-मुद्रा को देख सभी हर्षातिरेक में गा उठे। वह सही करवट, मुद्रा और दिशा में गिरा था।

मुख्य लिङ्दोह ने बड़ी सफाई से अपनी छुरी से मुर्गे का पेट फाड़ दिया। उसकी बड़ी आँत के इर्द-गिर्द जो मटर के बड़े दाने जैसे मांसवृत्त फूले थे, उनमें से जो बड़ा था वह देव का प्रतीक माना जाता था, जो छोटा था, वह आदमी का। दोनों एक पतली झिल्ली से जुड़े थे। वे धीरे-धीरे ऐंठ रहे थे। पुजारियों ने जब उन पर अक्षत छोड़ी तो वे और तेजी से ऐंठ-ऐंठ कर करीब आने लगे। ज्यादे हरकत उ ब्लेइ[1] वाले मांस पिंड में थी, जो आदमीवाले मांस-पिंड के करीब आ रहा था। यह इस बात का प्रमाण था कि देवता ने पूजा ग्रहण कर ली है।

लोगों की हर्ष-ध्वनि सुनकर बलि का बकरा उठ खड़ा हुआ और चला भाग। उसे देखकर सियेम के चेहरे पर भय की लकीर खिंच गयी, तो लिङ्दोह के चेहरे पर गुस्से की। उससे तुरंत गुमास्तों में कर्तव्यबोध जाग उठा और वे बकरे के पीछे दौड़े पड़े। कहाँ जाता बेचारा बलि का बकरा! पकड़ में आया तो उसे लादे-फाँदे लोग वेदी पर पटक कर पाँव, पूँछ, गर्दन, सिर, पेट, अंडकोश, पूरा धड़ सभी एक साथ दबा दिये। इतने कसे हाथों के नीचे क्या मजाल कि बेचारा कोई हरकत करता। बस लेंड़ी फेंककर रह गया।

लिङ्दोह लोगों ने वही मंत्र दुहराते हुए उस पर चावल फेंकना शुरू किया तो गुमास्तों ने हाथ हटा लिया। इसके पहले कि बकरा कुछ समझता, मौके का फायदा उठाता, सियेम का खाँड़ा उसकी गर्दन पर पड़ा और एक ही झटके में धड़ सिर से अलग हो गया। का इचाबेइ खिन्राउ[2] के ऊपर उकेरी गयी देवधाई-लालुङ की

---

1. **उ ब्लेइ—देवता।**
2. **का इचाबेइ खिन्राउ—गोत्रनानी, कुल की आदि पुरखिन।**

कलाकृति में खून के छींटे खोट की तरह चिपक कर उस कृति को पूरा सौंदर्यपरक बना दिये। तुरही, नगाड़े, सिंघा, शंख सभी एक साथ बज उठे।

इन तमाम बातों से बेखबर जबड़े में ऐंठी जीभ लिए सिर एक तरफ गिरा और धड़ आदमी की ऊँचाई के बराबर उछालकर पहले चारों पाँव जमीन पर खड़ा हुआ, फिर गिरकर तड़फने लगा। तड़फ्-तड़फ् कर ठंडा पड़ने लगा, जिस गति से खून उसकी गर्दन की नाड़ियों से बाहर आ रहा था। तब बाइस जोड़ी पुरुषों के पाँव हाथ में ढाल और तलवार लिये, कोई-कोई सुरही गाय की पूँछ के बाल से बनी चँवरी लिए उस जमीन पर थिरक उठे, जो न जाने कितने दशकों, शताब्दियों से इसी तरह रौंदी जा कर इतनी समतल और कठोर हो गयी थी कि उस पर साल भर एक तृण भी नहीं उगता था। नृत्य घंटों चला और इस ध्वनि पर जोर दे-दे कर चला कि देव ने हमारे पाप माँफ कर दिये हैं और इस वर्ष कृषि बड़ी उत्तम् होगी।

शाम का झुटपुटा होने लगा था। विरल कोहरे की पर्त हवा में तैरने लगी थी। परिणामस्वरूप पास की चीज़ें दूर लगतीं और दूर की चीजें अदृष्य। लगता कि जमीन की चीज़े आसमान की ओर बढ़ती जा रही हैं। नाचते-गाते लोग वापस चले। बड़पुजारिन के घर पर सुखा कर रखीं विभिन्न प्रकार की मछलियों को गरम पानी से धोकर तल लिया गया था। सरसों और खटाई से बने झोल में डूबो कर सिझा लिया गया था। लाल चावल पकाया गया था। नीबू और नांरगी के रस में डूबो कर अदरक का अचार बनाया गया था। परोसनेवाले उन्हें बाँस की तरह-तरह आकृतियों वाले छितनियों में भरकर परोसने लगे जब लोग शिलाङ पीक से वापस आये। केले के नये हरे पत्ते पर भोजन का रंग उसकी खुशबू से बढ़कर था। सभी ने जमकर जिमा। पानी पीया और डकार कर उठ खड़े हुए। न कहीं शोर, न भाग-दौड़। खासियों का यह अनुशासन राली को साल गया। उसे बलियूप के सामने विशेष रूप से सज्जित चाँदी की चौकी पर बिठाया गया था। दाहिने तरफ खिर्रिम के सियेम, फिर मिल्लिम के। बायीं तरफ जयन्ती।

दिन पूरी तरह डूब गया तो लड़कियों का नानक्रेम नृत्य यूप के सामने शुरू हुआ। अल्खा आवरी केन्द्र में थी। राली ने गौर किया कि लड़कियों ने अपनी गर्दन कड़ा कर सीधा कर लिया है। आँखें नीची कर, जमीन में गड़ा दिया है। सिर्फ गहनों के धीरे-धीरे हिलने से लग रहा है कि गर्दन हिल रही है। बाहें शरीर से सटी, सीधी, नीचे की ओर लटक रही हैं। वे अपना पाँव धरती से इतना कम ऊपर और इतनी जल्दी-जल्दी उठा रही हैं कि पता ही नहीं चलता कि कब धरती पर हैं और कब धरती के ऊपर। वह उनकी कला पर मुग्ध हो गया और सोचने लगा कि म्यामारी[1] बालाओं की तरह अगर इनकी भी गर्दनें छल्ले डाल-डाल कर लम्बी बना ली गयी होतीं तो यह नृत्य

---

1. **म्यामारी—बर्मा देश की।**

और भी सुन्दर हो जाता।

नृत्य जब पराकाष्ठा पर पहुँचा तो उसमें जयन्ती भी शामिल हो गयी। वह इतनी तेज गति से नाचती कि दूसरों को उससे ताल-मेल बिठा पाना थोड़ा श्रमसाध्य होता। उसकी कला पर राली मुग्ध हो गया। सोचने लगा कि यदि जयन्ती अपनी परम्परागत पोशाक की जगह स्कर्ट और ब्लाउज धारण कर नृत्य करती और सिर पर मुकुट गोलाकार न होकर चौकोर और जाड़ाऊ होता तो उसकी कलात्मक अभिव्यक्ति और खिल उठती। गात का रंग दबे होने के बावजूद उसका सौंदर्य यूरोप के किसी भी देश की किसी भी युवती के सौंदर्य को मात कर देता। सौंदर्य बनाव-श्रृंगार में कम, स्वास्थ्य में अधिक होता है, जिसकी यहाँ कमी नहीं। सच पूछो तो सौंदर्य वस्तु में नहीं द्रष्टा की आँख में होता है। और उसकी आँख को भला क्या कहने : कोई अपनी प्रेमिका किसी के 'वाइटल स्टेटिस्टिक्स' को ध्यान में रखकर नहीं बनाता!

नृत्य जब उतार पर आया तो उसमें दोनों सियेम के साथ-साथ पुरुष लोग भी शामिल हो गये। वे लड़कियों को घेर कर नाचने लगे तो लड़कियाँ एक-बैग जोश में आकर मुक्त होकर खूब उछल-उछल कर नाचने लगीं। उनकी पीठ पर लहराती वेणी के बाल हवा में उड़ने लगे। परिणामस्वरूप शाम के धुँधलके में जब वे उछलतीं तो लगता परियाँ आसमान से बड़ी दूर से उतर रही हैं। उनके चेहरे पर फैली स्मित हास और जामुनी ओठों में चमकते शुभ्र दाँत देवकन्याओं के लगते। उनके उरोज इस तरह से हिलते कि लगता मूँगा रेशम के कपड़े से बाहर आ जायेंगे। उनके जाइनसेम कमर से ऊपर तक उठ जाते। मजबूत और उभरी पिंडलियाँ, मोटी नंगी जाँघें और चिकने तलपेट जैसे कस्तूरी गंध पूरे वातावरण में बिखेर देते। इतनी मुक्तता के बावजूद वहाँ कोई अश्लीलता न थी।

उसी वक्त सियेम ने राली को नृत्य में शामिल होने के लिए इशारे से अनुरोध किया। औपचारिकता निभाने के लिए वह उठा तो जयन्ती अपना चक्र पूरा करते-करते उसके सामने आयी और हाथ पकड़कर नर्तकों के बीच ले गयी। इतने दिनों के परिचय में यह पहली बार था कि जयन्ती ने स्वयं आगे बढ़कर राली का हाथ छुआ था। इस पर राली दूर तक विध कर नृत्य करने लगा। किन्तु इस तरह के नृत्य का न तो उसे अभ्यास था, न ही जानकारी। जल्दी ही पाँव दुखने लगे तो वह आकर बैठ गया। दौर पूरा हो जाने के बाद स्त्री-पुरुष जोड़ा बनाकर नाचने लगे। जयन्ती का उसमें शामिल होना सम्भवतः वर्जित था। वह भी आकर राली के बगल में बैठ गयी। रिंजा अल्खा का हाथ पकड़कर बड़ी तेज गति से नाचने लगा था। लोगों को वह जोड़ा बहुत अच्छा लग रहा था। अल्खा यदि अपरूप सुन्दरी थी तो रिंजा पुरुष सौंदर्य की प्रतिमूर्ति।

चारों तरफ कोहरे की पर्त गाढ़ी होने लगी थी। मैदान में जल रहीं चीड़ की टहनियों की लौ धुँधली पड़ने लगी थी। पूरा का पूरा वितान अपार्थिव और वायव्य लग रहा था। वाद्य धीमा पड़ने लगे थे। लेकिन लोग विभिन्न प्रकार की ध्वनियाँ गले से निकालकर एक अपरिचित संगीत रचने लगे थे। उसी की ताल पर जयन्ती ने महसूस

किया कि राली की गदोरी उसकी जाँध के बहुत ऊपर सरक आयी है और वह घी के पूड़े की तरह पिघलती जा रही है।

: 8 :

उस दिन रात को जब राली सोने चला गया तो राजघराने ने अल्खा के रूप को खूब निखार कर राली के कमरे में पानी का गिलास लेकर भेजा। नशे में धुत अंग्रेज ने अधमुँदी आँखों से उसे ऐसे देखा कि जैसे उसके आने पर उसे अनकुस लगा हो। लेकिन अल्खा उसे मुस्कराती हुई देखती रही। पानी का गिलास उसकी ओर बढ़ाते हुए सोचा कि राली उसका हाथ पकड़ेगा, लेकिन उसने हाथ से इशारा किया कि वह पानी का गिलास ताखे में रख कर चली जाय। गिलास को वहाँ रखने के बाद भी अल्खा कुछ देर तक खड़ी रही। एक बार सोचा कि चलो बैठकर उसका पाँव ही दबा दें। बढ़ी तो जरूर, किन्तु परपुरुष का शरीर छूने में स्त्री को जो स्वाभाविक संकोच और तद्जन्य हिचक होती है, उसके चलते राली के पाँवों पर झुक कर भी उन्हें छू न सकी। तभी राली ने करवट बदला और बाहर चले जाने का पुनः संकेत किया।

अल्खा अभिमान और भग्न अभिसार के क्रोध से भरी बाहर आयी। शाम को जो कोहरा चोटियों पर, घाटी में और गाँव के कोने-अँतरे में भर गया था, रात चढ़े छँट गया था। अष्टमी की चाँदनी चीड़ के पेड़ों पर उनके फुलंगों के साथ नाँचती चली जा रही थी। डालों से उठती समवेत हू-हू में लगता चाँदनी स्वयं गा रही है। या शायद सिसक रही है। हो सकता है उसे भी कभी भग्न अभिसार से गुजरना पड़ा हो, जिसकी स्मृति जब तक जगत् रहेगा, तब तक उसे सालती रहेगी।

गाँव से बाहर आकर वह माउ शोड्थाइत[1] पर बैठ गयी। उसे लगा कि वह किसी भी उस अनजाने पथिक की तरह है जो इस राज से, इस गाँव से, दूसरे राज में, दूसरे गाँव को, और नहीं तो बाजार जाते हुए इस पत्थर पर कुछ क्षणों के लिए बैठ जाता है। लम्बी-लम्बी साँस लेता है, अपना पसीना पोंछता है, नशा करता है, बैठे-बैठे अलग-बगल थूकता है, थोड़ा हट कर पेशाब करता है, अपना रास्ता नापता है। उसी तरह मैं भी बैठी हूँ। अपना रास्ता पकड़ने से पहले सुस्ता रही हूँ। पर मेरा रास्ता कहाँ है? रास्ता तो वहाँ होता है जहाँ गन्तव्य होता है, चलने वाली बिन्दु को पहुँचानेवाली जगह से जोड़ता। मेरा चलना कहाँ से है, यह पता हैं; लेकिन पहुँचना कहाँ है? लेकिन क्या आज से पहले कहीं पहुँचने के लिए कभी सोचा भी है कि पहुँचने की जगह का पता चले? पहुँचने की जगह का पता यूँ ही नहीं चलता। वह जगह यूँ ही नहीं होती। तय

1. **माउ शोडथाइत—सुस्ताने के लिए रास्ते के किनारे बना पत्थर का चबूतरा।**

करना पड़ता है कि कहाँ जाना है। और वह तो मैंने कभी किया ही नहीं।

क्या कोई खसिया लड़की कभी ऐसा करती भी है? नहीं तो। पैदा होती है। माँ-बहन, घर-गाँव की दीगर औरतों की तरह वे जो करती हैं, उसे अपनी उम्र के अनुसार करती है। मैंने भी वही किया है। बहुत छोटी थी तो माँ, मौसी, भाभी ने उसे कपड़े में लपेट कर पीठ पर बाँध कर घुमाया होगा। थोड़ी बड़ी हुई तो हमउम्र लड़कियों के साथ खेला। खेल-खेल में ही काम करना सीख गयी। पिता ने एक छोटा-सा टोकरा बना दिया, जिसे लेकर वह दूसरों के साथ, उनकी देखा-देखी जंगल से लकड़ी लाने लगी, गाँव से खेती के लिए बीज झूम ले जाने लगी, पानी लाने लगी, खाना बनाना सीखने लगी। धीरे-धीरे उसके ये खेल-खेल के काम इतने जरूरी हो गये कि उन्हें नित्य-प्रति करना अनिवार्य कर्म हो गया। अब अपरिहार्य हैं। उस एकरसता से ये त्योहार के दिन, ये नृत्य ही तो एक बदलाव देते हैं। उस बदलाव में आज वह पड़ाव आया था, जहाँ यह अंग्रेज मेरी कोख में आज पेशाब करता और कल चलता बनता। और मैं क्या करती? उस कसक को बरदाश्त करने के लिए रिंजा को लुभाती।

रिंजा की याद आते ही उसकी आँखे जल उठीं। पट्ठा भर नजर देखने के लिए तरस गया। इतने दिन से इस गाँव में हूँ, लेकिन एक दिन भी उसके घर नहीं गयी। मैं देखूँ, इसके लिए उसने लक्ष्य टुहना में जम-जम कर तीर मारा था। एक-एक तीर पर सौ-सौ लड़कियों की सी-सी उभर उठी थी। लेकिन उसे तो मेरे सी-सी की प्रतीक्षा थी। ऐसा नहीं है कि मैंने सी-सी नहीं भरी हो, किन्तु इतना क्षिण कि उसका भरना, न भरना सब बराबर। ऐसा नहीं कि वह प्रसन्न नहीं हुई थी। लेकिन जो निहायत अपने होते हैं, शायद उनकी सफलता पर हम बहुत खुलकर अपने भाव उजागर नहीं कर पाते। जब वह पूरे खेल का वैजयन्त माना गया तो भी वह बधाई न दे पायी। और यह इसके बावजूद कि उसने जमकर पानी पिलाया था, खेल के दौरान, सबके सामने चूम-चूम कर उत्साह बढ़ाया था। उपलब्धि की पराकाष्ठा पर जाने क्यों एक निर्लिप्ति उभर आती है। इधर उससे जब भी आँखें मिलती हैं मेरी आँखें नीची हो जाती हैं और वह मुँह फेर लेता है। लम्बे बालों पर पीला पट्टा बाँधे, कंधों को झुका कर सबके पीछे खड़ा या बैठा नीची निगाहें किये वह जाने क्या सोचता रहता है, जबकि मैं रानी की कपड़े पहने इतराई फिरती हूँ। इस अंग्रेज के लिए ही यह राज-परिवार मेरे लिए इतना मेहरबान हो उठा है। इस मेहरबानी में मैं अपनों, कहें, अपने को ही भूल गयी हूँ। और बदले में मिला क्या—उस ललमुँहें की इतनी बड़ी उपेक्षा!

अंग्रेज को मन ही मन गाली देकर वह थूकने लगी जैसे सामने की जमीन उस बंदर का मुँह हो और उसे थूक से विकृत कर बदला ले रही हो। थूकते-थूकते थक गयी तो उसकी आँखें झपकने लगीं। उस पत्थर पर लेटना निरापद नहीं था। तो भी वह अपने को इतना अशक्त पा रही थी कि अपनी काया को अपने पाँवों पर गाँव तक ढोना कठिन लग रहा था। तीन दिन से लगातार नाचते-गाते उसके पाँव भर गये थे, गात की पेशियाँ जकड़ गयी थीं और सारी रीढ़ एकबारगी चढ़ दौड़ी थी। लेहाजा न चाहते हुए

भी वह वहीं लुढ़क गयी। सोचा अभी उठ चलूँगी।

लेटते ही लगा कि कहीं बड़ी दूर से वंशी की आवाज़ आ रही है। एक बड़ी करुण आवाज़ कि जैसे कोई अदृष्य किसी अदृष्य स्थल से टेर रहा है। नींद में ही उसे लगा कि यह उ मानिक की टेर है। जब भी रात की प्रफुल्लता गहरी होती है, यह टेर पहाड़ियों से उठने लगती है। उसमें मानिक का विलाप होता है, अपनी गरीबी का असहाय रुदन होता है, उसका बखान होता है। वह जो रुलाई थी, वह टेर बनकर गूँजती है। लोग आनन्द लेते हैं। लेकिन गायक अपना विपद रोता है।

अल्खा को लगा कि उस टेर के स्रोत को खोजना चाहिए। ऐसा नहीं है कि लोगों ने इसे खोजने का प्रयत्न नहीं किया है। पीढ़ियों से लोग खोजते आये हैं। कितनों को चुड़ैलों ने पकड़ लिया है, कितनों को मुड़कटवा मार गये हैं। फिर भी वह मिला नहीं है तो क्या, एक प्रयत्न मैं भी कर सकती हूँ। माना कि कभी किसी औरत ने खोजने का प्रयत्न नहीं किया है, तो भी जो सबसे पहले खोजने जाती, वह भी तो कोई होती। वह मैं ही क्यों न होऊँ?

उनींदी अल्खा टेर की दिशा में चल पड़ी। रास्ता संकरा और रपटा पर साफ था। ज्यादे दूर नहीं जाना पड़ा। वहीं जहाँ से मलमुक गुफा की शुरुआत होती थी उसी के मुँह पर कोई बैठा था। पहले तो लगा कि कोई भालू बैठा है। लेकिन जब हवा चली और चीड़ की टहनियाँ एक दिशा में झुककर हू-हू करने लगीं तो दिखा कि उसके चमकार शरीर पर वे काले रोयें नहीं हैं। तो क्या मानिक का भूत रो रहा है! ख्याल आते ही उसकी नींद गायब हो गयी। तब तक चीड़ की डालें सीधी हो गयीं थीं और उनकी छाये में आकृति अदृश्य हो गयी थी। अल्खा आँखें फाड़-फाड़ कर डालों के पुनः लचने की प्रतीक्षा करती रहीं। इस बीच वंशी की आवाज़ बंद हो गयी थी। डालें फिर झुंकी तो लगा एक मानव आकृति उठ खड़ी हो गयी है। यानी भूत को उसकी गंध मिल गयी है और अब वह आकर पकड़ लेगा। यह बात जेहन में आते ही मूत्राशय में बड़ी जोर की मरोड़ उठी। पानी के बाहर आने के साथ-साथ वह धड़ाम से गिर पड़ी।

सुबह होने को थी। आहार तलाशतीं चिड़ियाँ रण-गर्जन कर रहीं थीं कि खबरदार हमारा अधिकार क्षेत्र यहाँ तक है। ओस की गाढ़ी पर्त वनस्पतियों और वनवीथियों पर ही नहीं, पशु-परानियों पर भी बिछ गयी थी जब उसे होश आया। अपने को उसी माउ शोडथ्याइत पर पेट के बल लेटा पाया। करवट ली हो रिंजा को देखकर दंग रह गयी। उठकर बैठ गयी तो रिंजा ने उसके कंधे पर हाथ रख दिया। वह सिसक उठी। रिंजा ने बताया कि गुफाद्वार पर पेड़ के नीचे बैठा वही निबुठा की पत्तियों से पिपहिरी बना-बना कर बजा रहा था—अकेला उदास आदमी और भला कर ही क्या सकता है—कि उसे पाँवों की आहट मिली थी। वह पाँवोंवाली गिरी तो उसके पास पहुँचा, यह जानते हुए कि वह जरूर कोई चुड़ैल होगी। चुड़ैल को भर नजर देखना चाहता था।

"तुम्हें देखा तो लगा, चुड़ैल तुम्हारा रूप धर कर आई है।"

"तो भाग गये होगे?"

"नहीं। पहले पाँवों को देखा। वे उल्टे नहीं थे। साँस चल रहीं थी, इसलिए विश्वास कर लिया कि तुम्हीं हो। सुन रखा था कि चुड़ैल या प्रेत की साँस नहीं चलती।"

"मैं क्या चुड़ैल से कम हूँ?"

"सता हो उससे ज्यादा रही हो।"

"अब नहीं सत्ताऊँगी।"

दोनों बैठे ही बैठे आलिंगनबद्ध हो गये। बादल का एक टुकड़ा आया और जिधर सूरज उगने वाला था, उधर स्थिर हो गया। दोनों उठे और एक-दूसरे के कंधे पर सिर रखकर चल पड़े। रिंजा सोच रहा था कि कम से कम तीन वर्ष तक उसके बाप की गुलामी करनी पड़ेगी, तब व्याहने के लिए तैयार होगा। उसी वक्त अल्खा सोच रही थी कि गुलामी का तो बहाना होगा। होगा आँखों के सामने। खुल्लम-खुल्ला नहीं हो चोरी-चोरी ही सही, रोज़ मिलूँगी। भला इस उम्र में तीन साल तक बिना मर्द के रहा जा सकेगा?

राली ने अल्खा पर ध्यान नहीं दिया तो कोई बात नहीं, सियेम ने पूरी तरह से दिया। कई दिनों से वह उसे गौर से देख रहा था। देख-देख कर मुग्ध हो रहा था। मन-ही-मन एक लम्बे भविष्य की योजना बना रहा था। वह स्वभाव से विषाक्त आदमी नहीं था। यथाशक्ति वह एक बहादुर आदमी था, इसलिए वह अपना काम यथासंभव उचित माध्यम से करता था। लेकिन यह काम उससे बन नहीं पा रहा था। कितनी ही बार उसे हरा चुका था। मादुर की लड़ाई में तो उसके मिंत्री-सेनापति ने उसके टुकड़े-टुकड़े कर सोता में बहा दिया था कि मछलियाँ खा जायँ। तो भी वह दूसरे ही दिन जी उठा था और आज जान का जंजाल बन गया है। यदि मैं उसका राज नहीं ले लेता तो वह मेरा राज ले लेगा। लेकिन अपना राज किसी कीमत पर देना नहीं है और उसके जिंदा रहते उसका राज लिया नहीं जा सकता। लेकिन जो आदमी मर कर भी, परचा-परचा कट भी जिंदा हो जाय, उसे मारा कैसे जा सकता है? इसके लिए उसका जिंदा हो उठने का रहस्य जानना होगा। कितने वर्षों से और कितने-कितने तरीके से वह उस रहस्य को जानने का प्रयत्न कर चुका है। लेकिन सफलता हाथ नहीं लगी है। ड' खार देश के राजा लोग विषकन्या पालते हैं। जब वह जवान हो जाती है तो अरि शाह को उपहार में देते हैं और बिना लड़े ही उसका राज अपने राज में मिला लेते हैं। अल्खा विषकन्या नहीं है। विषकन्या बनाने की उम्र भी निकल गयी है। जयन्तियों का राजा उपहार में कन्या लेगा भी नहीं। तो भी उसका उपयोग किया जा

सकता है। बस वह उसे अपनी रानी बना ले। रानी न बनाये तो रखैल बना ले। अल्खा मेरी प्रजा है। उसकी रानी या रखैल बनकर भी खिर्रिम के प्रति अपना कर्त्तव्य न भूलेगी।

इसलिए जब गाँव से मेहमान बिदा किये जाने लगे तो सियेम ने जयन्ती से कहकर अल्खा को रोकवा लिया। भानजे की इच्छा जानकर जयन्ती मुस्कराई कि इस अधेड़ को नये सिरे से जवानी चढ़ रही है। यह सोचकर कि इसके लिए उसने इतनी कमसिन बाला पसंद किया है, उसे अपने यौवन पर थोड़ा गुमान हुआ। बड़पुजारिन है, इसलिए बड़े अनुशासन हैं। अन्यथा कब की खिल उठी होती। उसे राली की गदोरियों की याद आयी और पानी-पानी हो उठी।

दूसरे दिन अल्खा को ऊपर से नीचे तक रेशम और स्वर्णाभूषणों से लादकर सियेम के सामने मिंत्री और सिपहसालार की उपस्थिति में जब प्रस्तुत किया गया तो वह आँखें झुकाये-झुकाये सिसक उठी। सियेम ने उसके पीठ पर हाथ फेरते हुए कहा, ''सारा रेशम और सोना तुम्हारा है, उत्सव को बेहतर बनाने के लिए। यदि तुम हमारा एक और काम कर दो तो इतना ही सोना और रेशम तो दिया ही जायेगा, तुम्हारे भाई या बाप को, तुम जिसे चाहो, मिंत्री बना दिया जायेगा।''

अल्खा लाज से गढ़ गयी : स्त्री को क्या इस तरह से पाया जा सकता है? वह उसे प्यार करती है, जिसे कोख पुकारती है। और जिसे कोख पुकारती है, उसे बिना किसी सौगात के ही अपना सब कुछ समर्पित कर देती है। यह बुड्ढा मुझे सोना-पाटल के बल पर पाने चला है! कहा कुछ नहीं—एक सुबकी भरा उच्छास छोड़ चली।

सियेम ने आगे कहा, ''तुम्हारा कुछ जायेगा नहीं। रानी की तरह रहोगी। वे रानी की तरह रखेंगे ही। बस तुम्हें मेरे लिए, अपने खिर्रिम राज के लिए कुछ करना होगा।''

अल्खा की जाँघें कस गयीं। दाँत और मुठ्ठियाँ भी कस गयीं। गर्दन और झुक गयी। क्या सियेम लोग अपने प्रेम का इजहार इतना खुल्लम-खुल्ला, इतने आनन-फानन में, दो-दो पुरुषों के सामने करते हैं। हो सकता है इनका यही ढंग हो!

सियेम ने आगे कहा, ''बस तुम्हें इतना पता लगाना है कि हजोम सिंह प्यार के अमरत्व का रहस्य क्या है?''

पानी-पानी हो रही अल्खा ने आँखें ऊपर उठायीं। आसुओं से धुली आँखों की चमक देखने लायक थी। उनमें उभरा आश्चर्य का भाव अद्वितीय।

सियेम ने आगे कहा, ''तुम्हें निजपत के रनिवास में दाखिल होना होगा। राजा का मन जीतना होगा। मन जीत कर पता करना होगा कि वह काट दिये जाने पर भी जीवित कैसे हो उठता है? वह कैसे मरेगा? उसका प्राण किस चीज़ में बसता है? इसका रहस्य वही बता सकता है, सिर्फ वही। कभी प्यार राज खिर्रिम राज का हिस्सा बना तो तुम्हारे नाम का सबसे बड़ा पट लगेगा। वह सोने से मढ़ा होगा। लोग अनन्त काल तक

तुम्हें याद करेंगे। खिर्रिम शुक्रगुजार रहेगा।''

अल्खा ने आँखें पोंछ लीं। अभी तक सोच रही थी कि उसे अभिसार के लिए मनाया जा रहा है। अब जाना कि वतन के लिए कुछ करना है। चहककर बोली, ''मैं करूँगी। लेकिन एक शर्त है।''

''क्या?''

''काम हो जाने के बाद मेरी शादी रिंजा से होगी।''

''ठीक''

''मिंत्री उसे बनाया जायेगा।''

''तुम्हारी माँ के परिवार वालो को क्यों नहीं?''

''वह आपकी इच्छा.........लेकिन मिंत्री उसे भी बनाया जाय। मैं मिंत्री की पत्नी बनूँगी।''

उपस्थित मिंत्री और सिपहसालार ने कहा, ''हम इसके गवाह हैं। तुम्हारी इच्छा पूरी होगी।'' फिर सियेम की ओर देखकर बोले, ''मिंत्री का काम राय देना होता है। वह प्रौढ़ आदमी करता है। रिंजा अभी गदेला है। लेकिन दुर्घष तीरंदाज है। उसे सिपहसालार का मातहत बना कर युद्ध कौशल सिखाया जाए।''

अल्खा ने सोचा कि वह मिंत्री बने या सेनापति—बनेगा तो बड़ा आदमी ही न! बोली, ''ठीक है।''

तब सियेम ने कहा, ''ठीक है। तुम चाहो तो दो-चार दिनों के लिए अपने गाँव रह आओ। लम्बी यात्रा पर निकलना होगा। यह रहस्य तुम्हारे सीने के बाहर न जाय। घर वाले भी न जानें। जरूरत होगी तो मैं उनसे बात करूँगा।''

पोमसाडुत्त से संदेशा आया था : नये राजा का राज्याभिषेक उ नाइलार[1] के पहले अठरोजे[2] के आँठवे को होना है। सियेम से अनुरोध है कि वे परिवार, मिंत्री और सिपहसालार के साथ शामिल हों। चेरा, मिल्लिम, नाडख्लाउ, निजपत के राजा को खबर कर दी गयी है। वे आ रहे हैं।

खबर मिलने पर सियेम ने पहले सोचा कि यह भी कोई समय है राज्याभिषेक का! पानी बरसना दो-चार दिन के लिए बंद हुआ है। अगले पखवारे झूम के घास-फूस की सफाई होगी। तो भी पोमसाडुत्त के लोग यदि बिना राजा के रहना नहीं चाहते तो भला वे क्या कर सकते हैं? खेती की जगह उत्सव मनावें यह उनकी मर्जी।

---

1. एक महीने का नाम।
2. खासियों में सप्ताह न होकर आठदिन का चक्र होता था और दिनों के नाम लगने वाले बाज़ारों की जगहों के नाम पर रखे जाते थे।

बिना जाये रहा भी नहीं जा सकता। सीमांत का गाँव है। वहीं से होकर अपने लोगों का सामान नीचे जाता है। निजपत के राजा की निगाह उस पर कब से लगी है। लोग वहाँ के अच्छे हैं। शासन का खर्च बाज़ार की उगाही से चलता है। उगाही भी नाम मात्र की करते हैं। नजराना हर साल समय पर भेज देते हैं। जाना जरूरी है। पहले तो वह गाँव अपना ही था। जब मिल्लिमवालों ने अलग होने की ठानी तो उन्होंने कड़ा विरोध किया। लेकिन उनकी चल नहीं पायी, तो वे हम दोनों से ही अलग हो गये। अपनी व्यवस्था भी नयी तरह की। यही कि हर युवा और दिमागी रूप से ठीक आदमी भरी सभा में राय देगा कि राजा कौन बने। यह राय हर साल ली जाती थी। उससे दिक्कत होने लगी। राजा जब तक गाँव-घर की जरूरत समझे उसे यह पद छोड़ देना पड़ता था। बड़े-बूढ़ों ने तय किया कि वह तीन साल तक रहे। फिर ऐसा होने लगा कि जो एक बार चुन लिया जाता था, वही बार-बार चुना जाने लगा। तब परम्परा पड़ गयी कि जो चुना जायेगा वह जीवन भर के लिए राजा होगा। उसके मरने पर फिर चुनाव होगा और उसका वंशज चुनाव में भाग नहीं लेगा—यानी राजा नहीं बनेगा। पहले पूरा गाँव खिर्रिम वालों के ही गोत्र का था। बाद में दूसरे गोत्र के भी लोग बस गये। एक तो लौडें मैदान की लड़कियाँ उठा कर लाते रहे, इसलिए खारमुखियों, खार लुकियों के गोत्र चले। फिर कुछ मनचले दूसरे गाँव की लड़कियों को बिना उनके माँ-बाप की सहमति के ब्याहकर लाने लगे। गाँव में बड़ी आजादी थी। उसका वे भरपूर उपभोग करते। कुछ लोग दूसरे गाँवों के ओहदेदारों, सीरदारों से तंग आकर सपरिवार यहाँ बस जाते। इसलिए यह गाँव रिंडम लोगों का होकर भी रिंडम लोगों जैसा नहीं है। जाना ही चाहिए।

जब उसने अल्खा आवरी के रूप को देखा तो यह राज्याभिषेक उसे एक अवसर लगा। यही मौका है प्यार राजा को उसे दिखाने का, उसके खवास में शामिल कर देने का। मुनादी करा दी कि छोटे से लश्कर के साथ रानी, मिंत्री, सिपहसालार और परिवार के अन्य वयस्क लोगों को लेकर वह राड्हेय[1] को पोमसाड्डुत के लिए रवाना होगा।

लश्कर सजा। पुरुषों ने लाल, नीली और सफेद पट्टियों वाला फोड्मोरोङ पहना और बिना बाँह का खाकी रंग का कोर फोङमारोङ। सिर के बाल पीछे की तरफ गाह कर छोटे से दाव की धार पर रख गोल डंडे से झटके से पीटकर नीचे की तरफ बराबर कर दिये गये। फिर चारों तरफ से उठाकर ललाट के ऊपर जूड़े की शक्ल में बाँध दिया गया। उसमें एक लकड़ी की कंघी खोंस दी गयी और एक दोनों तरफ छेदवाला सूआ। सुआ के छेदों में पक्षियों के रंगीन पर खोंस दिये गये। जिनकी दाढ़ी के बाल कुछ घने थे, उन्होंने ठुड्डियों पर के बालों को बड़ी सफाई से नोच गालों की तरफ वालों को लटकता छोड़ दिया। मूछें कबार दीं। जिनके बाल इक्का-दुक्का थे, उन्होंने नोचकर साफ ही कर दिया। दाँत के पीलेपन को दूर करने के लिए कुछ लोगों ने जामुन की छाल

1. **एक दिन का नाम।**

को जलाकर, उसे पीस नमक के साथ मिलाकर दो-चार दिन मंजन की तरह रगड़ उन्हें चमका लिया। जो ज्यादे शौकीन थे वे रांगे को जलाकर बनी एक तरह की मिस्सी रगड़कर उन्हें काला कर लिया।

लड़कियों ने अपने लम्बे बालों को एक चोटी में गूँथ ऊनी फूलेना वाले लटकनों से बाँध लिया और सिर से पीठ की ओर लटकने वाले सफेद कपड़े में सलीके से लपेट लिया। औरतों की ही तरह कटिवस्त्र पहना और एक कपड़ा काँखासोती की तरह कंधे पर गाँठ दे, दूसरी तरफ की काँख से नीचे लटका लिया। सब ने अपनी पीठ पर शंकुल टोकरी रख गतान के सहारे सिर के बल उठा लिया। उनमें रास्ते में खाने के सामान भरे थे, भोभड़ में पानी और उत्सव में पहनने के वस्त्र और गहने।

पुरुषों के एक हाथ में दाव था तो दूसरे में भाला। राजा और मिंत्री बंदूक और बारूद बनाने का तोड़ा लिये थे। दूसरे मिंत्री और सिपहसालार गैंडा के खाल का ढाल लिये थे और स्थानीय लोहे की भारी तलवार।

काफिला जब खिर्रिम गाँव के बाहर निकला तो रिंजा बच्चा मकुना हाथी की तरह कुलाँच कर सबसे आगे हो लिया। उसके एक कंधे से धनुष लटक रहा था, दूसरे से तूरीण। उस बाँस के भोभड़ में तीरों का जखीरा था। हाथ में एक छोटी पर भारी दाव थी, जिससे वह अगल-बगल की झाड़ियों का माथ छेवड़ता जा रहा था। पुरानी पत्तियों, सेवार और बरसाती जलचरों की सड़ाँध पूरे वातावरण में फैली थी। शायद इसीलिए इस महीने को उ नाइतुङ कहते हैं। लेकिन उन्हें कोई फर्क नहीं पड़ता था। पर्वत पर उगे विशाल वृक्षों के नीचे से आवाज़ एक साथ आने लगी। उनके चर-पर में एक ऐसा संगीत था, जिसने हर खासी के गले में एक धुन भर दिया। किसी नारी-कंठ ने हल्के से कढ़ाया:

मिन हिन्दाई मिनबा
तुरन्त अल्खा के साथ सभी लड़कियों ने लोक लिया:
दाङ लुङ का
पिरथेई की ओङ बा का
बिनाङ बद का खिंदेउ की या
जान शी बुन नामार का........
यानी : पुराने जमाने में
जब धरती अभी बाला थी
आसमान उसपर ओरमा था, बहुत पास
क्योंकि धरती और आसमान नाभि-नाल से जुड़े थे
आसमान खींचता जाता था उससे
उसे पास, बहुत पास

पुरुष क्यों पीछे रहते? पर्वत के कंधे के ठीक नीचे जो एक सकरी घाटी थी और उसमें उछलती-कूदती जो एक पहली-सी नदी समुद्र की ओर भागी जा रही थी, उससे सुर मिलाते उन्होंने आगे की कड़ी जोड़ी:

उ नेउ सोहयेत बिनेङ
उलोङ कुम
क दोह काबा स्नोह
यानी: आसमान का वह नाभि-नाल
जो मांस की तरह था
सुमेर के पास के पर्वत को
स्वर्ग से जोड़ता था

बात तो कड़ी को बढ़ाने की थी। किन्तु उसके उच्चारण का स्वर ऐसा था कि स्त्रियों ने जैसे पहली पंक्तियों में कोई प्रश्न पूछा हो, जिसका उत्तर अब पुरुष-कंठ दे रहा हो, एक छुपे व्यंग और उपहास के साथ। फिर जैसे दोनों के स्वरों में समझौता हो गया:

ते मिन्काता का पोर
की खुन की रैयत
उ सियेम मिल्लिम बा रोह
यानी: मिल्लम राज के
क्या बड़े क्या रैयत
सभी ने मिलकर तय किया
नाभिनाल को पर्वत से छिनगाने को
वे अपनी धुन में गाते चले गये :
नाभिनाल तो काट दी
कि छोटे पड़ गये उसके विसतंतु
आसमान उड़ चला पतंग की नाई
धरती से बहु दूर
जा कर बन गया उ सोपेत बिनेङ
आज भी सुमेर खड़ा है वहीं

माउसमाई का झरना पास आता जा रहा था। उसकी झिर-झिर उठती आवाज़ गायकों के स्वर को क्रमशः दबाती चली जा रही थी। कड़े चट्टानों पर गिरता कोमल पानी चिथड़ा-चिथड़ा हुआ जा रहा था। उसी क्रम में उसकी व्यथा भी चिथड़े-चिथड़े हुई जा रही थी। उसकी हहास के साथ ऊपर उठतीं पानी की धुनी बूँदे सबको एक

साथ हल्के से तर किये जा रही थीं। एक दूरी से साड़ के विशाल कुकुद की तरह लगते पर्वत-शिखर पर विराजते पेड़ों की अति हरी पत्तियाँ नम होकर यथा-कदा बूँदे पटका रही थीं।

उस पर्वत के वृक्षों को लोग आदिकाल से ही नहीं काटते। कहते हैं, इसी में रहता है बन का देव 'रिडकेउ', जो रक्षा करता है खासियों की व्याधियों से और शत्रुओं से। देता है वनचर और मधुपर्क खाने के लिए। गिराता है टहनियाँ हर साल घर बनाने के लिए। सामने लिडक्रेम की बड़ी चोटी थी। वहीं पर एक गुफा थी जिससे होकर पानी का एक पतला-सा सोता नीचे जाकर झरने से मिलता था। जाने कब किसी राजा ने एक बड़ा-सा माउ सोडथ्याइत[1] वहाँ गड़वा दिया था, जिस पर पथिक आराम करते थे। वहीं भोजन करने के बाद रात्रि-विश्राम के लिए सियेम ने हुक्म दे रखा था। इसके लिए बकरे की बलि चढ़ानी होती थी। सो मिंत्री ने लिङ्दोह के साथ मिलकर सारी व्यवस्था आनन-फानन में कर ली। बकरा के कटते ही स्त्रियों ने उसे उबालना-भूनना शुरू किया। सबसे पहले बकरा के भीतरी अंग कलेजा, आँत, गुर्दा, अंडकोश पकाये गये। वे जल्दी पक जाते हैं। उन्हें नमक-मिर्च के साथ खाकर मडुए की स्थानीय शराब पी गयी। उन्मत्त होकर युवक-युवतियों ने नाँचना शुरू किया तो प्रौढों ने पूरे भोजन की जुगत करनी शुरू की।

हवा रात भर चलती रही। चीड़ बनों से पहले एक हल्की-सी सित्कार उभरी—जैसे कोई दुखियारिन पुक्का फाड़कर रोने से पहने सिसकी भर रही हो। फिर हवा थोड़ी तेज हुई। चीड़ के फुलंगे हिल-हिल कर उसके साथ हामी भरने लगे तो लगा वन-देवी सुबक रही है। सुबकी पर नियंत्रण करने की भरपूर कोशिश कर रही है। लेकिन सुबकी है कि भीतर उसे जितना ही दबाया जा रहा है, उतने ही बल से बाहर उभर-उभर कर फूट पड़ रही है। चीड़ की डालें लचकने लगी हैं। उनसे उठती हू-हू ललकार रही है कि गला दबा कर नहीं, गला फाड़ कर रो ले, मन हल्का हो जायेगा। हवा की गति बढ़ती है तो पत्तियों की जगह पूरी भी पूरी डालें नाचने लगती हैं और एक बेचैन आवाज़ कंदरा में भरती चली जाती है। लगता है कोई दूर से नगाड़ा बजा रहा है। समय बीतता है तो नगाड़े की आवाज़ पास आने लगती है। वृक्ष यूथ स-तना, स-मूल लचक-लचक कर उसका नमन करने लगते हैं। लगता है उससे ताल मिला रहे हैं। अक्सर लगता है वे अब उखड़े अब उखड़े। चलते-चलते नगाड़े की आवाज़ बिल्कुल पास आ जाती है। सभी चुप हैं। लिङ्दोह कहता है उ माउलाङ अपना नगाड़ा बजा रहे हैं।

---

1. **यात्रियों के बैठने के लिए पत्थर।**

सभी जानते हैं कि माउलाङ[1]देव बड़े ही बलशाली हैं। उतने ही इंद्रियजीत। एक बार उन्होंने वृष्टि के देवता इंद्र को ही जीत लिया था। वह वृष्टि-देवता मानता ही नहीं था। पानी बरसाये जा रहा था। सारा चराचर डूबने लगा था। आदमी, पशु-परानी सभी भाग कर उनके पास आये, इस पर्वत पर। वे इसी की गुफा में रहते थे। उनकी करुण पुकार से पिघल कर उन्होंने वृष्टि-देवता से प्रार्थना किया, बलि चढ़ाने का वादा किया। किन्तु देवता मानता ही नहीं था। क्रोध में आकर उन्होंने नगाड़ा बजाना शुरू किया। पेड़ हिलने लगे, नदियाँ उछलने लगीं, पर्वत स्खलित होने लगे, धरती हिल उठी। देखते ही देखते चराचर वीरान हो गयी। लेकिन इंद्र उनकी पकड़ में आ गया। धरती पर पानी बरसना बंद हो गया। लेकिन जब कई बरसों तक नहीं बरसा तो खासी पर्वत उंजाड़ होने लगा। लोग रोजी की तलाश में दूर-दूर जाने लगे। उनके पुत्र भी बनिज पर चले गये। लिङ्दोह बताता है कि उनकी एक बेटी थी ख्मात खरई। कहते हैं रूप और गुण में वह इंद्र की परी से बढ़कर थी। जब जवान हुई तो उमकोई का देव उसके पीछे पड़ गया। वह वरुण देवता था—धरती पर विचरते पानी का अधिष्ठात् देव। कभी छः महीने उसकी इंद्र से दोस्ती रहती थी, जब वह अपना जल इंद्र को देता था, आकाश से बरसने के लिए। कभी छः माह उसकी इंद्र से दुश्मनी रहती थी, जब वह अपना जल उसे देना बंद कर देता था। उल्टे आकाश के जल को अपनी नशों में कैद कर लेता था। दोनों की मिली भगत हुई। लेकिन खरई बारि-कुवाँरि ही रहना चाहती थी। हार कर अपनी विपदा पिता को बताई। पिता सियेम माउलाङ ने उमकोई देव को मना किया। किन्तु वह कामांध कहाँ मानने वाला था! माउलाङ इंद्र के पास गये। वृष्टि देवता ने कहा मुझे मुक्त कर दो तो उमकोई का पानी आकाश उठा ले जाऊँगा। वह तुम्हारा शरणागत हो जायेगा। माउलाङ ने वृष्टि-देवता को छोड़ दिया। लेकिन वह दगाबाज निकला। ऊपर जाकर ठेंगा दिखा दिया—तुम्हारी कैद में रह कर कमजोर हो गया हूँ, मेरा तेज मारा गया है। जिस बूते पर मुझे कैद किया था, उसी बूते पर उमकोई से लड़ो। माउलाङ देव छुब्ध हो गये। क्रोध में आकर अपने बेटों को बुलाने के लिए लगे नगाड़ा बजाने। धरती फिर काँप उठी। वृष्टि देवता को लगा कि उमकोई को नष्ट करने में माउलाङ इस बार रहे-सहे धरा-जीवन को हो नष्ट कर देंगे। फिर मैं गरज-गरज कर बरसूँगा। खरई ने समझाया कि इस दुरभिसंधि से बचो। उन्होंने उस तरह से बजाना शुरू किया कि वृक्ष डोलें तो जरूर लेकिन जड़ से उखड़े नहीं। नदियाँ उछलें जरूर लेकिन उनका पानी धरा में न समा पाये। पर्वत खिसकें जरूर लेकिन खाली-ऊँची धरती को सपाट करते हुए, जिस पर खेती हो सके। धरती काँपे जरूर लेकिन टूटे नहीं। इस संयम से उधर इंद्र चकित रह गया। उधर उनके पुत्र इकट्ठे होकर वरुण देव का घमंड चूर कर दिये। नगाड़े की धुन पर नाचते हुए वे सभी अपने-अपने काम में लग गये। तब खारई ने शासन बाँधा कि यहाँ का पुरुष आगे अपने बल पर इतना उत्तेजित नहीं होगा कि कामांध हो जाय। बिना स्त्री की सहमति और उसकी पहल के रति संभव न हो। उसे

---

1. **माउलाङ का शाब्दिक अर्थ होता है नगाड़ची।**

क्रियांवित करने के लिए अपेक्षित शक्ति देने के लिए उ माउलाङ उसी दिन से रोज नगाड़ा बजाकर रात में अपने पुत्रों को इकट्ठा करते हैं, और सुबह काम पर भेज देते हैं। उन्हीं के नाम पर वह सामने की चोटी उ माउलाङ सियेम कही जाती है।

अलगे दिन उमियाङ पहुँचे। छोटा-सा गाँव। पूरा गाँव नदी के किनारे जुटा था। परम्परा थी कि नये राजा के गद्दीनशीन होने से पहले पोमसाङुत्त के लोग तमाम छोटे-छोटे देवों की पूजा करते थे, जिससे कि फसल अच्छी हो, लोग बीमार न पड़ें और नया राज शुभकारी हो। इससे यह भी जाहिर हो जाता था कि लोगों ने सियेम की नियुक्ति के लिए परिवारों के मुखियों की राय मान ली है। बेह-दियेङ ख्लाम[1] की पूजा उमियांङ नदी के किनारे होती थी। रोग की देवी महामाई का वास नल्ले के एक घुमाव में माना जाता था। उसे आइतान कहते थे। कहते हैं गरजन के देवता उ लेइ-पिथत जब नाराज होते हैं तब आइतान पर गरजते हैं। उनकी गर्जना पर देवी क्रुद्ध होकर चल पड़ती हैं आकाश। आकाश में ही युद्ध कर उन्हें परास्त करना चाहती हैं। लड़ाई के दौरान जो उनके बदन से खून-पसीने की बूँदे गिरती हैं, उसी से ताऊन का रोग फैलता है। पहले चूहे मरते हैं, फिर बिल्लियाँ। फिर कुत्ते मरते हैं। उसके बाद दीगर पालतू पशु। अंत में आदमी। यानी महामाई बिना पूर्व सूचना दिये लोगों को दंसती नहीं। चूहे-बिल्लियों के मरन को देखकर यदि पूजा चढ़ा दिया जाय तो उनका कोप थम जाता है। इसी से इशारा पाकर लिङ्दोह लोगों ने वर्षा का एक माह तय कर दिया है जब बिना उनके कोप के ही पूजा चढ़ाकर अग्रिम सुरक्षा की गारंटी ले ली जाती है। राज्याभिषेक जैसे बड़े राजकीय उत्सव हों तो उनको नेवतना आवश्यक है।

आज वही दिन आन पड़ा था। उसी के सिलसिले में दोनों गाँव के लोग उमियाङ के किनारे इकट्ठा हुए थे। पूजा चल रही थी। उमियाङ वाले उ लेह पिंथत की भूमिका में थे और पोमसाङुत्त वाले आइतान की। दिन उगने से पहले ही अच्छे स्वास्थ्य वाले युवा पुरुषों ने अपने घरों की छत पर डंडे पीट कर और स्वस्थ युवतियों ने हँसिया से सूप पीटकर दानवी महामाई को यह मंत्र पढ़ कर भगा चुके थे कि "बीमारी भाग, स्वास्थ्य पैठ"। औरतें तो सूप पीटकर उन्हें गाँव के सीवान के बाहर खदेड़ चुकी थीं। युवकों ने छत पीटना छोड़कर उनका सूप छीनना आरम्भ कर दिया था। इस झीना-झपटी में स्त्रियों के अधोवस्त्र खुल-खुल पड़े थे और सभी हँस-हँस कर निहाल हो उठे थे। यह छीना-झपटी उस देवी-खदेड़ की अनिवार्य रस्म थी। तभी खिर्रिम सियेम का दल वहाँ पहुँचा था। उनका लाव-लश्कर देखकर पोमसांङुत्त का लिङ्दोह बड़ा प्रसन्न हुआ था। दो दिन पहले प्नार राजा जिस फौजी सज-धज से आया था, उससे डर उत्पन्न हुआ था कि कहीं इस बार वह हमारे राजा को एक सिरदार या ओहदेदार बनाकर न चला जाय। अब खिर्रिम सियेम की उपस्थिति में वह ऐसा नहीं

1. **बेह-दियेङ ख्लाम—ताउन की देवी।**

ऐसा नहीं कर सकेगा।

हल्का भोजन करने के बाद तीनों गाँव के लोग उस मोड़ वाले कुंड के पास आ जुटे थे, जहाँ देवी का वास माना जाता था। दो-दो मर्द एक-एक नये कटे बाँसों को लेकर वहाँ आ पहुँचे थे और उन्हें नदी के आर-पार बिछाकर बंवर से सटा-सटा कर मजबूती से बाँध दिये थे। अब लोगों को उन पर कूद-कूद कर एक-एक बाँस को अलग-अलग तोड़ना था। जब कोई बाँस टूटता तो उपस्थित जन समुदाय खूब हो-हल्ला मचाकर आपस में धिंगा-मुस्ती, धौल-धप्प कर मजे लेता।

खिर्रिम सियेम के लिए एक दूसरा खेल आयोजित हुआ। एक बड़ा-सा सोगहग बाँस इस पार से उस पार लिटा दिया गया। पुरुषों के दो दल बना दिये गये जो उसे रस्साकसी की तरह खींचते। उसमें सियेम और उनके इंत्री-मिंत्री भला क्या हिस्सा लेते। वे स्त्रियों की तरह तमाशबीन ही बने रहे। हाँ रिंजा अपने आठ-दस हमजोलियों के साथ मैदान में उतरा। अब उससे भला दो दल क्या बनता? गाँव बुढ़ा से इशारा पाकर उमियाङ के युवक दोंनों टीम में इधर-उधर शामिल हो गये। खेल में हिस्सा लेने वाले सभी लोगो ने हल्की लकड़ी के बहुत पतली पर्तों से या पेड़ों की छाल से, या केले के सूखे पत्तों से विभिन्न रंगों में रंग कर बनाये गये हाथी, साँप, चीते, मोर और आदि के मुखौटे धारण कर लिये। नगाड़े की पहली कड़क पर वे बाँस के सिरों को पकड़ लिये और दूसरी कड़क पर अपनी-अपनी ओर खींचने लगे। बड़ा हो-हल्ला मचा। खींचने वालों से ज्यादा शोर उत्साह बढ़ाने वालों ने किया। उनमें स्त्रियों का शोर सबसे ऊपर था। शादी-शुदा औरतें भी अपने भूत-पूर्व प्रेमियों और आज के चहेतों का नाम निः संकोच भाव से लेकर, उस प्रेम की दुहाई देकर, दोनों तरफ ललकार रही थीं। तब खिर्रिम की लड़कियों से नहीं रहा गया। अपने गाँव वालों को तो ललकार ही रही थीं, दूसरे गाँव वालों को, जिनका नाम वे नहीं जानती थीं, उनके मुखौटों का नाम ले लेकर भविष्य में प्यार करने की वादा किये जा रही थीं। दोनों तरफ की इतनी ललकार के चलते दोनों दल के लिए यह स्पर्धा जीतना प्रतिष्ठा का प्रश्न बन गया। लेहाजा काफी देर तक बाँस जहाँ का तहाँ हवा में लटका रहा, दोनों तरफ से लगी भरपूर शक्ति से बने संतुलन के चलते। जब लोगों में जोर घटने लगा तो उसे कहीं और से लाने के लिए अपने कपड़े उतारकर जमीन में घिसट-घिसट कर खींचने लगे। जब बाँस थोड़ा एक तरफ सरकता तो उत्साह बढ़ाने वालों में और जोश आ जाता और वे भी अपने कपड़े उतार-उतार कर हाथों से खींचते हुए बढ़ने का इशारा करते हुए चिल्लाने लगते। अंततः रिंजा की टीम पूरे बाँस को नदी के इस पार खींच लाई। जब दूसरे दल वालों के हाथ से बाँस छूटा तो इधर वाले भरभरा कर गिर पड़े। अब इसमें कितना रिंजा के दल का बल था और कितना मेहमान दल को सम्मान देने की दूसरे दल की इच्छा, कौन जाने! तो भी लोग इससे आह्लादित होकर शोर मचा-मचा कर नाचने लगे। रिंजा को जब थोड़ी फुरसत मिली तो देखा अल्खा कटिवस्त्र के अलावा सब कुछ उतार कर फेंक चुकी है और नृत्य में इतनी मशगूल है कि उसे इसका होश तक नहीं। रिंजा चुपचाप उसके गात का

सौंदर्य एकटक पीता रहा। उस दृष्टि में कोई अश्लील कामना नहीं थी।

दूसरे दिन राज्याभिषेक था। खिर्रिम के सियेम ने ऐसी व्यवस्था कर ली थी कि जिससे अल्खा प्नार राजा की सेवा-टहल में जा सके। जब का सद लिम्मोह का नृत्य आरम्भ हुआ तो वह पान-सुपारी लेकर प्नार राजा के सामने पहुँची। राजा उसे देखता ही रह गया। सिर से पाँव तक रेशम और सोना। लम्बी-लम्बी उँगलियाँ और आम खासी महिलाओं की तुलना में थोड़ी उभरी नाक। चमड़ी का रंग ऐसा कि उसे शहद में डूबो-डूबो कर पकाया गया हो। सुपारी प्रस्तुत करने का सलीका इतना मजा कि वह अभ्यस्त और सधे हाथ का ही काम हो सकता है। तब निश्चय ही यह किसी राजपरिवार से सम्बन्धित है। प्नार राजा ने अपने मिंत्री को उसका पता लगाने के लिए कहा। पुरुषों के इस नृत्य के पराकाष्ठा पर पहुँचते-पहुँचते पता चल गया कि वह खिर्रिम राजघराने से सम्बन्धित है। खिर्रिम वालों ने अपनी लड़की भरसक सिंतेङ के यहाँ जाने न दी थी। अपने को अधिक शुद्ध और उच्च वंश का मानते थे। अधिक धन और शक्ति न हुआ तो क्या? इसलिए मिलने की संभावना न थी। जुबान कौन खाली कराये! राजा ने नृत्य में मन लगाया। नर्तक लोग अपने हाथों में विभिन्न प्रकार के वृक्षों और झाड़ियों की टहनियाँ लिये हुए थे। उनमें विभिन्न प्रकार के जंगली फूल खुँसे हुए थे। जब वे उन्हें एक खास क्रम से ऊपर उठाते, तितलियों की पाँखों की तरह फैलाते-समेटते, डैने का संतुलन बनाये पक्षियों की तरह उतरने का स्वांग भरते, तो उनकी कला देखते ही बनती। जंगली फूलों की समवेत गंध अलग से नासापुटों को मत्त करती।

उनके नृत्य का जब क्रमशः अवसान होने लगा और नर्तक एक-एक कर मंच से जाने लगे तो लड़कियाँ एक-एक कर आने लगीं और कुछ ही पलों में कोई चालीस लड़कियाँ नृत्य में रत हो गयीं। सभी ने सोने की तवक या चाँदी की नागली पहन रखा था। बाजू पर बहूटें और कलाइयों में पछेले। सिर पर सोने और चाँदी की लड़ियों से बने पासडियात जो रोशनी के अनुसार सतरंगा चमक फेंकते। सभी के तपमोहख्लिह उतरे थे। उनकी लम्बी चोटियाँ या खुले बाल पीठ पर लहरा रहे थे। अल्खा न केवल उनमें सबसे लम्बी थी, उसके बाल पिंडलियों तक फैले थे। उसके गात की लोच सबसे अधिक थी, जिससे कस्तूरी और अगर की मिली-जुली गंध उठ रही थी। वह सबसे अधिक मुक्त होकर नाँच चाहे जहाँ रही हो, आँखें प्नार राजा के मुख-मंडल पर ही टिकी रहती। उनमें आमंत्रण की एक ऐसी चमक थी, जिसे चौथे में पहुँचा राजा झेल नहीं पा रहा था।

प्नार राजा का मिंत्री इससे परेशान हो उठा। लेकिन तब एक उम्मीद भी जगी। राजा ठंडा पड़ने लगा था। ठंड का आलम पिछले जाड़े में ऐसा था कि कोई तीन माह तक अपने कक्ष से बाहर ही न आया। पलंग पर पड़ा रहा। यदि लड़की उसके आगोश में हो तो शायद इस साल वह थोड़ा गरम रहे। राज काज का थोड़ा सुचारु रूप से चलना

जरूरी है। चेर्रा के राजा की तैयारियों की खबर शुभ नहीं है।

उनका समाज मातृकुल से सरक कर पितृकुल में परिवर्तित हो रहा था। लेहाजा स्त्री उत्तराधिकार के तमाम अधिकरों के बावजूद भोग्या बन रही थी। उसे प्राप्त करना और अनेक संख्या में रखना प्रतिष्ठा का सूचक बन रहा था। संस्कृति के मानक तब राजपरिवार, दरबार और सिपाही वर्ग होते थे। उनमें विलासिता पनप रही थी। इसलिए स्त्रियों के अपहरण की बारदातें होने लगी थीं। स्त्रियों का अपहरण पहले भी होता था, लेकिन तब वंश चलाने के लिए। खारमुखी, खारलुक्की, खारसोवाली वगैरह वंश इसके उदाहरण हैं। लेकिन तब वंश इस अपहृत लकड़ी के ही नाम पर चलता था। और उसे खासी स्त्री के ही सभी अधिकार प्राप्त थे। लेकिन राजा के लिए होने वाले अपहरण विलास के लिए थे। अपहृत स्त्री की संततियों को—चाहे वह लड़कियाँ ही क्यों न हो उत्तराधिकार प्राप्त नहीं था। हाँ दूसरे हिन्दू समाजों की तुलना में उनमें मुक्तता अधिक थी, जो आम वातावरण की परिणति थी।

इस संक्रमणशील परिवर्तन का लाभ उठाते हुए मिंत्री ने अल्खा के अपहरण की योजना राजहित में बनायी और सफल हो गया। प्नार राजा जब इस बार निजपत लौटा तो वहाँ कुछ ज्यादे ही धूम-धड़ाका हुआ, क्योंकि इस बार वह खिर्रिम की राजकन्या बिना लड़ाई-झगड़े के ही लाया था।

उसी अल्खा आवरी का सोलह शृंगार कर जब उसे अतिथिशाला में लाया गया तब मौसम थोड़ा खुश्क था। हेमंत के शुभ्र नीले आकाश में बड़े हल्के पारदर्शी बादल आ-जा रहे थे। सुपारी के वृक्षों पर लदी पान की लताएँ अपने पत्तों की भार से लच गयी थीं और एक-दूसरे का सहारा बनती वेणी की तरह गूँथ कर धरोभिमुखी हो हल्के पवन में लहरा रही थीं। उनके साथ आती चंपा और लवंग के फूलों की संयुक्त गंध नासापुटों को पागल किये दे रही थी।

दबइल सिंह ने उस पर निगाह डाली तो जैसे दब गया। अपनी वय को उसके अनुरूप न पाया। फिर भी नारीतन के प्रति जिज्ञासा और अभी-अभी मिले उस पर अधिकार को याद कर प्नार राजा का कृतज्ञ हो गया।

: 9 :

अगले माह राली ने खिर्रिम के राजा को शिकार खेलने के लिए सपरिवार बुलाया। पानी बरसना बंद हो गया था। चरने के लिए वनपशुओं के झुण्ड अपने सुरक्षित खोहों से निकलने लगे थे। नयी घास खाकर उनका पुनर्नवा हुआ यौवन प्रजनन क्रिया में संलग्न

था। छोटे-छोटे नल्लों में इतना पानी भर गया था कि वे उन्हें पार कर दूसरी तरफ नहीं जा सकते थे। जगह-जगह नये-नये धसान-लसाड़ बनने लगे थे। गरज यह कि शिकार का बड़ा अनुकूल अवसर था। सुनने में यह भी आया था कि गेड़ों का एक झुण्ड असम की तरफ की पहाड़ियों को पार कर नदी की पेटी में आ उसके दलदल में रह रहा है और केले के पत्ते, तने और फूल खा-खाकर मोटा हो रहा है।

राली खूब जानता था कि राजा अपने मन से चाहे जहाँ आये-जाये, प्रजा के निमंत्रण पर किसी के घर नहीं जाता थे। इसलिए जयंती को स्पष्ट लगा कि यह निमंत्रण उसी के लिए है। जाते वक्त अपना मुस्तांग उसे दे गया था। उस वक्त राजा के दिये उपहार को कुलियों ने अपनी टोकरियों में रख कर, सिर से बेंत का रस्सा लगा उन्हें पीठ पर टाँग लिया था, तब राली अतिथिशाला से बाहर आया। तुरही बज उठी। उसकी आवाज़ सुनकर मुस्तांग जैसे बिगड़ गया। पहले फुर्नाया कि जैसे लगाम को मुँह से बाहर निकाल देना चाहता हो। फिर हिनहिनाया कि जैसे वह तुरही का वादन न स्वीकार करना चाहता हो। फिर दुबारा हिनहिनाकर फुर्नाया कि जैसे यह विदाई उसे पसन्द न हो। फिर पिसाब किया कि जैसे मैं यहाँ से नहीं जाऊँगा और उसी उत्साह में अपना शिश्न हिलाने लगा। जयंती की निगाह उस पर पड़ी तो वह शर्माकर लाल पड़ गई। फिर हल्के से मुस्करा पड़ी। राली को जैसे विश्वास ही नहीं था कि कोई खासी लड़की शर्माकर मुस्करा भी सकती है। उसने उन्हें हमेशा उन्मुक्त हँसते हुए या गंभीर स्थिर पाया था। सो यह मुस्कान लाख पाउण्ड की लगी। लाख पाउण्ड थे नहीं। लेकिन उसे अपना यह मुस्तांग इतना प्रिय था कि उससे कम नहीं मानता था। सो अपने ब्रिचेस में वह जयंती के पास तक गया और सिर पर से चमड़े का काला हैट उतार सिर झुका कर बोला, ''यह घोड़ा आप के लिए।''

जाते हुए मेहमान से कुछ लेना नहीं होता। लेकिन राली की बात में कोई ऐसा दम था, जिसके कारण जयंती इंकार न कर सकी। राली ने खुद उसका रास जयंती के हाथ में थमाया था। मन में तो आया था कि उसे आलिंगनबद्ध कर चूम ले, किन्तु सबके सामने ऐसा करने का साहस उसे नहीं हुआ। अभी खासी समाज ईसाई नहीं हुआ था कि आज जैसी निर्लज्जता सरे आम देखने को मिले। हालाँकि वह गोरी चमड़ी का आदमी था, जो आदिवासियों के बीच तब कुछ भी कर गुजरते थे। जयंती ने मुस्तांग की पीठ पर हाथ रखा तो वह फुर्नाकर फिर जोश में आ गया और अपना शिश्न ऊपर नीचे करने लगा। उसे देखते हुए जयंती और राली की निगाह मिली तो दोनों भीतर तक दहक उठे।

सियेम को नहीं जाना था, तो नहीं जाना था। कई बहाने थे। फसल की निराई-गुड़ाई का महीना है। अभी राजकाज के लिए ही काफी कुछ करना पड़ा है। इसलिए समय नहीं है। लेकिन राली का निमंत्रण इंकार भी नहीं किया जा सकता था। नाराज होने पर ये अंग्रेज बड़ी-बड़ी रियासतों में आग लगा दे रहे थे। तब खिर्रिम की क्या बिसात कि गोरे को नाराज करे। इसलिए अपने मामा को, जो प्रकारांतर से राज का रिजेंट

होता था, एक छोटी-सी शिकार पार्टी के साथ चलता किया। साथ में बड़पुजारिन भी अपनी परिचारिका के साथ जायेगी, जिससे कि राली को यह न लगे कि राज-परिवार की महिलायें नहीं आयीं। लिहाजा हफ्ते भर बाद जयंती अपने भाई के साथ दस-पंद्रह शिकारियों और परिचारिकाओं को लेकर मफलाङ पहुँची।

दो-चार दिनों के स्वागत सम्बन्धी औपचारिकताओं, जैसे भोज, गान, नाच के बाद, शिकारियों ने अंडे से शगुन उचार कर शिकार का दिन तय किया। शिकार गेडे का ही खेला जाना था। अंग्रेज के सामने कोई छोटा-मोटा हिरन, मिथुन का शिकार क्या मारना! वह भी तो देखे हमारा हुनर।

ग्राम देवता उ रिंकेउ को पूजा चढ़ा दी गयी। उनसे अपेक्षित आज्ञा ले ली गयी। की नोडाइ सेउ[1] लोगों ने अपने-अपने शिकारी कुत्तों को सम्हाल लिया। कुत्तों को एक दिन भूखा रखा गया था, जिससे कि शिकार के प्रति उनका जोश बढ़-चढ़ जाय। तब कोई सौ लोगों का लश्कर मुँह अँधेरे ही जंगल की ओर चल पड़ा।

जयंती स्त्री थी। शिकार खेलने नहीं जा सकती थी। तो क्या, शिकार देखने तो जा सकती थी। यह भी खासी स्त्री के लिए एक नयी बात होती। वे शिकार देखने भी नहीं जातीं। तब राली ने कहा, ‘‘यह शिकार अन्य शिकारों से भिन्न है। खासिया लोग शिकार करने जाते हैं, भोजन के लिए। हम शिकार करते हैं खेल के लिए। हमारे यहाँ शिकार को ‘स्पोर्ट’ भी कहा जाता है। और हर खसिया स्त्री का हक होता है खेल देखना। तो तुम खेल देखने क्यों नहीं जा सकती?’’

जयंती ने कहा, ‘‘ऐसी मनमानी व्याख्या नहीं की जा सकती और ऐसी व्याख्या करने वाली मैं कौन होती हूँ?’’

राली ने कहा, ‘‘तब व्याख्या कौन करेगा? वास्तविक राजा तुम हो। सियेम तुम्हारी जगह काम करता है। राजा का एक काम कानून बनाना होता है।......

उसकी बात बीच ही में काटकर जयंती ने कहा, ‘‘नहीं, राजा का काम आइन चलाना होता है, बनाना नहीं। आइन हमें परम्परा से मिलता है।’’

‘‘आइन चलाने के लिए उसकी व्याख्या की जरूरत होती है, और वह काम राजा करता है।’’

‘‘नहीं, व्याख्या नहीं, विशिष्ट परिस्थिति में उसे लागू करना होता है। यह लागू करना ‘एप्लिकेशन’ कानून बनाना नहीं होता’’

‘‘एक ही बात है। एप्लिकेशन भी कानून के दायरे में होता है और व्याख्या भी।’’

‘‘तो भी मैं उसे नहीं कर सकती।’’

---

1. **खेदा लगाने वाले।**

जयंती का यह तर्क राली को निरुत्तर कर देने वाला था। तो भी वह पीछे न हटा। सोचकर बोला, "तुम बड़ पुजारिन भी तो हो। ईश्वर का प्रतिनिधि......"

"नहीं, बड़ पुजारिन ईश्वर का प्रतिनिधि नहीं होती। जिसे तुम 'गाड' कहते हो, वह हमारे यहाँ नहीं होता। हमारे यहाँ स्वर्ग भी नहीं होता और नर्क भी नहीं होता। उस गाड का अवतरण भी नहीं होता—न देवदूत के रूप में, न ईश्वर-पुत्र के रूप में न अवतार के रूप में। हमारे यहाँ तो बस यह पृथ्वी होती है। उस पर कुछ अदृष्य शक्तियाँ काम करती हैं। उनमें कुछ शुभकारी होती हैं, कुछ अशुभकारी। जो शुभकारी नही होती हैं, उन्हें यदि पूजा जाय तो वे हमें धन-धान्य, समृद्धि देती हैं। जो विनाशकारी होती हैं, यदि उन्हें न पूजा जाय तो वे क्षय कर देती हैं। पुजारिन बस उनके पूजा का विधान करती है, क्योंकि उसकी आदि पुरखिन, गोत्रमाता यह काम आरम्भ किये होती है।"

राली चुप हो गया। लेकिन वह तर्क से हार मानने वाले लोगों में से नहीं था। थोड़ी देर के बाद बोला, "यह पृथ्वी और उस पर जीवन हमेशा एक-सा नहीं रहता। वह बदलता रहता है। तब शुभशक्तियाँ भी बदलती हैं, अशुभ-शक्तियाँ भी। नदी, पर्वत, जल, वायु सभी बदलते हैं। आदमी भी बदलता है।....."

"लेकिन परम्परा कोई नहीं बदलता।"

"क्यों नहीं बदलता?"

"क्योंकि परम्परा ही एक कौम की पहचान बनाती है। वही अपने लोगों में एका स्थापित करती है। वही दूसरे कौमों से अलगाती है।"

"तो भी जिसने परम्परा डाला होगा, उसने चली आ रही पद्धति में कुछ तब्दील कर ही तो डाला होगा?"

"नहीं, परम्परा एक आदमी नहीं डालता, पूरा समाज डालता है।"

"तो भी शुरू तो कोई एक आदमी करता है। दूसरे तो उसका अनुकरण करते हैं। इस अनुकरण का दुहराव ही समाज का अनुसरण कहा जाता है।"

"नहीं जिस व्यवहार के बारे में पता हो जाता है कि इसे अमुक आदमी ने शुरू किया है, इसकी नींव अमुक ने डाली है, तब वह परम्परा नहीं कहा जा सकता। परम्परा वह होता है, जिसके बारे में पता ही नहीं चलता कि उसे किसने डाला, वह कब शुरू हुआ।"

राली एक बार फिर निरुत्तर हो गया। थोड़ी देर के बाद बोला, "तो भी तुमने कई काम ऐसे किये हैं, जिसे पहले किसी ने नहीं किया।"

"जैसे....? क्या मतलब....?"

"यही कि कोई खासी औरत घोड़े पर नहीं चढ़ती। लेकिन तुम चढ़ती हो।"

जयंती ठक् हो गयी। यह बात तो सही है कि कोई खासी औरत घोड़े पर नहीं चढ़ती। लेकिन वह चढ़ती है। क्यों चढ़ती है?

जयंती अतीत में खो गयी। पिता तिब्बत जाते थे, चीन का रेशम लाने। ऐसी ही एक यात्रा में वे उसे साथ ले गये। तब वह बारह साल की थी और पिता उसे बहुत मानते थे। हर बार जब यात्रा से लौटते तो बर्फ की बात बताते। बर्फ से लदी चोटियों की बात बताते। लामाओं के बारे में बताते। उनके काला जादू के बारे में बताते। उसकी बड़ी इच्छा थी वह सब देखने की। हर बार कहते कि अगली बार ले जाऊँगा। इस बार उसने जिद ठान ली कि नहीं ले जाओगे तो जाने ही न दूँगी। पिता क्या करते? ले गये। पहली बार बर्फ से लदे पहाड़ देखा। कान्-चेन-जाङा-पाँच शिखरों वाला पहाड़। लगता था कि हरे भरे पहाड़ों की शृंखला के ऊपर सफेद रुई के फाहों से एक और पहाड़ गढ़ा गया है। हरे-भरे पहाड़ों के ठीक पीछे वह कंधा और मस्तक तान खड़ा है। मस्तक पर एक लाल बड़ा-सा टीका है—सूर्य। अभय और शांति का चरमोत्कर्ष। निराकार निर्विकार अव्यक्त। वहाँ की धरती भी कुछ और लगती। सुन्दर नक्कासी किये गये काठ के घर। उन पर बने बेल-बूटे और उनमें भरे गये अति आकर्षक रंग। उज्ज्वल और चटकार। ऊपर सफेद बादलों भरा आकाश। रंगीन एक-सा वस्त्र पहने लोग। मर्दों के सिर, दाढ़ी-मूंछ घुटी हुई; स्त्रियों की लम्बी चोटी। यदा-कदा उभरती चोङा की आवाज-विकट और गंभीर नाद-कां-चें-जाङा से टकराकर बार-बार लौटती, लहरों की तरह भागती। हमारे मन को निर्मल करता-पवन। पवन के साथ मन का योग! यदा-कदा कोई पथिक मिल जाता तो पास पहुँचते ही जीभ निकालकर हमारा अभिवादन करता। गदहे और घोड़े पर सामान लादे इक्का-दुक्का लोग पहाड़ियों से घाटियों में उतरते या घाटियों से पहाड़ पर चढ़ते हुए। उनके आगे-पीछे चलते कुत्ते किसी अजनबी को देखकर काट खाने के लिए दौड़ते। उसे देखकर सोचा था जीवन के किसी विश्रांत काल में यहीं आकर बसूँगी। लामा लोग जो एक साथ बर्रे जैसी ध्वनि निकालते हैं उसे सीखूँगी और पता लगाऊँगी कि महाशांति में क्या देखने को मिलता है।

फरी का कस्बा कोई मील भर दूर था। वह ज्यों-ज्यों करीब आता जा रहा था, एक दुर्गंध भी पास आती जा रही थी। जितना ही पास आती जा रही थी, उतना ही ठोस होती जा रही थी। कहते हैं कि किसी भी तरह की गंध से थोड़ी ही देर में नासापुट इतने अभ्यस्त हो जाते हैं कि उसका पता चलना बंद हो जाता है। लेकिन यहाँ असर उल्टा था। गंध ठोस होकर चारों तरफ से घेर रही थी, जिसे जयंती की नाक कई गुने वेग से ग्रहण कर रही थी। उसे कई बार मितली आयी और बार-बार लगा कि वह बेहोश हो जायेगी। किन्तु उसके पिता इस तरह से पकड़े रहे और जहरमोहरा सुँघाते रहे कि वह पूरी तरह से बेहोश न हो पायी।

चलते-चलते हम नगर के केन्द्र में पहुँचे। दायीं ओर एक छोटी-सी नदी थी-कीचड़ का घोल। कोई पहाड़ी नदी इतनी गंदी हो सकती है, हम सोच भी न सकते थे। लोग घर की रसोई की खिड़की से कूड़ा फेंकते थे, जिससे दुर्गंध का टीला बन जाता था, ऊपर से उसी पर बैठकर टट्टी करते थे। वहीं एक चौराहा था। वहाँ डाक और सैनिकों

का आदान–प्रदान होता था। उसके लिए कुछ तख्ते बाँधकर बैठने के लिए मंच बनाया गया था। जो भी आता उन तख्तों के किनारों पर बैठकर शौच करने लगता। नीचे से मल का पहाड़ उठता आ रहा था। बैठने में जरा–सी असावधानी हो तो आदमी फिसलकर उसी में डूब जाय।

कहते हैं कि यह शहर बसते ही समृद्ध होता चला गया था। समृद्धि जब अकूत हो गयी तो नगर के बड़े–बड़ों ने एक मन्दिर बनवाने को ठाना। धन की कमी नहीं है, इस बात को उजागर करने के लिए वे एक विचित्र किस्म का मंदिर बनवाना चाहते थे, ऐसा मंदिर जैसा कहीं अन्यत्र न हो। लिहाजा उसकी शक्ल वे एक भागते हुए कछुए की दिये। मंदिर जब पूरा हो गया और उसमें देवता के प्राण की प्रतिष्ठा कर दी गयी, तब शहर का वैभव रातोरात घटने लगा। पहले व्यापारियों का आना कम हुआ, पीछे वहाँ विक्रय के लिए बनने वाली वस्तुओं का उत्पादन कम हुआ। लोग रखी पूँजी खाने लगे। तभी बुद्धभूमि से एक महात्मा आये। अपनी विपद बताने के लिए नगर प्रमुख अपने सभासदों के साथ मिले तो उन्होंने एक वास्तुविद की तरह मंदिर का निरीक्षण किया। बोले कि नगर के दुर्भाग्य का कारण मंदिर का आकार है। यदि इसे नष्ट कर दिया जाय तो पुरानी समृद्धि फिर लौट आयेगी। लोग तैयार हो गये तो किसी चतुर–सुजान ने लखाया कि देवगृह तोड़ना तो और बड़ा दुर्भाग्य होगा और उससे उत्पन्न हानि की, अनिष्ट की कल्पना करना भी कठिन होगा। महात्मा ने भी कहा, "सो तो जोखिम है।" फिर कई दिनों तक सोचकर बोले "यदि देवस्थल की शुद्धि करा दी जाय तो अभाग्य दूर हो जायेगा।" लोगों ने यह काम उन्हीं पर डाल दिया। वे बोले, "इसमें खर्च बहुत आयेगा। पुरोहित लोगों को देवभूमि से बुलाना होगा। वे दक्षिणा भी बहुत लेंगे। कम से कम दस सहस्त्र स्वर्णमुद्राएँ।" लोग इतना धन इकट्ठा करने के लिए तैयार थे बशर्ते आश्वस्त कर दिया जाय कि नगर पर आयी विपदा दूर हो जायेगी। यह व्यापार में पूँजी लगाने जैसी ही बात थी। महात्मा ने सोचा, "तुम्हारा विपद दूर हो या न हो, हमें स्वर्ण मुद्राएँ हाथ लगेंगी। उससे अपना मठ बनेगा। मठ ही तो साधना की परिपक्वता, उसका सुफल होता है अन्यथा जीवन अकारथ जायेगा।" सो वे सौभाग्य लाने का वादा कर देश लौट गये। अगले साल पुरोहितों का दल लेकर पहुँचे। पुरोहितों ने नाना विधि से पूजा करने के बाद शोधा कि पहला दोष कच्छप की आँख की है, उसे दो कूपों की तरह बनवाया गया है। दूसरा दोष मंदिर में स्थापित शूकर देव का है। उन्हें सही और यथेष्ट आहार नहीं मिल रहा है। राय दिया कि कच्छप के कुँआनुमा आँखों को यदि विष्ठा से भर कर रखा जाय, रोज ताजा विष्ठा से शूकर देव के भोज के लिए तो अनिष्ट दूर हो जायेगा। अब यह कोई छोटा काम तो था नहीं। पूरे नगर का सहयोग जरूरी था। मुनादी कर दी गयी कि सब लोग अपने घर के पिछवाड़े मचान बनायें और उस पर बैठकर गली की तरफ शौच करें। मल को भूल कर साफ न करें। शहर के सारे सुअर पहले ही मार दिये गये थे कि वे चट न कर जाँय। जब पर्याप्त मात्रा में विष्ठा इकट्ठा हो गयी, तो उनसे कुँए पाट दिये गये। धूप पड़ने पर कुओं में उसके भराव में

कमी आ जाती थी। किन्तु जन उसे देवता ग्रहण ही समझते थे। उसे पूरा करने के लिए रोज ताजे विष्ठा की आवश्यकता होती थी। परिणामस्वरूप नगर के हर घर के पीछे विष्ठा इकट्ठा रखने का प्रचलन चल पड़ा। इससे नगर की समृद्धि लौटी या नहीं जयंती नहीं जानती। पर फरी नगर महात्मा और पुरोहित की कृपा से मैला-नगरी अवश्य बन गया।

खैर, उस फरी नगर के बुजुर्ग वाङ्दन एक बेहद अच्छे आदमी थे और जयंती के पिता को हमेशा मदद पहुँचाते थे। अच्छे से अच्छे रेशम के वस्त्र कम से कम दाम में दिलाते थे और अधिकारियों की निगाह से बचाकर इस तरह से पार करवा देते थे कि खसिया को तिजारत शुल्क काफी कम देना पड़ता था। वे अपना आढ़त भी कम ही लेते थे। खसिया उन्हें उपकृत करना चाहता था। इसलिए एक बार वह एक अति गाढ़े नीले रंग का बड़ा ही भव्य चोंगा सुआलकुची पाट का तैयार कराकर ले गया था, जिस पर हर तरफ 'चिर आयु' शब्द की कढ़ाई बड़े ही कलात्मक ढंग से की गई थी। यह उपहार पाकर वाङ्दन की आँखें छलछला आयी थीं। ऐसा शुभ-वस्त्र तो उसके जायों ने नहीं दिया था। शायद कभी देने को सोचा तक नहीं था। उस बार जब खसिया लौटने लगा था तो बूढ़े ने कहा था, "मैं कढ़ाई करने वाली तुम्हारी बहू को देखना चाहता हूँ।"

खसिया ने कहा था, "आपकी बात रखने की मेरी बड़ी इच्छा है। लेकिन वह आ नहीं पायेगी। दूरी कठिन और बहुत है। वह बीमार रहती है।"

बूढ़ा काँप कर रह गया था। इस बार जब खसिया फरी को निकला तो सोचा बहू को नहीं ले जा सकता तो क्या, बेटी को तो ले जा सकता हूँ। सो वह जयंती को लेकर आया था। बूढ़े ने उसे देखा तो निहाल हो गया। उस बारह वर्ष की बालिका को अपनी गोदी में बिठाकर नतिनी की तरह प्यार किया।

जब वे लौटने लगे तो वाङ्दन ने एक तिब्बती टट्टू उसे उपहार में दिया। वह ऊँचा था, चढ़ नहीं पा रही थी। अपनी एक हथेली पर उसका पाँव रख, दूसरी से उसका कमर पकड़कर टट्टू पर बिठा दिया। इसी क्रम में उसके तलपेट की कुछ अतिसंवेदनशील पेशियाँ टट्टू की नंगी पीठ से रगड़ गयीं। वह गनगना उठी। आँखें मुँद गयीं। साँस रुक गयी। वह पसीने से डूब गयी। अर्धमूर्छित हो गयी। यह सुख से था कि दुःख से-कहा नहीं जा सकता। आज उसे लगता है कि यह सुख से ही था। क्योंकि अब वह अक्सर ही घोड़े पर चढ़ने का मौका तलाशती और उसकी नंगी पीठ पर जब भी बैठती, अपना उरू रगड़ती चलती।

जयंती ने सिर लटका कर कहा, "सो तो है।"

राली ने कहा, "यही नहीं। कोई खासी महिला किसी अंग्रेज के घर नहीं गयी होगी। किन्तु तुम आयी हो।"

उसने थोड़ा और सिर झुकाकर कहा, "हाँ।"

राली ने कहा, "और मेम की पोशाक भी कभी न पहने होगी।"

जयंती ने आँखें तरेर कर देखा। फिर कहा, "चलेंगे। घोड़े से ही चलेंगे।

राली ने तुरंत घोड़ों का इंतजाम किया। जयंती ने मेम की पोशाक पहना और घोड़े पर बैठ कर चली।

आदमी के उल्लास के दिनों में शामत पशुओं की आती है। सभ्य लोग पालतू पशुओं का वध कर महाभोज आयोजित करते हैं तो जंगल के लोग जंगली जानवरों का। शिकारियों में इतना उत्साह था कि वे बिना एक-दूसरे पर ध्यान दिये जंगल में धंस गये। कुत्तों ने जहाँ-जहाँ पशु-गंध पकड़ा, वहाँ-वहाँ कुछ लोग खड़े कर दिये गये। जाहिर था कि इन जगहों से पशु आया-जाया करते थे। इसलिए उन्हें चिह्नित कर उनकी रखवाली करना जरूरी था। इसके बाद शिकारियों ने खेदा के लिए बाजे बजाकर कुत्तों को छोड़ दिया। जंगल में अचानक ऐसा शोर मचा कि जो जानवर जहाँ था, वहीं से चला भाग। खरगोश, गीदड़, हिरन, नीलगाय, किसी पर किसी का ध्यान नहीं था। सभी गेड़ा ढूंढ़ रहे थे।

दिन ढलने लगा था। शिकारियों का जत्था छिन्न-भिन्न हो गया था। अब लोग अकेले ही अपना रास्ता अकनते, शोर मचाते, निशाना साधते चले जा रहे थे। लेकिन राली ने जयंती का साथ नहीं छोड़ा था। धीरे-धीरे वह उसे एक गहन वन की ओर ले गया था। उसमें एक खुला मैदान पाकर घोड़े से उतर आया था। जयंती को भी उतार लिए था। फिर हाथ उठा-उठाकर उसे पकड़ा था और पकड़-पकड़ कर चूमा था। कुछ संकोच से और कुछ आपयायित भय से मौका मिलते ही जयंती घोड़े पर सवार हो नदी की ओर नीचे जाती रपटीली वनवीथि पर दौड़ गयी थी। पीछे-पीछे घोड़े पर राली।

सामने सूनी घाटी बिछी पड़ी थी। ऊँचे कगारों के बड़े-बड़े छतनार पेड़ों की आपस में गुथी गहरी छाया उसमें अँटी पड़ी थी। पहाड़ी का सिरा घाटी के कगार से इस तरह से निकल गया था जैसे फन काढ़े कोई साँप टेढ़ा-मेढ़ा चला जा रहा हो। दूसरा कगार बिल्कुल सपाट था। नाले का पानी सूख गया था। भूरी रेत पर खूब साफ नीले आसमान की गहरी छाया के मानिन्द ही छतनार वृक्षों की गहरी नीली छाया बिखरी पड़ी थी। वहीं पहुँच कर जयंती घोड़े से उतर पड़ी और एक सुइलार खड़े पत्थर के पास जाकर बैठ गयी। जिस पत्थर पर वह बैठी थी, वह जाने कब से पानी का रगड़ खा-खाकर चिकना हो गया था। घोड़ा रोककर राली उसे कुछ देर तक देखता रहा। फिर घोड़े से उतर झट उसके पास गया और तुरंत ही पत्थर पर उसे उकडू कर दोनों पाँव नीचे की तरफ खींच दिया। फिर दबोचकर उसके कुल्हे पर बैठ गया।

हाँफती, पसीने में डूबी, केंकियाती जयंती ने कुछ क्षणों के बाद गर्दन मोड़कर राली की ओर देखा तो पाया कि दूर कगार की ऊँचाई पर खड़ा इयापदुह के विशाल वृक्ष में इक्का-दुक्का सफेद फूल निकल आये हैं। खासी मान्यता थी कि हजारों वर्ष तक जिन्दा रहने वाला यह महीरूह अपने जीवन में दो-चार बार ही खिलता है और

जब खिलता है तब खसिया लोक में कोई न कोई अनहोनी अवश्य होती है। यह अनहोनी उनके जातीय जीवन में कोई न कोई परिवर्तन अवश्य लाती है। अबकी यह परिवर्तन शुभ होगा कि अशुभ—इस दुविधा का ख्याल आते ही वह शिथिल पड़ गयी। अपने कब्जे से जयंती को छोड़ते हुए राली ने सामने की ओर देखा। का दिडीएई अपनी पूरी हरितिमा के साथ मस्तक तान आसमान में धंसता खड़ा था अपने कंधों पर विशाल डालों का कभी न कम होने वाला भार उठाये।

गेंड़ा कहीं नहीं दिखा। लगा कि दिन एकदम से खाली जायेगा। पर यह भी कोई बात हुई! जब दिन समाप्त होने को आया तो जिसके सामने जो भी जानवर पड़ा उस पर भाला फेंक दिया, तीर छोड़ दिया। अक्सर ही दाँव खाली गया। तो भी तीन-चार जानवर मारे जा सके, जब कई लोगों ने उन्हें घेर कर एक साथ अपने हरबा-हथियारों से प्रहार किया। लेकिन तब शिकार के बाँटने में दिक्कतें आयीं। यह तय करना कठिन था कि कौन उ नोडसियात है और कौन उ नोडबान। समूह ने जिसे तय कर दिया लोग मान गये। अब मांस को तो घर ले जाना नहीं था। वहीं अलाव जलाकर भूना जाने लगा। मडुवा और चावल की शराब आ गयी थी। राली ने कुछ संतरे और नाशपाती की शराब अतिथियों के लिए विशेष रूप से भिजवायी थी। ज्यों-ज्यों गोश्त पकता गया, त्यों-त्यों लोग उसे खाकर पीते गये। ज्यों-ज्यों पीते गये त्यों-त्यों उनकी थकान मिटती गयी और वे उल्लसित होने लगे। उसी में किसी ने कुछ टेरा, तो दूसरे साथ देने के बहाने उन्मत्त हो गये। जिसके हाथ जो भी लगा, उसे बजाने लगा और जो भी याद आया उसे गाने लगा। कोई अपना बिछड़ा प्यार याद कर रहा था, तो कोई बीते अच्छे दिन। कोई आगे आने वाले दिनों को टेर रहा था तो कोई अपना अब्यक्त दुःख। लेकिन सबका समवेत स्वर एक सुखी कबीले के आल्हाद को ही रूपायित कर रहा था।

लोग तब तक शिकार के लिए प्रतिदिन जाते रहे, जब तक कि गेंडे को मार न लिये। उन्हें लग रहा था कि वांछित शिकार इसलिए नहीं मिल रहा है, क्योंकि उ रिंकेउ की पूजा में कोई त्रुटि रह गयी है। लेहाजा एक दिन उन्होंने उसकी पुनः विधिवत पूजा की। फिर भी वांछित शिकार न मिला तो शिकार के दूसरे देव उ बासा की पूजा की। उस पूजा के बल पर दो-चार दिन जंगल जाने के बावजूद जब गेंडा हाथ नहीं लगा तो उन्होंने उ बासा की माँद की पूजा की। खूब हंगामा हुआ। उसी हंगामें के दौरान रिंजा ने बिना माँगे ही राय दिया कि बिना खन्ती बनाये गेंड़ा पकड़ा नहीं जा सकेगा। लोग गेंड़ा को फँसाकर नहीं, आमने-सामने मार कर शिकार करना चाहते थे : यह ललमुँहा गोरा यह तो जाने कि ये ताम्बाई भूरे लोग कितने बहादुर हैं! इसलिए उन्हें रिंजा की बात अच्छी न लगी। यह तीन दिन का छोकरा शिकार के बारे में क्या

जानेगा! अच्छा निशाना साधना एक बात है, शिकार के बारे में तमाम बातें जानना दूसरी बात है। वह अनुभव से आता है। किसी ने मजाक करते हुए कहा, ''यह लड़की का शिकार नहीं है, कि अपनी जुल्फों में सुअर का तेल मलकर उसके गले में रंगीन गुरियों का माला डालकर फाँस लिया जाय।'' तब कुछ युवकों ने हँसने के बजाय गंभीर होकर कहा, ''यह कोई खरगोश या गीदड़ का शिकार नहीं है कि तीर-कमान से हो जाय। अरे यह गेंड़े का शिकार है, गेंड़े का। उसे गेंड़े की ही तरह मारा जा सकेगा, नील गाय की तरह नहीं।'' और वे गोल बाँध कर चल दिये अपने ढंग से गेंड़े का शिकार करने के लिए यह तय कर कि तभी लौटेंगे जब जब गेंड़े को हाथ लगा लेंगे।

समस्या यह थी कि गेड़ा मिले कहाँ? इन पाँच-सात दिनों के खेदा में तो वह कहीं नजर न आया। है भी कि नहीं और है भी तो कहाँ? कहीं अंग्रेज ने यह बात उड़ा कर हमें बनाया तो नहीं है?

रिंजा गेंड़े के बारे में कुछ जानता था। वह बड़े इत्मिनान से बोला कि वह जहाँ भी होगा, दलदली इलाके में होगा। और जाहिर है दलदल नदी की पेटी के पास के ऊँची घास के घने जंगलों में होगा, पर्वत-शिखरों पर नहीं। खेदा की आवाज सुनता भी होगा तो ऊपर चढ़ने की जगह और नीचे की ओर उतरता होगा। इसलिए वे नदी की तरफ उतर कर दूर-दूर तक देख तय किये कि खन्ती यहाँ खोदी जाय और खेदा उधर से लगाया जाय। मदद कुत्तों की भी लेनी होगी और शोर भी दूर से ही मचाना होगा—गेंड़ा हमला भी करता है और दौड़ाकर हमला करता है। जंगली भैंसे और हाथी से भी अधिक आक्रमक होता है। एक पूरा दिना गड्ढा खोदने और उसे घास-पात से पाटने में ही लग गया। शाम को बात याद आयी कि बिना गेंड़ा मारे वापस नहीं लौटना है तो इसकी कई व्याख्या की गयी। जिस व्याख्या पर सहमति हुई वह यह थी कि गाँव न लौटने का मतलब खिर्रिम से है, मफलाङ से नहीं। तब मफलाङ के लड़कों ने कहा कि तो हम अपने गाँव वालों की गोल में शामिल न होंगे।

लोगों को जब पता चला कि इन जवानों ने खन्ती तैयार कर लिया है तो दूसरे दिन वे भी साथ हो गये। रास्ते में शोर नहीं मचाना था—शोर सुनकर यदि गैंड़ा उल्टी दिशा में भाग चला तो सब बेकार। लेहाजा वे चुप-चाप नदी के उल्टा बाजू पहुँचे। कुछ लोग खन्ती की ओर जाती दोनों तरफ की उठानों पर चढ़ गये। तब बाकी बचे लोग एक साथ ढोल-ताशा पीटने लगे, तुरही-पिपिहिरी बजाने लगे। कुत्ते छोड़ दिये गये। सबका समवेत स्वर दलदल के पूर्वी छोर से आ रहा था। दलदल में चारों पांव धसा गैंड़ा इत्मीनान से कीचड़ और ठंड का मजा ले रहा था। अचनाक उठे शोर से चौंक कर कुछ क्षण के लिए कान उस तरफ मरोड़कर उसे सुनता रहा। जब आश्वस्त हो गया कि इस शोर में इतना वजन नहीं है कि इसे खतरे की तरह लिया जाय, तो थूथुन पर उभरे एक सींग को दलदल में फँसा आगे बढ़ाने लगा कि जैसे एक छोटी-सी डोंगी पानी में तैरने के दौरान पतवार से पानी को चीरती जा रही हो। लेकिन शोर तो क्रमशः पास आता गया। जब काफी पास आ गया तब गैंड़े ने पहले उसकी दिशा में गर्दन फेर कर एकटक

देखना शुरू किया, और बड़े आश्वस्त भाव से चारों पाँव दलदल से बाहर निकाल कर थोड़ी कड़ी जमीन पर खड़ा हो पिसाब करने लगा। पिसाब की गंध जल्दी ही कुत्तों के नासापुटों तक पहुँची और वे उसी के सहारे दूना शोर मचाते तिगुनी गति से उस दिशा में दौड़े पड़े। देखते ही देखते वे दलदल के पास आ धमके। गैंड़े ने उनकी तरफ देखकर खुरचाली फेंकीं तो वहीं रुक गये। लोगों ने दूर से देखा कि गैंड़ा मुड़ गया है तो कुछ लोग दायें-बायें भाग चले। कुछ लोग, जो अपेक्षाकृत सुरक्षित स्थानों पर थे, सोचते ही रह गये कि जिसका डर था, वही हुआ—गैंड़ा पलट गया है। अब गड्ढ़े की ओर नहीं बढ़ेगा। गैंड़ा धीरे-से आकर दलदल में फिर बैठ गया। कुत्ते भूँकते रह गये, लोग ढाक-ताशा पीटते रह गये।

अपनी पहाड़ी से रिंजा यह सब देख रहा था। मन में आया कि चिल्लाकर कहे, "मूर्खों! उस पर तीर फेंको, भाले फेंको तो पलट कर भागेगा।" किन्तु वह यह बात चिल्लाकर नहीं कह सकता था। पीछे भी खतरा है—ऐसा अकनकर गैंड़ा कहीं नाक की सीध में ही न भाग चले। दूसरे तीर फेंकते दुश्मनों को सामने देखकर उन्हीं की तरफ न झपट जाय और सब किया कराया धरा रह जाय।

उधर खड़े लोगों में किसी में बुद्धि जगी। जीरा ने जो अंग्रेज का खास नौकर और अंग-रक्षक था, इशारे से ढाक-ताशा बंद करवाकर कुत्तों को लेलकारने लगा। लेलकार पर कुत्ते शोर तो और तेजी से मचाने लगे, किन्तु उनमें से कोई आगे न बढ़ा। हाँ गैंड़ा जरूर थोड़ा सरका। तब एक कुत्ते में जोश आया और वह दलदल में कूद पड़ा। कूदते ही प्याँ बोला और पाँवों को धंसता पाकर केंकियाने लगा। गैंड़ा उठा और एक पाँव उठाकर उस पर रख दिया। कुत्ता दलदल में डूब गया। डूबने से पहले पता भी नहीं चला कि वह पुनः केंकियाया भी था या नहीं। गैंड़े ने सिर उठाकर सामने देखा। लोगों को लगा कि अब वह आगे बढ़ेगा तो चले भाग। गैंड़ा कुछ देर तक उन्हें भागता देखता रहा; लपक-लपक कर भूँकते कुत्तों को सुनता रहा। फिर जाने क्या मन में आया कि मुड़ा और नाक की सीध में पानी-बिना-टूटे नाले के सहारे चलने लगा। जीरा का उत्साह देखने लायक था। उसी जोश में कई तीर फेंक दिये। गैंड़ा रिंजा के टीले के नीचे से गुजरा तो उसने भी तीर फेंकना शुरू किया। देखा-देखी लोग अपने तीर-भाले फेंकते हुए, कुछ नहीं तो कुत्तों को लुहकाते हुए आगे बढ़ने लगे। गैंड़ा चलते-चलते थोड़ी-थोड़ी दूर पर रुक-रुक कर कुछ अकनने लगता। फिर एक बार ऐसा ही करते-करते चला भाग।

लोगों में उत्साह दौड़ गया। वे पूरी गति से दौड़ने लगे। कुत्ते तो उसके बिल्कुल पास तक पहुँच गये। लगता था कि अब पाँव पकड़े, अब पकड़े। लेकिन वे बड़े सचेत थे। काटने दौड़ने का अभिनय खूब करते थे, काटते नहीं थे। गैंड़ा भागा जा रहा था, पूँछ से सींग तक एक सीधी रेखा बनाये, चारों पाँव कंगारू के पिछले पाँवों की तरह लगते। पूँछ हवा में सीधी तनी थी और थूथुन नीचे की ओर। देखते ही देखते वह आँखों से ओझल हो गया।....लोग कुछ सोचते, अपने हाँफने पर नियंत्रण पाते, पीने के लिए पानी

खोजते, या बैठकर पिशाब करते, उन्होंने एक बड़ी जोर की पिहुक सुनी। इतनी जोर की कि पूरा प्रांतर काँप उठा। मीलों दूर के पक्षी, जो ढोल-ताशे, पिपहिरी-तुरही की आवाज़ और शिकारी कुत्तों की भूँक को अनसुनी कर पेड़ की डालों पर बैठे थे, वे भी चोंच की सीध में उड़ चले। रिंजा और जीरा को विश्वास हो गया कि गैंड़ा खन्ती में जा गिरा है।

अब गैंड़ा कोई कमजोर प्राणी तो था नहीं और न ही उसकी जिजीविषा कमतर थी कि इधर गिरे और उधर मर जाय। ऊपर से वह बहुत भारी होता है। कई दिन और तमाम बाहुबलियों के बल लगे उसकी मोटी खाल के नीचे बसने वाले प्राण को हरने में। दर असल उनका बल नहीं, न निकल पाने की हताशा और अन्न-जल की अनुपलब्धि उसे ले मिटी। तब उसे लादकर घसीट कर काटकर मफलाङ लाया गया। एक पूरी पंचायत बैठी उसके मांस को बाँटने के लिए। पहली समस्या यह थी कि नाङ सियात किसे माना जाय। नाङ सियात तो वह होता है, जिसके हथियार से शिकार का पहली बार खून निकलता है। अब वह गैंड़ा था। उसकी खाल इतनी मोटी थी कि तीर भाले से तो वह निकलता ही नहीं। अगर निकला तो किसके—सभी तो एक साथ प्रहार कर रहे थे गड्ढ़े में। होते-होते बात यहाँ पहुँची कि किसने पहला तीर मारा। चलाया तो जीरा ने था, लेकिन क्या वह लगा था? लगा था रिंजा का-यह तो तय है। पर क्या खून निकला था। बड़ी हील-हुज्जत के बाद बहुमत से तय हुआ कि जीरा को ही नाङ सियात मान लिया जाय। राली का आदमी है। राली भले ही इस शिकार में हमारा मेजबान हो, है वहा हमारा मेहमान ही—हमारी कौम का मेहमान, क्योंकि यहाँ बस भी जाय तो भी रहेगा मेहमान ही। उसे सम्मान मिलना चाहिए। जीरा उसका आदमी है। लेहाजा शिकार उसी के दरवाजे ले जाया जाय। वहाँ उ बासा की माँद को पूजा चढ़ाई गयी, कलेजे को भून कर उस पर शराब गिराकर। फिर उसका गर्दन काट कर अलग कर दिया गया। मांस का हिस्सा लगना शुरू हुआ। पहले कुत्तों को उनका हिस्सा दिया गया, गैंड़े के भीतरी कोमल अंगों को काट-काट कर। फिर जीरा को नाङ सियात का हिस्सा दिया गया का दोङ-धड़ का निचला हिस्सा जिसमें से दोनों जंघे और टखने काट कर निकाल लिए गये। यानी पुट्टे का गुदाज मांस। फिर उ नोङ बन को उसका हिस्सा दिया गया—का ताब्ला—एक तरफ का सीना—उसका थोड़ा कड़ा, पर अति स्वादिस्ट मांस। रिंजा ने इसे सिर झुका कर स्वीकार किया। इस बात का मलाल रह ही गया कि उसे नोङ सियात नहीं माना गया—बहुमत जनतंत्र में चाहे जो कर दे। लेकिन सियेम भी तो राजतंत्र में जो चाहे वही कर दे—यह बात उसके मन में तब नहीं आयी। बहुत बाद में आयी। अन्य शिकारियों को यथा-उचित मांस के टुकड़े दे दिये गये। लेकिन यह वितरण इसलिए नहीं था कि लोग अपना हिस्सा लेकर अपने घर चले जायँ। दर असल इस वितरण के बहाने गैंडे का मांस छिनगाया जा रहा था, जिससे कि उसे सामूहिक भोज के लिए पकाया जा सके। जब पकाने की तैयारी शुरू हुई तो रिंजा, जीरा के साथ युवकों का दल तैयार हो गया गैंडे का सिर गाँव में घुमाने के लिए। इस

काम में एक पूरा जुलूस बन गया-क्या स्त्री या बच्चे, क्या युवक! लोग एक-एक के घर के सामने जाते, बाँस पर गड़े गैंडे के सिर को उनके दरवाजे के सामने हिलाते, शोर मचाते और धन्यवाद तथा आशीर्वाद पाकर आगे बढ़ जाते।

प्रथा के अनुसार उसे आस-पास के दूसरे गाँव में भी घुमाया गया। फिर राली के दरवाजे पर लकड़ी में मढ़कर टाँग दिया गया। इस पूरे दौर में जयंती राली के साथ गर्भाधान यज्ञ में शामिल होती रही। लेहाजा उत्सव के अंत पर कोख में संतति और पीठ पर ढाल के लिए गैंडे का खाल लादे वयप्राप्त लोगों के साथ मुस्कराती हुई खिर्रिम लौट चली।

: 10 :

दबइल सिंह के गाँववालों को उड़ती हुई खबर मिली कि उसे जयंतिया के प्नार राजा ने बलि देने के लिए उठवा लिया है। यद्यपि कि बलि देना एक धार्मिक कार्य था और दबइल सिंह का कोई गोस्याँ नहीं था—न माँ-बाप थे, न भाई-बंधु, न गोतिया-सम्बन्धी—तो भी पूरा गाँव उसे अपना मानता था। जबसे पादरी कोपिली के इस पार आने लगा था, वार लोगों को लगने लगा था कि वे खसिया कम हैं मिकिर ज्यादा। मिकिर लोगों को अहोम् लोगों ने उनका इलाका जीतने के बाद निरस्त्र कर दिया था, जिससे कि वे आनेवाले दिनों में विद्रोह न कर सकें। पादरी के आने-जाने से उन्हें यह भी लगने लगा था कि अब वे अहोमों की प्रजा कम—और खासियों की तो कत्तई नहीं—अंग्रेजों की प्रजा ज्यादे हैं। यद्यपि कि वहाँ अंग्रेजों का कोई राज नहीं था; था तो वह पादरी और कुछ कछार के मैदानों में चाय-बागानों के मालिक। लेकिन इनका संयुक्त दबदबा कुछ ऐसा था कि इस पिछड़े इलाके के लिए वही राजा लगते थे; इस मामले में कम कि वे उन पर शासन करते थे, इस मामले में अधिक कि वे उनकी बात करते थे। लेहाजा जब पादरी इस बार फिर अपने दवा के झोले और उपदेश के बस्ते के साथ उनके इलाके में आया तो गाँव-बूढ़ा बोला, "हम तुम्हारे दया-धरम को तो तब जानें जब तुम दबइल जैसे टुटर-टेंगर को बलि चढ़ने से रोक, राजा के हाथों से उसे छुड़ा, उसका पालक बनो।"

पादरी को एक साथ कई काम सधता नजर आया। कोपिली के पूर्वी तट का यह इलाका यूँ ही एक झटके में यदि ईसाई हो गया तो इसका संदेश पश्चिमी तट के वाशिंदों में जो जायेगा, सो जायेगा; नवगाँव से लेकर सूरमा घाटी तक के इलाके को कंपनी राज में मिलाने का अच्छा बहाना मिल जायेगा। मुश्किल यह नहीं कि इसके लिए ताकत की जरूरत पड़ती—राजा राजा ही होता है, अपनी बलि के आहार को अजगर की तरह

पकड़कर रखेगा, भले ही मर जाय उगलेगा नहीं—और ताकत थी कि सिरे से गायब थी। स्थानीय चाय-बागानों के मालिक उसकी सुनेंगे नहीं और सुनेंगे भी तो यह काम नौकरों की लट्ठ और बिना धार की दाँव से होगा नहीं, राजा के प्रशिक्षित बंदूकधारी सिपाहियों के आगे। और तो और उसके पास तोपें हैं।

अंग्रेजी फौज दूर थी। पहले ढाका से बात करनी होगी। ढाका कलकत्ता से बात करेगा। फिर कोई रास्ता निकलेगा। इतने में तो बलि चढ़ जायेगी। एक मुश्किल यह भी थी कि बलि के लिए दर असल कोई पकड़ हुई है या नहीं और हुई है तो अंग्रेज के दखल वाले क्षेत्र से ही—इसका कैसे पता लगे, साक्ष्य जुटे? सोनापुर तो फिलहाल श्रीहट्ट के राजा का इलाका है और उसका सोनापुरिया गुमास्ता सुना है प्नार राजा के लिए भी अब काम करता है। इसी उधेड़-बुन में पादरी कारमिंसन ने रालिंसन को पत्र लिखा कि मामला कितना संगीन है और हमारे लिए कितना अवसर से भरा हुआ, इसे आप स्वयं ही समझ सकते हैं। चेर्रा का राजा निजपत के राजा के विरुद्ध है और उसका राज हड़पने के लिए युद्ध तक करने के लिए तत्पर है। लेकिन यहाँ बात अंग्रेजों की है। ऊपर से मामला धर्म का है, जिसके पीछे उसकी जनता आँधर-बहिर है। इसलिए वह अपनी जाति की सुनेगा और जाति के नाम पर खासी, सिन्तेङ सभी एक हैं, यदि बात अंग्रेज या बंगाली से हो। इसलिए भाई खसिया हृद-भूमि में अपनी उपस्थिति का लाभ उठाओ और यह सुनिश्चित करो कि बलि के लिए पकड़ हुई है कि नहीं; हुई है तो बलि कहाँ रखा गया है और कहाँ कब तक चढ़ा दिया जायेगा।

राली को अंदेशा भी नहीं था कि उसे अपनी दक्षता दिखाने का अवसर इतनी जल्दी मिल जायेगा। कई दिनों तक उदास चेहरा लिए वह घर-गाँव घूमता रहा। कई बार मन में आया कि खिर्रिम चले। सियेम से बात करे। आखिर बिना बात किये बात आगे नहीं बढ़ सकेगी। पर डरता था कि जयंती के गर्भिणी होने की बात अब तक खुल गयी होगी। हालाँकि अभी कोई सुगबुगाहट नहीं है, पर कौन जाने मुझे देखते ही उनका गुस्सा फूट पड़े और अपना सिर ही कलम हो जाय। इन जंगलियों की सीधाई का क्या भरोसा?

गाँव में बड़ा हो-हल्ला मचा था। मफलाङ गाँव के अतिथि राली का पालतू शिकारी कुत्ता कई दिनों से गायब था। कुत्ता उसे गाँव के मिंत्री से उपहार में मिला था। इसलिए सिरदार के सिपाही से लेकर राली के सिपाही तक उसे गाँव से जंगल तक खोज चुके थे। लेकिन वह नदारद था। आज सुबह लोगों ने देखा कि राली का खास सेवक जीरा सुबह ही सुबह मछली पालने वाले तालाब की ओर एक पोटली लिए जा रहा है। लोगों को शक हुआ कि मिजो लोग तो सुबह उठकर शौच के लिए जाते नहीं। वे तो खाना खाने के बाद शाम को जाते हैं। फिर शौचने के लिए पानी का प्रयोग नहीं

करते तो वह हाथ में भला क्या लिये जा रहा है और फिर तालाब की तरफ क्यों जा रहा है। अधिकांश लोगों ने अपने को समझा लिया कि हो सकता है, पेट खराब हो। गैंडा का मांस हजम करना इतना आसान नहीं होता। इन लुसाइयों की अंतड़ी में भला इतनी ताकत कहाँ कि आसानी से हजम कर लें खासियों की तरह। शराब भी पीते हैं तो चावल का। उसमें इतनी खार कहाँ से आयेगी। और यह भी हो सकता है कि वह सुच्चा करने लगा हो। इतने दिनों से हमारे बीच रह रहा है। कुछ तो अच्छा हमारा सीखा होगा। उसके समझ में आ गया होगा कि मलत्याग गंदी क्रिया है और उससे अपने अंग की सफाई करके रखना चाहिए। सो वे निर्लिप्त से अपने काम में लग गये। लेकिन एक युवक से रहा न गया। उसके पीछे-पीछे वह तालाब तक गया। जीरा हाथ-मुँह धोने के बहाने तालाब में घुटने भर पानी में झुका और आहिस्ते से पोटली उसमें सरका दिया। पोटली भी ऐसी थी कि तुरंत तल में जा बैठी। जीरा इत्मिनान से बाहर आया तो वह खसिया युवक हर तरह की सावधानी बरतता पानी में घुसा और टटोल कर पोटली निकाल लिया। वहीं खड़े-खड़े खोला तो दंग रह गया। कुत्ते की तमाम हड्डियाँ और चमड़ी के साथ खोपड़ी उसमें बँधी पड़ी थी। तुरंत पहचान गया कि वह राली साहब का कुत्ता है। भागा-भागा खेतों में काम कर रहे लोगों के पास पहुँचा। एक-एक कर सभी ने स्पष्ट कर दिया कि कुत्ता राली साहब का था। उसने बना-खा लिया तो हमें क्या? लेकिन नौजवान इस तर्क से संतुष्ट नहीं था। राली का था सही, लेकिन दिया तो था मिंत्री ने। लोगों ने कहा कि इससे क्या? हम बस मिजो का उपहास कर सकते हैं कि वह गंदा आदमी है, कुत्ता खाता है। और क्या? लेकिन युवक से रहा नहीं गया। पहले सोचा कि चलकर राली साहब को बताये। लेकिन राली क्यों कुछ करेंगे, कुत्ता उनका था, नौकर उनका था। उससे किसी को क्या। सो भागा-भागा वह मिंत्री के पास गया। मिंत्री भी यही तर्क देकर हँस पड़ा। लेकिन एक बात समझ में आयी—चोरी तो चोरी है, चाहे अपने मालिक की जाय या किसी और की। फिर यह जीरा ही था, जिसके बल पर राली कुछ ज्यादे ही ऐंठता था। इधर मफलाङ के राज-काज में बिना माँगे ही राय देने लगा है। सिरदार भी इसकी कुछ ज्यादे ही सुनने लगा है। इसलिए इस घटना का इस्तेमाल जीरा को धमकाने के लिए हो सकता है। जरूर उसकी तरफ से वह राजा से बात करेगा। तब राजा को उसकी बात न मानने के लिए बाध्य कर राली को उसकी औकात बताई जा सकती है। लेहाजा उसने खूब प्रचार कराया कि कुत्ता खासियों के लिए धार्मिक पशु है। उसे खाना बड़ा पाप और उससे बड़ा अपराध है। इसलिए जीरा को सजा मिलनी ही चाहिए। बात राली तक गयी तो वह हँस पड़ा। कुत्ता धार्मिक पशु कब से हो गया। गंगातट के हिन्दुओं में जो ब्राह्मण होते हैं, उनमें तिवारी लोगों के गोत्र पुरुष भार्गव हैं। उनका वाहन कुत्ता है। लेकिन उसे हर घर से दुरदुरा दिया जाता है। यहाँ तक कि तिवारी जी उसे दो-चार डंडा कसने में नहीं चूकते यदि उनका सत्तू-पिसान जूठा कर दे। फेंक ही देते हैं। तब इन पिछड़े आदिवासियों में वह पवित्र पशु कैसे हो गया?

लोगों की समझ में आ गया कि इस ललमुँहे को कुत्ते का पुराण पता नहीं है। उसी को बताने के लिए लिङ्दोह पहुँचा और बोला, "पहले उब्लेई नोङ-थाउ[1] ने आदमी सृजित कर वसुधा पर रख दिया। लेकिन अशुभ हवा-बयार, दुष्टआत्माओं ने उसे नष्ट कर दिया। उसने दुबारा फिर मानव-सृजन किया, किन्तु उसका हस्र वही हुआ। तब बहुत सोच-विचार कर उसने पहले कुत्ते की सृजना की, फिर आदमी रचा। कुत्ते को आदमी को बचाये रखने का भार सौंपा। कुत्ते ने वैसा ही किया। भूँक-भूँक कर, काट-काट कर, चहेंट-चहेंट कर दुष्टात्माओं को भगाता रहा। परिणाम स्वरूप आदमी बचा रहा। कुत्ता उसकी आज भी रक्षा करता है।"

राली का ध्यान इस कुत्ता-पुराण पर नहीं गया। इस तथ्य पर गया कि जगत् के कारक रूप ईश्वर की अवधारणा, प्रकारांतर से ही सही, यहाँ है। दूसरे यह कि पहले धारणा का लेई सिंसार की थी। यानी आदि-देवी एक स्त्री थी। अब मातृ-समाज के पितृ-समाज में संक्रमण के दौरान देवियाँ देवताओं में रूपांतरित होती जा रही हैं। बोला, "हम जीरा को सजा देंगे।"

लेकिन भला कोई अपने आदमी को सजा देता है? कानून के शासन की बात करने वाले ये अंग्रेज भी जब अपनी बात आती है, तो कानून दूसरा हो जाता है। उन पर स्थानीय लोगों पर आयत होने वाला आइन नहीं लगता। सो जीरा को हो-हल्ला का शिकार होने से बचाने के लिए फौरन रवाना किया खिर्रिम के लिए जयंती को इस संदेश के साथ कि वह यथाशीघ्र रूपतिल्ली की घाटी में उसी शिला के पास मिले।

कदली वन में जैसे उत्सव की तैयारी हो रही थी। हाथी के सूड़ जैसे पत्तों को हौले-से हिलाती हवा तनिक-सी, बिल्कुल फुसफुसाहट की तरह बात करती लहर पर लहर की तरह आती और कोचू के खेतों में उनके पत्तों को कँपाती दूर निकल जाती। उनकी मार से हाथी के कान जैसे स्वस्थ पत्तों पर बिछी ओस पहले गुमर कर थक्का बनती, फिर मोती के बड़े-बड़े दानों की तरह डुगरती। लगता वे अब गिरे, तब गिरे। पर वे गिरते नहीं, लौटकर मध्य भाग में सो जाते, जैसे कोई शिशु पलने के हिलकोरों में सो रहा हो। शिशु की कल्पना मात्र से जंयती हुलस-हुलस उठती, उसके भारी पाँव तेज हो जाते। रिंजा सोचता—यह प्यार का उतावलापन है जो भारी-भरकम जयंती को फूल की पाँखरी की तरह उड़ाये ले जा रहा है और उसकी खुशबू से पूरा वातावरण महमहा उठ रहा है।

शिला के पास राली पहले से ही मौजूद था। अपने हाथों से तोड़कर जंगली केलों

---

1. सृष्टि करने वाले देवता।

की पकी घावद ले आया था। उसे पेश किया तो जयंती ने शर्माकर आँखें नीची कर लीं। राली ने कई बार आग्रह किया तो भी उसने स्वीकार न किया। ऊपर से बोली, ''जुड़वा की कामना करते हो क्या?''

राली बोला, ''मैं समझा नहीं।''

जयंती ने दो आपस में जुड़ी छीमियों की तरफ इशारा करते हुए कहा, ''इसको खाने से तो जुड़वा ही होंगे।'' राली इस टैबू को नहीं जानता था। बाहों में भरते हुए बोला, ''नहीं, दो अलग-अलग चाहिए।''

जयंती की आँखें झलझला आयीं। वह कुछ कहना चाह रही थी, किन्तु जैसे शब्द नहीं मिल पा रहे थे। राली ही बोला, ''एक जरूरी काम से बुलाया है। सोचता हूँ तुम्हारे भानजे से बात करने से पहले यह यकीन कर लूँ कि बात सही कितनी है?''

उसी तरह शर्माती हुई जयंती अपने पेट की तरफ देखती हुई बोली, ''अलग से प्रमाण की क्या दरकार है? कहीं पेट भी झूठ बोलता है? अगले दो माह में वैसे भी भारी हो जायेगा।''

राली बोला, ''मैं उसकी बात नहीं कर रहा हूँ।''

''तो''

''फौरन पता लगाना है कि सिन्टेडों का राजा क्या मानुस बलि चढ़ा रहा है, वह भी हिन्दू पद्धति से? उसके लिए पकड़ कहाँ से आया है?'' राली का जोर हिन्दू पद्धति पर विशेष था, सिर्फ इसलिए नहीं कि इससे खसिया की जातीय भावना उभार कर उसका इस्तेमाल इस काम के लिए अनिवार्यत: किया जा सकेगा; इसलिए भी कि इससे स्पष्ट पता चल जायेगा कि श्रीहट्ट का राजा प्नार राजा को अपनी तरफ मिलाने में कितना सफल हो गया है।

जयंती बोली, ''यह कौन-सी बड़ी बात है? हम लोग अपनी देवी को मानुस-बलि देते हैं। राजा इस साल भी जरूर दे रहा होगा। रही बात पता लगाने की तो वह जल्दी ही पता चल जायेगा। लेकिन क्यूँ?''

''उसे मैं बाद में बताऊँगा। उसके लिए सियेम से बात करना होगा।'' थोड़ा रुक कर पेट की ओर इशारा करते हुए बोला, ''लोगों को जानकारी हो गयी है क्या? लोगों का रुख क्या है?''

''अभी तो नहीं हुई है। होगी तब रुख अच्छा नहीं रहेगा।'' कहकर वह पीछे घूम गयी। इयायदुह वृक्ष की गुच्छेदार पत्तियाँ कलेजे के रंग की तरह गाढ़ी होकर और नीचे की तरफ झुक गयी थीं। उनके बीच सफेद फूलों की मात्रा बढ़ गयी थी। लगता था जैसे आग फाग खेल रही हो, जिसमें सफेद फूल जलते जा रहे हों। उसके माथे पर

पसीना चुहचुहा आया, आगे जाने क्या हो?

: 11 :

रिंजा था। उसे ही की क्पू[1] और उ सोहफ्लाड[2] देकर रवाना किया गया।

रात काफी चढ़ गयी है। तरह-तरह के जंगली फूल खिलने लगे हैं। उनकी सुगंधि हवा में तैर कर आ रही है। कुछ फूल गंदी हरी काई में लिपटे बैगनी रंग के घिनौने घोंघों की तरह दिख रहे हैं। कुछ पीले आवरण में लिपटे सफेद दानों की तरह चमक रहे हैं। रंग-बिरंगी पंखुडियों वाले फूलों से घास का पूरा मैदान पट गया है। लेकिन पगडंडी पर कोई फूल नहीं खिला है। उल्टे धूल है और नुकीले पत्थर हैं। उनसे बचकर चलना यूँ तो चलने की कला में नहीं आता, किन्तु किसी कला से कम नहीं है। चलने में कला गति की मानी जाती है—कितनी जल्दी पहुँचा। लेकिन कहीं छुपकर जाना हो तो कला छुपने में होगी। उसे यथाशक्य छुप कर जाने के लिए ही कहा गया है। तो ठीक है वह यथाशक्य ही क्यों, पूरी तरह से छुपते-छिपाते गन्तव्य तक पहुँचेगा। इसी में कौशल है। ऐसे मौके पर कौशल ही कला बन जाता है। सुना है अंग्रेज जो अपनी फौज को चलने का अभ्यास कराते हैं, उसमें एक साथ सबके पैरों को उठने-गिरने को कला माना जाता है। इस कला से मिलता क्या है? अनुशासन और सामूहिकता का बोध। वह तो हमारी कौम में पहले से ही मौजूद है। इसे सीखने की भला क्या जरूरत है? लेकिन यह सियेम पता नहीं क्यों मुझे यही सीखने के लिए कहता है। कहता है कि बंगाल चले जाओ, सिपाहियों में भरती हो जाओ, उनकी कवायद सीख आओ, दुश्मन को मारने का ढंग सीख आओ तो इस सेनापति के मरने के बाद तुम्हें सेनापति बना दूँगा। लेकिन मुझे तो नहीं लगता कि मुझे इसे सीखने की जरूरत है। भला आदमी मारने की कला भी कोई सीखने की चीज़ है?

रिंजा अपने विचारों में खोया चला जा रहा था कि उसे दूर से आती फड़-फड़ की आवाज सुनाई दी। वह ठमक गया। चाँद ठीक सिर के ऊपर से उग रहा था, आधा।

---

1. **की क्पू—साबुदाना गाछ के तने के भीतरी अंश को छोटा-छोटा काट कर सुखा लिया जाता है। फिर उसे पिसान की तरह पीस कर चलनी से छान लिया जाता है। इस लाल बूरे को चावल के साथ पकाकर बाँस के मोमहों में भर लिया जाता है। यह महीनों खराब नहीं होता। सुस्वादु और बलदायक होता है। थोड़ा-सा सही खाकर पानी पी लेने से तृप्ति मिल जाती है। यात्रा में बतौर खुराक इसका प्रयोग किया जाता है।**
2. **उ सोहफ्लाड—गेठी। एक तरह का आलू शकरकंद जैसी जड़।**

इसलिए चाँदनी में वह धाक नहीं थी, जो चीजों को अपने रंग में रंगने के लिए होनी चाहिए। फिर भी मद्धिम रोशनी में प्रांतर अपने ढंग से लिपा-पुता चमक रहा था। उसका एक अपना सौंदर्य था। वह एक तरह से पर्वत के कंधे पर चल रहा था। एक तरफ ऊँचे पहाड़ का कंगूरा था, तो दूसरी तरफ पहाड़ की नीचाई के बाद घाटी। घाटी कुछ दूर तक वीथि के समानान्तर चलकर आगे एकदम से बायीं तरफ मुड़ गयी थी। इसलिए उधर का कुछ दिखाई नहीं दे रहा था। रिंजा अब उसी मोड़ पर पहुँच रहा था। अतड़ियों में भरे पीये गये पानी की तरह बह रही घाटी की पेटी से कोई आवाज़ नहीं आ रही थी। उसे लगा कि बरसात अभी-अभी बीती है और इन खसिया पहाड़िया में बरसात—न-बरसात के क्या मानी? पानी कभी भी और कहीं से भी आ सकता है। तो भी घाटी जैसे सूख गयी है। सूखी घाटी से भी एक साँय-साँय नीरव वातावरण में गूँजती है। लेकिन वह भी नहीं गूँज रही है। यह शायद रूपतिल्ली की अपनी विशेषता है। शायद इसीलिए इस रास्ते रात में चलने की मनाही है। किन्तु इससे कोई डर तो लग नहीं रहा है। डर तो पैरों के नीचे साँप का, और सीने के सामने बाघ का है। लेकिन अभी तक तो दोनों दिखे नहीं। यदि दिख गये तो? इसीलिए इस रास्ते पर रात में चलने की मनाही है। और एक मैं हूँ जो चल रहा हूँ।

उसने सामने आँखे तरेरीं। धुँधलके में लगा कि वहीं लौ टिमटिमा रही है। लौ क्या, सिर्फ लौ की चमक! वह किसी एक जगह पर न थी। अपना स्थान बदल-बदल कर टिमटिमा रही थी। उसे ही देखते-देखते वह मोड़ तक पहुँच गया। चाँदनी थोड़ी और टहक उठी थी। जो धुँधला और पीला था वह थोड़ा साफ हो रहा था। उज्ज्वल नहीं—बस पीले के हल्केपन में रंग रहा था। चमक कई जगह से उठने लगी थी। उसकी मात्रा, आवृत्ति और क्षेत्र बढ़ता ही जा रहा था। थोड़ा और नजदीक पहुँचा तो स्पष्ट हो गया कि का काइत सियेम[1] के पत्ते निर्वात रजनी में अपने ही रस से डोल रहे हैं। उन पर चाँदनी पड़ती है तो जैसे अँधेरे को फटककर दूसरी तरफ फेंक देते हैं। यह अँधेरे और उजाले का क्रम ऐसा चल रहा है कि जैसे समुद्र में लहरों के पीछे लहरें पहली लहर से ज्यादे पानी हिलकोरे चली आ रही हों। मद्धिम चाँदनी उछालते वे केले के गहरे पत्ते ऐसे लगते जैसे एक साथ हजारों हाथी सूड़ उठाये कवायद कर रहे हों।

हाथी का ख्याल आते ही रिंजा के पाँवों तले की जमीन खिसक गयी। दिल बैठने लगा। खड़ा होना कठिन हो गया। वह जहाँ था, वहीं बैठ गया। केले का जंगल है तो उसमें हाथी होगा ही। वे केले का सिर्फ फल नहीं खाते हैं, उसका सब कुछ खाते हैं। आदमी को खाते नहीं, लेकिन मिल जाय तो कुचल जरूर देते हैं। इसीलिए इस रास्ते रात में गुजरना मना है। इस मनाही को उसने तोड़ा है तो फल भी भुगते। कदली वन की ओर पुनः आँख डाली तो हर सूड़ उसकी तरफ आता लगा। लगा कि दिल ने एकदम से धड़क कर एकदम से ही धड़कना बंद कर दिया है। उसने आँखें मूँद लीं।

---

1. **का काइत सियेम—तेगड़वा केला, जो बहुत बड़ा होता है।**

लेकिन उससे डर कम नहीं हुआ। आँखें खोलकर नीचे की ओर झाँका। घाटी से पर्वत की ओर की चढ़ाई एकदम सीधी थी। बकरी-गाय के लिए भी सीधे चढ़ पाना कठिन था। तो भारी-भरकम हाथी भला क्या चढ़ता? ख्याल आते ही भय जाता रहा। रिंजा चल पड़ा। भय कहीं नहीं होता, सिवाय अपने भीतर के।

रिंजा दिन में आराम करता, रात में चलता। जहाँ पानी मिल जाता वहाँ की क्पू खा लेता। जहाँ नहीं मिलता वहाँ उ सोह फ्लाङ से काम चला लेता। उस रात भी वह उसी तरह चला जा रहा था। चीड़ वन एक ठोस गाढ़े रंग का थक्का लग रहा था। प्रकाश में जो छोटा-बड़ा लगता, घना और विरल लगता, जो भूरा, पीला-हरा और हरा लगता, जो मोटा-पतला लगता, पत्ती और टहनी लगता, जो हिलता और स्थिर लगता; वह सब समरस होकर ठोस हो गया था, एक रंग और ऊँचाई का। उनमें सन्नाटा बज रहा था। सन्नाटे की साँय-साँय गूँज रही थी। लगता था एक सन्नाटे का छंद है जो मात्राओं के अनुसार चढ़-उतर रहा है। देर तक उधर देखते रहने से उस ठोस अँधेरे को चीरकर देखने की क्षमता आँखों में आने लगी थी। जहाँ वृक्षों की संख्या कम थी, वहाँ-वहाँ अँधेरे का ठोसपन झीना-झीना लगता था। खूब गौर से देखने पर उनके भूरे विभिन्न मोटोइयों के तनों को अलगाया जा सकता था। कुछ और गौर से देखने पर उनके शीर्ष पर सुइयों की तरह तने पत्तियों को एक-दूसरे से बिलगाया जा सकता था। चाँदनी आज कुछ ज्यादे ही धीरे-धीरे और कमजोर होकर उतर रही थी। उसमें गाछ के स्थिर माथ हिलने लगे। जैसे ताल का पानी केन्द्र से परिधि की ओर धीरे-धीरे अलसाये ढंग से हिलता हुआ बढ़ता है, उसी तरह फुलंगों पर चाँदनी बढ़ती लगती। उसकी गति धीरे-धीरे बढ़ती गयी। तब लगा कि चाँदनी एक गाछ-माथ से कूदकर दूसरे गाछ-माथ पर जा रही है। फिर लगता कि यह पूरा चीड़-वितान समुद्र का एक हिस्सा है, जिस पर चमकीली लहरें जल्दी-जल्दी भागी जा रही हैं। पहले जो हिस्-हिस् की आवाज़ उठ रही थी, वह हू-हू में बदल गयी थी।

जीवन का क्रम ऐसे ही बदलता है। जब वह पैदा हुआ था, तब उसकी ख्याति एक सुन्दर बच्चे के रूप में हुई थी। सुन्दरता ही वह गुण था, जिसके कारण उसे सबका प्यार मिलता था। कहने वाले कहते हैं कि उसकी सुन्दरता देखकर उसके पिता इस संदेह से हमेशा आक्रांत रहते कि यह बच्चा उनका नहीं है—इतना सुन्दर बच्चा वह पैदा ही नहीं कर सकते। हालाँकि ऐसा सुन्दर बच्चा कौन पैदा कर सकता है, इस पर भी वह आश्वस्त नहीं था। उसका चेहरा, जितने पुरुषों को वह देखता था, उनसे मिला कर जाँचता था कि यह किसका बच्चा हो सकता है। किन्तु वह कभी तय नहीं कर पाया और हार कर उसे अपना ही बच्चा मानना पड़ता था। लेकिन उसकी माँ एक दूसरी ही कहानी सुनाती। वह यह कि सतिया की बेटी पर वह फिदा था, जिस पर उसे आपत्ति थी। इसीलिए बदनाम करता था, कभी मुँह बंद करने के लिए तो कभी तकरार बढ़ाने के लिए। तकरार से फायदा यह था कि लुगाई तलाक दे देगी—तब खासी समुदाय में तलाक देने का अधिकार सिर्फ स्त्री को था—और वह मुक्त होकर

सतिया की बेटी को अपना लेगा। लेकिन औरत चालाक थी—इसकी नौबत आने नहीं देती थी। उसका पति उन चंद खसिया पुरुषों में से था, जो कमासुत होते हैं और बजाय दारू पीकर दंगा करने के, अपनी पत्नी से रोज-ब-रोज का घर का काम कम से कम कराना चाहते हैं। वह आराम कर सके, इसीलिए तमाम औरतों के काम वे स्वयं ही करते हैं। शायद इसीलिए सतिया और उसकी बेटी की आँखें इस मर्द पर थीं, जिससे उसका घर नर्क हुआ जा रहा था। गाँव वाले उसके बारे में एक तीसरी ही बात बताते थे। वह यह कि अंग्रेजों की कुलीगीरी कर जब वह म्यांमार से लौटा था, तो जाने क्या-क्या सीख आया था। दारू रात में पीने के बजाय रात-दिन पीता था, खेत में दिन में जाने के बजाय रात-दिन जाता था, जिन स्त्री-पुरुषों को वह देखकर पहले संकुचित हो सम्मान में झुक जाता था, उन्हें अब आँख फाड़-फाड़ कर देखता था, जैसे खुरचाली फेंक रहा हो; और जो पहले पराई स्त्री को देखकर रास्ता बदल देता था, वह उन्हें देखकर उनके पीछे चल देता था। सतिया की बेटी पर जब उसकी निगाह पड़ी तो पूरा गाँव भीतर ही भीतर खौल उठा। बिना पंचायत के ही मुँहा-मुँही तय हो गया था कि भूले से भी दोनों एक-दूसरे के सामने न पड़ें। लेकिन वह कहाँ मानने वाला था। महीनों की पहरेदारी के बाद एक दिन उसने सतिया की बेटी को अकेले घर में पा लिया। अपना नाम उसके साथ जुड़ जाने से सतिया की बेटी भी थोड़ा रोमांचित अनुभव करने लगी थी। इसलिए जब वह उससे अकेले में मिला तो एक क्वाँरी कन्या की स्वाभाविक जिज्ञासा के तहत उसको समर्पित कर दी। कुछ घंटे साथ बिताने के बाद वह उसे बहाने से खेतों की ओर ले गया। अभिसार के नाम पर उसके कपड़े उतार दिये। फिर पतली कइन से जबरदस्त पिटाई की। सतिया की बेटी पहले इस अप्रत्याशित व्यवहार पर उसे आँखें फाड़-फाड़ कर देखती रही। फिर पुक्का फाड़-फाड़ कर रोई। उसे लगा कि यह मर्द पागल है और पागलपन में उसे मार डालेगा, तो वह चली भाग। लेकिन वह खुश था कि महीनों से कर रही उसकी उपेक्षा की उसने पहले प्यार कर, फिर पीट कर अच्छा बदला ले लिया है। लेकिन यही बदला गाँव वाले लेंगे—उसे अपराधियों के गाँव में जाकर बसने के लिए बसगित से निकाल दिया जायेगा—सोचकर दारू में विष मिलाकर पी गया और मर गया।

रिंजा की माँ चार-पाँच वर्षों तक पूरी निष्ठा से वैधव्य धर्म निबाहते हुए उसे पालती रही। किन्तु युवा शरीर का भी एक धर्म था, जिसे बहुत प्रयत्नों के बाद भी शमन न कर पाने के कारण एक बार जिसके साथ फिसली, उसके साथ फिसलती चली गयी। यहाँ तक कि उसे घर में बिठा लिया। बच्चे पैदा होने की संख्या के अनुपात के अनुसार रिंजा उपेक्षित होता गया। इतना कि उसे अपनी माँ और उसका घर अपना नहीं लगता। इस विषाद में उसका सौंदर्य और खिल उठा। चाहने वालों की संख्या बढ़ गयी। युवा स्त्रियाँ उसे पकड़ लेतीं। चूमती, दबकातीं, बातें करतीं, विशिष्ट चीजें बचाकर रखतीं और चुराकर उसे खाने-खेलने के लिए देतीं। परिणामस्वरूप उसे लगता कि दुनिया में जो कुछ भी प्राप्त है, वह उसके लिए प्राप्य है और बिना किसी प्रयत्न के

प्राप्य है। इसने उसमें एक ऐसा आत्म-विश्वास और जिद पैदा कर दिया कि उसे एक पक्का गुंडा बन जाना चाहिए था। लेकिन हुआ उल्टा ही।

मोती डिंङडोह का घर गाँव के बाहर एक पठार पर था, जिसके नीचे एक खूबसूरत नाला साल भर बहता रहता था। परिणामस्वरूप वह घर एक किले का आभास देता था, जिसमें न राजा था, न रानी, न फौज, न भृत्य। थी तो एक डाइन, नाम था मोती। वह खेती नहीं करती थी, किसी की चाकरी नहीं करती थी, लकड़ी काट-काट कर घर-घर नहीं पहुँचाती थी। हाँ, लोगों का भूत उतार देती थी और जो उसकी बात नहीं मानता था उस पर भूत चढ़ा देती थी। लेहाजा लोग उससे डरते थे और बिना मजबूरी के वे उसके किले की तरफ से नहीं गुजरते थे। यह भी इच्छा रखते थे कि मोती भी उनकी तरफ से न गुजरे। हाँ, साल में एक दिन ऐसा जरूर आता था, जब उसकी बड़ी पूछ होती थी, जब वह खेती-स्थल के लिए राय-मशविरा देती थी और गाँव के सामुदायिक पूजा की अध्यक्षता करती थी। उस वर्ष जब वह दिन आया तो उसकी आँखें रिंजा पर टिक गयीं। 10-11 साल का गदबदा लड़का, तगड़ा, हमेशा मस्तक उठाये, चमकीली आँखों से एक-एक वस्तु को चीरकर उसके भीतर तक देखता, चेहरे पर अतुलनीय गांभीर्य। रिंजा ने भी जब उसे देखा तो वह काली-कलूटी, फूहड़, कर्कशा की जगह अपनी माँ से भी अधिक मृदुभाषी और उसकी सुपरिचित गंध से लवरेज अति आकर्षक लगी। दोनों एक दूसरे के रूप से खिंचते चले गये। इतना कि मोती ने उसे अपनी गोद में बिठा लिया। गाँव वालों को लगा कि अब वह उसे खा जायेगी। और जब वह बेधड़क उसके घर आने-जाने लगा तो लोगों को लगा कि वह खा ही गयी है—बस प्राण आज निकले या कल।

उन्हीं लोगों को उस दिन आश्चर्य का ठिकाना न रहा जब डुगडुगी वाले ने गाँव में घोषणा की कि लिङ्काह के दिन काङ मोती डिङडोह नस्सोरे सिंह रिंजा को गोद लेगी और वह भी उसकी माँ की सहमति से।

लोग नहा-धोकर अपने सर्वोत्तम वस्त्रों में उसके प्रांगण में जुटे। गोद लेने की क्रिया आरम्भ हुई। गाँव का वह पुरुष जिसने सबसे अधिक संतान पैदा किया था पुरोहित की भूमिका में बैठा। मंत्र पढ़कर तमाम देवी-देवताओं का आवाहन किया। एक बेंत का बड़ा-सा मोढ़ा रखा था, जिसका बैठने वाला हिस्सा गाय के रोमयुक्त खाल से मढ़ा था। उसी पर आकर मोती डिङडोह बैठी। तब उस तमाम संतानों के पिता ने एक कुक्कुट को पिटारे से निकालकर उसे मोती के सिर के ऊपर रखकर मंत्र पढ़ा, "हे देव! आयें। कुक्कुट को ग्रहण करें। बदले में एक पुत्र दान में देवें। मैं प्रार्थना करता हूँ, मन्नत मानता हूँ कि यदि आप मोती की गोद में पुत्र अधोमुख करते हैं तो स्वप्न के माध्यम से आप जो भी पूजा माँगेंगे मोती चढ़ायेगी।"

फिर मोती से पूछा, "कैसा लग रहा है?"

वह बोली, ''देव कृपा हो रही है। गर्भ गरम हो रहा है।''

तब मुर्गे को छोड़ दिया गया। वह कूँ कूँ कुड़ुका-कुड़ुका करता नाली की ओर आधा उड़ता, आधा दौड़ता भाग गया। लोगों ने हर्ष ध्वनि की कि मोती का बाँझपन भाग गया, कुक्कुट के साथ। मोती की तरफ से कच्ची सुपारी बँटी। उसे ले लोग अपने घरों की ओर चले तो आगे-आगे मोती और पीछे-पीछे तमाम संतान पैदा करने वाला पुरुष उसके सोने के कमरे में गये। पति होता तो वही सोने के कमरे में जाता। तीजहर को फिर पूरा गाँव जुटा। नगाड़ा बजा, जश्न हुआ कि मोती को पुत्र होगा।

दूसरे दिन फिर सभी नहा-धोकर अपने सर्वोत्तम वस्त्रों में उसके प्रांगण में जुटे। जो मुर्गा कल छोड़ दिया गया था, उसे आज पकड़कर बाँध दिया गया था। रिंजा को विवस्त्र कर लाया गया। आम के एक बड़े पतले, लम्बे, हल्दी से रंगे पीढ़े पर बिठा दिया गया। फिर उस मुर्गे को रिंजा के सिर पर रख तमाम संतानों के पिता ने मंत्र पढ़ा, '' हे देव! कल जो पूजा स्वीकार कर आपने बलि मुक्त कर दी थी, वह पुत्र के रूप में अवतरित हो गया है। माँ की कोख से वह बाहर आये, इसके पहले, हे देव! अपनी बलि स्वीकार करें। उसे खायें!'' इसके साथ ही मुर्गे की गर्दन रेत दी गयी। खून के फव्वारे के साथ फदफदाकर वह ठंडा पड़ गया। उसे जहाँ मिथुन का मांस पक रहा था, वहाँ भेज दिया गया। उसके साथ पकेगा तो पूरा मांस प्रसाद बन जायेगा।

गम्हार की लकड़ी के कोई ढाई हाथ ऊँचे पाये की एक नक्काशीदार मचिया प्रांगण के बीचोबीच रखी थी। उसे बुना नहीं गया था। मोती आयी तो दो पाटियों पर पाँव रख वह पंजे के बल चुक्का-मुक्का बैठ गयी। का जिम्पेन नहीं पहने थी, सिर्फ का जिन्सेम पहने थी। वह अपेक्षाकृत लम्बा था। इतना कि जब उसे नीचे की तरफ फैलाया गया तो पूरी मचिया ढक गयी। स्त्रियाँ जब देवी-स्तुति गीत गाने लगीं तो लिंङ्डोह की पत्नी ने रिंजा को धीरे से ओहार उठाकर मचिया के नीचे कर दिया। फिर नगाड़े बजंने लगे तो मोती अपने वस्त्र को इस तरह से फड़फड़ाने लगी कि जैसे प्रसव वेदना से मरी जा रही हो। जब मंगल गायन और नगाड़े का वादन बंद हुआ तो मोती मचिया से उतरी और वस्त्र समेटकर उसके नीचे से चित्त लेटे रिंजा को इस तरह से उठा लिया कि जैसे वह नवजात शिशु हो। तभी औरतों ने पानी उड़ेल कर माँ-बेटे दोनों को एक साथ नहला दिया। गीले कपड़े उतारकर मोती वहीं जमीन पर बैठ गयी और रिंजा को गोद में लिटा कर अपना स्तन उसके मुँह में डाल दिया जैसे दूध पिला रही हो। जोर की हर्ष ध्वनि हुई और निस्सोर सिंह रिंजा मोती डिन्डोह का दत्तक पुत्र बन गया। माँ-बेटे जब नव-वस्त्र धारण करने लगे तो लोग भोज की तरफ बढ़ गये। इसके पहले उन्होंने मीठे रस में भिगों कर सड़ाई सुपारियों और चावल के सफेद दानों को पहले माँ-बेटे और फिर एक-दूसरे के ऊपर छिड़क कर नवागत का स्वागत किया।

चीड़ वन में जोर से हू-हू की आवाज उठने लगी थी। पेड़ अपने रस में मस्त इस तरह से झूमने लगे थे कि लगता था गलबहियाँ करने के बजाय वे एक-दूसरे की हड्डी

ही तोड़ देंगे। उनके माथ हिलते तो लगता चाँदनी सर्र-सर्र कर एक छोर से दूसरे छोर तक भागी जा रही है। इनके माथ जब स्वाभाविक मुद्रा में स्थिर हो जाते तो यह नहीं दिखता कि वह भागती चाँदनी अपनी जगह वापस आ गयी है। लेकिन उनके माथ जब पुनः हिलते तो वह पुनः भागती चलने लगती। लगता कि चाँदनी की लहरें चीड़ के झब्बेदार पुलंगों पर दौड़ रही है। दौड़ क्या रही है नाच रही है—चाँदनी की एक पूरी नृत्य-मंडली है।

हवा ठंडी हो गयी थी। यही वह समय है, जब सबको नींद आती है। उसी वक्त हिंसक पशु शिकार के लिए निकलते हैं। नींद तो उन्हें भी आती है; लेकिन नींद और पेट में से एक को चुनना पड़े तो आदमी नींद ही चुनता है। मुझे भी सो जाना चाहिए, सोचकर रिंजा एक ठोस पत्थर की कटान की ओर बढ़ गया।

यह भूख और नींद में से एक को चुनने की बात में से नींद चुनना अगले दिन काम नहीं आया। भूख से मुक्ति ही प्राथमिक लगी। इधर जो की क्पु और सोहफ्लाङ खा-खाकर झरनों का पानी पीया था, उससे जो बल प्राप्त हुआ था, वह निशाचरण में ही चुक गया था। उसमें अतिरिक्त श्रम के लिए अतिरिक्त ऊर्जा देने की क्षमता नहीं थी—शरीर बना रहे, यही बहुत था। बिना मांस खाये वह ऊर्जा नहीं आयेगी और बिना शिकार किये मांस नहीं मिलेगा। लेकिन शिकार करना इतना आसान नहीं होता। तो भी राह चलते-चलते यदि कोई पशु-प्राणी दिख गया तो जरूर हाथ साफ करूँगा, उसने सोचा।

चलते-चलते काफी समय बीत गया, लेकिन कोई प्राणी नजर नहीं आया। या तो उसकी पदचाप सुनकर वे दुबक जाते या रास्ता बदल कर भाग जाते। सामने की झाड़ी से फुस्स-फुस्स की आवाज आ रही थी। हंइसा की कटीली झाड़ के फूल पूरी तरह से फूल चुकने के बाद अब सूख रहे थे। उनमें अब बीज बनने लगा होगा—उससे सोचा और उधर की तरफ बढ़ गया। फुस्स-फुस्स की आवाज तेज हो गयी। सोचा कि उधर दाव चला दे। लेकिन यह भी तो हो सकता है कि कोई काम का जानवर हो। इसलिए फल की जगह जड़ घूरने लगा। तभी देखा कि एक साँप नुकीले पत्थर से अपना सिर रगड़ रहा है। विचित्र दृश्य था। वह सिर उठाकर पत्थर की नोक पर दे मारता फिर रगड़ता। देखते-ही-देखते चमड़े की एक पर्त उस नोक में फँसने लगी। तो मामा केंचुल छोड़ने का प्रयत्न कर रहे हैं। खासी साँप देखते ही उसे मारने पर तुल जाते हैं। लेकिन रिंजा थोड़ी देर तक उसकी फुस्स सुनने, उसके बलखाने और लुढ़कते-पुढ़कते देखने के बाद चलता बना। तभी एक साही रास्ता काटते हुए भागा तो दाव चला दिया। दाव लगा कि नहीं वह देख नहीं पाया। किन्तु दाव के झन्न के साथ ही साही को आगे की झाड़ी में लुढ़ककर काँटे समेटकर गोला बनते जरूर देखा। दोड़कर दाव उठा उसके पास पहुँचा तो साही ने सिर को पाँवों में छिपा सारे काँटे एक साथ खड़ा कर दिये। मन किया कि मार दे, लेकिन यात्रा में साही का शिकार कुमंगलकारी होता है, याद कर आगे बढ़ गया। उसके खुलते हुए काँटे देर तक उसकी आँखों के सामने बने रहे।

आसन्न मौत से प्राणी किस-किस तरह से सुरक्षा करते हैं, सोचते हुए वह चला ही जा रहा था कि एक झाड़ी से किसी चिड़िया की कुहुक उठती सुनाई दी। जरूर वह अंडे से रही होगी और काफी पास चले जाने पर जल्दी उड़ेगी नहीं, जब तक कि उसे विश्वास न हो जाये कि अब अंडे से बढ़कर उसकी अपनी जान को खतरा है—उड़ेगी नहीं। तो भी चिड़िये का शिकार दाव की जगह तीर से अधिक सुगम होता है—सोचकर वह आगे बढ़ गया। अपनी संतति की रक्षा करते प्राणी को मारना वैसे भी मानुस को शोभा नहीं देता। लेकिन आहार की तलाश में घूमता प्राणी ऐसा प्रश्न कभी अपने मन में उठने देता है क्या? आगे एक नेवला घास सूँघता चला जा रहा था। इसे सौ साल की उम्र मिली है, लेकिन मैं इसे इसी क्षण इतरलोक पहुँचा सकता हूँ, सोचकर उसने साधकर दाव उसकी ओर फेंका। लेकिन मूँछ हिलाने के साथ-साथ गर्दन ताने वह नेवला तब तक भाग चुका था। किसी की जान लेना इतना आसान नहीं होता। बेटा रात भर घास के दाने खाकर अतृप्त ही रहेंगे। आगे शायद उस केंचुल छोड़ते साँप का सिर काट, धड़ खा, कई दिनों के लिए तृप्त हो अपने बिल में सो जायेंगे।

खाने की बात याद आते ही अपनी अतड़ियों में मरोड़ और रगड़ की आवाज सुनाई देने लगी। एक बार मन में आया कि लौट चलें और साँप को मार लें। लेकिन क्या पता-केंचुल छोड़ने के बाद वह वहीं होगा कि कहीं चलता बना होगा। कौन जाने अब तक नेवला ही उसे चट कर गया हो!!

उसने दृष्टि वन-वीथि पर गड़ाई। पशुओं के पदों के अनगिनत निशान उस पर बने थे। थोड़े प्रयत्न के बाद वह खरगोश के पाँवों का निशान अलग कर सका। फिर उसे पकड़ कर आगे बढ़ने लगा। कोई आधा मील जाकर वे निशान एक बार ही गायब हो गये थे। वह थोड़ा असमंजस में पड़ा; क्या यहीं सियार या बनविलाव ने उसे झपट लिया है! लेकिन न तो उनके पाँवों के निशान दिख रहे हैं, न ही किसी संघर्ष या घसीटने के! कौन जाने वीथि के किनारे से ही किसी ने लोक लिया हो? उसने अपनी निगाह दूर तक दौड़ाई। थोड़ी दूर पर झाड़ियों के अंतर से अलग हटकर बनमकोइचा की एक सघन झाड़ी लहरा रही थी। उसे आवेष्टित कर करजीरी की एक लता पसरी पड़ी थी। उसकी फलियाँ पक गयी थीं, लेकिन फटी नहीं थीं। उनके काले फोटे वाले लाल दानों को देखने और उनके झरने की आवाज सुनने के इरादे से एक मुट्ठी के बराबर का पत्थर उठाकर उस पर फेंका। झाड़ी खड़खड़ा उठी। लेकिन खड़खड़ाहट दानों के झरने की नहीं, भीगने के बाद पुनः सूख गये पत्तों की थी। उसके देखते ही देखते खरगोश का एक जोड़ उछल कर भगा। दोनों दो दिशाओं में भगे। एक पर तौलकर उसने दाव फेंकी। निशाना सही लगा। कोई चार फिट हवा में उछलकर वह फदफदाकर लुढ़क गया। दूसरा थोड़ी दूर तक दौड़ने के बाद अचानक खड़ा होकर कान तान लिये। फिर तुरंत ही चौंककर कई गुनी गति से भागा। 'तो मामा यहाँ आकर रतिरंग में डूबे थे। ठीक ही है खरगोश अपने घर आकर जानबूझकर टेढ़ा-मेढ़ा चलता है, अपने दुश्मनों को भ्रमित करने के लिए।' वहीं बैठकर उसने सूखी पत्तियों को इकट्ठा किया, बीच

रास्ते पर, अन्यथा सूखी घास चारों तरफ इस तरह से फैली थी कि जंगल में आग लगने का डर था। दाव के खोल से चकमक पत्थर और रूई निकाल कर आग जलाई और रास्ते की धूल पर पत्ती रखकर खरगोश को लपट में उलट-पुलट कर भून लिया। पहले रोयें जले फिर त्वचा की चर्बी पिघली। वह मांस के आस-पास लिपटकर खुशबू बिखेरने लगी। खूब अच्छी तरह भूनने के बाद उसे आग से बाहर निकाल लिया। फिर खड़े होकर दूर तक आँखें दौड़ाई। लेकिन जंगली नीबू या जंगली संतरे का पेड़ कहीं नहीं दिखा। वह निराश होकर बैठ गया। दाव से गोश्त के छोटे-छोटे टुकड़े काटकर राख से छुआ-छुआकर खाने लगा। नरम हड्डियों को चबा जाता, कड़ी हड्डियों को इधर-उधर फेंक देता। राख के नीचे दबे अंगारे राख के हटने पर दहक उठते। उसे लगता कि नमक होता तो और स्वाद आता।

वह चला जा रहा था। जंगल ऐसा दिख रहा था कि जैसे दिगंत तक पृथ्वी को ढके हो। झाड़ियाँ, गुफाएँ, पेड़, घाटियाँ, चट्टानें एक-दूसरे से भिन्न होकर भी एक हैं, वैसे ही जैसे हमारी जिंदगी का एक-एक दिन भिन्न होकर भी सब एक हैं—जैसे चलते जाना ही एक लक्ष्य हो। जलती चट्टान पर घूमती चींटी का कोई लक्ष्य नहीं होता, रात के अंधकार में विचरते जुगनू का कोई लक्ष्य नहीं होता, वह वैसे ही चलता जा रहा है। नजपत जाकर, अल्खी का हाल जानकर, अंग्रेज के लिए काम कर क्या होगा?—एक लम्बे जीवन का लघु पड़ाव ही न!—और उस लम्बे जीवन का लक्ष्य क्या है? लगता कि वह पहले ही वाले रास्ते पर दुबारा चल रहा है। गाँव में होता तो लोग कहते दिशा-भ्रम हो गया है। अपना कौपीन खोलकर झाड़ लो, फिर ठीक दिशा का ज्ञान हो जायेगा। पर क्या वस्त्र उतारने से दिशा का सही ज्ञान हो सकता है? शायद यह चलने से उत्पन्न मन की जड़ता को तोड़ने के लिए होता है।

सामने उसे नदी पार जंगल के बीच उड़ता एक सफेद कपड़ा दिखा, नाव की पाल की तरह खुला। हो न हो उधर लालुडें का गाँव हो। वहाँ की युवतियाँ गरम हो रही होंगी। गाँव में जवानों की संख्या कम होगी। यह भी हो सकता है कि उनके साथ रोज-रोज के रास से ऊब गयी हों। इसलिए दूसरे गाँव के युवकों को बुलाने के लिए यह संकेत टांग दिया है। शाम होते ही उपस्थित लड़कियों में जो सबसे कम उम्र की होगी वह रंग बंग का अलाव जला दिये होगी। धुँआ उठते ही गाँव भर की क्वारी लड़कियाँ दौड़ पड़ी होंगी। अब उस धूनी के चारों तरफ बैठी होंगी। वही लड़कियाँ बैठी होंगी जिनको मासिक धर्म होने लगा होगा और वे तब तक बैठेंगी, जब तक कि उनकी शादी न हो जाय। उन्हें घेर कर लड़के बैठेंगे। सबसे बड़ी क्वाँरी लड़की उन्हें चक्ती[1] देगी। उनका एक दौर पूरा हो जाने के बाद उपस्थित लड़कियों को भी दी जायेगी। फिर नाच-

1. **चक्ती—भाप से बनायी चावल की शराब। खशिया में का इयाद उम कहते हैं।**

गान शुरू होगा। भरसक पहले करुण गीत ही गाये जायेंगे। कोई लड़का कढ़ायेगा—

'असह्य है तुम लोगों से बिछुड़कर अपने गाँव जाना' तो सभी लड़के मिलकर उसका मुखड़ा पूरा करेंगे :

'बड़े साध से भेजा है यह तुच्छ उपहार
अपने सम्मान के स्तर का न पाकर इसे ठुकरा न देना''

उत्तर में कोई लड़की कहेगी:

''विरह की वेदना तो सबके लिए समान होती है
जितनी व्याकुलता तुम्हें हो रही है
उतनी ही हमें हो रही है।''

फिर सभी लड़कियाँ समवेत स्वर में गायेंगी:

''अंतर बस इतना है कि
तुम उस दुःख के भार को
अपने कंधे पर उठाये हुए हो
हम तुम्हारा उपहार सिर चढ़ा
विछोह का भार कुछ कम कर लिये हैं।''

वह विरह गीत झम से उल्लास गीत में बदल जायेगा। नृत्य शुरू होगा। लड़कियाँ पहले अपने स्थान पर अलग-अलग नाचेंगी, फिर एक-दूसरे का कंधा पकड़कर, एक अवली में गुंथकर नाचेंगी, तब लड़के अपने-अपने स्थान पर नाचेंगे। फिर एक-दूसरे का हाथ पकड़कर लड़कियों को घेर कर नाचेंगे। फिर वाद्य के ताल पर चरम पर पहुँचकर बिखर जायेंगे और अपनी पसंदीदा लड़कियों की कमर पकड़कर नाचेंगे। उन्हें नाचते-गाचते चूगेंगे। रात में नहीं रहेंगे। कभी-कभी तो पंद्रहियों रहते हैं। त्योहार के मौसम में मुक्त आचरण ही उनका धर्म है। इस मौसम में शादी से पहले ही कई गर्भिणी हो जायें तो कोई खारा बात नहीं।

एक काला बादल जाने कब चुपके से तैर कर चाँद का मुँह ढक लिये था। वह चू पड़ा। एक चिड़िया अपने पतले पंख फड़-फड़ाती हुई बूँदों का रास्ता काटती निकल गयी। बूँदें ओलों में बदल गयीं। रिंजा भागकर एक चट्टान के पास पहुँचा। चट्टान दो भागों में ऐसे बँटी थी कि छोटा-सा गुफा बन गया था। गुफा में अँधेरा था। रिंजा डरा कि उसमें कोई हिंसक जानवर न बैठा हो। जाँचने के लिए उठाकर उसने भीतर दो पत्थर फेंके। कोई आहट नहीं हुई। कुछ देर तक अकनने के बाद गुफा के द्वार तक बढ़ा। झुककर जमीन भी देखता रहा कि शायद किसी पशु के पदचिह्न दिख जायें। लेकिन नहीं। तो भी द्वार पर पहुँचकर दाव से पत्थर को ठेठाया। एक बदबू का भभका उठ रहा था। एक बार तो लगा कि वह बेहोश ही हो जायेगा। तभी फद्-फद् की आवाज उठी। वह सचेत हो पीछे मुडकर चलने के लिए उद्यत हुआ तो देखा चार-पाँच

चमगादड़ गुफा से निकलकर उड़े जा रहें हैं। तब वह आश्वस्त होकर गुफा में घुस गया। जहाँ चमगादड़ होते हैं, वहाँ बनैले पशु निवास नहीं करते।

: 12 :

इसी तरह चलता वह निजयत पहुँचा।

उस वर्ष मलमास लगा था। हिन्दू धर्म के अनुसार यह पूजा-पाठ के लिए मिला अतिरिक्त माह था। जनश्रुति थी कि पृथ्वी किसी देवी के अवतार में ऐसा पाप कर बैठी थी कि उन्हें अशौच के रूप में प्रायश्चित करना था। परिणामस्वरूप स्त्रियों को महीने में तीन दिन और समय को तीन वर्ष पर एक माह अशौच में रहने की परंपरा चल पड़ी। उस काल में जहाँ स्त्री का मुँह देखना वर्जित था, वहीं साल का वह मास उत्तम माना जाता था, धार्मिक काम के लिए।

कंद्रा योगी उसका पूरा उपयोग कर रहे थे। चौमासा पंचमासा में बदल गया था।

बाँस के भोभड़ों में करायल भर कर सूत की बत्तियाँ डुबो दी गयीं थी। गोबर और मिट्टी को गूँथ कर बने मोहकड़ों से उन्हें बाहर निकाल लिया गया था। वे साँप की जीभ की तरह लटक रही थीं। अंधेरा होते ही वे मशाल जला दिये गये थे। गंभार की चौकी पर कुश की चटाई बिछा दी गयी थी। उसके ऊपर सुरही गाय के उत्तम बालों की कलात्मक ढंग से बनी छोटी-सी कालीन बिछा दी गयी थी। उसके ऊपर व्याघ्रचर्म। सिर श्रोताओं की तरफ था, पूँछ पीछे। आगे-पीछे के पाँव अगल-बगल फैलकर लटके थे। लगता था सचमुच का बाघ चारों पाँव फैला मस्ती से लेटा है। उसी पर कंद्रा योगी बैठे थे। जगत् की सृष्टि की कथा चल रही थी। जिसकी समझने में आ रहा था वह भी और जिसकी समझ में नहीं आ रहा था, वह भी; आँखे मूँदे अटूट ध्यान में बैठा सुन रहा था। संभवतः आँखे मूँद लेने से श्रवण शक्ति बढ़ गयी थी। तभी गुमाश्ता दो जानु होकर सिर नवाते, सिर को दोनों हाथों पर रखते हुए बोले, ''जदि अनुमति देन....''

योगी जी ने बोलना बंदकर आँखें फैला दीं। गुमाश्ता को लगा कि अनुमति है। बोले, ''इस सृष्टि से पहले क्या था?''

रिंजा को अजीब लगा। जब योगी बार-बार कह रहे हैं कि सृष्टि से पहले कुछ भी नहीं था, और पंचभूत तो कत्तई नहीं, तो भला यह पूछने की जरूरत क्या है? तभी लगा कि जरूरत है। यह योगी पहले कह चुका है कि कुछ से ही कुछ की उत्पत्ति होती है। तब जब कुछ था ही नहीं, तब यह कुछ की, संसार की उत्पत्ति कहाँ से हुई? यानी यह प्रश्न पूछना बड़ी बुद्धिमानी का काम है। उसे अपने ऊपर थोड़ा गर्व हो आया। दो-

ही-एक दिन में वह इतनी बारीक बात सोचने लगा है। यह योगी के प्रभाव का प्रमाण है। तभी राली अंग्रेज कहता है कि हिन्दू उपदेशक्र की बात कम सुनो, नहीं तो उसी के रंग में रंग जाओगे। क्यों नहीं रंग जाओगे, जब वह इतनी अच्छी बात कहेगा!

योगी जी काफी देर तक चुप रहने के बाद, जब उन्हें विश्वास हो गया कि लोग अपने-अपने तरह से इस प्रश्न पर विचार कर चुके हैं और कुछ उत्तर न पाकर प्रश्नकर्त्ता की बुद्धि पर चकित हैं, तथा साँस रोककर उनकी अमृतवाणी का पान करने के लिए लालायित हैं—यही वह क्षण है जब वे अपने ज्ञान व चातुर्य का पूरा प्रभाव जमा सकते हैं—बोले, ''सत्यम् च ऋतम् च।'' यानी सत् था और ऋत था। सत् वह मूल तत्व था और ऋत वह नियम था, जिसके आधार पर वह सत् बरतता था...

गुमाश्ता बीच में ही हाथ जोड़कर पूछ बैठे, ''जब कुछ था ही नहीं तो यह सत् और ऋत् क्या?'' फिर सिर फेरकर उपस्थित श्रोता की ओर अपनी सफेद पगड़ी और उतनी ही सफेद मूँछ, दोनों की सफेदी जो उनके कसौटी पत्थर की तरह चमकते भाल और गाल के कारण बढ़ गयी थी, को हिलाते हुए जैसे श्रोता समुदाय का प्रश्न में समर्थन लिया। कंद्रा योगी थोड़ा मुस्कराये जैसे इन अल्पज्ञानियों पर कुछ विशेष तरस आ रही हो। कोई खासी पूछता तो कोई खास बात नहीं, उसे अभी एक नये धर्म-दर्शन से परिचित कराया जा रहा था। लेकिन एक परंपरागत सनातनी बंगाली, यह प्रश्न पूछे, तो निश्चय ही दया का पात्र होगा। बोले, ''योग और ज्ञान की जानकारी न होने के कारण ही यह प्रश्न उठता है। योगी उस सायुज्य का साक्षात्कार लिये होता है। ज्ञानी भी उसे अपने तर्कों से जान लिये होता है। आप भक्त लोग हैं। इसके पचड़े में पड़ने की कोई विशेष जरूरत नहीं है। तो भी इतना तो बता ही दूँ कि इसे भी ब्रह्म की अवधारणा के अनुसार ही एक रूपक के माध्यम से समझा जा सकता है। और कोई उपाय नहीं है। जैसे ब्रह्म वह है जो स्वयं निज को ही आच्छादित करता है—यानी जो आच्छादित करता है, और जो आच्छादित होता है उसका मिला-जुला, सह-अस्तित्व ही ब्रह्म है, दोनों ही वह अकेले ही है, सिर्फ सृजन संभव करने के लिए इस द्वैत आच्छादयन और आच्छादन को अपने को द्विभाजित कर संभव बनाता है। यह द्विभाजन करता भी है कि नहीं, स्पष्ट नहीं है—तो भी हम उसे समझने के लिए इसी तरह बात कर पाते हैं। इसी तरह सत् और ऋत भी एक ही बात के दो पहलू हैं जो अपने को द्विभाजित कर हिरण्यगर्भ संभव करते हैं जिससे सृजना होती है...''

बीच में बात काटकर गुमाश्ता बोले, ''लेकिन तब इसका साक्षी कौन था?''

''हम आप तो नहीं ही।...हाँ ऋषि लोग भूत,वर्तमान, भविष्य तीनों देखने में सक्षम होते हैं। वही लोग बताते हैं कि उस एक ने अपने को इच्छापूर्वक विभाजित कर दो बनाया। एक जैसा बराबर-बराबर नहीं, थोड़ा, विभेद कर। उस आदि-द्विभाजन को शिव के अर्धनारीश्वर रूप के रूपक में देखा गया। उसी से देव लोक बना—ब्रह्मा सृजन के देवता, विष्णु उस सृजन के पालन के। शिव सृजक, पालक के साथ-साथ संहार के देवता भी बने। सत् से तत्व बना, ऋत से विधि। तत्व से पुरुष और प्रकृति का विभाजन

हुआ, विधि से नीति का। प्रकृति और पुरुष के संयोग से सृष्टि बनी—उद्‌भिज, अंडज। ... उसी से सात लोक और चौदह भुवन बना। फिर मृत्यु लोक और पृथ्वी। भुवन में यह जैविक सृष्टि हुई। उसकी पराकाष्टा पर मनुष्य बना।''

''मनुष्य क्यों।''

''क्योंकि प्रथम पुरुष मनु हुआ और प्रथम स्त्री सतरूपा। हम उन्हीं के मैथुनी संतान हैं।'' कहकर उन्होंने श्रोतावृंद का सिंहावलोकन किया। सभी ध्यान से उनकी बात सुन रहे थे। वे उत्साहित होकर आगे बोले, ''यह सृष्टि विभिन्न स्थलों और चरणों में हुई। भविष्यद्रष्टा ऋषियों ने वाणी की कि वह आदिरूप ही अच्छा था, प्रखर था, आनन्दकर था। आदमी आनन्द ही चाहता है। इसलिए जीवन का लक्ष्य उसी आनन्द की ओर लौट जाना है। यह लक्ष्य जानबूझ कर बनाया जाता है, न बनाने पर भटकना पड़ता है। यही नीति है।''

योगी जी चुप हो गये। गुमाश्ता जी थोड़ी देर प्रतीक्षा करते रहे। फिर बोले, ''कुछ और खुलासा करें।'' कंद्रा योगी को लगा, लोग उनकी बातों से ऊब नहीं रहे हैं, बल्कि रस ले रहे हैं। बोले, ''इस जीवन का चार पुरुषार्थ है—धर्म, अर्थ, काम, मोक्ष। अब मोक्ष की अपनी एक अलग कोटि है और वही उच्च कोटि है। धर्म, अर्थ और काम की दूसरी और नीच कोटि है। नीच से मेरा मतलब सांसारिक और उच्च से मेरा मतलब असांसारिक है। इनमें काम की कोटि निकृष्ट है, अर्थ की उससे ऊँची है और धर्म की उससे भी ऊँची।

गुमाश्ता जी अपनी जिज्ञासा रोक नहीं पाये। तपाक् से बोले,''इनका खुलासा करें महाराज।''

योगी जी बोले, ''काम का तात्पर्य इंद्रिय भोग है। अच्छा खाना, अच्छा पीना, अच्छा सुनना, अच्छा देखना, अच्छी सुगंध, अच्छी स्पर्श। उसकी पराकष्ठा मैथुन है, जिसमें यह सब कुछ समाहित है। कला उसमें उद्दीपन का काम करती है।''

''लेकिन महाराज! हमारे यहाँ तो इंद्रिय सुख पर संयम की बात कही जाती है।....''

''उसके दो कारण हैं। एक तो यह कि यह पुरुषार्थ दूसरों की तुलना में निष्कृष्ट है। निकृष्ट होने के कारण इसे पाने के लिए बहुत प्रयत्न नहीं करना पड़ता। लेकिन तब इसी कारण विघटन भी खूब होता है। लड़ाई-झगड़ा, मद, लोभ, मोह सभी विकार सदा होते हैं। लोग इसे ही अन्तिम पुरुषार्थ मान लेते हैं जबकि यह पुरुषार्थ भी उच्च पुरुषार्थ यानी मोक्ष का सहायक पुरुषार्थ ही है। दूसरा कारण यह है कि आनन्द वह है, जिसे हम अपनी पंच इंद्रियों से भीतर ग्रहण करते हैं, जिसे त्यागते हैं, वह विकार है। दोनों का द्वार एक ही है, इसलिए वह निकृष्ट है।''

कंद्रा योगी ने श्रोता वृंद पर निगाह दौड़ाई। सभी ज्ञान ग्रहण में लीन थे। अपना प्रभाव जमता देख वे बोले, ''अर्थ उससे ऊँचा पुरुषार्थ है। इसमें प्राणी इस भौतिक जगत्

का मालिक बनना चाहता है। धन के माध्यम से या फिर शक्ति के माध्यम से। राजा और वणिक में यही अंतर है—लक्ष्य दोनों का एक ही है। लेकिन इससे भी बड़ा पुरुषार्थ धर्म का है। वह लौकिक और अलौकिक के बीच की कड़ी है। लौकिक में वह सबको अपनी आत्मा के अनुसार, अपने गुण के अनुसार अपना कर्त्तव्य निबाहने पर बल देता है। अलौकिक में वह मोक्ष का साधन बनता है।''

''और यह मोक्ष क्या है?''

कन्द्रा योगी गुमाश्ता के अधैर्य पर मुस्कराये। बोले, ''मोक्ष है, इस लोक की सीमाओं से बंधनों से मुक्त हो जाना।''

''और यह इस लोक की सीमायें क्या हैं?''

''इन्द्रिय सुख, आहार की तृप्ति के प्रयत्न। मोक्ष में उसे आदमी त्याग देता है। इसका एक तात्पर्य यह है कि वह आवागमन के बंधन से मुक्त हो जाता है।''

''आवागमन?''

''हाँ, हमारे श्रेष्ठ पुरुषों ने कहा है कि आदमी की आत्मा परमात्मा का ही अंश है। इसलिए उसकी निरंतर कोशिश होती है कि उसी परमात्मा में मिल जाय। लेकिन होता यह है कि इस भौतिक जगत में सशरीर रहने के दौरान शरीर के कुछ अपने धर्म होते हैं जिनके निर्वाह के लिए वह कुछ कर्म करता है। उन कर्मों का असर यह होता है कि इस शरीर के छूट जाने पर भी उसे दूसरे शरीर में शरण लेना पड़ता है। यह दूसरा शरीर कर्मों के परिणामस्वरूप मिलता है। उसकी चौरासी लाख योनियाँ हैं। जब सत्कर्म इतने हो जाते हैं कि सब अच्छा ही अच्छा हो जाये, तब मोक्ष मिलती है। इस मोक्ष को प्राप्त करने के लिए सिर्फ इसी से संबंधित इस शरीर से कर्म किये जा सकते हैं। वहाँ मोक्ष एक पुरुषार्थ होता है। वैसे तो सभी पुरुषार्थों का लक्ष्य मोक्ष ही होता है। लेकिन मोक्ष पुरुषार्थ से ही उसकी संभावना अधिक बलवती होती है।''

''जब आत्मा वही है और वही ब्रह्म तो लोगों के कर्मों में यह भेद क्यों?''

''क्योंकि जगत् और उसकी प्रकृति तीन गुणों से बनी है सत्, तम, रज से। सत् वाले मोक्ष और धर्म की ओर आमादा होते हैं रज वाले अर्थ और धर्म की ओर, तम वाले काम और अर्थ की ओर...''

''लेकिन यह विभेद क्यों?''

''वह मैं ठीक-ठीक नहीं जानता। तो भी इतना कह सकता हूँ कि सृष्टि यानी प्रकृति जब बनी तो वह क्षोभ से बनी। यानी जो आच्छादित किये था जो ऋत था, उसमें डावाडोल हुआ। डावाडोल तभी संभव था, जब जो था उसके संतुलन में टूट आती। इसी संतुलन के क्षोभ से सत्, तम, रज बने।...'

शंख, नगाड़े बज उठे। लोग आँखों में आँसू और गले में करुणा भर ''हरिबोल'', ''हरिबोल'' बोल उठे। यहाँ भी यही आलम था। जो जितना ही कम समझा था, या जो अपने सामाजिक जीवन में जितना ही क्रूर था, वही सबसे अधिक आतुर होकर

'हरिबोल' का गुहार लगा रहा था। उन्हें वहीं छोड़कर रिंजा गाँव के बाहर की ओर चल पड़ा। वीथि एक छोटे-से बड़े प्यारे जंगल को घेर कर आगे बढ़ती थी। चीड़ के नुकीले, हरे, सिर हिला-हिलाकर साफ आसमान में जैसे, चाँद को चुप का अर्घ्य चढ़ा रहे थे। चाँदनी की शीतल, सुनहरी बौछार पेड़ के फुलंगों से उतरती, नीचे की सफेद, काली, भूरी सूखी पत्तियों पर इतनी उलझी कढ़ाई किये जा रही थी जितना यह जीवन स्वयं उलझा होता है। रिंजा अपने ख्याल में ये बातें बैठाता जा रहा था कि हम खासी तो किसी आदि सृष्टा की बात मानते नहीं। हाँ, एक का लेइ सिंसर जरूर मानते हैं, जिसकी पूजा हम नहीं करते। कभी-कभी आपद्-विपद् में याद जरूर कर लेते हैं। हम जिनकी पूजा करते हैं, वे आत्माएँ होती हैं, जो खुश रहने पर भला करती हैं, नाखुश रहने पर हानि। ये आत्माएँ अमुमन हमारे पुरुखों की होती हैं। अगर उनका ठीक से श्राद्ध कर दिया गया होता है तो वे चुप रहती हैं। नहीं किया गया रहता है तो उत्पात मचाती हैं। कभी नदी की बाढ़ बनकर तो कभी धूप की गर्मी बनकर कभी आग बनकर, तो कभी व्याधि बनकर। पशु-पक्षी बनकर भी नुकसान पहुँचाती हैं। हमारे जानकार लोग, लिङ्दोह लोग यह सब जानते हैं। वे ही उनकी पूजा करते-कराते हैं।

हम लोग न तो लोक-भुवन मानते हैं, न भविष्य न सरग-नरक। बहुत हुआ तो मान लेते हैं कि यदि किसी ने बहुत अच्छा काम किया है—दूसरों की भलाई के लिए अपने को लगा दिया है—या बहुत बहादुरी का काम किया है—दूसरों को या तो खतरों से उबारा है या फिर जो दूसरों के लिए कठिन था, उसे कर दिखाया है—तो उसकी आत्मा 'उ बा-बामख्वाइ' बैठकर रात-दिन कच्ची सुपारी कचर रही होगी 'हा इङ उब्लेइ' के यहाँ। बुरा काम किया तो कोई बात नहीं—और खसिया बुरा काम कहाँ करता है। बहुत हुआ तो पुरुखों का श्राद्ध करने में चूक जाता है। तब उसका तो कुछ होना नहीं। पुरुखे की आत्मा ही प्रेत योनि में भटकती गाँव पर कहर ढाहती है। रही बात आदमी की उत्पत्ति की तो उसके लिए वह कुत्ते वाली कथा है, जिसके चलते राली साहब के नौकर जीरा की उस दिन पिटाई होने वाली थी।

जीरा की याद आते ही उसे हँसी आ गयी और कर्त्तव्य बोध भी जगा। किन्तु थकान इतनी हो गयी थी कि अब और अल्खा की खोज में भटका नहीं जा सकता था। वह वहीं माउ शोङ्थाइत पर सो गया।

वही स्थान। वही समय। दिन दूसरा। कंद्रा योगी बता रहे थे: "धर्म के दो रूप होते हैं, एक व्यक्तिगत, दूसरा सामाजिक। व्यक्तिगत साधना की चीज होती है, उसमें पाना होता है। सामाजिक अनुशरण की चीज होती है, उसे जीया जाता है। वह समुदाय की जीवन पद्धति होती है। उसके कुछ सामाजिक नियम होते हैं, अनुवाइयों के आचार-विचार को दिशा देने के लिए।"

गुमाश्ता जी बोले, "उन्हें बनाता कौन है?"

कंद्रा योगी हँसे, "वही बता रहा हूँ। उन्हें व्यक्ति विशेष कम ही बनाते हैं। वे सामाजिक प्रथा के रूप में चलते हैं। हो सकता है किसी व्यक्ति ने या किसी परिवार ने एक विशेष परिस्थिति में खास तौर से बरता हो। वैसी परिस्थिति आने पर उदाहरण स्वरूप दूसरों ने उसे अपनाकर वही आचरण किया हो। इसलिए परंपरा और प्रथा का कोई आदि-बिंदु नहीं होता। वह व्यक्ति नहीं समुदाय की देन होती है। उसमें मोड़ भी समुदाय ही ला सकता है।"

गुमाश्ता जी फिर बीच में ही बोले, "तो भी वे नियामक सूत्र कहाँ से उद्‌भूत होते हैं, उसका पता तो चलना चाहिए। जब हम ब्रह्म और जगत् के आदि बिन्दु को जानने के लिए जिज्ञासु रहते हैं तो..."

कंद्रा योगी हाथ उठाकर उन्हें बीच में ही रोक दिये। फिर जैसे आँख मूँदकर चिन्तन में लीन हो गये। थोड़ी देर के बाद गुरु गंभीर वाणी में बोले, "देखो बच्चा! धर्म के तीन भाग होते हैं: दर्शन, पुराण कथा और कर्मकांड। दर्शन के भी दो पक्ष होते हैं। एक वह जिससे साधक अपनी साधना से आदि सत्य का दर्शन करता है। उस दर्शन को जब दूसरों को बताता है, तो वे सिद्धान्तों का रूप लेते हैं—कुछ तर्क के रूप में, कुछ उसके स्वरूप के रूप में, कुछ उसके उपयोग के रूप में, कुछ जीवन के उद्देश्य के रूप में।.....बच्चा कहाँ तक कहूँ। अब जो साधक किये होता है, उसके प्रमुख अनुयायी जो किये होते हैं, समाज के प्रभावशाली या बढ़े-बूढ़े जो किये होते हैं उसे तमाम दूसरे लोग भी करने लगते हैं। मन में यह वासना दबी होती है कि वैसा करने से उन्हें कुछ उपलब्ध हुआ था, व्यक्तिगत या सामाजिक जीवन में, वही हमें भी उपलब्ध होगा, बशर्ते हम भी वैसा करें। तो वे वैसा ही करने लगते हैं। अब सभी को उस कर्मकांड का विस्तार तो पता नहीं होता है। इसलिए कुछ लोग उसे जानने वाले आगे आते हैं वे दूसरों के कर्मकांड में राय देते हैं कि कैसे किया जाये, बल्कि स्वयं ही कराने लगते हैं। वे ही पुरोहित बन जाते हैं। जो उनका उपयोग करते हैं अपने कर्मकांड में वे यजमान बन जाते हैं। इस तरह से वर्णाश्रम धर्म की उत्पत्ति होती है।"

कंद्रा योगी चुप हो गये। गुमाश्ता जी को लगा कि वे कुछ और खुलासा करेंगे। लेकिन वे चुप ही रहे। श्रोता लोग हरिबोल-हरिबोल कई बार कर चुके थे। गुमाश्ता जी नत हुए तो उन्होंने चुप रहने के लिए हाथ से इशारा किया। कुछ क्षण और चुप रहकर कहा, "अब तीसरी चीज़ पुराण कथा है। अब इधर कुछ म्लेच्छ विद्या पढ़े लोग कहने लगे हैं कि वह गप्प है। लेकिन हमारे लिए तो वह जीवन का आधार है। उसमें उन लोगों की चर्चायें हैं, जिन्होंने हमारे जीवन मूल्यों को जिया है, उसके लिए संघर्ष किया है, जरूरत पड़ने पर नये मूल्य की स्थापना की है। हम उन किस्से-कहानियों से प्रेरणा लेते हैं, अपना मनोबल बढ़ाते हैं। अपने जीवन को दूसरे के जीवन से एक सूत्र में पिरोते हैं।"

योगी फिर कुछ क्षणों के लिए चुप हो गये। फिर बोले, "देखो बच्चा! अब जो साधना की व्यक्तिगत उपलब्धि होती है, उसकी अनुभूति होती है, उसे गुरु अपने शिष्य

को बाँटता-बताता चलता है। वह देव-स्वरूप होता है। जो उसकी सामाजिक परिणति होती है, उसे वह दर्शन के रूप में समूह को सौंपता है। हमारे आरण्यक उपनिषद वही हैं। व्यास लोगों ने उसे दूह कर वेदांत सूत्रों में रखा है। उसी तरह की बात कृष्ण ने गीता में कही है। दर्शन की बात आने पर इन्हीं की व्याख्या ज्ञानी लोग अपने अनुभव, तर्क, सामाजिक आवश्यकता आदि के आधार पर करते हैं। शास्त्रीय शब्दावली में इन्हें प्रस्थान त्रयी कहते हैं।''

योगी फिर चुप हो गये। गुमाश्ता जी इस ज्ञान में इतने मगन हो गये कि उनकी बोलती बंद हो गयी। श्रोता समुदाय भकुआया कभी अपने को देख रहा था, कभी साथ के दूसरों को। सभी मिलकर गुमाश्ता जी को देख रहे थे। गुमाश्ता जी कंद्रा योगी को। उनकी देखा-देखी सभी फिर योगी को देखने लगे। योगी ने आगे कहना शुरू किया, ''कर्मकाण्ड ब्राह्मणों में हैं, जो वेद के अंग हैं। वेद के तीन अंग हैं—एक संहिता जो ऋषियों द्वारा देखे गये सत्य की अभिव्यक्ति है। दूसरा ब्राह्मण जिसमें बतलाया गया है कि कर्मकांड कैसे किये जाते हैं। उनका विस्तार गृह सूत्रों, स्त्रौत सूत्रों और कल्पसूत्रों में मिलता है। उसे भी जानने वाले और आवश्यकता पड़ने पर बनाने वाले यानी लोक से संग्रहीत करने वाले ब्राह्मण लोग ही होते हैं। यानी वे उस पर नियंत्रण रखने वाले होते हैं। इसलिए वे स्वयं देवता हैं। भू देव हैं।''

योगी जी चुप हो गये। फिर बोले, ''यह सब तो आध्यात्म्य की बात हुई। लोक को भी तो चलना है। अब सभी लोग तो इतने अच्छे होते नहीं, और सभी अच्छे लोगों की अच्छाइयाँ एक धरातल की नहीं होतीं, इसलिए स्वार्थों में टकराव होता है। उसे रोकने के लिए और न्याय के लिए—यानी जो जिसका देय है उसे प्रदान करने के लिए-दूसरे तरह के लौकिक कानून चलते हैं। उनमें से कुछ सामाजिक जीवन से ही उद्‌भूत होते हैं, कुछ की स्थापना बड़े लोग करते हैं.....''

गुमाश्ता जी से रहा नहीं गया। बात काट बोले, ''यह जो आप बार-बार समाज के बड़े लोग की बात कर रहे हैं, वे कौन होते हैं?''

कंद्रा योगी मुस्कराये कि जैसे किस बज्र गंवार से पाला पड़ गया है। फिर बोले, ''समाज के बड़े लोग कौन होते हैं? वे होते हैं, जिनकी समाज में धाक् होती है। वे राजा होते हैं, राजन्य होते हैं, उनके दरबारी होते हैं, पुरोहित लोग होते हैं, वे लोग होते हैं, जिनके पीछे तमाम लोग होते हैं। चलती उसी की है, जिसकी धाक् होती है। वह धाक पारिवारिक पृष्टभूमि से मिले, राजसत्ता से मिले, धन से मिले, जन समर्थन से मिले-चाहे जहाँ से मिले।''

योगी चुप हो गये। श्रोतावृंद पर सिंह की निगाह डाली। फिर बोले, ''तो मैं सामाजिक नियमों की बात कर रहा था। उन्हें स्मृतियों में संग्रहीत किया गया है। वे श्रुतियों से भिन्न हैं। श्रुतियों में तो ऋषियों के देखे आप्त सत्य हैं। स्मृतियों में सामाजिक सत्य हैं।''

लोगों को बात उबाऊ लगने लगी थी। हरि बोल की जगह वे कच्ची सुपारी की बटुआ टटोलने लगे थे। उसे खाकर वे पच्च से थूकेंगे। उस सामूहिक थूक-दान को देखकर कंद्रा योगी को उबकायी आ जाती थी। लेहाजा प्रवचन बंद करने का इशारा किया। घंटा-घड़ियाल, ढोल सभी एक साथ बज उठे। ज्ञान का जितना अंश बटोर सकता था, उतना अंश बटोर कर रिंजा सोने चला।

अगले दिन कंद्रा योगी व्यक्तिगत साधना के बारे में बता रहे थे। भूमिका बाँधते हुए उन्होंने कहा, ''ज्ञान, भक्ति, कर्म और योग ब्रह्मप्राप्ति के साधन हैं, इनमें कर्म और भक्ति समूह की चीज़ है और योग तथा ज्ञान व्यक्ति की। तात्पर्य यह कि योग समूह को नहीं दिया जा सकता। इसे सीधे गुरु के निर्देश में व्यक्ति को साधना होता है। उसी तरह ज्ञान। ज्ञान ऐसी चीज़ नहीं है, कि सबमें बराबर-बराबर बाँट दी जाय। दोनों के लिए व्यक्तिगत प्रयास करना होता है। व्यक्तिगत प्रयास तो भक्ति और कर्म के लिए भी करना होता है, यदि व्यक्तिगत मुक्ति की आकांक्षा हो। तो भी यदि ऐसा न हो, देखा-देखी ही इसे सबके साथ साधा जाय तो समाज का और व्यक्ति का भला ही होगा। यह संस्थागत होता है।''

अपनी आदत के अनुसार गुमाश्ता जी बीच में ही बोले, ''कुछ कर्म के बारे में खुलासा करें।''

योगी वही परिचित व्यंग्य भरी मुस्कान बिखरेते हुए बोले, ''पहले ब्रह्म की प्राप्ति कर्म से ही होती थी। इधर लोग कर्म का मतलब अच्छे काम जैसे दवा देना, विद्यालय बनवाना, पोखरी खुदवाना, रास्ते के किनारे पेड़ लगवाना, लोगों के सुख-दुःख में दौड़कर पहुँचना से लगाते हैं। अब परोपकार तो है अच्छी चीज। की जानी चाहिए। जो और कुछ नहीं कर सकता, वह यही करे। लेकिन हमारे यहाँ कर्म का मतलब वैदिक यज्ञ-याज्ञ से है। उसके लिए विधि-विधान है, उद्देश्य है। उसे किया जाना चाहिए। कालांतर में वह बहुत महंगा कर्म हो गया, तमाम रूढ़ियां समा गयीं, कुछ अत्याचार भी होने लगे, जिससे वह लोक से धीरे-धीरे खिसकता गया। उसकी जगह परोपकार लेता गया। लेकिन परोपकार से ब्रह्मानुभूति नहीं होती। यज्ञ से ही होती है। यज्ञ जानकार लोग ही करा सकते हैं। वे जानकार लोग ब्राह्मण हैं......''

गुमाश्ता जी फिर बीच में ही बोले, ''ब्राह्मण ही क्यों?'' उन्हें शायद याद आ गया कि वे कायस्थ हैं। और ये ब्राह्मण अपने बच्चों के यज्ञोपवीत के अवसर पर खर्च तो उनसे ले जाते हैं, लेकिन सात दिन तक उनका मुँह देखने से मना कर देते हैं—ऐसा शूद्र समझते हैं।

योगी तपाक से बोले, ''इसलिए कि ब्राह्मण मंत्र जानता है। उसके पुरुखों ने उसे पाया था। और उसने उसे साधा है। देखो पूरा ब्रह्मांड देवों का दास है। देवता मंत्रों के दास हैं। मंत्र ब्राह्मण का दास है। दास से मेरा मतलब यहाँ विषय से है। इसलिए

ब्राह्मण ही देव है—धरा देव।''

योगी भक्ति के बारे में बताना चाह रहे थे। मौन होकर उसके लिए मन ही मन भूमिका बाँध रहे थे। तभी गुमाश्ता जी ने पूछा ''कुछ योग के बारे में बतायें।''

योगी जी क्या बताते। लम्बी साँस छोड़कर बोले, ''देखो इस जीवन में ब्रह्म से सीधे-सीधे तभी मिला जा सकता है, उसका साक्षात्कार किया जा सकता है, जब चित्तवृत्तियों का निरोध कर लिया जाय। ये चित्तवृत्तियाँ मन के साथ चलती हैं और मन साँस के साथ। यदि मन को रोक दिया जाय तो साँस रुक जायेगी और साँस को रोक दिया जाय तो मन। इसलिए योग के दो रूप हैं। एक है राजयोग, जिसमें पहले साँस को रोकने का अभ्यास किया जाता है। इसके लिए क्रमदशाएँ हैं। उनसे गुजरने के लिए व्यक्तिगत गुरु का निर्देश और देख-रेख दोनों आवश्यक होता है। साधना भी कठिन होती है। खैर, जब साँस पूरी तरह रुक जाती है तब मन भी पूरी तरह रुक जाता है। उस स्थिति को समाधि कहते हैं। उसमें जो निर्विकार अनुभूति होती है, वह ब्रह्म की अनुभूति होती है। उसका साक्षात्कार होता है, उससे तादात्म्य स्थापित हो जाता है। इस स्थिति में अक्सर साधक ब्रह्म के साथ एकाकार हो जाता है। ....कैसे समझाऊँ। जैसे समुद्र का पानी समुद्र में मिल जाय और ऐसा मिल जाय कि बाहर न जा सके—उसका अपना अस्तित्व ही तिरोहित हो जाय: सागर का पानी सागरमय हो जाय: उसी तरह ब्रह्मलीन ब्रह्ममय हो जाय। अब ऐसे साधक बहुत मिलते हैं, जो इस तरह से अपना व्यक्तिगत मोक्ष प्राप्त कर लेते हैं। कोई-कोई इससे बाहर आते हैं। वे अपनी अनुभूति को जगत् को बाँटते हैं, जागतिक लोगों के कल्याण के लिए। बुद्ध एक ऐसे ही साधक थे। गोरखनाथ दूसरे थे....... ।''

योगी रुक गये। लगा कि स्वयं उन्हीं की समाधि लग गयी है। कई क्षण बीत गया तो लोग 'हरि बोल' 'हरि बोल' का जाप करने लगे। योगी की आँखें खुलीं। भृकुटी तनीं। लगा कि सोते से जगे हों। बोले: यह तुरीयावस्था थी, समाधि से एक दर्जा नीचे। .....''

श्रोतागण नतमस्तक हो गये—कितने महान् साधक से उपदेश पा रहे हैं। खासी लोग पूर्वजन्म में विश्वास नहीं करते। तो भी उनको लगने लगा कि वैसा कुछ होता होगा जरूर नहीं तो यह ज्ञानामृत पान का संयोग कैसे बनता। कंद्रा योगी उस मन:स्थिति में देर तक नहीं रमना चाहते थे। तुरंत सहज होकर बोले, ''इस योग से अलग एक दूसरा योग है, जिसमें पहले मन को ही रोक दिया जाता है, तब साँस अपने आप रुक जाती है। यह रोकना बलात् होता है, हठ करके। इसलिए इसे हठ योग कहते हैं।''

योगी रुक गये। सोचने लगे कि आगे क्या उपदेश दिया जाय। कुछ आश्रम धर्म के बारे में बताया जाय, कि आत्मा-परमात्मा के बारे में बताया जाय, कि प्रवचन बंद किया जाय। काफी भारी-भरकम बातें बड़े सरल और सहज ढंग से कही गई हैं, वह भी इन संस्कारहीन लोगों से। उन्हें पूरी तरह आत्मसात करने में थोड़ा समय लगेगा।

उन्हें आगे उन्हीं के प्रतीकों और जीवन व्यवहारों से समझाता होगा। तभी उन्हें यह सनातन धर्म सुगम लगेगा। तो आज प्रवचन समाप्त करना ही ठीक होगा। तभी गुमाश्ता जी बोल पड़े, ''इस हठ योग का कुछ खुलासा किया जाय।''

योगी टालना चाहते थे। बोले, ''यह मतावलंम्बियों के बीच की गुप्त बातें हैं। इन्हें साधना के दौरान गुरु शिष्य को कदम-कदम पर बताता चलता है। सबके जानने की चीज नहीं है। बिना गुरु के ही सुनी-सुनाई बात पर कोई साधने चले तो अनिष्ट की ही संभावना अधिक होती है।.....''

''तो भी महाराज कुछ. तो ऐसा होगा जिसे हम साधारण जन को भी बतलाया जा सकता होगा।'' गुमाश्ता जी ने मुड़कर श्रोता-समूह की ओर देखा। लगा कि लोगों को रस आ रहा है। वे अभी बैठना चाहते हैं। तो भी जरूरी नहीं कि कंद्रा योगी उपदेश करें। योगी मन की मौज के अनुसार चलता है। वह किसी बंधन में क्यों बँधे? वे उठ जायँ इससे पहले ही गुमाश्ता जी ने पुन: कहा, ''भगवन् कृपा किया जाय।''

योगी ने आश्वासन का हाथ उठाते हुए खँखार कर कहा, ''मैं सत्-ऋत् की बात कर आया हूँ, प्रकृति-पुरुष की बात कर आया हूँ। इसी नर-नारी योग का प्रयोग साधना के लिए होता है। वह कुछ इस प्रकार कि एक खैचरी विद्या साधी जाती है। पहले नाक के एक छिद्र से पानी सुड़ककर दूसरे छिद्र से बाहर किया जाता है। फिर नवली क्रिया की जाती है। पेट में पानी कभी मुँह से और कभी मलद्वार से सुड़क कर भीतरी काया के साफ किया जाता है। धौती क्रिया से कपड़ा मुँह से लेकर आँतों को साफ किया जाता है। इस सबमें पारंगत हो जाने के बाद जीभ के निचले हिस्से को उन नाड़ी तंत्रों को, जो जीभ को नीचे से जोड़े होती हैं, उन्हें धीरे-धीरे विलगाया जाता है। जीभ को मक्खन, शहद, घी वगैरह से लेपित कर उसे खींचा जाता है। जब वह इतनी लम्बी हो जाती है कि उसका अग्रभाग नासिका मूल को छूने लगे तब लपेटकर तालू में घुसा दिया जाता है। उसके घुसते ही मन काम करना बंद कर देता है और समाधि लग जाती है।''

अपना प्रवचन समाप्त करते हुए उन्होंने कहा, ''मेरी बात को सुनकर आप लोग साधना न शुरू कर दीजिएगा। यह तंत्र है। तंत्र गुप्त विद्या है। इसमें पंचमकार और ब्रजोली मुद्रा की साधना आती है। योगी को योगिनी की आवश्यकता पड़ती है। शव की साधना करनी पड़ती है। उसका दर्शन यह है कि जैसे शिव ने पार्वती के साथ साधा था, जैसे पावर्ती का ही एक रूप काली का रहा है, कि जैसे बौद्ध संतों ने डाकिनी जाखिनी, योगिनी को साधा था, वैसे साधा जाना चाहिए। यह सब गुप्त विद्या है। फिर कभी।''

योगी जी उठ गये। गुमाश्ता समझ गया कि वे कोई मौका नहीं देना चाहते हैं। ढोल-मजीरे बज उठे। रिंजा भी उठ गया। इस गूढ़ ज्ञान में तो उसके आने का मकसद ही डूबा जा रहा है। इससे उबरना होगा। और सारा श्रम अल्खी को खोजने में लगाना होगा। यहाँ तो आती नहीं। कहाँ खोजे। वह गाँव के भीतर की ओर चल पड़ा।

तब सिंतेडो के घरों में खिड़कियाँ नहीं होती थीं। दरवाजे से ही खिड़की का काम लिया जाता था, रोशनी के लिए भी, हवा के लिए भी। रोशनी से बढ़कर हवा की जरूरत थी रिंजा को जिसको वह छाती में भरकर साँस ले सके। इसलिए वह दरवाजे पर बैठा था। शाम हो रही थी। हवा हूँफ रही थी, जैसे कोई भूखी भिखारिन दिन भर भीख माँग-माँग कर थक गयी हो और बरामदे के पार छत पर आँसू की तरह किसी आवारा बादल के टुकड़े की तरह बरस रही हो। उसी तरह रिंजा अल्खी को खोज-खोज कर थक गया था और थक कर विसुर रहा था। कई दिन तक घूमते रहने पर यह तो पता चल गया था कि पकड़ हुई हैं; सिलचर के पास सोनापुर बाजार में हुई है, पकड़ बलि के लिए हुई है और जल्दी ही चढ़ाई जाने वाली है। वह भेजा भी गया था सिर्फ यही जानने के लिए। किन्तु इतना पर्याप्त नहीं था। वह आया था अल्खा आवरी से मिलने के लिए और आज तक एकबार देख भी न पाया। यह सिंतेडो के उन्मुक्त समाज में लगभग अनहोनी-सी बात थी। किसी और के बारे में बात होती तो किसी से भी सवाल कर वह कुछ जान लेता। लेकिन बात अल्खा के बारे में थी और वही बेचैन करने के बाद अब निराश किये दे रही थी।

तभी देखा कि कंद्रा योगी अतिथिवाड़ी से निकल कर चले जा रहे हैं। एक हाथ में चिमटा है, दूसरे में कमंडल। उन्होंने पीतल को रगड़-रगड़ कर सोना बनाने में कोई कसर न छोड़ी थी। रिंजा निकलकर कुछ दूरी पर उनके पीछे लग गया। योगी किसी से अकेले में बात नहीं करते थे। इसलिए उनके करीब जाने का कोई मतलब नहीं था।

थोड़ी दूर तक टेढ़ा-मेढ़ा जाने के बाद रास्ता एकदम से मुड़ गया था और दीर्घ चट्टान के मजबूत कंधे के सहारे जंगल की ओर सीधा बढ़ गया था। नीचे उत्तरमुखी चौड़ी कोपिली नदी धीरे-धीरे बह रही थी। डूबते सूरज की किरणें जैसे उसके जल को सफेद चादर में लपेटे ले रही थी। दूसरी तरफ का किनारा सुनहरे बालू के ढलान से पानी छू रहा था। उसी के साथ-साथ नदी का कछार फैला हुआ था, जिसमें तरह-तरह की फूलों वाली झाड़ियाँ बिखरे गड्ढों के आस-पास बड़े ही विरल ढंग से उगी पड़ी थीं। वहीं पहुँचकर योगी ढलान से ऊपर चढ़ने लगे। सामने का विस्तार गेंद के एक तिहाई की तरह कटे भाग की तरह औंधा पड़ा था, जिस पर पीताभ हरी घास बड़े करीने से, कि जैसे उसे जानबूझ कर कतर-कतर कर बनाया गया हो, फैली हुई थी। उसके शीर्ष पर तीन-चार जगह चार-चार पाँच-पाँच चीड़ के नाटे वृक्षों के झुरमुट थे, जो बहुत ही सुन्दर लग रहे थे। उन्हीं के बीच पंचवटी बनाई गयी थी। कोई दस हाथ लम्बे और उतने ही चौड़े चौरस भू भाग के कोनों पर बट, पीपल, पाकड़ आँवला और आम के कोई ढाई साल के स्वस्थ पौधे लगाये गये थे। उनकी तरुणाई देखते ही बनती थी। उन्हीं के बीच कुश के बुने चटंगों को टाँग कर पर्णकुटी बनायी गयी थी। फर्श पर भी कुश की चटाइयाँ बिछायी गयी थीं। उस पर मोटा कंबल 'थुल्मा' बिछा हुआ था,

जिसे योगी जी मानसरोवर से बद्रीनाथ के रास्ते आते हुए लाये थे। योगी जी यहीं ध्यान में लीन रहते थे या फिर योगाभ्यास करते थे। यहीं आनेवाली अँजोरी सप्तमी को पंचमकार साधने वाले थे। उसी की तैयारी चल रही थी।

दृष्य चाहे जितना सुन्दर हो, बात करने के लिए कोई आदमी न हो तो मन थोड़ी ही देर में उचट जाता है। वही दृष्य बड़ा कुरूप लगने लगता है। उस कुरूपता से मन हटाने के लिए उसने पीछे की ओर देखा। दूर सामने के घर की चिगनी से धुआँ गोल-गोल उठकर एक खंभे की तरह तना जा रहा था। जाहिर है खाना बन रहा था। उसी घर से एक खास गति से कसे तार पर हाथ फेरने से उत्पन्न ध्वनि आ रही थी। कान पारने पर लगता कि शांत नदी, हरे प्रांतर, उनमें बिखरी वनराजि और डोलती हवा भी जीवंत हो उठी है। एक आनन्द में केन्द्रित होकर स्पंदित रही है। रिंजा उसी दिशा में चल पड़ा। विसूरने से कहीं अच्छा होता है स्पंदित होना।

रिंजा उस घर में घुसा तो देखा कि कोई चौदह-पंद्रह साल का लड़का, जिसके एक गाल पर कटे का लम्बा निशान था, नाक से लटक रहे नजले, को पहने पुराने कोट की आस्तीन से पोंछ-पोंछ कर का मीरिंथिङ[1]बजा रहा है। रिंजा को लगा कि इसे पहले कहीं देखा है। फिर याद आया कि वही तो है जो झकाड़ी देवधाई के साथ वेदी खोदने खिर्रिम गया था। उसके गाल इतने ठोस और कड़े दिख रहे थे कि उनसे रूई रगड़कर आग जलाई जा सकती थी और उसकी का मीरिंथिङ से जो ध्वनि निकल रही थी उससे लगता था कि कोई खोई हुई आत्मा आकाश से उतरनी चाह रही है। किन्तु यह उसके मन की उपज थी। सही बात यह थी कि घर के बाहर चुलबुलाती लड़कियाँ इकट्ठी हो रही थीं। उनके पीछे-पीछे लड़के। सभी बुत थे। लड़के मीरिंथिङ के साथ का पदियाह[2] और का किंसाउ[3] आदि बजाने लगे। धूल की बनी पतली कीचड़ में सने पाँव और फुहार में भींगे गात तथा कामवेध से उनीदी आँखों वाली लड़कियाँ अपने-अपने छैलों के सामने जायन ख्रिवाङ[4]उठा-उठा कर नाँचने लगीं। उनके वक्ष बड़े ही अश्लील ढंग से हिल रहे थे और बड़े ही कर्कश स्वर में वे कोई अशिष्ट आमंत्रण गीत गा रही थीं। जाहिर था पूरी मनचीति उत्सव का था। पूरा का पूरा उन्मत्त समूह राजा के निवास की तरफ की अँधेरी गली में चल पड़ा। पीछे-पीछे रिंजा। पूरा समूह एक लकड़ी के घर के सामने रुका। उसके दरवाजे पर अरना भैंसे की सींगों के साथ दूसरे जानवरों के बड़े-बड़े सींग टँगे थे। दरवाजा लगता था जैसे सुरंग का छेद हो। मसाल लेकर कोई आती दिखी। रिंजा का कलेजा मुँह में आ गया। वह अल्खी थी जो स्वास्थ्य से दमक रही थी। बदन अति कोमल और बाल और लम्बे हो गये दिख रहे थे। कमर से ऊपर निवस्त्र और कमर के नीचे एक बेशकीमती रेशम का पटुका। पाँव, बाँह और

1. का मीरिंथिङ—एक तार का सारंगी या गिटार जैसा वाद्य।
2. का पदियाह—एक छोटा सा ढोल, जिसमें हत्था लगा होता है।
3. का किंसाउ—पीतल का घंटा जिससे बड़ी झंकार निकलती है।
4. जायन ख्रिवाङ—जयंतिया लोग जानसेन को ख्रिवाङ कहते हैं।

गर्दन में चाँदी-सोने के गहने। उसके बाहर आते ही लड़के ने वाद्य बजाना बंदकर दूसरी तरफ हट गये और लड़कियों ने नाचना बंद कर खिलखिलाती हुई उसे पकड़ लिया और पूरे शरीर पर जैसे उबटन-तेल मलने लगीं। उनका उत्साह और उनका वेग देखने ही लायक था। रिंजा के मन में आया कि वह दौड़ कर लिपट जाय। लेकिन जिस तरह की प्रसन्नता से अल्खा दीप्त हो रही थी, जीवन-उल्लास जिस तरह से थिरक रहा था, उसे देखते हुए लगा कि यह उचित समय नहीं है। अतीत की, अपने वतन की, उसके साथ की स्मृतियाँ एक कसक की तरह यह सब कुछ निमिष मात्र में तिरोहित कर देंगी। निमिष मात्र में ही दो परिचितों के बीच अपरिचय का एक ऐसा समुद्र बढ़ आया था, जिसे बिना विशेष उद्योग के अब पार नहीं किया जा सकता था। उसकी लहरों की ध्वनियाँ समवेत होकर एक ऐसे चट्टान पर टूट रही थीं, जो उनकी कर्कशता को कई गुणित कर दे रहा था।

दूसरे दिन दोपहर गाँव में बड़ी भीड़ थी। माउलाङ नगाड़ा बजाता आगे-आगे चल रहा था। गाँव की सभी अविवाहित लड़कियाँ अपने सर्वोत्तम् वस्त्राभूषणों में उसके पीछे-पीछे। वे देवी-गीत गा रही थीं—

का ताबेन चली सरग से
उतरीं उत्रुह की धरती पर
कि बिटियन के संग फिरी मुलुक में
हो हो हो

कि ताबेन पहुँची ड' खार के द्वार
करी बिनती कि रख लो बन रखवार
बोला ड' खार मोरे घर बहुअरि अनेक
झगड़ेगी देखि तुम्हार सिंगार
कि तुम्हरे बिटिअन अनेक
ता संग झगड़ेंगे मोर संतान
हो हो हो

कि ताबेन पहुँची खसियन के गाँव
खेतिहर जन अपरबल धन
बोली करूँगी सेवा सहायता तुम्हार
अन्न से भरिहों तुम्हार कोठार
कि बोले हलधर बलधर
नहीं तोहार दरकार

हम जानें उपजावन, बनावन आपन भाग
हो हो हो

कि ताबेन पहुँची भोई वार के द्वार
तो भी नहीं मिला कोई उनकर पूछनहार
कि ताबेन हार के पहुँची नाडफिलूद
तब भी नहीं मिला कोई भर्तार
ताबेन आगे बढ़ी वोई रिम्बोई के ढाल
बसत जहाँ गाँव मूलगुला
ओही गाँव का बासी रामुकुला
लाया राजा के द्वार बोला समुझाई
कि इस औरत की अति उत्तम् काया
मोहत मन, पर गरीब के पास नाहीं उपाई
राखो माइकी बनाई लुगाई
हो हो हो

राजा रूप पर होकर निछावर
और सोवालिन पर कर उपकार
ताबेन को घर में दिया स्थान
और बचियन को बाहर दुकान—
का रोसाङ को रनवास की ड्योढ़ी
हर रानी की लौड़ी और काम की दायी
धन-धान बढ़ावन में हो सहायी
हो हो हो

दूसर पुत्री का लिङखुई
बनी दरबार की लौड़ी
जो धन-धान का जोश बढ़ावे
और दौड़ी करे राजा का काज
सबको संदेश पठावे
तीसर बेटी का बुलङ
थोड़ी कुरूप थोड़ी बौड़म
राजा के मन ना भाई
हो हो हो

पठाई दिया जंगल

जंगल में जाई
बुलङ बोली भल नहीं कियो राजा
तुम्हार प्रजा पड़ी संमुख मोरे
जो अंगवस्त्र उतार नहीं
ताको पागल करिहों बिसारिओं राह
हो हो हो

सबसे छोटी कन्या सुदर्शन का सिम्फुद
ना सही पाई बहिन की अवहेला
बोली चलूँगी साथ तुम्हारे
बन में रहूँगी, करूँगी मन मानी
भवानी बन जारूँगी बहुतेरे
छोडूँगी छाप हर गात पर बन निकसार
हो हो हो

तब से इन देबिन के पूजा
जो न करे शुभ कारज पहले
ताकर धन-राज नसावन
हो हो हो

यानी का ताबेन की पूजा से रही थी। का ताबेन कुल देवी थीं, कुल की अधिष्ठात्री। सितेङ राज परिवार उन्हीं का उत्तराधिकारी था। इस गीत के माध्यम से उस जड़ को याद किया जा रहा था। उसे खुश रखने के लिए अनुष्ठान हो रहा था। दरबार के सामने के बलियूथ को स्निङ की पत्तियों से सजा दिया गया था। उसके सामने अंडे की बलि चढ़ाने के बाद अब मुर्गे की बलि चढ़ाई जा रही थी। लड़कियाँ पूरे गाँव में देवी-गाथा घूम-घूम कर गा रही थीं, कि जिससे सभी को—उनके गोत्र के सभी प्राणियों को—उनका आशीर्वाद मिल जाय और आगे होने वाले शुभ कार्य में कोई विघ्न न पड़े। भीड़ के पीछे-पीछे झकाड़ी और बसन्ता चले जा रहे थे। उन्हीं के पीछे रिंजा चल पड़ा। अल्खा कूद-कूद कर गा रही थी। रिंजा ने सोचा कि जिसके पीछे मैं इतना बेगाना हूँ, उसे शायद मेरी याद तक नहीं है। उसकी प्रसन्नता से तो यही लगता है कि वह मुझे पूरी तरह से भूल चुकी है।

भूल गयी है तो ठीक है। मैं अपना काम तो करूँ, सोचता रिंजा चला जा रहा था। ऊँचे-ऊँचे फूस के नये छाये घर भूरा-भूरा चमक रहे थे। चीड़ के हरे पेड़ पंक्तिबद्ध हो झूम रहे थे। उनके नीचे फूलदार पौधे पूरी तरह से खिले हुए थे। बिना गंध के, क्या सिर्फ रंग से ही फूलों का अस्तित्व बनता है—रिंजा ने सोचा। लोग अपने घरों के बरामदे की जगह सामुहिक चबूतरों पर गोल बाँध कर बैठे थे। अधिकांश लोगों का रंग

काला-ताम्बाई था। कुछ लोगों का रंग भूरा-ताम्बाई था। वे स्त्रियाँ थीं। उनके कपड़े नये थे, पर पहनने का रंग बड़ा बेढंगा था। बालों को तो पग्गड़ में बाँध कर इस तरह से रखा गया था कि लगता था सारा श्रम मुँह को छिपाने के लिए किया गया है, जिससे कि दूसरों की नजर उनके चेहरे पर न गड़े। लेकिन उतना प्रयत्न तन को छिपाने के लिए नहीं किया गया था। बल्कि कपड़े इस तरह से पहने गये थे कि प्रिय के सामने उन्हें उतार-फेंकने में कोई समय न लगे, जिससे कि वह आँख सेंक सके, सेंककर ठंडा हो सके।

सामने से एक बड़ा-सा काला बादल चला आ रहा था। उससे हरी वनस्पतियाँ, भूरे घर और सफेद वस्त्र साये में हो गये थे। यह साया कब तब रहेगी? हो सकता है यह बादल अभी थोड़ी देर में बरस कर मिट जाय। तब उनका स्वाभाविक रंग लौट आयेगा।

सामने से बसंता चला आ रहा था। रिंजा ने इशारे से उसे पास बुलाया। पूछा, "कितनी पुरोहिती सीख ली?" बसंता थोड़ा निराश-सा बोला, "अभी कहाँ? अभी तो उपदेश सुन रहा हूँ।......जैसे सभी सुन रहे हैं।"

"तब कर्मकांड कब सीखोगे?"

"जब बलि चढ़ेगी।"

"बलि कब चढ़ेगी?"

"जब समय आयेगा।"

"और समय कब आयेगा?"

"अगले माह।"

"तैयारी तो हो नहीं रही है।"

"तो और क्या हो रहा है? यह रोज-रोज का उत्सव ..."

रिंजा की आँखों में चमक आ गयी थी। वह बात काट कर बोला, "लेकिन मुगा खाउरा तो आया नहीं।"

"आया क्यों नहीं? मुगा खाउरा तो उस बार अपने मन से आया है।"

"लेकिन पकड़ कर तो नहीं?"

"क्यों नहीं। भोग खाउरा तो पकड़ कर ही आया है।"

"कहाँ से?"

"सोना पहाड़ से।"

"तुम्हें कैसे पता?"

"मैंने देखा है।"

"पकड़ते वक्त?"

"नहीं, लाते वक्त।"

''कहाँ?''

''वहीं कालियेडव्लेइ के पास, नदी में।''

''सच्च?

''हाँ। तुम नये आदमी हो, इसलिए नहीं जानते हो। वार को चढ़ाया जायेगा इस बार।''

''हूँ?''

''हाँ। हाँ वह मजे कर रहा है। बोला है कि चढ़ने से पहले राजकन्या से बच्चा पैदा करूँगा। रोज सजकर जाती है, राजकुमारी।''

''कौन राजकुमारी?''

''नाम तो नहीं जानता।''

रिंजा के लिए यह सारी सूचनाएँ काम की थीं। अंग्रेज तक पहुँच जाय तो काम बन जाय। लेकिन अंग्रेज तक पहुँचे कैसे? वह स्वयं तो फिलहाल जायेगा नहीं। जाकर फिर आना पड़ेगा। इससे यहाँ के मिंत्री लोगों को संदेह हो सकता है। क्या उनके कानों से यह खबर बची होगी कि खिर्रिम का जवान यहाँ आकर रह रहा है? बड़ी बात यह है कि अल्खा से बिना जाने कि प्नार राजा के अमरता का रहस्य क्या है, जाना ठीक नहीं होगा। इसलिए कुछ दिन रुकना ही ठीक है।

रिंजा ने बसंता को क्वाय दिया। बसंता जैसे निहाल हो गया। उसका इतना सम्मान करने वाला निजपत में यह कौन आ गया? उसे तो लोग माँगने पर सुपारी देते हैं। रिंजा के अज्ञान को दूर करना ही सच्ची शुक्रिया होगी, सोचकर वह बोला, ''इस बार दो बलि होगी—एक कोपिली की, दूसरी देवी की। कोपिली वाली पहले होगी। जो स्वयं खावरा बनकर आया है, उसे चढ़ाया जायेगा। देवी की एक माह बाद होगी, वार की। एक को मुगा खाउरा कहा जा रहा है दूसरे को भोग खाउरा।''

''दोनों के नाम क्या हैं?''

''वो तो पता नहीं।''

रिंजा सोच में पड़ गया। ठीक ही तो है। इस लड़के को भला उनका नाम जानने की क्या जरूरत है? लेकिन यह लड़का पता आसानी से लगा सकता है। बोला, ''जब इतनी छोटी-छोटी बातें नहीं जानते हो तो लिडदोह क्या खाक बनोगे?''

बसंता की भौहों की संधि सिकुड़ गयी। नाम न जानने से भला लिडदोह बनने में खलल कहाँ से पड़ेगी। बोला, ''उसकी क्या जरूरत है?''

''क्यों नहीं है? मंत्र तो नाम लेकर ही पढ़े जाते हैं।''

''नहीं। ड' खार लोग नदी का नाम लेते हैं, देश-द्वीप का नाम लेते हैं, पक्ष-दिन का नाम लेते हैं, पूजा करने वाले का नाम लेते हैं, संकल्प कराने वाले का नाम लेते हैं—

''लेकिन बलि में बलि-व्यक्ति का भी नाम लिया जाता है।''

बसंता को बड़ा आश्चर्य हुआ कि इतने दिन के श्रम से वह यह बात नहीं जान पाया, जिसे यह गवाँर जानता है! हाँ गवाँर ही तो। ये सिंटेङ प्नार लोग खासी लोगों को गवाँर ही तो मानते हैं। इस खसिया को ड' खार की पूजा-पद्धति से क्या लेना-देना! तो भी कैसे जान गया? बोला, ''यह तो मैं पता कर लूँगा।''

''यह भी पता कर लेना कि कौन-सी राजकुमारी खाउरा के पास जाती है।'' थोड़ा रुक कर पुन: बोला, ''ओ खिर्रिम देश से एक काङ आई है। पता करना वह कहाँ रहती है। अल्खा.......''

''चार-छ: दिन में बता दूँगा।''

''तब तो बड़ी देर हो जायेगी।''

बसंता ने बड़े भोलेपन से पूछा, ''भला वह कैसे?''

''और क्या? इतने काम के आदमी होकर, यदि तुम्हें यह पता करने में......''

''अब मैं उसे कोई पहचानता तो हूँ नहीं।''

''वह तो मैं करा दूँगा।''

''कैसे?''

''रात में।'' रिंजा ने बसंता को फिर एक क्वाय दिया। लौटने के लिए मुड़ा तो देखा जुलूस उधर ही आ रहा है। अल्खा आगे-आगे थी। उसे देखते ही बसंता को रोक कर बोला, ''वही खिर्रिम से आयी कन्या है।''

''झूठी बात।''

''क्यों?''

''यह तो प्नार राजकन्या है। यही तो खाउरा के पास जाती है उसका बच्चा पैदा करने।''

रिंजा के पाँवों तले की जमीन खिसक गयी। काफी देर तक आँखें फाड़े देखता रहा। फिर नीचे कर लीं: तो इसीलिए मेरे तीर से गैंड़े के बदन से खून नहीं निकला! बेवफा!!

लेकिन उसका तो कोई मतलब नहीं। वह मेरी कौन है? वह तो पत्नी, बहन और माँ के बेवफा होने से होता है। लेकिन तो भी अल्खा मेरे मन में होनेवाली पत्नी के रूप में तो बसी ही रही है। इसी करार पर तो वह निजपत आयी है। जब मन से मान लिया तो परिणिता हो गयी।

तभी आवरी की नजर रिंजा पर पड़ी। एक तरह से दौड़कर उसके पास आयी और कुछ पग की दूरी पर खड़ी होकर उसे ठक् देखती ही रह गयी। रिंजा का माथा झुका हुआ था। कई क्षणों तक दोनों वैसे ही खड़े रहे। फिर अल्खा आवरी बोली, ''कब आये।''

रिंजा को जैसे बोलने का मन ही नहीं हो रहा था। बड़े ठंडेपन से बोला, ''अभी।''

अल्खा उसके अनुत्साह को खूब समझी। जिससे मिलने की बड़ी उत्सुकता होती है, उससे मिलने पर इसी तरह का ठंडापन घेर लेता है। फिर भी थोड़ी चहक कर बोली, ''मेरे वाले घर में रहोगे। चलो।''

और वह जुलूस के साथ चल पड़ा। जुलूस अल्खा के घर यानी अतिथिवाड़ी के पास आकर विसर्जित हो गया। दोनों भीतर गये। अल्खा ने उसे अपनी चौकी पर बिठाकर सबका हाल-चाल पूछा। आँखें नम हो गयीं। बोली, ''अभी न जाने कितने दिन तक यहाँ रहना पड़ेगा!''

''क्यों तुम्हारा तो खूब मन लग गया है।''

''मन क्या लगा है खाक? बस सियेम का काम कर रही हूँ।''

''क्या निकला?''

''अभी तक तो कुछ नहीं। सियेम पास नहीं बुलाता। मिंत्री ने सोचा था, बूढ़ा गरम हो जायेगा। लेकिन वह तो वैसे ही ठंडा है।''

''किसी से पूछा?''

''मरना है क्या?''

''क्यों?''

''अभी तो रोज-रोज मुझे भोग खाउरा के पास भेजते हैं।''

''तुम्हारी तो खूब पट गयी होगी।'' रिंजा के प्रश्न में जिज्ञासा कम, व्यंग्य अधिक था।

अल्खा बोली, ''पटेगी क्या खाक? कंद्रा योगी कहते हैं उससे दूर ही रहना। उसका ब्रह्मचर्य खंडित न होने पाये। ब्रह्मचारी की बलि बड़ा शुभ होती है.....'' वह कहीं खो गयी। वह बड़ा-सा काला बादल, जो गाँव पर उठा आ रहा था, जाने कब से छाकर स्थिर हो गया था। अदृष्य सूरज की किरणें उसके किनारों से निकलकर भागी जा रही थीं, जिससे उसका कोर चाँदी के एक विशाल पतले कड़े की तरह चमक रहा था। हमारे जीवन में निराशा यदि बादल है तो आशा भी वहीं रजत कोर की तरह चमकती रहती है। उसी चमक की तरह अल्खा आगे बोली, ''बेचारा मरने वाला है। पर मरने का खौफ नहीं। मुझे दया आती है। उसका मन रख पाती.....''

अल्खा की निष्ठा को जानकर निस्सोर सिंह रिंजा थोड़ा प्रसन्न ही हुआ। बोला, ''आगे बढ़ता है?''

''खूब।''

''तो?''

''कंद्रा योगी की बात!.......कहता है: बहलाये रहो। छूने न देना। ......गाना सुनाती हूँ। खाना खिलाती हूँ। सिर सहलाती हूँ। उसके सविकार आँखों में झाँकती हूँ। पूरी दुनिया तैरती नजर आती है। यह सब बेकार........।''

"उसे कैसा लगता है?"

"उद्विग्न रहता है। मुझे देखते ही जिस गति से उसकी आँखों में चमक जगती है, उसी गति से बुझ जाती है। गर्म साँस लेकर रह जाता है।"

"वह कहाँ का रहने वाला है?"

"वार का। सोनापुर में पकड़ा था।"

यानी बसंता ठीक ही कह रहा था। अब आगे जानने की जरूरत नहीं है। यह सब जानकर वह प्रसन्न ही हुआ। चलने के लिए खड़ा हुआ तो अल्खा बोली, "यहीं रुको न! मैं मिंत्री से बात करती हूँ।"

"नहीं, यह ठीक न होगा। तुम राज पत्नी की जगह, राजकन्या की तरह रह रही हो। किसी को संदेह हो गया तो?"

"कब तक रुकोगे?"

"जब तक तुम्हारा काम पूरा न हो जाय।"

"तब हम दोनों इकट्ठे भाग चलेंगे।"

दोनों ठठाकर हँस पड़े।

: 13 :

उस रात अँधेरा काफी गाढ़ा था अैर जंगल से उठती भाप कोहरा बन कर आक्षितिज फैली थी। चारों तरफ सन्नाटा छाया था। राजा कंद्रा योगी की पंचवटी में बैठा आसमान घूर रहा था। ओस की बूँदों ने पहले उसकी त्वचा पर लेप किया, फिर जम कर पर्त बन गयीं। उम्र की मार ऐसी थी कि वह जम ही जाता। वह इसे जानता भी था। किन्तु उठ नहीं सकता था। पूरब के आसमान में आँखें गड़ाये ही रखना था। दुर्बल पीले तारों से भरी पड़ी आकाश-गंगा में धसी उसकी दृष्टि मानो खोर-खोर कर आकाशी अंगारे दहका रही थी, जिसकी गर्मी के सहारे पद्मासन में बैठा वह साँसें ले रहा था। उसकी शारीरिक शक्ति क्षीणतर होती जा रही थी और सिर बुरी तरह से भिन्ना रहा था। जगत् की रोशनी एक विशाल जबड़े की तरह उसे निगले जा रही थी, जिसमें वह लड़खड़ा-लड़खड़ा कर गिर रहा था। कनपटियों पर भीषणा दर्द हो रहा था। हाथ-पाँव जैसे जबाव दे रहे थे। इसी लड़खड़ाहट ने स्वीकार की यह चेतना भर दी कि ऐसे मौके पर जरा-सी चूक उसके जीवन, स्वप्न और आकांक्षा को समाप्त कर देगी। उसने किसी तरह से अपना पाँव हिलाया-डुलाया। नसों को थोड़ी राहत मिली। उसी के सहारे अंत की प्रतीक्षा करने लगा।

तभी एक तारा टूटा। बूढ़ी हड्डियों और थक रही साँस में जाने कहाँ की शक्ति आयी और वह उछल पड़ा। कोपिली ने मुगा खाउरा की पहचान स्वीकार कर लिया है। मेरी उम्र बढ़ गयी। जनता के भाग जग गये। फसल अच्छी होगी। महामारी नहीं आयेगी। राजा वही जो प्रजा पाले!

उ नई विङ उत्सव का सप्ताह घोषित कर दिया गया।

मुगा खाउरा खरलुक्की ज्यों-ज्यों सुख का जीवन बिताता जा रहा था, त्यों-त्यों दुबला होता जा रहा था। कुछ लोगों का कहना था कि यह कच्ची उम्र के तरुण का बड़ी उम्र की औरतों के साथ ऐय्याशी का परिणाम है; तो कुछ लोगों का कहना था कि दर असल यह उसके व्यक्तित्व का निखार है, जो एक मुगा खाउरा के लिए शुभ लक्षण है। लेकिन खरलुक्की के मन में भय पैठ गया था। ज्यों-ज्यों बलि का दिन निकट आ रहा था, त्यों-त्यों उसका भय बढ़ता जा रहा था। एक तो खाना अच्छा नहीं लगता था, और जो खाता था वह पचता नहीं था। जो पचता था वह शरीर को नहीं लगता था। कोपिली का भोग बनने के लिए जो उत्साह था, वह क्रमशः मंद पड़ता गया था। लगता था जीवन में सबसे प्रिय जीवन ही है और उसे किसी भी सुख के आगे समर्पित नहीं किया जा सकता। बल्कि नाना प्रकार का दुःख उठाकर उसे बचाये रखने का उद्योग किया जाना चाहिए। और वह उद्योग ही दर असल जीवन है। लेहाजा इस सांसारिक सुख का कोई मतलब नहीं है, यदि जीवन खतरे में है। इसको इस बात से भी कोई सांत्वना नहीं मिल सकती कि इस जीवन के बाद भी एक बेहतर जीवन है, उसे प्राप्त करने के लिए यह बलिदान एक सीढ़ी है, एक क्रम दशा है, जैसा कि कंद्रा योगी कहता है। इस जीवन को बचाने के लिए बलिदान का करार तोड़ता किसी भी तरह पाप नहीं है। खासियों में यूँ भी पाप की अवधारणा नहीं होती, क्योंकि नरक की अवधारणा नहीं होती। नरक की अवधारणा नहीं होती, क्योंकि भावी जीवन की अवधारणा नहीं होती। भावी जीवन की अवधारणा नहीं होती, क्योंकि आत्मा की अवधारणा नहीं होती। इसलिए वादा-खिलाफी की सजा सांसारिक है। और सांसारिक सजा में मृत्यु सबसे बड़ी सजा है। चूँकि यह आसन्न मृत्यु से भागने का प्रयत्न होगा, इसलिए यदि बच गये तो मृत्यु से बच गये। यदि पकड़ गये तो मृत्यु होगी। वह ऐसे भी हो रही है। इसलिए प्रयत्न करने में कोई हर्ज नहीं है।

लेकिन हर्ज प्रयत्न करने में ही था। वह जब भी सोचता था कि मौका है भाग चलने का, तभी लगता वह तो जकड़ा है। कभी रनिवास की आँखें उस पर लगी मिलतीं, तो कभी नौकर-चाकरों की। दर असल न केवल लिङ्दोह और कन्द्रा योगी को संदेह था कि भले ही उसने आत्माहुति के लिए स्वेच्छावरण किया है, मन बदलते बहुत देर नहीं लगती। राजा को भी भय था कि यदि यह मुगा खाउरा हाथ से निकल गया तो उसका जीवन ही निकल जायेगा। राजतंत्र की किसी क्रमदशा पर का सिंसार ने

कहा था कि इस परिवार में राजा नौ वर्ष के लिए ही होगा। हाँ, यदि वह हर छ: वर्ष पर नरबलि देता रहा तो छ:-छ: वर्ष के लिए उसकी उम्र बढ़ती जायेगी। अब वही छठाँ वर्ष इस साल आया है। इसलिए खाउरा हर हालत में उपलब्ध रखना ही है। और इस बार तो वह स्वेच्छा से आया है। इसलिए उसे किसी भी हालत में छोड़ा नहीं जा सकता। यह न केवल उसे जीवित रखने के लिए जरूरी था, उसकी शक्ति, उसके अधिकार, उसकी वैधता को पुनर्नवा करने के लिए था, न केवल सांसारिक मामलें में, बल्कि परा-सांसारिक, कहें धार्मिक मामले में थी।

सो खारलुक्की नौकर-चाकर, पुरोहित-पुजारी, संयासी-भोगी, रानी-लौंडी, बच्चा-कुत्ता किसी की भी आँख से ओझल नहीं हो पाता था। ज्यों-ज्यों बलि का दिन पास आता जा रहा था, त्यों-त्यों उसकी उद्विग्नता बढ़ती जा रही थी। उसी उद्विग्नता में एक दिन रात जब आसमान से चाँद गायब था, और सितारे आत्माओं के घोसले की तरह आसमान में चमक रहे थे, रानी के साथ अतिकामुक पहर बिताने के बाद, अतिथकान के चलते जब नींद टूटी-टूटी आ रही थी, वह काठ के घर की छत से कूदा और चला उस जंगल की ओर भाग, जिसमें अँधेरा जीवन की तरह गूंजायमान था। पहले कुत्ते भूँके फिर दौड़े। फिर पहरेदार चिल्लाये और दौड़े। इतने कुत्तों और आदमियों के पीछा करने पर वनैले पशुओं के छक्के छूट जाते हैं, तो आबादी में रहने वाले छोकरे की भला क्या बिसात? वह पत्थर की ओट में छुपा, झाड़ी के छुपा,कोपिली की कटान में छुपा, पहाड़ की कंदरा में छुपा, जंगल के पेड़ पर चढ़कर छुपा, लेकिन कहीं छुप नहीं पाया। जहाँ आदमी नहीं खोज पाये, वहाँ कुत्ते खोज लिये। पकड़ा गया तो आर्तनाद कर उठा। पहले छोड़ देने की विनती की, फिर जीवन भर गुलाबी करने की लालच दी। पुन: छुड़ाकर भागने की कोशिश की, उनको गाली दी। अपने भाग्य को कोसा, जन्म देने वाले माँ-बाप को कोसा, अपने खराब दिमाग को कोसा, गरीबी को कोसा और कोस-कोस कर अपना दिमाग खराब कर लिया। जाने क्या-क्या बकने लगा। कभी किसी को श्राप देता, कभी किसी को आशीर्वाद। कभी पठार को पेड़ समझता, कभी पेड़ को आदमी। आदमी को साँप समझता और उससे डर कर भागता। भला कहाँ जाता? बस भागना ही तो संभव नहीं था।

सुबह होते-होते बात फैल गयी कि खाउरा पर कीपिली देवी का आसन आ गया है। यह ऐसा शुभ समाचार था जिसे प्नार राजा तक सभी पहुँचाना चाहते थे। लेकिन संभव नहीं था। कुल परंपरा के अनुसार राजा को रनिवास की स्त्रियाँ, मिंत्री, लिडदोह, चुने हुए दरबारी, दूसरे राजा ही देख सकते थे। वे भी देख सकते थे जिसे वह कभी अपने सम्मुख बुलाता था। कभी प्रजा से सीधे बात करने की जरूरत पड़ती तो वह बेंत के छिलके से बनी चट्टाइयों के पर्दे के उस पार से ही बात करता था। इसलिए उसकी सूरत भी कम ही लोग पहचानते थे। सो खबर लिडदोह और कन्द्रा स्वामी ने संयुक्त रूप से पहुँचायी।

उ नई विङ के उत्सव के पहले दिन सुबह ही सुबह अनव्याही लड़कियाँ उत्तम् परिधानों और गहनों में सुसज्जित होकर सूप में दीप, सुगंधि, चूना और घास लेकर अतिथिबाड़ी आयीं। माउलाङ के टिमुकी बजाने पर मंगल गीत गाते हुए उन लोगों ने पहले खरलुक्की की आरती उतारी। फिर हल्दी और सुगंधि को मिलाकर बना उबटन लगाया। उसे सरसों के तेल से रगड़-रगड़ कर छुड़ाया। खाउरा इस पूरी प्रक्रिया के दौरान आँसू टपकाता रहा, अंठ-संठ बकता रहा, किसी-किसी को धक्का देता रहा, किसी को नोंचता रहा। उसका यह व्यवहार ज्यों-ज्यों बढ़ता गया लोग उसे उतनी ही देवीग्रस्त होता जाता मानते रहे, उसके व्यवहार को प्रसाद स्वरूप ग्रहण करते रहे। फिर उसे नदी से लाये पवित्र जल से नहला कर नया वस्त्र पहना दिया गया। दिन अपनी तरह से बिताने की पूरी छूट दे दी गयी। लेकिन उसका जीवन से जैसे सरोकार ही समाप्त हो गया था। इसलिए आस-पास के वातावरण में कोई रुचि नहीं रह गयी थी। हवा में कोहरे की गंध थी, किन्तु उसकी छुवन में ठंड नहीं थी। तो भी खाउरा कापें जा रहा था। दिमाग सुन्न हो गया था और शरीर संवेदनहीन। कुल मिलाकर उसे दिन भर यही लगता रहा कि उसकी एक अपनी, निजी दुनिया है, जिसमें अकेलापन अँधेरे और दुर्बोधता में रेंग रहा है, जो चीख-चीख कर कह रहा है कि ज्यों-ज्यों छूटने की कोशिश की है, त्यों-त्यों जकड़ता गया है। शायद कोशिश न करने पर यह जकड़न कुछ ढीली हो जाय; शायद इतनी ढीली कि वह छूट ही जाय। लेकिन पूरे गाँव में जो सुमुखी बालाओं का गान चल रहा था, वह मृत्यु को पदचाप के स्वागत् की तरह गूँजता लगता।

कोई उपाय नहीं था। दूसरे दिन श्रीहट्ट से आये ब्राह्मणों का दल आस-पास के नदी-नालों, झील-तड़ाग से आये जल को मंत्र उच्चारित कर पवित्र कर रहा था। पानी की पवित्रता उसे एक नीली घाटी की तरह लगती, जिसमें कोपिली डूबी हुई थी। उसके गर्त में एक विशाल छेद था, जिसमें अपनी-अपनी गर्दन घुसेड़ने की कोशिश कई लोग एक साथ कर रहे थे। एक विशाल गर्दन किन्तु पतले सिरवाला आदमी, जो आँख, नाक ठुड्डी और कपाल से तो आदमी लग रहा था, किन्तु गर्दन और जीभ से भयंकर साँप उन्हें छेद के उस पार से देख रहा है। यह बिम्ब सामने आते ही वह 'बचाओ-बचाओ' चीखते हुए उछल पड़ा। 'बचाओ मैं डूबना नहीं चाहता।' तभी उसके समस्त अंगों पर एक-एक हाथ एक साथ पड़े और जकड़ कर उठा लिये। उपाध्याय ने कहा, "खाउरा अवस्थित हो गया है। देवीलोक में विचर रहा है। यही मुहुर्त है उसे बाजार ले चलने का।" लेहाजा मिंत्री के नेतृत्व में एक हथियारबंद दस्ता, खाउरा को पालकी में बिठाकर साङ पुङ के लिए चल पड़ा। आगे-आगे गीत गातीं युवतियाँ, पीछे-पीछे ठिठोली करती प्रौढ़ाएँ, अगल-बगल चकित नेत्रों से सबको देखतीं बालिकाएँ।

खाउरा रह-रह कर उन्माद में आता। लगता भाग निकले। शरीर पर कोई बंधन नहीं था। लेकिन हर भाले की नोक और तलवार की धार अपने पर ही उठी लगती। तब लगता कि जीवन अगले ही पल समाप्त हो जायेगा। उससे तो अच्छा है अगले दिन

की प्रतीक्षा की जाय। शायद बचने का कोई सुयोग मिल जाय।

वह क्या करे! कोपिली को तो पुकार नहीं सकता था। भला कोई देवी अपना ग्रास छोड़ेगी? फिर राजा तो उसे बलि चढ़ा रहा है अपने लिए। वह अपने लिए भला किसकी बलि चढ़ाये? क्या राजा की? राजा की बलि पाकर तो कोपिली अति प्रसन्न होंगी। वह ठठाकर हँस पड़ा, ''मैं राजा की बलि चढ़ाऊँगा। देवी मुझे छोड़ दो।'' लेकिन मिले हुए ग्रास को किसी संभावित बढ़िया ग्रास की लालच में क्या किसी देवी ने कभी छोड़ा है? उसे लगा कि हजार दाँत किटकिटाती एक विशाल काली चट्टानी देवी उसकी तरफ बढ़ती आ रही है। वह 'नहीं-नहीं' कह सुबक उठा। लेकिन तभी नगाड़ों की ध्वनि और स्त्रियों का गायन और तेज हो गया। उसमें उसकी चित्कार डूब गयी।

बाजार रोज की ही तरह खुला था। लावारिस सुअरों की विष्टा के साथ गलियों में वैसी ही बदबूदार पानी भरा था, जिसमें हवा के इशारे पर चलकर आये पत्ते और आदमी द्वारा फेंके गये दोनें सड़ रहे थे। उनके किनारे कमजोर बाँस के खम्भों पर समय-कुसमय भींग-भींग कर काली पड़ गयीं नरकट की चटाइयों से छाया कर बैठी झुर्रियोंवाली औरतें अपने सड़े पकवानों और बासी फलों को रोज की तरह चिल्ला-चिल्ला कर बेंच रही थीं। उन्हें खरीदने वाला कोई नहीं था—लोग थे ही नहीं। तो भी वे जाने किसे अपने जिनिस की प्रशंसा सुना आकर्षित कर रही थीं। शायद उनको पता था कि आज का दिन साङ्पुङ माओसाई [1]का है, खाउरा बाजार आयेगा। इसलिए जो दुकानें तीमाही-छमाही खुलती थीं, वे भी आज खुली थीं और कुछ नयी दुकानें भी लग गयी थीं। उन्हें उम्मीद थी कि जुलूस के साथ आये लोग जरूर कुछ न कुछ खरीदेंगे। पैसे की कभी नहीं होगी। सबको राजकोष से कुछ न कुछ मिला होगा।

सूरज माथे पर चढ़ गया था। उसकी गर्मी अच्छी लग रही थी। अधिकांश बूढ़ी दुकानदारिनों ने अपने सिर के ऊपर की पगड़ी उतार कर गोद में रख लिया था। परिणामस्वरूप उनके सन जैसे सफेद बालों में विचरती काली जूँ दूर से ही चमक रही थीं। उन्हें निकालकर मारने के बजाय वे उगँलियों से माथा खुजलाने के दौरान भीतर गाड़ देतीं। जो युवा थीं वे कभी से आज के दिन के लिए अपने बाल कुम्हारी मिट्टी से धो, उसे सुखा कर खोलकर रखे थीं। नहाये चाहे महीनों से नहीं थी, पर शरीर पर सुअर की चर्बी या अलसी का तेल चुपड़कर चिकनी हो गयी थीं। मुँह में क्वाय निरंतर भरे रहने के कारण, जब वे मुस्करातीं तब जो उनके सौंदर्य से पूर्व परिचित नहीं होते, वे कै कर मारते।

पालकी में बैठे खाउरा को गाजे-बाजे के साथ पूरे बाजार में घुमा दिया गया। लेकिन उसने किसी भी वस्तु की तलब व्यक्त न की। एक दुकान से दूसरी दुकान की ओर ले जाते कहाँर सोचते कि अगले दुकान में कोई फर्माइश करेगा। लेकिन उसने कहीं

---

1. **साङ्पुङ माउसाई—बाजार का दिन। खाउरा के बाजार आने का दिन विशेष।**

भी नहीं किया। दर असल उसकी आँखें पथरा गयी थीं, स्मृति बौढ़िया गयी थी, शरीर शिथिल हो गया था और चेतना जैसे किसी भी वस्तु पर कोई प्रतिक्रिया नहीं कर रही थी। लेकिन साँस वैसे ही चल रही थी, दिल वैसे ही धड़क रहा था, नसों में खून दौड़ रहा था और यकृत तथा गुर्दे काम कर रहे थे। उसके मूत्राशय में कसकर दबाव उठा और वह पालकी से एक बैग कूद पड़ा। कहाँर सावधान नहीं थे। वे पालकी लिए-दिये लड़खड़ा कर गिर पड़े। किन्तु सैनिक सावधान थे। तुरन्त ही उसे भालों की नोक की छाया में ले लिये। यह बड़ी ही सावधानी और कुशलता का काम था। खाउरा भाग न पाये और उसे चोट भी न लगे। हथियार से चोटिल हो गया तो बलि की पवित्रता थोड़ी कम हो जायेगी, इसलिए यह रखवाली का काम जोखिम भरा भी था। दरअसल बिना जोखिम के कुशलता के लिए मौका बनता नहीं। उनके जान में जान तब आयी जब खाउरा एक जगह खड़ा हो कर पिसाब करने लगा। निवृत्त होते ही मिंत्री उसके पास पहुँचा। सम्मान में प्रेम का घोल मिलाकर पूछा, "क्या चाहिए।" खाउरा दाँत पीसकर रह गया। फिर नाक की सीध में चल पड़ा। मिंत्री और सिपाही के साथ तमाशबीनों का एक बड़ा-सा दल अपना सारा काम-काज छोड़कर उसके आगे-पीछे लग गया। लड़कियों ने, युवतियों ने, बुढ़ियों ने सभी ने पूछा, "क्या चाहिए?" लेकिन वह अकेलवा बंदर की तरह दाँत किटकिटाता रहा। मिंत्री अनुभवी आदमी था। शासन दिया कि खाउरा की आँख जिस दुकान की तरफ घूमे उसका कुछ सामान खरीद कर उसे दे दिया जाय। दुकानदारों की बन आयी। लेकिन खाउरा और भी मतिमूढ़ हो गया।

दिन डूबने से पहले खाउरा को पकड़ कर पालकी में बिठा दिया गया। उसमें सुअर की भुजिया और चावर की तेज शराब रखी थी। उसे ही खाता-पीता रास्ते में वह जाने कब सो गया। सो क्या गया, बेहोश हो गया। यह बेहोशी तब भी नहीं टूटी, जब उसकी ताजपोशी की गयी। ताजपोशी से खाउरा वह पवित्र व्यक्ति बना दिया गया, जिस पर पूरे समुदाय का भला आश्रित हो गया। वह मौसम को, कृषि उत्पादन को, लोगों के रोग-बलाय को, प्राकृतिक आपदा को प्रभावित करने वाला, अशुभ को टालने वाला, शुभ को रंजित करने वाला देव पुरुष बन गया। उसमें वह क्षमता आरोपित हो गयी जिससे वह प्रकृति के नियम को ही टाल दे। पशु-परानी का जीवन अब उससे सीधे बँध गया। राजा का जो बधा था, वह तो बधा ही था। इतने पवित्र पुरुष की बलि से कोपिली देवी अति प्रसन्न होंगी। प्रसन्न तो वे राजा की बलि पाकर होतीं। किन्तु राजा की बलि चढ़ाया नहीं जा सकता था। उसी से बचाने के लिए तो यह मानुस-बलि का स्थानापन्न खोजा गया था, जिससे वर्तमान राजा अपने को पुनर्नवा कर सके। याकि अपनी जगह अपने से युवा, एक तड़तड़ाते युवक को एवज में भेजकर अपने को बचा ले। स्वयं बचकर प्रजा की वह भलाई अनवरत करता रहे, जिसके लिए वह राजा बनाया गया था—उसके इस कर्त्तव्य में बाधा न आये। इसीलिए प्रजाजन राजा की मृत्यु की इच्छा नहीं रखते थे। जितना हो सके उसे टाल कर रखना चाहते थे। राजा इसका

उपयोग न केवल अपने को जीवित रखने के लिए करता था, बलशाली बने रहने के लिए भी करता था। बलि और बल में एक अनिवार्य सम्बन्ध देखता था।

यह बेहोशी तब भी नहीं टूटी, जब उसे रानी के शयन कक्ष में पहुँचाया गया। उसे राजा बनकर रानी के साथ संभोग करना जरूरी था। तभी वह राजा का स्थानापन्न पूरी तरह बनेगा। तभी राजा को उसकी उम्र लगेगी।

वह मृत्यप्राय था, तो रहे। रानी को अपना कर्त्तव्य निवाहना ही था। वैसे भी कामकला में वह अतिकुशल थी, और बूढ़े राजा से थोड़ा अतृप्त भी। जाने कितने मर्दों को ठिकाने लगा चुकी थी। खाउरा को निवस्त्र कर खुद भी निवस्त्र हो गयी और उसके ऊपर लेटकर विपरीत रति में लीन हो गयी। राजा की दीर्घ आयु के लिए यह बहुत जरूरी था। अचानक खाउरा में जाने कहाँ का जोश आया कि वह रानी को लिये-दिये उलट गया और खाउरा का राजधर्म पूरा कर दिया।

: 14 :

साफ रातों के बाद जो धुँधले फजीर आते हैं पूरब में उनका मौसम आ गया था। भिनसार की सर्दी अपने पारदर्शी काले परवाने में जंगल को समेटे हुए थी, जिससे वह और भी गहरा नीला हो गया था। उसके पंजे में दुबली नदी साँप की तरह दुबकी धीरे-धीरे कराह रही थी और पिघली चाँदी की रेख की तरह चमक रही थी। सिर के ऊपर ढीला पड़ा आकाश सितारों की रोशनी में आक्षितिज टहक रहा था जल की अँधेरी गहराइयों में स्वर्णधूलि बिखेरता।

झकाड़ी देवधाई घुटने तक की अपनी धोती तथा तेल, पसीने और कीचड़ से चीकट हो गये जिडफोड[1] पहने सिर को घुटनों में फसा और बाहों को घुटनों के अगल-बगल लापरवाही से डाल उकड़ू बैठा रह-रह कर शुकवा तारे को देख रहा था। उसे उसके डूबने का इंतजार था। डूबते ही वह मुहूर्त आने वाला था, जब वह मिनलेप[2] की सफाई शुरू करेगा। उसे जल्ला दोलोई की भी प्रतीक्षा थी। यदि समय से न आया तो बड़ी मुश्किल होगी। अकेले यह काम कैसे कर सकेगा? लेकिन यह काम तो हर साल वह लगभग अकेले ही करता रहा है। ठीक है पिछले तीन-चार सालों से यह चेडरा

---

1. जिडफोड—बिना बाँह का धागे से बुना हुआ कोट।
2. मिनलेप— बलि चढ़ाने का ठेहा-पत्थर।

लोरा[1] बसंता लालुङ उसके साथ है। लेकिन फिर इधर उसकी शक्ति भी तो साल-दर-साल क्षीण होती जा रही है, जिस अनुपात में बसंता की बढ़ती जा रही है। सोचा था अकले कुछ वर्षों में वह उसका सब काम सम्हाल लेगा। लेकिन लोरा तो लिङ्दोह बनना चाहता है। पुराने धर्म में तो उसे कोई स्थान मिलने वाला नहीं है। इसलिए नये धर्म का कर्मकांड सीख रहा है। ठीक भी है : उसमें सम्मान ज्यादे है, पैसा ज्यादे है। पर क्या खसिया पैसा और सम्मान को कोई महत्त्व देता है! वह तो अपनी स्वतंत्रता, अपने मन की मौज को महत्त्व देता है। और ये जो समाज के बड़े लोग, ओहदादार लोग हैं न, जो इधर रोज-रोज ही पैदा हो रहे हैं, वे अच्छा खाते-पीते, पहनते चाहे जितना हों, स्वतंत्र नहीं होते। स्वतंत्रता की कीमत पर सत्ता पाते हैं। जो जितना ही बड़ा है, वह उतना ही बड़ा गुलाम है—लिङ्दोह देवी-देवता का, तो राजा लिङ्दोह का और जनता का। वह अपने मन की नहीं कर सकता। उन्हें हमेशा दूसरों के मन की करनी है। और इस दूसरे के मन की करने में अपने मन को मारना है। फक्कड़ ही अपने मन की कर पाता है। अब मुझे ही देखो!

अपने को भला वह क्या देखता! सामने शुकवा डूब गया था। उसने अपनी मो खिउ[2] उठायी और मिनलेप की तरफ बढ़ गया। मिनलेप क्या था, आदमी काटने का ठेहा था—जमीन से डेढ़ हाथ ऊँचा, चार हाथ लम्बा, दो हाथ चौड़ा पत्थर का एक ठोस चिकना टुकड़ा। का सिंसार ने जब इसे बनाया होगा तो क्या सोचा होगा कि इस पर कितने आदमी काटे जायेंगे! कहाँ पड़ा होगा यह पत्थर और कहाँ से किन लोगों ने इसे ढोकर लाया होगा नरबलि देने के लिए। नवगाँव और नगाँव वाले कहते हैं कि कोपिली जिन्दा नदी है। आदमी के जीवन से यह ओत-प्रोत रहती है। उनके लिये यह तीन पर्वतों का जल धारण करती है, ताकि बड़ी-बड़ी पटैला नावें चल सकें, वेग से बहती है ताकि पटैला नावें जल्दी से जल्दी अपने गंतव्य तक पहुँच सकें, माझी को बहुत श्रम न करना पड़े। और जब सूखती है, तब भी आदमी के लिए। कछारों की कीचड़ में तीना धान बिना बोये ही उपजता है। जिनके पास खेत नहीं हैं उनके खलिहान में कट कर जाता है, भूख मिटाता है। जो नहीं काटते वे उसमें शेरुकी खोदते हैं, चिचोर खोदते हैं, मछली पकड़ते हैं। लेकिन नदी इसके बदले में बलि लेती हैं। जिन्दा आदमी की बलि!

झकाड़ी यही नहीं समझ पाता। आदमी का जीवन खाकर जो आदमी को जीवन दे, भला वह भी कोई देवता! जो आदमी को पालनेवाला होगा, वह क्या आदमी को खायेगा? लेकिन यह सब तर्क की बात नहीं है, विश्वास की बात है। तर्क की सीमा होती है, विश्वास की नहीं। तर्क व्यक्ति-विशेष का होता है, विश्वास पूरे समुदाय का। जैसे हमारे समाज में समुदाय के सामने व्यक्ति-विशेष का कोई मोल नहीं, उसी तरह विश्वास के सामने तर्क का कोई मोल नहीं।

---

1. **चेडरा लोरा—किशोर लड़का। यह असमिया शब्द है।**
2. **मो खिउ—खसिया कुदाल।**

लेकिन गोवालपड़िया लोग एक दूसरी ही कहानी कहते हैं। उनका कोई व्यापारी था, लाङ चू। नाम से नहीं लगता कि वह ग्वाला रहा होगा। नाम से तो भोट लगता है। हो सकता है भोट ग्वालों के बीच व्यापार करता हो। पहले-पहले हर साल अपने दूरन् देश से आता हो, बेंच-खरीद कर चला जाता हो। फिर उनके बीच बस गया हो। रोटी-बेटी का सम्बन्ध कर लिये हो, अवैध ही सही। रोजी जो न करा दे! तभी से ग्वालपडिया लोग उसे अपना आदमी मानने लगे होंगे। अपना व्यापारी। वह हर साल सोना, कीमती पत्थर, चाँदी के गहने-गुरिया लेकर आता था और इधर से लाह, कपास लाद कर ले जाता था। एक बार कमला देवी गायन-वादन के अपने गहरे जलमहल में नाव पर बैठी विहार कर रही थीं। आनन्द का मौसम था। काम से बिंधी थी। लाङ चू को देखा तो अपने महल में खींच ले गयीं। लाङ चू उन्हें तृप्त नहीं कर पाया। शरीर में दाग थे और आँख में ढेढ़ी। उन्हें बड़ा पछतावा हुआ। पश्चातापस्वरूप जलकुँवर देवी बन गयीं। मान्यता चल पड़ी कि जो उन्हें पुरुष चढ़ायेगा, उसे मालामाल कर देंगी। जो नहीं चढ़ायेगा उसकी नाव डूबो देंगी। नरबलि देने की प्रथा चल पड़ी। आदमी लालच में जो न कर दे!

लेकिन कालिता लोग कुछ और ही कहते हैं। बस इतना ही कि देवी तो मनुष्य की भलाई के लिए जल में उत्सर्गित हुईं। हैं तो मनुष्य की बेटी! बीच-बीच में आदमी को देखने के लिए व्याकुल हो उठती हैं। उस वक्त कोपिली में तैरती हैं। जो भी आदमी मिलता है, उसे उठा ले जाती हैं। बलि की प्रथा तो मनुष्य ने, अपनी सुविधा के लिए, अपनी भलाई के लिए करार किया कि, "हे देवी! साल में हम स्वयं ही तुम्हें एक मानुष चढ़ा देंगे। हमें यूँ अचानक घसीट कर मत ले जाओ। हमारी रक्षा करो। हम तुम्हारी भूख शांत करेंगे!"

जितने मुँह, उतनी बातें। अहोम् लोग भी कुछ कहते हैं। कि उनका फूकन[1] पानी जब कछारियों को दबाने के लिए गोला-बारूद और रसद लेकर जा रहा था, तब नदी सूखी थी। जेठ का महीना। नावें आगे बढ़ती ही नहीं थीं। अहोम् राजा का हुक्म था कि जीत कर नहीं आ सकते तो वहीं मर-खप जाना—हम पर अपने सेनापति को काट मारने का कलंक नहीं लगेगा। और कछारी राजा था कि चील की तरह रेवता बढ़ा चला आ रहा था। नदी एक पतली मछली की तरह आसन्न विपदा से कापीं जा रही थी। पानी फूकन को अपने से बढ़कर कोपिली पर दया आयी। वह एक गुप्त मातृशक्ति की साधना करता था, उसी को नदी में स्थापित कर आरत होकर पुकारा, "हे माँ! संकट से उबारो! नदी में बाढ़ ला दो।" माँ ने सुन ली। नदी भर गयी। भर कर पगला गयी। संकट से उबारा नहीं, उसे लील गयी। बरपुजिया, नेली, गोमा, खला, डिमारवा आदि के बारह दोलोई[2] ने मिल कर पानी फूकन की पूरी सहायता की थी। लेकिन मानी

1. **फूकन—छोटा सेनापति, कर्नल। असमिया शब्द है।**
2. **दोलोई—दल का नेता-दलई।**

नहीं। देवी का आवाहन किया था, तो भोग भी देना था। उसकी व्यवस्था नहीं की, तो किसे खाती उसी को न! लेकिन उससे देवी का पेट नहीं भरा। पगलाई चारों तरफ फैलने लगी। दोलोइयों का धन-जन डूबने लगा। तब लोगों ने करार किया कि देवी, मान जाओ! अपने आसन पर जाकर बैठो। हम तुम्हें खाउरा देंगे। तब से हर साल एक दोलोई परिवार इस साल खाउरा देता तो दूसरा दूसरे साल। उस खाउरा को एक तीसरा दोलोई परिवार काट कर चढ़ा देता। क्रम बारह साल में पूरा होता। आज भी प्नार राजा इन्हीं बारह दोलोइयों के गोल से खावरा चुनता है और इन्हीं दोलोइयों के परिवार से एक बारी-बारी से हर साल जल्ला दोलोई बनता है।

जल्ला दोलोई का ख्याल आते ही झकाड़ी देवधाई जैसे सोते से जाग उठा। दिन चढ़ने लगा है और जल्ला का अता-पता नहीं। यानी सारा काम फिलहाल अकेले ही करना पड़ेगा। आज षष्ठी है। बसंता साथ होता तो काफी काम होता। लेकिन वह तो रश्म का एक-एक तार-तंतु देखना चाहता है। लिङ्दोह बनना है! हूँ हूँ! बनो बेटा लिङ्दोह। अपनी तो कट गयी।

जल्ला दोलोई आ गया है। अजब उजबक है। कहो एक तो करता है दूसरा। दोनों में कोई तारतम्य नहीं। और करता क्या है? सिर्फ कहता है। अजब गुड़बक है। कहने में कुछ कहता नहीं, सिर्फ पूछता है। कोपिली की कहानी अब क्या बताऊँ? प्नार लोग तो कोई कहानी कहते नहीं। पाँच सिर, तीन मुख, लेकिन दो हाथ वाले पुरुखों से सुना है कि कोपिली के उस पार रहने वाले हाडेम लोगों से इनकी बड़ी लड़ाई चलती थी। उनकी पुरखिन हिडिम्बा विचित्र थी। पुरुषों को पकड़-पकड़ कर सन्तानोत्तपत्ति कराती। संतान को रख लेती और पुरुष को निकाल बाहर करती अपने राज से। ऐसे ही एक पुरुष थे भीम। उनका बेटा हुआ घटोत्कच। तब डेका[1] हुआ तो उसे मानुस खाने की लत लग गयी। जब-नहीं-तब कोपिली के इस पार उतर जाता और जिसे पकड़ पाता उसे मार कर खा जाता। एक समय ऐसा आया कि लगा धरती से मानुस जाति उठ जायेगी। तब उसके गोत्रियों ने व संतानों ने कहा कि तुम नदी में पैठ जाओ। बाहर न निकलो तो हम तुमको नियमित रूप से बलि देते रहेंगे। परिणामस्वरूप हर मास एक पुरुष चढ़ाया जाने लगा। अब कौन चढ़े, इसके लिए बड़ी चिल्ह-पों मचती, मार-काट होती। तब सभी बारह कुलाधीशों ने मिलकर अनुबंध किया कि हम तुम्हें अंडा, मुर्गा, बकरा तो हर-हमेशा चढ़ाते रहेंगे, लेकिन आदमी साल में एक बार!

लेकिन बहुत से लोग इसे भी सही नहीं मानते। कहते हैं कि खासी लोग जब कोपिली को पार कर, उस तरफ जाते तो हिडिम्ब लोग उन्हें मार कर घटोत्कच को चढ़ाकर खा जाते। तब इससे मुक्ति के लिए तय हुआ कि खासी लोग एक बलि चढ़ाने

1. डेका—तरुणा। असमिया शब्द है।

के बाद ही कोपिली पार करेंगे। बिना बलि चढ़ाये कोई उस पार नहीं जायेगा। कहने वाले यह भी कहते हैं कि एक समय ऐसा आया जब हिडिम्ब लोग पार करने से पहले खसियों से बलि पाकर संतुष्ट रहने लगे तो खसिया-प्नारों ने सोचा कि मौका अच्छा है। भारी संख्या में नदी पार कर हिडिम्बों पर आक्रमण कर दिया। लेकिन भला दूसरों की जमीन पर जाकर लड़ने में कभी कोई खसिया जीत पाया है? वह तो बस अपनी जमीन पर सबको हराता है। हार गया तो करार किया हम जब भी कोपिली पार करेंगे, बिना हथियार के पार करेंगे और खाने का कोई सामान लेकर नहीं आयेंगे। तुम्हारी दया पर जीयेंगे, जो दे दोगे खा लेंगे। तब से कोपिली पार करने से पहले खसिया-प्नार लोग बलि जो चढ़ाते हैं, वह तो चढ़ाते ही हैं, साथ का सभी खाद्य पदार्थ भी नष्ट कर देते हैं।

जल्ला दोलोई हाथ तेज करता है। कितना काम पड़ा है! झकाड़ी का नाम बड़ा है, तो काम चाहे कुछ भी न करे, माना जायेगा उसी का किया। पियक्कड़ आदमी है, सिर्फ निर्देश देता है। फावड़ा तो उसे ही चलाना है। उसकी बातें सुनते रहें तो हो गया काम। और उसकी बातों पर कितना विश्वास! और काहे का विश्वास! इधर पादरी कहता है कि अंग्रेजी में नदी को 'रिवर' कहते हैं। और विरोधी को 'राइबल'। दोनों का मूल एक ही है। यही कि जो नदी के किनारों पर कब्जा रखता है, वह राइबल होता है। चूँकि नदी अपना रास्ता हर साल ही बदलती रहती है, तो उसके कब्जे को लेकर लोग लड़ा करते हैं। इसलिए एक-दूसरे के 'राइबल' होते हैं। हमारे यहाँ के मैदान के कछारों में भी यही होता है। कितना खून-खराबा होता है। कभी यहाँ भी होता होगा। उसी की प्रतीक-पूजा चल रही है।

लेकिन माउ किंथेई को देख कर ऐसा नहीं लगता। खसिया लोग जब किसी बात को याद रखना चाहते हैं, तो उसके नाम पर एक पत्थर गाड़ देते हैं, जैसे पछीमा लोग अपनी चुटई में गाँठ लगाते हैं। दोलोई को हँसी आती है। सिर उठाकर ऊपर देखता है। दिन कितना चढ़ आया है और उसका हाथ चल ही नहीं रहा है। उससे अच्छा तो झकाड़ी है। साफ किये जगह को कैसा सुन्दर रंगता आ रहा है! माउ क्नी को तो ऐसे रंग दिया है, जैसे कोई जीता-जागता आदमी हो। कितना ऊँचा है! बाप रे कोई अट्ठारह हाथ, सिधा खड़ा कि जैसे आसमान में चुभ जायेगा। छः हाथ चौड़ा, दो हाथ मोटा। गोहुआना पत्थर। बड़े मुश्किल से मिलता है, इस मिट्टी के पहाड़ोंवाले देश में। कहाँ से लोग इसे खोज कर, घसीट कर, उठा कर , नदी-पहाड़ डका कर लाये होंगे। अब लाकर गाड़ ही दिये थे, तो रगड़-रगड़ कर चिकना भी कर देते जैसे नरनारायण वाले शिवसागर के मंदिर में लिङ को चिकना कर दिया गया है। बाप रे क्या लिंग है! गर्मियों में ठंडा रहता है, कलश बाँध कर उसके सिर पर बूँद-बूँद पानी टपकाने के जरूरत नहीं पड़ती। झुनझुनी बाई वाला आदमी उस पर हाथ रखे रहे तो बीमारी ठीक हो जाती है। और जाड़े में गरम रहता है। पुजारी अपने सारे कपड़े उतार कर गर्भ गृह में प्रवेश करता है, नहीं तो जल जाय। लेकिन खसिया लोग चिकना क्यों करें। जैसा इनका

खुरदुरा जीवन वैसा ही निर्माण। लेकिन माउ क्नी के सिरे पर आड़ा पत्थर फसाने के लिए जो चूल बनाया है, उसकी सफाई तो देखते बनती है। यानी चाहे तो बहुत अच्छा चिकना सकते थे। विद्या है, उसका इस्तेमाल नहीं है। आड़ा पत्थर भी कैसा रखा है! दूर से ही सिर की तरह चमकता है। झकाड़ी दो जगह काला काला पोत दे तो आँखें निकल आयेंगी। नाक बनाने की जरूरत नहीं है। उससे उसका रहस्य मारा जायेगा। जब रहस्य में है तभी तक दर्शनीय है, विचारनीय है, पूजनीय है। रहस्य खुल गया तो मजा जाता रहेगा। झकाड़ी कहता है कि रहस्यमयता ही कला का पहला अंग है। जब तक अर्थ की कई-कई गुंजाइशे न रहें, निर्मिति बेकार।

बेकार की बात करता है झकाड़ी! पूजा-पाठ के मामले में कला कहाँ से आ गयी? सीधी सी बात है : इन खड़े पत्थरों के नीचे मृतक की हड्डियाँ गड़ी होती हैं और ये पत्थर उसकी आत्मा को दबाये रहते हैं, कि वह बाहर आकर गोत्रियों का अनिष्ट न करे। माउ किन्थेई गोत्र माता के नाम की होती है, जिस पर बलि चढ़ाई जाती है, जिससे वह कुल की रक्षा करे, अभिवृद्धि न भी करे तो लोगों को हवा-बीमारी से बचाये रखे। अब यह मिनलेप भी तो वही चीज है, जिस पर आदमी बकरे की तरह काटा जाता है। अरे कोई कोपिली देवी रही होगीं, नदी में या नदीतट पर काम करतीं। उन्हीं के नाम पर नदी का नाम रख दिया गया होगा। यह भी हो सकता है कि नदी का ही नाम कोपिली हो और उसके तट पर बास करने के कारण देवी का नाम कोपिली चल पड़ा हो। नाम की बात ऐसी ही है। कौन बता सकता है कि इन पहाड़ियों का नाम खसिया क्यों पड़ा? क्या पहाड़ का नाम खसिया पहले से था कि उसमें बसने वालों को खसिया कहा जाने लगा? कि इसका उलट सही है? अब इस खसिया पहाड़ी में तो विभिन्न लोग रहते हैं। पर सबको खसिया तो कहा नहीं जाता। खसिया तो एक जाति-विशेष को ही कहा जाता है। पादरी तो जाने क्या-क्या कहता है आजकल। कौन उसके पचड़े में पड़े। अब कोपिली की हड्डियाँ इसके नीचे दबी होंगी, जिसके पूजन के लिए मिनलेप बना होगा, जिस पर उसके भावी गोत्री बलि चढ़ाने लगे होंगे। देखा-देखी दूसरे। और कोपिली अब परिवार भी ही नहीं, गोत्र की ही नहीं, जाति की देवी बन गयी है, जो मानुष बलि खाती है, अपनी जाति के नहीं, मेरी जाति के लोगों की। क्यों? यही सब तो रहस्य है। इसे खासीतर लोगों को नहीं बताते।

जल्ला दोलोई की कुदाल एक पत्थर से टकराई और छटक कर पिंडली की हड्डी पर लगी। कटा तो सिर्फ चमड़ा, इसलिए शायद खून कम ही बहा, पर चोट लगी हड्डी पर, तो वह आई-माई कहकर उलट गया। उसे गिरता देख झकाड़ी पत्थर से कूद पड़ा और इस प्रक्रिया में रंग का कटोरा उलट गया। उलटता कटोरा देखते ही उसका क्रोध सातवें आसमान पर आ गया और जल्ला की माँ-बहन को तौलता बिगड़ खड़ा हुआ कि यह काम धेले भर कर नहीं करता, ऊपर से तरह-तरह के अडंगे डालता रहता है। अब इसको दवा लगाऊँ कि पत्थर रंगू दौड़कर उसके पास पहुँचा।

: 15 :

नरटियाङ ठंडा और सुस्त गाँव माना जाता था। गाँव में राजा रहता था, इसलिए एक तनाव हमेशा बना रहता था—सभी सिपाही-अमले चुस्त-दुरुस्त, तो पूरा गाँव भी चुस्त-दुरुस्त। किन्तु कोई आवाज नहीं उठती थी। सभी अपना काम चुपचाप यांत्रिक ढंग से करते। हाँ बाजार के दिन शोर जरूर उठता था और वह शोर खरीदने-बेचने वालों से ज्यादे खोड[1] तहसीलने वालों के कंठ से उभरता था। फिर शोर कोपिली की पूजा के मौके पर तीन-चार दिन उठता था। उसमें नगाड़े नहीं बजते थे, गीत नहीं गाये जाते थे। वह तो निजपत वालों के भाग्य में था। बस उत्सव होगा, उसके लिए सज-धज होगी, राजा एक बार फिर दीर्घजीवी बनेगा—इसकी चर्चा इतने मुखों से इतनी बार एक साथ होती कि पूरा गाँव गूँजता लगता। इसमें अंतिम दिन बहुत महत्त्वपूर्ण होता। उस दिन राजा तुरही और नगाड़े की आवाज़ पर जागता।

उस दिन वही आवाज़ उसके महल के चारो कोनों से उठ रही थी। उस आवाज़ पर जब वह नहीं उठा तो एक चेरी कमरे में आयी और धीरे-धीरे उसका पाँव सहलाने लगी। इस असमय के पदचारन से उसकी नींद खुली तो चारों तरफ से एक ही तरह की उठ रही संगीत पर मुग्ध हो गया। उसकी आँख खुलते ही चेरी बाहर चली गयी। संगीत चारों दिशाओं से एक-एक कर बंद हो गया। उसने संकेत कर दिया था कि राजा जग गया है। यानी अब अच्छे सुरों और स्वरों की कोई जरूरत नहीं है।

प्नार राजा अपने शयनकक्ष से बाहर आया। हाड़ी[2] को इशारा हो गया कि अपने खुले मुँह वाले बड़े से मटके को सिर पर रख संडास के नीचे खड़ा हो जाय। वह मंच के नीचे खड़ी हो गयी। मंच बाँस के फट्टों से बना था। उसके ऊपर बैठकर राजा शौच कर बाहर आये। गोमूत्र में भींगे किसी अच्छे वृक्ष की टहनी से दाँत साँफ किये। ऐसा पहले नहीं होता था। जब से वे अहोम् राजा के यहाँ गये थे, यह सब सीख आये थे। एक हाड़ी परिवार भी साथ लेते आये थे। उसके पहले वे नदी किनारे जाते थे और वहीं से साफ-सुथरा होकर आते थे। बढ़ती उम्र और राजा के गात को सामान्य जन द्वारा देखे जाने की वर्जना ने इस पर अतरिक्त बल दे रखा था।

निजपत से खाउरा और पटरानी आ गये तो राजा स्नानघर में गये। स्नानघर का मंच

---

1. **खोड—चुंगी, व्यापार कर। राजा के आमदनी का साधन।**
2. **हाड़ी—असमिया शब्द है। समाज का एक विशेष तबका जो राजा के मलमूत्र को एक हाड़ी में अपने सिर पर रख रोकता था। और दूसरों के यहाँ मेहतर की तरह सफाई करता था।**

भी बाँस के फट्टों को बिछा कर उसे व्यवस्थित ढंग से एक-दूसरे से बाँधकर बनाया गया था। उसमें राजा और रानी दोनों एक साथ विवस्त्र होकर स्नान करने लगे। उनके उतारे राजसी वस्त्र पानी ढोकर लानेवाले और हाड़ी को दे दिया गया। मंच के नीचे राजसी वस्त्र पहना कर खाउरा को खड़ा कर दिया गया था। सिपाहियों के भाले की नोक चारों तरफ से उसी की तरफ तनी थी। यानी कि हर बूँद के साथ राजा-रानी का पाप घुल कर, बहकर खाउरा पर टपक रहा था, बरस रहा था, पसर रहा था। नहाते ही राजा-रानी पवित्र हो गये। लेकिन खाउरा उनके पाप में आकंठ डूब गया। हाड़ी ने उसे मंच के नीचे से निकाला। कपड़े उतार कर एक पोटली में बाँध लिया। फिर खाउरा को उबटन लगाया। उबटन छुड़ाकर उस मैल को एक साफ नये कपड़े में बाँधकर रख लिया गया। खाउरा को नये राजवस्त्र में सुसज्जित कर दिया गया।

राजा का आप-पाप, रोग-बलाय लेकर वह अब राजा की ही तरह पवित्र प्राणी हो गया था। उस पर पूरे समुदाय का भला-बुरा आश्रित हो गया था। वह उत्पादन, मौसम, आपदा, रोग, यहाँ तक कि प्रकृति की गति को प्रभावित करने वाला जीव बन गया था। राजा की ही तरह वह देव और आदमी के बीच अनिवार्य कड़ी बन गया था। राजा इन सबका न्यासी है। उसकी मृत्यु हो गयी तो सब नाश। इसलिए राजा की जगह उसका उत्सर्ग किया जायेगा।

खाउरा का प्रतिरोध समाप्त हो गया था। सूनी आँखों और भरे मन से वह वह सब कुछ करता जा रहा था, जो उससे कराया जा रहा था। पालकी में बिठाया गया तो बैठ गया। आगे-आगे उछलते-कूदते लिड्दोह लोग चले तो पीछे-पीछे फौजी अनुशासन में मिंत्री लोग अपने लाव-लश्कर के साथ। जुलूस के पीछे-पीछे वे युवक और युवतियाँ थीं, जिनके परिवार में पिछले दो वर्षों में कोई न कोई मौत हुई थी। सभी नये वस्त्र में थे और सिर पर आसानी से मिल जाने वाले गंधहीन की फूलों की माला लपेट रखे थे। स्त्रियों के हाथ में विभिन्न अन्न, वस्त्र और चुल्हे-चौके में इस्तेमाल होने वाली वस्तुएँ थीं। लड़कों के हाथों में नित्य प्रति इस्तेमाल होने वाले हथियार-औजार। वे रास्ते में पड़ने वाले हर घर के सामने कुछ क्षणों के लिए रुक कर गाते आ रहे थे, जिनके बोल कुछ इस तरह के थे—

जल पर तैरती है मृत्यु
और जीवन वायु में
हम ले आये हैं कोनी[1]
जो जर्द है भीतर। कुछ ठोस
घिरा सफेद गाढ़े जल से
हम जल को फेंक देंगे
ले आयेंगे जर्दी

---

1. **कोनी—अंडा। असमिया शब्द है।**

जल के साथ चली जायेगी मृत्यु
जीवन चला आयेगा जर्दी के साथ

वह जर्दी और जल खाउरा है
जिसके भीतर से मृत्यु बाहर आयेगी
भीतर जायेगा जीवन

वे दरवाजे-दरवाजे गा रहे थे। हर घर से एक अंडा और एक मुट्ठी चावल मिल रहा था, जिसे वे अपने वस्त्र के अग्रभाग को मोड़कर बनायी गयी झोली में इकट्ठा कर रहे थे। उनके गीत से बसंता लालुङ चकित था। कंद्रा योगी कहता है कि नदी की ध्वनि और उसकी चेतना उसके उद्देश्य और गति के अनुसंग हैं, जो बहाव के उस पार के एक लोक से दूसरे लोक में पठाते हैं। हिन्दू लोग इसे वैतरणी कहते हैं। स्वर्ग या नर्क में जाने से पहले हर आत्मा को, प्राण को इसे पार करना होता है। जो अच्छे कर्म किये होते हैं, वे गाय की पूँछ पकड़कर तैर जाते हैं—तर जाते हैं। वहाँ तो ऐसी परंपरापीट चल पड़ी है कि जीवन भर चाहे जितना पार किये रहो, मरते वक्त यदि गऊदान कर जाओ तो सब माफ-तर जाओगे। जो गोदान नहीं कर सकते उनके लिए तुलसी मोशाई 'नाम-आधारा' का उपदेश दे गये हैं, जिसके सहारे कसाई, गणिका तक तर जायेंगे।

लेकिन हम खसिया लोगों के पास एक पूरा दर्शन है। नदी खुश है तो प्रजा खुश है। धन-धान्य देगी। खुश नहीं है तो विनाश कर देगी। सूख कर जीवन हर लेगी, बढ़िया कर सब कुछ छीन लेगी। इसलिए उसके सूखने और बढ़ियाने, दोनों से बचाने के लिए पूजा की जाती है। बलि दी जाती है। कौन तो कह रहा था कि पूजा इसलिए दी जाती है, क्योंकि किसी देव ने कोपिली की धारा बाँध रखी थी। खून पाने के एवज में पानी छोड़ने को तैयार हुआ। तभी से बलि चढ़ती है। कोई-कोई कहते हैं कि देव बड़ा शैतान था। किसी भी कीमत पर पानी नहीं छोड़ रहा था। तो खसिया लोगों ने उसे मार डाला। मारकर कोपिली के तल में बिठा दिया। यह बलि देना वही मारकर तल में बिठा देना है।

धूप नहीं थी। बस धूप का आभास था। एक बड़ा-सा जमे बादल का टुकड़ा आँखें जहाँ तक जायँ, वहाँ तक के आकाश को घेरे था। उसके कोरों से निकल कर अदृश्य सूरज की किरणें कुछ यूँ चमक रही थीं, जैसे कहीं स्पात पिघलाया जा रहा हो और उसकी पतली पर प्रखर चमक दृष्टिपटल को रंग रही हो। नीचे सुमेर की पहाड़ी एक पठार की तरह चपटी फैली थी। कहा जाता था कि धरती और आकाश, जगत और जगतेतर लोक के बीच एक जरूरी पड़ाव की तरह है सुमेर, जिससे होकर जीव को गुजरना होता है: यह इहलोक और इतरलोक के बीच एक अनिवार्य सम्बन्धसूचक चिह्न की तरह है। निजपतवाले आकर मिल गये थे। मुगा खाउरा को उसी सुमेर पर चढ़ाया

जा रहा था। अपने जातीय वस्त्रों में सुसज्जित सिपाही उसके अलग-बगल हथियार लेकर चल रहे थे, जिसकी नोक खाउरा की तरफ न होकर भी खाउरा की ही तरफ थी। उसके भय से पालकी में बैठा खाउरा सुमेर की ओर सीधा देख रहा था और पीला पड़ कर मृतप्राय हो गया था। आँखों और चेहरे से तेज गायब हो गया था। गाल की हड्डियाँ उभर आयी थीं और बाल खड़े हो गये थे।

सुमेर के टीले पर सुमेर का चट्टान था सुअर के जबड़े की तरह खुला। धरती से तिरछा उठा हुआ वह एक विशाल शिलाखंड था, जो धरती से मिलकर सुअर के लम्बे जबड़े का आभास दूर से देता था। बादल फट गया था और तेज धूप बड़ी चमक के साथ उस पर फैलने लगी थी। धूप ज्यों-ज्यों फैलती गयी उसका ठोस कालापन और काला होता गया। उसमें जमी चूने के पठार की पर्तें, जिनके कोर बाहर निकले थे, किनारों पर दाँतों की तरह चमकने लगीं। पालकी में बैठे मुगा खाउरा को लगा कि वह स्थिर जबड़ा किसी अदृष्य गति से धीरे-धीरे उसकी ओर बढ़ रहा है और मौका मिलते ही उसे अपने भीतर भर बंद हो जायेगा। उसे याद आयी वह लोककथा जिसके अनुसार नाभिनालबद्ध धरती और आकाश के बीच शिलङ राजा सुमेर को उन्हें अलगाने के बाद स्थापित करता है। लोग कहते हैं कि यह स्थापना पाप और पुण्य के बीच है। लेकिन पाप और पुण्य तो उसका, खसिया लोगों का जातीय दर्शन नहीं है। धरती और आकाश है। लेकिन न तो उनका कोई स्पष्ट दर्शन है और न ही उसमें सुमेर की जरूरत है। स्वर्ग और नर्क धीरे-धीरे उनके जातीय दर्शन में पैठ बनाने लगे हैं, जो बाहरी आवधारणाएँ हैं। उनसे जीवन की क्या संगति है, उसकी समझ में नहीं आती। वह कल्याण या अकल्याण क्या है, जिसके लिए उसकी इहलीला इतने वीभत्स ढंग से समाप्त की जा रही है, उससे कैसे संबद्ध हो गया है? उसका न्यासी यदि राजा है तो यह खाउरा उसका स्थानापन्न बन कर उसका कर्तव्य कैसे पूरा कर सकता है? उसका जीवन यदि दुनिया भर के पशु-परानी के जीवन से बँध गया है, तो राजा उसका उपयोग अपने को बलशाली बनाने के लिए कैसे कर पा रहा है?

कोई रास्ता नहीं था। खाउरा के पठार पर चढ़ते ही पालकी जमीन पर रख दी गयी। भालू और जंगली सुअर की खाल से बनी जूतियाँ आ गयी थीं। आनन-फानन में उन्हें खाउरा के पावों में पहना दिया गया। पहना क्या दिया गया—तान कर पंजों में मढ़ दिया गया। चाहे भी तो वह उन्हें निकाल नहीं सकता था। दर्द से वह सिसक उठा। किन्तु उसे सुननेवाला कोई नहीं था। अब वह पूर्णतः एक पवित्र प्राणी बन गया था। उसमें उस अलौकिक अमानवीय शक्ति की प्रतिष्ठा पूरी तरह से हो गयी थी, जिसकी शुरुआत प्यार राजा की प्रार्थना से शुरू हुई थी। उसके खून में वह गुण आ गया था, जिससे वह चाहे तो बंजर धरती को उर्वर कर दे, या उर्वर धरती को बंजर। चाहे तो मरते को जिला दे या जिन्दा को मार दे। उसकी चरण धूलि में ऐसा जादुई गुण आ गया था कि यदि कोई उसे माथे लगा ले तो जीवन धन्य हो जाय, उस पर पाँव रख दे तो कोढ़ हो जाय। वह स्वयं ही सुमेर बन गया था। सुमेर के ही विशाल पत्थर की

तरह न वह नीचे धरती छू सकता था, न ऊपर आसमान। सिर के ऊपर का तो आसमान देख भी नहीं सकता था। इसके लिए बाँस की खपच्चियों से बने छाते लिये लोगों का इंतजाम कर दिया गया था। सूरज की किरणें उसके शरीर को न छू सकें, इसके लिए पाँवों में जंघे तक पट्टियाँ लपेट दी गयी थीं और रेशमी वस्त्रों के नीचे सिझा कर सुखा लिए गये केले के कोमल पत्तों से बना कवच पहना दिया गया था।

दो बलिष्ठ लोग आये और पालकी से उतार कर उसे राजा के मामा के कंधे पर बिठा दिया। राजा के मामा को शायद इसी काम के लिए खिला-पिला कर हृष्ट-पुष्ट रखा गया था। उसने खाउरा के दोनों पाँव अपने दोनों काँख के नीचे भुजा से दबा हाथों से पकड़ उसे गर्दन पर बिठाये शिला के पिछवाड़े देवबाड़ी में पहुँचा दिया। देवबाड़ी एक बड़े से टेढ़े-मेढ़े हाते में बनी थी। हाता टेढ़ा-मेढ़ा जानबूझ कर बनाया गया था जो किसी पवित्र भाषा का गुप्त लिपि के किसी अक्षर की तरह था, धरती पर इस तरह से पसरा कि आज के कैमरे की आँख से उसे पूरी तरह कैद नहीं किया जा सकता था। कोई न कोई कोना छूट ही जाता।

प्रांगण में कई तरह के छोटे-बड़े वृक्ष। लगभग हर बड़े वृक्ष से लटकते पिछले वर्षों चढ़ाये गये मानवबलियों के सिरहीन पिंजर। उन्हें देखकर अच्छा-खासा आदमी पागल हो जाय। खाउरा तो वैसे ही भय के सन्निपात में जाने क्या-क्या बकता रहता था, अब उलूल-जुलूल हरकत भी करने लगा था। उसे रोकने के लिए राजरानी उसके कक्ष में पहले से ही मौजूद थी। देवबाड़ी के फर्श के चप्पे-चप्पे पर बाँस की चट्टाइयों पर केले के सूखे पत्तों को उनके छिलके से बने धागों से बाँधकर बनी कालीन बिछी थी। इकड़ा बाँस पर नदीतल की मिट्टी से बनी दीवारों पर भी उन्हें मढ़ दिया गया था जिससे कि सूरज की किरणें उसके कक्ष में न फटक सकें। चूँकि अब वह अपने पाँवों से धरती पर चल नहीं सकता था, इसलिए इस काम के लिए बारह आदमियों का दल नियुक्त कर दिया गया था।

आज रात उसे राजरानी के साथ ही रहना था। अभी तक वह राजा का बनता स्थानापन्न बनकर रह रहा था। आज वह पूरा राजा था। इसलिए आगे बिन्ना पर जो अंडे, मुर्गे और बकरे की बलि परम्परागत शास्त्रीय ढंग से चढ़ रही थी वह अब उसके लिए थी। दिन डूबने से पहले सभी तरह की बलि के माँस पकाकर उसके कमरे में भेज दिया गया। साथ में चावल, बाजरे और मडुआ की रंगीन और सुस्वादु सुरा। रानी ने खिला-पिला कर उसे सुला दिया।

दिन डूबने के बाद लिङ्दोह लोगों का नृत्य आरम्भ हुआ। इसमें सिर्फ लिङ्दोह लोग अपने जोड़ों के साथ भाग ले सकते थे। दूसरे लोग तमाशबीन थे। हाँ, वे समूह गान गा सकते थे।

लिङ्दोह लोग अपने पाँवों के नीचे बाँस के खूटें बाँधे हुए थे। उससे उनकी ऊँचाई बढ़ गयी थी। दूसरे कड़ी जमीन से टकरा कर वे लय पैदा करते थे जो नगाड़े की थाप को चीर कर एक बड़ी कर्कश डरावनी आवाज़ पैदा करती थी। अपनी पगड़ी में वे मुर्गे

के काले और सफेद पंख लगाये हुए थे। उसे वे उ थूया कहते थे। झबरी बकरी की खाल को बेंत के चक्कों पर मढ़ कर बनाई गयी ढाल सीमफिया एक हाथ में, तो दूसरे हाथ में तलवार लिये हुए थे। दो समूहों में बँट कोई पचास गज की दूरी बीच में छोड़ वे पंक्तिबद्ध हो आमने-सामने खड़े थे। नगाड़ों के बोल पर पहले धीरे-धीरे फिर तेज गति से आगे बढ़ते; फिर पीछे हटते। पराकाष्ठा पर लयबद्ध ढंग से शोर मचा-मचा कर तलवारबाजी का कौशल दिखाते। जैसे युद्ध हो रहा हो। युद्ध की पराकाष्ठा के बाद नगाड़ों की गति मंद पड़ती जाती, तो उनकी खूब सुसज्जित पत्नियाँ नृत्य में धीरे-धीरे प्रवेश करतीं। नगाड़े की गति जिस क्रम से मंद पड़ती, उसी क्रम से उनकी गति बढ़ती जाती। वाद्य बंद होते ही नर लोग मादाओं को अपनी बाहों में भर जंगल की ओर चल देते जैसे विजयश्री का इनाम पा गये हों और अब उसका भोग करेंगे। उनकी देखा-देखी सामान्य जन भी अपने जोड़ों के साथ जंगल की दूसरी ओर चले जाते। यह अविवाहित लोगों के लिए वर्जित था। फिर भी भूल-चूक हो ही जाती थी। उसी भूल-चूक से बचाने के लिए प्यार राजा ने एक लौड़ी की सहायता के अल्खा को अपने कमरे में बुलाया। उसका अतिथिवाड़ी देववाड़ी की उल्टी दिशा में पठार के दूसरे छोर पर था। आज वह सामान्य आदमी की तरह रह रहा था। आज उसे कोई भी देख सकता था, कोई भी मिलकर बात कर सकता था। पर किसे फुरसत थी! सभी खाउरा को पूज कर अपने लिए ज्यादे से ज्यादे आशीर्वाद इकट्ठा कर रहे थे। जो आशीर्वाद इकट्ठा नहीं कर रहे थे, वे लिङदोह नृत्य के साथ अपनी भावनाओं का विमलीकरण कर रहे थे। राजा अकेला था। अल्खा किसी की अमानत थी। हर हालत में उसका शील बचाकर रखना था। इसीलिए बूढ़ा राजा उसे अपनी गोद में लेकर बैठ गया। अंतरंगता के किसी क्षण में बोला, ''मैं युवा होता तो तुम्हें रानी बनाता। लाया ही था इसी इरादे से।......तो भी जो तुम सिंतेङ राज के लिए कर रही हो उसके लिए मैं न केवल आभारी हूँ, वादा करता हूँ कि यदि अगला जन्म होता है, और वह जन्म मुझे भी मिलेगा तो तुझे जरूर रानी बनाऊँगा।''

अल्खा बोली, ''यह अगले जनम की बात हम खासियों में इधर कहाँ से उठने लगी है?''

''हम नहीं जानते कि सही कौन है। किन्तु हिन्नू लोग हमसे बलशाली जरूर हैं। वे इसे मानते हैं। वे मानते हैं कि इस जीवन में जो काम अधूरा रह जाता है, उसे पूरा करने के लिए अगला जनम होता है। जब तक नहीं होता आत्मा भटकती रहती है। तरह-तरह के लोकों में, तरह-तरह की योनियों में।''

''कैसे?''

''जैसे इस बलि के बकरों को ही लो। उन्हें देव से मिलना था। या देव के लिए कर्म करना था। पिछले जन्म में, मान लो जब से आदमी रहे, तो पूरा नहीं कर पाये। तब वे अब बकरा बनकर उसे पूरा कर रहे हैं।''

"लेकिन उन्हें मार तो हम रहे हैं।"

"हम तो निमित्त मात्र हैं। उनका यही हस्र तय है। उसे देव ने तय कर रखा है, उनके लिए, हमारे लिए, अपने लिए। हम वही कर रहे हैं जो देव करा रहा है।"

"तो क्या हम अपने मन से कुछ नहीं कर सकते?"

"लगता तो यही है कि सब कुछ हम अपने मन से ही कर रहे हैं। पर दरअसल, सब कुछ करा दैव रहा है। उसने चूल से चूल ऐसा बिठा रखा है कि होता तो उसके मन से है, लेकिन लगता है कि कर हम रहे हैं अपने मन से।"

"तब हमारा जन्म-मरण......"

"वह भी तो बँधा है। जन्म होता है तो नाल-पुरइन गाड़ दी जाती है। आदमी कहीं भी रहता है, कितनी ही दूर तक विचरता है, लौट कर वहीं आता है, जहाँ वह गड़ी होती है।......" राजा कहीं खो गया। फिर बोला, "वही बात हमारी मृत्यु की है। हमारा प्राण जिसमें बसा होता है, उसे नष्ट कर दो तो प्राण निकल जाता है।"

अल्खा हँसकर बोली, "आपका प्राण किसमें बसा है?" उसे उम्मीद थी कि ऐसे क्षण में कोई भी यही कहेगा कि तुममें बसा है। वही राजा भी कहेगा। लेकिन राजा बोला, "रानी में। रानी की सूपा-बढ़नी में। इसलिए वह बड़ा सम्हाल कर रखती है।"

अल्खा की आँखें खुली की खुली रह गयीं। उन्हें देख कर राजा सहम गया। लगा कि कोई गलत बात कह गया है। तब तक देर हो चुकी थी। जो घर के भीतर का रहस्य था, वह बाहर के आदमी के कानों में चला गया था। अनहोनी हो गयी है। लगता है, वह इसको समझ भी गयी है। उस पर पर्दा डालने के लिए, उसका महत्त्व वह कम करके आँके, इसके लिए उसे अपनी गोद में और सटाकर दबकाते हुए, कोमल अंगों पर हाथ फेरते हुए बोला, "हमारा जन्म तो यूँ ही होगा। तुम्हारे साथ जो अधूरा रह जा रहा है, उसे पूरा होना ही है।"

अल्खा कहीं और खोई थी। जिस रहस्य को जानने के लिए वह आन पड़ी थी, वह इतनी आसानी से और यूँ ही अचानक मिल जायेगा, उसे विश्वास नहीं हो रहा था। विश्वास नहीं हो रहा था, इसलिए उतावलापन बढ़ता जा रहा था। इसे वह किसी के साथ बाँटना चाह रही थी। किसके साथ? निस्सोर सिंह के साथ। उसे बताने के लिए नहीं, इस बात की सत्यता जाँचने के लिए। पर वह रिंजा का बच्चा जाने कहाँ होगा। किसी निजपत या नरटियाङ की छोकरी का कुमारित्व भंग कर रहा होगा। क्या ऐसा कर रहा होगा?

रिंजा कर रहा होगा या नहीं, पता नहीं। लेकिन राजरानी खाउरा पर लदी पड़ी थीं। अब तक के सम्बन्ध उसे राजा का पूर्ण स्थानापन्न बनाने के लिए था। किन्तु आज

का सम्बन्ध राजा के ही रूप में था। इसलिए अति महत्त्वपूर्ण था। इसके बाद ही वह राजा के रूप में बलि चढ़ेगा। उसके बलि चढ़ने के बाद सब कुछ सामान्य हो जायेगा। राजा उसका जीवन अतरिक्त रूप से पा जायेगा। उसका कायाकल्प हो जायेगा।

पवित्र मुगा खाउरा खरलुक्की बेहोशी के होश में था। चावल, मडुए और बाजरे के उत्तम् शराब की सीरत थी कि आदमी सब कुछ समझे, काफी कुछ कर ले, लेकिन बोल न सके, भाग न सके। उसी की खुमारी में उसने सोचा कि जाहिर है भवितव्यता से बचने की कोई राह नहीं है। तब जो उपलब्ध है उसे ही पूरी तरह से क्यों न भोग लिया जाय। फिर कहाँ मिलेगा यह जीवन! और बचा ही रहता तो क्या करने के लिए? भोगने के लिए ही न! पता नहीं, हिन्नुओं के भावी जीवन और स्वर्ग-नर्क की बातें कितनी सही हैं? खासी विश्वास के अनुसार तो उसे निरंतर क्वाय खाने का ही सुख मिलेगा। स्त्री तो मिलेगी नहीं। इसलिए यही सही। यही वृद्ध होती प्रौढ़ा। जाने उसमें कहाँ का जोश आया कि रानी निहाल हो गयी।

कल का बदली-बदली का मौसम आज साफ हो गया था। बादल बरसा नहीं था, गायब हो गया था। सूर्य सामने की पहाड़ियों के नीचे से उग रहा था, इसलिए वह अभी उपस्थित नहीं था, उसके उपस्थित होने का आभास भर था। गुलाबी किरणें गहरे हरे पत्तों की संधियों से सूई की तरह निकल रही थीं और उनके पीछे आता सोने के रंग का उजाला बारीक कढ़ाई की तरह पूरे प्रांतर पर छा रहा था। खाउरा को मामा के कंधे पर चढ़ा दिया गया था। वह उसे एक जलूस में लिये पहाड़ी से उतर रहा था। वाद्य वृंद नहीं बज रहे थे। लेकिन लिङ्दोह लोग कुछ बुदबुदा रहे थे। बुदबुदा रहे थे और खड़िया मिट्टी का चूरा उस पर फेंक रहे थे। खाउरा के सिर पर तना छाता और ऊँचे तान दिया गया था और दो लोग एक निर्धारित गति से उसके सिर पर चँवरी डुला रहे थे। खाउरा मामा के सिर और कंधे से बुरी तरह से चिपका था। लगता था कि जैसे ही बंधन ढीला करेगा, खिसक कर गिर पड़ेगा।

लोग सुमेर के नीचे आये तो पाये कि कई गाँवों के लोग मिनलेप तक जाने वाली पहाड़ी छवर के दोनों किनारे पंक्तिबद्ध खड़े हैं। एक तरफ के लोग बाँस की छोटी-छोटी की खोह[1] में खड़िया मिट्टी का चूर्ण लिये थे तो दूसरी पंक्ति के लोग बाँस की पिचकारियों में कोपिली का पानी भरे थे। पहाड़ी से उतार के बाद छवर जहाँ से शुरू होती थी, खाउरा के वहाँ पहुँचते ही लोगों ने उसे विभिन्न रंगों और लम्बाइयों के जंगली फूलों से बने मालाओं से लाद दिया। कुछ लोगों ने उसके गले में रेशम का पटुका डाला। वे मिंत्री घरानों के लोग थे और पटुका उनकी श्रद्धा से बढ़कर समृद्धि का द्योतक था। मामा थकने लगा था। लेहाजा पूर्व नियुक्त भृत्यों में से एक ने झट से खाउरा को

---

1. **की खोह—बाँस की पनिच से बनी शंकुल छोटी टोकरी।**

अपनी पीठ पर लाद लिया। यह काम इतनी द्रुतगति और सधे हाथ से हुआ कि लोग देखते ही रह गये। रास्ते भर यह खाउरा-परिवर्तन बारी-बारी से होता रहा। लोग उस पर एक तरफ से खड़िया मिट्टी फेंकते तो दूसरी तरफ से पिचकारी से पानी छिड़कते बड़े ही हल्के ढंग से। परिणामस्वरूप खाउरा सिर से पाँव तक एक सफेद लेप में ढक गया। सूर्य की निश्तेज पर साफ-सफेद किरणों में वह मानव-पुतला की तरह चमकता। हाँ जब वह आँखें खोलता तो उस बुर्राक सफेदी में जो विकृति पैदा होती वह बड़ी डरावनी लगती। पपनियाँ उसकी काली पड़ गयी थीं और आँखे धँसी, अजीब गंदी-सी लाल। यह चावल, बाजरा और मड़ुआ की उत्तम् शराब की परिणति थी कि खाउरा चेतन तो पूरी तरह से था, लेकिन न बोल सकता था, न हाथ-पाँव हिला सकता था। बस कभी-कभी उन डरावनी आँखों को खोलकर पूरी भीड़ को दया माँगने के अंदाज से देख सकता था। लेकिन किसी के भी पास न दया करने की जरूरत थी, न फुरसत। जरूरत लोगों को जल्दी से जल्दी अपना रोग बलाय, दुःख, गरीबी को खाउरा पर लाद देने की थी, जिससे कि वह अपनी पवित्र काया के साथ कोपिली में तिरोहित कर दे और उनका संसार सुख-शान्ति और धन-धान्य से भर जाय।

पहाड़ी से निकलकर एक अति सकरा रास्ता कोपिली से जुड़ता था। उसी की संधि पर मिनलाप था। जलूस जहाँ पहुँचा था वहाँ से बमुश्किल सौ गज की दूरी पर। किन्तु रास्ते का मोड़ कुछ ऐसा था कि आगे कुछ दिखायी नहीं देता था। वहीं जलूस रुका तो जल्ला दोलोई ने, जो उस कटान के नन्हें टीले पर करीब-करीब छुप कर बैठा था, गले से एक ऐसी आवाज़ निकाली कि उससे पूरा प्रांतर गूँज गया और उस गूँज की भय से पेड़ों से पक्षी और झाड़ियों से छोटे-छोटे चौपाये भाग पराये। जलूस तुरंत तीन भागों में बट आस-पास के तीनों टीलों पर चुपचाप चढ़ गया। मामा ने झट से खाउरा को अपनी पीठ पर ले लिया। उसी क्षण झकाड़ी देवधाई ने अपने नगाड़े पर दो लकड़ी मारी और सभी दिशाओं से लोग टीलों से उतर कर उसकी तरफ शोर मचाते चल पड़े। तीन तरफ से हज़ारों सिरों को एक साथ देख कर झकाड़ी की बाछें खिल गयीं। आँखें भर आयीं और चेहरा अति दीप्त हो उठा। लोगों की कंठ से उठते शोर से उसे विश्वास हो गया कि उसकी मिनलेप सजाने की कला सबको रास आयी है। वह कई गुने जोश में भर ताबड़तोड़ नगाड़ा पीटने लगा। जलूस के साथ आये नगारची उससे ताल मिलाने लगे। कोपिली के किनारे इतना कोहराम मचा कि जंगल से जो पार्थिव पशु-परानी भाग चले सो भाग ही चले, यदि दर असल कोपिली में कोई अपार्थिव देवी थीं, तो वे भी भाग चली होंगी, इस खेदा-स्वर को सुनकर।

पर इसे सत्यापित करने का समय नहीं था। मामा की गर्दन और पीठ से चिपका खाउरा माउ किंथेई तक लाया जा चुका था। जुलूस के अंतिम छोर पर राजा रानी अलग-अलग पालकियों में आ चुके थे। वे उतरकर पैदल ही मिनलाप तक आये और एक ने बायें से तो दूसरे ने दायें से उसका एक चक्कर लगा कर आमने-सामने खड़े हो गये। रानी बिना राजा को देखे, आनन-फानन में पानी में घुस कर बैठ गयी। तब राजा ने उसकी तरफ मुखातिब होकर पूछा, ''खाउरा स्वीकार है?'' रानी ने पानी के ऊपर

गर्दन निकाल कर कहा, "स्वीकार है।" तब लिङ्दोह लोगों ने खाउरा को खसिया ओक से बने अति सुन्दर बलियूप से, जो माउ किंथेई के शीर्ष से सटा कर गाड़ा गया था, बाँध दिया पीठ को खम्भे से सटा कर। एक लिङ्दोह पत्नी ने धीरे से उन वस्त्रों की पोटली को नदी में सरका दिया जो कल स्नान के बाद खाउरा ने उतारा था। उसके साथ ही मैल की पोटली नदी में फेंक दी गयी। तब सामान्य जन अपने-अपने साथ लाये मैल की पोटलियों को पूरी शक्ति के साथ कोपिली की धारा में फेंकने लगे, जिसमें एक भाव यह भी सन्निहित था कि ओ देखो, मेरी मैल बीच धार में गयी। एक लिङ्दोह ने बधें खाउरा को चटपट निवस्त्र कर दिया। तब खाउरा की निर्जीव पलकें एक बार खुली तो खुली ही रह गयीं। आँखों में भय, आश्चर्य, उन्माद, याचना, क्रोध तमाम तरह के संवेगों के हुजूम एक साथ आकर जैसे रुद्ध हो जड़ हो गये। ठीक वैसे ही जैसे उ स्टेइन[1] की डोरियों से उसकी शारीरिक गति अवरुद्ध हो जड़ हो गयी थी। लिङ्दोह लोगों ने अक्षत, फूल फेंका तो राजा ने अपनी सोने की छड़ी से खाउरा के बायें सीने को छू दिया। वे पीछे हटे तो जल्ला दोलोई ने अपनी बरछी पूरी ताकत से खाउरा के सीने में भोंक दिया। यह इतने सधे ढंग से हुआ कि लगा जल्ला दोलोई ने इसके लिए वर्षों निरंतर अभ्यास किया होगा। बरछे की अपनी ओर तेजी से बढ़ती नोक के साथ बढ़ती जाती खाउरा की आँखों की याचना को निरीहता में बदलते जाने की गति को देखने की फुरसत किसी को भी नहीं थी। सिवाय बसंता लालुङ के। अन्य सभी लोगों को दरकार था खाउरा के दिल से उठते खून के फौव्वारे की, जिसके साथ उनका भाग्य बँधा था। इंतजार था, राजा के वचन का, "बलि मिला?" रानी ने पानी के ऊपर गर्दन लाकर कहा, "मिला।" खाउरा के अंतर से जो सुप्त कराह निकल रही थी, उसे सुनने के कान सिर्फ बसंता के पास थे। लेकिन उस पूरे जत्थे में बसंता कोई भी नहीं था: बनता लिङ्दोह बालक भी कोई होता है?

खाउरा का सिर लटक गया। उसे तुरंत बलियूप से खोलकर माउ किंथेई पर पीठ के बल लिटा दिया गया। जल्ला दोलोई ने अपने खाड़े की एक ही वार से उसकी गर्दन इस तरह से उड़ाई कि सिर छटक कर कोपिली के जल में जा गिरा और धड़ उछलकर, काँप कर, देह-मुद्रा बदल-बदल कर ठंडा पड़ गया।

ठंडा पड़ते ही लोग दौड़ पड़े। उसके शरीर के जिस अंश पर वे हाथ डाल सके, उसे नोंच लिए। बाल, नाखून, त्वचा, मांस। उसे वे अपने साथ ले जायेंगे। उसे अपने घरों के कोने-अंतरों में फेंकेंगे, खेतों, हाटों में फेंकेंगे। उससे उनका घर पवित्र हो जायेगा, जमीन उर्वर हो जायेगी। हर तरह का संकट चला जायेगा। सुख आ जायेगा। पिंजर वहीं पड़ा रहेगा। सूखने तक रखवाली करेगा जल्ला दोलोई। सूख जायेगा तो लिङ्दोह के साथ उसे ले जाकर देवबाड़ी के किसी विशाल वृक्ष की विशाल शाखा से लटका आयेगा। इसके बाद उसका कर्त्तव्य पूरा। बारह वर्ष बाद देखा जायेगा।

---

1. **उ स्टेइन—अनानास की पत्तियों के रेशों से बनी पतली रस्सियाँ।**

रानी जल से बाहर आयीं। कपड़ें बदले। राजा जल के भीतर गये। बाहर आकर कपड़े बदले। दोनों मिनलेप पर बैठे। लिङ्दोह लोगों ने जो उनके साथ किया, उसका मतलब था राजा और रानी का पुनर्विवाह। राजा को अब खाउरा की उम्र लग गयी है। रानी को उनका बलि मिल गया है। आया संकट टल गया है। वे पुनः देवराजा हैं। रानी देवपुजारिन हैं। बसंता को देवधाई बताता है: रानी धरती का प्रतीक हैं। राजा आसमान का। दोनों के संयोग से सृष्टि होती है। कन्द्रा योगी कहता है कि एक पुरुष है, दूसरी प्रकृति। इस अनुष्ठान के बाद दोनों शिव-पार्वती हैं। मिल कर अर्धनारीश्वर। लेकिन खसिया लोग कुछ और ही कहते हैं। दोनों पहले नाभिनालबद्ध थे। अब छिनगा दिये गये हैं। बीच में सुमेर है और यह मिनलाप। लेकिन एक कथा और है। वह यह कि किसी जमाने में क्वाँरी कन्या ही चढ़ाई जाती थी कोपिली को। एक बार ऐसे ही किसी मौके पर कोई पुरुखा प्नार राजा आ गया और बलि युवती के सौंदर्य पर मुग्ध होकर बलि रोकने को कहा। कौन मानने वाला था। जमकर लड़ाई हुई। राजा जीत गया। उसने बलि युवती से शादी कर ली। लेकिन बलि तो

चढ़नी ही थी। इसलिए विरोध करने वालों के लिङ्दोह नेता को ही चढ़ा दिया गया। इस पूरे कर्मकाण्ड में उसी की प्रतीकात्मक पुनरावृत्ति होती है। तुम लिङ्दोह होने जा रहे हो। तुम्हें ये अंतरकथाएँ जाननी ही चाहिए। कोई पूछ बैठे तो बड़ी भद्द होगी।

लेकिन बसंता कुछ और सोचता है। यह कि क्या इससे इस तरह की लोक कथाओं से खासी का इतिहास गढ़ा जा सकता है? उसकी कौम के लिए इतिहास एक नया शब्द है। इसे पादरी लाया है। जगह-जगह इतिहास गढ़ रहा है। कहता है इतिहास कौम का अतीत होता है, उसकी गौरव गाथा। उसके जातीय मूल्यों का संवाहक, जिसके आधार पर भविष्य का अभियंत्रण होता है। जाने क्या-क्या बकता है? हम तो आज में ही खुश रहने वाले लोग हैं। एक-एक दिन की खुशी खोजते हैं। हमें क्या लेना देना अतीत और भविष्य से। लेकिन नहीं, इसी मानसिकता के कारण हम पिछड़े हैं, हमारी सभ्यता अवरुद्ध हो गयी है, हम ट्राइब बन गये हैं, सुसंस्कृत राष्ट्र जन नहीं। जाने क्या-क्या बकता है यह पादरी?

: 16 :

सूरज धरती के पानी को सोखे जा रहा था। उसकी किरणों के साथ उठकर पानी भाप बनकर आसमान के नीचे तन गया था। ऊपर वह सूरज को ढकने की नाकाम

कोशिश कर रहा था, तो नीचे धरती को। मोती लिडदोह अपनी री किन्ती[1] में जुटी थी। जो इस साल बोये गये थे, उन पौधों के धान कच्चे थे। जो बीज पिछले साल बालियों से झड़कर इस साल उगे थे, वे पक गये थे। मोती उन्हीं की बालियों को सुरक कर खोइछा[2] में रख रही थी। फसल कटने से पहले यही भोजन का आधार था। दूध घोंट रहे दानों का भात इतना मीठा लगता कि नमक डली किसी वस्तु के साथ खाने को मन नहीं करता। आज गुड़ के घोल के साथ खाने का इरादा था। इस झारंग सुरका को दो-चार हटही[3] जुटाने में पूरे खेत को धाँगना पड़ता था। पाँव थक गये थे। अकेला आदमी वैसे भी बहुत जल्दी थकता है। रिंजा से उम्मीद थी कि इस साल खेती में पूरी मदद करेगा। दाड़ी-मूँछ निकलने लगी है, लेकिन कोई जिम्मेदारी नहीं लेता। तीर-धनुष लिए घूमता रहता है। जब से सियेम ने उस पर नजर की है, मिंत्री समझने लगा है। मिंत्री तो है ही, आखिर डिडदोह का बेटा है। वे खानदानी मिंत्री होते हैं। लेकिन वह अपने को रिंजा ही समझता है। क्या करे सभी अभी तक रिंजा ही कहते हैं। लाख चाहा कि लोग डिडदोह कहें, लेकिन कोई कहता ही नहीं। जब उसे गोद ले लिया तो उसका पिछले कुल से क्या सम्बन्ध? लेकिन कोई व्यवहार में स्वीकारता ही नहीं। सब जयंती की चाल है। सोचती है कि बड़-पुजारिन है, जिसको चाहे मिंत्री बना दे। आत्माओं-प्रेतों के बारे में कुछ जानती नहीं; चली है, बड़-पुजारिन बनने। इनके बारे में परम्परा पीटने से नहीं, व्यक्तिगत साधना से ज्ञान होता है। उसके लिए इनके बारे में मैं जानती हूँ। जब अभुआती हूँ तो पूरा गाँव आता है अपना वर्तमान और भविष्य जानने, चाहे खेती के बारे में हो या हारी-बीमारी के बारे में। अरे मैं तो चोरी-चमारी के बारे में भी बता देती हूँ। तो भी कोई पुजारिन मानने को तैयार नहीं। मेरे पास राज नहीं है न! चलो चलता है। रिंजा बनायेगा। लेकिन उसके पहले जयंती को उधेड़ना होगा। यही मौका है।

सामने बगुलों का एक बड़ा-सा हार आहार तलाशने एक देश से दूसरे देश को चला जा रहा था। कहाँ से चला है और कहाँ जायेगा, कुछ पता नहीं। फिर भी लोग जानते हैं कि यहाँ से चला है और यहाँ तक ही जायेगा। यही हाल डिडदोह लोगों का है। कोपिली के पार से चले थे और गारो पहाड़ियों तक आकर रुक गये। अब कोपिली के इस पार और गारो पहाड़ियों के भी इस पार के बीच विचरते हैं। का इआउ-इआउ[4] जब डिडदोह के घर में शरण ली होगी तब क्या पता था कि वह एक पूरे गोत्र को जन्म देगी। तब तो कोई उसका मोल इक्कीस कौड़ी भी नहीं लगता था। हार कर डिडदोह

---

1. **री किन्ती—व्यक्तिगत रूप से प्राप्त की गयी कृषि भूमि।**
2. **खोइछा—ऊपरी हिस्सा ढकने वाले वस्त्र के सिरों को नाभि के पास खोंसकर बनायी गयी झोली। यह शब्द भोजपुरी में भी है।**
3. **हटही—बाजार में अन्न उड़ेल कर नापने की बेंत की बनी एक छोटी सी टोकरी। यह शब्द चपारण और मुजफ्फरपुर मंडल में भी चलता है।**
4. **का इआउ-इआउ —एक मध्यकालीन डिडदोह पुरखिन।**

को उसे अपने घर में चेरी की तरह रखना पड़ा। डिब्दोहनी कितना जलती होगी उससे, इसे इस तथ्य से बखूबी समझा जा सकता है कि उसे किसी भी कीमत पर बेंच कर घर से बाहर निकाल फेंकना चाहती थी। मर्द का मन! जाने कब फिसल जाय। उसका समाज मातृ-प्रधान हुआ तो क्या! दूसरी स्त्री स्त्री स्वभाव से ही वरदास्त नहीं कर सकती अपने मर्द के लिए! और वही पुरखिन जब भाग कर कोपिली के पार गयी, ब्रह्मपुत्र की घाटी से अपनी सारी संपत्ति गोरू-गाड़ियों पर लदवा कर लौटी—पीछे-पीछे स्थानीय बाहुबली, सामन्त और आगे-आगे गाड़ीवान के सटकारे पर दौड़ती धवरा बैलों की जोड़ी—तो उसी डिब्दोहनी ने खुशी-खुशी उसे अपनी पतोह बना लिया। यानी धन! धन ही तो राजा बनाता है! धन है तो सभी सुनते हैं, चाहे जो भी कहो सभी मानते हैं। धन नहीं है तो चाहे कितनी ही सही बात कहो, संदेह करते हैं। वही होगा जो जयंती कहेगी। वह करने में लोग पाँच बार सोचेंगे जो मोती कहेगी। दिल में लोग स्वीकार करेंगे कि मोती सही है, पर कहेंगे नहीं, करेंगे नहीं। सिर्फ सिर हिलायेंगे। और ऐसा कि उसका आभास सिर्फ उन्हें हो, किसी और को नहीं। क्या वे डरते हैं? डरें, मोती नहीं डरेगी। सबके सामने भेद खोलेगी। हठ पर बैठेगी।

मोती घर की ओर चल पड़ी। गाँव तक जाने वाले रास्ते के दोनों किनारों पर बाँस की फट्टियों की बाड़ लगी थी। उनसे बाहर की ओर निकलते बाँस के ही नुकीले भाले लगे थे, जिससे कि कोई जंगली जानवर या बाहरी आक्रमणकारी आदमी यदि घुसना चाहे तो लहू-लुहान हो जाये और उसी की चीख पर पूरा गाँव सावधान हो जाये। रास्ते के अंत पर गाँव की बँसही चाहारदीवारी शुरू होती थी। वहीं पर अच्छी लकड़ी का एक बड़ा-सा द्वार बना था, कोई तीन हाथी ऊँचा। द्वार के शीर्ष की लकड़ी पर खिर्रिम वालों को राजचिह्न वाराह और केंकड़े की मिली-जुली आकृति का कुछ खुदा था। उसी के किनारे से मोती के घर का रास्ता जाता था। वहाँ तक आते-आते मोती पसीने से डूब गयी। साँस इतनी तेज चलने लगी कि जैसे हाँफ-हाँफ कर जान निकलने वाली हो। शायद उसकी रक्षा के लिए उसने सिर का वस्त्र उतार कर बाल बिखरा लिया और एक खास क्रम से पूरे बदन को कपाँ-कपाँ कर हिलाने लगी। देह की लय पर ही गले से एक अपरिचित ध्वनि निकालने लगी, जिससे जो पहले बेवस स्वर लक्षित होता था, धीरे-धीरे क्रोध के भयानक विस्फोट में बदल गया। दिन का तीसरा पहर हो रहा था। जो लोग सुबह खेत की ओर गये थे, वे लौट रहे थे। जो नहीं गये थे, वे अब जा रहे थे, रात भर जंगली जानवरों से उनकी रखवाली करने। मोती की गरजन पर वे सभी लोग पहले एक-एक कर, फिर झुंड-झुंड में जुटने लगे। पहले लोग खड़े-खडे थोड़ी तिरछी आँखों से देखते रहे। फिर बैठकर सामान्य आँख से देखने लगे। उसका अभुआना और उछल-कूद बढ़ता गया तो वे सहानुभूति से देखने लगे। वह बदन को ऐसे मरोड़-मरोड़ कर अभुआ रही थी कि लगता था कि एक-एक कर नहीं, एक साथ ही सारी हड्डियाँ चमड़ी और माँस को चीर कर बाहर आ जायेंगी, जैसे केंचुल से साँप बाहर आ जाता है। साँप का ख्याल आते ही लोग गंभीर हो गये। किसी एक साँप का बिम्ब सभी के मन में

नहीं था। सभी के मन में अलग-अलग साँपों का बिम्ब था। यानी सभी के अपने-अपने साँप थे। उसी को निमित्त मान कर जो बड़े-बूढ़े थे, कोई कुछ जानने के लिए, तो कोई खराब भूत-बयार को मोती के सिर से भागने के लिए प्रश्न करने लगे, बात करने लगे, देवी-गीत गाने लगे। लेकिन मोती का उन्माद थमने की जगह बढ़ता ही गया। बढ़ते-बढ़ते ऐसी दशा में पहुँच गया कि लगता था वह इस लोक से नहीं, किसी इतर लोक से बोल रही है। उसकी हालत देखकर बड़े-बूढ़ों ने तय पाया कि उसे मनाने का, सामान्य करने का नेक काम उनसे नहीं हो पायेगा, लिडदोह लोगों से भी नहीं हो पायेगा। उसे तो जयंती ही समझा-बुझा कर कुछ कर सकती है। जयंती की तलाश में कुछ लोग फौरन राजवाड़ी की ओर दौड़े तो कुछ लोग उसके खेतों की ओर। माना कि जयंती ही खिर्रिम की वास्तविक शासिका थी और सियेम उसकी जगह पर राज करता था, जैसे लिडदोह उसकी जगह पर पुरोहित करता था, फिर भी खसिया समाज में इतनी समता अभी बनी हुई थी कि राजा-रानी को भी अपने बसर के लिए अपने खेतों पर अपने हाथों से काम करना पड़ता था। उसमें जो दूसरे लोग सहयोग करते थे, वे नौकर या मजदूर की हैसियत से नहीं, सहयोगी की हैसियत से। उसमें अपेक्षा रहती थी कि सियेम भी मौका आने पर उनके साथ सहयोग करेगा। चूँकि राजा सबके खेतों में जा-जाकर गुड़ाई,निराई, बुआई, कटाई नहीं कर सकता था—अकेले होने के कारण शारीरिक रूप से संभव नहीं था—इसलिए सबके सहयोग की वापसी वह गाँव की रक्षा के रूप में करता था, वह भी नेतृत्व देकर; अन्यथा रक्षा तो सभी अपनी कौम की सामूहिक रूप से करते थे। यही बात जयंती पर भी लागू होती थी।

वह अपने खेत से किसी सपने में खोई चली आ रही थी कि गाँव के रास्ते की बाड़ जहाँ से शुरू होती थी, उसके अंतिम छोर पर भीड़-भड़ाका, शोर-गुल सुन कर चौंकने के बजाय, जिज्ञासु हो तेजी से उधर बढ़ने लगी। लेकिन चाहकर भी गति तेज नहीं कर पा रही थी। पाँव भारी थे, पेट में बच्चा कूद-कूद जाता था। उससे जो दर्द होता था, उससे अजीब सुखद गुदगुदी उठती थी। उसके आनन्द से खुश हो वह अपनी गति धीमी कर लेती थी। उसे आता देख लोग दौड़ पड़े और स्त्रियाँ उसे घेरे में लेकर बोलीं, "मोती पर बयार आ गयी है। अभुआ रही है। पर कुछ बोल नहीं रही है। सन्निपात में डोल रही है। तुम्हें तुरंत कुछ करना होगा।"

जयंती ने जल्दी-जल्दी पाँव बढ़ाये और मोती के पास जाकर उसके सिर पर हाथ रख दिया। मोती ने आँखें खोलीं। वे लाल होकर बाहर निकल आयीं थीं। लगता था वे अंगारे हैं जो धधक कर उनकी जद में जो भी आयेगा उसे दहका देंगे। उनमें एक सूनापन भरा था, जिसे महसूस कर जयंती भीतर ही भीतर हिल गयी। उसके साथ ही मोती अपने गले से धीरे-धीरे एक अति मंद स्वर निकालने लगी कि जैसे वह स्वर गले से न निकल कर नाभि की गहराई से निकल रहा हो। स्वर क्रमशः बढ़ता गया जैसे दूध पिलाती सुआरी किसी आसन्न विपदा को महसूस कर पहले धीरे-धीरे गुर्राती है; फिर विपदा को सामने देखकर चारों पाँव झटक झम् से उठ खड़ी हो चिग्घाड़ कर चढ़

दौड़ती है। उसी तरह मोती गरजी, "यही कलंकिनी है। यही हमारी कौन को खायेगी।"

लोग हक्का-बक्का पहले मोती का, फिर जयंती का, फिर एक-दूसरे का मुँह देखने लगे। इसके पहले कि वे कुछ समझ पाते मोती चिग्घाड़ी, "इसकी कोख में ललमुँहा का बीज पल रहा है। वही खसिया कौम का नाश करेगा।"

जयंती एक अनापेक्षित लाज से गड़ गयी स्त्री की स्वाभाविक लाज से। लोग कुछ समझ नहीं पाये। खासियों में तब कुमारी मातृत्व कोई अजूबी बात न थी। सन्तानोत्पत्ति के बाद भी विवाह होता था और सन्तान को जायज माना जाता था। माना कि जयंती कौम की मुख्य पुजारिन थी, नायिका थी—उससे दूसरों की तुलना में अधिक संतुलित आचरण का दरकार था—पर इसका मतलब यह नहीं था कि कौम के नियम उसपर लागू न हों। तब इसमें बयार बैठने की क्या बात है?

लेकिन मोती बार-बार कौम के विनाश की बात कर रही थी। इससे लोगों के कान खड़े हो गये। लोगों ने अनुनय से, विनय से, आग्रह से, वादा से, उसे समझाया कि यह समूचे कौम की बात है, इसे कौमी पंचायत में उठाया जायेगा; अभी बयार अपनी पूजा ले और जाय। पूजा सुअर पर तय हुआ। और जिस दिन चढ़ेगा, उसी दिन पंचायत होगी उसके मांस के साथ। तब कहीं बयार ने शरीर छोड़ा।

बयार के आने से मोती टूट गयी थी। अकेले टीले पर अपने किलानुमा घर में पड़ी रहती। डाइन थी, इसलिए कोई-कोई ही उसके पास जाता। लोगों के हाली-बीमारी के बारे में बतानेवाली होने के कारण लोग उसके पास जाना तो चाहते लेकिन सभी जा नहीं पाते। कोई-कोई ही हिम्मत जुटा पाता। मोती बड़ी चिंतित रहती। धान पक गया है। सब खेतों में झड़ जायेगा। पगला रिंजा अभी तक नहीं लौटा। अरे मिंत्री बन जायेगा, तो भी खाने के लिए, काम तो उसे अपने हाथों से अपने ही दम पर करना होगा। तब कहाँ बिलल्ला बना मर-फूँक रहा है? सोचते-सोचते उसे सन्निपात हो जाता। उसके सन्निपात और सिर से उखड़-उखड़ कर उड़ते बालों से उसकी दशा का अंदाज कर लोगों ने उसका धान काट दिया। जब मड़ाई कर रहे थे तो एक दिन रिंजा आ गया। लोगों को लगा कि माँ की सेवा करेगा। अन्न उठा कर घर में रखेगा। लेकिन वह गाँव का चक्कर लगा कर जाने कहाँ गायब हो गया।

जीरा के आने पर राली की जो मुखमुद्रा बदली थी, वह अभी तक सामान्य नहीं हुई थी। शैतान हमेशा ही उल्टी खबर लाता है। बेमरौवत साफ-साफ कह रहा है कि कुलियों ने कोपिली पार करने से इंकार कर दिया है। बिना बलि चढ़ाये पार नहीं जायेंगे, चाहे जो हो जाय। और एक बलि से काम नहीं चलेगा। जितने आदमी हैं उतनी बलि अलग-अलग चढ़ानी होगी। अरे, जब सब बलि में ही चला जायेगा तो बचेगा क्या? हो न हो यह श्रीचर और श्रीहट्ट वालों की बदमाशी हो। भला वे कब चाहेंगे कि

अंग्रेज बर्मियों से युद्ध में जीतें। आपस में चाहे जितनी दुश्मनी हो, बात जब अंग्रेज की आयेगी तो सब एक हो जायेंगे। खुल्लम-खुल्ला नहीं तो भीतर-भीतर। साथ-साथ यदि लड़ने न आयेंगे तो अंग्रेज के काम में अड़ंगा ही डालेंगे। उन्होंने ही बहाने से भड़का दिया होगा कि कोपिली पार न करो किसी बहाने। आजकल इन्हें हिन्दू बनाने चले हैं कि अंग्रेजों का प्रभाव इस क्षेत्र में न बढ़ पाये। मैं वहाँ होता तो मार कोड़े के मैं उनकी चमड़ी उधेड़ देता। अंदेशा मुझे पहले से ही था। इसीलिए पादरी को धर्मांतरण तेज करने के लिए कहा था। लेकिन वह अपना काम सेहुर-सेहुर[1] करता है। कहता है जिन कौमों का मुसलमान तलवार के बल पर धर्मांतरण नहीं कर पाये, उनको बिना कोई सांसारिक उपलब्धि की लालच दिये, इसाई बनाना सहज न होगा। सिर्फ दवाई, सफाई और स्कूल से काम नहीं चलेगा। अरे भाई, यदि आज दो-चार महत्त्वपूर्ण घरानों को, लालुडो को नहीं, तो वारों को ही यदि इसाई बना लिया होता तो यह कोपिली पार और बलि की झंझट नहीं होती। खबर भेजा था कि उधर से हिडिम्बों का ही इंतजाम करो। मिकिरों में तो ऐसा कोई टैबू नहीं। वे ही पार आकर सामान उठा लें। लेकिन पता नही, वह आजकल कहाँ है? जीरा कहता है कि बड़ा काम कर रहा है। बड़ा काम क्या होगा? अरे ढाका-कलकत्ता से संपर्क साध रहा होगा। सोचता होगा बर्मा से लड़ाई का इस्तेमाल खासी सिंतेङ लोगों की भूमि लेने के लिए भी हो जायेगी। सो तो ठीक है। लेकिन यदि लड़ाई रुक गयी या खत्म हो गयी तो कुलियों की सप्लाई से भला खाक आमदनी होगी। पुल बन जाता तो अच्छा था। पर उसके लिए बोर्ड वाले सुनते ही नहीं हैं। कहते हैं कि क्या गारंटी! खसिया पुल से चलकर उस पार जायेगा ही! उसे तो बस नदी को पार नहीं करना; तब चाहे नाव से हो या पुल से—क्या फर्क पड़ता है। लेकिन पहले पुल बने तो। तब मैं उन्हें समझा लूँगा कि पुल से पार करने से पुल पार होता है, नदी नहीं। नदी तब पार होती है, जब उसमें आदमी धँसता है। पुल से पार करने पर आदमी नदी में नहीं धँसता। इसलिए पुल पार होता है, नदी नहीं। लेकिन यह बाद की बात है। अभी तो इनके धर्म-परिवर्तन से काम चलाना है। पादरी को चार आने की पत्ती दी है। दो आना और बढ़ा देता हूँ।

पर क्या पत्ती से काम हो पा रहा है? दो आने की पत्ती तो खिर्रिम के राजा को दी है। वह आदमी तो खूब जुटा दे रहा है। लेकिन कोपिली पार नहीं करा पा रहा है। कोई उसकी सुनता ही नहीं। क्या समाज है—सभी बराबर हैं। राजा प्राइमस इंटर पैरेस।[2] बस! तब काहे का राजा? अरे राजा तब होता, जब मार कोड़े इन कुलियों का दिमाग ऐसा ठीक कर देता कि वे बिना बलि के ही कोपिली पार कर जाते।

राली आजकल यही सोचता है। जीरा से भी कोई विशेष काम नहीं ले पाता। गाँव वाले कुत्तेवाली बात पर अभी तक भड़के हुए थे। तभी रिंजा पहुँचा। उसने बताया कि प्नार राजा का प्राण बढ़नी-सूप में बसता है। रानी उसे बड़ा सम्हाल कर रखती है।

---

1. **धीरे-धीरे।**
2. **प्राइमस इंटर पैरेस—बराबरों में प्रथम। रोमन फ्रेज है।**

उसकी नार-पुरइन नर्टियाङ में गड़ी है। घर के पिछवाड़े, सागू पेड़ की जड़ों में। जब तक उसे खोदकर फेंका नहीं जायेगा, राजा मरेगा नहीं।

"यह तो ठीक है। पर बलि के लिए पकड़ हुई है कि नहीं?"

"हुई है।"

"है कहाँ?"

"अतिथिवाड़ी में"

"हुई कहाँ?"

"सोना गाँव में।"

तो पादरी ठीक था—राली ने सोचा। फिर सोचकर पूछा, "कोई गवाह है?"

"हाँ। जिसने पकड़ करवाया वह वहीं है। राफताब नाम है उसका। उसे जब पिंजड़े में लाया जा रहा था, तब झकाड़ी देवधाई और बसंता लालुङ ने देखा था। वे ही नदी में वेदी बना रहे थे मछली मारने वालों के लिए।"

"बलि चढ़ी क्यों नहीं? महीना तो बीत गया।"

"बलि तो चढ़ी है, इस महीने भी। वह खरलुक्की लड़का था। स्वयं आया था। यह सिंतेङ पद्धति की अंतिम बली थी। आगे बलि हिन्नू पद्धति से होगी। राजा हिन्नू बन रहा है।"

राली की आँखें खुली की खुली रह गयीं। पादरी इतने साल से लगा है। कितनी दवा बाँट दी, स्कूल खोलने की जगहें चुन लीं और एक भी इसाई नहीं बना पाया। और यह कंद्रा योगी गंगा-जल बाँट कर, उपदेश देकर राजा को ही हिन्नू बना लिया! तब तो पूरी जमात ही हिन्नू बन जायेगी। और हिन्नू बन गयी तो इसाई बनाना मुश्किल होगा। जब मुसलमान तलवार का इस्तेमाल कर मीयाँ नहीं बना पाये तो पादरी क्या खाकर इसाई बना लेगा? इसे फौरन रोकना पड़ेगा। राजा को युद्ध में उलझाना ही एक मात्र कारगर तरीका होगा।

कोई रास्ता नहीं था। कई रातों की नींद गवाँ कर राली ने तय किया कि प्नार राजा के खिलाफ मिल्लिम-खिर्रिम के राजाओं को भड़काना होगा। पुरानी दुश्मनी याद दिलानी होगी। चाहे यह भी कहना पड़े कि चूँकि प्नार राजा अपना धर्म बदल कर हिन्नू बन रहा है तो वह श्रीहट्ट, अहोम् या कोच राजा की तरह विस्तारवादी बन जायेगा। सभी खासियों को अपने अधीन करेगा। उसमें श्रीहट्ट, शिवसागर और कूच बिहार के राजा भी मदद करेंगे। इसलिए उसे हिन्नू बनने से पहले ही समाप्त कर देना है। उसके जान और पुनर्जीवन का राज पता चल गया है। अबकी मरेगा तो नहीं जीयेगा। लेकिन सियेम क्या मेरी बात मानेगा? तब जयंती.....।

जयंती की याद आने पर उसने सोचना स्थगित कर दिया। और इस तरह से उठ खड़ा हुआ कि जैसे आत्मविश्वास से भर गया हो। आज से पहले भी वह सोचना रह-

रह कर स्थगित कर देता था। लेकिन तब वह एक ऐसे भय से भर जाता था कि इस परदेश में, इन जंगलियों के बीच उसकी बोटी जब-तक सलामत है, तभी तक सलामत है; नहीं तो एक-एक टुकड़ा चील-कौवा खा जायेंगे। इसीलिए वह कुलियों के साथ मफलाङ से बर्मा चला जाना चाहता था। लेकिन ये खसिया कुली ऐसे हरामी के पिल्ले हैं कि कोपिली पार ही नहीं करते।

जिस दिन सुअर मार कर भोज हुआ उस दिन पंचायत बैठी। एक सुअर कम पड़ता, इसलिए रिंजा की माँ ने दूसरा सुअर उपहार स्वरूप दे दिया था। यह उसकी समृद्धि का द्योतक था, गाँव में एक अच्छी औरत मान लिये जाने का उत्कोच। लोगों ने अपने-अपने घरों से अपने-अपने खाने भर का लाल चावल भिजवा दिया था जो सामूहिक रूप से मिट्टी और ताम्बे के बड़े-बड़े हंडों में पकाया गया था। पका कर लकड़ी के बड़े-बड़े कठौतों में उड़ेल दिया गया था। सभी लोग अपने साथ केले के पत्ते लाये थे, जिसे वे अपने सामने बिछा कर दूसरों से पंक्ति बनाते बैठ गये थे। गाँव के युवा चावल-गोश्त परोस रहे थे। युवतियाँ नमक, मिर्च, अदरक, पानी।

बात खाने के स्वाद से शुरू हुई और गाँव के हालात पर आकर रुकी। गाँव के हालात में ही जयंती रिंडम की उपकथा थी; किन्तु उस पर चर्चा किसी ने शुरू नहीं की—कुछ लोग उसके कर्म पर लाज से डूबे थे तो कुछ लोग टाल जाना चाहते थे। अधिकांश लोग इसे दो स्त्रियों की ईर्ष्या, जलन, लड़ाई की तरह लखते थे, कुछ लोग खसिया समुदाय पर बाहर से आसन्न खतरे को महसूस कर टाल जाना चाहते थे—आख़िर हर जातीय विपत्ति में राज परिवार ही तो कौम को नेतृत्व देता है, दूसरी कौमों से लड़ता है, उसके लिए अपना सब होम करता है।

अब जयंती स्वयं इस भोज में उपस्थित होती तो बात दूसरी होती। ऐसा नहीं था कि उसे निमंत्रित नहीं किसा गया था। किया गया था। किन्तु उसमें आना, न आना उसके विवेक पर था और विवेक ने यही कहा होगा कि वह न जाय। तब कोई क्या कर सकता है? अब उसका कोई गुनाह तो साबित नहीं हुआ था कि राज दरबार तक बात ले जाई जाय। यह कोई अनहोनी घटना नहीं थी। क्वारी माँ होना खसिया समाज के लिए कोई अजूबी बात नहीं थी। और सिर्फ पुजारिन होने के कारण जयंती का कोई विशेष दाय, विशेष जिम्मेदारी नहीं बनती थी। वह भी एक सामान्य खसिया लड़की की तरह लड़की थी, जिसे वांछित पुरुष के साथ संभोग करने की किसी भी खसिया बाला की तरह पूरी आजादी थी। उसका पुजारिन का जो विशेष रुतबा था, वह विशेष काम के लिए, विशेष मौके पर पूरी कौम के लिए मानद था। वह किसी वैयक्तिक आचरण के किसी विशेष उच्च नैतिकता या मर्यादा की माँग नहीं रखता था।

ऐसा सोचते तो सभी थे। किन्तु सभी को कुछ न कुछ खटक रहा था। ऐसा कि यह घटना सामान्य नहीं है। तो भी क्या ऐसा है कि इसके लिए जाति के सामुदायिक न्याय के लिए गुहार किया जाय? रिंजा की असली माँ इसे खूब समझती थी। इसीलिए उसी ने पहल की, ''अगर यह किसी खसिया से हुआ होता तो काम चल जाता। ललमुँहा से है, इसलिए नहीं चलेगा।'' जिनके दाँत टूट गये थे, उन बूढ़े-बूढ़ियों को खीसें निपोरते हुए मन ही मन बड़ी हँसी आयी थी—वीर्य तो एक ही काम करता है चाहे खसिया का हो या ड'खार का। जमीन पाकर वह उगेगा ही। तब यह अतरिक्त रूप से बड़ा अपराध कैसे हो गया? लेकिन यह मन ही मन सोचने की बात थी, कहने की नहीं। इसलिए रिंजा की बात का कोई प्रत्यक्ष प्रतिवाद नहीं उभरा। वैसे भी वह बलशाली औरत थी। सात पुरुषों की पत्नी और तीस पुरुषों की भोग्या रह चुकी थी। उसके पीछे न केवल उन लोगों का व्यक्तिगत बल था, उनके परिवारों की हर फैसले पर पूरी की पूरी सहमति थी, चाहे वह व्यक्ति-व्यक्ति की आत्मा की आवाज़ के खिलाफ़ ही क्यों न हो!

मोती ने कहा, ''इस तरह की छूट मिलती रही तो हमारा पूरा समुदाय ही वर्णसंकर हो जायेगा। हमारी जातीय पहचान जाती रहेगी।'' इस पर कोई भी पूछना चाहता था: तो क्या आज हम वर्णसंकर नहीं है? अरे कौन है हमारे आस-पास जो वर्णसंकर नहीं है? और वर्णसंकर है या नहीं है, इससे जातीय जीवन यापन में क्या फर्क पड़ता है? लेकिन पूछा किसी ने भी नहीं। कारण था। मिल्लिम का राजा इधर जातीय पुनीतता की बहुत बात कर रहा था। उसे अपनी जाति पर एक खतरा आसन्न दिख रहा था। श्रीहट्ट का राजा हिन्नू बनाना चाहता था तो सात समुन्दर पार का पादरी इसाई। दोनों ही इसके सहारे खासियों की जातीय स्वतंत्रता अपहरित कर लेना चाहते थे, बिना कोई युद्ध लड़े। मिंत्री लोगों के मन में बात उठती थी कि हिन्नू या इसाई हो जाने से जातीय स्वतंत्रता कैसे मारी जायेगी? लिडदोह लोगों के पास इसका काट था कि वे न केवल अपनी पूजा-पद्धति बल्कि लौकिक नियम भी हमारे ऊपर लाद देंगे—उत्तराधिकार के, संपत्ति के, अपराध के, खान-पान के, ओढ़ने-पहनने के, जिससे हमारे आइन नियम लुप्त हो जायेंगे। और एक बार हमारे नियम, हमारी संस्थायें लुप्त हुईं तो व्यक्ति के रूप में हम चाहे जो रहें—चाहे वही रहें—कौम के रूप में नहीं रह जायेंगे। इसलिए वह नहीं चाहता था कि दोनों का प्रसार उसके बीच हो। वह इनसे लड़ नहीं सकता था—श्रीहट्ट के राजा ने रेशम के बदले हथियार खरीदने पर रोक लगा दिया था। हम रेशम बेंच कर उससे मिले पैसों से विलास की अनावश्यक वस्तुएँ तो ला सकते हैं, पर काम का हथियार नहीं। वहाँ का राजा कहता है कि वह ऐसा करना नहीं चाहता। पर क्या करे? जब से बंगाल की दीवानी अंग्रेजों के हाथ में गयी है, और ढाका का नवाब उनका तहसीलदार बना है, बस वह इज्जत बचाने भर का राजा है। अब अगर वह कोई सुझाव भी देता है तो भी वह स्पष्ट आज्ञा होता है। 'इट विल बी एप्रेसिएटेड' या 'यू मे लाइक इट' जैसी शब्दावली उनकी भाषा की बारीकी है। अब

जब हिन्नू और मीयाँ राजा उसका मुकाबिला नहीं कर सकते तो खसिया क्या खाकर कर लेंगे। इसलिए यदि अपनी कौम को बचाना है तो कछुए की तरह सिर-पाँव खोलरैया में घुसाकर निष्क्रिय हो जाना है। जहाँ भी हो कुरी मार कर बैठ जाना है। इसीलिए अगर खसिया कुली कोपिली पार नहीं करता है तो अच्छा ही है।

रिंजा के मार्फत डिड्दोह के समर्थक बने लोगों ने कहा, "इसका फैसला दरबार पर छोड़ देना चाहिए।"

मोती ने कहा, "लेकिन बात तो दरबार तक पहुँचाना चाहिए।"

किसी ने कहा, "सो तो है। नहीं तो दरबार सोचेगा कि लोगों को यह स्वीकार है।"

मोती ने कहा, "जयंती को का सियेम सद के पद से हटाना होगा।"

रिंजा ने कहा, "और उसे अंग्रेज से शादी करनी होगी।"

इस पर तमाम लोगों को इतराज था। अंग्रेज से शादी कर लिया तो खासी समाज में उसकी पैठ् को मान्यता मिल जायेगी। तब तमाम अंग्रेज खसिया लड़कियों से विवाह करेंगे और उनकी संतानें खसिया संपत्ति की मालकिन बन जायेंगी। वे संतानें फिर अंग्रेजों से शादी करेंगी और कुछ ही पीढ़ियों में हम काले से गोरे हो जायेंगे। अपने जातीय जीवन से घृणा करने लगेंगे। बिलायत का जीवन हमारा आदर्श हो जायेगा। वहीं जाकर हमारे बीच के प्रभावशाली लोग बसने लगेंगे। हमारा जातीय जीवन क्षीण हो जायेगा। हम बिला जायेंगे।

लेकिन रास्ता क्या था? इस पर बाद में सोचा जायेगा। पहले सियेम के दरबार में नालिश तो हो। इसके लिए पाँच बूढ़ों की समिति बन गयी। उसने बात सियेम तक पहुँचाई। लिड्दोह लोगों ने कहा कि मामला नहीं बनता है। मिंत्री लोगों ने कहा कि बनता है। अंग्रेज ने जोर-जबरदस्ती की होगी। जयंती ने सहमति भी दी होगी तो उसके भय से, या गुमराह होकर। लेकिन सियेम को लगा कि मामला तब बनता जब जयंती स्वयं इस बात की शिकायत करती कि उसके साथ का बा ख्रिओत तिडा[1] हुआ है। जयंती ने तो कुछ कहा ही नहीं। हाव-भाव से प्रसन्न ही दिखती है। न भी दिखती तो क्या होता? पाँच सौ पचपन रुपये का अंग्रेज पर दंड लगता और सुअर देना होता। अब अंग्रेज कौन झूमिया गरीब है कि न दे पाये।

लोग चाहे ऊपर से राजा के न्याय को सराहें, उन्हें मन ही मन लग रहा था कि राजा कहीं अन्याय कर रहा है। यह एक सामान्य अपराध न होकर जातीय अस्मिता से जुड़ा अपराध है और इसमें निर्णय भी सामान्य ढंग से न होकर और तरह से होना चाहिए। लगता है मामला उसके परिवार का है और अंग्रेज से संबंधित है, इसलिए पूरी तरह निष्पक्ष नहीं हो पा रहा है। इसलिए पूरे दरबार के सामने नालिश पर विचार होना चाहिए।

---

1. का बा ख्रिओत तिडा—जबरदस्ती शीलभंग।

बात दबे स्वर से उठी और लुत्ती की तरह फैल गयी। जयंती स्त्री की स्वाभाविक लाज से गड़ गयी, पर डरी नहीं। जीरा कुलियों की समस्या पर बात करने पहुँचा ही था कि उसे बुलाकर पूरी बात कही। उल्टे पाँव वह मफलाङ पहुँचा। जीरा के इतनी जल्दी लौट आने पर वह चौंका भी और प्रसन्न भी हुआ। लगा कि काम बन गया है। गुआहाटी के रास्ते कुलियों की खेप भेजने के लिए सियेम तैयार हो गया है। पैसा किसे नहीं पसन्द! लेकिन बात तो दूसरी ही निकली। राली बोला, ''लोगों की क्या प्रतिक्रिया है?''

जीरा बोला, ''लोग बेहद नाराज हैं।''

''क्या मरने-मारने पर उतरेंगे?''

''क्या पता? जाति के सम्मान का सवाल है।''

''हूँ।'' राली गंभीर होकर फिर बोला, ''मेरा जाना ठीक होगा?''

''क्या जरूरत है? खसियानी खुद ही चले आने को तैयार है।''

''यह ठीक नहीं। लड़की भगाना लड़की खराब करने से कहीं अधिक असम्मानजनक होता है। यह तो उन्हें और गरम कर देगा।''

''लेकिन सामने जाने पर मारने-पीटने पर उतारू हो जाँय तो?''

राली को लगा कि यह बेकार की बात है। गोरी चमड़ी का इतना प्रताप है कि लोग देखते ही फूट लेते हैं। अभी तीस हजार मुरमुरिया विद्रोहियों को तीन अंग्रेज सिपाही कुल्हे-से-कुल्हा सटा कर सिर्फ नौ फायर में भगा दिये हैं; पूरे इलाके को दबा दिये हैं; तो क्या राली अपनी पिस्तौल के बल से एक-दो हजार खासीको शिकस्त नहीं दे सकता है? भीतर-भीतर मुनमुनाना और बात है और सामने आना दीगर। वहाँ कितने लोग मेरे सामने आयेंगे? इंडियन बस आपस में एक-दूसरे पर बहादुर होते हैं। जब बाहरी से पाला पड़ता है, तब टिकते नहीं। यही इनका इतिहास है।

अदम्य आत्मविश्वास से भरा राली दूसरे ही दिन एक भरा रिवाल्वर, एक भरी पिस्तौल, ढेर सारे दोनों के कारतूस दोनों कंधों से कमर तक क्रासबेल्ट की तरह लटकाये, कमर में एक तलवार अलग से बाँधे खिर्रिम पहुँचा। जीरा को भी साथ ले लिये था इतने ही हथियार के साथ घोड़े पर। किन्हीं परिस्थितियों में घोड़ा और हथियार 'स्पेयर' का काम करेंगे। जीरा स्वयं एक बहादुर आदमी है। लुशेई हिल्स में जो पहला सैनिक अभियान चला था, उसमें 'गाइड' का काम किया था। उसकी बहादुरी को वफादारी में बदलते हुए मेजर रालींसन ने उसे अपना खानसामा बना लिया था। फौज की नौकरी छोड़ चाय बागानों में जब पैसा लगाया और मफलाङ आकर रहने लगा तब उसे खानसामा से पदोन्नत कर अंगरक्षक बना लिया। और फिर अपना विश्वस्त। बस उसे ही ले कर चला। अपने खसिया नौकरों को साथ नहीं लिया। जीरा के कुत्ता खाने वाले मामले में जिस तरह से इन लोगों ने मफलाङ के सिरदार का साथ दिया था, उससे विश्वास नहीं होता था कि खिर्रिम वालों के विरोध में वे उसका साथ देंगे।

गाँव जाकर अपने आगमन को घोषित करने के लिए जीरा को भेजा, जिससे कि दरबार चौंके नहीं। लेकिन इतना धैर्य नहीं था कि उधर से किसी के स्वागत के लिए आने तक इंतजार करे। यह भी हो सकता था कि जीरा को बिठा लिया जाय और जो स्वागत करने आयें, वे दरअसल गिरफ्तार करने आयें। हलाँकि क्या खाकर वे ऐसा साहस करेंगे, फिर भी सावधान रहना चाहिए। उसी सावधानी के तहत वह सीधे दरबार पहुँचा। वहाँ, दबे मन से ही सही, उसका स्वागत हुआ। रात में ही पता चल गया कि यदि वह जयंती से शादी कर ले और उसे अपने साथ मफलाङ लेकर चला जाय तो सब सामान्य हो जायेगा। राली इसके लिए तैयार बैठा था। मामले को और सुगम बनाने के लिए कहा, ''शादी तो वह मफलाङ ले जाकर भी कर लेगा।'' उसके मन में कहीं यह भाव दबा था कि यह पहली इसाई पद्धति से किसी खसिया राजघराने में शादी होगी। जयंती यहाँ के किसी राजवंश की पहली इसाई होगी। अंग्रेज समाज में इससे उसका रुतबा बढ़ जायेगा। हो सकता है इसके दूरगामी परिणाम को आँककर कोई बिलायती संस्था उसे तमगा दे दे। अपने देश में 'नाइट' बना दिया जाय।

तब खासी विवाह के दो पक्ष थे: सामाजिक और धार्मिक। सामाजिक उसे मान्यता देने के लिए थी, खास कर उत्तराधिकार के लिए। लेकिन धार्मिक उसे वैधता देने के लिए थी। इसलिए सियेम ने उसकी कुछ औपचारिकताओं का प्रबंध अपने यहाँ की।

जब पानी बरसने के आसार नहीं थे, लहराते हरे केलों के पत्तों से धूप सरक-सरक कर जंगल के अँधेरे में भागी जा रही थी, लोग अपने खेतों में पेटारियों को पीट-पीट कर धान निकाल अपने घरों तक ला चुके थे और दिन-रात तम्बाकू के धुँओं और चावल की शराब में मस्त रह रहे थे; तब एक दिन केले की राख में धुले अपने उत्तम् सूती कपड़ों को पहन, मर्द सिर पर लाल पगड़ी बाँध और औरतें माथ खोल, बाल कमर तक लटका, जयंती के खास अपने घर दोनों का कियाद हियार[1]को क्लोङ[2] में भर कर पहुँचे। उसके बाद जीरा राली की तरफ से उ क्षियाङ[3] और रिंजा जयंती की तरफ से का क्षियाङ[4] बन कर पहुँचे। उनके पीछे-पीछे भावी दुल्हा-दुल्हन। वहाँ जीरा ने राली को जयंती के क्नी[5] को सौंप दिया आगे की रस्म-अदायगी के लिए। क्नी ने उन्हें आम की लकड़ी के बने और हल्दी से रंगे बड़े से पीढ़े पर एक साथ दायें-बायें बिठा दिया। भावी दुल्हा-दुल्हन स्वयं ढोकर लाये पान और ताम्बूल के बटुओं को एक-दूसरे को समर्पित कर दिया। फिर दोनों ने एक-दूसरे को सोने की अँगूठी पहनाई। तब दोनों बिचौलियों ने एक साथ कहना शुरू किया: हे ऊपर आकाश के देव, नीचे धरती की देवी, बीच में संसार के देवी-देव, जिन्होंने आदमी को बनाया है और पूरी सृष्टि चलाने

---

1. **का कियाद हियार—चावल की शराब।**
2. **क्लोङ—तितलौकी की तुमड़ी।**
3. **उ क्षियाङ—बिचौलिया, अगुआ, लड़के की तरफ से।**
4. **का क्षियाङ—अगुआ, लड़की की तरफ से।**
5. **क्नी—मामा।**

के लिए नियम बनाया है, आपको पता हो कि हजार-हजार संततियों का परिवार बनाने के लिए उ रालिन्सन, का जयंती के साथ एकाकार होने का करार कर रहे हैं........उन पर समृद्धि बरसे।

पूरी रस्म के दौरान जो ठंडापन बरस रहा था, उससे कोई तुष्ट नहीं था। पूरा गाँव इसकी यांत्रिकता पर स्तब्ध था। सबके मन में एक ही भाव बह रहा था कि यह भी कोई मंगनी हुई! कुर के नियम टूटने पर यही ठंडापन उपजता है। तभी मुर्गा को मार कर सगुन विचारा गया। उसका बड़ा सेम छोटे सेम की ओर नहीं बढ़ा। तो भी लिङ्दोह लोगों ने घोषित कर दिया कि शुभ होगा और तुमड़ी से एक-दो-तीन गिनते हुए तीन बार शराब जमीन पर गिरा दिया। रस्म पूरी हो गयी। मुर्गे को साफ कर पक रहे मांस में मिला दिया गया। तुमड़ी की शराब को कंडाल की शराब में। सब खाने-पीने में जुट गये।

अगले दिन राली जयंती को लेकर मफलाङ चला गया।

: 17 :

कटे धान खेतों की जमीन फटने लगी थी। काई फटकर ओकच गयी थी। राह छोड़कर चलता हुआ आदमी अपने तलुवों से दबाकर उन्हें धूल में बदल देता था। लेकिन धूल उड़ती नहीं थी, नेरुआ के नीचे बैठ जाती थी। वहीं बैठी इंतजार करेगी जाड़े की ओस की, जो उसे खाद में बदल देगी। अल् सुबह, बल्कि भिनसार में ही उन खेतों से नाक की सीध में गुजरता राफताब अंदाजा लगाता कि दोपहर होते होते वह अमुक गाँव तक पहुँच जायेगा। किसी के घर में शरण लेगा। गृहस्थ खिला देगा तो खा लेगा, पिला देगा तो पी लेगा। इसी तरह खाते-पीते एक दिन अपने गाँव पहुँच जायेगा। गाँव पहुँच कर...आगे सोचने की जरूरत नहीं पड़ी। सामने के डिडीयेई[1] के पेड़ में कई

1. **डिडीयेई—इस देश में मुश्किल से मिलनेवाला एक पेड़, जिसे बंगाली लोग पारिजात और असमिया लोग कल्पतरू कहते हैं। ऐसा एक पेड़ बाराबंकी में एक कुएँ में है और हमीरपुर में जमुना के तट पर। खजुराहों में, झूँसी के पास गंगा के किनारे भी एक-एक पेड़ हैं। सुना है सुल्तानपुर के डाक बंगले में भी यह उग रहा है। दरअसल यह मध्य अफ्रीका का बोआ वृक्ष है, जिसकी छाल बहुत मोटी होती है। अक्सर तीन-चार वृक्ष आपस में सटकर एक हो बढ़ते हैं। पाँच या सात पत्तियाँ एक साथ लगती हैं। इसका अंश-अंश दवा के काम आता है। पानी बहुत गहराई से खींचता है। गर्मी भी बहुत माँगता है। बरसात बाद कभी-कभी इसमें लाल या सफेद फूल लगते हैं। उम्र पाँच हजार साल होती है।**

फूल लग गये थे। पुरानी पत्तियों को झाड़ कर हवा नववर्ष और वृक्ष के नवजीवन की गीत गा-गाकर सूचना दे रही थी। पाँवों के नीचे कुरकुराते सूखे पत्तों की ध्वनि मृत वर्ष के शोक-गीत की तरह लगती। सामने से एक महीन बादल का टुकड़ा चला आ रहा था, जो जंगल से टकराते ही बिखर गया। पेड़ों के घनेपन में जहाँ भी जगह मिली, ओदी घास-फूस के हल्के धुँए की तरह उड़कर पैठ गया और पैठ कर उड़ता गया। पूरा प्रांतर एक झीने, तरल और निरंतर रूप बदलते आवरण में बँध एक जादुई लोक रचने लगा। उस लोक की निरवता को नीचे धीरे-धीरे बहती नदी अपने मंद फुफकार से तोड़ जरूर रही थी—सन्नाटे में यह थोड़ी-सी आवाज़ बहुत लगती—लेकिन इससे सन्नाटे की भयावहता और बढ़ गयी थी। अपने ही पैरों की आवाज़ दुश्मन के घोड़ों की टाप की तरह लगती। लगता उसकी साँस पर उनका अधिकार हो गया है। यह उनकी कृपा पर है कि वह अगला साँस ले कि न ले। उसके धर्म में ऐसे देव नहीं थे, जिन्हें याद कर वह आसन्न संकट से मुक्ति पा ले, या उनसे भिड़ने का साहस जुटा ले। हाँ, बयारों को पूजा चढ़ाने का वादा जरूर कर सकता था। पता नहीं वे सहायता करतीं या नहीं; पर अपनी लड़ाई इस वियाबान में स्वयं लड़नी है—इसका एहसास कराकर उसका अकेलापन और तद्‌जन्य निरीहता अवश्य बढ़ा देतीं। वही निरीहता पेड़ों के उस पार डिडीयेई के नीचे उसकी विरल टहनियों और इक्का-दुक्का पत्तों से छनकर गोचर होती उस धुँधली छाया की है, जो जाने किस दुश्मन की तलाश में भटक रही है, जो मौका पाते ही उस दुश्मन को मार कर एक अगले तीसरे दुश्मन की तलाश में भटकने लगेगी। वह दुश्मन कहीं मैं ही तो नहीं। यह बात दिमाग में आते ही राफताब का एक पाँव जितना हवा में उठा था, उतना उठा ही रह गया; चलते वक्त की मुद्रा में एक हाथ जितना आगे गया था, उतना ही बना रह गया। दिमाग में जो बात जहाँ थी, वहीं अटकी रह गयी। साँस बंद हो गयी थी और आँखों की देखने की शक्ति स्थिर हो गयी थी। बस खून तेजी से दौड़ने लगा था और दिल बेतहाशा धड़क रहा था। उसी वक्त सूरज ऐसे कोण पर आया कि उसकी ढेर सारी किरणें शहतीर की तरह ठोस हो, बिजली की गति से उतर कर जंगल के अपार्थीव के चप्पे-चप्पे में पैठ गयी, जिसमें भाप बन: बादल हल्का नीला और वृक्षों के गात गहरे काले रंग में उजागर हो उठे। राफताब का टँगा पाँव जमीन पर आया, रुका हाथ आगे-पीछे हुआ, साँस एकबार और चल पड़ी। आँखों ने देखा कि वहाँ कोई छाया नहीं है, तब दिमाग ने सोचा कि उससे युद्ध करने की जरूरत नहीं पड़ेगी। खून का दौड़ना मंद हुआ और दिल की धड़कन सामान्य।

तब राफताब ने सोचा कि इस जंगल में जिस विचरती डाइन के बारे में वह सुना करता था, उसे आज देख लिया। बात सही है। बस वह दिखाई विरले लोगों को ही देती है। इसलिए जिन्हें वह दिखाई नहीं देती वे झूठ मानते हैं। ऐसा ड' खार लोग ही मानते हैं। सोचने की बात है कि जो तमाम लोगों को दिखाई नहीं देता, पर किन्हीं लोगों को दिखाई देता है, वह झूठ कैसे हो गया? किसी बात या वस्तु के होने का आधार

सबको गोचर होना है या किसी-किसी को गोचर होना है? मुझे तो लगता है कि सत्य गोचर-अगोचर से परे, स्वयं अपने आप में होता है। किसी को गोचर हो गया तो ठीक, सबको हो गया तो ठीक, किसी को भी न हुआ तो भी ठीक। अब यह डिडीयेई का पेड़ उनके लिए तो है ही जिन्होंने इसे देखा है। और कितने लोगों ने इसे देखा है? लेकिन ड' खार देश के वे तमाम लोग जो यहाँ रूपतिल्ली पर नहीं आये, इस पेड़ को नहीं देखा, क्या इस नाते यह पेड़ है ही नहीं? पेड़ तो है चाहे कोई देखे या न देखे। यही बात उस डाइन के लिए है जो इस रूपतिल्ली के घने जंगल में भटकती फिरती है, चाहे उसे कोई देखे या न देखे!

कटे धान के झूर में कोई एक कड़ा डंठल था, जो राफताब के पाँव में चुभ गया। उससे उत्पन्न दर्द से उसकी चेतना टूटी। पता नहीं कैसे फौरन दिमाग में आया कि साँप ने काट खाया है। तुरन्त सचेत होकर उसने चारों तरफ निगाह दौड़ाई, पहले छोटे वृत्त में, फिर उससे थोड़ा बड़े वृत्त में, फिर बड़े वृत्त में, फिर एक बहुत बड़े वृत्त में, इतने बड़े वृत्त में कि उसमें जगंल, नदी, आकाश, आँखें जहाँ तक जायँ वहाँ तक की पृथ्वी आनेत्र हो—उसकी आग, पानी, हवा, इथर, रोशनी, ठंड, गति, आवाज़, गंध सभी कुछ। और उसमें साँप नहीं दिखा। तो क्या साँप था ही नहीं?

राफताब बैठ गया। दरअसल घास की सूखी डंठल के साथ एक टूटे घोंघे की नोक उसके तलवे में धस गयी थी। वास्तविक दर्द उतना नहीं था, जितना वह अचानक पैदा होने के कारण महसूस हुआ था और उस मनःस्थिति के कारण था, जिसमें वह पैदा हुआ था। राफताब के लिए इस दार्शनिक मुद्दे पर सोचने के लिए बहुत कुछ था। लेकिन उसने पहले अपने घाव पर पेशाब किया फिर चूना लगाया। खंखार कर थूका, मुँह में कटी सुपारी दबाई और अपने रास्ते चल पड़ा।

कहीं से आदमी की आवाज़ आ रही थी धीमी-धीमी। लगता नहीं था कि जहाँ यह उभर रही होगी, वहाँ धीमी होगी; बल्कि जहाँ पहुँच रही थी, वहाँ धीमी थी। और वह एक कंठ की आवाज़ नहीं थी, कई कंठों की आवाज़ थी, जो जहाँ उत्पन्न हो रही थी, वहाँ अलग-अलग होगी, लेकिन उसके कानों तक आते-आते एक हो गयी थी। फिर भी उसमें कुछ ऐसा था, जिसके आधार पर अस्पष्टतः ही सही, उसे अलगाया जा सकता था कि इसमें दो आवाज़ हैं—एक स्त्री की दूसरी पुरुष की। इसी तरह गौर किया जाय तो पुनः अलगाया जा सकता था कि पुरुषों की आवाज़ भी एक नहीं कई कंठों से मिलकर बनी है। उसी तरह स्त्री की आवाज़ भी। उसकी समवेतता पर गौर किया जाय तो जाहिर होता था कि यह न तो भय की आवाज है, न बोल-चाल की। यह उल्लास की आवाज़ है। और उल्लास में भी यह कोई जय-जयकार की आवाज़ नहीं है, गान की आवाज़ है, समूह गान की। सोचते चले जाओ तो कितनी ही बारीकियों से साबका पड़ता है। और ये बारीकियाँ कुछ समझाने की जगह हमारी समझ को और भी गड्डमड्ड कर देती हैं। झकाड़ी देवधाई इसे ही कला कहता है। कहता है कि कला अपरिष्कृत में नहीं, परिष्कृत में, छानकर जो बारीक बनाया गया होता है,

उसमें होती है। बातों को एक जगह समेटकर ठस् करने में नहीं, उसका खुलासा करने में, विस्तार वर्णन में होती है। अब दे वह यह ज्ञान अपने चेले बसंता लालुङ को। मैं तो चला अपनी राह।

पत्नी को कह आया था कि दो बच्चे हो गये हैं। अब यह ठीक नहीं लगता कि वह अपनी नानी के परिवार में मौसियों और बहनों के साथ बनी रहे। और वह रात में उससे मिलने उसके घर आये। उस घर का कुछ न ग्रहण करे—जमाई के लिए असम्मानजनक होगा ससुराल में रोज-रोज खाना-पीना। और न अपने घर का कुछ दे—जमाई से मौका-बेमौका कुछ लेना सुहाता नहीं खासी समाज में। इसलिए अब अपनी झोपड़ी बनाने का प्रबंध करे। अब नजवा अपनी माँ की अंतिम बेटी तो है नहीं कि उत्तराधिकार में कुछ पायेगी। तब सब कुछ उसे स्वयं ही करना है—सुई से संदूक तक जुटाना है। इस घर में रहते हुए वह सिर्फ इतनी छूट ले सकती है कि अपने श्रम से कुछ बचाकर वह अपनी निजी संपत्ति बना सकती है। खेत-बारी तो है नहीं। सबके श्रम से झूम से सिर्फ इतना निकल पाता है कि जंगली पत्तों, फलों और कोमल तनों के साथ उसे खा-पीकर साल बिता लिया जाये। तब वह तेजपात के पत्तों को बुहारकर अगर ढेरियाँ लगा ले तो दाउकी के बाजार में बंगाली बनिये को बेंचकर कुछ नकद पैदा कर सकता है। जंगल से बाँस, लकड़ी और बेंत लाकर अपना घर खड़ा कर लेगा। उन पैसों से कुछ बसन-बासन खरीद लेगा। अपना झूम कर लेगा तो बच्चों के पेट में गूदा भरने भर का अन्न जुटा लेगा।

उसे लगा कि वह मिला-जुला स्वर पास आ रहा है। रास्ते के उस पार जा घाटी की तरफ झुककर देखा कि युवकों और युवतियों का दल सिर से पीठ पर की खोह लटकाये चला आ रहा है। बेंत और बाँस की वे टोकरियाँ खाली हैं तो लोग उछलते-कूदते, धौल-धुप्प करते, किसी को दौड़ाते तो किसी को नोचते चले आ रहे हैं। उनके उल्लास में जीवन फटा पड़ रहा है। लौटेंगे तो इन टोकरियों में धान होगा। नदी की पेटी के खेतों से ढो चुके हैं, अब पहाड़ी के ऊपर की झूम से ढोने चले हैं। कटाई-पिटाई कब की हो चुकी होगी। राशि भी सूख गयी होगी। दिन भर में एक खेप ले जायेंगे और घरवालों को जाकर बतायेंगे कि थक गये हैं। घरवाले भी खूब समझेंगे कि कितना थक कर आये हैं और कितना तरोताजा होकर। रोज-रोज की एकरस जिन्दगी में यही तो कुछ दिन रस के होते हैं। ऊपर का रास्ता नीचे के रास्ते के समानान्तर था। कहीं दूर जाकर दोनों रास्ते टेढ़ा-मेढ़ा होकर मिल जाते थे। दरअसल रास्ता एक ही था जो साँप की कुंडली की तरह पर्वत को घेरे था। जिस तरह उमियांग का पानी साफ रातों में पर्वत के गले में रूपतिल्ली यानी चाँदी की हँसली की तरह चमकता था, दिन के उजाले में उसी तरह यह रास्ता ब्राह्मण की जनेऊ की तरह पर्वत की पीठ पर चमकता था। अपनी कल्पना की नूतनता पर उसे हँसी आ गयी। इधर ब्राह्मण, योगी, शक्ति, भवानी जैसे शब्द उसकी सोच की जद में आते जा रहे हैं। यह नयी बात है। हर बार निजपत से वह कुछ नया होकर लौटता है। बस अपने गाँव आकर पुराना पड़ जाता है।

जहाँ से छोड़कर गया होता है, वही से शुरू करना पड़ता है। उसी को झाड़ फेकने के लिए तो वह नजवा से कह आया है। अब अपना घर बनाकर ही वह कहीं जायेगा। गलत? घर बनाने के लिए तो उसे अभी दाउकी या भोलागंज जाना होगा, तेजपात का पत्ता लेकर।

युवाओं का दल नजदीक आ गया था। यह भी क्या बात थी कि जो रास्ता राफताब को नीचे ले जा रहा था, वही रास्ता उन्हें ऊपर ला रहा था। यह विलगाव किस बात पर आधारित था? मुँह पर। एक का मुँह नीचे की ओर था, तो दूसरे का ऊपर की ओर। यानी मुँह बदल जाये तो कितना कुछ बदल जाता है। दल और व्यक्ति आमने-सामने हुए। उस जमाने में खसिया लोग भरसक अपरिचित से बात नहीं करते थे। हेड-हंटिंग का जमाना अभी-अभी गुजरा था। बात करने से भेद खुलता था। आदमी अपने गोत्र का न हुआ तो हंट किये जाने का खतरा था। हंट सिर काट कर बहादुरी दिखाने के लिए भी हो सकती थी, तो पकड़कर किसी उचित अवसर पर नरबलि देने के लिए भी। लेकिन जमाना इधर बदल रहा था। खासकर युवक-युवतियों में। पादरी कहता है कि सब आदमी बराबर हैं। किसी को भी किसी दूसरे को नहीं मारना चाहिए, सिवाय युद्ध के। और युद्ध व्यक्तिप्रणीत नहीं, समाजप्रणीत होता है। जहाँ तक व्यक्ति की बात है, उसके लिए ईश्वर सबकी खातिर मर चुका है और हमेशा-हमेशा की पीढ़ियों के लिए मर चुका है। इसलिए नया आदमी मारने की जरूरत नहीं। उसे जिन्दा रखने की जरूरत है, जिससे कि वह अपने पाप से मुक्त हो सके। अब हम इसाई न होकर भी पाप, पुनर्जन्म, खुदा, उसका बेटा, पवित्र आत्मा आदि की शब्दावली में सोचने लगे हैं। हाय, की सिंसार! यह क्या हो रहा है?

किसी युवती ने ही बात कढ़ाई, "मामा[1], कहाँ जा रहे हो।" बिना कुछ सोचे-समझे राफताब ने कहा, "घर।"

लोग थोड़ा चौंके। खसिया ऐसे प्रश्नों के उत्तर में गाँव का नाम लेता है। यह घर कह रहा है। गाँव की एक पहचान होती है, उसकी एक ख्याति होती है, उसका नाम लेने से उसे जाना जा सकता है, लेकिन घर कहने से ऐसा कुछ नहीं होता। घर का कोई नाम नहीं होता। उसकी कोई पहचान नहीं होती। क्योंकि वह हर जगह होता है। खसिया जहाँ रुक जाये, डिग जाये, बैठ जाये वहीं उसका घर होता है। दूसरी जातियों ने उसे इधर-उधर से ढकेला तो वह आकर इन पर्वतों में टिक गया है। वही उसका घर है। खसिया अपनी नानी के घर में रहता है और पत्नी की नानी के घर में पैठता है, इसलिए उसकी कोई पहचान नहीं बनती। यही पहचान बनाने के लिए तो वह अपना घर बनाना चाहता है। वह जब बनायेगा तब बनायेगा, लेकिन तब भी क्या उसकी

---

1. **मामा—शब्द का प्रयोग खासी लोग सम्मान से किसी को संबोधित करने के लिए करते हैं, जैसे हम लोग भाई शब्द का प्रयोग करते हैं।**

पहचान उसके घर से होगी? कोई बुलायेगा तो उसे उसी मातृगोत्र के नाम से बुलायेगा जो आज है। आदमी का सीधे नाम लेना अशुभ माना जाता है, इसलिए वह अमुक का पिता कहलायेगा। बाहर का कोई आदमी उसे बुलाएगा तो कौम के नाम से बुलायेगा—खसिया। और भी बाहर जाये तो देश के नाम से बुलाया जायेगा—भारतीय। तब वह घर क्यों बनाना चाहता है?

जाने वह क्या-क्या सोचता है? किसी के प्रश्न का सीधा उत्तर देकर बात समाप्त करने की जगह वह लम्बी-लम्बी बातों के लिए प्रस्थान-बिंदु खोल देता है। यानी वह सभ्य हो रहा है। जिस बात की जरूरत ही नहीं है, उसे महत्वपूर्ण बना दे रहा है।

लोगों को इससे क्या लेना-देना। उन्हें दम मारने का बहाना चाहिए। थोड़ा सुस्ताकर वे ऊँची चढ़ाई के लिए प्रस्थान करेंगे। सामने एक पतला झरना, धीरे-धीरे बिना शोर मचाये नीचे उतरा जा रहा था। फिर भी लोगों को पता था कि वहाँ झरना है और ध्यान से सुनने पर एक दूरी से उसकी कल-कल भी सुनाई देती है। किसी ने माउ शोडथाइत[1] बनवा दिया था। बनवाया क्या होगा, तमाम लोगों ने एक साथ हाथ लगाकर इसे बनाया होगा। तो भी नाम तो उसे ही मिलेगा, जिसके दिमाग में इसे बनाने की बात आयी होगी। आते-जाते तमाम लोगों के मन में यह बात आयी होगी, किन्तु महत्त्व तो उसे मिलेगा न, जिसने इस बात को कार्यरूप में परिणत करने के लिए पहल की होगी। नाम पहल करने से चलता है। मनसा से अधिक कर्मणा से दुनिया बदलती है और सिर्फ कर्मणा से नहीं, सार्थक कर्मणा से—उस कर्मणा से, जिसका न केवल उद्देश्य से सीधा तार्किक संबंध होता है, उसमें इतनी ताकत भी होती है कि वह अभिष्ट को प्राप्त कर लेती है। प्नार राजा यही कर रहा है।

प्नार राजा का ख्याल आते ही उसने अपने सिर पर हाथ फेरा। हर बार की तरह इस बार भी थोड़ा-सा बाल उसकी मुट्ठी में आ गया। ऐसा इधर बार-बार हो रहा है। सिर पर हाथ फेरते ही बाल हाथों में आ जा रहा है। उसकी जगह नया बाल उगता नहीं। सभ्य लोगों की तरह दर्पण देखता तो पता चलता कि बिना बाल का उसका सिर किसके अंडे की तरह चमक रहा है। उससे चेहरा कितना भद्दा हो गया है। लेकिन दर्पण तो लोग अपना सौंदर्य देखने के लिए प्रयुक्त करते हैं। कुरुपता को नहीं। उसे देखकर ढकने के लिए करते हैं। इसीलिए खासी लोग जल्दी दर्पण नहीं देखते—वे जानते हैं कि वे सुन्दर हैं, उन्हें कोई कुरुपता नहीं ढकनी। लेकिन क्या इसका ठीक उलट सही नहीं कि वे जानते हैं कि वे इतना कुरूप हैं कि उसे ठीक नहीं किया जा सकता। इसलिए दर्पण देखने का दरकार ही क्या है? लेकिन तब भी बात वही आती है कि दर्पण देखा ही क्यों जाता है। यानी एक ही प्रस्थान-बिंदु से चलिये तो दो परिणतियाँ, दो अंत बिला बुलाए अपने आप दिखने लगते हैं। कन्द्रा योगी इसमें से एक को सत्य कहता है, दूसरे को माया। यह माया भी ज्ञान है, लेकिन सच्चा नहीं। दोनों को अलगाने के उसके अपने तर्क हैं। उनसे हमें क्या लेना-देना! प्नार राजा को भी नहीं

---

1. **माउ शोडथाइत—यात्रियों के बैठने का पत्थर का चबूतरा।**

लेना-देना। उसे तो चिरंजीवी होने से लेना-देना है। उसके लिए कुछ भी कर सकता है।

झरना आ गया था। कुछ लोग माउ शोड्थाइत पर बैठ गये थे। दो-एक लोग झरने में हाथ-मुँह धो रहे थे। इससे थकान मिट जाती है। किसी के घर जाने पर इसीलिए पहले भर कठौता पानी आता है। कुछ लोग अपनी बारी का इंतजार कर रहे थे। कुछ लड़कियाँ झाड़ी की ओट चली गयी थीं। सभी लोग हाथ-मुँह धो लिए तो किसी युवती ने राफताब को इंगित कर कहा, ''तुम नहीं धोवोगे क्या?'' राफताब चुप रहा तो दूसरी बोली, ''उतरते वक्त थकान कम लगती है। क्या जरूरत है?'' तब पहली वाली भोंभड़ से की क्पू निकालते हुए बोली, ''लो खाओ।''

राफताब संकोच में गड़ गया। खासी बड़े अतिथि परायण होते हैं। ठीक! उनका धर्म उनके पास जो कुछ भी है, उसे प्रस्तुत करना है। लेकिन अतिथि का भी तो एक धर्म होता है—जिससे हमारा कोई नाता नहीं, उससे हम क्यों कुछ ग्रहण करें! अतिथि का धर्म इंकार करना है। उसे ही यादकर राफताब ने इंकार में सिर हिला दिया। लड़की हंस पड़ी और बड़े आग्रह से बोली, ''अरे लो खाकर पानी पी लो। नीचे गाँव तक जब पहुँचोगे तो गाँव में एक आदमी नहीं दिखेगा। सब खा-पीकर काम पर निकल गये होंगे। उसके आगे के गाँव जाने कब पहुँचो।''

दूसरी बोली, ''आजकल रास्ते में भालू-चीते आने लगे हैं। जामुन खत्म हो गयी है न!''

कोई लड़का बोला, ''आजकल चीते जामुन खाने लगे हैं क्या?'' लड़की कटाक्ष समझ गयी। बोली, ''अब जिसे खरगोश नहीं मिलेगा वह जामुन ही तो खायेगा। नहीं तो भूखे रहेगा।''

राफताब को यह नोक-झोक बड़ी अच्छी लगी। प्रौढ़ खासी कम ही हँसते हैं और अपरिचितों के बीच तो जैसे बिल्कुल नहीं। हँसने का समय ही कहाँ होता है। सारा समय तो चौकन्ना रहने में बीत जाता है। राफताब ने अपनी हँसी दबायी जरूर, लेकिन वह छिटककर बिखर गयी। उसके साथ सभी हँस दिये। इसके साथ ही राफताब सबके साथ इतना सहज हो गया कि जैसे सबसे परिचित हो। हँसी में बड़ी ताकत होती है। युवक-युवतियों ने थोड़ा और चुहुल करने के बाद अपना रास्ता लिया। राफताब ने अपना।

चारों तरफ से धुआँ निकल रहा था। उसका निकलना कहीं से दिखाई नहीं दे रहा था। लेकिन जिस तरह से वह अंतरिक्ष में टंगा था, उससे साफ लगता था कि वहाँ नीचे से धुआँ निकल रहा है। निकलनेवाले धुएँ का रंग वही नहीं होगा, जो दिख रहा था। हर घर से भिन्न-भिन्न प्रकार का धुआँ निकल रहा होगा—जितने घर उतने प्रकार-प्रकार के धुएँ। लेकिन वे आसमान में जाकर और इस दूरी से देखने पर एक हो गये

दिखते हैं, उनकी भिन्नता को अलगाया नहीं जा सकता। वैसे ही जैसे खासी समाज से किसी एक खासी को बाहर के लोग भरसक अलगा नहीं पाते। जैसे ओछा काम कोई एक आदमी करता है तो बाहर के लोग कह देते हैं—खासी ऐसे ही होते हैं। बाहर के आदमी की दृष्टि और एक दूरी—यही बनाती हैं कौम। यानी कौम भीतर से नहीं बाहर से बनती है। गलत। बनती भीतर से है, बाहर से पहचानी जाती है। ऐसे एकालापों से अपना दिमाग खराब करता राफताब चेरा पहुँचा। और जो घर सबसे पहले मिला उसके सामने खड़ा हो गृहस्थ को जता दिया कि आज वहीं रुकेगा। थोड़ी औपचारिकता और भोजन के बाद गृहस्वामी ने बताया कि गाँव में पादरी का उपदेश चल रहा है। वहीं बटोर है। मन करे तो चलो। मन न भी करता तो भी चलना था। जब घर के लोग घर में नहीं रह रहे थे तब जिसका घर नहीं था, वह क्योंकर रहे। नींद आ रही थी। कल भी चलना है। वहीं उपदेश सुनते-सुनते सो जायेगा, पाँव और कमर को फेंटा से लपेट कर बाँध।

मंच वैसा नहीं बना था जैसा निजपत में। यहाँ तो तीरंदाजी के खेल के मैदान में एक चौकी बिछा दी गयी थी। उस पर एक बिस्तर डाल दिया गया था। उसके एक किनारे जमीन तक पैर लटका कर बैठा पादरी उपदेश देता कम, बातचीत करता अधिक लग रहा था। लोग भी ज्यादे नहीं थे। पचास-साठ मुश्किल से। और उसमें भी अधिकांश वे लोग थे, जिनके पास कोई काम न होगा। बूढ़े थके हुए लोग। पादरी जरूर कोट-पैंट पहने था, ऊपर से लम्बा सफेद चोंगा। पाँव में भारी बूट और सिर पर चमड़े का काला हैट। नाभि तक आती लम्बी दाढ़ी। सब कुछ ढका होने के बावजूद उसके चेहरे पर एक अजीब-सा सूखापन, कड़ापन उघड़ा पड़ा था। वह कोमलता और आपयायित हास नहीं था जो कंद्रा योगी के पूरे मुख-मंडल पर चमकता था। शायद यह उम्र के कारण था, जिस पर उम्र का पकापन पुत गया था।

कहने को तो पादरी उपदेश दे रहा था, पर वह बातचीत ही अधिक कर रहा था। किसी के प्रश्न के उत्तर में बता रहा था कि ''कुमारी पूजा ही आदि-धर्म है। और यह सभी समुदायों में है। जिन समुदायों से आप परिचित नहीं हैं, उसमें स्पर्गिया के लोग हैं। उनकी आदि देवी हैं सिबेल। कहते हैं कि उस जाति की उत्पत्ति उनकी कोख में एक बादाम का बीज रख देने से हुआ था। सिबेल माँ की जो लोग पूजा करते थे उन्हें वे आशीर्वाद देती थीं, जिससे उनका धन-धान्य बढ़ता था, संतान बढ़ती थी। एक समय ऐसा आया जब हन्निबाल ने रोमवालों पर आक्रमण किया। किसी चतुर सुजान से सुझाया कि सिबेल की स्थापना रोम में कर पूजा जाय तो हन्नीबाल भाग जायेगा। वही हुआ। देवी का मंदिर बना। उनके अनुवायी बने। वही बात आपके कोपिली की भी है।''

किसी ने पूछा, ''लेकिन आप तो किसी वरजिन मेरी की बात कर रहे थे।''

पादरी ने कहा, ''उसी पर आता हूँ। जैसे हिन्दू लोग कहते हैं न कि जब धरती पर पाप बहुत बढ़ जाता है, तब एक पुरुष अवतार लेता है, जिसमें दैवी शक्ति होती

है। ध्यान दें दैवी—देवी की, देव की नहीं। ज़िसके सहारे वह आततायियों को मार भगाता है और धर्म के राज्य की स्थापना करता है। इसी तरह जब इजराइल के इलाके में धर्म की हानि हो रही थी, तब आतताइयों को मारने के लिए परमपिता परमेश्वर ने इच्छा की। इसके लिए मानवरूप में किसी को आना जरूरी था। तो वह वर्जिन मेरी के पेट से आया...।''

बीच में कोई बोला, ''आप तो कहते हैं कि परमपिता परमेश्वर मरता नहीं। लेकिन जो मेरी के पेट से जन्मा वह तो मर गया।'' पादरी काफी देर तक चुप रहा। संभवत: वह चाहता था कि इस प्रश्न का उत्तर श्रोता समुदाय खुद सोचे। जब उसे लगा कि लोग अपने-अपने तर्क अपने सामने रख चुके हैं और किसी संतोषप्रद उत्तर पर नहीं पहुँच पाये हैं, तब उनकी मन:स्थिति का पूरा लाभ उठाते हुए उसने कहा, ''जो मरा वह ईश्वर कहाँ था? वह तो हद से हद उसका बेटा था।''

''तब ईश्वर उद्धारक कैसे?''

''स्वयं ईश्वर उद्धारक कहाँ? उसने तो उद्धार के लिए अपना बेटा भेजा, जो हमारे पाप के लिए सलीब पर चढ़ गया।'' उसने उस छोटी-सी श्रोता मंडली पर सिंहावलोकन किया। उसे लगा कि लोग चकित हैं, पर संतुष्ट नहीं। उन्हें संतुष्ट करने की गरज से कहा, ''दरअसल ईश्वर ने अपना होली घोस्ट ईशू में पैठा दिया था। यानी ईश्वर स्वयं एक अंश के रूप में, होली घोस्ट के रूप में ईशू में मौजूद था। वह मर नहीं सकता था। इसीलिए क्रास पर ईशा ने कहा था, ''माफ करना, ये नहीं जान रहे हैं ये क्या कर रहे हैं।'' यानी वे जिसे मार रहे हैं, वह मर नहीं रहा है। मर तो ईशा का पार्थिव रह रहा है। होली घोस्ट का रिजरेक्शन होगा। वही जगत् को तारेगा।''

लोग अवाक् आश्वस्ति की नजर से देखने लगे थे। हवा धीरे-धीरे चलने लगी थी। गशालों की रोशनी हिलने लगी थी। परिणामस्वरूप हर चेहरे का अक्स इस तरह से बदलता जैसे होली घोस्ट आ बैठा हो—ऐसा पादरी को लगा। ''अब यही बलिदान आप लोग कोपिली को देते हैं। यह ठीक नहीं। ईशा जब एक बार हमेशा-हमेशा के लिए बलि चढ़ गया तो इसे आप को फिर-फिर करने की क्या जरूरत है?''

लोग चौंके। यह तो कभी उनके दिमाग में नहीं आया। यदि कोई ईश्वर वाकई इस तरह से चढ़ चुका है जिसके बारे में यह पादरी रोज बार-बार कहता है, तो इसकी वाकई क्या जरूरत? जैसा कि उसकी आदत थी ऐसे मौकों पर सिर के ऊपर हाथ ले जाकर गदोरियों को रगड़ता हुआ राफताब थोड़ा आगे आया और बोला, ''अगर इस गँवार की बात...।''

पादरी ने उसे इस तरह से देखा कि जैसे उसे इसी बात का इंतजार था। आँखों से ही अनुमति दी, तो राफताब बोला, ''वह इजराइल की बात हमसे कैसे जुड़ती है?''

पादरी थोड़ी देर चुप रहा। लोगों की जिज्ञासा बढ़ती गयी। जब उसे लगा कि इसे अब और नहीं खींचा जा सकता तो पहले खँखारा फिर बोला, ''एक तो इस तरह से कि

ईश्वर पूरी दुनिया का ईश्वर है। सिर्फ इस धरती का नहीं, जहाँ कहीं भी कुछ है, उसका ईश्वर है। चूँकि खासी लोग इसी धरती पर हैं, इसलिए उनका ईश्वर है। और चूँकि वही एक ईश्वर है, इसलिए किसी दूसरे ईश्वर की बात करना ईशनिन्दा है, ब्लैसफेमी है। जब उसी ने अपना एकमात्र बेटा पूरी दुनिया की भलाई के लिए चढ़ा दिया है, तो दूसरों को चढ़ाना गलत है। उसकी कोई जरूरत नहीं।'' वह चुप हो गया। चुप होकर इंतजार करने लगा कि लोग आगे कोई प्रश्न पूछें। लेकिन लोगों के पास जैसे प्रश्न ही नहीं रह गया था। तब उचित अवसर जानकर वह बोला, ''दूसरी बात और भी महत्वपूर्ण है। बाइबिल को इतिहास बताते हुए मैंने बतलाया था कि दाऊद की बारहवीं संतान की संततियाँ कहीं चली गयी थीं, यूहूदियों की बारहवीं शाखा खो गयी थी। हमारे खोजी पुरुषों ने सिद्ध किया है कि वह शाखा यही पूर्वोत्तर की जातियाँ हैं।''

लोगों की आँखें एकबारगी चमक उठीं। उसे देखकर पादरी को लगा कि यह बात अधिक विश्वासस्पद रूप से ग्रहित हुई है। हर जाति अपने स्वाभिमान के लिए कुछ अलग से और अनजाना तथ्य चाहती है। वह उसने दे दिया है। ऐसा तब हो पाया है, जब लोहा पूरी तरह से गरम था। यही बात अगर पहले कही गयी होती तो लोगों के चेहरे पर यह चमक और स्वीकार से उत्पन्न आश्वस्ति का भाव नहीं उभरता।

लेकिन यह चमक धीरे-धीरे उतरती चली गयी। जब पूरी तरह से उतर गयी तब लोगों ने एक-दूसरे का मुँह देखा। वह देखना आपस में कुछ पूछने जैसा था। उसी को मूर्त रूप देते हुए खँखार कर राफताब ने कहा, ''तो जो हमारी आपस में मारकाट चलती रहती है।...''

''वह बंद होनी चाहिए।'' पादरी ने राफताब को बात पूरी करने नहीं दिया। वह एकबारगी गरजा, ''यह अज्ञानबस है, जिसके कारण भाई-भाई को पहचानता नहीं और एक फर्जी बहादुरी दिखाने के लिए उसका गला काटता है। सभी को ईश्वर की शरण में आ जाना चाहिए। एक होकर उससे लड़ना चाहिए जो प्रभु का दुश्मन है।''

राफताब ने पूछा, ''प्रभु का भी कोई दुश्मन है?''

''क्यों नहीं है? शैतान ही तो उसका दुश्मन है।''

''लेकिन शैतान तो आदम और हौवा का दुश्मन था। आदमी का दुश्मन था।''

''इसीलिए ईश्वर का दुश्मन था। उसी ने तो ईश-आज्ञा न मानने के लिए भोले-भाले इंसानों को बहकाया था, साँप बनकर।''

''लेकिन साँप तो मार डाला गया। नरक में डाल दिया गया।''

''तो क्या मर गया?'' पादरी ने प्रतिप्रश्न किया। कोई उत्तर न आया तो बोला, ''आज भी आप साँप को देखते ही मारने लगते हैं। क्यों? क्योंकि वह आदि-अरि है। आप के यहाँ साँप को उस्वीदनोह ने मार डाला था। फिर भी किसी की गलती से उसका रेशा-रेशा साँप बन गया। आप तो मारते हैं। किन्तु आप ही में से कुछ लोग उसे पूजते हैं। वे ही तो ईश्वर के दुश्मन हैं।''

पादरी खुश था कि आज बड़ी चालाकी से उन्हीं की कथाओं से उनका संबंध इसाइयत से जोड़ दिया। यह उन्हें अच्छी तरह प्रतीत करा देगा और धर्म-परिवर्तन के लिए उत्साहित।

लेकिन राफताब संतुष्ट होने वालों में से नहीं था। कोपिली को बिना बलि चढ़ाये पार किया था। बलि चढ़ाने की सामर्थ्य अभी भी नहीं हो पायी थी। उससे मुक्ति चाहता था। इसलिए अपनी सोच को घुमा-फिरा कर वहीं ले जा रहा था। बोला, ''कोपिली को बलि न चढ़ाने से जो अनिष्ट होता है... ।''

उसकी बात बीच में ही काटकर पादरी ने कहा, ''कुछ नहीं होगा। मैं बार-बार कोपिली पार करता हूँ। मेरा तो कुछ नहीं हुआ। तब तुम्हारा क्या होगा। एक बार पार करके तो देखो। कुछ हो तो कहना। लेकिन तुम लोग तो इसी किनारे माल-असबाब फेंक कर चले आते हो।''

राफताब कहना चाहता था कि उसने पार किया है। उसे देखना है कि वह कब तक जिन्दा रहता है। पर कह नहीं पाया। इसी बात पर खुश है कि वह अभी तक जिन्दा है। और यदि पादरी की बात सच है तो आगे भी कुछ नहीं होगा। जीने का आश्वासन, अनुभाव जहाँ से मिले, ले लेना चाहिए। क्या वह इसाई बन जाये?

आलू के पौधे स्थिर खड़े थे। उनकी पत्तियों को ओस ने धो दिया था और वे और भी हरी होकर चमक रही थीं। उनके बीच काम करती औरतों की चादरें भींग गयी थीं। लेकिन सनकर कीचड़ उन पर अभी नहीं लगी थी। आलू के घोहों पर उनके पौधों के नीचे छिपी मिट्टी क़ो खींच कर चढ़ाने के दौरान हल्की-सी धूल उड़ती और तुरंत ही जैसे धुँआ बनकर बैठ जाती। पहाड़ के सीने, गर्दन और पीठ पर खिंचे आलू के घोहों को देखकर राफताब ने सोचा कि आलू का व्यापार करना भी बड़े फायदे का धंधा होगा। क्यों न इस साल वह इसमें भी हाथ लगाये। विचार तो ठीक है। पर इसके लिए पैसा चाहिए। पश्चिम और दक्षिण का बंगाली महाजन अपने गारो कारिंदों के साथ सबको अगवढ़ पैसा दे गया है। फसल तैयार होने से पहले ही उसका भाव कर गया है। आज कोई बढ़ाकर दे तो भी किसान उसके हाथ नहीं बेचेंगे। जब किसी के साथ करार हो गया है तो उसे तोड़ा नहीं जा सकता। कोई एक साल या एक फसल की बात तो है नहीं। महाजन तो हर हमेशा का है। पहले ऐसा नहीं होता था। लोग अपने खाने पहनने भर को ही पैदा करते थे। जो बच जाता था उसे बेचते नहीं थे, बाँटते थे। बेचना निकृष्ट कर्म माना जाता था। अति गरीबी का द्योतक था। और खसिया को और कुछ चाहे जो मान लिया जाये, गरीब मानना उसका सबसे बड़ा असम्मान था। यह उसके आत्मसम्मान, आत्मनिर्भरता पर हमला था। इसे सबसे अधिक लज्जास्पद माना जाता था। लेकिन जब से ग्वालपड़िया बनियों का दल इधर नाव-जहाज लेकर आने लगा है, तबसे न केवल गाँव में जो बच जाता है, वह बिक जाता है, बल्कि बेचने के लिए ही कुछ खास चीजें पैदा की जाने लगी हैं। आलू, सुपारी, पान का पत्ता, संतरा, सुअर, पठू

बैल। लोग इसे बुरा नहीं मानते, गरीबी का लक्षण नहीं मानते, समृद्धि का लक्षण मानते हैं। अब सब कुछ बिकाऊ हो गया है। खसिया लोग कुलीगीरी करने उड़ीसा, तैलंगाना, म्याँमार जाते हैं। वहाँ अँग्रेज के सिपाहियों और नवधनाढ्यों को इनकी जरूरत होती है। वार और लिडत्तेन गाँवों में बनिये घूम-घूम कर लड़कियाँ खोजने लगे हैं ढाका, कलकत्ता ले जाने के लिए। लेकिन जब से आलू की खेती प्रचलन में आयी है अगवढ़ का प्रचलन साथ लाई है। महाजन खेत तैयार होने से पहले ही पैसा दे जाता है। यह सब अंग्रेजों का किया है। यह उनका दस्तूर है। ददनी बाँटकर फसल पर पहले ही हक जमा लेते हैं। चलो ठीक है—इस दूर-दराज के जंगल के लोगों के बीच मुर्शिदाबाद के बेगमों का गाड़ कर रखा पैसा आ जाता है। नहीं तो ये सिंथेन लोग ही भोटा, चीना से रेशम लाकर गुवाहाटी, श्रीहट्ट में बेंच, नकद पैसा बनाते थे। उससे हथियार खरीदते थे।

राफताब ने सोचा कि यदि वह इस व्यापार में हाथ लगायेगा तो गाँव-घर के लोग जरूर मदद करेंगे। भाव ग्वालमड़िया से दो दमड़ी ज्यादे दूँगा, बेचकर नकद पैसा चुकता कर दूँगा। हाँ, बाजार तक ढुलाई के पैसों का जरूर बन्दोबस्त करना पड़ेगा। उसे कोई उधार न मानेगा।

राफताब ऐसे ही सोचता चला जा रहा था कि बावड़ी आ गयी। चारों ओर लाल पत्थरों से मढ़ी सीढ़ी पानी तक जाती है। पानी हमेशा साफ रहता है, स्थिर। चाहो तो अपना चेहरा देख लो। सामने एक गुम्बद। मीर जुमला जब अहोम को जीतकर लौट रहा था, तब बनवाया था। वह तो जाने कहाँ गया, पर नाम छोड़ गया।

राफताब उन सीढ़ियों से फटाफट उतर कर पानी तक पहुँचा और बैठकर चार-पाँच चुल्लु मुँह पर फेंका। उसे करीने से पोछने के लिए सिर की पगड़ी सरकायी तो मुट्ठा भर बाल भी उसके साथ सरक आया। बाल देख कर उसका चेहरा विकृत हो गया। आज तक दस-बीस उखड़ता था, अब मुट्ठा का मुट्ठा उखड़ने लगा है। क्या हो गया है?

पानी काँप कर स्थिर हो गया था। निर्मल पानी शीशे की तरह पारदर्शी था, जिसमें पूरे प्रांतर का अक्स प्रतिबिम्बित हो रहा था। अपना चेहरा देखने के लिए राफताब झुका तो झुका ही रह गया। उसे लगा ही नहीं कि यह चेहरा उसका है। सारी हड्डियाँ उभर आयीं थीं। उन पर काली चमड़ी कलई की तरह मढ़ गयी थी। आँखें धँस गयी थीं। कान काले पड़ गये थे। और माथे से दो-तिहाई से ज्यादे बाल गायब थे। चंडुल के टकाल की तरह नहीं, इधर-उधर खौरा-बौरा। यह क्या हो रहा है, उसने सोचा और चेहरा एक बार और देखने के लिए पानी के तल में झाँका। तलहटी में सूरज चमक रहा था: एक छोटा-सा गोल चक्का, पिघला-पिघला, जिससे चारों तरफ किरणें फूट रही थीं और पानी के ऊपरी तल तक भागी आ रही थीं। उनको नन्हें-नन्हें जलचर अपनी हरकतों से काट रहे थे तो जलस्पतियाँ आड़ पैदा कर रहीं थीं। उस आड़ के उस पार उसे लगा कि कुछ हिल रहा है। एक जगह नहीं, दूर तक रस्सी की तरह कुछ हिलता

जा रहा है। उसका एक छोटा -सा सिर है और लम्बा-सा शरीर। अरे यह तो थ्लेन है। साँप को देखते ही राफताब की आँखें फटी की फटी रह गयीं। गहरा नीला शरीर, उस पर सुनहरी चमकती धारियाँ। बड़ी ही सुन्दर हीरे की बड़ी डली की तरह चमकती आँखें और लाल द्विजिभा। सुन्दरता का आगार कि आँखें ठहरी रह जायें। फटी आँखों को सीने के लिए, दृष्य की एकरसता तोड़ने के लिए उसने गर्दन घुमाई तो पाया कि सूरज काफी गरम हो गया है। वह उठ खड़ा हुआ और पीछे की ओर मुड़ा तो लगा कि वह नीला साँप पानी के ऊपर शरीर का बड़ा भाग निकाल कर एकटक उसे देख रहा है। उसकी आँखों में चुम्बक का आकर्षण है। उसके सम्मोहन से किसी तरह अपने को बचा कर वह चल पड़ा तो लगा सामने की तरफ से वही साँप उसकी तरफ बहुत धीरे-धीरे चला आ रहा है, कोई साठ हाथ लम्बा, पर उसके अनुपात में मोटा नहीं। राफताब को लगा कि उसकी चाल से आसपास की धरती काँप रही है। उसे पलट कर पानी की तरफ देखने का साहस नहीं हुआ। थोड़ा तीरछा होकर नाक की सीध में चल पड़ा। कुछ दूर जाकर पीछे मुड़कर देखा। वह साँप पीछे-पीछे चला आ रहा था। उसे लगा कि अगल-बगल से भी उसी तरह के साँप चले आ रहे हैं। वह चीख उठा और चीखते ही चला भाग। बदहवास।

जब इस जाति के परिवार चल कर आये होंगे—और चलकर आये हैं जरूर, इसमें संदेह नहीं—तो जहाँ बसे होंगे, वहाँ के आस-पास के जंगल, जमीन को दखल कर लिये होंगे। जंगल से लकड़ी, शिकार, शहद, लाह, तरह-तरह के फल प्राप्त करते होंगे और जमीन पर खेती करते होंगे। पशु चरानेवाली जाति के ये लोग नहीं थे। खुली जमीन की जब कमी पड़ती होगी तब वे जंगल का एक हिस्सा जलाकर एक साल के लिए खेती योग्य बना लेते होंगे। दूसरे साल दूसरा हिस्सा। जब तक परिवार छोटा होता होगा, पूरी जमीन परिवार की होती होगी। लेकिन जब परिवार बढ़कर गोत्र बना होगा, तब यह पूरी जमीन गोत्र की हो गयी होगी। इस वृद्धि के अनुपात में और भी जंगल-जमीन दखल होते चले गये होंगे, जब तक कि दो गोत्रों की जमीन-जंगल की सीमा आपस में टकरा या मिल न गयी होगी। अब इस गोत्र में समाहित परिवार जिस जमीन को बार-बार बोते-काटते होंगे, उस जमीन पर उस परिवार का मुश्तरका हक बनता जाता होगा। यह जमीन उत्तराधिकार में भी हस्तांरित होती जाती होगी—गोत्र-नानी से, परिवार-नानी को। और परिवार-नानी का पहले अपने सबसे छोटी बेटी को, फिर इस छोटी बेटी की सबसे छोटी बेटी को। जब तक ये तीन पीढ़ियाँ—नानी, बेटी, नतिनी एक साथ रहती होंगी एक परिवार बना रहता होगा। लेकिन जब नतिनी को भी सबसे छोटी बेटी हो जाती होगी, तब परिवार टूटता होगा। जमीन बंटती होगी। इस जमीन का कर्त्ता, सम्हालनेवाला मामा बनता होगा जैसे गोत्र की जमीनं का कर्त्ता गोत्र-मामा। यह गोत्र-मामा, राजा से भिन्न होता था। राजा सबसे छोटी बेटी का बेटा होता था, जो

राजा की, उसके संपत्ति की, कानून की, गोत्र की रक्षा-व्यवस्था करता था, लेकिन गोत्र-संपत्ति का कस्टोडियन नहीं होता था। वह अधिभार गोत्र मामा का होता था। उसका घर अक्सर गाँव के बाहरी हिस्से में होता था, जहाँ गोत्र-देवियों के आसन होते थे, जहाँ गोत्र संबंधी पूजा होती थी।

अब चूँकि नजवा अपनी माँ की सबसे छोटी बेटी नहीं थी, भले ही उसकी माँ उसकी नानी की सबसे छोटी बेटी रही हो, लेहाजा उसे उत्तराधिकार में कुछ नहीं मिलने वाला था। यदि उसे अपना परिवार अलग करना था तो उसके भरण-पोषण के लिए सारी व्यवस्था उसे खुद करना था, व्यक्तिगत स्तर पर। परिवार यही कर सकता था कि नानी की री किन्ती की थोड़ी जमीन गुजर-बसर के लिए दे दे, जिसे जोत-बोकर वह उसका अनाज तो ले सकती थी, लेकिन उस जमीन पर उत्तराधिकार नहीं जता सकती थी। इसी तरह गोत्र-मामा, जो गोत्र की सबसे छोटी लड़की का मामा होता था, का इन खड्डुह[1] का मालिक, री कुर का कस्टोडियन भी, गोत्र भूमि पर नयी खेती तैयार करने और जंगल से कीमती पदार्थ इकट्ठा करने की इजाजत दे सकता था।

नजवा राफताब की अनुपस्थिति में दौड़-धूप कर दोनों से इजाजत ले चुकी थी। उसी के परिणामस्वरूप री कुर के जंगलों से बुहार कर तेजपात की बड़ी-बड़ी ढेरियाँ चारों तरफ लगाये हुए थी। तेज बयार में उड़ न जाये, इसलिए केले के डेमुओं से ढककर पत्थरों से दबा दिया था और री किन्थी की जमीन को गोड़कर आलू लगा दिया था। उनकी जड़ों पर बार-बार मिट्टी चढ़ाकर ऐसी देख-भाल की थी कि आलू के बैठने के साथ ही घोहों में जो दरारें पड़ने लगी थीं; उन्हें देखकर कोई भी आलू के डौल का पता कर सकता था। उसके परिवार के ही नहीं, गाँव भर के लोग खुश थे कि नजवा ने जैसा श्रम किया है, का सिंसार ने वैसे ही आँख की है और इसी तरह दो-तीन आँख कर दे तो उसका अलग घर बस जायेगा। लेकिन आलू के पकने से पहले ही भालुओं और सुअरों का ऐसा आक्रमण होने लगा था कि कुछ बचने की उम्मीद न थी। यद्यपि कि उनका उत्पात उसके खेत तक अभी नहीं पहुँचा था; अगल-बगल के खेतहों ने अपनी झूम-झोपड़ियाँ डाल ली थीं और रात-दिन रखवाली में जुटे थे, तो भी क्या गारंटी कि उसका खेत बचा रहेगा। किसी दिन घुस गये तो? वह औरत की जात। रात में झोपड़ी डाल कर खुले खेत में रखवाली के नाम पर सो नहीं सकती थी। मामा से अनुरोध किया था। लेकिन उसे अपने भी खेत की रखवाली करनी थी। ऐसे में राफताब घर पहुँचा तो नजवा की खुशी का ठिकाना न रहा। दो-चार दिन आराम कर, सहवास का कोटा पूरा कर, उसने अपनी झोपड़ी खेत में डाल ली। दिन भर पति-पत्नी वहीं रहते। खेल-कूदकर बच्चे आ जाते तो वहीं बनाते-खाते। अक्सर अपने खेत का पक रहा आलू भूनकर नमक-मिर्च के साथ खाते और एक स्वार्गिक आनन्द में डूब जाते। दिन डूबने से पहले वह बच्चों को लेकर घर चली जाती तो राफताब पड़ोस के खेतहों

---

1. का इन खड्डुह—गाँव का अंतिम घर।

के साथ चिलम सुलगाता और रात भर खर्र-खाँय करता। सूप पीटता। अदृश्य सुअरों-भालुओं को भगाता।

उजले दिन सकून से बीत रहे थे। लेकिन जोर राय का कष्ट बढ़ता ही जा रहा था। पहले आर्थिक रूप से विपन्न हुआ, फिर भोजन की कमी होने लगी। खेत में जितना बीज डालता उसका आधा भी लौटकर घर नहीं आता। सोना में हाथ लगाता तो वह मिट्टी हो जाता। ऊपर से हारी-बीमारी। पहले बच्चे बीमार होते थे, अब बड़े होने लगे थे। पहले दूसरे बीमार पड़ते थे, वह ठीक रहता था। अब वह भी बीमार रहने लगा था। संदेह तो पहले से ही था, लेकिन जब जयंती से इस्लाह किया तो पता चला कि कोई बयार है, पूजा मांग रही है। खुलकर कहने का आग्रह किया तो जयंती बोली, "थ्लेन है। मानव बलि चाहता है।"

"अब मानव-बलि तो इतना आसान नहीं है।"

"तब काहे को उ थ्लेन को अपने यहाँ बिठा लिया?"

जोर राय कटकर रहा गया। कोई मैंने तो बिठाया नहीं है। बिठाया है पुरुखों ने। मैं तो उसी का निर्वाह कर रहा हूँ। कोई सुख में हूँ क्या। लोग ऊपर से हँसकर मिलते हैं। पीछे गाली देते हैं। हँसकर मिलते हैं, क्योंकि डरते हैं: कहीं थ्लेन को हमारे पीछे लगा दिया तो जिन्दगी चौपट हो जायेगी। गाली देते हैं क्योंकि घृणा करते हैं: और कुछ नहीं मिला तो कौम के दुश्मन को ही पूज लिया? डरते हैं, इसलिए घृणा करते हैं। यानी उनके प्रेम और घृणा दोनों में ही उभयनिष्ठ तत्व डर है। अब है तो है, मैं क्या करूँ।

लेकिन कुछ तो करना ही पड़ेगा। जब परिवार के बच्चे एक-एक कर हैजा, प्लेग, तिजरा, अतरा में मरने लगे और उनसे संबंधित देवियों को अंडा, मुर्गा, बकरा चढ़ाकर कोई निजात न मिली तब जोर राय फिर भाग कर खिर्रिम गया। इस बार मोती डिङडोह से मिला। माई कई करतब दिखा कर बोली कि बिना मानव बलि के काम न चलेगा। तब जोर राय ने जमीन पर एक चोता थूक, दाँत चियार कर कहा, "कहाँ से इंतजाम करूँ?"

"कम से कम उ थ्लेन को यह विश्वास तो दिलाना ही होगा कि मानव बलि के लिए प्रयत्न किया जा रहा है।"

"वह कैसे?"

"अब सिर्फ कहकर तो होगा नहीं। थ्लेन का नाम लेकर संभावित बलि का दरवाजा पीटो। किसी पर पत्थर फेंको। किसी को दौड़ाओ और जाकर थ्लेन से कहो कि तुम्हारे वश में जितना है, उतना बलि पकड़ने के लिए कर रहे हो। देवता थोड़ा धैर्य रखो। आदमी तुम्हें खिलाऊँगा।"

जोर राय ने यह सब कुछ किया। और पागलपन की हद तक किया। आधी रात को किसी बगल के गाँव में चला जाता और जो दरवाजा सामने पड़ता उसे जोर-जोर से पीटता। पहले कुत्ते बाहर निकल कर गुर्राते, फिर आदमी। कई बार तो लोगों ने चहेट लिया कि चोर-उचक्का होगा। गनीमत थी कि पकड़ में नहीं आया, न ही पहचान में। नहीं तो हड्डी-पसली एक हो जाती। और दरबार से जो सजा मिलती वह ऊपर से। ऊबकर अक्सर रास्ते में बैठा टीपता रहता कि अकेला आदमी कहाँ है। दिख जाता तो उस पर धूल फेंकता, पत्थर फेंकता। लोगों को लगता दिमाग फिर गया है, पगला गया है। पहले गाली बकते, फिर घरवालों को उलाहना देते। कभी पीट देते। नहीं सुधरा तो कन्नी काटे रहते। जब सही बात का पता चला कि यह सब उ थ्लेन के लिए कर रहा है तो सावधान होकर रास्ता चलते, अपने खेतों में काम करते या दरवाजे पर बैठते तो हाथ में डंडा लेकर नहीं, दाव लेकर बैठते और उसकी आँखों में यदि हिंसा का भाव खोजते। जाहिर था उसका लेश मात्र भी यदि दिख जाता तो उसके प्राण-पखेरू हर लेते।

अब जोर राय क्या करे? जितना जोर था उतना तो लगाकर देख लिया। हालत दिन पर दिन बिगड़ती गयी। बच्चों के बाद अब जब जवान भी मरने लगे तो मोती डिङडोह ने राय दिया, "अपना सब अन्न-वस्त्र, हरबा-हथियार फेंक दो। खेत-बाग छोड़ दो और ड 'खार के देश में जाकर बसो।" लेकिन भला यह कैसे हो सकता है? खसिया कहीं ड 'खार के देश में जाकर रह सकता है! और जब अपने देश में रहना है तो दाना-पानी, हरबा-हथियार कैसे त्यागा जा सकता है? एक छोड़कर दूसरा उठाया जायेगा तो वही शापित हो जायेगा। बड़ी मरन है। पुरखों ने उसे पाला, उसे पूजा कि उससे समृद्धि आयेगी। आयी और चली भी गयी; दुनियाभर की विपत्ति उसके माथे पर पटक कर। बिसूरता जोर राय फिर मोती की शरण में पहुँचा। जानता था कि इसमें मोती क्या कर सकेगी। जो करना होगा, वह तो जंयती ही करेगी। लेकिन वह तो साफ-साफ कह चुकी है। और जो कह चुकी है उसे किया नहीं जा सकता। इसलिए मोती ही जो छोटा-मोटा उपाय बतायेगी, वही करना होगा। आयी विपदा जितने दिन टल जाये। मरना तो है ही। तब मोती बोली, "जब इतना संतोष है तो यह भी करके देख ले। जा संभावित बलि का बाल काट ले। चाँदी की कैंची से काटना। और बाल को थ्लेन को चढ़ा दे। प्रार्थना करना कि जब तक बलि सीझकर मरता नहीं, तब तक हे देव! इसी से संतोष करो और इसी पर विश्वास करो! फिर बलि पर नजर रखो। धीरे-धीरे वह

सूखता जायेगा, उसी अनुपात में मरता जायेगा। बस मरने से पहले उसका खून ले लेना और उ थ्लेन को उससे पूजा देना। जा! तुम्हारा भला होगा।''

जोर राय गाँव आया और एक दिन राफताब को खेत में अकेला सोता पाकर चुपचाप बाल काट लिया। बाल काटकर उस पर हल्दी में रंगा चावल छिड़क दिया। लेकिन यह इतना आसान काम न था। कई तुमड़ी शराब खर्च किया था, कई बटुआ पान-सुपारी। तब इतनी दोस्ती बनी थी कि राफताब के पास सुबह-शाम कभी भी बेरोक टोक आ-जा सके। और इस विश्वास का फायदा उठा राफताब का बाल चाँदी की कैंची से काटकर थ्लेन को चढ़ा दिया था। उस दिन राफताब नींद से जगा तो रंगीन चावल चारों तरफ बिखरा पाकर चौंका। किन्तु उसका रहस्य न समझ पाया। इतना जरूर लगा कि उसके साथ कोई टोटका किया गया है। लेकिन क्या? यह जाहिर न हुआ। तो भी एक गुप्त डर से राफताब उसी दिन से गलता चला गया।

कुछ दिन तक तो जोर राय के यहाँ सब ठीक-ठाक रहा। लेकिन फिर घरवालों की हालत बिगड़ने लगी। जैसे थ्लेन का विश्वास ही उठ गया था कि जोर राय वास्तव में मानव-बलि देगा। जैसे तमाम वर्षों से टालता आया है, वैसे ही इस साल भी टाल जायेगा। इसलिए कड़ा पड़ने की जरूरत है। जब तक किसी की माँ के साथ किया नहीं जाता है, वह बाप नहीं कहता। सो थ्लेन जोर राय से बाप कहलाने लगा और जोर राय बाप-बाप चिल्लाने लगा।

उस दिन सुबह वह अनानास की जटाओं से रस्सी बट रहा था कि किसी से चलताऊ-सी खबर मिली कि राफताब निजपत से लौट आया है। कंद्रा योगी और पादरी की बड़ी-बड़ी बातें बता रहा है। बता रहा है कि कहाँ का राजा हिन्नू बन रहा है तो कहाँ का राज इसाई। और कहाँ तो अबकी कोपिली पर अंतिम बार मानव बलि चढ़ी है। उसके बाद देवी को एक पवित्र घर में बिठा दिया जायेगा। तब बलि की उतनी जरूरत नहीं रह जायेगी। साल में एक बार राजा भेड़ा-भैसा चढ़ा देगा। और प्रजा बेखौफ कोपिली पार करेगी, बिना बलि चढ़ाये। इससे ज्यादे से ज्यादे लोग कुली बनकर जा सकेंगे। सबको कौड़ी मिलेगी।

दूसरे दिन दोपहर एक तुमड़ी शराब और सुअर की एक भुनी पिछली टांग लेकर राफताब के यहाँ खेत में पहुँचा। मियाँ, बीवी और बच्चे भुना आलू खाने लगे थे। जोर राय को भी दिये तो वह बोला, ''आलू छोड़ो, सुअर खाओ। पानी छोड़ो शराब पीयो।'' फिर पाँचों ने जमकर खाया-पीया और देश-दुनिया, घर-परिवार की बात किया। राफताब ने तो अपने आलू के व्यापार के लिए उसकी सहायता तक माँगी। तय हुआ कि आलू इकट्ठा हो गया तो दोनों उसे एक गोरू-गाड़ी पर लादकर भोलागंज के बाजार ले जायेंगे। दाउकी में तो बिचौलिये लग जाते हैं। वहाँ माल सीधे महाजन को देंगे और

नकद पैसा लेंगे। जोर राय जितना राफताब के 'हूँ' में 'हूँ' मिलाता उतना ही उसका चेहरा पढ़ता। धसी आँखों से रोशनी गायब थी, जैसे कि वे अंधेरी गुफा में हों। चेहरे से गोश्त गायब था, जैसे कि वह सुमेर का पठार हो। सिर से बाल गायब थे कि जैसे हेमंत में रूपतिल्ली की घाटी हो। शरीर से बल गायब था, जैसे निजपत में पल रहा खाउरा हो। काया से ओज कूच कर गया था, जैसे माल लुट के बाद देशवाली बनिया। यानी बाल काटने का असर था। पूरा असर था। मन ही मन कुछ तय कर जोर राय राफताब की पत्नी और बच्चों के साथ लौट गया। अमुक दिन आने का वादा कर।

जिस दिन आने का वादा किया था उस दिन जोर राय नहीं आया। उसके बाद के दिन भी नहीं आया। उस दिन के बाद के दिन भी नहीं आया। राफताब ने उसे जितना पहले दिन याद किया उससे ज्यादे दूसरे दिन, और तीसरे दिन तो और भी ज्यादे। चौथे दिन जब वह रूखा-सूखा खाकर भर पेट पानी पी सोने जा रहा था, और लेटकर जोर राय के बारे में सोचना शुरू ही किया था कि जोर राय नयी तुमड़ी में दूर से ही महकती संतरे की शराब लेकर पहुँचा। देखते ही राफताब हुलस कर बोला, ''बड़ी लम्बी उमर है। सोचते ही हाजिर।''

जोर राय ने एक क्षण के लिए ठमक कर कुछ सोचा, फिर उसी गर्मजोशी से कहा, ''चाह कर भी कल-परसों नहीं आ पाया। यह संतरे की नयी शराब चुआ रहा था। जरा चखकर बताओ कैसी बनी है?''

राफताब जैसे तैयार बैठा था। मचान से उतर कर नीचे आया। दोनों वहीं जमीन पर बैठे। जोर राय ने तुमड़ी सौंपी, ''सब तुम्हारे लिये है। जितना पी सको, पीओ। बाकी कल के लिए रखो।'' राफताब ने तुमड़ी उठाई और प्यासे हिरन की तरह गटागट पीता गया। जोर राय उसे पीता देखता रहा। एक साँस में पानी की तरह भरपेट शराब पीने का एक अपना मजा है, जो चिखना खाकर घूँट-घूँट पीने से भिन्न होता है। उस मजे से ही सराबोर राफताब वहीं जमीन पर लेट गया तो जोर राय उसका बदन दबाने लगा। बोला, ''देश-विदेश घूमते-घूमते बहुत थक गये हो। शरीर कमजोर पड़ता जा रहा है। उमर ओह्ल रही है। अब घर स्थिर कर यहीं रहो। व्यापार-धंधे में मन लगाओ। यहीं कमाओ। बहुत दुनिया देख लिया।''

राफताब बोला, ''देखा तो ठीक। लेकिन कुछ मजा नहीं आया। कोपिली माई का कर्ज ऊपर से चढ़ गया। सोचता हूँ कि इसाई बन जाऊँ तो वह कर्ज उतर जाये। जब खासी रहूँगा ही नहीं तो कर्जा कैसा? पादरी बोलता था, वह व्यापार के लिए कुछ पैसे देगा। नहीं तो यहीं कुलियों की भरती के लिए एक दफ्तर बनायेगा। उसमें चपरासी रख लेगा।''

''अच्छा है भाई!'' कहकर जोर राय चलने के लिए उठा। हाथ पकड़कर राफताब

बोला, "इतनी रात गये कहीं जाते हैं क्या? मित्र के घर में हो। यह बेरुखइ क्यों? भालू-सुअर घूम रहे हैं। कोई हमला ही कर दे तो?"

जोर राय को बात कुछ जँची। फिर भी बोला, "मेरे भी खेत की यही हाल है। न पहुँचा तो वे अखड़ डालेंगे। किसी को सहेज आया होता तो अच्छा था।"

"इतनी रात बीत गयी है। जाते-जाते सुबह हो जायेगी। तब रखवाली क्या करोगे? यहीं रुको। अब जो होना होगा, होगा।"

जोर राय वहीं अलाव के दूसरे बगल लेट गया। राफताब तो तुरंत सो गया, किन्तु जोर राय की आँखों में नींद नहीं थी। पर वह आँखें मूँदे रहा और मुँदी आँखों के सहारे राफताब की साँसों के हिसाब से उसकी नींद की गहराई नापता रहा। जब आधी रात हो गयी और रात की वह बेला आ गयी, जिसमें भेड़िये के अलावा सभी प्राणी सो जाते हैं, तब जोर राय उठा। झोपड़ी के बाहर आया। चारों तरफ के खेतों की झोपड़ियों की ओर गौर से देखा। सब कुछ निरापद था। पिशाब किया और झोपड़ी में लौट आया।

राफताब निश्फिक्र सो रहा था। साँसें गहरी चल रही थीं। जोर राय तुरंत नोडसोहनोह[1] की भूमिका में आ गया। उसी के लिए आज दिन भर उसने का इयाद ताड-शी-स्नेम[2] का सेवन किया था। चादर के नीचे छुपाये लकड़ी के गदे को बाहर निकाला। चूँकि थ्लेन की मौत लोहे से हुई थी, इसलिए उसकी पूजा के लिए रक्त या बलि चढ़ाने के लिए लोहे के हथियार इस्तेमाल करने पर मनाही थी। इसलिए इस लकड़ी के गदे से निशाना साधकर राफताब की कनपटी पर एक जोरदार प्रहार किया। नींद में ही उलट कर राफताब सिर से पाँव तक काँपने लगा। उसके मुँह से एक भयानक पर घुटी-घुटी आवाज निकली। काँपते और बोलते हुए उसने आँखे खोलकर एक बार अंधेरे में देखा। उन आँखों की चमक से जोर राय काँप उठा। और उसी कँपकँपी की हड़बड़ी में दूसरा गदा उसकी दूसरी कनपटी पर जड़ दिया। राफताब की पूरी बदन ऐंठ कर फिर काँपी। पेट बह चला। उसकी दुर्गंध से जोर राय को मितली आ गयी। उस पर नियंत्रण कर उसने राफताब को पीठ के बल लिटा दिया और सीने पर बैठ गया। राफताब ने एक बार फिर आँखें खोलीं। वे सूनी थीं। फिर भी जोर राय को लगा कि वे उसके सीने में धसती जा रही हैं। इन प्रतिक्रियाओं पर ध्यान देने का समय नहीं था। ठंडा पड़ गया तो सब बेकार। अपने जिम्फोङ[3] की जेब से उखाउ तिन्देय[4]

---

1. नोडसोहनोह—गदा से पीट कर हत्या करने वाला।
2. का इयाद लाड-शी-स्नेम—एक वर्ष पुरानी तेज शराब। यह खास शराब हिम्मत बढ़ाने के लिए पी जाती है।
3. जिम्फोङ—बिना बाँह का बुना हुआ कोट।
4. उखाउ तिन्देय—रंगा चावल, अक्षत।

निकाला और अक्षत की तरह राफताब के ऊपर छिड़क दिया। दूसरी जेब से चाँदी का सूआ निकाला और नाक के सहारे दिमाग में गोद दिया। जब खून बहने लगा तो उसे एक कच्चे बाँस की फोंफी में भर लिया। पर्याप्त मात्रा में खून भरने के बाद जोर राय झोपड़ी से बाहर आया। स्तब्ध रात जैसे एकदम से चीख उठी। उस चीख को सुनकर जोर राय भाग चला। उसके पाँवों की आवाज से किसी के खेत में आलू अँखड़ रहे सुअर कोंय-कोंय कर इधर-उधर दौड़ पड़े। उनकी आवाज से कई खेतहे जाग गये। अपने-अपने मचान से रस्सी खींचकर फट्ठे बजाने लगे। उनकी आवाज पर अपनी गति दूनी कर जोर राय रात भर भागता रहा।

नवमी की रात थी। चाँद दस घड़ी रात चढ़ने के बाद ही उगने वाला था। रात का स्याह, पहाड़ी, जंगल और मौसम के स्याह से मिल कर इतना गाढ़ा हो गया था कि लगता जगत् स्याही का खोल है, जिसमें आबादी एक बाधा की तरह उपस्थित है। उसी बाधा डालती आबादी के एक घर में खुशबूदार तेल का दीया जल रहा था। घर के वयस्क लोग—क्या स्त्री क्या मर्द—सभी एक साल पुरानी शराब पीकर मस्त और उत्तेजित हो उठे थे। नोङ-री-थ्लेम[1] जो उस संयुक्त परिवार का मामा था, अपनी पिटारी लेकर आया और दीये के पास रख दिया। सभी ने पिटारी पर अक्षत फेंका। तब नोङ-री ने धीरे से पिटारी का मुँह खोलकर बाँस की एक पतली-सी फोंफी निकाली। फोंफी पर स्वयं ही अक्षत चढ़ाया। अक्षत चढ़ाने का मतलब था कि जिस प्राणी पर वह चढ़ाया गया है, वह प्राणी किंकर्त्तव्यविमूढ़ होकर पुजारी का निर्देश माने। घर के दरवाजे-खिड़कियाँ खोल दिये गये। घर के भीतर चारों तरफ घर के सबसे कीमती कपड़े बिछा दिये गये। पीतल के एक बड़े से का प्लीयाङ किन्थेई[2] में फोंफी से निकाल कर मानव रक्त रख दिया गया। परिवार के सभी लोग उसके इर्द-गिर्द बैठ गये तो जोर राय एक छोटी-सी टिमुकी धीरे-धीरे बजाते हुए मंत्र पढ़ने लगा : "को क्नी को क्या।[3] बाहर आओ। तुम्हारे लिए थोड़ा-सा ज्योनार रखा है। हमारी सामर्थ्य में जो कुछ भी था उसके अनुसार आप की संतुष्टि के लिए सब कुछ किया है। अब अपना आशीर्वाद दें, जिससे घर निरोग हो, दरिद्रता दूर भगे।" तब नोङ-री ने फोंफी उलट दी और एक छोटा-सा साँप, घड़ी की कमानी की तरह सिकुड़ा और छोटा गिर पड़ा। नोङ-री ने उस पर धीरे-धीरे हाथ फेरना शुरू किया और कोई आधे घंटे तक सहलाने के बाद वह नन्हा-सा साँप कोई ढाई हाथ का होकर तर्ना कर फट काढ़ लिया। फट

1. साँप का कस्टोडियन।
2. का प्लीयाङ किन्थेई—परात।
3. को क्नी को क्या—ओ मामा ओ पिता।

काढ़े वह पीतल की परात की बारि तक गया और उस पर सिर रख दिया। दीया उसके सामने से हटा कर पीछे रख दिया गया। अँधेरे में साँप की बड़ी छोटी-छोटी आँखें चमक उठीं। उनमें उस आदमी की आकृति उभरी जिसको मारकर यह रक्त लाया गया था। आकृति धीरे-धीरे हँसने लगी। साँप सरक कर हँसती हुई आकृति के पास गया और उसे पैर से पकड़कर निगलने लगा। वह ज्यों-ज्यों आकृति को निगलता गया, उसकी हँसी बढ़ती गयी। जब पूरा निगल गया तब जिसकी वह आकृति थी उसके प्राण-पखेरू उड़ गये। यानी अपने गाँव में, अपने घर में, अपने बिस्तर पर, अपने आत्मीयों के बीच उनके देखते ही देखते राफताब मर गया।

तृप्त साँप वहाँ से मुड़ा और परात पर चढ़कर खून में उतर गया। तब नोङ-री ने उस पर पुनः हाथ फेरना शुरू किया। जोर राय ने पुनः टिमुकी बजाना शुरू किया। साँप धीरे-धीरे छोटा होता गया। इतना छोटा हो गया कि जैसे घड़ी की सिकुड़ी कमानी हो। नोङ री ने उसे उठाकर पहले फोंफी में रखा, फिर फोंफी को पिटारी में रख दिया। उपस्थित लोगों ने उस पर फिर अक्षत फेंका। तब नोङ-री ने उस पिटारी को उठा कर घर के उस कोने में रख दिया, जो उसके रखे जाने के लिए पीढ़ियों से तय था। दरवाजे बंद कर दिये गये। कपड़े उठा लिये गये। उथ्लेम तृप्त हो गये थे। अब घर पर खुशहाली ही खुशहाली बरसेगी।

: 18 :

घोड़े दौड़ते रहे: श्रीचर, श्रीहट्ट, ढाका, कलकत्ता। लेकिन पादरी को कुछ करने का निर्देश नहीं मिला। तब तक उ नाई द्राह [1] का महीना आ गया था। अँधेरे पक्ष के शुरू होते ही उ नाइ विङ [2] के दिन लौट आये थे। पूरा निजपत उत्सव में डूबा हुआ था। नगाड़े बज रहे थे। गीत गाये जा रहे थे। गाँव सज रहा था। राजा पूजा कर रहा था। भोग खाउरा भोग कर रहा था। सबको नवमी का इंतजार था।

लेकिन एक अंतर था। कंद्रा योगी ने घोषित किया था कि षष्ठी को कुमारी पूजा

1. **दूसरे उत्सव के दिन।**
2. **पहले उत्सव जैसे दिन।**

होगी। लेहाजा अल्खा आवरी को सप्ताह भर से उबटन-तेल लगाया जा रहा था। सिर के बाल धोये जा रहे थे। नाखून अक्सर तराशे जा रहे थे। हल्का सुपाच्य भोजन दिया जा रहा था। योगी जी नियमित आसन करवा रहे थे। यद्यपि कि अल्खा आवरी की उम्र कुमारी पूजा के लिए निकल गयी थी। पहले किशोरियों को कुमारी बनाया जाता था। फिर इस भय से कि किशोरी होते-होते उनका कौमार्य भंग न हो गया हो, गौरी को कुमारी बनाया जाने लगा। गौरी माने आठ-नौ साल की लड़की जो अभी रजस्वला न हुई हो। तो भी कंद्रा योगी ने उसे चुना था। उसके लक्षणों को देखकर वह आश्वस्त था कि युवती होने के बावजूद वह कुमारी है। ऊपर से उसे भैरवी तंत्र में दीक्षित करना था और निश्चय ही कमसिन वय की बाला इसके लिए उपयुक्त न होती। बिना भैरवी तंत्र में दीक्षित किये उसे भैरवी योगिनी बनाया नहीं जा सकता था और बिना भैरवी बनाये ब्रजोली मुद्रा साधी नहीं जा सकती थी। लेहाजा योगी ने जब उसे पहली बार देखा था दबइल सिंह के लिए प्रस्तुत किये जाते वक्त, तभी उसने उसके समस्त लक्षणों को आचक्षु किया था और ठान लिये था कि अगले बलि-उत्सव के दौरान वह पंच-मकार की साधना करेगा और अल्खा उसमें उपयुक्त सहायक और साधन होगी। एक खतरा था कि कहीं दबइल उसे भ्रष्ट न कर दे। इसलिए उसे कभी समझा-बुझाकर तो कभी भय देकर, कभी कर्त्तव्यबोध कराकर, तो कभी उच्च-कर्म के उच्च फल का लोभ देकर मना लिया गया था कि हर हालत में वह अपने शील की रक्षा करेगी। दूसरी तरफ वह दबइल सिंह का मन भी नहीं टूटने देगी। बलि का प्रसन्न रहना प्नार राजा के कल्याण के लिए उतना ही जरूरी था। दोनों ही भूमिका अल्खा ने बखूबी निबाही थी और उसके इनामस्वरूप उसे भैरवी बनाया जा रहा था।

उस दिन पंचवटी में बड़ी चहल-पहल थी। खाली पंचवटी का प्रांगण ही नहीं, आस-पास का मैदान और उस तक पहुँचते रास्ते सुरुचिपूर्ण ढंग से साफ कर दिये गये थे। पास के सोते से पानी ला उन पर डालकर भारी मुगड़ियों से पिटाई कर दी गयी थी, कुछ इस तरह से कि धूल और उबड़-खाबड़पन खत्म हो जाये, पर कीचड़ न हो। मूँज की लम्बी-लम्बी रस्सियों में आम के प्रौढ़ स्वस्थ पत्तों को खोंसकर तोरण बना चारों तरफ टाँग दिया गया था। दुनिया भर के आर्किडों के बहुरंगी फूलों को जगह-जगह लटका दिया गया था। पंचवटी के आम, आँवला, पीपल, बर, और पाकड़ के नाटे पेड़ों की डालों को हिला-हिलाकर उनकी पुरानी पत्तियाँ झाड़ दी गयी थीं और नयी पत्तियों पर पानी फेंककर धुल दिया गया था। अच्छे-अच्छे रंगीन कपड़ों में बच्चे उधम मचाते चारों तरफ दौड़ रहे थे और युवक तथा प्रौढ़ लोग दुनिया भर के काम में लगे थे।

दिन डूबने से पहले पंचवटी के हाता के बाहर दूर तक विस्तृत हरे मैदान में, जिसके छोर पर स्वस्थ युवा चीड़ के पेड़ों के कई झुरमुट थे और जिनकी पत्तियाँ हवा से टकरा कर बार-बार और कई-कई तरह की संगीत पैदा करती थीं, और हल्की खुशबू चारों तरफ छीटती थीं, जब गाँव के लोग पूरी संख्या में आ कर बैठ गये तब

सबने मिलकर भोजन किया। बलि में चढ़ाये गये मुर्गे और बकरे के माँस में तरह-तरह का मसाला डालकर और सरसों के तेल में भूनकर खूब सुस्वादु बनाया गया था। ऊपर से महीन चावल और भैंस का घी, जिसे श्रीहट्ट के राजा ने इस अवसर के लिए कुलियों की पीठ पर लादकर विशेष रूप से भिजवाया था। सिंतेङ लोग संभवतः पहली बार अपनी जमीन पर, अपने गाँव में घी का सेवन कर रहे थे। अन्यथा घी, दही या दूध नहीं, इन्हें देनेवाले प्राणियों के मांस का ही सेवन वे करते थे। कहते थे कि उनका दूध और उससे बने पदार्थ उनका हाजमा खराब कर देते हैं और दिन-रात हाजत लगी रहती है।

दिन डूबा तो चारों तरफ से हल्की रोशनी कर दी गयी। रोशनी इस तरह से की गयी कि वह केलों के हिलते पत्तों से टकरा कर उद्‌गम स्थल की ओर लौट आये और योगी की कुटिया में अँधेरा बना रहे। उस अँधेरे को दूर कर रहे थे चारों तरफ जलते चार घी के दीये, इस तरह से रखे हुए कि उनके बीच किसी तरह की परछायी नहीं बनती थी। निर्जला व्रत रखे कंद्रा योगी गेरुए रंग का एक वस्त्र धारण कर सामने के शास्त्रीय ढंग से बने तिकोने यज्ञ-कुंड में हवन कर रहे थे। हवन धूम्र से जब कुटी का कमरा भर गया तब अंतिम बार समिधा डालकर उन्होंने ताली बजायी। ताली की आवाज सुनकर सम्मानित दस लिडदोह और दस मिंत्री कमरे में आकर झुक गये। योगी ने इशारा किया तो वे काले हिरन की खाल से मढ़े मोढ़ों पर आकर बैठ गये। यज्ञ धूम की खुशबू से उनके मन की क्रियाशीलता मंद पड़ती गयी। तब योगी उठ खड़े हुए। जिस आसन पर वे बैठे थे उसे हटा दिया गया। दो हाथ लम्बी और दो ही हाथ चौड़ी कोई एक बालिस्त ऊँची गंभार की लकड़ी की नयी चौकी बिछा दी गयी। उसके ऊपर कुश की नयी चटाई बिछाई गयी। उसके ऊपर भेड़ के बाल का नया काला कंबल बिछाया गया। उसके ऊपर बाघम्बर। सिर यज्ञ कुंड की ओर रखा गया, जिससे लगता था कि बाघ हाथ-पैर फैलाए लेटा यज्ञ कुंड को एकटक देख रहा है। एक बड़े से पीतल के परात में समिधा ला कर रख दिया गया।

तब योगी ने एक बार फिर ताली बजायी और कुछ ही क्षणों में सिर से पाँव तक सज्जित दो परिचारिकाओं के बीच एक अपरूप सुंदरी सिर से पाँव तक गहनों से लदी और एक कीमती रेशम का पटुका कमर से घुटनों तक लटकाकर बाँधे आकर खड़ी हो गयी। उसके अंग-अंग से तेज फूट रहा था जो उसके आभूषणों के साथ टकरा रहे दीये की किरणों के साथ मिलकर पूरे कमरे को दीप्त कर रहा था। लिडदोह और मिंत्रीगण उसे देखते ही उठने की मुद्रा में आ गये। लेकिन कंद्रा योगी ने हाथ से उन्हें बैठे ही रहने का इशारा किया। तो भी उनकी देहमुद्रा ऐसी बनी रही कि जैसे वे असमंजस में हों कि उठें या बैठे ही रहें।

वह अल्खा थी। लेकिन ज़िस तरह से इधर उसकी देखरेख हुई थी और जिस तरह से उसे भूषित कर जादुई वातावरण के यज्ञ मंडप में लाया गया था, उससे लगता था कि वह बादलों से पार की किसी और दुनिया से आयी है जो आकृति से तो मानुस

स्त्री है, पर अपने समस्त व्यक्तित्व से कोई देवी। कंद्रा स्वामी ने इशारा किया तो परिचारिकाएँ भीतर चली गयीं और सहस्त्र दल के दो कमल-पुष्प लेकर आयीं। दोनों फूल आसन पर रख दिये गये तो कंद्रा योगी ने इशारा किया और अल्खा उन पर कमलासन बना कर बैठ गयी। तब योगी ने उस पर पीले चावलों का अक्षत फेंका और मंत्र पढ़ने लगे। उन्होंने समझाया कि जब वे स्वाहा करेंगे तो चार अंगुलियों के अग्रभाग के सहारे वह समिधा को कुंड में फेंकेगी। सो स्वाहा का जाप शुरू हुआ और देखते ही देखते यज्ञगृह नये सिरे से सुगंधित धूम्र से भर गया। कुंड से उठती हल्की-हल्की छोटी लपटों को देखने से लगता था कि धरती को चीरकर ज्वाला बाहर आने की निरंतर कोशिश कर रही है और उस कोशिश में वह समिधा फेंकने वाली के शरीर में प्रवेश करती जा रही है। उसके असर से वह और दैदिप्यमान होती जा रही है। हवन के अंत तक वे सहस्त्रपटली कमल सूख-से गये। अल्खा की ललाट पर हल्का-सा पसीना चुहचुहा आया। तब योगी ने उसे उठने का इशारा किया; वह उठी तो परिचारिकाओं ने फूल की पंखड़ियों को झाड़ कर आसन साफ कर दिया। योगी ने फूल को अग्निकुंड में डाल दिया। वे धूँ-धूँ कर जल उठे। तब स्वामी आसन पर कुंड की ओर पाँव लटका कर बैठ गये और अल्खा को उसी तरह अपनी गोद में इस तरह से बैठा लिया कि उसकी पीठ उनके वक्ष से सटी रहे। फिर वे श्रौत सूत्रों, धर्म सूत्रों और गृह सूत्रों का जाप करने लगे। उनका अर्थ समझनेवाला वहाँ कोई नहीं था। जाप के अंत पर उन्होंने अल्खा को सोने के कटोरे से मधुपर्क अपने हाथ से पिलाया। वह भी सुबह से निर्जला व्रत थी। गले से शायद वह आसानी से उतर नहीं रहा था। उसके बाद उसे गोद में बिठाये ही उपदेश करने लगे: ''भैरवी भैरव की आधा अंग होती है। जब तक दोनों अंग मिलकर साधना न करें, साधना पूरी नहीं होती। दोनों की साधना एक-दूसरे की पूरक होती है। इसलिए सिद्धि दोनों को मिलती है। इसलिए दोनों का साधक होना जरूरी है। इधर कुछ साधकों ने कहना शुरू किया है कि साधक भैरव का होना ही पर्याप्त है। पर मैं इसे नहीं मानता। जब तक दोनों का लक्ष्य एक न हो, वह ताल-मेल नहीं बैठ सकता जिसमें ब्रह्मानुभूति हो। वे लोग कहते हैं कि साधना तो शिव करते हैं। देवी तो करती नहीं। वे भूल जाते हैं कि शिव अर्धनारीश्वर हैं। यानी उनके शरीर में दोनों का बराबर-बराबर का वास है। इसलिए साधना दोनों की रहती है। वे देव हैं। अपनी माया से माया को देवी बनाकर साधते हैं। हम देव नहीं मानव हैं। इसलिए अपनी शक्ति से देवी नहीं बना सकते। जो हमारी ही तरह इस ब्रह्मानंद को ढूँढ़ रही है, उसे भैरवी बनाकर हम अपनी साधना, यानी दोनों की साधना पूरी कर सकते हैं। हम इस भैरवी के सहयोग से यही करेंगे।''

बाइसों श्रोताओं ने स्वीकृति में सिर नीचा कर लिया। वे मंत्र पढ़ने लगे और अल्खा के साथ एक बार और हवन करने लगे। आग की छोटी शुद्ध लपटों ने एक बार फिर दोनों को घेर लिया और लगा कि वे उनके तन में समाती जा रही हैं। उनकी काया दीप्त होती जा रही है। सभी लोग दैदीप्यमान होते जा रहे हैं। हवन समाप्त होने पर

उन्होंने घोषणा की कि अल्खा आज से भैरवी बन गयी। उसे योगी का, साधक का सम्मान मिलना चाहिए। तब लिङ्दोह और मिंत्री लोग विभिन्न रंगों के अक्षत उनके ऊपर फेंकने लगे। जब यज्ञधूम छटा तो योगी ने योगिनी को अपने गोद से मुक्त कर दिया। परिचारिकाओं के साथ वह भीतर गयी। एक तरह से वे उसे लादकर ले आयीं। वह ठीक से चल नहीं पा रही थी और शरीर तप रहा था। लगता था मूर्छित हो जायेगी। लिङ्दोह और मिंत्रीगण भी पसीने से कुछ-कुछ भींगने लगे थे। उनके साथ योगी बाहर चले गये, उपस्थित जन-समुदाय को आशीर्वाद, उपदेश देने। कुछ लिङ्दोह और मिंत्री लोग राजा को बिना बाधा के हुई यज्ञ-पूर्ति की सूचना देने चले गये। राजा प्रतीक्षारत होगा। उसकी बड़ी इच्छा थी इस यज्ञ को देखने की। लेकिन वह आम जन के सामने नहीं पड़ता। तो इस मौके पर भी ठीक न होता।

सप्तमी और अष्टमी के दिन वही सब चलता रहा जो पिछले महीने मुगा खाउरा के लिए चला था। नवमी को भोग खाउरा को सुमेर लाया गया। गाँव की युवतियाँ घड़े में भर-भर कर कोपिली से पानी लाईं। युवक चंदन और आम की लकड़ियाँ लाये। दोनों मिलकर कोपिली तल की मिट्टी लाये। जल से देवबाड़ी सींच दी गयी। बछिया के गोबर से फर्श लीप दिया गया। दिन डूबने से पहले उपस्थित समुदाय ने भोजन किया। राजा अपनी अतिथिबाड़ी में, योगी उसके बरामदे में और भोग खाउरा देवबाड़ी में भूखे रहे। दिन डूब गया तो माउलाङ नगाड़ा बजाने लगा। यह बलिक्रिया के आरंभ की सूचना थी। कोपिली के जल से कोपिली के तल की मिट्टी गूँधकर उसमें धान की भूसी और बछिया का गोबर मिलाकर देवी की प्रतिमा बनायी गयी। मस्तकहीन आदमी के शव पर एक टांग से खड़ी नृत्य की मुद्रा में, गले में कई-कई मुंड लटकाये। चार हाथ। एक में खाड़ा, दूसरे में खप्पर, तीसरे में कमल का फूल, चौथे में मुकुटधारी अपना ही सिर। उसे धूना से रंगकर काला कर दिया गया था। आम की पीढ़ा पर खड़ा रखा गया था। उसके सामने यज्ञवेदी और यज्ञ-कुंड बना दिया गया था। आसन रख दिया गया था। उसी पर बैठा खाउरा ध्यानमग्न था। कंद्रा योगी आकर उसे मंत्र पढ़ाने लगे। वह निर्विकार भाव से पढ़ता गया। उसे देखकर लगता था कि निर्विकारता में भी उत्तेजित है। ऐसा उत्तेजित कि उसे अनुभव तो कर सकता है, पर व्यक्त नहीं कर सकता। जो करना चाहता है, वह तो नहीं कर सकता; पर जो करवाया जा रहा है, उसे खूब कर सकता है। मंत्र पढ़कर जब हवन पूरा कर लिया, तब योगी ने दो लोगों को इशारा किया। उन्होंने तुरंत ही खाउरा को पीठ के बल ऐसे लिटा दिया कि उसका सिर देवी-प्रतिमा के नीचे बनी वेदी पर टिक गया। राजा ने आगे बढ़कर अपनी छुरी से उसका गात छू दिया। खाउरा बेवश आँखों से देखता ही रह गया। कुछ बोलने की इच्छा हुई पर वाणी गले में ही फँस कर रह गयी। हाथ-पाँव मारने की इच्छा हुई, किन्तु वे निष्क्रिय रहे। रगड़कर बनाये गये धतूरे के बीज के शर्बत का असर पूरा था। जल्ला दोलाई ने अपनी आँखें लाल कर खाँड़ा उठाया तो खाउरा काँप कर चेचिया उठा। शायद प्राण-पखेरू ही उड़ गये। कंद्रा योगी के सामने कृष्ण के कूदने पर चालीस हाथ

ऊँचे मचान पर बैठे कंस की दशा उभर आयी। जल्ला दोलोई ने उसकी गर्दन पर खाँड़ा इस तरह से मारा कि गर्दन पूरी तरह से धड़ से विछिन्न नहीं हुई। देखते ही देखते रक्त का जो पनारा बहा, उसे सोने-चाँदी की थालियों में इकट्ठा कर लिया गया। थोड़ा देवी की जिह्वा, सिर, कर और पाँव पर चढ़ा दिया गया। कंद्रा योगी ने उससे राजा को टीका लगा दिया। तब लिङ्दोह लोगों ने पहले बसंता को, फिर एक-दूसरे को और बाद में बाकी उपस्थित लोगों को टीका लगाया। जोर से बजते कई जोड़ी नगाड़े मंद पड़ते गये। जब बंद हो गये तो लोग इधर-उधर बिखर गये। अधिकांश लोग सोने लगे, बाकी बचे लोग बात करने लगे।

आधी रात हो गयी तो कंद्रा योगी चार लोगों के साथ एक हल्के तख्ते पर दबइल सिंह का शव लदवाकर अपनी पंचवटी में ले आये। वहाँ तैयारी पहले से ही थी। यज्ञ बाड़ी में उसे वेदी के पास रख दिया गया। उसकी लंगोट उतार दी गयी। तब योगी ने उसके सीने पर बैठ शव-साधना की। उतरा तो पेट को चीर कर उसका कलेजा निकाल लिया। शव को बढ़िया रेशमी चादरों की पर्तों से ढक दिया गया। प्रांगण में उपस्थित परिचारक लोग बाहर चले गये। तब योगी ने भैरवी को बुलाया। भैरवी आयी तो उसे अपने आसन पर गोद में इस तरह से बैठा लिया कि दोनों के मुँह आमने-सामने हो गये। कुछ देर तक स्वयं मंत्र जाप करते और उसे ही भैरवी से कराते रहे। फिर धीरे से उसका रेशमी वस्त्र उतारकर उसके साथ एक हो गये। ब्रजोली मुद्रा की साधना में होना यह था कि योगीराज स्वयं स्तंभित रहकर योगिनी को बार-बार स्खलित करायें और उसके रज को अपने भीतर खींच लें। योगीराज ने छक कर इसका चार बार पान किया। अपनी विद्या में वे जितना ही पारंगत थे, भैरवी उतनी ही मासूम। यह उसका पहला अनुभव था और वह अपने को सम्हाल नहीं पा रही थी। उन्हें पूरा विश्वास था कि इस बार उन्हें ब्रह्मानुभूति अवश्य होगी। उसके लिए एकाग्र चित्त होकर अपने इष्ट का ध्यान किया। लेकिन तभी जाने क्या, कैसे हुआ कि अल्खा को लगा एक पिघली आग उसके तलपेट और अन्तस्थल को जलाती नाभि की ओर बढ़ी आ रही है। योगी चीख उठे। आँखों में आँसू भर आये। इस बार भी साधना पूरी न हुई।

दूसरे दिन खाउरा के रक्त को मिलाकर पकाया गया चावल राजा ने खाया। योगी ने उसकी कलेजी का अंश खाया। पवित्र प्राणी का अंश खाकर वे अति-पवित्र हो गये। तब योगी ने उपदेश किया, ''हे राजन! आज से आप देवराज हुए जैसे मणिपुर, त्रिपुरा, कोंच और बस्तर के राजा हैं। हे राजन्! आप स्वयं देव की संतति हैं। आपकी वंशावली बड़ी पुरानी है। इंद्र का पुत्र जयंत जब अवतारधारी विष्णु के तिनके के तीर के भय से तीनों लोक में भाग रहा था, तब कभी इन पर्वत की गुफाओं में भी छिपा था। तभी

उसका यहाँ के गिरिबाला से संसर्ग हुआ था। परिणामस्वरूप आपके पुरखे जन्म लिये। उनकी वंशावली चली। उसी जयंत के नाम पर आप लोग जयंत हुए। यह इलाका जयंतिया हुआ और कोपिली से उठाकर जो आपकी इष्ट देवी इस देवबाड़ी में स्थापित की गयी है वह जयंतेश्वरी हुई। छिन्नमस्ता का एक रूप। उनका पीठ जयंतीपुर के नाम से जाना जायेगा। हे देव! चूँकि आप स्वयं देव हुए, इसलिए आपके ऊपर धूप नहीं लगनी चाहिए। इसी तरह आपके पाँव जमीन पर नहीं पहुँचने चाहिए। आप हमेशा उपानह धारण करेंगे और पाँवड़ों पर चलेंगे। आपका चेहरा सबको सुलभ नहीं होगा और बिना भेंट के दर्शन नहीं देंगे। बिना आसन के नहीं बैठेंगे, बिना सवारी के नहीं चलेंगे। आप का अपना आसन और अपनी सवारी होगी। नवली क्रिया करना नहीं छोड़ेंगे। सनातन धर्म का पालन करेंगे। गुरु का आदर करेंगे। गौ-ब्राह्मण की रक्षा करेंगे। प्रजा का पालन करेंगे। और इन तमाम बातों के लिए आप किसी की आज्ञा मानने के लिए बाध्य न होंगे। आप संप्रभु होंगे। हे राजन्..."

प्रवचन काफी लम्बा था। पूरा होने पर उन्होंने राजा से बिदा माँगी। राजा ने क्षमा माँगी तो बोले, "मेरी साधना पूरी न हो पायी। मैं स्खलित हो गया। अब हिमालय में जाकर नये सिरे से धूनी रमानी होगी। मुझे इजाजत दें।"

राजा ने उन्हें सोने-चाँदी से लाद देना चाहा। यहीं कहीं मठ बनाने का अनुरोध किया। किन्तु कंद्रा योगी सभी कुछ निस्पृह भाव से त्याग कर चलते बने, एक अनन्त उदासी और खामोशी में डूबे हुए। अल्खा की आँखें छलछला आयीं। पर उन पर कोई असर न पड़ा।

शव को कोपिली की पेटी में दफना दिया गया तो अल्खा चली भाग।

: 19 :

रात भर बेसुरी रागिनी बजाती रही चाँदनी। अल्खा के पाँवों में शनीचर लग गये थे। वे रास्ता नहीं जानते थे। बस दिशा के सहारे उसे उड़ाये ले जा रहे थे। रिंजा का साथ छूटा था तो दबइल पर मोह हो आया था। लेकिन लगाव कंद्रा योगी से हुआ था। सोचा था भैरवी बनकर, उसकी योगिनी बनकर उन रहस्यों को जान लेगी, जिसके कारण इस कदली वन का, इस धरा-धाम पर इतना नाम रहा है। मछेन्द्र नाथ यहीं के जादू में कैद हो गये थे। उनके उद्धार के लिए चेले गोरखनाथ को आना पड़ा था। लेकिन वह जादू क्या था—वह बौद्ध और शैव के योगमाया का कौन-सा बनाव था कि इस तिरिया राज में जो भी आता था, सम्मोहित होकर रह जाता था। कन्द्रा योगी कहता है महाभारत की कथा तिरिया कथा है। एक तिरिया कुंती है जो रखती तो पति है, पर

बच्चे पैदा करती है दूसरों से। कभी दुर्वासा से, कभी रथवान से, कभी देवर से, कभी पहलवान से, कभी सेनापति से। उनसे उसका कोई लगाव नहीं होता। बुलाती है, गर्भ धारण करती है और त्याग देती है। निष्ठा रखती है तो सिर्फ अपने पति में। दूसरी द्रौपदी है। एक साथ पांच भतार रखती है। छठें की कामना करती है। सबसे बच्चा पैदा करती है। पर निष्ठा रखती है एक से—जिसने उसे जय किया है। इस निष्ठा के चलते दोनों पंच-कन्याओं में हैं। बहुभोग के आनन्द के बावजूद किसी एक की होकर रहती हैं। यह आनन्द निष्ठा को डिगाने का अवसर बार-बार देता है। पर एक से प्रेम में इतना लासा है कि वह छूटता नहीं। बार-बार परीक्षा देता है और बार-बार निखर उठता है। उसका मुकाबिला सीता और राधा क्या करेंगी। तीसरी है हिडिम्बा। वह किसी की नहीं होती। जो पसंद आता है उसका वीर्य धारण करती है। धारण कर भूल जाती है कि उसके जीवन में कोई था भी। उसकी निष्ठा किसी में नहीं है। दरअसल वह निष्ठा जानती ही नहीं। अगर किसी तरह खींच-तानकर यह निःसृत किया जाये कि नहीं, वह जानती है और रखती भी है, तो वह अपने में रखती है। अपने में रखती है, इसलिए वह पंचकन्या में नहीं है। आदर्श नहीं है, भले ही वह अपने तिरिया राज्य की सर्वेसर्वा हो। उसे पुरुष स्वीकार नहीं करता। उसके बनाये विधान में वह नहीं आती। यह स्त्री अपना विधान बनाती है। लेकिन वह उसके राज के बाहर नहीं जाता। उसे मान्यता के लिए पुरुष की ही आवश्यकता पड़ती है—पुरुष मानेगा तभी वह विधान चलेगा। नहीं मानेगा तो नहीं चलेगा। और वह नहीं मानता। भैरवी, तारा, योगिनी की तलाश में वह इस कदली वन के तिरिया राज में आता है, तो अपनी साधना के लिए। और उसके लिए न कोई शुल्क देता है, न समझौता करता है। हाँ, स्त्री को अपने नाम पर वंश चलाने की इजाजत जरूर दे देता है। उसे हिरिया-जिरिया बंगालिन का काला जादू जरूर सिखा देता है, जिससे वह दूर देश के पुरुष को भेड़ा-बकरा, तोता-मैना बनाकर पालती है। पालती है, उन्हें अपने पास रखती है, उनके साथ कहीं जाती नहीं है, जहाँ जाती है उन्हें साथ लेकर जाती है। यही उसकी स्वतंत्रता का मोल है।

जाने क्या-क्या सोचती चली जा रही है अल्खा! धूप तेज हो गयी है। प्यास लग रही है। दूर-दूर तक पानी नहीं दिख रहा है। प्यास का मजा ही तब है, जब पानी न हो। रिंजा नहीं है, दबइल नहीं है, योगी नहीं हैं, वह है। इसलिए उनके साथ का मजा है। वे साथ होते तो यह मजा न होता, चाहे दूसरा और कोई भी मजा होता। सामने के विस्तृत खेतिहर जमीन में सिर्फ एक पेड़ खड़ा था। उसकी अधिकांश पत्तियाँ झड़ गयी थीं। जो इक्का-दुक्का बची थीं, उन पर हवा जोर मार रही थी। आती थी और उन्हें कँपाकर, मरोड़कर, ऐठकर कमजोर कर चली जाती थी। और लो! इस झोंके में तो एक पत्ती चली ही गयी। लगा कि अनन्त आकाश में उड़ेगी कि तभी टप से जमीन पर चू गयी। अल्खा भी अपनी डार से इसी तरह बिछड़ गयी थी। दबदल से लेकर कंद्रा योगी तक थोड़ी देर के लिए उड़ी। लगा कि सातों आसमान, चौदहों भुवन तक उड़ती फिरेगी। उड़ान में ही योगी ने बताया था कि प्यार राजा के अमृत होने का रहस्य

उसकी योग-क्रिया है। हर माह वह अपनी अंतड़ी मुँह से निकाल ताल के जल में धोता है, फिर उसे अंतस्थ कर लेता है। जब तक वह यह क्रिया साधता रहेगा, उसके शरीर को कुछ न होगा। परचा-परचा कट जायेगा, पर मरेगा नहीं। जी उठेगा। योगी ने उसे यह बात योग की क्रमदशाओं की महत्ता जताते हुए बताई थी। तब सोचा था वह भी इसे एक दिन साधेगी। लेकिन वह दिन नहीं आया। आज लगता है कि यही रहस्य जानने के लिए तो वह डार से बिछुड़ी थी। हवा में कुछ देर तक तैरी थी। अब वापस धरती पर जा रही है: खिर्रिम, सियेम, रिंजा...।

उसकी चाल तेज हो गयी। राजा उस पर आँख रखने लगा था। बूढ़ा था तो क्या? था तो मर्द! योगी ने उसे अवश्य बताया होगा कि कम वय की कोई युवती के साथ भोग करने से उसकी इंद्रियाँ एक बार फिर पुनर्नवा हो जायेंगी। इसलिए तो नरटियाङ के बाजार से उठवा कर उसे अपनी सेज पर ले गया था। अब भाग्य में नहीं था तो क्या करे? लेकिन आज भाग्य में जो नहीं है, वह कल भी नहीं रहेगा—इसकी क्या गारंटी? कल बाहों में फिर भरने का इरादा रहा होगा, तभी तो आँख रखने लगा था। वह तो भला हो बसंता का कि उसे मौका मिला। उसे लिङ्दोह बनाने का उपक्रम शुरू हो गया था। उसकी कोई अपनी जगह नहीं थी तो लिङ्दोह ने उसे अपनी एक झोपड़ी दे दी थी। बसंता ने अभी तक जो कुछ भी कमाया था, वह संस्कार के लिए पर्याप्त नहीं था। सो झकाड़ी देवधाई ने इधर जो दक्षिणा जोड़ा था, उसे बसंता के हवाले कर दिया था। वह सब मिलाकर बसंता ने एक जोड़ा मुर्गा, एक जोड़ा बकरा, अपने पहनने की एक अच्छी पोशाक, और दावत देने के लिए तमाम सामान जुटा लिया था। तयशुदा दिन को माउलाङ लोगों ने अपने नगाड़ों पर लकड़ी मारी। सुबह से ही अपनी खास पोशाक में सज रहे लिङ्दोह लोग बसंता की झोपड़ी के सामने आ जुटे। सबके हाथों में ढाल-तलवार थी, पीठ पर तीर-धनुष बंधा था। पगड़ी में मुर्गे के सफेद, काले पंख खुँसे थे। ब्राह्मण बसंता को पंचगव्य खिला शुद्धि कर, नये रेशमी अनसिला वस्त्र पहना उनके सामने लाये तो लिङ्दोह लोगों ने अपना खास युद्ध-नृत्य शुरू किया।

पुजारी लोग युद्ध-नृत्य करें—इसके कई माने थे। एक तो यही कि पुजारी और पालक जातों में विभाजित होने से पहले समुदाय के सभी लोग एक थे। यह समाज के सरवाइवल की बात थी कि जो क्षेत्र की रक्षा के लिए या नया क्षेत्र प्राप्त करने के लिए बाहर निकलते थे वे धीरे-धीरे वीर और पालक की भूमिका में आ गये और जो लोग वहीं रहकर गाँव की व्यवस्था चलाने लगे, पुर का हित साधने लगे वे पुरोहित और पुजारी बन गये। बाद में जब दोनों वर्गों का पुन: मिलन हुआ होगा तो सैनिक वर्ग राजत्व ले लिए होगा और पुजारी को पुरोहिती। एक जगह बने रहने के कारण पुरोहितों के आचार-विचार अधिक व्यवस्थित और मर्यादित होते गये होंगे—एक खास पद्धति में आचरण करते रहने के कारण अभिजात प्राप्त कर लिये होंगे। युद्ध भूमि में रहने के कारण राजन्य लोगों का आचार-विचार, खान-पान थोड़ा अमर्यादित रहा होगा, इसलिए अभिजात का अंग होकर भी थोड़ा नीचे माने जाते होंगे। यह भी हो सकता है कि

तिरिया राज होने के कारण कुलपूजा अधिष्ठात्री मातृ के हवाले होता होगा, जो स्थानीय शासन भी देखती रही होगी। लड़ाई-भिड़ाई का काम पुरुषों के खाते में होगा। अधिष्ठात्री मातृ का काम बढ़ते जाने पर पुरुष लोग उसके पुरोहिती कर्म में भी सहयोग करने लगे होंगे। कालक्रम में उनका एक विशेषीकृत संस्तरण बन गया होगा। लिङ्दोह लोग वे ही थे। कहते हैं कि 'लिङ' का मतलब 'जुटाना', 'इकट्ठा करना' होता है। 'दोह' का मतलब 'मांस'। पानी बलि-पदार्थ इकट्ठा करने वाले—चाहे वह आदमी के रूप में हो, या पशु के रूप में। आदमी के रूप में इकट्ठा करने के लिए युद्ध निश्चय ही होता होगा। इसलिए खासी लोगों की 'हेड-हंटिंग' की परंपरा अनिवार्यतः मिज़ो और नागा कबीलों से भिन्न तरह की थी, जो शौर्य-प्रदर्शन के कारण ऐसा करते थे। यह भी हो सकता है कि खासियों की परंपरा भी शौर्य-प्रदर्शन से ही शुरू हुई हो और कालक्रम में उसमें धार्मिक तत्त्व भी जुड़ गया हो, जो अब प्रतीकात्मक रह गया था। युद्ध कभी-कभी पशु के लिए भी होता होगा। उसी के कारण प्रथा चल निकली होगी कि वनैले पशु का खून जिसकी तीर से पहले निकलेगा, वही उसका मालिक होगा। लोग नहीं मानते होंगे और लड़ाई होती होगी। कंद्रा योगी तो कहता था कि जो महाभारत में कथा आती है—एक ही सुअर पर किरात और अर्जुन का तीर एक साथ लगने की और उसके परिणामस्वरूप हुए युद्ध की—वह इसी की देन है। ये खासी, खासकर लिङ्दोह लोग उसी किरात-शिव की संतान हैं। इसलिए इनकी बालाएँ भैरवी बनने के लिए सर्वथा अनुकूल हैं।

पादरी इसे नहीं मानता। वह कहता है कि ये लिङ्दोह लोग खासियों के बीच वे लोग हैं जो कभी हेडहंटिंग किया करते थे। दरअसल ये बाहरी लोग हैं। सच पूछो तो खासी लोगों को, विशेषकर सियेम लोगों को चाहिए कि इन्हें अपनी कौम से बाहर कर दें।...पादरी का क्या? वह तो चाहता ही है कि हमारी कौम के जितने छोटे-छोटे टुकड़े हो जायें, वह उतनी ही आसानी से एक-एक को क्रिस्तान बनाते चला जायेगा। सियेम इसे खूब समझता है, इसलिए अपने राज में उसे उपदेश करने नहीं देता। तो क्या, सुना है, वह चेर्रा, दावकी, डालू में अपना खूब प्रचार कर रहा है। वार और लिङ्गम् लोगों का क्या? वे अपना धर्म बदल देंगे।

खैर, जितने मुँह उतनी बातें। सबका लब्बोलुआब यह कि बसंता को आगे कर लिङ्दोह लोग पूरे रास्ते युद्ध-नृत्य करते रहे। फिर सुमेर की चोटी पर चढ़कर का ला फियाह वृक्ष की पत्तियाँ तोड़कर जमीन पर बिछा दिये। फिर स्लिङ का बलियूप गाड़ा गया। तब बसंता ने एक लिङ्दोह के निर्देश में मुर्गा चढ़ाया। उसका पेट चीर कर जो तमाम तरह की भखैती होती है, उसे सिखाया-समझाया गया। फिर बसंता को बकरा चढ़ाने का ढंग सिखाया गया। बकरा उ रामजाह को चढ़ा। उसके अंगों के नौ हिस्से किये गये। एक हिस्सा अगली टाँग सहित दाहिनी पंजर का निकाला गया। उस पर फूल-अक्षत चढ़ा कर दुनिया भर की जल, थल, वन, अंतरिक्ष देवियों का आवाहन कर कई तरह का टोना-टोटका किया गया, उन्हें करने की विधि में उसे दीक्षित किया

गया। फिर मुख्य लिङ्दोह ने उपदेश किया कि आज से वह लिङ्दोह हो गया है—लिङ्दोह माने पूरी कौम के लिए पूजा करने वाला—व्यक्ति विशेष के लिए नहीं। और जो राजा के लिए पूजा होती है, वह व्यक्ति-विशेष के लिए न होकर पूरे राज, पूरी कौम के लिए होती है, क्योंकि राजा सबके बराबर ही होने के बावजूद जब बात बाहर से संबंध के लिए उठती है या कौम की व्यवस्था के लिए उठती है, तो उसे ही कौम का अधिकारिक प्रतिनिधि माना जाता है। यह कि यदि कोई जाति का नियम भंग करता है, जैसे वर्जित गोत्रों में शादी करता है, तो गोत्र-शेष के शमन के लिए भी उसे पूजा करना-कराना पड़ेगा- वगैरह-वगैरह...।

उन्हें याद करने का समय नहीं था। इससे पेट की ज्वाला शांत होने वाली नहीं थी। एक तो प्यास मारे जा रही थी; ऊपर से यह भूख। और दूर-दूर तक फैला वीरान। कई बार सोचा कि खेतों में इक्का-दुक्का बिखरे पड़े धान के दानों को इकट्ठा कर चबा ले। पर क्या इससे पेट भरता? सामने जो जंगल दिख रहा था, उसमें कुछ भोज्य जरूर मिलेगा। लेकिन वह जंगल पास आने के बजाय दूर भागा जा रहा था। और पास आ भी गया तो क्या? वह कोई पुरुष तो है नहीं कि शिकार कर लेगी। कभी किया ही नहीं है। हाँ, बैठे-बैठाए कोई तीतर उसकी गोद में घुस आये तो बात दूसरी होगी। कहीं से उसकी आवाज तो आ रही है। यह भी तो हो सकता है कि किसी विशाल वृक्ष के छोटे से कोटर में कोई शहद का छत्ता दिख जाये और वह आनन-फानन में चढ़ मुधमक्खियों को उड़ा छककर शहद पी ले। लेकिन क्या जंगल तक पहुँचते-पहुँचते शरीर में इतनी हिआव बनी रहेगी कि कहीं मधुमक्खियों को उड़ता देख उनका पीछाकर छत्ता खोज लेगी और पेड़ पर चढ़कर उतार भी लेगी? वे काट खायीं तो? कहीं तेगड़वा केले की छीमियाँ दिख जायें तो अच्छा रहेगा। उसने अपनी रफ्तार तेज की। जंगल भी कुछ पास आया। किन्तु उसमें हिलते केले के पत्ते नहीं दिखे। केले तो दरअसल कठिन कटानों के दोबों में मिलते हैं। सुगम जगहों पर जो उगते हैं उन्हें हाथी मामा चटकर जाते हैं। और तो और, अपना पूरा परिवार बुला लाते हैं।

यही सोचते-देखते-अकनते वह जंगल में काफी गहरे पैठ गयी। पेड़ों की छाँव मिली तो प्यास कुछ कम हुई। पर भूख से पेट वैसे गरम रहा। जंगली रास्ता ऐसा था कि उसका कोई भी छोर दिखाई नहीं देता था। बियावान जंगल, दोपहर का समय, अकेली औरत, तमाम तरह के जंगली देव, बयार। का सिंसार ही उसकी रक्षा करे। एक डर पैठने लगा। इस डर ने थोड़ी देर के लिए भूख को भुला दिया। वह चौकन्ना होकर पेड़ों पर चिड़ियाँ देखती और पशु-वीथियों पर नजर दौड़ाती। लेकिन कुछ हासिल न हुआ। दिन लटकने लगा था। वह थकने लगी थी। थककर बैठ गयी। पहले घुटनों पर सिर रख कर। फिर पालथी मार कर । मन किया सो जाय। पर जंगल में सोना निरापद नहीं था। पर कितना निरापद है, इसे तो कूता जा सकता है। यही कूतने के लिए उसने इधर-उधर नजर दौड़ाई तो पशु-विथियों पर एक जगह देखकर दंग रह गयी। एक टाँग से टँगा लाजवंती एक जगह झूल रहा था। दौड़कर उसके पास गयी।

लाजवंती के मुँह से लार निकलकर सूख गयी थी। छूआ तो पाया चमड़ी फूल रही है। यानी सड़ने वाला है। उसकी दुर्गंध दूर तक फैलेगी तो पहले कौवा आयेगा—काला डोमड़काक—फिर गिद्ध। यह भी हो सकता है कि उसके पहले ही कोई वन-पशु इसे खा जाये। कौन तो टाही लगाकर चला गया है और अपने शिकार को लेने नहीं लौटा है।

अल्खा कुछ देर तक खड़ी सोचती रही। ललचायी आँखों से मरे लाजवंती को देखती रही। टहनी नवा कर उसे दो-एक बार छूकर देखा। उठने-उठने को तैयार दुर्गंध को महसूस कर नाक-भौं सिकोड़ लिया। चलो अच्छा है कि सड़ रहा है, नहीं तो दूसरे का शिकार खा जाने का अपराध कर बैठती। वह मुड़कर चल पड़ी। लेकिन रास्ते पर आते ही वह फिर तर्क में फँस गयी। भला मालिक को क्या मिलेगा जब यह जानवर सड़ जायेगा! इससे अच्छा तो यही है कि वह अपनी भूख मिटा ले। लेकिन यह हमारे दस्तूर के विरुद्ध है। किसी भी हालत में चोरी से किसी का वध्य ग्रहण नहीं किया जाता है। वह सीधी राह चल पड़ी। कुछ दूर जाकर लौट पड़ी। सीधे शिकार के पास गयी। सूँघ कर देखा तो गंध पहले से थोड़ी बढ़ गयी थी। टहनी नवाकर उसे उतारा। चारों तरफ देखा। आग कहीं नहीं थी। उसे लेकर एक पेड़ की जड़ पर बैठ गयी। एक सूखी टहनी को दाँतों से चीरकर नुकीला बनाया। उस नोक को मरे लाजवंती के पेट में घोंपकर उसे फाड़ा। पूरी खाल उतार दी। लेदा फेंक दिया। कलेजे को मुँह में भरा। एक बास उठी, जिससे उबकायी आ गयी। नाना प्रयत्न कर उसे किसी तरह से रोका। कलेजे को थूक दिल को मुँह में डाला। उसे भी उगल दिया। जो अंग जितने ही कोमल होते हैं, वे उतना ही जल्दी सड़ते हैं। तानकर पंजरी को तोड़ा और हड्डियों से खींच-खींच कर कच्चा गोश्त खाने लगी। उबकायी अभी भी महसूस हो रही थी, लेकिन आ नहीं रही थी।

इसी तरह चलते-चलते वह अपने गाँव पहुँची। लोग उसे देखकर दंग रह गये। जो गाजे-बाजे के साथ ऐलानिया गयी थी, वह चोर की तरह अकेली लौट आयी। बड़ी बात यह थी कि उसका अंग-अंग भर गया था, रूप खिला फिर रहा था। लगता ही नहीं था वह एक झूमिया किसान की बेटी है। दो-चार दिन अपने गाँव रहकर वह खिर्रिम पहुँच। जयंती गायब थी। सियेम अपनी तलवार की मूठ पर हाथ इस तरह से रखे था कि जिस कारज की पूर्ति के लिए उसे वादे से अधिक रकम मिलती, मान-सम्मान मिलता, उस पर उसे ठंडा फों-फों मिला। घूम-घाम कर वह रिंजा के घर गयी। मोती डिङडोह विफरी पड़ी थी। डिङडोह लकड़ी से बने टुहना में मक्के और अरवी को उबाल कर बनाये गये चारे को सुअरों को खिलाती हुई पूरे समय बड़बड़ाती रही। कई घंटे उसे धैर्य के साथ सुनने के बाद पता चला कि रिंजा ललमुहाँ अंग्रेज से रुक्का लेकर कलकत्ता चला गया है लश्करी करने। शायद दो-चार साल बाद सिपाही से

हवलदार बनकर लौटे। बेटा क्या गोद लिया जयंती डाइन जल गयी। ऐसी जली कि कोख में कलंक भर उसके पूत को भी साथ ले गयी।

अल्खा आवरी को लगा कि इन कुछ महीनों में पूरी दुनिया ही बदल गयी है। लगता ही नहीं कि वह उसी दुनिया की वासी है, जिसे छोड़कर गयी थी, जिससे परिचित थी। इस दुनिया में अब उसके लिए सिर्फ एक काम बचा है—रिंजा की प्रतीक्षा और उसके लिए अब दुनिया भर का काम करना होगा। वह करेगी, दो-चार साल की ही तो बात है। कौन जवानी माटी मिली जा रही है!

एक भूरे बादल का छोटा-सा टुकड़ा कहीं से उड़ता आकर अचानक नागेसर के जंगल में बरस गया था। लोहे जैसे शरीर वाले नागेसर के पेड़ अपनी विरल और पतली शाखों पर धुली हरी पत्तियाँ लादे आसामान में यूँ फहर रहे थे जैसे पताके उड़ रहे हों। उनकी झँझरी से आकाश और नीला दिख रहा था जिसमें गरम धरती से उठ कर भाँप धीरे-धीरे भर रही थी। जंगल के बीचोबीच एक विशाल पेड़ के नीचे खड़ा सिरदार अपनी मूँछों को बार-बार सहला रहा था। उन्हें सहलाने के दौरान अपने होठों को वह जिस तरह से वक्र करता था, उससे लगता था कि वह किसी गहरे सोच में डूबा है और बार-बार एक क्रम से दूसरे क्रम तक सोचने के बावजूद किसी निर्णय पर नहीं पहुँच पा रहा है। यही उसके चेहरे को और भी सख्त किये जा रहा है।

जयंती को जब उसने पहली बार देखा था: कंधे से ज्यादे चौड़ी कमरवाली कमर से घुटनों तक कुंदे की तरह ठोस दृढ़ मांसपेशियों वाली गहरी सांवली रूपवती कन्या, जिसकी त्वचा से कलधौत का पानी झलकता हो, तब वह अपरूप सुन्दरी लगी थी, खसिया मानदंडों के अनुसार। उसी जयंती को जब उसने पेट फुलाये निर्लज्ज की तरह ललमुँहे के साथ घूमता पाया तो खून खौल गया। ऐसा नहीं था कि तब खासियों में क्वारी माँ नहीं होती थीं। और होती हों तो बड़ी हेय दृष्टि से देखी जाती हों। यह भी नहीं था कि वह राजघराने की थी और उस घराने की खास पुजारिन-पुरोहित थी, इसलिए उसका आचरण भर्त्स्नीय था। राजघराने की या पुजारिन होने के कारण उसका ओहदा कुछ ऐसा नहीं हो गया था कि दूसरे से अलग उससे कुछ विशिष्ट व्यवहार की अपेक्षा की जाये। प्रथा थी कि जिसकी संतान होती थी यदि वह पैदा होने से पहले शादी कर ले तो सब कुछ ठीक हो जाता था। राली भी किये ले रहा था। तो भी सिरदार का खून खौल रहा था—मामला शादी का नहीं, जातीय सम्मान का था : क्या पूरे खासी हिल्स में कोई गबरू न मिला कि यह इस विदेशी विधर्मी से जा फँसी। फँसी तो फँसी, क्या खिर्रिम के राजा की तलवार, इतनी भोथर हो गयी है कि उसने इसे बरदाश्त कर लिया है? उसने कर लिया तो कर लिया; उनका यह सिरदार बरदाश्त नहीं करेगा।

मफलाङ एक जनतंत्रीय गाँव था। था तो खिर्रिम राज का ही हिस्सा, लेकिन व्यवस्था स्वतंत्र थी। अपना सिरदार, अपना लिङ्दोह, आमदनी का अपना साधन, अपने रणवांकुरे। ऐसा इसलिए नहीं था कि वहाँ के वाशिंदों ने कभी खिर्रिम राज से संघर्ष कर अपनी स्वतंत्रता प्राप्त की थी। बल्कि इसलिए था कि खसिया राज्यों की स्थापना ही तमाम स्वतंत्र गाँवों को समझौता द्वारा एक संघ में संगठित कर हुई थी। तब सियेम को अधिकार दिया गया था कि वह अपना सिरदार स्वयं नियुक्त करे। लेकिन उसे सिरदार उसे ही मनोनित करना पड़ता था, जिसे वहाँ के पाँच प्रमुख लिङ्दोह और वहाँ बसने वाले आठ कबिलाई परिवारों के प्रमुख एकमत होकर कहते थे। कालांतर में मनोनयन के लिए चुनाव नौजवानों की बहुमत से होने लगा। मौजूदा सिरदार उनके बहुमत से तो चुना ही गया था, एक प्रमुख लिङ्दोह परिवार का था और खिर्रिम के पूर्व राजा का खैरख्वाह था। इसलिए जितना उसका महत्व था, उससे अधिक नकचढ़े के रूप में व्यवहार करता था।

ऊपर से एक गड़बड़ी राली की तरफ से होती जा रही थी। आया तो बसने के लिए गाँव की सबसे खूबसूरत जमीन माँग ली। सिरदार को इन्कार करने का पूरा अधिकार था—कह सकता था कि वह कबीले की पुरखिन की आराजी है और उसे उसकी संततियों को ही दिया जा सकता है। लेकिन नहीं, मेहमान की इज्जत की रक्षा के लिए उसे दे दिया। थोड़े दिनों के बाद वह जंगल से नाशपाती और संतरे इकट्ठा कर दारू चुआने लगा। अपने देश की विद्या लाया था। पक्की शराब चुआता था। शेरी और माल्ट के नाम पर लोगों को मुफ्त पिलाता था। फिर बेचने लगा। खसिया जातियों में तब आबकारी वसूलने की प्रथा नहीं थी। इसलिए किसी ने कर नहीं माँगा। लेकिन जब वह इसका व्यापार करने लगा और व्यापार ढाका, कलकत्ता तक करने लगा और उससे अच्छी कमाई करने लगा, तब सिरदार को अखरा। उम्मीद करता था कि बतौर चुंगी ही कुछ देगा। लेकिन कहाँ? उसका वश चले तो सिरदार से ही कुछ ऐंठ ले। सिरदार के लोगों ने जंगल से नाशपाती, संतरा इकट्ठा न करने के लिए कहा तो लड़ गया—जब गाँव के लोग इकट्ठा कर सकते हैं तो वह क्यों नहीं। सिरदार ने जतलाया कि वे अपने उपभोग के लिए करते हैं, तब कहा, "क्या मैं दूसरों के उपभोग के लिए करता हूँ?"

सिरदार ने कहा, "हाँ"

उसने कहा, "कैसे?"

"आप कलकत्ता मुर्शिदाबाद भेजकर बेचते हैं।"

"तो? क्या वे मेरे लोग नहीं हैं? यहाँ जो लोग बनाते हैं, क्या वे लोग दूसरों को नहीं पिलाते हैं?"

"पिलाते हैं, पर पैसा लेकर नहीं।"

"यह आप कैसे कह सकते हैं?"

बात ठीक थी। सिरदार कैसे कह सकता था? दस-बीस कौड़ी की दारू सभी गाहे-बगाहे बेच लेते थे। लेकिन दस-बीस कौड़ी का, सौ-दो सौ चाँदी के सिक्कों का

नहीं। लेकिन यह कोई तर्क नहीं होता। ऊपर से अंग्रेज कहता कि तुम्हारे लोगों का खर्च दस-बीस कौड़ी में ही पूरा हो जाता है। लेकिन मेरा सौ-दो-सौ चाँदी के रुपयों में। सिरदार चुप हो गया। पर राली का मन बढ़ता गया। जंगल में अच्छी लकड़ी देखता तो कटवा लेता। उसे गुआहाटी, श्रीहट्ट भेजवा देता। इसी तरह हिरन, अरने, गैंडे और तेंदुए की खाल का व्यापार करता। धीरे-धीरे इतना ढीठ हो गया था कि खसिया परंपरा का खुल्लमखुल्ला उल्लंघन करने लगा था। जहाँ उर्वर खाली जमीन देखता अपना बाग लगा लेता। लोगों को एक तरह से जबरदस्ती कुली बनाता और बिना बलि चढ़ाये कोपिली पार करने के लिए बाध्य करता। उसका नौकर कुत्ता मारकर खा गया और उसकी तरफ से यह अकड़कर खड़ा हो गया। सिरदार को उम्मीद थी कि सियेम तक बात पहुँचेगी तो कुछ करेगा—इस राज का राजा है। लेकिन ललमुहें ने वहाँ भी सेंध मार ली है। सीधे पुरोहित पर हाथ डाला है। जानबूझ कर ही डाला होगा। जयंती जैसी पुजारिन। पुरोहित हाथ में हो तो सियेम हाथ में होगा। उसे देखकर, बात समझकर सियेम का खून न खौले तो न खौले, मेरा तो खौल रहा है। इसे गाँव में न रहने दूँगा। रहा तो जयंती के सहारे सबको इसाई बना लेगा। सबको बनाये, तो बनाये, क्या मैं भी बन जाऊँगा? पूरी दुनिया बने, मफलाङ का सिरदार न बनेगा!

सिरदार टक्कर देने का बहाना खोजने लगा। राली से यह बात छिपी न रही। गाँव में फैल रहे तनाव की खबर जीरा रोज लाता और राली सिर हिलाकर रह जाता। कभी-कभी नाक से गर्म साँस फेंकता। लाल आँखों से काली बंदूक देखता। सिर हिलाते, साँस फेंकते, बंदूक देखते-देखते एक दिन फौव्वा कर निर्णय लिया कि कुछ दिनों के लिए मफलाङ छोड़कर कलकत्ता चला जाये। कौन जाने इसमें सियेम का भी हाथ हो। झगड़ा वह खिर्रिम में न कर मफलाङ में करना चाहता हो! कुलियों की आपूर्ति वैसे भी नहीं हो पा रही है। पादरी भी कुछ नहीं कर पा रहा है। उस पर ऊपर से जोर डलवाना होगा। निजपत-नार्टियाङ के मामले में भी कुछ नहीं हो पा रहा है। चाय बागानों पर भी नजर डालनी जरूरी है। इसलिए एक दिन वह जीरा के जिम्मे मफलाङ का सारा कारभार छोड़कर चुपचाप पहले कोक्स बाजार, फिर ढाका और वहाँ से कलकत्ता चला गया।

: 20 :

घोड़े दौड़ते रहे, कलकत्ता से ढाका, ढाका से सिलहट, सिलहट से खासी हिल्स। उसी में से एक घोड़ा पादरी के पास आया और बोला कि सबूत इकट्ठे करने होंगे, प्रेसीडेंसी कुछ करना चाहती है।

पादरी की बाँछें खिल गयीं। योजना बनाने के साथ-साथ उसे लागू करने का प्रयत्न किया जाये तो मनोनुकूल फल अवश्य मिलता है। बस प्रयत्न भरपूर होना चाहिए और उस प्रयत्न का योजना से उचित संबंध होना चाहिए। आज तक वह यही करता रहा है।

अब दिक्कत यह थी कि वह काम कहाँ से शुरू करे! निजपत जाना ठीक नहीं था। सुना है जब से राजा हिन्दू बना है, तबसे गैर-हिन्दू उपदेशकों की उपस्थिति बरदाश्त नहीं करता है। उसकी मंशा जानकर लोग हिन्दू बनने लगे हैं। हिन्दू बनने के लिए कुछ करना नहीं पड़ता। बस पंचगव्य खाना होता है। गँवार! खुद ही कहते हैं कि शरीर से जो बाहर निकलता है वह मैल है, विकार है। तो पंचगव्य मैल ही हुआ। कहते हैं कि जो शरीर के भीतर जाता है, वह आनन्द है। तो गाय के विकार का खूब आनन्द ले रहे हैं। पैगन साले। अधिकांश को तो यह भी जरूरत नहीं है। बस जयंतेश्वरी को अपना इष्ट मान लो, हिन्दू व्रत-उपवास शुरू कर दो, त्यौहार मनाने लगो—हो गये हिन्दू। इन विधर्मियों को आज नहीं तो कल इसाई बनाना ही होगा—नहीं तो यह पिछड़ी कौम और पिछड़ी चली जायेगी और धरती पर जो पवित्र काम करने के लिए गाड ने हम गोरों को भेजा है, वह पूरा नहीं हो पायेगा। यह पाप होगा। यूरोपीय जाति को इसलिए तो एशिया में शासन करने के लिए भेजा है। और एशिया में यदि भारत इसाई हो गया तो बाकी देश अपने आप हो जायेंगे। वे यही से रोशनी ग्रहण करते हैं।

पादरी को लगा कि उसे दिव्य ज्ञान मिल गया है। उसी की उत्तेजना में वह उठ बैठा। लगा कि अभी छड़ी उठायेगा और निकल पड़ेगा सारे भारत को इसाई बनाने के लिए। तभी लौटेगा जब पूरा भारत इसाई हो गया रहेगा। वह उठा। बाहर आया। सामने प्रखर सूर्य चमक रहा था। उसकी किरणें हवा की लहरों की तरह लग रही थीं, जिसमें बड़े पेड़, छोटी-छोटी झाड़ियाँ, बाँस के वन, सभी कुछ लहरा रहे थे। झोंका आता तो वे धरती तक लचक जाते। दूर चला जाता तो वे जिस गति से नमित हुए थे, उसी गति से उठ खड़े होते। दो-चार पक्षी हवा की विपरीत दिशा में उड़ने का प्रयत्न कर रहे थे। वे भारशून्य होकर अधर में लटके थे। लगता था हवा के दबाव में उनके पंख टूट जायेंगे। हवा की चाप कम होती तो उनका लटकना झट खत्म होता और वे आड़े-तिरछे, जिधर दबाव कम हुआ रहता उधर की तरफ झुकते हुए अपनी लक्षित दिशा की ओर उड़ते चले जाते। पादरी ने सोचा कि उसे भी कुछ ऐसा ही करना पड़ेगा। रालिंसन होता तो काम सुगम हो जाता। लेकिन वह खसिया बाला के प्रेम जाल में ऐसा फंसा है कि कुछ होश ही नहीं है। और तो और, कर्म भूमि छोड़कर भाग गया है।

दूसरे दिन पूरी तैयारी के साथ पादरी निकला। तय किये था कि जिसने अगवा किया पहले उसे पकड़ना होगा। कहते हैं कि पकड़वाने वाला तो गुमास्ता है। वह कहीं भागा तो जा नहीं रहा है। बड़ा आदमी है। उस पर वैसे ही हाथ डाला नहीं जा सकता। उसके लिए गवाही चाहिए। तब पकड़ने वाले को पकड़ा जाये। वह गरीब

आदमी है। आसानी से पकड़ में आ जायेगा। थोड़ा-सा प्रलोभन देकर और उससे भी कम भय दिखाकर उसे मुखबिर बनाया जा सकता है। अच्छा है जो धरती पर गरीब लोग हैं, नहीं तो ईश्वर का कौन कहे, कानून का ही काम नहीं हो पाता। वह चेर्रा पहुँचा। लोगों को उम्मीद थी कि वह कुछ दिन रुककर उपदेश करेगा। लेकिन जो उसके विश्वस्त थे—जो उसके उपदेश का उत्साहपूर्वक इन्तजाम करते थे और जिनके बारे में वह क्रमशः आश्वस्त होता चला गया था कि जल्दी ही बप्तिस्मा ग्रहण कर ईसू की पहली भेड़ बनेंगे—उनको साथ लेकर माउपुंकिर्लियाङ पहुँचा। भाइयों से मिलकर उन लोगों ने उपदेश की व्यवस्था कर दी। चीड़ की चैलियों की चंचल रोशनी तले उसने कहा कि समय आ गया है कि उद्धारक की शरण में सारी दुनिया आ जाये। इस इलाके के लोगों को मार्ग दिखाने के लिए चर्च ने उसे यूरोप से भेजा है। जो होशियार हैं, जिनकी आत्मा अधिक कलुषित नहीं है, जो भविष्य को देख सकते हैं वे हमारे साथ हैं। जो ज्यादे पापी हैं, गँवार हैं, जड़ हैं, वे इसमें बाधा डाल रहे हैं। वे बड़ा क्रूर काम कर रहे हैं। प्नार राजा की अगुवायी में हिन्दू बन रहे हैं। बर्बर मानवबलि दे रहे हैं। 'जिओ और जीने दो' के शाश्वत ईश्वरीय नियम का उल्लंघन कर रहे हैं। उसे न्यायोचित ठहराने के लिए तर्क गढ़ रहे हैं। वे स्वतंत्रता की व्याख्या परंपरा से मिले हर अनर्गल कर्म को करने की पूरी छूट के रूप में कर रहे हैं। ऐसा इसलिए हो पा रहा है, क्योंकि धर्म की कोई एक पुस्तक आप लोगों के पास नहीं है, जिसमें सब कुछ सुसंगत ढंग से लिखा हो। उसकी व्याख्या करने वाला, उसे लागू कराने वाला, कहें, उस ज्ञान को आप लोगों के बीच लाने वाला कोई एक ऐतिहासिक पुरुष नहीं है। इसलिए यह सब गड़बड़ है। हम इसाइयों के पास 'बाइबिल' पवित्र धर्मशास्त्र नाम की एक पुस्तक है; ईश्वर का बेटा ईशू उसका संवाहक है, जो आपके पापों के लिए क्रास पर चढ़ गया। उसकी माँ थी मरियम, जो उस पवित्र आत्मा को ईश्वर के अंश के रूप में अपनी क्वारी कोख में धारण किया था और इस दुनिया की भलाई के लिए इस दुनिया को उपहार के रूप में दे दिया था। अब आप खुद ही बताइये, वह बड़ी है, कल्याणकारी है, कि यह जयंतेश्वरी, जो हर-हमेशा मानव बलि खाती है?

पादरी ने प्रश्न ऐसी जगह लाकर पटका था कि श्रोताओं की बोलती बंद हो गयी थी। सभी लोग एक-दूसरे का मुँह देखने के बजाय पादरी का मुँह देख रहे थे। वह ज्योतित था, दिव्य था; बस छोटी-छोटी आँखें बड़ी काइयाँ लग रही थीं। किन्तु उस प्रभा-मंडल के सामने उनका काँइयापन नगण्य था। पादरी को जब लगा कि यही वह क्षण है जब उसकी बात का भरपूर असर पड़ेगा, वह आह्वान कर सकता है कि वे ईशा को अपना पहला और अंतिम उद्धारक मान लें, तभी कोई धरती पर पिच्च से थूकते हुए बोला, "जयंतेश्वरी तो हमारी कोपिली हैं, उन्हें नदी से उठाकर सुमेर पर स्थापित किया गया है।" तब पादरी ने पट्ट से जवाब दिया, "तब वह मरियम के रूप में क्यों नहीं स्थापित की जा सकती? आखिर वह भी तो जगत् माता है।"

उसके टोन से लगा कि उसे इस प्रश्न की अपेक्षा वर्षों से थी और इसलिए उसने

इसके उत्तर के लिए वर्षों से मंथन किया है और आज सही समय पर इतने बड़े जनमानस के सामने रखा है, उसका चेहरा और दीप्त हो उठा। हवा के झोंके में उसकी लम्बी दाढ़ी उड़-उड़कर लहरा उठी। उसकी आँखों का काँइयापन एक नैसर्गिक मासूमियत में बदल गया। एक चीखती हुई औरत झपट कर उसके पास आयी और पाँवों पर गिरकर बोली, ''मेरा उद्धार करो।''

पादरी अवाक् रह गया। उसके शब्दों का इतनी जल्दी असर होगा और इतने प्रभावशाली ढंग से, वह सपनों में भी नहीं सोच सकता था। वह कुछ देर तक अवाक् खड़ा रहा और वह औरत रोती रही। उसका रोना सुनकर कई लोग एक-दूसरे की तरफ मुँह फेर लिए। कुछ लोग वैसा ही निर्विकार भाव बनाये रहे। अधिकांश उठ खड़े हुए, उनमें से कुछ चलने लगे। चलने वालों में एक उसके पास आया और चुप कराते हुए पादरी से बोला, ''दुखियारी है। उसके पति को उ थ्लेन के लिए बलि चढ़ा दिया गया। '' पादरी जैसे होश में आया। झुककर उसकी बाहें पकड़कर बिठा दिया। बोला, ''तुम्हारा कल्याण होगा। चुप हो जाओ।''

पादरी का क्रोध सातवें आसमान पर था। लोगों से पता चला था कि उस औरत का पति राफताब कोपिली को बलि न चढ़ा सका था, इसलिए देवी नाराज हो गयी थी और एक बहाने से उसकी जान ले ली थी। उसके लिए यह कोई खास बात नहीं थी—नहीं बलि चढ़ाया तो उसका फल भोगे। वह फल राफताब के लिए चाहे जितना कड़वा हो, पादरी के लिए तो मीठा ही था : उसी से तो उत्प्रेरित होकर उसकी लुगाई नजवा इसाई बनने के लिए तैयार हुई थी। पादरी के लिए खास बात वह रहस्य था कि जो बलि चढ़ा था, उसने कोपिली पार क्यों किया था। पैसे पाने वाले कुली तक तो पार नहीं करते। तब भला ऐसी क्या जरूरत आन पड़ी थी कि राफताब बिना बलि दिये ही कोपिली के पार गया था? तब पता चला कि प्नार राजा की इच्छा की पूर्ति के लिए उसे पार जाना पड़ा था। पार जाकर बलि की पकड़ नहीं करता तो उसे ही चढ़ जाना पड़ता।

पादरी के लिए क्या फर्क पड़ता कि राफताब की बलि राजा चढ़ाये कि जोर सिंह? फर्क इस बात से पड़ता था कि राफताब ही वह आदमी था, जिसने पकड़ की थी। वह जिन्दा मिल जाता तो एक सबूत पक्का हो जाता। अब पादरी क्या करे? उसका गुस्सा सातवें आसमान पर था।

दूसरे दिन के उपदेश में बोला, ''कोपिली को बलि चढ़ाने वालों से ज्यादे दुष्ट हैं उ थ्लेन को बलि चढ़ाने वाले। कोपिली को तो फिर भी का मरियम में रूपांतरित किये जाने की पूरी गुंजाइश है; पर थ्लेन? वह तो घोषित दुश्मन है, शैतान का जागतिक रूप। उसी ने हौव्वा को बहकाया था और आदम के पापस्वरूप मानव जाति जन्म-जन्मांतर के लिए पाप में बँध गयी थी। इसलिए तुम्हारा प्रमुख दुश्मन साँप की पूजा करने वाले हैं।''

फिर क्या था? दूसरे दिन गाँव के सभी जवान कुछ बूढ़ों के साथ माफू चल पड़े। सबके हाथ में लउर, नहीं तो दाव। पादरी की कृपा से जाने कितने दशकों के बाद यह दिन आया था कि एक गाँव के लोग बिना नोटिस दिये दूसरे गाँव पर हमला करने के लिए निकल पड़े। लेकिन माफू गाँव ज्यों-ज्यों करीब आता गया, समय ज्यों-ज्यों बीतता गया, लोगों का गुस्सा ठंडा पड़ता गया। एक बार तो ऐसा लगा कि पादरी को अकेले ही उस गाँव में प्रवेश करना पड़ेगा और साथ के लोग गाँव के बाहर ही हँसी मजाक में डूब बैठ जायेंगे। गाँव से कोई छोकरा आयेगा, बुजुर्गों को खुब्लेइ कहेगा, कच्ची सुपारी देगा और युवा लोगों से दोस्ती कर अपनी गाँव की छोकरियों को दिखाने के लिए उन्हें साथ लेकर लौट जायेगा। छोकरियाँ अपना रोज-रोज का धंधा त्याग कर उनके सामने थोड़ी शर्माती, थोड़ा मुक्त होकर, खीं-खीं करेंगी। शाम को सामुदायिक भोज होगा। लेकिन ऐसा कुछ न हुआ। पादरी के व्यक्तित्व में कुछ ऐसा आकर्षण था कि लोग उसके पीछे-पीछे गाँवबूढ़ा के घर पहुँचे और तुरंत ही जोर राय को तलब किये।

इधर कई दिनों से मौसम खराब था। बादलों के देश में मौसम का क्या ठिकाना? रात में अशांत, गर्म, धरती की सीलनभरी गंध के साथ हवा चलती थी। दिन में उबा देने वाली धूप उमस पैदा करती थी। परिणामस्वरूप कल की रात अंधड़ आया था। विशाल बृक्षों को बार-बार जमीन तक झुका-झुका कर छोड़ा था। लगता था सारी डालें एक साथ टूट जायेंगी। लेकिन सिर्फ पत्तियाँ धूल के साथ उड़ती गयी थीं। फिर बादल आये थे। कड़क बाद में उभरी थी। पहले निःशब्द बिजलियाँ चमकती रहीं। पतली टेढ़ी-मेढ़ी। उन्हें देखकर जोर राय को लगता एक ही किस्म के साँप विभिन्न स्थानों से विभिन्न रूपों में आकाश में उड़े जा रहे हैं। उनकी चमक से धरती डरावनी बनती जा रही है। खिड़की से बाहर हवा तन्द्राछन्न अवस्था में, अलसा कर जम्हुआयी लेती हुई, ठंडी साँस में शिकायत करती हुई, चीखती लग रही थी। साँप की चीख। इस कल्पना से भयभीत होने की जगह वह प्रसन्न हो गया। भयभीत हों उसके दुश्मन। तो क्या पूरा गाँव उसका दुश्मन हो गया है? क्योंकि भयभीत तो पूरा गाँव हो गया है। आज कोई उसके घर की ओर आँख उठाकर नहीं देखता है। उधर से कोई गुजरता है तो दबे पाँव। उसके घर का सामान खेत में, घाटी में, पहाड़ पर, नल्ला के किनारे, झरना पर कहीं भी पड़ा रह जाय, उसे भूल कर भी कोई नहीं छूता है। भूल से पड़ा रह गया होगा—सोचकर कोई पहुँचाता तक नहीं है। बच्चे और बूढ़े ही नहीं, जवान भी गाँव-गिराव में अकेले निकलने से डरते हैं कि वहीं जोर राय या उससे प्रेरणा लेकर कोई और सर्पपूजक नाडसोहनोह न मिल जाये।

उसके न चाहते हुए भी यह बात गाँव में छिपी न रह सकी थी कि जोर राय ने सर्प की पूजा की है। अंधेरी आधी रात के सन्नाटे में जब हवा भी साँय-साँय नहीं कर

पा रही की, टिमुकी की उठती मद्धिम आवाज से जिसकी भी नींद खुली थी, पहले वह चकित हुआ था, फिर धुन और दिशा को अकनकर तय किया था कि हो न हो कोई थ्लेन की पूजा कर रहा है। आवाज यदि जोर राय के घर की तरफ से आ रही थी, तो जाहिर था पूजा भी वहीं हो रही थी और वही कर रहा था। इसके पहले कि लोग साहस कर इसे सत्यापित करने का प्रयत्न करें, टिमुकी की आवाज आनी बंद हो गयी थी। पूरा गाँव तब तक असत्यापित डर में डूब गया था। तभी राफताब के मरने की खबर कई-कई रूप धरकर उन लोगों तक पहुँची थी। लोग कहते थे कि जिस वक्त जोर राय के घर टिमुकी बज रही थी, उस वक्त रजत-घंटियों की रुनझुन की तरह राफताब के अंग-अंग में दर्द चीखें मार रहा था। लगता था मृत्यु उसके सिर पर घूम रहा है। अपनी बड़बड़ाहट में वह कहता : देखो वह तालवाला नीला साँप आ गया है। वहाँ ठीक मेरे पैरों के नीचे। उसने मेरे पैरों के पंजे पकड़ लिया है और धीरे-धीरे निगल रहा है। मैं लाख कोशिश कर रहा हूँ, पर उसकी पकड़ से छूट नहीं पा रहा हूँ। उसके दाँत इस तरह से बने हैं कि वे बाहर से भीतर की ओर खींच सकते हैं, लेकिन भीतर से कोई चीज बाहर नहीं जा सकती। शायद इसलिए कि साँप जिस आहार को उगल देता है, उसे फिर नहीं निगलता। यह नीला साँप धीरे-धीरे बदल रहा है। कई-कई रंगों का होता जा रहा है और हर रंग कहता लगता है कि राफताब तुम हो कौन-कभी यह पता लगाया है? लगाया होता तो जानते कि ये शरीर के जो तमाम अंग हैं न वह तुम नहीं हो। जैसे ये रंग स्वयं साँप नहीं हैं। तुम अपने घरवालों के लिए क्या हो? तुम उनके लिए सिर्फ वह काम हो जो उनके लिए करते हो। जैसे साँप क्या है? वह काम है जो वह करता है—काटता है, निगलता है, उससे जीवधारी मर जाते हैं। यानी तुम्हारा अस्तित्व तुम्हारी क्रिया से है। यह क्रिया ही दूसरों में तुम्हारे प्राण की प्रतिष्ठा करती है। इसलिए तुम मरते नहीं हो, बस तुम्हारा प्राण एक जगह से, एक शरीर से छूट कर दूसरे शरीर में चला जाता है। यही तो कंद्रा योगी कहता था। सो तुम आदमी से साँप में पैठ रहे हो। बस तुम्हारी आत्मा तुमसे भिन्न होगी। और वह मरती नहीं। इसलिए तुम मर नहीं रहे हो—अपनी आत्मा को मुक्त कर रहे हो। ऐसे सोचो तो मृत्यु कितनी सुखद हो जाती है। लेकिन मृत्यु तो है ही नहीं, बस सब सुख ही सुख है। विचारों की इस प्रतिछाया में वह धीरे-धीरे शांत होता गया था और साँप ऐंठ-ऐंठ कर निगलता गया था। जब पूरा ही निगल गया तो साँप का रंग लाल हो गया और अपने लोगों के बीच, अपने घर में राफताब चेतना शून्य हो गया था।

राफताब मर गया था तो जाहिर है जोर राय ने सर्प को उसकी बलि चढ़ायी थी। लोगों को पक्का विश्वास हो गया था। वे उससे भय खाने लगे थे।

खाते हैं तो खाँय। उसके लिए जोर राय क्या करे? अगर वे उतना ही डरते हैं तो इस साल झूम के लिए वे दे दें जमीन का उसका मनोवांछित टुकड़ा। और वह टुकड़ा लेकर रहेगा।

उसी मनोवांछित टुकड़े को चिह्नित करने के लिए वह कल सुबह घर से निकल

गया था। कल गाँव की बैठकें हुई थीं और तय पाया गया था कि इस बार झूम गाँव के दक्षिणी तरफ के बीस वर्षों से बिना गोड़ी गयी जमीन में किया जायेगा। गाँव बूढ़े को थोड़ा इतराज था। मउपुंकिर्लियाङ के लोग उसे अपनी जमीन मानते थे। अगर माफू गाँव वाले वहाँ झूम करने गये तो मउपुंकिर्लियाङ वाले कहीं रोके नहीं। बार-बार की मार-पीट से बचने के लिए मामला चेर्रा के राजा की अदालत में ले जाया गया था, किन्तु उसने आज तक कोई फैसला नहीं दिया था। पहला राजा यह आज्ञा पास कर दिवंगत हो गया था कि जब तक निर्णय नहीं होता कोई भी गाँव वहाँ झूम करने नहीं जायेगा। उसके मरने के बाद दोनों गाँवों के लोग उसके बेटे के पास गये तो बोला कि चूँकि वह अभी पिता का श्राद्ध नहीं कर पाया है, इसलिए अभी निर्णय देने का हकदार नहीं है—अभी तो नियमत: राजा बना ही नहीं है। इसलिए दोनों गाँव के लोगों को चाहिए कि यथास्थिति बनाये रहें। लेकिन इस साल नौजवानों को यह मंजूर नहीं था। उस जंगल की मिट्टी बहुत उपजाऊ थी और बीस साल तक सुस्ताकर, वनस्पतियों की खाद खाकर कुछ अधिक ही उर्वर हो गयी थी। यदि वे काहिली बरतते रहे तो किर्लियाङ वाले उसे हथिया लेंगे। लेहाजा गाँव बूढ़ा की कुछ न चली। जब तय हो गया तो जोर राय बेचैन हो गया। उस उर्वर जमीन की सबसे उर्वर टुकड़ा वह लेना चाहता था। कई वर्षों से उसके घर में मृत्यु और अकाल का राज रहा है। उससे निजात के लिए साँप की पूजा किया है। लोग भयभीत हैं तो इसका पूरा फायदा उठाना चाहिए।

इन्हीं विचारों में खोया जोर राय चला जा रहा था कि अचानक उसकी निगाह सिमांत पर पड़ी। लोगों का जत्था चला आ रहा था। उसे तो जैसे विश्वास ही नहीं हुआ। उस अविश्वास को सत्यापित करने के लिए वह पेड़ पर चढ़ा तो देखा कि जितने लोगों का वह अनुमान लगाये था, उससे काफी ज्यादे लोग आगे-पीछे टुकड़ियों में चले आ रहे हैं और उनमें अधिकांश नौजवान हैं हाथों में लाठी लिये और कमर में दाव बांधे।

वह भागा-भागा गाँव गया और जो भी मिला उससे बताया कि किर्लियाङ वाले चढ़ाई कर दिये हैं। जाने इतनी जल्दी झूम-स्थान चुने जाने की खबर किस गद्दार ने दे दिया है। गाँव वाले एक-एक कर गाँव बूढ़ा के यहाँ पहुँचे। वहाँ पादरी के नेतृत्व में किर्लियाङ वाले आ जमे थे। इस वातावरण में पादरी को उम्मीद थी कि उसके पहल करते ही लोग जोर राय के घर टूट पड़ेंगे और पीट-पीट कर उसे और उसके परिवार वालों को जहन्नुम में पहुँचा देंगे। माफूवालों को देखते ही किर्लियाङ वालों में जोश भर जायेगा और एक ललकार में ही वे वह सब कुछ कर डालेंगे जो उसका अभीष्ट था। लेकिन ऐसा कुछ नहीं हुआ। तलब करने पर जोर राय नहीं आया। साफ बोला कि गाँव बूढ़ा उसे बुलानेवाला कौन होता है। वह खासी है, किसी का मातहत नहीं। फिर बोला, ''यह पादरी कौन होता है हमारे काम में टाँग फँसानेवाला। हम खासी हैं, इसाई नहीं। एक तो यहाँ इसाई का कानून नहीं है। और यदि होता भी तो बलि चढ़ाना धर्म का मामला है, कानून का नहीं। कानून किसी भी हालत में धर्म से ऊपर नहीं।''

इस मामले में गाँव बूढ़ा ने भी जोर राय का ही पक्ष लिया, ''इसमें भला क्या शक है कि बलि चढ़ाना धर्म का मामला है। यह और बात है कि हम इस धार्मिक कृत्य से खौफ खाते हैं। लेकिन इस खौफ का निदान हम स्वयं करेंगे और अपने तरीके से करेंगे।''

शाम होते-होते दोनों गाँव के लोग रस-बस गये। दावत होने लगी। पादरी भी उपदेश के लिए रुका। उपदेश में ईसाइयत के सिद्धान्तों को समझाता रहा। शैतान की कारगुजारियों को बताता रहा। उसकी पूजा करनेवालों को जीता-जागता शैतान बताता रहा। जोर इस बात पर दी कि ''यदि पूजा ही करना है तो साँप को मारनेवाले इस उस सुइदनोह की की जानी चाहिए, जिसने इस बला से मुक्ति दिलाई थी। उस साँप का क्या करना, जो उस बला का कारण था। इसलिए सर्पपूजकों को अपने बीच से निकाल फेंको।''

लेकिन इसके लिए कोई तैयार नहीं हुआ। पादरी को पहली बार लगा कि उसके भाषण का जादू यहाँ काम नहीं आया। बल्कि भाषण का जादू टूट ही गया। वह बहुत जोर नहीं दे सकता था। इन असभ्य आदिवासियों का क्या भरोसा? नगा हिल्स और लुशेई हिल्स से लगातार खबरें आ रही थीं कि वे अंग्रेज धर्म-प्रचारकों को मारे डाल रहे हैं, मार कर खा जा रहे हैं। उन्हें हेडहंटिंग के लिए नया लक्ष्य मिला है। माना कि हिन्दुओं के प्रभाव में खासियों में हेडहंटिंग काफी पहले समाप्त हो चुकी है। पर क्या भरोसा—यह प्रथा पुनर्जीवित हो सकती है। ये देवी को, नदी को, साँप को बलि चढ़ाना और क्या है? लेहाजा वह लौट पड़ा।

पर वह हार मानने वाला नहीं था। एक प्रयत्न और किया। नजवा को लिए-लिए वह चेर्रा के सियेम के पास पहुँचा। तुरंत अदालत बैठी। मुकदमें की पेशी हुई। लिङ्दोह और डिङ्दोह[1] दोनों ने एक मत होकर राजा को राय दिया कि यह धर्म का मामला है। भले ही कुरीति हो, किन्तु हमारी परम्परा में इस पर रोक नहीं है, भले ही हेय दृष्टि से इसे देखा जाता हो। इसलिए कोई मामला नहीं बनता।

नजवा रो-रोकर सूख गयी। घर-द्वार छोड़ दिया। पादरी की शरण में बैठ गयी तो पादरी ने उसे ईशू का भेड़ मान बप्तिस्मा दिया। बोला, ''ईश्वर की शरण में आओ। मेरा धर्म स्वीकार कर लो। कम्पनी न्याय देगी। हम इसाई प्रजा पर अत्याचार नहीं सह सकते। और वह अत्याचार तो कत्तई नहीं जो असभ्य पिछड़े लोग सभ्य पर करें। इसाई बनते ही तुम सभ्य बन जाओगी।''

पादरी के लेखे नजवा खासियों के बीच पहली इसाई हुई।

चेर्रा से निराश पादरी लालुडो के गाँव पहुँचा तो उसके होश उड़ गये। लगा कि यह

---

1. **डिङ्दोह—चेर्रा में डिङ्दोह लोग मिंत्री वर्ग के होते थे।**

भी सबूत हाथ से जाता रहेगा। लोग वैसे ही खफा थे। पादरी ने लाख कोशिश की हो, दबइल सिंह की जान बची नहीं। कोई स्वीकार करने के लिए तैयार नहीं था कि इसाई लोग अपने आदमियों को भेड़ की तरह पालते हैं, रखवाली करते हैं। कम्पनी के भी पास इतना बूता नहीं है कि जयंतिया राजा से टक्कर ले सके। हम हैं तो भेड़ ही, चाहे जेसू की न रहें, अपने प्यार राजा की रहें। वही हमारी रक्षा करेगा। ऊपर से बसंता की धाक है। लोग उसे जयंतिया राजा का ही नहीं, स्वयं जयंतेश्वरी देवी का प्रतिनिधि मान रहे हैं। आज वे सभी हिन्दू नहीं हैं तो क्या, उनके कुनबे का एक आदमी तो है और वह भी सीधे पुजारी-पुरोहित के ओहदे पर है। उनके कल्याण के लिए हजार यज्ञ करेगा, लाख पूजा करायेगा। उसके लिए हमें अलग से हिन्दू बनने की जरूरत नहीं है। यूँ ही देखा-देखी, धीरे-धीरे सभी बन जायेंगे जैसे अन्य तमाम कौमें बनती रहती हैं। कोई हिन्दू यह तो कहता नहीं कि अपने ये-ये कर्म त्याग दो और ये-ये कर्म कर आज ही के दिन से हिन्दू बन जाओ। वह धीरे-धीरे जाति को जात में बदलता है और अनजाने ही एक कौम विकसित होती अपना पुरातन त्याग कर उसमें संक्रमित हो जाती है।

पादरी को लगा कि एक दबइल को न बचा पाने के कारण एक पूरी जाति उसके प्रभाव-क्षेत्र से निकलती जा रही है। अभी भी यदि वह उसके हत्यारों को सजा दिला दे तो शायद मुड़ पड़े। चाहे और खासी कौमें इसे हत्या न मान रही हों। ये लालुङ तो लगता है, मान ही रहे हैं। इसलिए सहयोग की अपेक्षा है। पर कमजोर की सहायता कोई नहीं करता। इस वक्त मैं कमजोर पड़ गया हूँ। हाय रे कंपनी सरकार!

बसंता को उपदेश से अपने वश में किया नहीं जा सकता। नया-नया मुल्ला बना है, बहुत प्याज कतरेगा। हर तरह से अपने धर्म की प्रधानता के बारे में तर्क गढ़ेगा। और उसे उठवाया जा नहीं सकता। साथ में शोहदे घूमते रहते हैं।

बसंता लिङ्दोह बनकर खिल उठा था। किशोर से सीधे प्रौढ़ बन गया था। पाट की धोती पहनता, मूँगा का कुर्ता। वहाँ के लोग इसे पंजाबी कहते। महीन सूती कपड़े को ऐंठ-ऐंठकर बड़ा-सा पग्गड़ बाँधता। जानकर लोग कहते कि यह मराठी पगड़ी है—भास्कर राव के साथ आये मराठी लुटेरे ऐसी ही पगड़ी बाँधते थे। ऊपर से प्यार राजा का दिया मोतियों का हार लटका लेता। चलता तो दो-चार जवान साथ लग लेते। लगता कि बसंता के साथ चलने में उनकी भी इज्जत बढ़ेगी।

लेहाजा उसे उठवाया जा नहीं सकता था। बाकायदा गिरफ्तार कराना पड़ेगा। पर क्या इसे गिरफ्तार किया जा सकता है—पादरी आये दिन सोचता। आसपास कोई थाना नहीं है और जहाँ है—जैसे मैमन सिंह या रंगपुर—वहाँ का थानेदार आसानी से कह देगा, "ये खसिया पहाड़ी हमारे अधिकार क्षेत्र में नहीं हैं। न तो कंपनी ने इसे जीता है, न ही कोई संधि की है, न गजट में अपना इलाका लिख कर छापा है, न ही अपना आइन तामीर किया है।" चलो अंग्रेज अधिकारी होगा तो जाति, धर्म और धरा पाने का वास्ता देकर पटा लिया जायेगा। लेकिन अधिकारी यदि स्थानीय आदमी होगा तो मुँह

से तो कुछ नहीं बोलेगा, लेकिन करेगा भी कुछ नहीं। टालता रहेगा और टटोलता रहेगा कि इस अभियान के दौरान लूट में कितना सोना मिलेगा। स्वयं कुछ सोना देने का वादा कर दो तो 'अन-आफिसियली' निकल पड़ेगा। पर क्या यह शोभा देगा कि शासक वर्ग का आदमी, वह भी पादरी, शासित वर्ग के एक मुलाजिम, वह भी अदना-सा दारोगा को घूस दे। और जब यह काम 'अन-आफिसियली' ही करना है तो थाना-पुलिस क्यों, चाय बागानों के लठियालों से क्यों न कराया जाये!!

एक दिन आधी रात के उतार पर उसकी जवान बहन मादरजात नंगी भागती हुई उसके कमरे में आयी, चिल्लाती हुई, "बसंता भाग, जान बचा।"

यह सोचकर कि घर में कुकी घुस आये हैं उसका मोतियों का हार, सोने का कुंडल और चाँदी का बाजुबंध छीन लेने के लिए, वह उनकी पोटली सीने से दबकाये हुए अपनी चारपायी से कूदा और भाग कर भुसौले में छिप गया। जल्दी ही कुछ पाँव खटर-पटर करते उसकी ओर आने लगे। वह साँस रोककर भूसे में छिपा रहा। लेकिन भूसा के माथ का संतुलन धीरे-धीरे बिगड़ता गया। जब वह भरभरा कर गिरा तो सभी पाँव उसे चारों तरफ से घेर लिये और ढेरी में भाला कोंच-कोंचकर टटोलने लगे। ऐसे ही एक भाला की नोक उससे टकराई तो वह चिल्ला पड़ा और कोई दर्जन भर हाथ उसे इस तरह से दबोच लिये जैसे दस अँगुलियों से दबोचकर चरँगा मछली बिल से निकाल ली जाती है। वे उसकी माँ-बहन के गुप्तांगों का न केवल पूरे विस्तार से वर्णन कर रहे थे, जिसे सुनकर पूरे गाँव के लोग इकट्ठे होते जा रहे थे, उनसे ऐसे संबंध जोड़ रहे थे और उनकी ऐसी हालत बना देने की घोषणा कर रहे थे जो बसंता के लिए अकल्पनीय था। भुसौले से घसीटकर उसका हाथ-पाँव रस्सियों से सरे आम बाँध दिया गया और एक बस्टा के सहारे दो लोग आगे और दो लोग पीछे होकर कंधे पर लादकर इस तरह से चल पड़े कि जैसे खरीदा सुअर टाँग कर एक गाँव से दूसरे गाँव ले जा रहे हों। वह सुअर की तरह ही हींक रहा था। आगे-आगे पादरी था, पीछे-पीछे कहार और उनके पीछे छः बल्लमधारी। गाँव के कई लोगों के मन में आया कि वे उनका मुकाबिला करें। कम से कम पूछें कि यह क्या हो रहा है? लेकिन गोरी चमड़ी का नेतृत्व देख काली चमड़ी का साहस हलक में ही फँसा रह गया। लठियालों में जो सबसे पीछे था, मुड़कर ऊपर से घुड़क दिया, "क्या देख रहे हो? यह पाजी कई अंग्रेजों का माल-मत्ता, गहना-गुरिया चुरा यहाँ रईस बना फिर रहा है, लिड्दोह बनने की झूठी खबर उड़ा कर।"

कोपिली के उस पार जो रास्ता मणिपुर को जाता था, उसी के किनारे 'नीला पर्वत' की चोटी पर काठ का एक तीन-मंजिला घर था। ऊपरी मंजिल सफेद रंग से पुती थी

और शीर्ष पर एक कोनिया शिखर बना था, जिसके बीच में एक फँसा कर रखे बाँस से एक झंडा उड़ता रहता था। चाय बागानों में काम करनेवाले बिहारी ताँती और दूसरे पछीमा आदिवासी इसे ''पैराडाइज'' कहते थे। इसमें पादरी रहता था और पूजा-पाठ करता था। उसके नीचे की मंजिल हरे रंग से पुती थी। एक कमरे में बड़ी-सी मेज रखी थी और उसके चारों किनारे चमड़े से मढ़ीं ऊँची पीठ वाली कुर्सियाँ। कहा जाता था कि यह मढ़ा हरा चमड़ा खास मोरक्को से मँगवाया गया था। इन कुर्सियों पर खास ललमुहें मेहमान ही बैठ सकते थे। उससे सटे दूसरे कमरे में भी मेज और कुर्सियाँ थीं, जिस पर असमिया जमीनदार बैठा करते थे और पादरी के साथ तरह-तरह का हिसाब किया करते थे। इस मंजिल को ट्रेजरी कहा जाता था। उसके नीचे की मंजिल लाल रंग से पुती थी। सामान्य जन वहीं तक जा सकते थे। कमरे में एक कुर्सी के अलावा कोई फर्नीचर नहीं था। दीवारों पर तरह-तरह के सोंटे, बेंत, लाठियाँ, छड़ी, सटहे, चाबुक और कोड़े कहीं लटका कर, तो कहीं बेड़ा टाँग कर रखे हुए थे। इनका इस्तेमाल पहरेदार लोग करते थे। कभी-कभी यदि पादरी किसी पर नाराज होता तो तरह-तरह के बेंतों, चाबुकों और कोड़ों में से कोई एक चुनता। चुनने का आधार अपराध की संगीनी होती। जब वह उन्हें बरसाता तो उस वक्त रोने या चीखने की आजादी नहीं होती थी, क्योंकि हर चीख पर एक कोड़ा या बेंत अतिरिक्त पड़ता, कुछ घंटे के अंतराल पर। सामान्यत: पादरी किसी को सजा अपने हाथों से नहीं देता था। बल्कि धुनाई हो जाने के बाद क्षमा देने का अधिकार अपने पास सुरक्षित रखे था। इस मंजिल को 'परगेटरी' कहा जाता था।

उसके नीचे भी एक मंजिल थी, जो दिखाई नहीं देती थी। उस तहखाने के बारे में बहुत कम लोग जानते थे। देखा तो शायद ही किसी ने था। क्योंकि जो भी उस तहखाने में एक बार जाता था वह बाहर नहीं आता था। उसे 'हेल' कहा जाता था।

बूढ़ा बसंता आज खुद बताता है : तब मैं 'हेल' का अर्थ नहीं जानता था। जो जानता था उसका मतलब तो नदी पार करना होता था। जिनके पास पैसा नहीं होता था, उन्हें घाट से थोड़ी दूर ले जाकर मुज्जफ्फरपुरिया घटवार एक जगह दिखाकर कहता था, ''हेल, हेल! हेलि जा, थाहे बा।'' मेरे लिये तो यही अर्थ था। जब हिन्दू बना तो लगा 'हेल' का मतलब इसी तरह वैतरणी पार करना होता होगा। जिनके पास पैसा होता होगा उनके पुत्र बछिया छुआ देते होंगे। धनिक लोग तो उसकी पूँछ पकड़कर पार हो जाते होंगे। जो गरीब होते होंगे, लेकिन पुण्य किये होंगे, उन्हें ऐसे ही पैदल पार करने के लिए वैतरणी में कोई छिछली जगह यमदूत बता देते होंगे। लेकिन बाबू! जब मुझे उस कमरे में रखा गया तो देखा वहाँ कोई बछिया नहीं थी। अब चूँकि मैंने अभी तक कोई पुण्य काम किया नहीं था, सिवाय हिन्दू बन जाने के, तो सोचा पैदल ही पार करना पड़ेगा। और सच पूछिए तो बछिया की जरूरत दूसरे लोगों को भी नहीं थी,

क्योंकि वहाँ पानी ही नहीं था। वहाँ तो खुरदरी चट्टान की फर्श थी जो सोवो तो, बैठो तो, खड़े रहो तो, चुभती रहती थी। एक झरोखा था, जिससे आती रोशनी कमरे के अँधेरे, सीलन और बदबू को और गाढ़ी कर देती थी। सुबह होने से पहले ही दुनिया भर के चमगादड़ उस झरोखे से भीतर आकर सिलिंग की खुरदुराहटों से लटक जाते थे। फिर वे पिशाब करते थे, जिसकी चिंरायध गंध से निकल गयी मेरी आत्मा उनके क्रेङ-क्राङ की चीख से डर कर पुनः काया में प्रवेश कर जाती थी। खुरदुरी दीवार पर विविध लम्बाई, मोटाई और रंग की छिपकलियाँ मेरी ओर मुँह किये रेंगती रहती थीं। एक लोहे के टूटे परात में जाने कबका पानी रखा हुआ था, जिसको पीने के लिए वे बारि से चिपक, अगले पाँवों से संतुलन बनाती थूथुन आगे बढ़ाती तो अक्सर सरक कर गिर जातीं। एक तिनके से कभी सहारा देकर तो कभी खड़होर कर उन्हें बाहर निकालता, क्योंकि यही पानी मुझे भी पीना होता।

अपनी खाज को खुजलाता बसंता पिच्च से थूक देता है। यदि उसे लगता है कि लोग उसकी बात को धैर्य से, रुचि के साथ सुन रहे हैं, तो आगे कहता है : आज सोचता हूँ कि वे छिपकलियाँ यदि न होतीं और उनके साथ यह खेल मैं न करता तो वहाँ का जीवन कैसे बीता होता। एक छेद था, जिससे पिशाब तो किया जा सकता था लेकिन मुझे पाखाना भी उसी से करना था। चौबीस घंटे में एक बार—और वह निश्चित नहीं था कि कब—कोई केले के पत्ते में लपेट कर लाल चावल का भात और एक-दो मछली झरोखे से फेंक देता। किसी दिन नमक होता, किसी दिन नहीं। शुरू-शुरू में तो मैं खाता नहीं था। शरीर और आत्मा की जितनी ताकत बटोर सकता था, उसे इकट्ठे ही चीख में झोंक देता था कि इस तन्हाई को भोगाने के लिए मेरा कसूर क्या है? मेरी चीख सुनकर चमगादड़ फड़फड़ाते, कुछ लटकना छोड़कर उड़ते और दीवारों से टकराकर गिर पड़ते। फिर जो उनकी समवेत चीख-पुकार उठती उसमें मेरी चीख का कोई मोल नहीं रह जाता। कोई एक-दो चमगादड़ लहराते हुए मेरे सिर पर आते और बालों को चाटने लगते।

अपनी अजीब-सी खौरही गंजी खोपड़ी पर से साफा उतार उस पर हाथ फेरंता है फिर बसंता अपनी अगली पीढ़ी को बताता है : दो-चार दिनों में ही वह ताकत इकट्ठी होनी बंद हो गयी और गले में ऐसा दर्द उठने लगा कि चीखा नहीं जा सकता था। तब कभी आँखें खोलकर तो कभी मूँदकर, कभी दीवार से सटकर तो कभी फर्श पर लेट सिर पर हाथ रखकर सिसकता। धीरे-धीरे विश्वास हो गया था कि ऐसे ही सुखा-सुखाकर मार दिया जाऊँगा। उठता तो पहले आज के फेंके चावल को खाता। पेट नहीं भरता तो कल के। चार-पाँच दिनों में ही वे सारे पैकेट खा गया। टूटे लोहिया कड़ाह का पानी पी गया।

जाने कितने दिन ऐसे ही बीत गये तो एक दिन लौह-कपाट खुला। वही जो मुझे कंधे पर ढोकर लाये थे, उनमें से दो भीतर आये और बोले, "चल, पादरी बुलाता है।" मेरे मन में आया कि झपट पड़ूँ और इनका गला दबा दूँ। आवेग बढ़ा तो उठ खड़ा

हुआ, झपटने के लिए। लेकिन शरीर में जान नहीं थी। आँखों के आगे अंधेरा छा गया। गिरकर पटपटाने लगा तो कोई बोला, ''मिरगी आई है। पाखाना सुँघा।'' दूसरा इधर-उधर देखकर बोला, ''पाखाना उठाने का कोई साधन नहीं है। सड़े पाखाने से अधिक विषाक्त गंध कमरे में यूँ ही फैली है। कुछ नहीं होगा।''

जमाना वह था साहब कि पहनने को चाहे कुछ भी न हो, बाँधने के लिए पगड़ी जरूर होनी चाहिए। वे पहने तो कौपीन थे, पर चीथड़े की विशाल पगड़ी बाँधे थे। घसीट कर मुझे बाहर लाये। शरीर में शक्ति नहीं थी, अन्यथा भाग चलता। वैसे ही घिसटता 'परगेटरी' में आया। नीचे की तरफ जाने वाला दरवाजा बंद कर दिया गया। कुर्सी पर बैठा पादरी गालियाँ बक रहा था और कई लोग सिर झुकाए, हाथ जोड़े सुन रहे थे। अचानक वह उठा और दीवार पर टँगी एक बँटे सूत का कोड़ा उतार, जो सबसे अधिक झुका था उसके ऊपर सटासट बरसाने लगा। वह चीखने और उछलने लगा तो बाकी लोगों ने फर्श पर दो जानू बैठ, धरती से माथा टेक, पादरी के पाँवों की ओर हाथ बढ़ा दिया, ''खमा मालिक, दया मालिक'', सभी एक साथ करने लगे। पादरी ने हाथ रोक लिया तो भी पिटाऊ इस तरह से हाथ-पाँव फेंकता रहा कि जैसे कोड़े रोक रहा हो और उसी तरह से चीखता रहा कि जैसे कोड़े पड़ रहे हों। जब उसे विश्वास हो गया कि कोड़े पड़ने वाकई बंद हो गये हैं तो पहले पुक्का फाड़ कर रोया, फिर सिसकने लगा। पादरी ने गरज कर आज्ञा दी, ''इसे ले जाओ। आगे फिर न हो।'' तब हाथ जोड़े हुए लोग फटाफट दाँत चियारते हुए उठे और सहारा देकर उसे बाहर अपने साथ ले गये। धीरे-धीरे पहाड़ी की सीढ़ी उतरे और उतरते ही तेज गति से चले पड़े कि जैसे दौड़ने ही वाले हों, इस आशंका से कि पादरी कहीं अपना आदेश वापस न ले ले। वे उसके वापस लेने के पहले बहुत दूर निकल जाना चाहते थे। इतनी दूर कि पादरी का आदेश उन तक पहुँचने में कई दिन लग जाय।

पादरी मेरी तरफ मुड़ा। लानेवालों से पूछा, ''क्या बताया?''

वे बोले, ''अभी तो कुछ नहीं।''

वह चीखा, ''क्या?''

और दीवार से चमड़े की मोटी चाबुक उतार लिया। मेरे तो प्राण-पखेरू ही उड़ गये। समझ ही नहीं पाया कि वे क्या पूछ रहे थे और मैंने उन्हें क्या नहीं बताया। लेकिन न तो इतना पूछने का मौका था, न ही आगे सोचने का। उसकी चाबुक हवा में लहराई तो न जाने कहाँ से मुझमें इतनी ताकत आ गयी कि पीठ के बल लेट हाथ-पाँव हवा में इस तरह से उठा दिया कि चाबुक को उनसे रोक लूँगा। साथ ही चीख पड़ा। पर चाबुक ने भी सिर्फ सटाक् की आवाज किया था, पड़ी नहीं थी। फिर भी लगा कि चमड़ी उधड़ गयी है। उसके दर्द से चीख उठा। वह बोला, ''तो बेटा, यह हाल है? बिना पड़े ही। जब पड़ेगी तो क्या होगा?'' उसने फिर चाबुक सटकारा, ''सच-सच बता क्यों नहीं देते?''

''क्या मालिक?''

"यही कि खाउरा कहाँ से पकड़ कर आया?

उसे कौन-कौन लोग ले आये?"

"मैं क्या जानूं मालिक?" मैंने वैसे ही रोते हुए कहा। 'मालिक' मैं यूँ ही नहीं, जानबूझ कर कह रहा था। कुली लोग उसे जिस तरह से संबोधित कर अपना काम निकालकर गये थे, उससे लगा था कि 'मालिक' कुछ अधिक ही आदरसूचक, मक्खन मारनेवाला शब्द है। शायद मेरे लिए भी कोई जुगत बिठाये! पर इस बार उसने चाबुक सीधे मेरे बदन पर डाला। पूरा बदन ऐंठ गया। छौंछिया कर रह गया। चीख तक न निकली। आँखें जरूर निकल आयीं। उनमें अपनी आँखें डालता पादरी बोला, "तुम साला हिन्दुस्तानी! हमको पढ़ाता है? आ?" कहकर दाँत पीसते हुए उसने एक चाबुक और जड़ दी। पूरे बदन में आग लग गयी। तीन पर्त की चमड़ी जल गयी। मन ने अपने आप सोचा : चीखने से काम नहीं चलेगा। उसके आदेश पर लुढ़ककर पादरी का पाँव पकड़ लिया, "मैं नहीं गया था हजूर।"

"तो कौन गया था?"

"मैं क्या जानूं, हजूर।"

"तो कौन जानेगा?"

"राजा!"

वह फिर दाँत पीसने लगा, "तुम साला हिन्दू! हम राजा से पूछने जायेगा? तुम बता साला, क्या जानता है?"

मैं कुछ जानता होता तो जरूर बताता। चाबुक के स्पर्श से जो आग उड़ती थी उसे महसूस कर कोई भी बताता। लेकिन मैं जानता ही क्या था? राजा ने तो मुझे कहीं नहीं भेजा था। पकड़ से पहले यदि मैं उसके सामने पड़ा होता तो शायद मुझे ही चढ़ा देता। पर पादरी कुछ सुनने के लिए तैयार नहीं था। दो-चार चाबुक सड़ासड़ जड़ दिया। मेरी चीख से उसका स्वर्ग तक हिल गया होगा। लेकिन एक लकड़ी भी नहीं खिसकी। बोला "टेक हिम टू हेल! बीट हिम एवरी डे।" मुझे घसीट कर फिर हेल में डाल दिया गया। पर पिटाई नहीं हुई। सोचा या तो पादरी भूल गया है, या कहीं बाहर चला गया है। एक सप्ताह बाद ठीक उसी दिन की तरह मुझे फिर घसीटकर परगेटरी में लाया गया। मुझे देखते ही उसने कहा, "उसकी चमड़ी अभी तक साबूत है? बड़ी मोटी है। मेरे सामने ही उधेड़ दो।" दो नौकर बढ़कर पीटने लगे तो बोला, "साले कू गरम करके रखो। शाम को समझेगा।"

आसन्न शाम की प्रतीक्षा में प्राण जाने कहाँ-कहाँ भटकता रहा। कुछ नहीं हुआ। दूसरे दिन पादरी स्वयं हेल में आया। बोला, "तो तुम साला हिन्दू के स्वर्ग में रह रहा है?" और मुक्त होकर हंसा। फिर बोला, "साला बता दे तो हम तुम्हें इसाई के पैराडाइज में रखेगा। साला जानता है कैसा होता है? हम तुमको दिखाएगा।"

वह चला गया। चार-पाँच घंटे के बाद वही दोनों जल्लाद बीस्टी पहने पगड़ बाँधे

आये और घसीट कर बाहर ले गये। बड़ा-सा आँगन पत्थरों की मोटी ऊँची दीवार से घिरा। कठौतों में पानी रखा था। उसने हुक्म दिया कि मल-मल कर नहाओ। बात कुछ समझ में न आयी। भकुआया उनका मुँह देखता रहा तो एक ने मेरी बहन को तौलते हुए कहा, "नहा साले।"

भयवश बदन पर जो पहला लोटा पानी डाला उसी से गतर-गतर जल गया। पूरे बदन में फोड़े-फुंसियाँ थीं। शायद सबका मुँह एक साथ खुल गया। चाबुक से जहाँ-जहाँ चमड़ी कटी थी और वहाँ जो खून की पपड़ी जम गयी थी, वे तुरंत ही गीली होकर उखड़ गयीं। मेरी पीड़ा को समझते हुए जल्लादों ने उछाल-उछाल कर मेरे शरीर पर पानी फेंकना शुरू किया और मैं चीखता-चिल्लाता, उछलता-गिरता स्नान करने लगा। नहा लिया तो उन्होंने तेल दिया। वैसा तेल देखा नहीं था। खुशबू उठ रही थी। सोचा यह यातना देने का कोई नया साधन है। लेकिन दोनों कड़ककर बोले, "लगा साले। लगाकर फिर नहा।" भय की आशंका के सामने उद्धत भय छोटा लगता है। उसी न्याय के सहारे तेल चुपड़ा। कोई नया दर्द न उभरा बल्कि थोड़ा सुखद ही लगा। मन ही मन बोला, "सुख उठा ले बेटा! जब पानी डालोगे तो पता चलेगा।" चाहा कि पानी न डालना पड़े। लेकिन वे जल्लाद कहाँ मानने वाले थे। फेंकने लगे। लेकिन कोई जलन नहीं हुई। सोचा नहाते वक्त नहीं, नहाने के बाद होगी।

नहाने के बाद उन्होंने नया वस्त्र दिया : लुंगी, साफा, चादर। उसे पहनाकर वे शाम को ट्रेजरी ले गये। पादरी ऊँची कुर्सी पर बैठा था। उसके सामने मेज पर चाँदी के बर्तन लगे थे। उसने अपने सामने की कुर्सी पर बिठाया। फिर चाँदी का एक बर्तन खोलकर मेरे सामने की थाली में मुर्गा परोस दिया। उससे जो मसाले की खुशबू उठ रही थी, उससे मुँह में पानी भर गया और दिमाग में नशा। कहा, "खाओ," तो मैं जानवर की तरह टूट पड़ा। अभी खत्म भी नहीं हुआ था कि दूसरा बड़ा टुकड़ा डालते हुए कहा, "और खाओ। साला ऐसा मुर्गा कभी खाया है?" तब उसके स्वाद का ख्याल आया। हम खसिया खाना क्या जानें? आग में भून लिया, नहीं तो पानी में उबाल लिया। फिर नमक, मिर्च और लाल मोटे चावल के साथ खाते-खाते डकार आ गया तो बगलवाले की ओर झाँक कर बोलते हैं, 'उ उफ्' यानी बड़ा स्वादिष्ट है! बस! जब यही पता नहीं कि स्वाद क्या होता है, तब सब कुछ स्वादिष्ट। लेकिन उसका तो कोई जोड़ नहीं था। बस नमक थोड़ा ज्यादे लग रहा था। नमक का ख्याल आते ही प्यास लगी। देखा तो मेज पर पानी नहीं रखा था। माँगा। पादरी ने कहा, "पानी से पेट भर लोगे, तो खाओगे क्या? खाओ, पानी बाद में पीना।" बात तो ठीक ही थी। पर कितना खाता। और बिना पानी पीये क्या अधिक खाया जा सकता है? थोड़ा खाकर मैंने फिर पानी माँगा तो मेरी थाली में एक और बड़ा टुकड़ा डालते हुए बोला, "इसे खत्म करो, तो मँगाता हूँ।" साथ ही बर्तन से सारा रसा थाली में उलट दिया। रसा तो पानी का ही बना था, बस मसाले से थोड़ा गाढ़ा हो गया था। पानी का स्थानापन्न मान कर उसे सीधे थाली मुँह में लगा कर पी गया। फिर मुर्गा नोच-नोचकर

खाता रहा। शोरवा पीने से प्यास बुझने की जगह और भड़क उठी थी। एक डकार आयी तो लगा शोरवा नहीं, नमक से गाढ़ा किया गया पानी पीया है। स्थिति बरदाश्त के बाहर थी। फिर पानी माँगा। पादरी ने पानी लाने के लिए एक नौकर को आवाज दिया। उसकी प्रतीक्षा में उँगलियाँ चाटता रहा। काफी देर तक कोई नहीं आया। अब मेरा गला ही नहीं सूख रहा था, जबान भी ऐंठ रही थी। वह स्थिति देखकर नौकर को बड़बड़ाता पादरी उठा, बोला, ''मैं लाता हूँ।'' वह चला गया। मैं बैठा रहा। कब तक बैठा रहता? दम निकलने लगा तो कमरे के बाहर आया। देखा कि ऊपर और नीचे की ओर जाने वाली सीढ़ियों के पट बंद हैं। रेलिंग से देखा कि पादरी, सहन में खड़ा नौकरों से हँस-हँस कर बातें कर रहा है। वहीं से पानी के लिए गुहार लगाया। पादरी एक बार ऊपर देखा फिर बंगाली सुँघनी चाँदी की चुनौटी से निकाल दोनों नासापुटों में भर सामने वालों से बात करने में इस तरह से मशगूल हो गया कि जैसे उसे मेरी पानी की टेर भूल गयी है, या जान-बूझ कर भूल जाना चाहता है कि जैसे मेरी परवाह ही नहीं है। एक बार तो मन में आया कि यहीं से कूद पड़ूँ। लेकिन ऊँचाई बहुत थी। तत्काल जान जाना तय था। जान तो प्यास से भी जा रही थी। लेकिन मानव स्वभाव है, जब तक साँस चलने की संभावना रहती है, अपने को बचा कर रखता है। प्यासे मरने में कूद कर मरने से अधिक समय लगने वाला था। इसलिए इसी विकल्प को चुना। पर पानी की रट लगाये रहा। रट चीख में बदल गयी, तब लोगों से फारिग हो पादरी ऊपर की तरफ चढ़ा। पास आते ही लगा कि दौड़कर उसका गला दबा दूँ और दाँतों से चीरकर उसका खून पी जाऊँ, शायद थोड़ी प्यास बुझे। पर हुआ उल्टा। मेरी चीख उसे पास पाकर आर्तनाद में बदल गयी। वह आते ही बोला, ''तुम साला काहे को शोर मचाता?''

''पानी, हजूर पानी!'' मैंने कहा।

''मिलेगा। यह तो बता पकड़ किसने की?''

''मैंने नहीं की।''

''वह तो पता है।'' फिर थोड़ी देर चुप रहकर वह मेरी तड़फ और तद्‌जन्य उछल-कूद देखता रहा। फिर सिर हिलाते हुए कहा, ''साला, तुम साक्ष्य देगा कि पकड़ राजा ने करवाया और किया राफताब ने?''

''मैंने तो देखा नहीं साहब।''

पादरी लौटने के लिए मुड़ा। मैं चीख उठा, ''पानी मालिक, पानी।'' और रोने लगा। पादरी बोला, ''तुम साले ने तो पकड़ देखी नहीं, तो जादूकाटा में क्या कर रहा था? क्या अपनी माँ पर चढ़ रहा था?''

मुझे याद आया : उस दिन लोहे के पिजड़े में पकड़ गयी थी। मैंने कहा, ''देखा था।''

''गवाही देगा?''

''देगा मालिक, पानी।''

"पानी मिलेगा। हम जो-जो कहेगा, वैसा करेगा?" मैंने बिना एक निमिक्ष गवायें कहा, "करेगा, मालिक पानी।"

"हम कैसे विश्वास करें? जयन्तेश्वरी का कसम लेता है?"

"लेता है।"

उसे शायद जयन्तेश्वरी की कसम पर विश्वास नहीं था। नयी देवी है। उस पर बसंता साले का विश्वास कितना होगा? मेरी बहन तौलते हुये कहा, "कोपिली की कसम ले।"

"लिया साहब, पानी।" जैसे भूखा बंगाली भात ही भात चिल्लाता है, वैसे ही मैं प्यासा लालुङ पानी ही पानी चिल्ला रहा था। "पानी मिलेगा।" कहकर वह चला गया। दरवाजा बंद कर गया। मेरी चीख-पुकार, उछल-कूद बढ़ती ही गयी। खाये बिना टूटी शरीर कितनी देर तक साथ देती? लुढ़क गया। होश में आया तो पाया पादरी पानी लिए बैठा है। छींटे मार रहा है। अब पिलाने लगा। मेरा रोम-रोम पुलकित हो गया। अंग-अंग से उसके लिए आशीर्वाद फूटने लगा। शरीर और मन ही नहीं, आत्मा तक उसका आज्ञाकारी बन गयी।

दूसरे दिन उसने झकाड़ी देवधायी के बारे में पूछा। उसके बारे में कुछ जानता ही नहीं था, तो क्या बताता। जाते वक्त बोला था, "अब गाँव में जाकर रहेगा। बहुत भटक लिया। गाहरी[1] पालेगा। अहोमों का गाँव है। बामुन लोग रहने लगे हैं। शंकर देव की पूजा करते हैं। आपत्ति करेंगे तो गाँव से बाहर चला आऊँगा। बहुत भटक लिया।" मैंने इसमें से तमाम छिपाते हुए इतना ही कहा कि गाँव जाने के लिए बोला था। कभी आना भी कहा था। यह बात वैसे भी नहीं छिपायी जा सकती थी—कमाई करने के बाद कोई गृहस्थ जायेगा ही कहाँ?—घर ही तो जायेगा। लेकिन मेरी बात सुनकर पादरी भड़क गया, "वह साला देवधाई का बच्चा अपने गाँव में नहीं है, अपनी गाँ की कोख में घुस गया।"

मैं क्या बताता? तुरंत ही एक नौकर ने कोड़ा पकड़ा दिया। कोड़े को देखते हुए उसने कहा, "इससे काम नहीं चलेगा। साला मार खा-खा कर कड़ा पड़ गया है। इसके गूद में रूल डालो तो बकेगा।" लकड़ी के जिस गोल रूल से वह हिसाब-किताब की बही पर आड़ी-बेड़ी रेखाएँ खींचता था उसे उठा लिया। उसके नौकरों ने पटककर मेरी लुंगी खोल दी तो वह पटकर घुसाने लगा। रूल कुछ ज्यादे ही मोटा था। बोला, "साले का खाना बंद। इसे गढ़कर थोड़ा पतला करो।" और खुद ही गोरखा भुजाली से रूल का एक सिरा पतला करने लगा। नौकरों ने घसीट कर हेल में बंद कर दिया। उस रात और दूसरे दिन सुबह खाना नहीं दिया गया। दोपहर में उसने मुझे हेल से

1. गाहरी—सुअर। असमिया शब्द है।

बुलवाया, कपड़े उतरवा दिया। एक नौकर ने उकड़ू कर मेरा सिर अपने जंघों के नीचे दबा लिया। पादरी रूल गूदा में घुसाने लगा। मैंने विरोध में पूरी जान लगा दिया था। पादरी ने कहा, ''ऐसे नहीं होगा। साले का सिर और हाथ कस कर टेबुल से बाँधो।''

सिर और हाथ ही नहीं कमर से ऊपर का पूरा हिस्सा ही टेबुल से सटाकर कसकर बाँध दिया गया। दोनों पाँव भी एक मजबूत डंडे से कोई हाथ भर की दूरी पर पूरी तरह जकड़ कर बाँध दिये गये। नौकर बाहर चला गया। मैं पादरी के रूल का साँस रोककर इंतजार करता रहा। थोड़ी देर बाद कोई मेरे कूल्हे पर चढ़ बैठा। वह पादरी था जो कह रहा था, ''साले तुम ऐसे नहीं मानेगा।'' मैं शर्म से गड़ गया। ऐंठता रहा। पर सब बेकार। वह गुदा मैथुन करने में सफल हो गया। मेरी आँखों से लुत्तियाँ छिटक गयीं।

फिर यह उसकी आदत बन गयी। तो भी वह देवधाई के बारे में कुछ भी नहीं जान पाया। एक दिन मैं मौका देखकर चला भाग। लेकिन बेकार। उस इलाके से मैं परिचित नहीं था। ऊपर से उसने अपना काला कुत्ता लुहकार दिया। एकाध मील ही पर उसने दबोच लिया। मेरी एक बाँह अपने मुँह में इस तरह से भर लिया कि दाँत न गड़े। तो भी उसके जबड़े से छुड़ाया न जा सके। विदेशी कुत्ता इतना भारी था कि उसे झटका नहीं जा सकता था। इस संकट में मैंने सोचा किं यदि लुशेई होता तो आज नहीं तो कल क्या इसे बना-खा सकता था! तब तक पादरी अपने लठियालों के साथ आ धमका था। बिहारी लोग थे। भैंस का दूध पीकर दंड-बैठक करते थे। मूँछे रखते थे। रात भर जागने का बचपन से ही अभ्यास करते थे। यही उनकी पूँजी होती थी। इसी के बल पर पछीमा लोग बागानों में चौकीदारी करते थे और पेट काटकर पैसा घरवालों को देस भेजते थे। जैसे मुर्गे को पाँख से पकड़कर टाँग लिया जाता है और वह कुड़-कुड़ भी नहीं कर पाता, उसी तरह पछीमा लोगों ने मुझे पँखुरे से टाँग लिया। मोटे डंडे से पीटते हुए पादरी ने कहा,''साला फिर भागेगा।''

मैंने कहा, ''नहीं।''

लेकिन वह पीटता ही गया। मैं त्राहि-त्राहि करता पानी माँगने लगा। वे घसीट कर मुझे एक जंगल की पोखरी तक ले गये और गर्दन से पकड़ कर सिर उसमें डूबो दिया, ''पी साला। पी।''

मैं जितना पानी पी सकता था, पी लिया । तो भी वे मेरा सिर ऊपर न किये। साँस अवरुद्ध होने लगी थी। मैं तड़फड़ाने लगा, तो वे सिर बाहर निकाले। पादरी ने कहा, ''बता देवधाई कहाँ मिलेगा?''

''नहीं जानता।''

वे मेरा सिर फिर डुबो दिये। यह डुबाने और निकालने का क्रम तब तक चलता रहा, जब तक कि मैंने देवधायी की योजना नहीं बता दी। मुझे पादरी के कैसिल तक लाया गया। फौरन लुहार को बुला कर मेरे पाँवों में बेड़ियाँ डाल दी गयीं।

बसंता अपनी कहानी बताकर आज भी रोता है और उन घावों को दिखाता है।

बसंता को देने के बाद जो दक्षिणा के पैसे बचे थे उससे झकाड़ी देवधाई ने पाँच-सात बर्मी सुअर खरीदा और अपना गाँव छोड़कर मेरापानी के जंगल के किनारे आ बसा। अहोम् लोग उसे अपने गाँव में खोभार बनाने नहीं देते। मेरापानी लोथा नागाओं का इलाका था। वे दूसरी कौम के लोगों को अपने बीच बसने नहीं देते थे। लेकिन कोई एक दूरी पर बसे तो रोकते भी नहीं थे। असमियों के संपर्क में आने पर इतना तो सीख ही गये थे। किन्तु यह सीखना ऐसे ही नहीं हुआ था। अहोम् राजाओं ने बार-बार हमलाकर, उनकी उदंडता की सजा देकर यह सिखाया था। उसी का फायदा उठाकर झकाड़ी देवधाई अपना परिवार लेकर यहाँ आ बसा था।

पाँचों सुअरियाँ इकट्ठे गरम हो गयी हैं, इसकी खबर गाँव के सुअरों को जाने कैसे लग गयी—वे यहाँ तक आते नहीं थे। देवधाई यही सोचता था कि ये सुअरियाँ जंगली सुअरों से ही जोड़ा खायेंगी और उस दौरान वे उन्हें अपने साथ उढ़ार न ले जायें; उससे बचाने के लिए वह दिन-रात भाला लेकर उनकी रखवाली करता था। रात में बीवी-बच्चे कहते रहते थे कि थोड़ी देर के लिए सो जाओ, हम देख रहे हैं, तो वह मानता नहीं था। उसे विश्वास ही नहीं था कि जंगली सुअरों की उढ़ारा से ये लोग इन पालतू सुअरियों की रक्षा कर पायेंगे। यदि किसी आपद्-विपत्ति में ये चिल्लायेंगे भी तो आँख मींजते हुए उठकर उन वनैले सुअरों से लड़ना संभव न होगा। इसलिए वह रात में भूले से भी नहीं सोता था। खैर, गाँव के सभी सुअर इकट्ठे उन पर टूट पड़े और देखते ही देखते गाभिन कर लौट गये। देवधाई को इतना भी मौका न मिला कि वह जोड़ा खाने के लिए मनपसंद सुअरों को छांट सके, जिससे कि छौने स्वस्थ और अच्छे पैदा हों।

बूढ़ा एक-एक दिन गिन रहा था कि वे कब बच्चे जनेंगी। उस दिन को पास आता जान उसने हर सुअरी के लिए एक अलग खोभार बनाना शुरू किया। चूँकि एक सुअरी अपने बच्चों के साथ दूसरों के बच्चे बरदाश्त नहीं कर सकती, इसलिए ऐसा न हो कि सौतिया डाह में वे एक-दूसरे के बच्चों को मार डालें और आगने छौनों की रक्षा में सभी स्वयं ही मर मिटें। उसके लिए वह जंगल से बाँस लाता, घाटी से मिट्टी लाता, नल्ले से पानी लाता और शोर मचा-मचा कर, गाली दे-दे कर बीवी-बच्चों से इसमें मदद लेता। जो समय बचता उसमें दारू पीता, कोई पुरखों का आधा-अधूरा गीत गाता और अनुमान लगाता कि एक-एक सुअरी से कितने-कितने बच्चे होंगे। हमेशा ही संभावना से कुछ अधिक संख्या बढ़ा कर गिनता और उनको पालने से लेकर बेंचने तक की नित नयी योजना बनाता, हलाँकि वे एक ही योजना के एक नये सिरे से दुहराव मात्र होते। कभी बाजार बदल जाता, कभी भाव चढ़ जाता। रास्ते में हाँककर ले जाने की परेशानियों के रूप बदल जाते। वगैरह-वगैरह।

एक दिन शाम को एक सुअरी नहीं लौटी तो वह व्यग्र हो उठा। पास के एक ऊँचे पेड़ पर चढ़कर चारों तरफ बड़े ध्यान से देखा। टोपीदार झाड़ियों की सूखी टहनियों के

साथ जंगली पके नीबू की गंध उड़ी आ रही थी। किन्तु उनके पार सुअरी का सुराग न पाकर नीचे उतरा। कमर में दाव बाँध, हाथ में भाला लेकर जंगल की ओर चला तो बूढ़ी गरज उठी, "खाना खाने का समय हो गया है, तो चले हो जानवर घेरने?"

उसी टोन में वह भी बोला, "खाना तो बाद में भी खाया जा सकता है। लेकिन सुअरी अगर एक बार हाथ से निकल गयी तो गयी।" उसने बूढ़ी को घूरकर देखा और अपने रास्ते चला। माँ के सिटपिटा जाने पर बच्चों में इतना साहस कहाँ कि वे पिता को रोकते।

वह रात भर नहीं लौटा। घर भर के लोग घर से निकल कर सौ-पचास कदम विभिन्न दिशाओं में जाते रहे और पूरे गले से हाँक लगाते रहे। फिर थककर जाने कब सो गये। जब नींद टूटी तो देखे कि पूर्वी छोर पर बादलों को छूती सूरज की किरणें नीचे उतरकर पर्वत की चोटियों और पेड़ों के सबसे उत्तुंग फुलंगों को छूती हुई वेग से नीचे की ओर फिसलने लगी हैं। उनके पीछे कोई साहब घोड़े पर चढ़ा चला आ रहा है। उसके पीछे आठ-दस आदमी और हैं। सबके हाथ में लाठियाँ हैं। बच्चों ने सोचा इसे ही पलटन कहते हैं। एक राज से दूसरे राज में जा रही है। स्वाभाविक कुतुहल वश घर से निकल कर रास्ते पर आ गये, उन्हें और पास से देखने के लिए। लेकिन इससे पहले ही वह पलटन उनके दरवाजे पर आ कर रुक गयी और सवार ने घोड़े से उतर कर कहा, "घर का मालिक कहाँ है?"

आश्चर्यचकित बच्चे पहले शर्माकर आँखें मूँद लिये, फिर एक-दूसरे को कनखियों से देखने लगे। घुड़सवार चलकर उनके पास आया तो वे भागने को हुए। लेकिन जो बड़ा था, वह छूकर उसके कपड़े देखना चाहता था। इसलिए ढिठाई करता खड़ा रहा और पास आते ही सवार के ब्रिचेस पर हाथ फेरने लगा। घुड़सवार के होंठों पर मुस्कान आयी, किन्तु उसके फटकने से पहले ही दुत्कार कर बोला, "झकाड़ी देवधाई है?"

सभी बच्चों ने एक साथ नकार में सिर हिला दिया। वह बोला, "कहाँ हैं?" सभी बच्चों ने एक साथ अलग-अलग दिशा में संकेत कर दिया। सवार चकड़िया गया। बिहारी लठियालों को इसे समझने में देर नहीं लगी। एक धरती पर लाठी का हुरा पटकते हुए बोला, "ये ऐसे नहीं बतायेंगे ससुरे! इजाजत हो हजूर तो हम इन्हें पानी पिलाये।" और इसके पहले कि सवार कोई जवाब देता, एक ने लाठी फेंककर जो सबसे बड़ा बच्चा था, उसे भुज से पकड़कर उठा लिया और सुअरों के पीने के लिए जो बड़ी-सी कठौती में पानी रखा था, उसमें उसका सिर डुबा दिया। यह सब इतनी जल्दी हुआ कि जो जहाँ था, उसे वहीं काठ मार गया। बच्चा जब पानी में साँस रुद्ध होने पर छटपटाया और सिर दबाये रखने वाले ने थोड़ी ढील दी, तब वह रोता हुआ कुछ बोला। उसी वक्त उसकी माँ गरज उठी और दाव ले कर डुबाने वाले की ओर झपटी। डुबानेवाला टकस गया। दाव खाली गया। सवार बिना इन सब बातों की परवाह किये 'देवधाई कहाँ हैं' कहते हुए घर के भीतर घुस गया। उसके घुसते ही चारों सुअरियां 'हेकड़-हेकड़' करती उठ खड़ी हुईं और उनमें से एक ने सीधे उसके घुटने पर टक्कर मार दी। सवार इसके लिए कत्तई तैयार न था। भरभरा कर गिर पड़ा तो

वह सुअरी उसके सीने के दोनों तरफ पाँव रखकर दंतार उसके गले में दबा दिया। वह तो गनीमत हुई कि आगे से औरत ने उसके सिर पर उल्टा दाव मारा और पीछे से लठैतों ने लाठी कि वह मुड़ी और उन्हें टक्कर मारती बाहर निकल गयी। दरअसल उसने रात में बच्चे जने थे और वह उनकी रखवाली में लीन थी। सवार को उठाकर बाहर लाया गया तो पता चला कि उसकी टाँग टूट गयी है और गले में दाँत इतना गहरा धसा है कि तुरंत उपचार की जरूरत है। नहीं तो प्राण-पखेरू उड़ सकते हैं। वे उसे घोड़े पर लादकर लौटने को हुए कि देखे एक बूढ़ा सिर पर टोकरी रखे धीरे-धीरे चला आ रहा है। जो हुलिया उन्हें बतायी गयी थी, उससे वह देवधाई ही लगा। उनकी उपस्थिति को लखकर वह उल्टे पाँव भाग न जाये और इस विकट जंगल में उसे खोजना असंभव न हो जाये, इससे बचने के लिए वे झोपड़ी के ओट में हो गये।

बूढ़ा लंगड़ाता हुआ किसी तरह झोपड़ी के दरवाजे पर आया। लगता था कि उसकी जाँघों में किसी ने भाले मार-मार कर सारी मांसपेशियों को उधेड़ दिया है। टूटी नसों से सारा रक्त बह गया है और वह एक उत्तेजना के झोंके में यहाँ तक आ गया है। उसने सिर से टोकरी उतारी तो उसमें मरी सुअरी के तमाम अंग लोथड़े में तब्दील हो दुर्गंध छोड़ रहे थे। चीखते हुए बच्चे उसके पास आये और सहारा देने की कोशिश करने लगे। लेकिन इसके पहले ही वह जमीन पर धप्प से बैठ गया। बैठते ही घर के पीछे छिपे लोग सामने आ गये। आनन-फानन में उसे दबोच रस्सियों से हाथ-पाँव तथा गर्दन बाँध, एक बस्टें में सुअर की तरह लटकाकर जिस रास्ते से आये थे, उसी रास्ते चलते बने। न तो देवधाई को समय मिला कि रात की बात बताये, न बीवी-बच्चों को अभी-अभी की। वे चीखते-चिल्लाते ही रह गये। उनकी रुदन सुनने वाला वहाँ कोई नहीं था—न तो जंगल की चिड़िया, न ही पालतू सुअर।

: 21 :

प्नार राजा के पास ख़बरे सीधे तो पहुँचती नहीं थीं। वे छनकर जिस रूप में पहुँचीं, बहुत चौंकाने वाली थीं। राजा को संदेह हुआ कि कहीं यह अपहरण मणिपुर का राजा अपने यहाँ बलि के लिए तो नहीं करा रहा है। यह ठीक है कि झकाड़ी देवधाई की उम्र को देखते हुए यह संदेह ठीक नहीं बैठता। लेकिन तो भी वह है तो एक पवित्र पुरुष ही। यज्ञ की वेदी बनाते-बनाते पवित्र हो चुका है। यह भी हो सकता है कि किसी आपात्कालीन अनुष्ठान के लिए बामुन ने इसी तरह के बलि-पुरुष की माँग रखी हो।

उसने लिडदोह को फौरन मणिपुर भेजा। वहाँ के पुरोहित ने स्पष्ट बताया कि जब से विष्णुप्रिया लोगों का प्रभाव बढ़ा है, वर्तमान राजा मेइतेइयों वाली नरबलि की प्रथा

छोड़ चुका है। पहले भी जब वह इस प्रथा को मानता था तो बलि किसी पकड़ की नहीं, मृत्युदंड पाये अपराधी की चढ़ती थी। मौत की सजा पाये अपराधियों को खिला-पिला कर इसी दिन के लिए पाला जाता था—राजा उन्हें अपराधमुक्त ही करता था, इसी करार पर। मरना तो उन्हें होता ही था। इस तरह मरकर वे एक पंथ दो काज साध देते थे। अब तो आपात्काल में भी राजा को अपना पाप इस तरह से निकाल फेंकने की जरूरत नहीं पड़ती। मरने पर दसगात्र के दिन जो महापात्र खिलाया जाता है, वही राजा के सारे पापों को दक्षिणा के एवज में ओढ़ लेता है। लोगों का पाप वहन करते-करते ऐसा म्लेच्छ हो जाता है कि कोई उसे अपने दरवाजे पर देखना नहीं चाहता।

लिङ्दोह की बातें सुनकर राजा और भी चिंतित हो उठा। तब ये पकड़ गयीं कहाँ? कुछ समय बाद उसके गोइन्दों ने बताया कि पकड़ किसी अंग्रेज ने कराया है। उसका माथा ठनका। अंग्रेज पकड़ क्यों करवायेगा? सुना है कि अफ्रीका के जंगलों में हाँका लगाकर वे जानवरों की तरह आदमी पकड़ते हैं, दास बनाकर बेंचने के लिए। लेकिन इस देश में ऐसा कुछ सुना नहीं गया। अपना काम कराने के लिए, चाहे वह व्यक्तिगत हो या युद्ध का, कुलियों की भरती करते हैं। चाय बागानों में काम कराने के लिए बिहारी कुली मँगाते हैं। तब ऐसा क्यों?

इसी उधेड़-बुन में वह पड़ा हुआ था कि एक दिन सोना गाँव का गुमास्ता हाजिर हुआ और राजा के वजूद में तुरन्त पेश होने की माँग रखी। गुमास्ता प्नार राजा के लिए बाहरी दुनिया में झाँकने का एक झरोखा था। प्नार राजा जब से हिन्दू हुआ था, तब से वह तमाम दूसरे हिन्दू राजाओं के बीच उसके दूत का काम करता था। उसे फौरन अकेले में बुलाया। यह लिङ्दोह और मिंत्री लोगों को अच्छा नहीं लगा। गुमास्ता आया है तो राज-काज की ही बात करेगा। और राज-काज की कोई बात उनसे छिपायी जाय, यह ठीक नहीं। कोपिली जाने, आगे क्या होने वाला है!

लेकिन कोपिली पर ज्यादे भरोसा करने की जरूरत न पड़ी। जयंतेश्वरी की कृपा से राजा ने उन्हें फौरन बुला कर बताया कि सिलहट के राजा ने पहाड़ी और मैदान की सीमा पर एक बड़ी-सी जमीन दी है, खोई[1] लोगों को मैदान में अपना एक नया नगर बसाने के लिए। जाहिर है हमारा अपना नगर बस गया तो हमारे व्यापार पर लगी पाबंदी धीरे-धीरे जाती रहेगी। कभी पुनः हथियार खरीदने की सुविधा मिल जायेगी। इसके बारे में वह गुमास्ता के जरिये क्या, सीधे राजा रामनारायण से बात करेगा। उन लोगों की खुशी का आलम यह हुआ कि वे गुमास्ता को धन्यवाद तक देना भूल गये और जयंतेश्वरी का पहला प्रसाद मान कर हो-हल्ला करने लगे। निजपत में जिसने भी सुना उसने, उसका घर कहाँ और कैसे बनेगा, की योजना बनाने लगा।

---

1. खोई—सिलहटी लोग 'स' का उच्चारण 'ह' या 'अ' की तरह करते हैं। इसलिए खासी उनकी बोली में खोई बन जाता है।

जश्न का एक और दौर शुरू हुआ तो गुमास्ता अपनी मूँछ की नोक को और कड़ा करते हुए मुस्कराया। उस वक्त हवा तेज चलने लगी थी और अचानक बरस कर खुल गये मौसम में ठंड भर गयी थी। उससे बचने के लिए उत्सवधर्मी लोग कपड़ों से यूँ लदे-फँदे थे कि जैसे उनके शरीर और वस्त्र के बीच हवा भर गयी हो। परिणामस्वरूप तेज हवा में सम्हलने के दौरान लड़खड़ा-लड़खड़ा जा रहे थे। स्त्रियों के चेहरों पर कोहासे की पर्त चमक रही थी जिससे अनावृत्त हुई भावाभिव्यक्ति एक छल में रूपांतरित हो गयी लगती थी। उसी से सूत्र पकड़ते हुए गुमास्ता ने बताया कि सिलहटी राजा प्नार इलाके के कुछ कोयले और लोहे की खानों को चाहता है। "जरूरी नहीं है कि आप उन्हें आधा-तीहा दाम पर बेंच दें। या सिलहट का राजा किसी तरह की जोर-जबरदस्ती से उन्हें दखल करे। बस एक हिस्सा डालकर कुछ कमाई करना चाहता है।"

प्नार राजा को आदि काल से ही यह भान था कि सिलहटी राजा की दृष्टि उसकी खानों पर है। लड़ते-लड़ते थक गया है तो अब दोस्ती का हाथ बढ़ाया है। दोस्ती के हाथ में खाज होती तो तभी लगा था, जब उसे हिन्दू बनने के लिए प्रोत्साहित किया जा रहा था। राजा ने भी तब यही सोचा था कि जब उसका समाज धीरे-धीरे हिन्दू बनता ही जा रहा है—आये दिन उनका कोई न कोई रस्म-रिवाज अपनी जीवन पद्धति में समाहित करता जा रहा है, तब क्या हर्ज है यदि उस मत को खुल्लमखुल्ला अपना लिया जाय। एक कमजोर संस्कृति कब तक एक सशक्त संस्कृति के समानान्तर खड़ी रह सकेगी? अपना लेने से व्यापार के रास्ते ही खुलेंगे—समृद्धि बढ़ेगी। लेकिन उसकी यह कीमत?

राजा साफ मुकर गया तो गुमास्ता दूसरे ही दिन जाने के लिए तैयार हो गया। राजा से विदा लेने गया तो बातों-ही-बातों में बोल गया, "कम्पनी बहादुर ने पता कर लिया है कि बलि के लिए पकड़ उसके इलाके में हुई है और उसके लिए 'प्यूनिटिव एक्पेडिशन' चलने वाला है।"

राजा चीख उठा, "कम्पनी के इलाके में कहाँ हुई है। वह तो हमारे अपने इलाके में हुई है।"

"नहीं हुजूर, राजा सिलहट के इलाके में हुई है।"

"कह लो। लेकिन सच्ची बात यह है कि जहाँ हमारी कौम के लोग बसते हैं, उसे हम अपना इलाका ही मानते हैं।"

"तब क्या कोई खोई बिलायत में जाकर बस जाय तो हुजूर का राज वहाँ तक माना जायेगा?"

राजा चुप हो गया। पर देर तक चुप न रह पाया। बोला, "लेकिन कम्पनी को इससे क्या मतलब?"

"वह अपने राज के बलि प्रथा, सती-प्रथा, ठगी-प्रथा समाप्त करना चाहती है।"

''लेकिन यह तो उसका राज नहीं?''

''उसका राज कहाँ नहीं?''

''क्या मतलब?''

''मुसलमानों का जहाँ तक राज था, कम्पनी उसे अपनी बपौती मानती है।''

''लेकिन यहाँ तो मुसलमानों का राज नहीं था।''

''इसके चारों तरफ तो था।''

''लेकिन हम तो स्वतंत्र थे।''

''कम्पनी ऐसा नहीं मानती।''

''हम मुसलमान को कर नहीं देते थे।''

''नहीं; वे नहीं लेते थे। और यह उनका बड़प्पन था।''

राजा फिर चुप हो गया। कुछ सोचकर बोला, ''यह समझ में नहीं आता कि तब उन्हें पकड़ की जगह का पता लगाने की क्या जरूरत आ पड़ी है?''

''उन्हें न्याय का नाटक करना है।''

''क्यों?''

''क्योंकि वे सभ्य समझे जा सकें।...सभ्यता के नाम पर जो कुछ भी होता है, वह नाटक ही तो होता है।''

राजा निरुत्तर हो गया। फिर भी आश्वस्त नहीं हुआ। मौका पाते ही बोला, ''तुम्हारी बात मान ली जाय कि पकड़ सिलहट के इलाके में हुई है, तो जानते ही हो सिलहट का राजा मेरा मित्र है।''

''और हुजूर, वह कम्पनी बहादुर का भी मित्र है।''

''लेकिन इस मामले में वह मेरा साथ नहीं छोड़ेगा।''

''बिल्कुल हुजूर। इसीलिए तो वह खान चाहता है।''

राजा फिर चुप हो गया। काफी देर तक सोचकर बोला, ''खान तो उसे नहीं मिलेगी।''

''सोच लें हुजूर। राजा को दो दोस्तों में चुनना पड़ा तो जो शक्तिशाली है, उसे ही चुनेगा। ढाका का नवाब उससे तहसील लेता है। कम्पनी मातहत ही मानेगी।''

राजा इससे और भ्रमित हो गया। तब क्या जब वह खान ले लेगा तो इतना मजबूत हो जायेगा कि कम्पनी का साथ न दे? यह कैसे सम्भव है? साथ तो वह तभी भी देगा। तब खान देने की क्या जरूरत है? बोला,''राजा से जाकर कह देना : खान नहीं मिलेगा।''

"बस इसी की इजाजत लेने आया था हजूर! मैं तो हमेशा आप के साथ रहूँगा। मुझे गुमास्ता माना है तो बात उठने पर यही कहूँगा कि पकड़ विवादित इलाके में हुई है और विवाद में अंग्रेज मुद्दई नहीं।"

राजा ने सोचा कि तुम जाओ भाड़ में। मैं अपने खसिया रजवाड़ों से बात करके देखता हूँ कि इन पहाड़ियों में अंग्रेज हमारा क्या उखाड़ सकता है?

गुमास्ता बिदा हुआ तो राजा ने एक तरफ लिङ्दोह को बिदा किया तो दूसरी तरफ डिङ्दोह को।

लिङ्दोह पहुँचे मिल्लिम-खिर्रिम। प्नार राजा भले ही हिन्दू हो गया हो और उसकी वंशावली किसी पौराणिक क्षत्रिय से जोड़ दी गयी हो, है तो वह पुजारी वर्ग का ही जैसे यहाँ के सियेम हैं। और वह स्वयं भी पुजारी-पुरोहित वर्ग का ही है। उसे पूरा विश्वास था कि जिस राज की वास्तविक मालकिन पुजारिन है, और खासी लोग आज भी अपनी अस्मिता की रक्षा के लिए उसी की ओर ताकते हैं, तो वह प्नार राजा के अतीत को ध्यान में रखकर जाति के नाम पर यह सियेम उनकी पूरी मदद करेगा।

लेकिन यहाँ तो हवा ही दूसरी बह गयी थी। पुजारिन ललमुँहें के साथ जा चुकी थी। लिङ्दोह को इसमें भी एक बड़ी संभावना दिखी। सियेम भले ही खामोश बैठा हो, उसे मलाल तो होगा ही। यदि उसे इस मौके पर उभार दिया जाय तो प्नार राजा का साथ देने में हिलाहवाली नहीं करेगा।

सियेम ने, लेकिन, उसकी बातों को बड़े ठंडेपन से लिया। यही कहता रहा कि देखा जायेगा, जल्दी क्या है, कम्पनी की कोई बेजा हरकत तो सामने आये। इससे लिङ्दोह को लगा कि सियेम शायद प्नार राजा के साथ की पुरानी दुश्मनी को नहीं भुला पा रहा है। दुश्मनी क्या थी—तनातनी थी, अपने-अपने इलाके के विस्तार को लेकर। कई दिन तक सोचता रहा कि इस बात की चर्चा की जाय या नहीं। कटु बात याद नहीं दिलानी चाहिए—यह नीतिवचन है। लेकिन एक दाव के रूप में प्रयोग हो ही सकता है। कहा, "हमारे बीच जो मन-मुटाव था, वह आपसी बात है। उसे हम पीढ़ी-दर-पीढ़ी निपटते रहेंगे। इस पर्वत धाम को छोड़कर हम कहीं जा नहीं रहे हैं। यहाँ मामला विदेशियों के साथ है। इसमें जाति का गौरव दाव पर है। हम सभी को मिलकर मुकाबिला करना चाहिए।" लेकिन इस तर्क का भी कोई खास असर नहीं पड़ा। प्नार राजा जो हिन्दू हो गया है तो क्या वह जाति का मामला नहीं है? पर इस बहस में कौन पड़े!

सियेम दरअसल अपनी परेशानियों से परेशान था। जयंती के जाने की फजीहत से अभी उबरा भी नहीं था कि मोती लिङ्दोह ने एक नया नाटक नाथ दिया था। कहाँ वह भूलना चाहता था कि जो हुआ सो हुआ; अब आगे कुछ ऐसा न हो और कहाँ यह

मुक्ता[1] मोती घाव की पपड़ी रोज नोचकर उस दर्द को नये सिरे से उभार देती है।

उस दिन, जब मंद बारिश से झूम का काम स्थगित था, बारिश की मंद गति से दक्षिणी हवाएँ नाराज हो उठी थीं और उस नाराजगी में मौसम का फटा कंबल लहरा रही थीं, मोती डिड्दोह ने कबीले की पंचायत बिठाई थी कि बिना का सियेम सद के यह राज कितने दिन चलेगा। वह मुक्ता, वह छिनाल, यदि चली ही गयी तो उसके लौटने की प्रतीक्षा अब बेकार है। लौट कर आती भी है तो क्या हम उसे स्वीकार करेंगे? वह क्रिस्तान-मुस्तान बन कर आयी तो हमारे का सिंसार के किस काम की? अगर बेटी भी जनी तो वह हमारी का सद होने से रही।

कोई बोला, "हाँ, कोई विधर्मी हमारा पुजारी तो हो नहीं सकता।"

लोगों के चेहरे ऐसे खुल गये कि जैसे वे इसका समर्थन कर रहे हों। बात जब थोड़ी गरम हुई तो मोती को अपनी करने का अनुकूल अवसर मिला। बोली, "अरे, निकाल बाहर करो उसे समाज से और उसका टटरा-टावा खाडार[2] गाँव में फेंक आओ।"

कोई बोला, "धरम का काम कैसे चलेगा। हमारी फसलों के लिए भविष्यवाणी और उसके लिए टोटका कौन करेगा? बलि..."

उसकी बात काटकर मोती बीच में ही बोली, "मैं किसलिए हूँ। जब तक नयी का सद यह सब नहीं सीख लेती, गाँव के भले के लिए मैं करूँगी।"

जिस तरह तनकर मोती ने यह बात कही थी, उससे लगा कि यही सब कहने के लिए उसने सारी भूमिका बाँधी है।

मोती डिड्दोह यही बात कहने के लिए पूरे जीवन तैयारी करती रही है। उसके मन में यही भाव हमेशा विराजता रहा है कि पुजारी-पुरोहित का काम वंशानुगत न होकर योग्यता पर होनी चाहिए। और ता-जिंदगी वह यह योग्यता हासिल करती रही है। बचपन में किसी के मुँह से सुना था कि जिस पर देवी की कृपा हो जाती है, वह कौम का विशिष्ट व्यक्ति बन जाता है। वह हर यात्री-बनिजा से, कुली-कमारी से पूछती रही कि देवी की कृपा किस इलाके में हुई है। जैसे ही पता लगा कि अमुख गाँव के मारबिनियाङ के घर देवी का आसन आया है, वह अटान-कटान लेकर बैठ गयी थी कि मुझे वहाँ ले चलो। घरवाले भले ही देवी की कृपा को बड़ी श्रद्धा से देखते

---

1. **मुक्ता—खासियों में तब मुक्ता उस नारी को कहा जाता था, जिसके ऊपर किसी तरह का अनुशासन नहीं चलता था, जो एक साथ कई पुरुषों से संबंध रखती थी। दुश्चरित्र के अर्थ में प्रयुक्त होता था।**
2. **खाडार—एक ऐसी बस्ती, जिसमें बहिष्कृत अपराधियों को बसाया जाता था।**

थे, यह भय तो बना ही रहता था कि कृपा यदि कुछ ज्यादे हो गयी तो लड़की घर से क्या, इस धरा से ही गयी और उस धरा पर जाकर क्या करेगी, कैसे रहेगी—जब उसे इन आँखों से देख नहीं सकते, तो उस पर भरोसा क्या? लेकिन लड़की की जिद। जरूर इसमें कोई तत्त्व होगा। इसलिए एक दिन, जब जंगल में चारों तरफ आग लगी थी और ऊपर से सूरज आग की बर्छियाँ बरसा रहा था, उसके पिता उसे कंधे पर लाद सात मील बिना रुके, बिना पानी त्यागे, बिना पानी पीये, भूखे-प्यासे पेडू में दर्द लेकर वहाँ पहुँचे और पहुँचते ही कृपा पाये पात्र के दरवाजे पर रखी कठौती के साफ पानी से अपना तथा मोती के हाथ-पाँव धो उसके कमरे में भेज दिये। कृपापात्र की जो हालत थी, दानों से उसका चेहरा जिस तरह से सूज गया था, आँखों के पपोटे जिस तरह से उभरे थे एवं जिस तरह से वह अब तक अक्-बक् कर रहा था, उससे डरकर हमारे बीच का कोई भी बालक प्राण त्याग देता। लेकिन यह लड़की बड़े जीवट की थी। कुछ क्षण तक उसे एकटक देखती रही, फिर लिपट कर प्रार्थना करने लगी कि "मैया, आपकी सवारी बनने के लिए आई हूँ। इस कृपापात्र पर रहम कर अब उस पर से अपना आसन उतारें, मुझ पर जमायें।" थोड़ी देर के बाद वह आँखें लाल कर और बाल खोलकर अभुआने लगी। लोगों ने मनाना शुरू किया कि "भवानी! कृपा जरूर करें। नयी सवारी गाँठें। पर जरा धीरे से। लड़की अभी नरम है, कहीं टूट न जाय।" लेकिन लड़की गरज उठी, "सवारी होगी तो पूरी। कितना ही वजन सह लूँगी।" किसी ने दुलार से उसका बाल सँवार सिर पर खड़ा जूड़ा बनाना चाहा तो देखा माथा ही नहीं पूरी काया तप रही है। यानी शीतला देवी का आसन डोल गया है।

लेकिन आसन सिर्फ डोला था, चढ़ा नहीं था। दूसरे दिन सुबह वह लड़की जस की तस खड़ी थी, न आँखों में लाली, न कपाल पर गर्मी। तब गाँव की सबसे बूढ़ी औरत वहाँ आयी। कठौती के साफ पानी से हाथ-पाँव धोया—आखिर इस घर में देवी का वास था। उसमें घुसने में पहले साफ-सुथरा हो लेना जरूरी था। फिर भोभड़ का वह पानी उठा लाई, जिसका प्रयोग देवीग्रस्त आदमी करता था। उस पानी से देवीग्रस्त आदमी का कपाल धोया। गिरते पानी को दूसरे भोभड़ में रोक लिया। इस रोके गये पानी को एक कठौती के पानी में मिलाकर मोती को नहला दिया। फिर क्या था—शाम होते-होते देवी का आसन उस पर आ गया। मोतियों से मोती भर गयी। जितने गहरे दाग उभरे उतना ही अधिक देवी-चुम्बित वह मानी गयी।

इस शुभ लक्षण को लेकर जब वह खिर्रिम पहुँची, तब लोगों पर चाहे जो भी गुजरी हो, तत्कालीन का सद को बहुत बुरा लगा। यह प्नारों में चलता था, जहाँ चेचक की देवी को माता मान कर पूजा जाता था। अल् खासी हिल्स में तो उसे 'उ सियेम हियाङ थिल्ली उ' के नाम से जाना जाता था—एक दुष्ट आत्मा, जिसे कोई पूजा नहीं चढ़ायी जाती थी। अब मोती जो उसे लेकर आयी थी तो उसे रोकना जरूरी था—हिन्दू प्रभाव यूँ ही धीरे-धीरे इस इलाके में पाँव पसारता जा रहा था और यदि ऐसे ही चलते रहने के लिए छोड़ दिया गया तो कमजोर विकासमान खसिया संस्कृति के मटियामेट हो

जाने में बहुत देर न लगेगी। इसलिए का सियेम सद की पहल पर कुनबे की पंचायत बैठी और तय किया कि मोती और उसके परिवार से सामाजिक संबंध तोड़ लिये जायँ। परिणामस्वरूप उसका अकेला पड़ा परिवार और अकेला पड़ गया।

पर मोती उन औरतों में से नहीं थी, जो हार मान लेती हैं। जितनी मोटी उसकी काया थी दिमाग उतना मोटा नहीं था। जितनी खूबसूरत वह देवी के चुम्बन से पहले थी, उससे कम बदसूरत अब न थी। शरीर में जितना बल और दिमाग में जितनी बुद्धि थी, उसका पूरा उपयोग वह का सियेम सद के पाँवों के नीचे की जमीन खींच लेने के लिए करती थी। पर क्या करे—लड़ाई बराबर के लोगों में ही हो पाती है। जो बराबर नहीं होता वह पहले ही हारा होता है।

इस हार को जीत में बदलने का एक मौका उसे तब मिला जब एक दिन कठजमुनी वन का भालू उसे उठाकर अपनी खोह में ले गया। फूट कर बढ़ती हुई जवानी का बँध कर प्रौढ़ा में समाहित होने के दिन थे। झूम बनाने की जगह भोजन की तलाश में वन-वन भटकती फिरती। विभिन्न प्रकार के फलों, फूलों, पत्तों, जड़ों को इकट्ठा कर शुद्ध शाकाहारी जीवन यापन करती। घर के लोग जंगल से शहद इकट्ठा करते और सीमांत के बाजारों में ड' खारों के हाथ बेंचकर उससे मिले पैसों से हथियार और सस्ती धातुओं के बने आभूषण खरीदते। मोती उनकी भी मदद किया करती। ऐसी ही मदद के दौरान एक दिन वह अरहर के फूलों पर मडराती मधुमक्खियों का पीछा करते हुए कठजमुनी के अभेद्य जंगल में घुस गयी और उसके एक विशाल वृक्ष के धोंधड़ में उन मधुमक्खियों का आना-जाना देखकर यह तौलने के लिए उस पेड़ पर चढ़ गयी कि वहाँ के छत्ते से कितना मधु निकलेगा। अब क्या पता था कि भालू मामा अपनी भूख मिटाने के लिए अपने लम्बे बालों का कम्बल ओढ़ दो कनखिया डाल पर पहले से ही विद्यमान हैं। आँख मिलते ही मोती के होश उड़ गये। हाथ से पेड़ का तना छूट गया तो आधा गिरती, आधा कूदती वह जमीन पर आ पड़ी। अब वह बताती है कि भालू उसे अपनी खोह में ले जाते ही पाँवों के तलुए चाटकर उसकी कड़ी त्वचा खा गया। लक-लक मांस को जमीन पर रख कर भागना संभव नहीं था। ऊपर से मुँआ एक विशाल पत्थर दरवाजे पर अड़क जाता, जब बाहर जाता। जाने कहाँ-कहाँ से खोज कर शहद के छत्ते लाता, बड़े प्रेम से खिलाता।

कुछ दिनों के बाद वह किसी तरह उसके चंगुल से भाग पराई तो जिसने भी उसे देखा हिडिम्बा का नया संस्करण समझा। ऊपर से जब रोज शाम वह अपनी लटें बिखरा कर अभुवाती तो सारे भूत सामने नाचते नजर आते। पहले तो लोगों में सिर्फ जिज्ञासा उभर कर रह गयी, लेकिन जब यह क्रम बेरोक-टोक रोज चलने लगा तब वे एक तनाव में रहने लगे।

बात जब का सियेम सद तक पहुँची तो उसने इसे निरा ढोंग करार दिया। लेकिन ढोंगी को भी अनुयायी मिल जाते हैं। वे जब उससे अपना भूत-भविष्य पूछने लगे, खेती-बारी का शुभ मुहुर्त पूछने लगे, अपने दिन-प्रतिदिन के दु:खों का सरल समाधान

पूछने लगे तो उसका माथा ठनका। उसका प्रभाव कम करने के लिए वह मौका खोजने लगी। लेकिन का सिंसार उ बिस्कोरम उसके पक्ष में कम ही थे। लेहाजा जैसे ही मोती को का सियेम सद की मंशा का पता चला उसने का सियेम सद को अपवित्र आत्माग्रस्त घोषित कर दिया। लेकिन मोती के इस बात पर विश्वास करने वालों की संख्या नहीं के बराबर थी। इसका लाभ उठाकर उसने उसे का तारोह[1] ग्रस्त घोषित कर दिया। घोषित क्या किया—घर-घर घूमने वाली एक बूढ़ी के कान में धीरे से कह दिया और ऊपर से मना कर दिया कि यह बात किसी से बताना नहीं। लेहाजा दो-तीन में ही यह बात पूरे गाँव का सामूहिक संज्ञान बन गयी।

फिर क्या था? कोई बीमार पड़ा और उसे सपना आया कि मोती लिडन्दोह के घर में जो का तारोह रहती है, वही उसकी जान खा रही है। किसी ने उसके समर्थन में कहा कि हाँ, उसने भी का तारोह को डिडीएई पेड़ के पीछे मोती का रूप धर कुहासे में घुमाते देखा है। का सियेम सद ने तब सरेआम घोषित किया कि यदि इस डाइन को गाँव से निकाला न गया तो पूरा गाँव ही उजड़ जायेगा। बीमार आदमी अपनी जूड़ी-ताप में उछलने-कूदने लगा। लिड्दोह लोगों की बिटोर हुई। अंडा फोड़कर सगुन उचारा गया कि बीमार की बात में कितना सच है। अंडे का रुख सकारात्मक रहा तो उसे सत्यापित करने के लिए बीमार को मोती के घर ले जाया गया। बीमार की परीक्षा कर राख और खपड़े मोती के घर-आँगन में फेंके गये। और लो, बीमार दो-चार दिन के भीतर ठीक हो गया। जूड़ी-ताप-तीजरा जाने कहाँ गया और वह पांता भात सूखी मछली के झोल के साथ भरपेट खाने लगा।

फिर क्या था? मोती लिडदोह को जाति-बहिष्कृत कर दिया गया। का सियेम सद की तो राय थी कि उसका घर गिरवा कर गाँव से निकालकर अपराधियों के गाँव खाडार में बसा दिया जाय। निज़ी खेत, बरतन-भाड़े लिड्न्दोह लोग खरीद लें और उससे जो पैसा आये उसे गाँव के बाहर रास्ते पर फेंक दिया जाय। जो लोग उन पैसों को उठाकर अपने घर ले जायेंगे उनका कुल क्षय होगा—का तारोह इस धन के साथ ही उनके घर में वास करेगी। कोई नहीं ले जायेगा तो का तारोह का क्षय हो जायेगा। नहीं होगा तो मोती डिड्न्दोह डाइन बनी रहेगी।

तब से आज तक मोती डिड्न्दोह डाइन बनी बैठी है। डाइन होने की कसक लिए वह आज भी जीती है। उसी कसक को दूर करके के लिए आज उसने यह बात कही है। जयंती का सियेम सद न रहे, यह एक बात है। मोती उसका स्थान ले ले-यह बिल्कुल दूसरी बात है। लोग जानते हैं कि वह नहीं ले सकती। यह पद वंशानुगत है। जयंती नहीं होगी, तो उसकी माँ की छोटी बहन की बड़ी बेटी होगी। यानी पिरथी। अब पिरथी का सियेम सद बने तो बने; जयंती तो न रहे।

---

1. **का तारोह—दुर्भाग्य, अस्वाभाविक मृत्यु की देवी।**

अब जबकि पंचायत ने तय कर दिया है तो सियेम को बात माननी ही पड़ेगी। पर कैसे माने। पिरथी शादी-शुदा है और उसका पति बेहद चालाक आदमी है। है अभी बच्चा ही, लेकिन दाँव-पेंच सीखने के लिए कलकत्ता जाकर राजकुमारों के पाठशाला में पढ़ रहा है। स्वयं एक छोटे से रियासत का होने वाला मालिक है। उसने जरा-सी भी नीयत खराब की तो खिर्रिम के ऊपर संकट आ जायेगा। पहले ही कहा था कि राजा के घर की लड़कियों की शादी खोंखर परिवारों में होती है, लेकिन यहाँ तो सीधे राजघराने में कर दी गयी हैं। पहले पता होता तो यह शादी न होने देता। जयंती को देखते हुए यही अनुमान था कि मेरे राजकाल में ही नहीं, अगले राजा के काल में भी वही का सियेम सद रहेगी। कभी शादी करेगी तो उसकी बेटी बनेगी।

इसे सोचकर सियेम का माथा गरम हो-हो जाता था। शादी अंग्रेज से कर लिया है। तो क्या अब अंग्रेज की बेटी हमारे कुर-पूज्यों को बलि चढ़वायेगी? क्या वे स्वीकार करेंगे? नहीं तो कितना बड़ा अनर्थ होगा!

इसी तनाव में सियेम पड़ा था कि नरटियाङ से लिङ्दोह आया था। परिवार की बात थी, राज के भीतर की बात थी, कई तरह के दाँव-पेंच की बात थी। दुश्मन राजा के खैरख्वाह के साथ बात थी। इसे पचाये रहना जरूरी था। तो इस लिङ्दोह से बहस कौन करे।

सियेम के ठंडेपन से ही लिङ्दोह ने अनुमान लगा लिया कि उसका मन सहयोग करने के लिए नहीं है—जाति के नाम पर भी नहीं। तो दबाव भी देना ठीक नहीं। दबाव में आकर यदि आज साथ दे और कल मीर जाफर की तरह पलट जाय तो क्या मिलेगा—सिराजुद्दौला का सिर?

मिंत्री चेरा पहुँचा। चेरा का राजा फूला न समाया। दुश्मन के प्रतिनिधि का उसने पूरी गर्मजोशी से स्वागत किया। उसे खूब ख्याल आया कि वे वही लोग हैं, जो उसे राजा मानना ही नहीं चाहते। उसने अपने पूर्व-राजा का श्राद्ध नहीं किया है तो बतौर तथ्य वह चाहे जितना राजा हो, नियम से तो नहीं ही है—ऐसा हर-हमेशा कहते रहे हैं। श्राद्ध करने के लिए दबाव देने में कोई मौका नहीं चूकते रहे हैं। अब उस महाभोज के लिए पैसा-कौड़ी कहाँ से लाये? सोचा था कि कुलियों का धंधा चल पड़ेगा तो आज नहीं तो कल कुछ करने के लायक हो जायेगा। लेकिन यह नालायक पादरी उपदेश तो बहुत देता है, करता कुछ नहीं। अरे काम वह होता है, जिसमें चार पैसे की उगाही हो। खाली उपदेश से क्या मिलता है? मैं राजा हूँ और अपने राज का लिङ्दोह हूँ। लेकिन काम होता है राजा के नाम पर, आन-बान है तो राजा के नाम पर। यह मिंत्री भागा-भागा आया है तो राजा के नाम पर। लिङ्दोह के नाम पर नहीं।

शाम हो रही थी। आतिथ्य से ऊबा मिंत्री सूरज देख रहा था। लगता था कि एक कटा सिर आकाश की थाली में लुढ़क गया है। रक्त का आभास लिए किरणें चारों तरफ फैल रही हैं। बिखरते ही गायब हो जा रही हैं। उसके थोड़ा पूरब अधूरा चाँद उग रहा था। उसकी कमजोर किरणें नीचे की वनस्पतियों को पीला रंग रही थीं। इन्हें देख कर उसने सोचः धूप सूरज से पैदा होती है, चाँदनी चाँद से। जाने यह अँधेरा कहाँ से पैदा होता है? सही बात यह है कि अँधेरे का जन्म-मरण नहीं होता। वह चिरंजीवी है। प्रकाश ही उसमें फाँक किया करता है। पादरी कहता है कि पवित्र धर्मग्रंथ की पहली ही पंक्ति है, ''ईश्वर ने कहा : रोशनी हो जाये : और रोशनी हो गयी।'' यानी रोशनी बनी-बाद में आयी। अँधेरा पहले से ही था। तब तो प्रकाश ही माया है। तांत्रिक गलत कहता था कि जगत के मूल में शाश्वत प्रकाश है, वही शिव-तत्त्व है। दैवी-आलोक की क्षणभंगुरता की कल्पना पैशाचिक तिमिर के अमरत्त्व के परिप्रेक्ष्य में कितनी त्रासद है! कितनी त्रासद है एक राजा की लाश को पेड़ के खोंखल में रख तीन दिनों तक उत्तम् शराब में लगातार डुबोये रखना। फिर कभी सुखा कर रखे, तो कभी नीबू से ताजा निचोड़े रस में उसे तपा कर अचार बनाना। उसकी चर्बी, मांसपेशियाँ, नसें गल जायँ—चमड़ी हड्डी पर मढ़ जाय तो उस ठठरी को शहद में डुबोकर ताबूत में बंद कर देना। और प्रतीक्षा करना उन सुख-समृद्धि के दिनों की जब उसकी अंत्येष्टि की जायेगी! अंत्येष्टि करने वाला राजा बनेगा!!

बहुत सोचने का अवसर नहीं था। जादूकाटा की ओर भागती जाती पहाड़ी के शंकुल शिखरों पर गहरे भूरे बादल मडराने लगे थे। उन्हीं के नीचे चेर्रा का वर्तमान राजा अपने कुनबे के साथ झूम से लौट रहा था। स्त्रियों के चाँदी के गहनों से खनन-छनन उभर रही थी, तो उनके गले से खीं-खीं और पुरुषों के कंठों से उल्लास का अट्टाहास। अवसर तो उचित नहीं था, लेकिन फिर उचित अवसर की कितनी प्रतीक्षा करता? राजा कोई मौका दे ही नहीं रहा था। सो राजा के सामने पड़ते ही अभिवादन में झुक गया। राजा को अच्छा लगा। साथ के लोगों को तेजी से आगे निकल जाने का इशारा किया तो युवतियाँ ताली पीटकर एक-दूसरे पर गिरती-पड़तीं और मिंत्री को आँखों से कुछ कहतीं तथा युवक लोग अपना दाव को रास्ते की अगल-बगल झाड़ियों के माथे पर मारते दूर निकल गये। युवा राजा राजा कम और युवक अधिक लग रहा था। काँइया मिंत्री उसे अपनी वाक्पटुता में घेरे चलने लगा। कहने लगा, ''राज तो बनते-बिगड़ते रहते हैं। राजा आते हैं, चले जाते हैं। जो बची रहती है वह जाति है। जब जाति पर संकट आये तो जाति के हर खंड को शरीर के अंग की तरह एक हो जाना चाहिए। अब वही समय आ गया है।''

राजा बोला, ''यह समय अभी क्यों आया है? क्या पहले नहीं आया था? मेरे पुरखों के राज पर जब पश्चिम या दक्षिण की जातियों ने हमला किया था, तो क्या वह जाति का संकट नहीं था? तब प्नार राजा के पुरखे कहाँ थे?''

''पुरखों की बात छोड़िये। उनकी अच्छी बुरी करनी बिसारिये...''

"और आज की देखिए। यही हमले की आशंका यदि चेर्रा पर होती तो क्या प्नार राजा मेरा साथ देता?"

"आप माँगते तो क्यों नहीं देता?"

"पहले तो कभी नहीं दिया।"

"क्योंकि वे छोटी-मोटी लड़ाइयाँ थीं।

"कोई एक राज चला भी जाता तो दूसरे तमाम खासी राज बने रहते। जाति नष्ट नहीं होती।"

"लेकिन तब जाति नष्ट करनेवाली लड़ाइयाँ पहले नहीं हुई तो अब कैसे ऐसा माना जा रहा है कि होने वाली हैं?"

"कम्पनी के चरित्र से।"

"कैसे कहते हैं?"

"इसने पहले सिराजुद्दौला को मारा। फिर टीपू को मारा। अब बरमा के पीछे पड़ा है। आपको पता नहीं है: पश्चिम में मराठों को मार रही है और भरतपुर का मिट्टी का अभेद्य किला नष्ट कर दिया है। जिस इलाके में ये पैठते हैं, नेस्तानाबूद कर देते हैं।"

"तब तो उनसे दोस्ती करने में ही भला है।"

"क्यों?"

"आप ही कहते हैं कि उनमें इतनी ताकत है कि मुसलमानों और हिन्दुओं की लड़ाई सिखाई हुई फौज उनसे टक्कर नहीं ले पाती तो हम वनवासी क्या खाकर लड़ सकेंगे? क्या कर सकेंगे?"

"एक हो सकेंगे।"

"उस एकता से क्या फायदा, जब उसकी परिणति जाहिर है।"

"लेकिन एक होकर मजबूत तो हो सकते हैं। मजबूती अपने आप में हमेशा ही एक ऊँचा जीवन मूल्य है।"

"क्या एक हो सकेंगे? प्नार राजा ने मेरे जो खान दबा लिए हैं, उन्हें वापस करेंगे?"

मिंत्री चुप रहा। काफी देर के बाद राजा ने फिर कहा, "जाकर पूछ आइये—मेरे खान लौटाएँगे?"

मिंत्री को लगा कि बात जहाँ से शुरू हुई थी, वहीं रह गयी है। बिना दिये कुछ मिलने वाला नहीं है। उन खानों के लिए कितनी लड़ाइयाँ हो चुकी हैं। अभी और कितनी होंगी। क्या राजा देने को तैयार होगा?...उसे तैयार कराना पड़ेगा।...वही खान वह श्रीहट्ट के राजा को दे दे, वही चोर्रा के राजा को।...

जयंती एक मोहक किन्तु अजनबी घेरे में फँसी हुई थी। उनमें परिचित पेड़ और पहाड़ियाँ नहीं थीं। नदी के किनारे-किनारे जाते उबड़-खाबड़ रास्ते तथा पालतू सुअरों एवं वनैले पशुओं की घचर-पचर नहीं थी। चारों तरफ घर ही घर थे—ईंट और कहीं-कहीं पत्थर के घर। चिकने रास्तों के किनारे बने। इन पर मार लोग आते-जाते रहते थे, अपरिचित पोशाकों में सिर झुकाये। उन पर धूप, बारिश और धुँआ एक-सा पड़ता और एक ही तरह का समूह-गीत वे रोज गाते। एक ही तरह का खाना एक ही ढंग से वे रोज खाते। तो भी लगता कि यह एक जैसा होना विविधता का पर्याय है, जिसे खासी जीवन शैली से एकबारगी समझा नहीं जा सकता।

राली सामने पड़ता तो वह मन ही मन बहुत खुश होती सिर्फ इस बात के लिए नहीं कि उसने इस जादुई दुनिया से परिचित कराया है; इस बात से भी कि एक सुन्दर अधेड़ पुरुष, जो उसके पिता की उम्र से कत्तई कम न होगा, जिसके बाल सफेद होने लगे हैं, उसे प्यार करता है और उन तमाम सभा-सोसाइटियों में ले जाता है जहाँ उसके भाषण पर तालियाँ बजतीं हैं। उन भाषणों का विषय या तो वह स्वयं होती है, या फिर उसका समाज तथा उन दोनों की अनन्त संभावनाएँ। राली के समाज के लोग उसे जीवित देवी कहते हैं, मरियम का ही 'इन्कारनेशन' जो अधोपतन से अपने कौम की रक्षा करेगी—आनेवाली पीढ़ियों को एक नया रास्ता, ईशू का रास्ता दिखाएगी। उस पर चलकर उसका पुत्र इस रास्ते को सुदृढ़ करेगा।

जल्दी ही उसे बपतिस्मा दे दिया गया और उसके सम्मान में, दरअसल, राली के सद्कर्मों के स्वीकार में, रोज-रोज दावतों का ऐसा सिलसिला चला, जिसमें दोनों का आपसी आकर्षण बढ़ता ही गया। नाच-गान के महफिलों में, थियेटर के कोनों में, घोड़ों द्वारा खींची जाने वाली गाड़ी में कोचवान के ठीक पीछे या तमाम लोगों के सामने जब वह चूमता तो 'नेटिव' लोग शर्माकर आँखें चाहे जितनी नीची कर लें, अंग्रेज लोग गर्व से फूल उठते। कलकत्ता में कोई ऐसा अंग्रेज-परिवार नहीं बचा जहाँ जयंती का व्यक्तिगत उठना-बैठना संभव न हो।

सपने की तरह सुख देने वाले किसी के भी दिन जैसे देखते ही देखते बीत जाते हैं, वैसे ही जयंती के ये दिन भी बीत गये। जब वह एक गोरे बेटे की माँ बनी तो सोचने लगी कि काले लोग गोरा होने की आकांक्षा रखते हैं, तो गोरे लोग क्या होने की आकांक्षा रखते होंगे? उसे जल्दी ही पता चल गया कि गोरे लोग रंग की नहीं, रूप की आकांक्षा रखते हैं। आदमी के रूप की नहीं, धातु के रूप की। सफेद हो तो चाँदी, पीला हो तो सोना। कलकत्ता में रह कर दोनों पाया जा सकता था। लेकिन राली कहता था कि खासी हिल्स में रहकर उसे अधिक मात्रा और द्रुत गति से पाया जा सकता है। रही बात एक बेहतर जीवन जीने की, तो कलकत्ता-मुर्शिदाबाद क्या है, उसे लंदन और पेरिस में जीया जायेगा। वह दिन दूर नहीं।

उस दिन को करीब लाने के लिए राली तरह-तरह की योजनाएँ बनाता। जीरा उन दिनों लगातार यह खबर भेज रहा था कि मफलाङ वालों का उत्पात बढ़ता ही जा रहा

है; वे नाशपाती के बाग नष्ट कर रहे हैं, संतरे के बाग नष्ट कर रहे हैं, जंगली फलों को पकने से पहले ही झटहा मार कर भहरा दे रहे हैं; बात-बात में तकरार मचा कर कुलियों की भर्ती रोक रहे हैं। तब राली कम्पनी के आदमियों से मिल कर कम्पनी-बहादुर पर दबाव डलवा रहा था कि खासी-जयंतिया हिल्स में 'प्युनिटिव एक्पेडिशन' तुरंत भेजा जाय। नहीं तो उनकी देखा-देखी नगा, लुशेई, तिपेरा, हानस तमाम पहाड़ी जातियाँ उठ खड़ा होंगी और सरकार का बर्मा को जीतने का इरादा धरा का धरा रह जायेगा। कम्पनी बहादुर के इस सोच में कोई दम नहीं है कि बर्मा के मिलते ही ये जातियाँ अपने आप उसके अधीन हो जायेंगी। सच्ची बात तो ये है कि ये यदि उठ खड़े हुए तो कुलियों की सप्लाई बंद हो जायेगी और उस इलाके में बिहारी कुली किसी काम के साबित न होंगे। फिर हमारी बंगाल नेटिव इन्फैट्री को पहाड़ी इलाके में युद्धाभ्यास का मौका मिलना चाहिए, जिससे कि उनके अनुभव का उपयोग धुर तिब्बत पर आक्रमण के दौरान हो सके।

परन्तु कम्पनी के लोगों के पास दो तर्क ऐसे थे, जिसके उत्तर में कहीं राली की बातें उन्हें हल्की लगतीं। एक तो यह कि 'एक्पेडिशन' भेजने का कोई बहाना नहीं है: वहाँ के वाशिन्दों ने कम्पनी के विरुद्ध कोई काम नहीं किया है।

राली कहता, "कैसे नहीं किया है? प्नार राजा ने सरेआम आदमी उठा कर बलि चढ़ा दिया है।"

कम्पनी कहती, "वह ब्रितानी या कम्पनी बहादुर का आदमी नहीं था।"

"उसके मित्र का तो था।"

"जाने कितने मित्रों के आदमी मारे जाते रहते हैं तो क्या हम तोप-तमंचा के साथ उन पर हमला कर देते हैं?"

"नहीं। लेकिन यह मामला राजनीतिक है। मित्र का दुश्मन हमारा दुश्मन।"

"लेकिन मित्र ने तो उन्हें दुश्मन घोषित नहीं किया है।"

तब पादरी का प्रतिनिधि घोड़ेवाला कहता, "तब पूरी दुनिया को सभ्य बनाने का हमारा ईश्वरीय मिशन कहाँ गया?"

"तर्क जम नहीं रहा है।"

"तर्क की क्या बात है? यह तो 'एक्ट आफ स्टेट' है—हर राज्य अपना विस्तार करता है।"

यह राली का दूसरा तर्क होता। लेकिन कम्पनी सरकार उसे नहीं मानती। कहती, "उस इलाके को अपने में मिलाने से कोई लाभ नहीं होगा। वहाँ कच्चा माल है ही कितना? सच पूछिए तो 'एक्पेडिशन' में जितना खर्च होगा, उसका आधा भी तो वसूल नहीं होगा। ऊपर से बर्मा से लड़ाई आसन्न है। वे असम के अहोमों पर हमला बोलना ही चाहते हैं। हमें उन्हें बचाने जाना ही होगा, उनके लिए नहीं, अपने लिए। आप जाकर कुलियों का बंदोबस्त कीजिए।"

राली थोड़ा तैश में आकर कहता, ''बंदोबस्त क्या खाक कर सकूँगा? वहाँ के लोग प्यार और पैसे से कम, भय से अधिक कुलीगीरी करने के लिए तैयार होते हैं। और भय का आलम यह है कि...'' वह अपनी जेब से निकालकर जीरा के भेजे संदेश के नोट किये टुकड़े उन्हें थमा देता।

इस तरह की बार-बार की हुज्जत-बहस के बाद तय पाया गया कि पंद्रह गोरे सिपाहियों का एक दस्ता एक घुड़सवार हवलदार के नेतृत्व में राली के साथ ही भेज दिया जाय। इससे लोगों में जो संदेश जायेगा वह गोरों के लिए शुभ होगा। पादरी का भी मनोबल बढ़ेगा—कम्पनी सरकार की खैरख्वाही के लिए जो कर रखा है, लोगों के बीच उसे उचित ठहरा सकेगा।

लेहाजा जब उसका बच्चा छः माह का हो गया और उसका नाम संस्कार के तहत 'जान' रख दिया गया तब राली पूरे दल-बल के साथ खासी हिल्स आया।

मफलाङ आकर जयंती ने पाया कि इन कुछ ही महीनों में यह क्षेत्र काफी बदल गया है। पानी ने पर्वत की नसों को काट दिया है, जिससे शिखरों का पानी नल्लों में भर गया है। पिछली झूम की उड़ी राख ने उसे इस तरह से रंग दिया है कि परिचित को पहचानना ही कठिन हो गया है। और अपरिचितों में रहना आखिर कितने समय तक संभव है? उन्हें परिचित तो बनाना ही होगा। लेकिन यह तभी संभव है, जब वे इसाई बनें। इसाई वे तभी बनेंगे जब उनको जयंती पर विश्वास होगा। इस विश्वास का आलम यह था कि मोती डिडदोह के दबाव में लिडस्कोर[1] ने पूरे इलाके में गाँठे लगीं बेत की छड़ी घुमाकर सभी सम्बन्धित लोगों को दरबार में हाजिर होने की खबर भेज दी थी। लोगों ने गाँठों की संख्या के आधार पर मामले की गुरुता को समझा। दरबार बैठते ही छः लिडदोह और चौबीस मिंत्रियों ने एक राय से जयंती को का सियेम सद के पद से बरखास्त कर दिया था और उसकी जगह उसकी दूर की मौसेरी बहन पिरथी को का सियेम सद नियुक्त करने का प्रस्ताव स्वीकार कर लिया था।

लेहाजा खिर्रिम-मिल्लिम में बड़ी गहमा-गहमी थी। सभी गाँवों के लिडदोह, सिरदार, ओहदेदार, लिडस्कोर, मिंत्री, मातबर, वासन इकट्ठे हुए थे। मुर्गे तथा तरह-तरह के पशुओं की बलि चढ़ाकर दावतें उड़ाई जा रही थीं। यह उत्सव का माहौल जयंती को चिढ़ाता हुआ लग रहा था। मफलाङ का सिरदार तो खिर्रिम गया ही नहीं था। लगता है जान-बूझ कर, जिससे कि वह माउलाडों को पैसा देकर राली के घर के सामने नगाड़े खूब जोर से बजवा सके और लड़कियों को वस्त्र देकर रात भर नचवाये। और उनके सामने जयंती मुँह तक न दिखा सके। और तो और जाने कहाँ से बेमौसम का बेल मगवाँ कर अलावों में झोंक कर फटा रहा है कि उसका शोर गिरि, वन के पार

---

1. **लिडस्कोर—डुग्गीवाला, संदेशवाहक।**

खिर्रिम-मिल्लिम तक चला जाये। वे जितनी जोर से फटते हैं, उतनी ही जोर से जयंती का कलेजा दहलता है। जितनी जोर से जयंती का कलेजा दहलता है, उतनी ही जोर से सिरदार का कलेजा हुलसता है। जो अपने थे, वे इतने बेगाने हो गये हैं!

जयंती की उदासी राली को देखी नहीं जा रही थी। मफलाङ में बसने से पहले उसने लाइतुमुख्रा की पहाड़ी के उस पार की घाटी की दूसरी तरफ एक झोपड़ा बनवाया था नार्डथिमाई में, जिसे वह काटेज कहता था। घाटी को हैपी वैली कहता था। कभी भी जब उधर शिकार खेलने जाता था तो वहाँ रुकता था। सुना है वहाँ कुछ बंगले इधर और बन गये हैं। जयंती को लेकर वहीं चला गया।

: 22 :

नजवा अति दीन थी। नहीं तो क्या उसके दिल में नहीं था कि उसके पति की उन्त्येष्टि पूरी विधि से हो! गाँव के लोग बगल के जंगल से बाँस काट लाये। गाँठें छीलकर पोरों को छेद कर, उनमें पचरी ठोंक कर टिक्थी बना दिये। कोई वृद्ध मरा होता तो उसके हमउम्र गमगीन बैठे मन ही मन उसके साथ गुजारे दिनों को कई-कई छोरों से शुरू कर उसकी एक पूरी संरचना बनाते हुए याद करते और युवक लोग हँसते-हँसते अर्थी को उठाने संबंधी काम करते तथा युवतियाँ हिरनी की तरह कुलाँचे मारती उन्हें गुड़ खिलातीं, पानी पिलातीं। लेकिन यह मौत अस्वाभाविक रूप से हुई थी—राफताब को मुँगड़े से पीट-पीट कर मारा गया था और मरते वक्त जिस तरह से वह बड़बड़ाता रहा था, उससे यही लगता था कि उसकी मौत सर्पबलि देने के लिए आयोजित की गयी है। किसने की है—इस जिज्ञासा को अपने-अपने दिमाग के भीतर कैदकर उसे किसी और मौके पर सवाचने के लिए टालकर सभी लोग सिर झुकाये बैठे रहे। अपनी विरड़ दाढ़ियों पर हाथ फेरते हुए किसके भविष्य में क्या है—उस पर अपने-अपने अनुभवों, आकांक्षाओं के आधार पर भीतर ही भीतर विचार करते रहे। इतनी खामोशी के दौरान टिक्थी बनाते वक्त उठती ठक्-ठक् की आवाज़ आनी बंद हो गयी तो वातावरण भारी से डरावना बन गया। उसे तोड़ने के लिए गाँव का अधेड़ लिडदोह बोला, ''काली मुर्गी तो कहीं दिख नहीं रही है।''

मृत्यु अस्वाभाविक हुई है तो दुष्ट आत्मा का ताबेन को संतुष्ट करने के लिए चिता को आग देते वक्त काली मुर्गी की बलि चढ़ानी जरूरी थी। नजवा की संपत्ति में मुर्गियों की संख्या शुमार थी। आलू की झूम से अधिक महत्त्वपूर्ण थीं। खाने से बढ़कर बेचने के लिए थीं। लेकिन उनमें कोई काली मुर्गी नहीं थी। होती तो वही चढ़ती। जिनके पास थीं, उनके मन में आया कि झट से बोल दें, 'मेरे पास है।' चार कौड़ी मिलेगा ही।

लेकिन तुरंत एहसास हुआ कि ऐसे मौके पर मुर्गी का दाम लेना थू-थू कराना होगा। मुँह पर कोई कुछ न कहेगा; बहुत होगा तो चार कौड़ी का मोल घटा कर तीन कर देगा और इस तरह से सिर झुकाकर देखेगा कि जैसे विक्रेता ने एहसास ही किया है तीन कौड़ी में देकर; पर मन ही मन हँसेगा एक घृणा भरी हँसी कि देखो, इस मौके पर भी गरीब से तीन कौड़ी वसूल ही लिया है—क्या फर्क पड़ता यदि यूँ ही दे देता। इज्जत ही बढ़ती। खाक! मन ही मन सभी प्रसन्न होते कि बच्चू की मुर्गी मुफ्त गयी। गयी तो गई हमारी बचा गयी। इसके लिए एहसान नहीं मानेंगे, व्यंग्य में लेंगे कि बच्चू चले थे गरीब की मदद करने। सो लोग चुप ही रहे। उनके चेहरे एक साथ खिल उठे जब देखे कि एक युवक टाँगों से पकड़कर एक काली मुर्गी लिए चला आ रहा है और मुर्गी मरसा के रंग की चोंच की फाँकों के बीच से जीभ निकालकर चेंचियाने के बजाय लाल-लाल पलक गोलकों के बीच से कभी इस को तो कभी उस को जल्दी-जल्दी देख रही है। जब से पादरी करुणा का उपदेश देने लगा है, तब से लोगों को हर जगह—पर्वत पर, घाटी में, जंगल में, हिंसक पशुओं की आँख में, चिड़ियों के तने चोंच में, अपनी स्त्रियों की पीठ पर लदी टोकरी में—हर जगह करुणा ही करुणा भरी दिखने लगी है, जो किसी पर उड़ेलने के लिए नहीं, अनवरत भोगने के लिए, शाश्वत पाप के परिणामस्वरूप है। यहाँ लोगों को वही मुर्गी की आँख में दिख रही है। नहीं दिख रही है तो बस तीन लोगों को—एक उस युवक को जो उसे ले आया है, एक अधेड़ लिडदोह को जो उसे काट कर चढ़ायेगा, और एक नजवा को जो सोच रही है कि इसके बदले में उसे कौन-सी मुर्गी सुपुर्द करनी होगी। कोई लाल वाला मुर्गा ही माँग ले तो?

राफताब के बूढ़े मामा उठे और लाश के पास जाकर दो जानू बैठ गये। सिर को नीचा कर मृतक के कान तक ले गये और तीन बार पूरे गले के जोर से उसका नाम पुकारे। जब कोई उत्तर न मिला तो सभी आश्वस्त हो गये कि वह मर चुका है और उसे अब अधिक देर तक दरवाजे पर रखना ठीक नहीं। उसे घर में रखना होगा जिससे कि तीन रात तक उसकी आत्मा को अई जा मियेत जा स्टेप[1] दिया जा सके। तुरंत औरतों और बच्चों ने विलाप करना शुरू कर दिया। कुछ उसके गुणों को याद कर रहे थे, कुछ उसके काम को, कुछ उसके साथ बिताये समय को, कुछ उसकी अनुपस्थिति में आने वाले समय को।

सुबह से ही घड़ों में पानी गरम हो रहा था। चार-पाँच लोग उठे और उस पानी को उड़ेल कर लाश धोने लगे। तीन बार धोने के बाद जब विश्वास हो गया कि देह पूरी तरह से साफ हो गयी है तो उसे पोंछ कर जापुंङ[2] पर लिटा दिया गया और घर में उपलब्ध सर्वोत्तम वस्त्र उसकी कमर में लपेट दिया गया। जिन्दा आदमी कपड़ा अपनी कमर में दायें से बायें की ओर बाँधता है। किन्तु मुर्दा को बायें से दायें की ओर बाँधा

---

1. सुबह शाम का खाना।
2. जापुङ—मृतक को लिटाने के लिए जूट की बनी विशेष चटाई।

जाता है। इसी तरह पगड़ी भी बाँध दी गयी। पेट पर खड़ा अंडा रख दिया गया और ललाट पर भुने जौ और मखाने के नौ लावा एक सूत में गूँथ कर लपेट दिया गया। राफताब यदि धनी आदमी होता तो उसके तमाम गहने, और नहीं तो कुंडल तो जरूर ही, भी पास में रख दिये जाते। तुरंत ही उ' इयार क्रुद लिंती[1] काट दिया गया। उसके बाद घर का एक मात्र बछड़ा चढ़ा दिया गया। बछड़े के अभी दूध के दाँत नहीं टूटे थे। राफताब जब तक जिन्दा था, उसके ललाट पर रोज हाथ फेरता था और कल्पना किया करता था कि भरी जवानी में जब वह अपनी सींग और पूँछ एक सीध में कर पूरी ताकत से आलुओं से भरी गाड़ी को खींचेगा तो कैसा लगेगा? अब वह उसकी आत्मा को खींचेगा। जो लोग श्मशान जायेंगे वे लोग उसकी धड़ को खायेंगे। उसके जबड़े के निचले हिस्से का इस्तेमाल अस्थि-चयन के लिए होगा।

मुर्गे और बछड़े के कुछ भीतरी अंगों को का साङ[2] में भर कर उसके सिर पर टांग दिया गया। एक छोटी-सी खचोली में खाने का सामान, कच्ची सुपारी, एक भोभड़ पानी, बगल में रख दिया गया। इनसे उसकी आत्मा भूख, प्यास, थकान मिटाएगी। औरतों ने रो-गा कर ऐसा ही बताया। हाँ, वह लकुटी भी रख दी गयी, जिसके सहारे उसने कोपिली, जादूकाटा, उमियांग, उमसाई, जाने कितनी नदियों को पार किया था, अपनी हिफाजत के लिए जिसे वह खेतों में लेकर सोता था। तब लोग एक-एक कर अपने घर चले गये।

शाम हुई तो लाश के पास आत्मा के खाने के लिए रखी सामग्री बदल दी गयी। गाँव वाले जुटे तो माउलाङ ढोल बजाने लगे, सराती लोग पिपिहरी। यह सराती, पिपिहरी मृत्युवाद्य थी, लाश के सिर पर तीन रात बजती रही।

चौथे दिन सुबह पूरा गाँव जुटा। एक नयी का क्रोड[3] बनी। उस पर लाश को लिटा कर नये कपड़े से तिर्यकाकार बाँध दिया गया। ताबें के कुछ कच्चे पैसे रख दिये गये। आत्मा उन्हें रास्ते में खर्च करेगी। पता नहीं उसे क्या खरीदने की, किसे महसूल देने की जरूरत पड़ जाय! गाँव के लोगों के पास होता तो वे सुअर हींकते, बैल काटते, श्मशान से लौटकर घर आते तो भोज करते। नहीं था, इसलिए तुमड़ी में अपने-अपने घर से थोड़ी-थोड़ी का काइद रोङ[4] ले कर आये। उसका एक हिस्सा टिक्थी पर छिड़क दिया, दो हिस्सा मिल-बाँट कर पी गये। लोग कंधा देने को तैयार हुए तो एक मुट्ठी चावल और कच्चे ताँबे के कुछ टुकड़े सिक्के के नाम पर परीछ कर फेंक दिये गये। धन होता तो यहाँ नजवा बकरा कटवाती, बलि चढ़वाती। नहीं है तो किससे माँगे? लोग देते उसी को हैं, जिससे मिलने की उम्मीद होती है। नजवा से क्या उम्मीद हो सकती थी? चुप रह गयी। लोग उसका मुँह देखते रह गये। टिक्थी को उठाकर

---

1. एक कुकुट जो अपनी उँगलियों से आत्मा के लिए रास्ता बनायेगा।
2. का साङ—एक छोटी-सी बेंत की टोकरी।
3. का क्रोड—टिक्थी।
4. काइद रोङ—चावल की पुरानी शराब।

कंधे पर रख लिये। एक मटका पानी धरती पर लुढ़का दिया गया। सराती से एक करुण राग उठने लगी कि जैसे कोई बाउल निर्गुण गाये।

चिता पहले से ही सजी थी। सिर को पश्चिम, पाँव को पूरब की तरफ कर टिक्थी उसी पर रख दी गयी। का शांङ में रखे दिखोत फेंक दिये गये। थोड़ी दूर पर लोगों ने आग जलाकर चावल के बूरे को पानी से सान कर तीन लिट्टियाँ पकाईं। काली मुर्गी को काट दिया गया। केले के एक बड़े से सोगहग पत्ते पर उनके साथ एक अंडा, अभी चढ़ायी गयी काली मुर्गी की बायीं टाँग, बछड़े का निचला जबड़ा, खाने का दुनिया भर का सामान, एक मटका पानी और धनुष के साथ तीन तीर रख दिये गये। होता तो उ'लाङ मउकजत्[1] चढ़ाया जाता। लेकिन जब उ'लाङ सइत क्षुइद[2] ही नहीं चढ़ाया जा सका तो इसकी नौबत कहाँ आती। लाश को बँधी रखने वाला कपड़ा खोल दिया गया। उसे आग का ताप देकर घर के लोग इस्तेमाल कर लेंगे। उ'लेङ कपोह[3] को उठा कर मृतक के पाँव पर पटक कर तोड़ दिया गया। फिर लाश के ऊपर लकड़ी साज दी गयी। पहले कुर[4] के लोगों ने मिल कर आग दी, फिर राफताब के छोटे-छोटे पुत्रों ने। राफताब धनी आदमी होता या राजा होता तो लोग बंदूकें छोड़ते। नजवा के पास होता तो एक बकरा या सुअर यहाँ भी चढ़ाया जाता। लेकिन गरीब की आत्मा कम संसाधनों से, बल्कि बिना संसाधनों के भी इतर लोक चली जाती है। देवता चाहें जहाँ के हों, उन्हें दरिद्र-तारण की भूमिका में उतरना ही पड़ता है। न उतरें तो क्या बिगाड़ लेंगे। बिगाड़ लें जो बने। खैर, एक मुर्गा चढ़ गया। उसका खून जलती चिता के चारो तरफ छिड़क दिया गया। उसका जबड़ा, बछड़े के निचले जबड़े और उस दिन चढ़े मुर्गे की बायीं टाँग के साथ चिता पर सिर की तरफ रख दिया गया। फिर तीनों तीर पूरब, उत्तर और दक्षिण के क्रम में छोड़ दिये गये। चाहिए तो था कि इस पर एक और बकरा मारा जाय। पर आये कहाँ से?—इसे सभी महसूस कर रहे थे।

जब विश्वास हो गया कि शरीर जल गया है, अब आग सिरा जायेगी तो सभी ने पान के पत्ते और कच्ची सुपारी उसमें बड़े प्यार से फेंका। उतने ही आतुर होकर वे बोले, "खुब्लेई, खिये, लेइटबाम क्वाय, शा इ इङ उब्लेई, हो!" यानी अल्बिदा, जाओ और देव के घर में उसके साथ पान खाओ। और बिना पीछे मुड़ कर देखे गाँव की तरफ चल पड़े। एक बार फिर निर्गुन बाँसुरी बज उठी।

अगले दिन परिवारवालों को जब विश्वास हो गया कि चिता अब पूरी तरह सिरा गयी होगी तो वे अस्थि चयन के लिए निकले। वहाँ जाते ही काली मुर्गी का तिरुत को चढ़ा दी गयी: अकाल मृत्यु हुई थी, इस मृत्यु की देवी को संतुष्ट न किया गया तो मृतक की प्रेत-आत्मा परिवार पर कहर ढाह देगी। नल्ले से नये मटके में भर कर पानी

---

1. घर पवित्र करने के लिए बकरे की बलि।
2. श्मशान पवित्र करने के लिए बकरे की बलि।
3. लाश के पेट पर रखा अंडा।
4. मातृ—गोत्र के लोग।

लाया गया। उसे राख पर डाल दिया गया जिससे कि जलने से बची हड्डियाँ उतरा गयीं। उन्हें चुन लिया गया और चुनने वाले लोग बिना पीछे देखे लौट गये। यह क्रम तीन दिन तक चला। फिर उन हड्डियों को इकट्ठा कर घर की औरतों ने उन्हें एक साफ नये कपड़े में बाँध कर टाँग दिया। घर के सबसे वरिष्ठ बूढ़े ने एक पत्ते से चावल का बूरा जमीन पर गिराते हुए मृतक की आत्मा से प्रार्थना की: "चूँकि दाह संस्कार पूरी तरह से हो गया है, इसलिए तुम हमारे कुल को कष्ट न देना। जल्दी ही हम अंतिम संस्कार भी कर देंगे। तुम तो जानती ही हो घर की क्या हालत है? हम अपनी तरफ से तुम्हारे सम्मान में कोई कमी नहीं रख रहे हैं।"

होना तो यह चाहिए था कि कई तरह की बलि चढ़ाते हुए उस हड्डी को तीन बार धोकर कब्रशिला में रख दिया जाता। पर सामर्थ्य नहीं थी। उसे भविष्य के लिए टाल दिया गया।

आज वही समय आया था। पादरी चाहता था कि नजवा अपने बच्चों के साथ इसाई बनने से पहले एक खसिया के रूप में अपने सभी परिवारिक-सामाजिक दायित्व को पूरा कर ले, जिससे कि उसके समाज को यह कहने का मौका न मिले कि इन उत्तरदायित्वों को पूरा न करने के लिए ही नजवा ने दूसरा धर्म अपना लिया है, जैसा कि तमाम नये-नये उभर रहे हिन्दू-सुधारवादी मतों में हो रहा था। इन रस्मों की पूर्ति पादरी इसलिए भी कराना चाहता था, जिससे कि स्थानीय लोगों को लगे कि खसिया के अपने मत से इसाइयत में संक्रमण एक अविछिन्न परम्परा है। आखिर इसाइयत को स्थानीय प्रचलनों को मान्यता देनी ही पड़ती है। कैथोलिक चर्च, विंजेन्टाइन के चर्च, आर्थोडाक्स चर्च वगैरह के अंतर जितने दार्शनिक हैं, उससे अधिक स्थानीय परम्पराओं को समाहित कर लेने से जो रूप उभरा है, उसके कारण है। यही नहीं प्रोटेस्टेंटो में जो तमाम शाखाएँ उभरती जा रही हैं, उनके पीछे भी यही बात है। भारत में भी धुर दक्षिण में आरंभ से ही विराज रहे सिरियाकों और डोमोनिकों में यही अंतर है।

पादरी की कृपा से नजवा अपने दुःखों से उबर रही थी। हो सकता है कि जगत् का सत्य अंधकार हो लेकिन जो प्रकाश उसे चीरता है, वह चाहे कितना ही क्षणिक हो, एक पूरे जीवन की सृष्टि कर देता है। जीवन का विस्तार चाहे जगत् की तरह का न हो, उसकी ऊँचाई ऐसी है कि उसे जगत् छू नहीं सकता। ऊँचाई और विस्तार में महत्ता किसे मिलनी चाहिए, उसे दार्शनिक लोग तय करें। लेकिन पादरी ने उस पर चढ़ने की जो राह सुझाई थी, उसने नजवा को एक नये उत्साह से भर दिया था। राफताब के जाते ही जो बुढ़ापा उसे डंस गया था, इस उत्साह ने उसके यौवन को पुनर्नवा कर दिया था।

माउशिएङ[1] जाने के लिए दल निकल पड़ा। एक युवक आगे-आगे वहाँ तक जाने

1. **समाधि शिला।**

के रास्ते पर डियेङ शिट की पत्तियाँ बिखराते चल रहा था। दूसरा अक्षत फेंकता जा रहा था। रास्ते में एक नल्ला पड़ता था जिस पर बाँस का नया चह बना दिया गया था। यह धर्म का काम था—नजवा को इसके लिए लोगों का आशीर्वाद मिलेगा। लेकिन सच्ची बात यह थी कि जिस तरह से डियेङ शिट की बिखरी पत्तियाँ मृतक की आत्मा को रास्ता बताती चलती थीं, उसी तरह चह उसे नल्ला पार कर लेने के लिए बना था। जो आदमी अस्थि टोकरी को लेकर चल रहा था उसे समाधि शिला तक नाक की सीध में चलना था, न कहीं बायें मुड़ना था, न दाहिने और पीछे की तरफ तो भूले से भी नहीं देखना था। नहीं तो हो सकता था कि साथ चलती आत्मा भटक जाय। निर्धारित स्थल पर पहुँचकर जलूस थमा तो नोडक्निया[1] आगे बढ़ा और अस्थि को लेकर उमकोई[2] की ओर चला गया। वहाँ उसे वह तीन बार धोयेगा। धोकर एक मिट्टी की मेटिया में रखेगा। ऊपर से सफेद नये कपड़े से मुँह बाँध देगा। पास में पानी नहीं था, इसलिए नजवा ने उमकोई खोदवा दिया था। उसके किनारे एक पत्थर का चबूतरा बनवा देगी। जो इधर आयेगा पुखुरी का पानी पीयेगा, चबूतरे के पत्थर पर बैठकर सुस्ताएगा। उसकी आत्मा आशीर्वाद देगी तो राफताब की आत्मा जुड़ा जायेगी। नोडक्निया लौटा तो तीन अंडे तोड़े गये और उनके कड़े छिलके के सबसे बड़े टुकड़े चुन लिये गये। इन टुकड़ों, काली मुर्गी की वह बायीं टांग, बछड़े के निचले जबड़े के साथ चावल के बूरे से बनायी तीन लिट्टियों को एक पत्तल पर रखकर मेटिया में रखी अस्थि के साथ समाधि शिला पर रख दिया गया और उसका दरवाजा बंद कर दिया गया। उसके सामने भोज्य पदार्थ और पान-सुपारी रख दिया गया।

अगली सुबह अस्थि-कलश को फिर उमकोई तक ले जाया गया और पिछले दिन का पूरा कार्यक्रम दुहराया गया। तीन दिनों तक यही होता रहा, तब लाइत् इया[3] की भोर आयी। सारे रिश्तेदार और मित्र कब्र-शिला तक एक जलूस में आये। साथ में राफताब के प्रिय व्यंजन और दूसरे खाने-पीने की सामान लाये। अकाल मृत्यु हुई थी, इसलिए पहुँचते ही एक बकरा उ सिडकाइ बामन[4] और एक सुअरी का रमसादी[5] के नाम पर चढ़ा दिये गये। फिर समाधि शिला को अस्थि-कलश के साथ बंदकर का तिरुत के नाम पर एक और सुअरी हींक दी गयी। माउकिंथेई[6] के लिए लाल पत्थर पहले से ही चिकना कर रखा गया था। कोई दो हाथ ऊँचे पत्थर के पाये गाड़ उन पर उसे रख दिया गया। इस चबूतरे पर आत्मा कभी-कभी आकर बैठेगी, सुस्ताएगी, दुनिया देखेगी। जब भी जरूरत होगी राफताब के घरवाले उस पर यदा-कदा खाने की

---

1. गोत्र मामा।
2. जलाशय।
3. श्राद्ध या शयन।
4. विघ्न दूर करने वाले देव।
5. विघ्न दूर करने वाली देवी।
6. शिला जिस पर आत्मा कभी-कभी आकर विश्राम करती है।

सामाग्री रख जायेंगे, जरूरत पड़ेगी तो बलि चढ़ायेंगे।

वे लौट गये तो उनके साथ पूरा घर नदी में नहाने गया, कपड़े धोया, लौटकर घर की लिपाई-पुताई की। उस रात घर के दरवाजे खोलकर रखे गये : हो सकता है मृत-आत्मा देखने आये। दूसरे दिन सुबह मित्रों ने घर के आस-पास की वीथियों पर पसरी शीत में उसके पाँवों के निशान ढूँढ़े। मिला किसी को नहीं। तब लिड्दोह आये और अंडा तोड़कर राफताब की मृत्यु का कारण पता लगाये। पुष्टि हो गयी कि मृत्यु सर्प-बलि के कारण हुई है और उसके भी पीछे कारण यह है कि उसने कोपिली को बिना बलिदान चढ़ाये ही पार किया था।

इससे लोगों के मन में एक भय यह पुनर्नवा हो गया कि उनके इलाके से सर्प-पूजन समाप्त नहीं हुआ है। इससे अनेक लोगों का अनिष्ट होगा। सावधान रहना चाहिए। दूसरा भय यह पुनर्नवा हुआ कि किसी भी हालत में बिना पूजा दिये कोपिली पार नहीं करना है। लेकिन पादरी ने एक तीसरा ही संदेश प्राप्त किया—कि यही उचित समय है, उन्हें इसाई बनाने का। इन दोनों भयों से वे मुक्ति तुरंत चाहेंगे और वह उसे प्रदान कर सकता है। उसके पास जो पंद्रह गोरों की पल्टन है, उससे साँप पूजनेवाले जोर सिंह को पकड़वा लेगा—बदजात ने प्नार राजा के विरुद्ध एक साक्ष्य को नष्ट कर दिया है। दूसरे उपदेश करेगा कि इसाई बन जाने पर कोपिली का डर नहीं रह जायेगा—दूसरे धर्म के देवी-देवता, भूत-प्रेत इसाई पर कोई प्रभाव नहीं डालते।

एक बात यह थी कि दबइल सिंह के अपराधियों को सजा दिलाने में जितनी खुशी लालुडों को मिलती, उससे अधिक दु:ख बसंता को पकड़ कर कैद किये जाने का था। उनका यह दु:ख धीरे-धीरे क्रोध में बदलता जा रहा था, जिसे पादरी का यह तर्क किसी भी तरह से शांत नहीं कर पा रहा था कि बसंता के साथ यह व्यवहार दबइल के जुल्मियों को सजा दिलाने के लिए जरूरी है। दबइल तो जा चुका था। उसके साथ यदि बसंता भी चला गया तो समाज को मिला क्या? सजा दिलानी थी तो पादरी उसे अपने बल पर दिलाता, चाहे वह बल आध्यात्मिक हो या फौजी। उसे अपने ईशू से कह कर प्नार राजा पर गाज गिरवा देना था; मरियम से कह कर हैजा, महामारी, शीतला की सवारी भिजवा कर उसका पूरा खान्दान मिटा देना था। उसका साथ देने वालों का गाँव तबाह करवा देना था। ऐसा तो कुछ हुआ नहीं उल्टे उनका भावी लिड्दोह उसके तहखाने में सड़ रहा है। उसका उद्धार करानेवाला कोई नहीं।

पादरी ने सोचा था कि घुड़सवार हवलदार के नेतृत्व में करीने से मार्च करती गोरी पलटन को देख कर लालुडों में इसाई बनने का उत्साह बढ़ जायेगा—कम्पनी बहादुर की ताकत उन्हें एक बेहतर भविष्य का सब्जबाग दिखायेगी। पर असर हो रहा था उल्टा। लालुडो को लगता कि उन्हें डराने के लिए यह टुकड़ी प्रदर्शित की जा रही है। टुकड़ी का व्यवहार भी वैसा ही था। बिना पैसे दिये ही गाँव से दारू, मुर्गा, सुअर, बढ़िया चावल और शहद तो ले ही जा रहे थे; जंगल में बेरोक-टोक शिकार खेल रहे थे—जानवरों को भोजन के लिए नहीं, मनोरंजन के लिए मार रहे थे। मनोरंजन के लिए

ही जब चाहे तब जिस युवती को जहाँ चाहें वहीं रोक ले रहे थे। इससे लोगों का खून क्रमशः उबलता जा रहा था। इसकी भनक पाकर पादरी ने पहले उन्हें रोका। फिर हटा देने के लिए सोचा। सो प्रोग्राम बनाया कि उन्हें माफू ले जाया जाय। टुकड़ी जिन गाँवों से गुजरेगी, उन गाँवों के सहारे उस पूरे इलाके में रोब जम जायेगा।

लेहाजा आई बाम लइत आइ[1] के दिन वह इस टुकड़ी के साथ माफू पहुँचा। कई सुअरों को हींककर भोज आयोजित हुआ। लोगों के मुँह खुले के खुले रह गये कि यह सारा खर्चा पादरी दे रहा है। इसाई अपने अनुयाइयों को सबकुछ प्रदान करते हैं धन, मन, तन, ईश्वर तक जाने का रास्ता। भौतिक और अधिभौतिक दोनों समृद्धि।

गोरे सिपाहियों को देखकर नजवा में कई गुना जोश भर गया। सुना करती थी कि गोरे सिपाही ही गोरी सरकार हैं। गोरी सरकार आइन की सरकार है, कानून की सरकार है। कानून की, आइन की सरकार—यानी जिसमें सब कुछ पहले से तय है कि क्या करना है, क्या नहीं करना है। जो नहीं करना है वह अपराध है और उसकी सजा है। उसे सिद्ध करने के लिए तथ्यों की एक श्रृंखला है, जिसे एक क्रम में रख सत्यापित करने की जरूरत पड़ती है। वह एक आसान काम है। उस पर उनका जो निर्णय होता है, जो शासन देते हैं, वह बिना कोई राग-द्वेष लिए होता है। नजवा उन्हीं के पास नालिश करेगी। सियेम के यहाँ नालिश करके देख चुकी है। क्या सियेम और क्या उनका दरबार, सभी एक स्वर में कह चुके हैं कि साँप को पूजा चढ़ाना हत्या नहीं है। पर वह कैसे मान ले कि हत्या नहीं है। आदमी को मुँगड़ी से पीट-पीट कर बेहाल कर दिया गया था, अबोलता, अचेत कर दिया गया था। नाक को छेद कर रक्त निकाला गया था। उस रात जब हवा खामोश थी और सारा आसमान काला पड़कर धरती के काफी नजदीक आ गया था—एक घुटन चारों ओर से गला दबाते आगे बढ़ रही थी—तभी अपने बिस्तर पर, अपने घर में, अपने आत्मीयों के बीच उनके देखते ही देखते राफताब मर गया था इस तरह से कराहते हुए कि जैसे कोई संकरे गले का प्राणी लील रहा हो थोड़ा-थोड़ा करके। उसकी हड्डियाँ टूटती जाने से काया पतली पड़ती जा रही है जानवर के गले के अनुरूप। उसकी वेदना से वह तड़फ रहा है कि जैसे उसकी जकड़ से छूटने की भरपूर कोशिश के बाद बेवस हो गया है, और वह चीख जो बड़ी धीमी पर नाभि की गहराई से आ रही है, उस निगलन का एक मात्र प्रतिवाद बनकर रह गयी है। वह चीख जो कराह की तरह थी, जब बंद हुई तब साँस ही बंद हो गयी। पूरा गाँव आर्तनाद में डूब गया। तब उसने चेर्रा राजा से गुहार की थी कि जोर राय को सजा बलि चढ़ाने के लिए नहीं, मुँगड़ी से पीट-पीट कर अधमरा करने के लिए दी जाय। पादरी ने कहा था कि नीयत और इरादा में अंतर होता है। सजा के लिए इरादा ही बहुत है। पर तब लिडदोह ने कहा था कि बिना पीटे भला नीयत कैसे पूरी होती। पहले का जमाना होता तो जोर राय सीधे सीने पर बैठ कर छुरी से गले की नसें काट खून निकाल कर साँप को चढ़ाता। उसमें हत्या सीधे होती। इस तरह हत्या कर जोर

---

1. शुद्धि के बाद का भोज।

राय ने राफताब को कुछेक दिन जीने का और मौका दिया था।

पादरी पूरे मनोयोग से नजवा की फरियाद फौजी अधिकारी तक पहुँचा रहा था। उसका इरादा नजवा को न्याय दिला दिलासा देना कम, जोर राय को गैर-खासी इलाके से एक गैर-खासी प्रजा के अपहरण के गवाह को नष्ट करने का खमियाजा भुगताना अधिक था। गुस्सा इस बात का था कि बिना इस गवाही के प्नार राजा को पकड़ना कठिन था। गुमास्ता की गवाही यह कहकर कमजोर की जा सकती है कि वह दूसरे कौम का है, उसका इरादा प्नार राजा को नीचा दिखाने का है, प्नार राजा और श्रीहट्ट राजा की दुश्मनी पुरानी है, कि श्रीहट्ट राजा उसका इलाका लेने के लिए यह सब कुछ कर रहा है। लेकिन जब राजा के ही कौम का आदमी भरी सभा में उठकर कहता कि इनके कहने पर मैंने अपहरण किया था, तो उसका मजा ही कुछ और होता। लेकिन जोर राय ने तो यह सबूत ही मिटा दिया है।

लेकिन फौजी अधिकारी यह मानने के लिए तैयार न था। कम्पनी बहादुर का इस मामले में दखल देने के लिए कोई आधार ही नहीं बनता है : न क्षेत्र का, न व्यक्ति का। पादरी ने यह कहकर बहुत प्रभावित करना चाहा कि जहाँ भी इसाई हैं, वह क्षेत्र ब्रिटानी राज्य का ही हिस्सा है, जिसका प्रतिनिधि फिलहाल कम्पनी बहादुर है। लेकिन हवलदार इस पचड़े में नहीं पड़ना चाहता था। उसके भ्रमण का इरादा दूसरा था। बर्मा के साथ युद्ध अवश्यंभावी था और उसके लिए काफी कुलियों की आवश्यकता थी। वह कम्पनी बहादुर के लिए सुनिश्चित कर लेना चाहता था कि राली और पादरी जितना कुली मुहैया करने का वादा करते रहे हैं, उसमें कुछ दम भी है कि नहीं। नहीं है तो बंगाल, बिहार के दूसरे हिस्सों से, उसके परम्परागत ठीकेदारों के जरिये इंतजाम करना पड़ेगा। दूसरे इस इलाके के तथाकथित छोटे-छोटे रजवाड़े कहीं कम्पनी के इतना विरुद्ध तो नहीं हैं कि बर्मा से युद्ध शुरू होते ही ये विद्रोह कर हमारी सप्लाई लाइन काट देंगे? कहीं आक्रमण कर बैठे तो हमारी फौज बर्मी खसिया के पाटों के बीच पिस तो नहीं जायेगी? लेहाजा उन्होंने जोर राय को गिरफ्तार करने में कोई रुचि न दिखायी।

: 23 :

पश्चिम का आसमान यदि आज शाम लाल हो उठा है तो कल की सुबह निश्चय ही बड़ी शुभदायक होगी। लरनाई के कुम्हार उसे देखकर बड़े खुश हुए थे। उनकी स्त्रियाँ सुबह से ही देउ इओड[1] और देउ ख्लुइद[2] को आम के पटरे वाली बड़ी-बड़ी

---

1. देउ इयोड—कोहरौटी माटी,

2. देउ ख्लुइद—हीरा माटी।

चौकियों पर कूट रही थीं। बच्चे जंगल में सोहलिया[1] की छाल इकट्ठा करने निकल गये थे। दोनों मिट्टियों को मिला कर तरह-तरह के भांड बनाये जायेंगे। उन्हें सोहलिया की छाल के रंग से काला रंगा जायेगा। इसी रंग के बर्तन के लिए साई[2] चेर्रा राज से मिला है। मृत राजा का श्राद्ध बारह वर्ष बाद होने जा रहा है। काफी नेग मिलेगा। पूरा गाँव कई दिन तक राजा के यहाँ चुल्हिाया बुतावन भोज करेगा, वह अलग।

एक स्त्री दोनों तरह की अलग-अलग कुटी मिट्टियों को बैल के चमड़े की विशाल थैली में रख, पानी डाल उसे उलट-पुलट कर गूँध रही थी। पास में ही थापी, पीटना रखे थी। उनके यहाँ चाक तो चलता नहीं था। सो वांछित मुलायमियत मिलते ही मिट्टी को उड़ेलकर थापी, पिटना के सहारे भांडों को वांछित शक्ल देगी। तभी देखा कि उसका पति काफी दूरी पर दो लोगों के साथ चला आ रहा है। वे वही लोग थे जो दो अठवारा पहले बर्तन के लिए साई देने चेर्रा से आये थे। एक रात रुकने के बाद जब उन्हें गाँव लौट जाना चाहिए था, वे दिन भर उसके पति के साथ कुछ गुपचुप मंत्रणा करते रहे। खुसुर-फुसुर। वह जितना सुन सकी, उससे कुछ समझ न सकी। वे बार-बार यही सवाच रहे थे कि निजपत की राजवाड़ी में कितने सुपारी के पेड़ हैं और उनमें इस रूप, रंग और विशेषता का पेड़ कहाँ है? वह तो डर रही थी कि ये आगंतुक कहीं उसके पति के साथ कोई लाई-लपसी तो नहीं लगा रहे हैं। उसकी ख्याति एक सधे चोर की थी। आजतक चोरी कर घर तो कुछ लाया नहीं, उल्टे जब भी आया हाथ-पाँव तुड़वा कर आया। अब ढूँढ़ों अठरहियन मेन और बहुआरि की छाल। कूटो उसे हल्दी तीसी के साथ और रोज-रोज बाँधों गरम पुटलिया। एकाध बार तो हड़जोड़ की लकड़ी तक खोजनी पड़ी थी। करेगा कुछ नहीं। बस नदी ताल की बिलों में केकड़ा खोजता रहेगा और उनकी तलहटी से कभी कोंहरौटी तो कभी हीरा माटी लाकर रख देगा। अब बनाओ बर्तन और सिर पर लादकर बेचों गाँव-गाँव, हाट-हाट। कहीं पर्वत-नाले में पाँव फिसल गया तो सेवा करने की जगह ताने देगा, ''देख किसी और को रही होगी, पाँव किसी और की ओर बढ़ा रही होगी।'' इसे सुनकर गाँव भर की घिंगड़ियाँ कहेंगी, ''कितना तो प्यार करता है तुझे! किसी के पास चली जाने के अंदेशे से ही दुबला हो जाता है।'' लेकिन हड्डियों में जो पीर उठती है...

देखा तो वह सही-सलामत चला आ रहा था। सबके कंधे पर एक-एक छोटी गठरी है। उनकी गति से लगता है कि वे जल्दी में हैं। तो अबकी कुछ हाथ लगा है। वह काम छोड़कर उनकी ओर बढ़ी। पास आते ही पति बोला, ''कुछ खाने को है?''

''इस कुअवसर पर खाने को क्या होगा? अभी अरुवा या आम की कोइली उबालती हूँ।''

---

1. **सोहलिया—एक तरह का वृक्ष जिसके छाल के रंग से मिट्टी के बर्तन पकाने से पहले रंगे जाते हैं।**
2. **साई—अग्रिम पैसा व निमंत्रण।**

"कुछ भी नहीं है?"

"तुम्हारे भर को तो सुथनी है। मेहमानों..."

"हम उसी में बाँटकर खा लेंगे। जल्दी ही जाना है।"

उसका संदेह पक्का हो गया। इस बार निजपत में किसी लिडदोह या दिडदोह के यहाँ लम्बा हाथ मारा है। तुरंत ही धनी हो जाने की आकांक्षा से शुरू किया गया चोरी का धंधा अब ढलती उम्र में कुछ दे पाया है। पोटली छोटी है। सोना-हीरा ही होगा। वह प्रसन्न होवे कि न होवे की उधेड़-बुन में घर पहुँची। वे सुथनी खाने बैठे तो वह चौकन्ना हो गाँव की चारों तरफ बाहर की ओर देखने लगी—कि उधर से कोई आन गाँव का आदमी तो नहीं आ रहा है, इनका पीछा करते।

वे खा चुके और उसके बाद काफी समय बीत गया तो एक तरफ उसे यह लगा कि अब कोई इनका पीछा करते नहीं आयेगा, ये काफी बच-बचा के आये हैं। दूसरी तरफ यह भी लगा कि आनेवाले अब तक फासला तय कर लिये होंगे और अब पहुँचने वाले ही होंगे। पहले कोई अकेले ही आयेगा। इन्हें देखकर पक्का कर लेगा तब अपने साथ के लोगों को इशारा करेगा। अकेले कोई चोर पकड़ने तो आयेगा नहीं! इशारा वह कोई आवाज निकाल कर ही करेगा। तब तो अब इन्हें तुरंत ही भागना चाहिए। उसे जैसे ही लगा कि पेट में गूदा आते ही अब इन पर आलस्य चढ़ रही है और पति तो उसे अति ललचाई आँखों से देख रहा है कि यदि दिन में मौका न मिला तो रात में खैर नहीं, वह फौरन बोली, "सब लोग अपना-अपना रास्ता नापो। जो बर्तन पककर तैयार हो गये हैं उन्हें झापों में रख दिया है। तीनों उठाओ और खिसको।"

पति बोला, "बच्चों से तो मिल लूँ।"

"कोई जरूरत नहीं है। वे जंगल गये हैं। शाम को ही लौटेंगे।"

पति समेत तीनों को लगा कि और कोई रास्ता नहीं है। जितनी ही जल्दी चेर्रा के राजा के पास यह सौगात पहुँचा दी जाय, उतना ही अच्छा। वे चल पड़े।

लाल शाम के बाद उजला दिन चेर्रा में भी हुआ था। कई रात फुर[1] चला था। थकी स्त्रियाँ दिन उगने तक सो रही थीं। लेकिन पुरुष वर्ग ने माउ सियेड[2] से निकाली गयी मृत राजा की अस्थियों को तीन पानी से धोकर सूखने के लिए छोड़ दिया था। लोग चारों तरफ से उसकी रखवाली कर रहे थे। सम्बन्धित बलियाँ चढ़ाई जा रही थीं। पशुओं के खाल उतारे रहे थे। बड़े-बड़े हंडों में पकाने के लिए समुचित परिमाण के टुकड़े काटे जा रहे थे। भोज राजा के घर था। इसलिए तरह-तरह के मसाले पीसे जा

1. **फुर—स्त्रियों का शोक नृत्य।**
2. **माउ सियेड—व्यक्ति विशेष की हड्डी रखने की छोटी शिला-समाधि।**

रहे थे, भूने जा रहे थे। चूँकि यह भोज बहुत दिनों के बाद हो रहा था और पता नहीं आगे कब होगा—कभी होगा भी कि नहीं गोत्र के खसिया समाज ने तय पाया था कि सभी पुरुखों का फूला गोत्र समाधि में रख दिया जाय उससे सम्बन्धित पत्थर लगाकर यादगार पूरा कर लिया जाय।

यह कोई आसान काम नहीं था। गोत्र समाधि में रखने से पहले प्रवर समाधियों से अस्थियाँ निकाली जाती थीं। इसके लिए प्रवर तय होना बहुत जरूरी था। वंशानुक्रम का मामला उस मातृसत्तात्मक समाज में इतना पेचीदा था कि जिनकी उत्पत्ति संदेहास्पद थी वे उच्च से उच्च सम्मानित पुरखिन से अपनी संतति परम्परा जोड़ते थे, जिसका दूसरे विरोध करते थे। इस दूसरों में दो तरह के लोग शामिल थे—एक तो वे जो सर्वमान्य वंशधर थे और नहीं चाहते थे कि कोई संदेहास्पद मूल का उनमें शामिल हो जाय। दूसरे वे थे जो वंशधर नहीं थे, तो भी यह नहीं चाहते थे कि कोई दूसरा अच्छे वंश से जोड़कर अपने को उनसे उच्च समझे। इसलिए एक-एक परिवार को लेकर बड़ी-बड़ी हुज्जत हुई थी। और कई दिनों के शाब्दिक माथाफोड़ के बाद जब प्रवर तय हो गया था, तब माउ फेउ[1] से अस्थियों की विभिन्न पिटारियाँ निकाली गयी थीं। अस्थियों को स्त्री और पुरुष के अनुसार वर्गा कर बड़ी-बड़ी कुरियाँ लगा दी गयीं थीं। जबकि दूसरे लिङ्दोह पशु-बलि चढ़ाने में लगे थे, एक लिङ्दोह, गोत्र के सबसे बूढ़े आदमी के साथ बैठकर सभी पितरों से प्रार्थना कर रहा था कि क्षमता भर गोत्र ने अपनी परम्परा के अनुसार पूजा चढ़ा कर उनकी आवभगत की है, सेवा की है, सबकी आत्मा को उनके लोक में जाने की व्यवस्था की है, इसलिए उन्हें चाहिए कि वे गोत्र को शांति दें, समृद्धि दें, प्रेत बनकर किसी को सतायें नहीं। फिर पहले अंडा तोड़ कर फिर मुर्गा काटकर वह शुभ दिन तय किया गया था जिस दिन शिला-समाधि में उनकी अस्थियाँ रख दी जायेंगी। उसके लिए गोत्र की दो सम्मानित स्त्रियाँ नहा-धोकर साफ-सुथरी और पवित्र हो कर पुरुषों की हड्डियाँ एक सफेद नये वस्त्र में लपेट कर और उसी तरह स्त्रियों की अस्थियाँ एक दूसरे वस्त्र में लपेट कर अपने सीने से चिपकाये एक जलूस में आकर गोत्र-पूजाघर में सज्जित चौकियों पर रख गयी थीं। गोत्र का सबसे बूढ़ा आदमी उनके आगे-आगे खसिया ओक की पवित्र पत्तियाँ बिखेरता चला था, जिससे कि आत्माओं के पाँव को ठेस न लगे और वे इस पावड़े के सहारे अपने गंतव्य तक बिना भटके पहुँच जायँ। एक दूसरे व्यक्ति ने इसी तरह अक्षत फेंका था। एक तीसरे व्यक्ति ने रास्ते में पड़ने वाली नालियों पर डोरे का पुल-सा बना दिया था। किसी और ने उनपर उ' नाम तोहरिह[2] बिछा दिया था कि वे फिसल कर नीचे न गिर पड़ें। आत्माओं को सुरक्षित पहुँचाने की इन तमाम तैयारियों से जैसे संतुष्ट न होकर उनके लिए अपने पंजों से खुरच-खुरच कर आरामदायक रास्ता बनाने के लिए उ' इयार क्रदलिंती[3] मुर्गे को मार

---

1. **माउ फेउ—प्रवर समाधि शिला-पिटारी-भंडार।**
2. **उ' नाम तोहरिह—हाथी घास।**
3. **रास्ता बनाते की बलि।**

कर चढ़ा दिया गया था। उसके बाद रास्ते के भोजन स्वरूप सुअर, बैल, पाड़ा को मार कर चढ़ा दिया गया था। उनके मांस के हिस्सों को एक बड़ी-सी टोकरी में रख अग्नि संस्कार के वक्त चढ़ाये मुर्गे की टाँगों और बछड़ों के निचले जबड़ों के अंबार के ठीक ऊपर घर के कोरो से टाँग दिया गया था। अब गोत्र की कुमारिकाओं के नृत्य की तैयारी चल रही थी। का पूरों[1] और उ तिड्शाप[2] के पुतले बनाये जा रहे थे।

आई बाम[3] के इस मौके पर पूर्वी दिशा से लरनाई के कुम्हारों का दल अपने सिर पर भांडों का खाँचा रखे सावधानी से चला आ रहा था। लोगों ने इसे शुभ लक्षण समझा और दौड़ पड़े उनके स्वागत के लिए विभिन्न प्रकार की ध्वनियाँ करते। कुम्हारों ने खाँचा उतारा तो उन्हें पानी-घानी पिलाया गया। फिर सभी मांस पकाने में संलग्न हो गये।

उसकी खिड़की से नागेसर पेड़ों के घने जंगल के माथे पर आकाश के मध्य चंद्रमा दिखाई देने लगा था। खिड़की से आती चाँदनी मेज पर, बिस्तर पर, सजावट के बर्तनों पर, अँगीठी के लिए सहेजे कोयलों पर बदस्तूर चमकने लगी तो कमरे की रोशनी ही बदल गयी। उस रोशरी में चेर्रा के राजा ने अपना हाथ देखा। उस पर कोयला के चूरे नहीं के बराबर थे। जो थे उनकी कालिमा एक चमक में बदल गयी थी कि जैसे वे काले मणिचूर्ण हों। उसके हाथ की चमड़ी स्निग्ध हो उठी थी और गदोरियाँ गुँधे आटे में मिले सिंदूर की तरह धधक रही थीं। वैसे ही कमरे को गरम रखने वाले चूल्हे को धधका देना चाहता था। सूखी लकड़ियों को करीने से सजाने के बाद उन पर बड़े-बड़े कोयले लोहे के भारी काले चिमटे से उठाकर रखने के बाद वह उनमें आग लगाना चाहता था। उसके लिए लपट की जरूरत थी। लपट वह बनाना चाहता था, पर जाने क्यों कमरे की वस्तुओं पर नाँचती चाँदनी की उपस्थिति में ऐसा करना नागवार लग रहा था।

कमरे में पुराने ढंग का खसिया फर्नीचर रखा था। उसकी काली पालिश बाहर फैली शीत की तरह ही सुखद लग रही थी। वह उनमें से एक स्टूलनुमा मोढ़े को बीच में खींच कर बैठ गया। अचानक लगा कि वह कितना अकेला है? लेकिन क्यों? वह तो सारभौम है, राजा है, जो चाहा है वह पाया है, जो नहीं पाया है, उसके लिए निरंतर प्रयत्न किया है—वही जीवन का उद्देश्य बना रहा है, कहिए वही जीवन का मतलब रहा है। जीवन का मतलब स्वयं बनाया जाता है। उसे वही बना सकता है जो स्वतंत्र है। स्वतंत्र वही हो सकता है, जिसके पास शक्ति है। शक्ति उसके पास होती है जिसके

---

1. का पूरों—का इयावाई यानी प्रथम गोत्र माता का पुतला।
2. उ तिडशाप—उ सुइदनिया यानी प्रथम गोत्र मामा का पुतला। इन पुतलों को लेकर ही इस रात नृत्य होता है।
3. आई बाम—इस पूरे आयोजन को इकट्ठे आई बाम कहते हैं।

बाजुओं में दम होता है। और होता है दूसरे के बाजुओं को अपना बना लेने की शक्ति। उसके लिए धन की आवश्यकता होती है, छल की आवश्यकता होती है, कल की आवश्यकता होती है। धन वह कमा रहा है। भाग्य की कृपा है। बर्मा से युद्ध आसन्न है। उसके लिए खसिया कुलियों की जबरजस्त जरूरत है। वह भाग्यशाली है कि उसके राज के किनारे से जादुकाटा नदी बहती है। कुलियों के जाने के लिए उसने नदी के किनारे-किनारे रास्ता बनवा दिया है। इससे कोपिली नदी पार नहीं करनी पड़ती। समय जरा ज्यादे लगता है। पर इससे उसे क्या लेना-देना! उसे हर 'हेड' दलाली मिलती है और कुली को प्रतिदिन के हिसाब से दिहाड़ी। अब समय ज्यादे लगता है तो वह कम्पनी सरकार के माथे। कम्पनी से ही वह शक्ति पायेगा। पादरी की गोरी पल्टल देखी है। वे जिधर होंगे आधा युद्ध उनके होने मात्र से जीता जायेगा—ऐसा रोब, ऐसा दबदबा उस फौज का। जैसे महाभारत के कृष्ण की तरफदारी की बात हो। यह उसका कल है। बस छल की देखो: क्या होता है। लरनाई से कुम्हार तो आ गये हैं, पर क्या उनके साथ टहलुए भी आये हैं?

चाँदनी थोड़ी सरक गयी थी। इससे सर्दी के बढ़ जाने की पूरी सम्भावना थी। इसलिए उसने लपट तैयार किया और चुल्हे को दे दिया। सूखी लकड़ियाँ एक साथ जल उठीं। जितनी जल्दी उठीं, उतनी ही जल्दी बुझीं। सिर्फ लपट बुझी, लकड़ी तो अंगार बन गयी थी। वे धीरे-धीरे कोयले को दहका देंगी और कमरा गरम हो जायेगा। ऐसी ही दहक उसे अपने मित्रों को याद कर होती है। उनका जो रूप उसकी स्मृति में स्पष्ट था और जिस रूप की चाह वह बनाये रखना चाह रहा था, वह पिघलता जा रहा था। शायद यही उसे अकेला करता जा रहा था।

ज्यादे अकेला रहने की गुंजाइश न थी। बड़े से आँगन को पार कर दोनों टहलुए आ रहे थे। दोनों के हाथ में एक-एक हाँड़ी थी। राजा की आँखें उन्हें देख कर चमक उठीं। लेकिन बिना दरियाफ्त खुश नहीं हो सकता था। टहलुओं ने उसके पास पहुँचकर खुब्लेइ कहा और हाँड़ी उसकी ओर बढ़ाकर बधाई के स्वर में बोले, ''नार-पुरइन मिल गयी राजा।''

राजा ने आगे बढ़कर उन्हें सीने से लगा लिया। बोला, ''तुम दोनों मेरे टहलुए नहीं, सच्चे मित्र हो। बोलो क्या चाहते हो?''

टहलुओं में जो थोड़ा करेर था झुककर बोला, ''हमारी मित्रता बनी रहे, राज साबूत रहे, बस और क्या चाहिए राजा?''

राजा की आँखें छलछला आयीं। पुराने मित्रों की जो आकृतियाँ पिघल गयी थीं, वे पुँछ गयीं। उनकी जगह इनकी छबियाँ चस्पा हो गयीं।

प्यार राजा की नार-पुरइन तो मिल गयी थी। पर इससे उसका जीवन नहीं मिला था। सिर्फ मिलने की सम्भावना बढ़ गयी थी। उस सम्भावना को टटोलने के लिए ही

अल्खा आवरी को एक बहाने से बुलवाया था।

सराती बज रही थी। ढोल, नगाड़े की आवाज को चीर कर पूरे परिवेश पर फैल रही थी। निर्गुण ब्रह्म को याद दिलाती उसकी उदास बाउल ध्वनि राजा को बेध रही थी—जब जीवन इतना नश्वर है तो इतना ताम-झाम क्यों? यह छीना-झपट क्यों?

क्योंकि जीवन निर्गुण नहीं है। उदासी उसका स्थाई भाव नहीं है। उल्लास उसका उत्स है। उत्स संसार में है। संसार को पाना है। इसलिए यह छीना-झपटी। मैं नहीं छीनूगाँ तो कोई और छीन लेगा। यह प्नार राजा ही छीन लेगा। क्या गुट्टी फँसाया है श्रीहट्टी राजा के साथ? जिन खानों को मुझे दिया है, उसे ही श्रीहट्ट के राजा को दे दिया है। एक तरफ वह हम खासियों को अंग्रेज के विरुद्ध एकजुट करना चाहता है, तो दूसरी तरफ हिन्दू राजा से लड़ाकर मुझे नष्ट कर देना चाहता है। अगर हिन्दू राजा से उसे इतना ही प्यार है तो हम भी अंग्रेज से प्यार कर सकते हैं। मार तो तुम्हें मैं अकेला ही सकता हूँ और किस-किस लड़ाई में नहीं हराया है। लेकिन जो मर कर भी जिंदा हो जाते हो उसका क्या करूँ?

करना क्या है? राज पता चल गया है। तुम्हें मारने का एक चरण आज ही पूरा हो गया है। दूसरा और तीसरा भी जल्दी ही पूरा करूँगा।

लिम्पुङ[1] में नृत्य शुरू हो गया था। एक गोत्र की सुन्दर-सी लड़की थी जो का पुरों का पुतला लिए हुए थी। राजा ने शायद उसे पहले नहीं देखा था और यदि देखा था तो गौर नहीं किया था। पादरी शायद इसी की बात कर रहा था। कहता था, 'इसे इन्फार्मर बनाऊँगा। इसके माध्यम से खसिया लोगों की परम्परा, भाषा वगैरह की गहराइयाँ जानूँगा। एसियाटिक सोसाइटी ही नहीं विलायत के जर्नलों में उन पर लेख लिखूँगा और इस बिलाए समाज को दुनिया के सामने रख दूँगा।' राजा ने उस पर से अपना ध्यान हटाया। एक दूसरी लड़की अपने हाथ में उ हिङशाय का पुतला लिए हुए थी। जितनी चौड़ी उतनी ही लम्बी। अन्य खासियों की तरह सपाट कमर और लटके नितम्ब वाली नहीं। पतली कमर और ऊपर की ओर उठे नितम्ब वाली। पादरी की निगाह इस पर क्यों नहीं पड़ी? सिर्फ रूप के लिए ही नहीं, इसके पाँवों में जो कला है, उसके लिए भी! शायद इसलिए कि खिर्रिम का राजा अंग्रेज को अपने पास फटकने नहीं देता? फटकने अब क्यों देगा? उसके का सियेम सद को तो वह पहले ही ले जा चुका है?

राजा का मन उदास हो गया। उसने नाच की ओर से दृष्टि फेरी तो देखा पादरी आँगन पार कर चला आ रहा है। अब वह इस परिवार से इतना परिचित हो गया था कि उसके कहीं भी आने-जाने पर रोक नहीं रह गयी थी। वह सीधे राजा के निजी कमरे में आया। सामान्य औपचारिकताओं के बाद रोज की ही तरह पादरी बोला, "इसाई बन गये होते तो आपको इन खर्चीली परंपराओं से छूट मिल गयी होती।"

रोज की ही तरह राजा को वह बात पसंद न आयी। बोला, "मेरा मामा खसिया

---

1. **घर के सामने इस अवसर पर नृत्य के लिए बनाया गया मैदान।**

मरा था तो उसका श्राद्ध भी खसिया ढंग से ही होना चाहिए। और सच पूछिए तो मैं भी अभी इसाई नहीं हूँ।'' उसके मन में यह बात गहरे पैठी थी कि यदि वह इसाई बनेगा तो पूर्व राजा का संस्कार करके ही बनेगा। फिर राजा ये खर्चे प्रजा पर अपना प्रभाव बनाये रखने के लिए करता है। और प्रजा लोग कौन होते हैं—उसी के गोत्र के लोग तो जो इस बहाने अपनी पंक्ति के पुरुखों की अस्थियाँ गोत्र-समाधि-शिला में रखते हैं। इससे गोत्र की एकता पुनर्नवा हो उठती है। फिर माना कि उनका सम्बन्ध शासक और शासित का नहीं है, तो भी उनकी एक अपेक्षा राजा से तो है ही। उन्हें विश्वास में बनाये रखने के लिए संस्कार पूरे धूम-धाम से करना जरूरी है। इससे आगे यह भी प्रभाव बना रहेगा कि भले ही राजा क्रिस्तान बन गया, अपने पुरुषों के प्रति कर्त्तव्य का पूरा निर्वाह किया—उन्हें तार गया।

अकेले में राजा इतना उत्तेजित होकर बैठा होगा, पादरी को आभास नहीं था। होता तो आता नहीं। आता तो यह बात छेड़ता नहीं। ठीक है राजा यदि अपने पारम्परिक विधान से अपने परवर्ती राजा की अंत्येष्टि करता है तो भला हमें क्या आपत्ति? हमने तो यही सोचा था कि उसका धन बच जाय। वह खर्च ही करना चाहता है तो उसकी मर्जी। बस एक ही ख़तरा है: यदि हर खासी इसी तरह अपने पुरुखों की अंत्येष्टि कर इसाई बनने लगा तो चर्च का खजाना ही खाली हो जायेगा। बात बदलने के लिए बोला, ''इतनी सर्द रात में पसीना चुहचुहा आना ठीक नहीं।''

''हो जाता है। प्नार राजा...''

''प्नार राजा को तो हम ऐसा सबक देंगे...''

''आप जब देंगे, तब देंगे। उसने तो मुझे सिलहटी राजा से लड़ा दिया है। सिलहटी साफ कह रहा है, खोइ[1] क्या खाकर हमसे लड़ेगा? दु:ख इस बात का कम है कि प्नार राजा ने धोखा दिया है। इस बात का अधिक है कि सिलहटी को यदि मनपरका लग गया तो मेरी खानों को भी ले लेगा।''

''इसकी दवा तो आक्रमण है।''

''किस बूते पर?'' थोड़ी देर रुक कर फिर बोला, ''क्या आप मदद कर पायेंगे? क्या कम्पनी आप की बात मानेगी? कह देगी यह तो नेटिवों की आपसी मामला है।''

''नहीं कहेगी। मराठों के संदर्भ में देखो।''

''लेकिन हम लड़ाई के लिए क्यों जाँय? प्नार राजा के अमरत्व का रहस्य मिल जाता तो सीधे उसी पर चोट करता।''

''मिलेगा।'' कहकर पादरी एक कुटिल मौन में खो गया। वह नहीं चाहता था कि प्नार राजा के अमरत्व का रहस्य वह उसके इसाई बनने से पहले ही बता दे। जानने के बाद, अपना स्वार्थ साधने के बाद यदि वह इसाई न बना तो? यह रहस्य तो तुरप का पत्ता है। इसे हमेशा अंत में खेला जाता है।

---

1. **खासी लोगों को सिलहटी लोग खोई कहते हैं।**

पादरी शुभ-रात्रि कहकर चला गया तो राजा ने खिड़की से बाहर की ओर देखा। नाच समाप्त हो गया था। सराती का निर्गुन बंद हो गया था। चाँद लगभग डूब गया था। धरती पर अंधकार का खोल धीरे-धीरे चढ़ रहा था। उस खोज़ में थके आदमी, पशु-परानी, वनस्पति-जलस्पति सो जाने को थे। राजा ने भी सोने को सोचा। यह भी सोचा कि प्नार राजा भी चैन से सो रहा होगा। सुना था उसके प्राण सूप-बढ़नी में बसते हैं। उन्हें जला कर देख लिया। वह जिन्दा है। सुना है नार-पुरइन को खोदवा कर दूसरे स्थान पर गाड़ देने से प्राण वहीं आकर बस जाता है। खोदवा कर मँगा लिया है। कल गाड़कर देखूँगा। लेकिन हरूँगा कैसे? वह तो अमर है और अमरत्व का रहस्य यह खिर्रिम की लड़की जानती है—अल्खा आवरी।

तीन ऊँचे खड़े पत्थर गाड़ कर उनके सामने एक बड़ा-सा पड़ा पत्थर पाँवों पर टिका कर माउक्जात[1] बना दिया गया था। उसी के सामने उसी तरह तीन ऊँचे खड़े पत्थर गाड़ कर, उनके सामने बड़ा-सा पड़ा पत्थर पाँवों पर टिका कर माउलिंटी बना दिया गया था। उनके बीच से होकर कब्र तक वह रास्ता जाता था, जिससे होकर पुरखे-पुरखिनों की आत्माएँ गोत्र-समाधि-शिला तक जायेंगी। रास्ते में थक गयीं तो यहाँ बैठेंगी। नौ दिनों तक चलने वाला नृत्य समाप्त हो गया था। आज की रात बेह-तिम्फेउ[2] की रात थी। सभी अपने-अपने घरों से सूप पीट-पीट कर प्रेत-आत्माएँ और बाधक बयार खदेड़ रहे थे जो पुरुखों की आत्माओं की यात्रा में बाधा डालती। राजा ने अल्खा को विशेष उपहार देने के बहाने से अपने कक्ष में बुलाया था। अल्खा पहले यह सोचकर थोड़ी घबराती रही कि राजा अपने कमरे के एकांत में भला मुझे क्या उपहार देगा? और वह भी क्या उपहार होता है? फिर व्यंग्य से मुस्कराती रही कि जो काम सामान्य जन सीधे से करते हैं, उसे राजा इस तरह से 'सेलेब्रेशन' की चीज़ बना देते हैं। उसका भी मन थोड़ा डिगा था। शरीर का एक धर्म है। उम्र की एक माँग है। उसे कब तक रोका जा सकता है; और जब यह ठीक-ठीक पता न हो कि उसका भोक्ता कब आयेगा? लेहाजा उसका भी मन थोड़ा डोल गया था। लेकिन राजा तो पूरा छलिया निकला। सोने-चाँदी और रेशम से लादकर बस एक बात जानना चाहा कि प्नार राजा के अमरत्व का रहस्य क्या है? इसे वह राजा को नुकसान पहुँचाने के लिए नहीं, स्वयं अमर होने के लिए जानना चाहता है। अल्खा ने लाख कहा कि वह रहस्य तो कंद्रा योगी जानता है और जरूर ही वह उसके योग से जुड़ा है। लेकिन राजा ने इसे एक न माना। बातों की चालाकी से रहस्य उगलवा ही लिया। हो रही देरी से अल्खा इतनी खीझ गयी थी कि बता दी। लेकिन रहस्य पाकर राजा ने उसे सोना-चाँदी से चाहे

1. गोत्र के मृतकों के प्राणों। आत्माओं का रास्ते में बैठने का शिला पट्ट।
2. प्रेतात्माओं को भगाने की रात।

जितना लादा, शरीर धर्म की पूर्ति न की। पहले तो वह विछुब्ध हुई। श्राप देने तक को मन बना लिया। उसके विनाश की तमाम योजनाएँ बना डालीं। लेकिन मन की किसी गहराई से एक गुप्त आवाज़ उठी जो चीख-चीख कर बोली कि राजा ने तो सिर्फ इनाम देने के लिए बुलाया था और वही देकर छोड़ दिया, तो उसका क्या दोष? अगर तुमने कोई और आशा कर ली तो वह तुम्हारी प्रत्याशा है और उसका न पूरा होना ही ठीक है। अब तुम कौन कुंती हो कि कुंती की तरह देवता का आवाहन किया है कि वह बिना पुत्र-रत्न दिये न जायेगा!

राजा के कक्ष से अल्खा बाहर आयी तो लोग इयाद नोडलियेह[1] पी रहे थे। कुछ लोग हरे बाँस की छोटी-सी तीन पोर की सीढ़ी बना रहे थे, जिस पर चढ़ कर आत्माएँ समाधि-शिला में पैठेंगी। स्त्रियाँ अपने-अपने घरों के सामने अक्षत फेंक रही थीं।

दूसरे दिन सुबह गाँव वालों ने मिलकर दो उमकोई[2] गाँव के बाहर शिला-समाधि के रास्ते में खोद दिया था। उन्हें पानी से भर दिया था। घाट पर पत्थर लगा दिया था जिनकी मृत्यु युद्ध में हुई थी, दुर्घटना में हुई थी उनकी आत्माएँ एक पुकुरी में डुबकी लगाकर पवित्र हो जायेंगी। जिनकी मृत्यु परदेश में हुई थी, जिनकी हड्डियाँ नहीं मिली थीं, जिन्हें कौड़ियों में प्रतीकित कर संस्कारित किया गया था, उनकी आत्माएँ दूसरी पुकुरी में स्नान कर पवित्र होंगी। इन दोनों तरह की आत्माओं को धरती पर उतरने में सहायता देने के लिए, उन्हें आने को आवाज़ देने के लिए और निश्चित स्थान पर उतरने से भटक न जाँय इसके लिए एक बड़े से बाँस में सफेद झंडा फहराकर गाड़ दिया गया था। उसमें तीन बड़े-बड़े छल्ले कइनों के बना कर पहना दिये गये थे। एक केले का समूचा पेड़ भी बगल में गाड़ दिया गया था।

थोड़ा दिन चढ़े राजा आये। अपने सर्वोत्तम् वस्त्रों में। कानों में कुंडल। सिर पर मुकुटनुमा टोपी, सोने के सीकड़ों से सजी। कमर में तलवार, पीठ पर ढाल। एक कंधे से लटकता धनुष, दूसरे से तूणीर। पतली मूँछ नोकों पर मुड़ी। कसरती युवा शरीर, साँवला, चमकता हुआ। धीर गंभीर चाल, सधी हुई, किसी भी तरह की जल्दी से अपरिचित। उन्हें देखते ही श्रद्धा से सिर झुक जाय। उनके आते ही उ' इयार उमकोई[3] चढ़ा दिया गया। तुरंत एक बछड़े की दोनों सींगों को चाँदी से मढ़कर और गरम लोहे से कूल्हे को दाग कर छोड़ दिया गया। कुछ गरम लोहे की जलन से और कुछ अस्वाभाविक भीड़ के भय से और कुछ मरने से बच जाने के उत्साह से वह नाक की सीध दौड़ कर खड्ड में गिर गया। लेकिन उससे किसी को लेना देना नहीं था। पुरखे-

---

1. **बाह तिम्फेउ के बाद पीयी जाने वाले चावल की हल्की शराब।**
2. **जल में गड्ढे, पुकुरी।**
3. **मृतकों के पापों का संवाहक मुर्गा।**

पुरखिनों की अस्थियाँ लेकर जलूस चल पड़ा और जब माउजाक, माउलिती पहुँचा तो फटाफट एक बकरा रेत दिया गया। बीच के पत्थर के खोंखल में फँसा कर एक बड़ा-सा बाँस गाड़ दिया गया, जिसके माथे पर बलि चढ़ाये बछड़े का निचला जबड़ा फहर रहा था। तब लिडका-पोडरेई की पूजा हुई, जिससे निःसंतान लोगों की आत्मा को भी मुक्ति मिल जाय।

सूर्य जब पश्चिम की ओर लटक गया और आदमी की परछाइयाँ धरती पर बड़ी होने लगीं तो जलूस गोत्र-शिला-समाधि तक पहुँचा। सफेद चादरों से निकाल कर पुरखे-पुरखिनों की अस्थियाँ एक बड़ी-सी चलनी जैसी बाँस की टोकरी में रखकर अलग-अलग धोई गयीं। तीन बार। फिर उन्हें अलग-अलग ही मिट्टी के बड़े-बड़े दो कूँड़ों में भर लिया गया। तब समाधि की शिला खोल दी गयी। पहले पुरखिनों की अस्थि वाला कूँड़ा भीतर डाला गया। उसे सरका कर दरवाजे से सबसे दूर की दीवार से सटा कर रख दिया गया। फिर पुरखों की अस्थि वाला कुँडा रखा गया। दरवाजे के पास की दीवार से सटाकर। शायद पुरुषों की हड्डियाँ महिलाओं की हड्डियों की यहाँ इस तरह से रक्षा करेंगी। फिर भोजन चढ़ाया गया, शराब चढ़ाई गयी। फिर पुरुषों ने ढाल-तलवार का तीन बार रुक-रुक कर नृत्य किया। फिर सबने मिल कर शिला को खिसकाकर समाधि को बंद कर दिया। समाधि-शिला के छेद से फँसा कर सफेद कपड़े का झंडा लहराता बाँस खड़ा कर दिया गया। तब तीन आदमियों को छोड़कर सभी लोग राजा को आगे कर पीछे की ओर बिना देखे समाधि की ओर तिल फेंककर गाँव की ओर चल पड़े। जब वे आँखों से ओझल हो गये तो तीनों में से एक-एक मुर्गे को पकड़कर समाधि के सामने बैठ गया। दूसरा उसके पीछे बैठ गया। उसके हाथ में तीन सुलग रही लकड़ियाँ थीं। तीसरा समाधि के पीछे की तरफ जाकर बैठ गया। तब मुर्गेवाले ने मुर्गा काट कर चढ़ा दिया। जिसके हाथ में सुलगती हुई लकड़ियाँ थीं वह तीन बार मुर्गे की बोली बोलता हुआ तीन बार मुर्गे की तरह कूदा। तब समाधि के पीछे वाला आदमी समाधि के पत्थरों से कान टिका दिया। वह कोई विचित्र आवाज़ सुनना चाहता था, जो इस बात को इंगित करती कि पूरे अनुष्ठान में कोई त्रुटि रह गयी है, इसलिए समाधि काँप रही है। इससे अनिष्ट होगा। उससे बचने के लिए पुनः बलि चढ़ाने का वादा करना होगा। लेकिन ऐसा कुछ नहीं हुआ। तो तीनों ने मान लिया कि यह अग्नि परीक्षा[1] सफल रही। तीनों उठे। एक पंक्ति में खड़े हो गये। गाँव की ओर मुँह कर कंधे के ऊपर से हाथ कर पीछे की ओर तिल की मुट्ठी फेंककर गाँव की ओर चले पड़े यह सूचना देने कि सब कुछ ठीक-ठाक हो गया है।

पूरे गाँव को खबर हो गयी थी कि सब कुछ ठीक-ठाक निपट गया है। अब गोत्र

1. **खसिया में इस अनुष्ठान को तांदिङ कहते हैं।**

की सबसे अधिक उम्र की स्त्री से आशीर्वाद लेने का दिन आ गया था। इइङ सेङ[1] सुबह से ही पूजा-गृह में सज-धज कर बैठी थी। पूरे जीवन किसी ने भी नहीं पूछा, कोई महत्त्व न दिया, वह मात्र अपने उम्र के बल पर आज सबकी पूज्या हो गयी थी। सबसे पहले राजा अपनी राजसी पोशाक में आये। झुककर पाँव छुए और आशीर्वाद में बलि चढ़े जानवर का एक पिछला पाँव प्राप्त किये। फिर मिंत्री आये, लिङ्दोह आये। फिर गाँव की बूढ़ियाँ आयीं, बूढ़े आये। युवक-युवतियाँ आयीं, बच्चे आये। जब तक हो सका वह मांस का टुकड़ा देती रही। चूक गया तो कोरा आशीर्वाद। आशीर्वाद लेकर लोग अपने-अपने घरों को चले गये। तीन दिन तक वे कोई काम नहीं करेंगे। खायेंगे और सोयेंगे।

जब एक आदमी जूझने जाता है तो साफ-साफ जानता है कि वह क्यों जूझने जा रहा है। यदि वह न जाने तो जूझ ही नहीं पायेगा। चेर्रा राजा साफ-साफ जानता था कि उसे क्या करना है। इसलिए एक दिन उसने व्यापारी का भेष बनाया। दो काछ वाली मोटी धोती, मोटे कपड़े का बुना हुआ जाकिट, काली-लाल पट्टियोंवाली बुनी टोपी। दाढ़ी के इक्का-दुक्का बाल बढ़े हुए। मूछों के कोने लटके हुए। दाँतों पर रगड़ी हुई मिस्सी, कंधे तक फहराते बाल। पीठ पर बड़ी-सी बेंत की टोकरी, रस्सी के सहारे माथे से लटकी हुई। उसमें तरह-तरह के रेशम के थान भरे हुए। कमर में छुरे जैसा हल्का पर तेज धारवाला दुधारी दाव। हाथ में डंडा। पाँव में कुछ नहीं। उसी भेष में एक और युवक था, उसका साथी, उसका गोइन्दा। दोनों अल्सुबह जयंतीपुर बाजार जाने के लिए निकल पड़े। रात को पड़ाव डाला निजपत में। दिन भर गाँव घूमते रहे। राजबाड़ी देखते रहे। गाँव के बाहर की बावड़ी का पता लगाते रहे, जिसमें राजा नहाने जाता था। राजा के किस्से सुनते रहे। दूसरे दिन निजपत से जयंतीपुर चल दिये।

जयंतीपुर एक नया बस रहा ग्राम-बाजार था। जैसे खरबूजा अपनी धारियों के साथ फटा होता है, वैसे ही वह जगह रास्तों से फटी थी। रास्तों के किनारों पर ऊँचे-ऊँचे चबूतरे बने थे, जिन पर बाजार के दिन बणिक लोग अपनी दुकान सजाते थे। आज टट्टुओं पर लादकर माल लाते थे, दूसरे दिन उन्हीं पर लाद कर चले जाते थे। आठ दिन तक पूरा इलाका लद्दू घोड़ों की लीद से गंधाता रहता था। उस इलाके को घेर कर घर बने थे लकड़ी और बाँस के। कहीं-कहीं बेत के। उनका अगला हिस्सा दुकान का काम करता था—स्थायी दुकान का काम, जहाँ अन्न बिकता था, वस्त्र बिकता था, लोहारी के औजार मिलते थे, बढ़ईगीरी के औजार मिलते थे। पिछला हिस्सा रिहाइश का काम करता था। उनमें ज्यादेतर स्त्रियाँ ही थीं। उनके पति या तो प्नार इलाके में रहते थे, या दारू पीकर बाजार के खुले मैदान में दंगा करते थे, तीर खेलते थे या अगले बाजार के

---

1. **इइङ सेङ—गोत्र की सबसे अधिक उम्र की स्त्री और गोत्र-पूजा गृह की अधिष्ठात्री।**

दिन चुँगी से होने वाली उगाही का हिसाब जोड़ते थे और उसके आधार पर प्नार राजा का धन कूतते थे।

चेर्रा राजा और उसका गोइन्दा उन्हीं में जाकर मिल गया। परिचय में चेर्रा से आया एक रेशम का व्यापारी बताया और अपने माल के लिए अच्छा से अच्छा ग्राहक जुटाने का अनुरोध किया। माल देख कर बिचौलिये का काम करनेवाले लोग खुश हुए। अच्छी दलाली पाने की उम्मीद में बंगाली जमीनदारों तक बात पहुँचाने का प्रयत्न करने लगे। चेर्रा राजा की कहानियाँ पूँछने लगे कि कुली की सप्लाई में क्या वाकई इतनी आमदनी होती है कि इतने भव्य ढंग से पुरखों का श्राद्ध किया जा सके! कुछ प्नार राजा को हिन्दू हो जाने की बात पर कोसते रहे, तो कुछ शुक्र मानते रहे कि उसी के बदौलत यह बाजार बसा है और गरीब से गरीब लोग के पास चार कौड़ी इकट्ठा होने लगा है।

चेर्रा राजा के लिए ये टुकड़े-टुकड़े में मिली सारी बातें काम की थीं। बाजार के दिन अच्छी बिक्री हुई। पूरा माल एक ही दिन में निकल गया। उम्मीद से ज्यादे, उसने बिचौलियों को दलाली दी। वे उसके आदमी हो गये। उनमें से एक को अपना स्थाई आदमी नियुक्त कर एक झोपड़ी बनाने की हिदायत दे वापस चला आया।

रास्ते में निजपत था। दो पहाड़ियों के बीच समतल जमीन पर करीने से बसा। चारों तरफ से चीड़, नागेसर और खसिया ओक के बहुत पुराने जंगल से घिरा। सुन्दर, स्वास्थ्यवर्धक, सुरक्षित। उन्हीं में राजा छुप गया और गोईन्दा को गाँव में भेज दिया, प्नार राजा की दिनचर्या जानने के लिए।

जूझने वाला आदमी चाहे जितना साफ-साफ जाने कि वह जूझने जा रहा है, मरने वाला आदमी यह नहीं जानता कि वह क्यों मरने जा रहा है। वह यह भी नहीं जानता कि वह कहाँ मरेगा। सुबह बड़ी सुहानी थी। हवा नहीं चल रही थी और धूप खूब तेज थी। साफ-सुथरी वनस्पतियाँ खूब हरी चमक रही थीं और वनवीथियाँ सफेद। आसमान की तरफ लम्बवत खड़े पेड़ स्वाभिमान से तने लग रहे थे और वनचर अपनी चाल की गरिमा से इधर-उधर टहल रहे थे। आसमान में उड़ती चीलें और-और ऊपर होती जा रही थीं। बावड़ी का पानी गुनगुना हो रहा था। प्नार राजा ताम-झाम पर उसके किनारे आया। गोहटी के चाम का जूता उतार कर चंदन का खड़ाऊँ पहना। चाँदी की मूठवाली नुकीली लम्बी छड़ी के सहारे पानी में उतरा। ताम-झाम वाले दोनों कहार जंगल के भीतर चले गये। तीन घड़ी तक इधर किसी को किसी भी हालत में आने की इजाजत नहीं थी। राजा अपना योगाभ्यास करता था, एकांत में।

छाती भर पानी में घुस कर बूढ़े राजा ने छड़ी को वहीं सामने गाड़ दिया और हाथ को सिर की ओर तान कर मुँह से सीटी बजाई। यह पहरुओं के लिए सावधान हो जाने के लिए था कि राजा अपने कर्म में संलग्न हो गया है, वे मुस्तैद रहें। राजा ने दो-तीन डुबकी लगायी। मुँह से पानी पीकर पेट को खूब हिला-हिला कर अँतड़ियाँ ढीली कीं। मुँह से पानी उगलकर गुदा से पानी खींचा। उसी तरह से अँतड़ियों को हिला कर पानी को मलद्वार से निकाल दिया। फिर पेट से, कहिए पूरे शरीर से हवा निकालने

लगा। ज्यों-ज्यों निकलती गयी, नसें और त्वचा सिकुड़ती गयीं। पेट के भीतरी अंग ऊपर की तरफ सुरुकाते चले गये। मुँह से कुछ निकलने लगा। धीरे-धीरे वह बढ़ता गया और कुछ देर में सारी अँतड़ियाँ निकल कर पानी पर तैरने लगीं। राजा उन्हें मल-मल कर धोने लगा।

राजा अँतड़ियों को धोता जा रहा था और ऊपर आसमान की ओर आँखें तरेर कर देखता जा रहा था कि कहीं से आकर उड़ती चील झपट्टा न मार दे। चूँकि वह सिर ऊपर की ओर नहीं उठा सकता था, इसलिए तरेरी आँखें ऐसी लगतीं जैसे बिल्ली कानों के ऊपर आँखें तानकर देख रही हो। राजा की वह मुद्रा देखकर चेर्रा राजा थोड़ा भयभीत हुआ। एक तरह की श्रद्धा भी जगी। दया भी आयी कि राजा बूढ़ा है। लेकिन स्वार्थ! उस पर विजय नहीं पा सका। गोइन्दा को वहीं खड़ा रहने का इशारा किया और खुद दुधारी काला छुरा लेकर आगे बढ़ा। प्यार राजा अपने कर्म में लगा था, इसलिए उसका आना न देख सका। चेर्रा राजा ने जब पानी में पाँव डाला और डब् की आवाज़ हुई तब उसका ध्यान टूटा। चेर्रा राजा तेज गति से पानी में कूदता-फाँदता उसकी ओर बढ़ा आ रहा था। उसकी तेज आँखों में अजगर की आँखों का सम्मोहन था, जिसे प्यार राजा की आँखों में डालकर उसे किंकर्त्तव्यविमूढ़ कर दिया। अजगर के ही तेजी से डोलने वाले अगले भाग की तरह फटाक् से उसके पास पहुँचा और छुरा तान दिया। अँतड़ियाँ पानी पर लहरा रहीं थीं। इतनी जल्दी वह उन्हें निगल नहीं सकता था। बिना निगले न बोल सकता था, न चिल्ला सकता था, न हाथ-पाँव चला सकता था। अपने योगकर्म के चलते खुली आँखों से देखता बस यथावत् खड़ा रह सकता था। तना हुआ छुरा खचाक् से गिरा और मुँह के पास से अँतड़ियों को पूरी तरह से काटता पानी में फचाक करता धस गया। चेर्रा राजा ने बाँये हाथ से कटी अँतड़ियों को उठाया और पीछे मुड़कर दौड़ता हुआ पानी के बाहर आ गया। उसे आता देख गोइन्दा भी साथ लग लिया और दोनों भाग पराये। किसी ने नहीं देखा कि राजा किस तरह से पानी में गिर उसमें डूब तड़फ्-तड़फ् कर मरा।

अंत्येष्टि की तैयारी चल रही थी। पूरा कबीला जुटा था। नापित ने प्यार राजा के माथ को छील कर एक लम्बी-सी चुटाई छोड़ दी थी। उसे देखकर एक दूर की गोल में बैठा बूढ़ा कह उठा, ''राजा का हिन्दू बनना सहा नहीं।''

एक दूसरे ने हामी भरी, ''हूँ। हमारे पुरुखों की आत्माएँ रुष्ट हो गयीं।''

पहले ने कहा, ''हो सकता है पादरी ने मरवा दिया हो।''

''ऐसी बात नहीं। हो सकता है कि जिस खसिये को उनका हिन्दू बनना न भाया हो, उसी ने घात लगाया हो।''

किसी तीसरे ने कहा, "अरे नहीं! हिन्दू बनना नहीं सहा कहना ठीक नहीं लगता। सही बात तो यह लगती है कि कोपिली को पूजा विधि से नहीं दी गयी। वह नाराज हो गयी।"

पहला बोला, "कोपिली को पूजा तो विधि से ही दी गयी थी।"

चौथा बोला, "नहीं, दूसरीवाली बलि तो कोपिली को दी ही नहीं गयी थी। वहीं नाराज..."

दूसरा बोला, "जब कोपिली को दी ही नहीं गयी थी, तो नाराज क्यों होगी?"

पहला बोला, "नाराज ही इसीलिए होगी कि उसका हक़ छीन लिया गया।"

गुमास्ता उनकी बातें गौर से सुन रहा था। सुनना नहीं चाहता था, सुनना पड़ रहा था। वह मन ही मन अपने को दोषी पा रहा था : भले ही बलि चढ़ाना लोगों का अंधविश्वास हो, लेकिन उसका असर तो पड़ता ही है। अब क्या पता, जिसे बलि चढ़ाया गया वह दबइल सिंह लालुङ कौम का था भी कि नहीं। नहीं था तो त्रुटि हो गयी। पर उसमें राजा का क्या दोष? दोष तो राफताब का है, जिसने बलि के रूप में उसकी पहचान की थी। तब दोष मेरा भी है, जिसने उसका समर्थन किया था। लेकिन मैंने समर्थन कब किया? क्यों नहीं किया! उसे पकड़वाने में भी तुम्हारी भूमिका थी, यहाँ तक पहुँचवाने में भी तुम्हारी भूमिका थी। तब परिणाम राजा को क्यों मुझे भुगतना चाहिए।...उसमें देरी कहाँ है। तुमने जुबान खोला और भुगते। कोपिली और जयंतेश्वरी तो बाद में देंगी, पहले यहाँ इकट्ठे लोग ही राजा-हन्ता मान मुझे हन् देंगे।.... ऐसा ख्याल आते ही गुमास्ता वहाँ से उठ गया और महापात्रों के बीच में जाकर बैठ गया। उन्हें वही ले लाया था। जानना चाहता था कि इन ब्राह्मणों को क्या दान-दक्षिणा पाने की उम्मीद है। उसी के अनुसार व्यवस्था कराई जाय।

मृत राजा के बेटे ने अपने दाँतों से सुपारी कूँच कर उसके मुँह में डाल दी। का सद ने ताजा पकाया भात ऊपर से भर दिया। राजा का उत्तराधिकारी आग की मेटिया लेकर आ गया था। लोग टिक्थी को कंधा देने बढ़ गये।

: 24 :

जोर राय का अत्याचार बढ़ता जा रहा था। गाँव पर लटक रहे धूम और धूल के बादल से बचने के लिए अगर कोई सीवान पर जंगल के किनारे पैर फैला कर हरी घास पर लेट जाता तो जंगल की ओर से सरसराती भागी चली आ रही हवा यदि तलुओं को छूती तो लगता जोर राय का गदा गिर रहा है। सोने वाला अक्बका कर उठता और किसी आदमी को आस-पास न देख कर सोचता कि जोर राय का डर हमारे जेहन में

ऐसा पैठता जा रहा है कि जैसे शरीर की जगह किसी बुरी आत्मा में रूपांतरित होकर वह साठो घड़ी हमारे इर्द-गिर्द मडराता रहता है। अगर कोई घर के सामने चबूतरे पर बैठा हुक्के के लिए तम्बाकू खोंट रहा होता और जोर राय या उसकी कद-काठी का कोई और आदमी जिसको दूर होने के कारण सही-सही पहचानना मुश्किल होता दिख जाता तो अपना काम छोड़कर आदमी या तो घर के भीतर भाग जाता या जहाँ तमाम लोग इकट्ठे होते वहाँ जाकर बैठ जाता। इस तरह न तो वह अपना रोज-ब-रोज का काम कर पाता, न ही संगियों का करने देता। गाँव दहशत में डूब जा रहा था।

अब जोर राय क्या करे? जिस साल उ थ्लेन की पूजा चढ़ायी थी उस साल उसकी झूम की सिकुड़न पर सूरज अपने अग्नेय हाथों से इस्तीरी कर अन्न के बेल-बूटे काढ़े थे। लोगों ने लाख चाहा, बद्दुआ दिया, किन्तु किसी की आँख न लगी। दूसरे साल चाहे लोगों के खेत में पानी न बरसा हो, पवन जाने कहाँ-कहाँ से चुनकर काले बादल और भूरे बादल की जोड़ी लाकर उनको दोनों तरफ से ढोल-नगाड़े बजा-बजा कर इस तरह से लड़वा दिया था कि उस अकाल बेला में उसकी कोठारों में अन्न रखने की जगह न बची थी। लेकिन तीसरे साल जब सबके खेत सोना उगल रहे थे तो उसके खेतों की डाठ बढ़ी ही नहीं। खुरमुचे पौधों में जो बालियाँ लगीं उन्होंने दूध घोटा ही नहीं। पइया का अंबार उसके घर-आँगन में लग गया। तो अगली साल उसने फिर पूजा करने की सोची। एक दूसरे गाँव का आदमी उसके गाँव से होकर गुजरा तो उसके ऊपर चावल छोड़ दिया। उम्मीद थी कि वह मूर्तिवत लाहरकत हो जायेगा। लेकिन वह चीखता-चिल्लाता चला गया। उसकी चीख पर लोग जुटे और पूछ-ताछ की तो बात समझ गये। बोले कुछ नहीं। कुछ दिन बाद पुनः एक दूसरे गाँव का आदमी उनके गाँव रुका तो सुबह यह देखकर सन्न रह गया कि उसके बालों की अगली लट गायब है। कुछ दिनों के बाद स्वयं जोर राय जब किसी दूसरे गाँव में रुका तो हल्ला हुआ कि घर के मालिक के रोज-रोज पहनने वाले जैकेट का पाकिट गायब है। बात उसके गाँव तक पहुँची तो लोगों का संदेह विश्वास में बदल गया कि जोर राय फिर सर्प पूजा में संलग्न है।

उस साल उसकी फसल फिर अच्छी हुई। जोर राय को लगा होगा कि साँप-देवता प्रसन्न होंगे। तब लोगों को—उनको भी जिनकी फसल अच्छी हुई थी, और उनको भी जिनकी फसल खराब हो गयी थी—लगा कि उन्हें भी सर्प देवता को बलि चढ़ाकर प्रसन्न करना चाहिए। इससे सिर्फ फसल ही अच्छी नहीं होगी, रोग, बलाय, अकाल मृत्यु सभी पर रोक लगेगी। और इस पूजा में फिलहाल कुछ विशेष करना नहीं है। किसी के बाल काट लो, किसी के पहनने वाले कपड़े का एक टुकड़ा नोच लो। वह जब अपने आप मरणासन्न हो जायेगा तो उसका रक्त निकाल कर सर्पदेव को चढ़ा देना। नहीं तो हिम्मत हो तो किसी के ऊपर अक्षत फेंक दो, लाहरकत हो जाय तो लकड़ी के सूजे से उसका खून निकाल कर पूजा कर लो। लेहाजा चारों तरफ लोग सर्प-पूजा का अवसर खोजने लगे। दहशत इतनी फैली कि लोगों को पहले अपरिचितों पर और फिर

परिचितों पर से भरोसा जाता रहा। आदमी अकेला होता और दूर-दराज पर कोई और आदमी दिख जाता तो उसका खाना खराब हो जाता।

बात दरबार तक पहुँची। दरबार ने बहुत कोशिश की कि लोगों का भय दूर हो। लेकिन लोगों पर असर नहीं हुआ। चेर्रा राजा इसाई बन गया है। उसे हर खसिया मान्यता, परंपरा अंधविश्वास ही लगेगा। उस पर क्या विश्वास।

वही बात मोती डिड्दोह के पास पहुँची। एक दिन जब बाँस के जंगल मरमरा रहे थे और बादल जाने किस आपाधापी में एक-दूसरे से टकराते किसी अनिश्चित गंतव्य की ओर भागे जा रहे थे, वह अपनी टेढ़ी बकुली लेकर निकली और सीधे माफू पहुँची। शाम का समय था और लोग भोजन करने जाने वाले थे। इसलिए किसी के पास इतना समय नहीं था कि इस तीज की चाँद वाली भौंहों के नीचे दो गहरी पहाड़ी झील जैसी आँखोंवाली अधेड़ स्त्री की बातें सुनते। तो भी रात भर उसने एक-एक दरवाजे को खटखटा कर लोगों की अनकुस के बावजूद अपनी बात बता दी थी कि इस पापी साँप-पुजारी को गाँव से खदेड़ना ही होगा, यदि लोग सिर्फ अपने गाँव की नहीं, पूरे इलाके का सुख-चैन चाहते हैं। लेहाजा दूसरे दिन सुबह गाँव-बूढ़ा के सभापतित्व में पंचायत बैठी। जोर राय को बुलाया गया। उसने आने से इन्कार कर दिया। सभी लोग उसकी हिम्मत पर दंग रह गये। इस तरह का साहस करनेवालों को दंड देने का कोई प्रावधान खसिया परंपरा में नहीं था। जात-निकाला का वहाँ कोई मतलब नहीं था, क्योंकि जात थी ही नहीं। गोत्र से भी नहीं निकाला जा सकता था, क्योंकि गोत्र गात्र से होता था, और किसी के स्वीकार करने, या न करने का उस पर कोई असर नहीं होता था। उसे समाज से भी नहीं निकाला जा सकता था, क्योंकि उस तरह का समाज था ही नहीं जिससे निकाले जाने का उसकी सामाजिक सेहत पर कोई असर पड़ता। व्यक्ति आत्मनिर्भर व स्वतंत्र था। जंगल से लकड़ी लाता, फूस लाता अपना घर बनाता। जंगल जलाकर अपना झूम बनाता, अन्न उपजाता, अपने घर में अपनी हाँड़ी में पकाकर खाता, अपनी बीवी के पास सोता, बच्चों का पालन-पोषण करता। उनके जीवन को देख कर लगता कि आजाद वही रह सकता है, जो आत्म-निर्भर है। यह बात व्यक्ति पर भी लागू होती है, कौम पर भी लागू होती है। आज देश और राष्ट्र पर भी लागू होगी। उसका हुक्का-पानी बंद करने का भी कोई मतलब नहीं था। हर खासी नसा अपने घर में अपनी बनाई वस्तु से करता था और पानी नदी से, नाला से, झरना से लाता था, जिस पर किसी का अधिकार नहीं। अपनी कौम में मार-पीट होती थी तो व्यक्ति-व्यक्ति में आपस में, द्वन्द्व की तरह; या फिर दो गाँवों के बीच समूह के रूप में। गाँव के ही एक व्यक्ति के विरुद्ध उस गाँव के समूह के साथ द्वन्द्व का कोई प्रावधान नहीं था। समाज के विरुद्ध अपराध होने पर दंड देने का अधिकार दरबार को था और दरबार जोर राय के कर्म को अपराध नहीं, धार्मिक कर्म मानता था। उस मामले में हाथ डालने से स्पष्ट मना कर चुका था।

सभी लोग जब अपनी असामर्थ्य पर खीझ रहे थे उस वक्त मोती डिडदोह अपनी

लटें खोले, पहाड़ी झील जैसी आँखों में बोरसी का अंगार भरे, पूरे बदन को एक खास क्रम से हिलाती-काँपती धीरे-धीरे अभुवा रही थी। जैसे ही सभा में पूरी तरह से सन्नाटा छाया, वह तड़प उठी, ''निकाल बाहर कर मुअे को। वह गाँव द्रोही है। गाँव से निकाल खाडर मारबोह[1] में बसा।'' इस न्याय पर पंचायत की आँखें खुली की खुली रह गयीं। ''गाँव निकाला दिया जा सकता है, यह बात जेहन में क्यों नहीं आयी?'' गाँव बूढ़ा ने कहा, ''मोती की बात अपनी बात नहीं है। किसी शुभ आत्मा की बात है। इसे स्वीकारा जाना चाहिए। न मानने पर जाने क्या अनिष्ट हो।''

लेकिन सभी लोग यह बात नहीं मान सकते थे। गाँव में न जाने कितने नये सर्प-पूजक हो गये थे। उनके पास थ्लेन हो, या न हो अपनी सुख-समृद्धि के लिए लोगों के बाल और प्रतिदिन पहने जाने वाले कपड़े के टुकड़े तो काट ही रहे थे। आज यदि जोर राय बहिष्कृत हो गया, अपराधियों, गाँव-निकालों के गाँव खाडर मारबोह में बसा दिया गया, तो कल उनका क्या होगा। ऐसा ही एक व्यक्ति बड़ी मासूमियत से बोला, ''गाँव-बहिष्कृत करने का अधिकार राजा का है। हम कैसे कर सकते हैं?''

मोती वैसे ही अभुवाती हुई बोली, ''राजा यदि अपना कर्त्तव्य नहीं निभायेगा तो क्या गाँव रसातल में चले जाने के लिए अपने को छोड़ देगा? कौम को तबाह होने देगा?''

वह बोला, ''फिर भी...अधिकार की मुहर तो राजा ही लगाता है।''

''यदि न लगाये तो राजा को ही हटाना होगा।''

गाँव बूढ़ा घबरा गया। यह तो बगावत के लिए ललकार है। कहाँ बात जोर राय को सजा देने की थी और कहाँ राजा तक पहुँच गयी। बोला, ''हम जिसके लिए जुटे हैं, अपनी बात वहीं तक रखें। सहमति हो तो जोर राय को गाँव से खदेड़ने की व्यवस्था की जाय।''

लोगों ने तुरंत हामी भर दी; इसलिए नहीं कि उन्हें जोर राय को दी जानी यह सजा अनुकूल लग रही थी बल्कि इसलिए कि वे इससे फुरसत पाकर चेर्रा राजा को गद्दी से हटाने की बात पर तर्क-वितर्क करना चाहते थे, आपस में नहीं, अपने-अपने मन में। अपनी कौम में राजा को हटाने का अधिकार प्रजा को है, जन को है। मोती गलत नहीं कह रही है। हाँ, उस अधिकार का प्रयोग लोगों ने जाने कितनी पीढ़ियों नहीं किया है। नहीं किया है, तो क्या वह अधिकार समाप्त हो गया है। नहीं, समाप्त नहीं हुआ है, लोग भूल गये हैं। कुछ लोगों ने सोचा कि इसे याद दिलाने के लिए इस अधिकार का प्रयोग होना ही चाहिए। कुछ ने सोचा सिर्फ याद दिलाने के लिए इतना बड़ा काम करना क्या उचित होगा—क्या राजा ने ऐसा कोई अपराध किया है? उनमें से कुछ लोगों ने यह भी सोचा कि आइन का पता तब चलता है, जब कोई उसे भंग करता है। अनुपालन में तो आइन का पता चलता ही नहीं। जैसे आज तक हम अपने इस अधिकार, इस सामर्थ्य

---

1. **वह गाँव जहाँ अपराधी बसाये जाते थे। राजाओं के पास जेलें नहीं थीं, इसलिए वह व्यवस्था थी।**

के बारे में जानते ही नहीं थे। अधिकार भी उसी का होता है, जो उसके प्रति चेतन रहता है। डिडदोह चेतन है, इसलिए वह ये तमाम बातें जानती है।

जोर राय एक दिन पाँच चाँदी के सिक्के और एक खाया-पीया-पुष्ट सुअर लेकर दरबार पहुँचा और झुककर अभिवादन करते हुए बोला, ''अपने कर्म के लिए यह सुपुर्द करता हूँ राजा।''

राजा ने सिक्के अपने पास रख लिए और सुअर को दरबार को सौंपते हुए कहा, ''उचित अवसर पर इसे का सिंसार को चढ़ा दिया जाय।''

यानी आनेवाले दिनों में किसी रात दरबारियों को सुस्वादु भोज मिलेगा। उससे जोर राय को क्या? वह तो गाँव के निर्णय के विरुद्ध राजाज्ञा चाहता था। बोला, ''उ नोङ पिरता श्नोङ[1] आता तो संकट टल जाता।''

राजा देर तक मौन रहा। वह न्यायाधीश था जरूर, लेकिन काम करना था दरबार की राय से; दरबार जुटा था। दरबार भी मौन रहा। इस मौन से जोर राय जितना बेचैन था, उससे कुछ कम बेचैन राजा भी नहीं था। दरबार जाने क्या कहे। इस बार भी यदि इसे धर्म का मामला कह दिया तो बात आनेवाले दिनों में बहुत आगे बढ़ेगी। मोती डिडदोह साफ-साफ कह गयी है कि प्रजा को राजा को हटाने का अधिकार है। जोर राय के धार्मिक कर्म से प्रजा परेशान है। यदि उससे निजात न दिलाया गया, तो भड़क जायेगी। जब उसने खुद ही फैसला सुना दिया है कि जोर राय को माफू से उजाड़कर खाडर मरबोह में बसा दिया जाय तो राजा यदि उसका विरोध करता है तो उसकी बात जनता चाहे आज मान भी जाय, कल किसी और मुद्दे पर भड़क जायेगी। वह क्रिस्तान बना था तो सोचा था उसके देखा-देखी तमाम लोग बनेंगे। लेकिन जन से कौन कहे अभिजात से, दरबार से ही लोग नहीं बने। भीतर ही भीतर सबका दिल जल रहा है। कहीं इनके मन में इस अवसर का फायदा उसे अपदस्त करने के लिए उठाने का तो नहीं है?

सबसे बूढ़े मिंत्री मार्बनियाङ ने कहा, ''अच्छा हो राजा अपने विवेक से निर्णय दें।'' दूसरे मिंत्रियों ने हाँ में हाँ मिला दी, तो लिडदोह लोग खामख्वाह इसका विरोध क्यों करें? राजा को अपने विवेक से काम करने का पूर्ण अधिकार तो मिल गया। किन्तु इससे दायित्व भी बढ़ गया। अब वह जो भी करता है उसकी पूरी जिम्मेदारी उसकी। अच्छा हो गया तो ये दरबारी यही कहेंगे, ''यही सोचकर तो पूर्ण अधिकार आप को दिया था।'' बुरा हुआ तो ये दरबारी कहेंगे, ''अब सारी जिम्मेदारी आप की। आप के कर्म में तो हमारी सहभागिता थी नहीं। इसलिए परिणाम आप अकेले भोंगे।''

राजा द्वन्द्व में फँस गया। उसका मौन नहीं टूटा। इशारे से कहा कि निर्णय कल होगा। रात में पादरी मिला। उससे राय ली। पादरी कब का खार खाये बैठा था: इस

---

1. **डुग्गी वाला, राजाज्ञा का उद्घोषक।**

जोर राय के चलते ही राफताब जैसा साक्षी नष्ट हुआ था। नष्ट तो इसे मैं कब का करना चाहा था। अब मौका मिला है, तो भी देर नहीं। बोला, "जन-भावना के विपरीत काम करना ठीक न होगा। यह जन धीरे-धीरे पूरी दुनिया में ताकतवर होता जा रहा है। वह हवा यहाँ तक नहीं पहुँची है तो क्या? भावना का मोल होना ही चाहिए।"

कोई चारा न था। दूसरे दिन राजा ने भरे दरबार में कहा, "यह जो तुमने पाँच सिक्के और सुअर दिया है, वह पहले ही देना था। यह जानते हुए कि उ थ्लेन की बलि पर यह जुर्माना राजा को देना पड़ता है, तुमने नहीं दिया था। चलो ठीक, अब दिया।"

जोर राय बोला, "इससे तो मेरा आपद दूर नहीं हुआ।"

"मैं कुछ करने की स्थिति में नहीं हूँ। फैसला गाँव का है। उन्होंने अभी तक कोई ऐसा काम किया नहीं है कि मैं हाथ डालूँ।"

"जब गाँव कुछ कर ही देगा तब हाथ डालकर क्या होगा राजा?"

"लेकिन हमारा विधान ही ऐसा है कि बिना अपराध हुए राजा कुछ नहीं कर सकता।"

जोर राय टूट गया। उसका दुःख राजा को देखा न गया। उसका अभिशाप भी वह नहीं लेना चाहता था। बोला, "लिङ्दोह को साथ कर दे रहा हूँ। मौके पर वे तुम्हारी मदद करेंगे।" राजा उन लोगों में से था, जो सजा दूसरों से दिलवाते हैं। स्वयं सजा माफ करते हैं, जिससे अपराधी की आँख में अच्छे बने रहें।

जोर राय के साथ लिङ्दोह माफू आये। गाँव में हवा ऐसी बह रही थी कि उसकी तरफ मुँह कर खड़े नहीं हो सकते थे। जोर राय था ही ऐसा। उ थ्लेन की पूजा के बाद जो फसल हुई तो लिङ्दोह को बुलाया ही नहीं उसे देखने के लिए। जबकि पूरे गाँव ने कटाई उसके देखने के बाद की थी, उसने ऐसे ही काट लिया। समृद्धि के नशे में ऐसा चूर हुआ कि सामान्य खसिया कर्त्तव्य ही भूल गया। अब भुगते।

अबकी पंचायत बैठी तो जोर राय उपस्थित हुआ। उसके झुक जाने पर लोग मन ही मन जितना प्रसन्न हुए उसे नष्ट करने के इरादे में उतना ही कठोर। गाँव बूढ़ा ने कहा, "पंचायत अपना निर्णय वापस नहीं लेगी। बस इतना हो सकता है कि लिङ्दोह जोर राय की संपत्ति खरीद ले और बदले में एक झोपड़ी मरबोह में बनवा दे। का तारोह ग्रस्त और उ थ्लेन ग्रस्त लोगों की संपत्ति के साथ ही उसका प्रेत चलता है। सुना है लिङ्दोह लोगों को उसे अपने पास रखने में प्रेत बाधा, भूत बाधा नहीं पड़ती।"

जोर राय जानता था कि लिङ्दोह उसकी संपत्ति का क्या मूल्य देगा। अशर्फी की जगह कौड़ी देगा। जब उजड़ना ही है, तो यह एहसान क्यों? एक दिन अछूत की तरह अपना गाँव छोड़कर मरबोह चला गया। जानता था दूसरे गाँव के लोग उसे अपने बीच बसने नहीं देंगे। यदि देंगे भी तो माफू वाले क्या रहने देंगे? उस गाँव के लोगों को नहीं भड़कायेंगे?

इधर रिंजा वापस आया। मोती डिडदोह हुलस गयी। हुलास उसी अनुपात में था, जिस अनुपात में रिंजा के जाने का संताप। घर-घर जाकर कहती, "तुम तो कहते थे कि जो मुर्शिदाबाद, कलकत्ता चला जाता है, वह अपना वतन भूल जाता है। तुम्हारे पुरुखे, तुम्हारे गोत्रीय भूलते होंगे। मेरा बेटा तो आ गया। इतना सोना लाया है, इतना रुपया, इतना कपड़ा लाया है, इतना कारतूस विलायती बंदूक के साथ। वह तो लेकर चलना मुश्किल था, नहीं तो जाने क्या-क्या लाता?"

डाइन की बातों को गंभीरता से लेने का मन नहीं करता। तो भी लोगों को लेना पड़ता। गाँव के बाहर उसका घर छवा दिया था कभी, अभी तो हमारे सीने पर मूँग दलेगी ही। इसलिए हाँ में हाँ मिलाते। कौन नहीं जानता था कि खिर्रिम सियेम ने उसे मिंत्री बनाने का वादा किया है। और मोती क्या कम है? सात गाँव में उसकी धाक है। जयंती को का सियेम सद के पद से उतरवा दिया है; जोर राय को गाँव से उजड़वा दिया है...

तो क्या? लोगों का बुरा ही तो किया है। किसी का घर भी बसाया है? किसी और का घर भला क्या बसायेगी, बस अपना ही बसा ले।

जितने लोग उतनी बातें। रिंजा सुनती तो जितना प्रसन्न होती उतना ही कुढ़ती। यह मोती उसे गोद न ली होती तो यह सारा हुलास मेरा होता। लेकिन तभी मन के भीतर से एक आवाज़ उठती जो कहती, "तेरे भाग्य से तो सिपाही बन चुका था? कहीं जंगल जंगल धूम, खरगोश, हिरन मार रहा होता। झूम के कोयलों से रंग गया होता। क्या गबरू जवान निकला है? लोहे के पत्तर जैसी पसलियाँ, कुँदे जैसे पाँव, भुज की माँसपेशियाँ जाने कितने जगहों से कटी हुईं। बस बाल छोटा करा आया है। छोटे बाल खासियों को नहीं शोभते। ऊपर से दाड़ी-मूँछ भी साफ करा आया है। लड़कियाँ उसके गालों को देखकर अपने गाल पर हाथ फेरती हैं, यह जानने के लिए कि क्या वह भी उतना ही स्निग्ध है। रिंजा को हँसी आ गयी। लड़के की शादी करानी ही होगी। क्या कोई खसिया इस उम्र तक क्वाँरा रहता है?

एक दिन दोपहर वह मोती के घर पहुँची। मोती बाँस के डगरा में चावल फटक रही थी। भूसा जमीन पर गिर रहा था, कनी उसके चेहरे और बाल से चिपक रही थी। ताम्बाई चेहरे और खिचड़ी बाल में फँसी कनियाँ, ऊपर से निरंतर पीसती दाँत और लोगों को काट खाने वाली दृष्टि उसे पक्का डाइन बना दिये थीं। एक बार सोचा नीचे से ही लौट जाय। लेकिन उससे आँखें मिल गयी थीं। लौटना संभव न था।

उसके आने से मोती में कोई उत्साह न जगा, उल्टे गुमान हुआ कि तेरा रिंजा मेरा बेटा है। लेकिन तुरंत ही डर लगा कि यह सतभतरी बुढ़िया ऐसे ही रोज-रोज आने लगी, तो खून को देख कर खून जोर मारने लगेगा। कहीं रिंजा इसी से चिपकने न लगे। मन हुआ कि भगा दे। तभी डर लगा कि इससे वह भड़क न जाय और बदला लेने के

उद्देश्य से बेटे को तरह-तरह की जुगत से फाँसने लगे। इसलिए मजबूरन स्वागत किया।

रिंजा फर्श पर बैठा रोमन अक्षरों का तालमेल खासी ध्वनियों से मिला रहा था। फौजी प्रशिक्षण के दौरान जाने कहाँ-कहाँ के, किन-किन जातियों के लोग कलकत्ता में जुटे थे। जिनकी भाषा लिखित थी वे अपने को ऊँचा समझते थे, जिनकी नहीं थी, उन्हें नीचा समझते थे। रिंजा को जब कामचलाऊ अंग्रेजी सिखाई जा रही थी तो वह बड़े मनोयोग से पढ़ रहा था। खासकर व्याकरण। उसने ठान लिया था कि वह अपनी बोली को लिखित बनायेगा। प्रशिक्षण की व्यस्तता और उसके बाद की आपाधापी में उसे मौका नहीं मिला। अब वही काम वह बड़े मनोयोग से कर रहा था।

कई दिनों के बाद धूप निकली थी। कमरे में जो भी था, कपड़े, अन्न, चटाइयाँ सभी से सीलन की गंध उठ रही थी। लेकिन बाहर जो कीचड़ था सुअरों के विष्ठा से सना और दुनिया भर की सड़ी चीज़ों से बना उससे उठनेवाली दुर्गंध से कहीं भला था। पटरों की संधि से धूप की एक शहतीर आकर उसकी चटाई और कापी पर नाच रही थी। उससे बेखबर दोनों बूढ़ियाँ उसके बारे में दुनिया भर की बात करने के बाद शादी की बात कर रही थीं। मोती बोली, ''कुछ बताए तब न!

बोली, ''न बताए तो भी बात चलानी है। खसियों में कोई अट्ठाइस साल का घोड़ा बिना लगाम का नहीं चलता।''

रिंजा को हँसी आ गयी। यही बात लोग लड़की के लिए कहते हैं। यानी पुरुष का लगाम स्त्री है तो स्त्री का लगाम पुरुष। तब कौन किसका लगाम है? कोई किसी का नहीं। उसके सामने अल्खा कौंध गयी। जबसे आया है, उसकी सुधि नहीं ली। आने की खबर तो उस तक पहुँच ही गयी होगी। तब कितना क्रूर मुझे समझ रही होगी। इंतजार करते-करते जब थक जायेगी, तो खुद मिलने आयेगी। यही सोचकर पड़ा रहा। लेकिन नह नहीं आयी। क्यों? कहीं यह तो नहीं सोच लिया कि कलकत्ता जा कर मेरा मन बदल गया है। तब तो बड़ा अनर्थ हो जायेगा। जल्दी ही उसके गाँव जाना चाहिए।

उसे तिरोत सिंह के साथ की गयी एक-एक बात याद आने लगी। शादी कर वह कलकत्ता चला गया था। उसकी पत्नी अतृप्त ही रह गयी थी। वह भी बहुत याद करता था। भाषा सीख रहा था कि गाँव जायेगा तो उसे पढ़ायेगा। तब वह लम्बी-लम्बी चिट्ठियाँ लिखेगी। रिंजा हँसता, ''खासियों के इलाके में डाक कहाँ आती-जाती है।''

तिरोत कहता, ''हम व्यवस्था कर देंगे।''

रिंजा सोचता : यह राजघराने का है। राजा बनेगा तो यह व्यवस्था भी कर देगा। लेकिन अभी? उसे छेड़ने की गरज से कहता, ''आज कल के लड़के बड़े आक्रामक हो गये हैं। तुम्हारी काङ को नहीं छोड़ेंगे।''

तिरोत कहता, ''वे सब बेकार ही अपना समय बरबाद करेंगे। वह ऐसी लड़की नहीं है।''

रिंजा कहता, "दोष काङ का नहीं, तुम्हारा है, यदि उसे अनाघ्रात छोड़ आये होते तो कुछ नहीं होता। अब जो उसे चस्का लगा दिया है..."

तिरोत ऐसे घूर कर देखता कि एक तरफ रिंजा की सिट्टी-पिट्टी गुम हो जाती, तो दूसरी तरफ बड़ी जोर की हँसी आती। उसकी पकड़ से दूर खिसक कर कहता, "यदि उसके दो-चार बच्चे होते तो फुसलाना संभव नहीं था। उन्हीं में व्यस्त रहती। बच्चे भी चौकीदारी करते। लेकिन अब तो सब समाप्त हो गया होगा।"

कोई तीसरा कहीं से आता और जोड़ता, "तो क्या बुरा है? तिरोत जब घर जायेगा तो उसकी कांङ एक बिना बाप के बच्चे का उपहार देगी। जब पाल-पोस कर थोड़ा बड़ा करेगी तो हँस-हँस कर कहेगी—देखो न बेटा कितना तुम्हारे पर गया है? वही आँख, वही नाक, वही हाथ-पाँव..."

सभी मिलकर हँसते तो तिरोत सिंह हुगली के किनारे-किनारे अपनी आँखें वहाँ तक ले जाता जहाँ समुद्र और आकाश एकाकार हो गये लगते। वहाँ एक ऐसा पर्दा झूलता लगता जिससे पता ही नहीं चलता कि कहाँ एक समाप्त हो गया है और कहाँ से दूसरा शुरू हो गया है। बीच में यदि मौसमी बादल से बारिश का झोंका फूट पड़ता तो पूरी कायनात बैरेक की छत की तरह चूती लगती। दिन भर कुछ और दिखाई नहीं देता। कहीं सूँस तक कलैया खाती नहीं दिखती। सब कुछ उदास और निर्जीव लगता।

जब चलने को हुई तो रिंजा उसके पास आ कर बैठ गया। मोती को अच्छा न लगा। वह उठ गयी। बुढ़िया दुनिया भर की बात करने लगी। फिर जब आशीर्वाद देकर चलने लगी तो रिंजा घर के भीतर गया। दम-दम से लाया लोहे का भारी बक्सा खोला और कुछ कपड़े निकाल कर उसे दे दिया। मोती ने घूर कर देखा तो बुढ़िया रिंजा ने धन्यवाद कहकर, आशीर्वाद दे-दे कर न ले जाने की बात कहने लगी; पर रिंजा एक न माना। बुढ़िया लेकर चली गयी तो मोती भी यह सोच कर प्रसन्न हो गयी कि अपने सगे बेटे के हाथ से उपहार पाकर वह कितनी खुश हुई होगी। उस खुशी की कल्पना में गुस्सा थूक दिया।

रात में रिंजा मोती के पास आया और बोला, "मैं अल्खा आवरी से शादी करना चाहता हूँ।" मोती को जाने कब से यह सुनने का इंतजार था। जैसे जानती थी कि रिंजा उसी से यह बात कहेगा। कोई मौसी, फूफी, मामी होती तो उससे यह बात कहता। रिंजा के लिए वही तीनों थी। मोती ने फौरन गाँव-बूढ़ा को बुलवाया और इसके दोष की परख करने को कहा। कोई दोष न दिखा तो उसे ही अगुवा बना कर अल्खा के घर भेजा। लोग तैयार बैठे थे। दिक्कत थी तो धन की। इसलिए इयादिह कियाद[1] के ढंग से शादी करने का प्रस्ताव रखा। ऐसा भला कैसे हो सकता था! रिंजा होने वाला मिंत्री था और कलकत्ता से कमा कर आया था। पलटन का आदमी था। खबर भिजवाया कि शादी पिहीयार सिंजत[2] के ढंग से ही होगी। रही बात खर्च की, तो इसकी चर्चा

---

1. शादी करने का एक सस्ता ढंग।
2. अँगूठी पहनाकर शादी करने का खर्चीला ढंग।

बिरादरी में करने की नहीं है। वह चुपचाप सब भिजवा देगा। इससे लोगों को यह भी लगेगा कि मिल्लिम के आवरी लोग इतना गरीब नहीं हैं, जितना कि लोग मानते हैं।

बान इया कुत क्तिएन[1] के दिन पहले अंडा तोड़ कर, फिर मुर्गा मार कर विवाह के शुभ-अशुभ के बारे में जानकारी की गयी। मुर्गे के छोटे-बड़े दाने उस तरह से आपस में आकर्षित नहीं हुए थे, जिस तरह की अपेक्षा थी। लेकिन जमाना बदल रहा था। जब लड़का और लड़की राजी थे तो इस सगुन का कोई विशेष अर्थ नहीं था। लेहाजा उनकी हरकत पर पर्दा डालकर घोषित कर दिया गया कि सब ठीक है। लड़के ने लड़की की उँगली में सोने की अँगूठी डाल दी। लड़की ने लड़के की उँगली में। शादी का दिन तय कर दिया गया। उस दिन लड़के का एक दोस्त क्षियांग[2] बना। लाल पगड़ी बाँध कर कई युवाओं के साथ लड़की के गाँव गया। लड़की के रिश्ते की सभी लड़कियाँ और युवा औरतें माँथ खोलकर, बाल को पुट्ठे तक लटका गाह कर, रंगीन वस्त्र पहन कर तमाम तरह के असली-नकली आभूषण से लद उनके स्वागत में खड़ी थीं। वहीं लड़की की तरफ वाला क्षियांङ मिला। दोनों क्षियाङों ने बात की। फिर लड़की वाला क्षियाङ अपने दोस्तों को ले दूल्हे के पास बारात के स्वागत के लिए गया। सभी बराती साफ-सुथरे, भरसक नये कपड़े में पीला या लाल पगड़ी बाधे चल पड़े। रास्ते के मोड़ पर एक बड़ा सा पत्थर था। रास्ते को दूर तक ढका रखने वाला चट्टान। वहाँ पहुँचते ही बरातियों पर कुछ लोगों ने आक्रमण कर दिया। थोड़ी देर तक बड़ा शोर-शराबा मचा रहा। फिर सब ठहाके में विलीन हो गया। यह कोई एक बड़ी पुरानी परंपरा थी। शायद यह याद दिलाती कि लड़की की तरफ से कभी लड़ाइयाँ होती थीं, कि शादी शायद बलात् का कुछ अंश लिये होती थी।

सबने मिल कर जी भर दारू पिया, पाँच जानवरों का गोश्त खाया। तब लड़की के तरफ वाले क्षियाङ ने दूल्हे को लड़की के मामा को सौंप दिया। फिर दूल्हे और दुल्हन को एक साथ आम की लकड़ी के बने एक बड़े से पीढ़े पर बिठा दिया गया। तब दूल्हा-दुल्हन ने अपने पान-सुपारी के बटुओं का आपस में आदान-प्रदान किया। तब दूल्हे और दुल्हन के क्षियाङों ने मिलकर शादी का करार पढ़ना शुरू किया। उसे जब दुल्हा-दुल्हन ने स्वीकार कर लिया तो दोनों क्षियाङों ने अपनी-अपनी तरफ से एक-एक तुमड़ी शराब एक बूढ़े आदमी को सौंप दिया जो शादी कराने की विधि में माहिर था। बूढ़े ने दोनों तुमड़ियों की शराब को आपस में मिला दिया। तीन सूखी मछलियों को लाकर वहीं फर्श पर रख दिया गया। तब तीनों ने मिलकर कहना शुरू किया, "हे, ऊपर के देव और हे नीचे के देव! हे लेई सिंसार, जिन्होंने जगत् बनाया और उस पर आदमी बनाया जैसा कि आपने इस शादी के लिए इच्छा जाहिर की है और दूल्हा-दुल्हन ने आपस में अँगूठी बदल ली है, और आपस में पान-सुपारी का बटुआ बदल लिया है, आप सुनें ऊपर आसमान से और नीचे धरती से कि अल्खा और निस्सोर सिंह

---

1. शादी की रस्म आरम्भ करने का दिन।
2. बिचौलिया।

ने आज शादी कर ली है। आप इन्हें आशीर्वाद दें और इन्हें समृद्धि प्रदान करें, इन्हें जीवन का मार्ग दिखायें, कि समय आने पर ये अपना घर बनायें और दो से सौ बनें, हजार बनें..." तब बूढ़े ने धरती पर तीन बार थोड़ा-थोड़ा कर तुमड़ी से मिलायी हुई शराब गिरायी। फिर कहना शुरू किया, "हे माँ, नानी, परनानी, मामा, पिता, औ सद्निया, हे मौसी-नानी, हे चाचा-बाबा, जैसा कि धरती पर मछलियाँ रखी हैं और माँस का भोज तैयार किया गया है, दूल्हा-दुल्हन ने अपनी-अपनी अँगूठियाँ बदल ली हैं, आप इन्हें आशीर्वाद दें, इन्हें शक्ति दें, समृद्धि दें।" उसने पुनः तीन बार वह शराब जमीन पर गिराया। फिर पहले की ही तरह राजा, मिंत्री, लिङदोह और तमाम महत्त्वपूर्ण अनुपस्थित लोगों का आवाहन कर तीन बार शराब गिराया। फिर तीनों सूखी मछलियों को उठा कर चूल्हे के ऊपर बने मचान तिम्पेन पर रख दिया। घर के एक खम्भे को पहले खोद कर बाहर निकाला गया, फिर उसी जगह गाड़ दिया गया। इस दौरान उपस्थित जन-समुदाय हो-हो-हो कर अपना उत्साह जताता रहा। तब स्त्रियाँ शुभ गीत गाने लगीं। बलि चढ़ाने वाले ने उबा त्लेन[1] सुअर हींक कर पुरुखे और पुरखिनों को चढ़ाया। एक टोकरी में रखकर वह चढ़ावा दिखाते, घर में टाँग दिया गया।

शादी पूरी हो गयी तो बराती अपने गाँव लौट गये। रिंजा वहीं रुक गया सुहागरात मनाने के लिए। दोनों गाँवों में ढोल-नगाड़े बज उठे।

उधर उ तिरोत सिंह नाङख्लाउ लौटा। हुआ यह था कि जायद दिखार लोगों ने तत्कालीन राजा पर भ्रष्ट होने का इल्जाम लगाया था। राजा भ्रष्ट था क्योंकि राजकोष के पैसे का इस्तेमाल अपनी सुख-सुविधाओं के लिए कर रहा था। सुख-सुविधा यह थी कि राजधानी के चारों तरफ पत्थर की पक्की दीवार बना रहा था। जाने कैसे उसके मन में यह बात पैठ गयी थी कि उसका राज कोई छीन लेगा। लेहाजा उसकी सुरक्षा के लिए परकोटे बनवाकर तोपें चढ़ा रहा था। जायद लोगों के मुखिया का कहना था कि ऐसी कोई बात नहीं है और राजा अपनी समृद्धि का प्रदर्शन कर रहा है कि वह निजपत, चेर्रा और मिल्लिम के राजा से कहीं छोटा और कम प्रभावशाली न मान लिया जाय। जिन लोगों को इन सब बातों से कोई मतलब था, उनके समझ में यह बात नहीं आ रही थी कि आखिर वह किसको बड़ा राजा बताना चाहता था। खासी लोग तो किसी को छोटा-बड़ा मानते ही नहीं। स्वयं राजा भी किसी भी सामान्य जन की तरह एक अदना आदमी होता था। दूसरों से भिन्न वह इसलिए होता था कि राज्य चलाने की एक अतिरिक्त जिम्मेदारी समाज की ओर से दे दी गयी होती थी। वह किसी और को भी दी जा सकती थी। ऐसे लोगों में कुछ लोग वे भी थे जो कहते थे कि चूँकि निजपत

1. क्षण का गवाह।

का राजा यानी जयंतिया राजा हिन्दू बन कर देवत्व ग्रहण कर लिया है तो उसे बता देना जरूरी है कि उसका खासी होना समाप्त नहीं हो गया हैं। और कोई बिना हिन्दू हुए भी राजा के रूप में प्रभावशाली हो सकता है। यही तर्क चेर्रा राजा के संदर्भ में भी दिया जाता था कि क्रिस्तान होकर वह कोई तोप नहीं हो गया है। पर खिर्रिम सियेम के ऊपर यह तर्क लागू नहीं होता था। तब वे कहते थे कि खसिया भूमि में सिर्फ वही खसिया राजा नहीं है, नाङख्लाउ का राजा भी है और नोङस्ताइन का राजा भी है।

वहीं दूसरे लोग भी थे जो इस झगड़ा की जड़ को जानते थे। जायद-मुखिया राजा को इसलिए बदनाम कर रहा था, क्योंकि राजा ने उसे लिङस्कोर के पद से हटा दिया था। जाने कहाँ से उसे भनक मिल गयी थी कि लिङस्कोर तहबाजारी का अधिकांश पैसा दबा जाता है, और गलत-सलत हिसाब प्रस्तुत करता है। परिणामस्वरूप जायद-मुखिया दरबार के लोगों को वर्षों से अपने पक्ष में करने के फिराक में लगा था और उन्हें मौका-बे-मौका राजा से लड़ा कर उनके बीच फूट डालते-डालते अब इतना प्रभाव अर्जित कर लिये था कि राजा को हटाने का प्रस्ताव पास करा सके। मौका मिलते ही उसने ऐसा कर लिया।

नाङख्लाउ राजा इसका विरोध नहीं कर सकता था, क्योंकि उसका राज्य था ही दरबार की देन। कहा जाता है कि जवाई की पहाड़ियों में एक प्रभावशाली सिंतेङ परिवार रहता था। उस परिवार की एक लड़की का शाफलाङ को परिवारिक संपत्ति में से बेइमानी कर कुछ भी उत्तराधिकार में नहीं दिया गया। परिणामस्वरूप वह अपने एक भाई उ शाजेर के साथ वतन छोड़कर दूर कामरूप जिले के एक गाँव बरद्वार में जाकर बस गयी। उद्यम कर दोनों ने काफी धन कमाया और जमीन खरीदी। लेकिन उसे 'बड़' लोगों ने कब्जा कर लिया। 'बड़' लोगों को तब कछारी लोग पश्चिम की ओर ढकेल रहे थे। परिणामस्वरूप पश्चिम की ओर जाने पर वे कमजोर कबीलों की जमीनें छीन ले रहे थे। उ शाजेर के लिए वहाँ बने रहने का कोई कारण नहीं था, इसलिए वे अपने वतन की ओर लौटे। रास्ते में एक खसिया इलाका पड़ा, जहाँ गाँव तो कई थे, उसकी व्यवस्था करने के लिए लिङस्कोर लोग भी थे। पर राजा कोई नहीं था। उ शाजेर को देखकर लिङस्कोर लोग काफी प्रभावित हुए और अपने इलाके के लिङदोह लोगों की सहमति से उसे राजा चुन लिए। उसके मरने के बाद उसका भानजा उ सितेह राजा बना जिसने अगल-बगल के कुछ और गाँवों को अपने राज में मिला लिया। कहते हैं कि शासन करने का कुछ अधिकार कुछ गाँवों पर उसने अपने दो बहनों का जेम और का साङलार को दे रखा था। वे शादी कर सोहियाङ और नाङख्लाउ गाँवों में रहती थीं। साङलार के उत्तराधिकारियों ने धीरे-धीरे पूरे इलाके को अपने प्रभाव में ले लिया और नाङख्लाउ ही उनका मुख्य राज्य बन गया। खासियों के बीच इस राज्य का महत्त्व इसलिए बहुत था कि वह शुद्ध मानव-राज्य था—इसके शासकों के बारे में कोई दैवी कहानी नहीं प्रचलित थी और वे पुजारी नहीं राजा के रूप में शासन करते थे, जन की सहमति से। इसलिए जन जब चाहे किसी संगीन अपराध या

अक्षमता का दोषी करार कर उन्हें हटा भी सकता था और उसकी जगह नया राजा चुन सकता था।

यही उ तिरोत सिंह के बारे में हुआ था। वह खोखर परिवार का था और कम्पनी के फौज में था। उसकी पत्नी खिर्रिम राज घराने से थी। वह सितेडों के पवित्र खून का था। युवा था। इसलिए चुन लिया गया। लेकिन उसके लिए राजा बनना इतना आसान नहीं था। कई वर्षों के प्रशिक्षण के बाद जब वह लड़ने-भिड़ने लायक हुआ तब फौज छोड़ने की बात उठी। उसका कर्नल भला कैसे सहमत होता? बात और बड़े अधिकारियों तक गयी, तो इसमें उन्हें अपना राज और बढ़ाने का एक मौका दिखा। यही कि उनके बीच का प्रशिक्षित उनका नमक खाया आदमी उनका अति विश्वसनीय बनकर उन पहाड़ी जंगली जातियों के बीच रहेगा और निरंतर उनका हित साधन करेगा, बिना किसी खर्च के। लेहाजा उन्होंने उसे कार्यमुक्त कर दिया। इस बाधा को पार कर और दुनिया भर के कर्मकांड को पूरा कर गद्दीनसीन हुआ तो उसकी परेशानी और बढ़ गयी। चूँकि वह अंग्रेजों की मंशा जान चुका था इसलिए उसे अपने गढ़ को मजबूत करने की जरूरत और शिद्दत से महसूस हुई। लेकिन पिछला राजा हटाया ही इसलिए गया था कि उसने गढ़ मजबूत करना चाहा था। अगर वही काम वह करता तो पुनः दरबार बगावत कर सकता था। बहुत सोच-विचार कर वह इस काम को कुछ समय के लिए स्थगित कर दिया। लेकिन चैन से बैठा नहीं।

: 25 :

रालिन्सन जयंती के साथ नाङथिमाई में आ बसा तो लगा दुनिया बस यहीं तक है। लेकिन वह इतनी छोटी दुनिया का वासी नहीं था। उसके दिमाग में कीड़े कुलबुलाने लगे कि इस पिछड़े इलाके के लोगों को सभ्य करना है। सभ्यता खान-पान के ढंग से आती है, उठने-बैठने के ढंग से आती है, रहने-खर्च करने के ढंग से आती है, काम करने के बाद मनोरंजन करने के ढंग से आती है। जाहिर है सभ्य वही हो सकता है, जिसे काम से इतनी बचत हो कि मनोरंजन कर सके, घर बनवा सके, खाने-पीने की व्यवस्था कर सके, खर्च करने के लिए पूँजी हो और उसे देखनेवाले लोग हों। नाङथिमाई में बस एक बंगला और बना था। नाङख्लाउ राजघराने की एक रानी का। एक दूसरा बंगला और बन रहा था, सिडली की रानी का। एक दिन राली शिकारी का भेष बनाकर घर को प्रगाढ़ करने के लिए उन्हें अपने घर निमंत्रित कर आया। इस तरह आना-जाना बढ़ा तो जयंती को बड़ा भरोसा मिला और उसका अकेलापन जाता रहा। उसके पुत्र को ये दोनों रानियाँ साथ ले जातीं। बिल्कुल अपने पुत्र की तरह खेलातीं, पालतीं। उनकी सोहबत में जयंती अनुभव करती कि वह अभी भी कहीं की रानी है।

कुछ ही महीनों में यह भी एकरस लाने लगा तो राली को खासी हिल्स को स्विटजरलैंड बनाने को सूझी। जाने कहाँ-कहाँ से पता प्राप्त कर दुनिया भर के विलायतियों को जो भारत में रह रहे थे, पत्र लिखा कि यह इलाका स्विटजरलैंड से भी अधिक सुन्दर है। बस बर्फ नहीं पड़ती तो क्या। जीवन का आनन्द लेना हो तो यहाँ एक बार अवश्य आइये बतौर मेरा मेहमान। हालांकि अंग्रेजों ने उसके उस खोज की बड़ी प्रशंसा की लेकिन उनके दिमाग में—असम : ए लैंड ऑफ एलेफैंट्स, जंगल्स, स्वाम्प्स, मलेरिया एंड स्नेक्स ही था, इसलिए तुरंत आने की हामी किसी ने भी नहीं भरी। तो भी उसे विश्वास था कि लोग एक-न-एक दिन यहाँ आयेंगे और यही नहीं, आने के लिए बाध्य होंगे, इसलिए जरूरी है कि उनके रहने और मनोरंजन के लिए भरपूर तैयारी की जाये। लेहाजा उसने अपने बंगले का विस्तार आरंभ किया। दक्षिण तरफ की जो सीधी पहाड़ी थी, उसके दीवार को काटकर तिरछा किया। उसके शीर्ष को काटकर समतल किया। उस पर एक बड़ा सा हाल बनवाया, बर्मी टीक की लकड़ी का। उसके अगल-बगल दो बड़े कमरे बनवाये, ढेर सारी खिड़कियों वाले। उन्हें खोल दो तो चीड़ वन की हवा, गंध, सर्दी और हूँ-हूँ की आवाज से भर देती थी। बंद कर दो पसीना चुहचुहा आये। इस विला को नाम दिया सैनेटोरियम। उसके लिए अलग घुड़साल, पाकशाल, नौकरों की रिहाइस, बनवाई और आर्किड के फूलों के बगीचा, सभी तरह के स्थानीय फलों के वृक्षों से इस तरह से सुसज्जित किया कि ताजे फलों का ऋतुचक्र अबाध रूप से चलता रहे। उनके बीच एक थियेटर हाल कोई हजार वर्ग हाथ का, खूब ऊँचा तीन तरफ से बाल्कनी और सामने बड़ा-सा रंगमंच। फर्श से लेकर शिलिङ तक सब कीमती लकड़ी का। पैर से टकराने पर फर्श से आवाज न उठे, उसके लिए जूट की कीमती चटाइयों की कई पर्त का उस पर मढ़ दिया गया।

सब कुछ तैयार हो गया तो नाटक करने की बारी आयी। अब न तो खसिया कोई लिखित बोली थी, और न ही उस बोली में कोई नाटक खेला जाता था। स्थानीय लोग अंग्रेजी जानते नहीं थे। इसलिए न उसे देखते न उसमें भाग लेते। संवाद बोलना असंभव था। न तो इतना धैर्य ही था कि राली उस बोली में कोई नाटक लिखे और न ही लेखन में वह पारंगत था। लेहाजा उसने निस्सो सिंह रिंजा को बुलवाया जो बंगाली अक्षरों को त्याग कर रोमन अक्षरों के सहारे खसिया का वर्णमाला बना चुका था। एक अंग्रेजी नाटक का बहुत मेहनत कर दोनों ने अनुवाद कर डाला। फिर कलाकारों की खोज हुई। ग्रामीण युवकों-युवतियों को लेकर वह अभियान भी पूरा हो गया। सिडली की रानी और नाङख्लाउ की रानी को यह सब बड़ा हास्यास्पद लगता रहा। पर खाली समय को काटने के लिए वे पूरी तरह से रुचि लेती रहीं। और जब नाटक का पहला शो हुआ तो सभी की खुशी सात बाँस पर चढ़ गयी। राली ने देशभर के अंग्रेज अफसरों और व्यापारियों को इसकी सफलता के बारे में लिखा और एक बार देख जाने का अनुरोध किया।

इस पूरे दौर में नाङख्लाउ की रानी राली के करीब आती गयी, लेकिन जयंती जरा भी दूर नहीं हुई। वह दूर तो तब हुई जब एक दिन उसके हाथ वह पत्र लगा जिसमें

राली ने लिखा था : बिना प्यार जताये तुम्हें देखना असंभव है और बिना बोलकर बताए यह प्यार करना भी असंभव है। लम्बे समय से चुप रहा हूँ, अब नहीं रहा जाता। मैं तुम्हारे प्यार में पागल हूँ और मेरे लिए सिर्फ एक खुशी बची है कि जीवन के बाकी दिन तुम्हारे साथ बिताने की इच्छा में एक-एक कर नष्ट कर दूँ।

जयंती के पाँवों से जमीन और हाथ से आसमान खिसक गया। आसमान में वह राली के साथ उड़ती थी और धरती पर चलती थी। न उड़ना बचा, न चलना। खासी समाज में वह कोई खास बात न थी और अपने जोड़े को छोड़ने की पहल कोई भी कर सकता था, तो भी जाने क्यों यह पत्र पढ़कर लगा कि उसकी दुनिया ही उजड़ गयी है।

लेकिन राली ऐसा नहीं मानता था। उसका कहना था कि नाङख्लाउ रानी के साथ उसका संबंध मन बहलाव का है, सिर्फ मन बदलने का कि जैसे एक ही खाना खाते-खाते आदमी जब ऊब जाता है तो मनफेर के लिए दूसरा खाना खाता है, भरसक खराब ही। जयंती ऐसे तर्कों से पूर्व परिचित नहीं थी, इसलिए उस पर इनका कोई असर न पड़ा। उल्टे विश्वास गहरा हो गया कि विश्वासघात को न्यायोचित ठहराने के लिए विदेशी पुरुष जाने क्या-क्या जाल रच सकता है। उसका इरादा मफलाङ लौट जाने का हुआ। इससे राली बड़ा उत्साहित हुआ।

जीरा बीस लुशेई युवकों को लाकर उन्हें पूरी फौजी प्रशिक्षण देकर राली के यहाँ नौकर रख दिया था और उनके बल पर न केवल वह शेरी की भट्ठी बड़ी सफलता से चला रहा था, मफलाङ सिरदार की किरकिरी भी कर रहा था। गाँव में तनाव बढ़ता जा रहा था, जिससे इलाके में भी कुछ-कुछ कंपन होने लगी थी। तमाम खसिया युवक यदि जीरा के दल में भर्ती होने का मौका ढूँढ़ रहे थे तो उससे ज्यादे युवक अपने-आप सिरदार के आदमी बनते जा रहे थे। राली मफलाङ पहुँचा तो इस तनातनी में उसे एक बड़ी संभावना दिखी। जयंती से राय कर वह खिर्रिम पहुँचा। साथ में जयंती, उसका बच्चा जॉन, जीरा और उसका बीस लुशेइयों वाला लश्कर। सियेम ने तो स्वागत वैसे ही किया जैसे राली जब पहली बार गया था, तब किया था। बस वह गर्माहट नहीं थी। उसका एक कारण जीरा की पल्टन भी थी, ''साला मुझे अपनी ताकत दिखाने आया है अकारण।'' जल्दी ही उसे कारण का पता चल गया जब राली ने प्रस्ताव रखा कि खिर्रिम का अगला राजा जॉन होगा, इसकी घोषणा सियेम कर दे।

सियेम पहले चौंका, फिर घबराया। फिर सहज हो गया। जैसे उसे पता था कि एक दिन यह प्रस्ताव आयेगा, वह इसके लिए मन ही मन तैयार भी था। बस जब अवश्यंभावी सामने आया था, तब एक झटका लगा था। उससे उबरा तो दरबार बुलाया और राली का छद्म उसके सामने रखा। सभी की भौंहें तन गयीं, हाथ तलवार की मूठ पर गये। सियेम ने उन्हें रोका, ''तैश में आने की जरूरत नहीं है। ये अंग्रेज बड़े शातिर होते हैं। दूसरों का धन, जायदाद, राज हड़पने का बहाना ढूँढ़ते हैं। जयंती को फंसा कर सोचा था कि लोग इसाई हो जायेंगे तो वैसे ही कम्पनी बहादुर की सरकार स्थापित हो

जायेगी। नहीं हुए तो यह चाल चल रहा है। कह रहा है कि परंपरा के अनुसार का सियेम सद ही राज की मालिक होती है। राजा उसके एवज में शासन करता है। अब आगे का सियेम सद अपना एवजी अपना पुत्र बनाएगी।''

मिंत्री बोला, ''वह हमारा सिस्टम नहीं जानता। हमारे यहाँ संपत्ति के उत्तराधिकार और राज के उत्तराधिकार में अंतर होता है।''

लिडदोह बोला, ''राली सब जानता है। और जानबूझ कर यह टंटा खड़ा कर रहा है कि कम्पनी बहादुर अपना पाँव इन पहाड़ों में फैलाए।''

मिंत्री बोला, ''जयंतिया राजा का तो ये अंग्रेज बाल-बाँका नहीं कर पाये। अब इस तरह से बहाना बना रहे हैं।''

लिडदोह बोला, ''इन्हें बहाने से ही टालना होगा। बताना होगा कि जयंती को का सियेम सद के पद से बरखास्त किया जा चुका है। इसाई हो जाने के कारण हमारी कौम से उसका व्यक्तिगत नाता भी नहीं रहा। इसलिए उसके पुत्र का इस राजपरिवार से कुछ भी लेना-देना नहीं।''

सियेम ने कहा, ''लुशाइयों की टुकड़ी लेकर आया है।''

''तो क्या रिंजा की टुकड़ी बैठी रहेगी।'' मिंत्री और लिडदोह ने एक साथ कहा।

राजा ने कहा, ''अपनी जमीन पर टंटा न करना ही ठीक है। ललमुँहों को हमारे देश में घुसने का बहाना मिल जायेगा।''

लेहाजा मीठे-मीठे राली को लखा दिया गया कि राजा आप की दया से अभी बहुत दिन तक जीयेगा। जब मरने को होगा तब देखा जायेगा। राली ने कहा, ''मैं कहाँ कहता हूँ कि जान को अभी राजा बना दिया जाये। बस उसे उत्तराधिकारी घोषित कर दिया जाये कि जिससे लोगों के मन में कोई भ्रम न रहे।''

राजा ने कहा, ''बस यह उत्तराधिकारी घोषित करने की परंपरा हमारे यहाँ नहीं है। इसे मौका आने पर दरबार तय करता है।''

''तो दरबार अभी तय कर ले। और कोई भी परंपरा हवा से नहीं उपजती है, उसे कोई न कोई डालता ही है।''

सियेम के पास बहुत तर्क नहीं था। बस किसी तरह मीठा बोल और धन-दौलत उपहार में दे आयी बला टाला। इससे जयंती खुश नहीं हुई। उसका गुस्सा राली पर था। ''अभी तक मुझसे धोखा किये था। अब लड़के की जान शासत में डाल दी।'' उसे पूरा डर था कि सियेम बच्चे को मरवा न दे। न रहेगा बाँस न बाजेगी बासुरी। इसलिए वह मफलाङ लौट तो गयी लेकिन दूनी दुश्चिंता लेकर।

राली मफलाङ रहना नहीं चाहता था। झगड़े की जैसी तैयारी सिरदार करता जा रहा था, जीरा की तैयारी वैसी नहीं थी। फिर दुश्मन सामने हो तो खून खौलता रहता है। उससे बचने के लिए नाङथिमाई चला। जयंती वहाँ जाना नहीं चाहती थी। लेकिन

उसकी अनुपस्थिति से फायदा तो नाङख्लाउ की रानी ही उठायेगी। इसलिए चली गयी।

कंपनी बहादुर अब कंपनी सरकार बन गये थे। टीपू के बाद भरतपुर को रौंद दिया था। इससे मराठों और जाटों की शक्ति जाती रही थी। धुर पश्चिम में रंजीत सिंह एक ऐसी रियासत जरूर कायम किये था, जिससे सीधे टकराने के बजाय उसकी मृत्यु का इंतजार करना अधिक फायदेमंद्र था। मुगल बादशाह से आगरे की कमिश्नरी मिल गयी थी और अवध के नवाब से गोरखपुर। इससे अधिक लेने में थोड़ा समय लगता। इसलिए पश्चिम में चैन कर रही थी। और इसलिए पूरब की ओर ध्यान दिया। उसमें भी बर्मा का प्रथम युद्ध समाप्त हो गया था और उसके बहाने असम का अहोम राज हड़प लिया गया था। मणिपुर और त्रिपुरा के राजा उनसे संधि कर यूँ ही दब गये थे। इसलिए अब वह लुशेई, नगा और खासी जनजातियों के इलाके की ओर रुख कर रही थी। खासी हिल्स में पादरी और रालिन्सन ने अच्छी पृष्ठभूमि तैयार कर रखी थी। उसका जायजा लेने के लिए सरकार कंपनी बहादुर ने गोरखपुर के तत्कालीन कलेक्टर डेविड स्काट को पूर्वी फ्रंटियर के लिए गवर्नर जनरल का एजेंट बना कर भेजा। स्काट अपने काम का बड़ा माहिर आदमी था। लेहाजा पादरी और रालिंसन को बिना बताए ही कुछ कुलियों को साथ लेकर सिलहट से नौगाँव के लिए चला। रास्ते में जहाँ रुकता वहाँ का पूरा नक्शा बनाता, जलवायु और प्रकृति पर नोट लिखता। लोगों की माली हालत और लड़ने की क्षमता पर नजर डालता। कई सप्ताह के बाद वह कालांग नदी के किनारे राहा पहुँचा और गवर्नर-जनरल को एक लम्बी रिपोर्ट प्रस्तुत की कि अगर इस इलाके को अपने राज में मिलाना है, तो पहले इसका एक विस्तृत सर्वे किया जाना चाहिए।

असम घूमता-फिरता वह नाङथिमाई पहुँचा। राली उसे पाकर कृत-कृत्य हो उठा। दावतों का, जश्नों का और नाटकों का दौर शुरू हुआ, जिसमें आस-पास के अंग्रेज शामिल होने आये। उसी में फौजी घोड़ों का डॉक्टर बुचानन था, जो गोवालपाड़ा से आया था। लम्बा छरहरा जवान, अपनी उम्र से दस साल कम दिखता, ऊर्जा से भरपूर। उसने नाटकों में बतौर हीरो बढ़-चढ़कर हिस्सा लिया और उस दौरान नाटक में भाग लेने वाली तमाम बालाओं से सीधा संबंध बनाया। वह इस बात का कायल था कि यदि कोई नयी कोई भाषा सीखना चाहता है और किसी स्थान के बारे में भीतर से सब कुछ जानना चाहता है तो वहाँ की लड़कियों के साथ सोने की आदत डालनी चाहिए। स्काट को उसकी यह बात पसंद आयी और गवर्नर जनरल को पत्र लिखकर उसे सर्वे का कमीशन दिला दिया।

बुचानन ने सोचा कि यह कोई मुश्किल काम न होगा। आसानी तब और बढ़ जायेगी जब वह सबसे कठिन जगह से काम शुरू करेगा। मफलाङ के सिरदार के टेढ़ेपन के बारे में सुन चुका था। स्काट के सामने अपना प्रस्ताव रखा। उसने राली से राय लेने के लिए सुझाव दिया। राली खाया-खेला आदमी था। बोला, ''यह ठीक न होगा। बंदा भड़क गया तो काम नहीं हो पायेगा।''

''तब आपके आदमी किसलिए हैं?''

''मेरी सुरक्षा के लिए। वे तुम्हारे सर्वे के किसी काम नहीं आयेंगे।''

बुचानन को विश्वास नहीं हुआ। यदि वे इतने निकम्मे हैं तो राली की सुरक्षा क्या करेंगे, खाक? लेकिन राली ने बताया कि काम सबसे आसान जगह से शुरू करो और हो सके तो अपने सही उद्देश्य का पता न चलने दो। ये पहाड़ी उतने सीधे नहीं हैं, जितने दिखते हैं। सबसे ठीक जगह होगी भोइयों का इलाका, फिर लिङमों का, फिर वारों का, फिर जयंतियों का और आखिर में खासियों का। ये जातियाँ इसी क्रम से 'फेरोसस' हैं और इसी क्रम से धनी।

एक दिन सुबह, जब स्थानीय बालाएँ यह गाती हुई नदी से पानी भरने जा रही थीं—

ओह, ये मेरी बेगानी आँखें
इनको क्या सोचते हैं
इन पर मर मिटने वाले लोग
ये जब-जब देखती हैं
मेरे गवरु को
खुद-ब-खुद मुँद जाती हैं।

बुचानन अपनी लम्बी दाढ़ी में कंघी कर अखरोट की लम्बी छड़ी, जिसके हत्थे खुल जाते थे और जिसकी नोक को जमीन में गाड़कर वह बैठने का टेक बना लेता था, लेकर, माथे पर बाँस का चौड़े किनारे वाला हैट और कंधे पर वाइनाकुलर डाल कर निकल पड़ा। साथ में कुलियों की लम्बी जमात थी। कुली वह उसी इलाके का रखता था, जिस इलाके में जाना होता था। इससे भाषा की जो सुविधा होती थी, वह तो थी ही, इलाके की जानकारी भी कम श्रम से हो जाती थी। वे लोग न केवल स्थानीय वनस्पतियों और पशुओं के बारे में बताते, नदी का एक-एक मोड़, एक-एक पहाड़ की ऊँचाई, एक-एक खान की गहराई, स्थानीय उपज, लोगों का भोजन, शरीर और भाले की ताकत, बल्कि उनके मनोबल-निर्माण की बारीकियों तक को बताते। कोई सुन्दर सी जगह देखा, छड़ी गाड़ उस पर बैठ जाता। उनको बोलने को कहता। डायरी में पक्की पेंसिल से लिखता। शाम को जहाँ रुकता वहाँ रिपोर्ट तैयार करता और उसकी

प्रति स्काट को भेज देता। स्काट उन्हें पढ़ता, उस पर अपना मन्तव्य लिखता। फिर प्रतिलिपि गवर्नर-जनरल को भेज देता। गवर्नर-जनरल का पेशकार पढ़ता, "इन पहाड़ियों के भोई दरअसल मिकिर लोग हैं, जो जिले के पूर्वी छोर की घाटियों में, पहाड़ की तलहटी में रहते हैं। भोई शब्द जातिवाचक न होकर क्षेत्र वाचक है।"

पेशकार मुस्कराता: खासी हिल्स अभी कंपनी बहादुर की सरकार में शामिल नहीं है तो भी हमारे लोग उसे अपना जिला कहकर संबोधित कर रहे हैं। वह आगे पढ़ता, "They have the flabby-looking yellow skin of mikirs. Their nose is somewhat depressed, the nostrils being often large and prominent. The forehead is broad and the space between the eyes is often considerable. The skull may be said to be almost brachy—cephalic....more than Ayans....The women when young are comely, of a buxom type, and like the men, with highly developed calves, the later always being considered a beauty...."

कभी पढ़ता "जंगली जानवरों के पदचिह्नों पर पद रखकर चलते आदमियों और कहीं-कहीं खच्चरों के खुरों से बनी यह पगदंडी ओक के घने पुरातन वृक्षों के नीचे हो कर जाती है, जिन पर फैली वनलताओं के फूल आगे बढ़ने से बरजते हैं। बस उनमें सुगंध नहीं होती। सुगंध तो यहाँ की बालाओं में भी नहीं होती। बस पीसने की दुर्गंध उठती रहती है।..."

कभी पढ़ता, "इस गाँव के सिवान पर ही लकड़ी के लट्ठों से एक बड़ा गेट बनाया गया है। उस पर गाँव का टोटम खुदा है। शायद राजा रहता है। उस ढाल पर, ढलुए पतले रास्ते के उस पार। उसके घर की दीवारें पुरानी, मोटी और मजबूत हैं। उनके तीन किनारे एक नल्ला घेर कर बहता है। वहाँ तक जाने के लिए एक बेंत का झूलता पुल है। उसके पार एक बड़ा-सा मैदान। नगाड़ा बजते ही राजा के लठियाल उसमें जमा हो जाते हैं। तब क्या मजाल कि कोई शत्रु वहाँ तक पहुँच सके...।"

कभी पढ़ता, "यह अजीब घाटी है। इसका किनारा एक ऊँचा पहाड़ है। दूर से देखने पर लगता है कि एक बड़ी-सी चील डैना खोले जमीन पर उतर रही है। अभी सिर्फ एक पाँव रखा है। सिर छुप गया है। बस चोंच चमक रही है। अरे वह तो गंधक की चट्टान है। लगता है उस गंधकी चोंच में इस गाँव को दाब कर वह जल्दी ही उड़ जायेगी।"

कभी पढ़ता, "...Full of superstition and bigotry have maraculously preserved the custom of their forefathers..." तब वह प्रश्नचिह्न लगता, "why not foremothers?" फिर आगे पढ़ता, "It is impossible to imagine the effort the khasis put into the upkeep of their houses. Before every door here are mats made of canes for wiping your feet. And if you were so unfortunate as to enter without observing this ceremony, they would greet you with red eyes....Even utensils by their nature apt to become dirty such as kitchen.... and pot hangers are so rubbed and cleaned until you can see yourself in them."

कभी पढ़ता, "The waterfall of ka likai is one of the most beautiful water falls of khasi hills. Its stream flows from a river of village Rangjerteh and passes by the village of Nongriet. The fall can be seen distinctly from the village of Laitkynsew. What a beautiful fall, if viewed in autumn. It is a very high fall..."

कभी पढ़ता, "On Dingei Hills there is a tree overshadowing the whole world, named ka dingei." people feel till this tree is intact their freedom and sovereignty is intact. The say this is the only tree of its type in entire world."

कभी पढ़ता, "इस इलाके में पादरी ने बड़ा काम किया है। राजा तक को क्रिस्तान बना दिया है। लेकिन उसके देखा-देखी जनता इसाई नहीं बन रही है। लोग अपने मतांतर में पक्के हैं।" आगे पढ़ता, " They are good people, keen about business, totally absorbed by the idea to equire more wealth....They are quick to do favours when its costs nothing of their own. They are also phlegmatic, cold and basically limited when it comes to everything that does not earn a profit"

फिर पढ़ता, " Since the genius of the women forms that of the men, the former is simple enough that they are not particularity liable. They might have been more beautiful, but that is not their fault. They do nod have slander waists. ऊपर से गहरी सांवली हैं। कच्ची सुपारी खा-खाकर दातों को गला डाली हैं। इधर सुनने में आ रहा है कि उन्हें मेरी यात्रा ठीक नहीं लग रही है।....."

आगे पढ़ता, "जरूर कोई उन्हें भड़का रहा है। लगता है मेरी यात्रा के उद्देश्य की भनक उन्हें लग गयी है... ।.... गाँव में तो मेरा विरोध हुआ। कुछ नौजवानों ने कहा कि इस तरह से हमारे इलाके में घूमना उचित नहीं।...गाँव के लोगों ने तो गाँव में घुसने ही नहीं दिया। कहने लगे : हम अजनबियों को अपने गाँव में आने नहीं देते। मैंने कहा : अजनबी मैं हो सकता हूँ। मेरे साथ के कुली तो तुम्हारी ही बिरादरी के आदमी हैं।" उन्होंने कहा, "अजनबी के साथ रहते-रहते वे भी अजनबी हो गये हैं।" इस पर स्काट की टीप थी : जरूर कोई इन्हें भड़का रहा है। ऐसा कौन हो सकता है, इसकी तलाश करने में थोड़ा समय लगेगा।

अगले पत्रों में पेशकार ने पढ़ा, "....गाँव के लोगों ने तो अपने सिवान में ही नहीं घुसने दिया। पूरा गाँव वहाँ जुट गया था। यह तो अच्छा हुआ कि हमने जिद नहीं की। कैम्प लौट आये और कुलियों से बातचीत कर वहाँ का नक्शा बनाया।....अगर ऐसे ही

होता रहा तो आगे काम कैसे कर सकूँगा। स्काट और राली भी इस संबंध में कोई राय नहीं देते। सोचता हूँ सिलहट या रंगपुर से फोर्स मंगवा लूँ। तब तक राली के लठैतों को साथ ले लेता हूँ।''

हवा में गर्मी थी। बाँस वन मरमरा रहा था। हवा तेज होती तो हर कोठि का निचला हिस्सा चाहे जितना स्थिर रहे, अपनी जमीन पर तना, ऊपर का हिस्सा लहरा उठता। एक साथ नवचा कइन और कोमल पलवाँझें जैसे हाथ उठा-उठा कर आसमान को गुहार लगाते, हवा को रास्ता बताते। उनमें पके और सूखे बाँस टूटते तो उनकी धड़ाक् से लगता कि कहीं तोप छूट रही है।

गाँव के सीवान पर सुबह से ही बुचानन अपने कुलियों के साथ डटा था। कुलियों में राली के लठियाल भी थे। जब से यह खबर गाँवों में फैली थी कि बुचानन कुलियों के भेष में लठियाल लेकर घूम रहा है; सर्वे के बहाने गांव, घर, जंगल की संपदा कूत रहा है और अपने भ्रमण के बहाने दरअसल कम्पनी सरकार के लिए विजय यात्रा कर रहा है, लोगों के कान खड़े हो गये थे। गाँव के लोग अपने गाँव तक सीमित न रहकर दूसरे गाँव तक इस यात्रा का विरोध दर्ज कराने जाते। गाँव के चार लड़के उठते। चारों दिशाओं में दौड़ जाते। जो गाँव आता वहाँ के वाशिंदों से कहते ललमुँहा पैमाइश के लिए आपके गाँव आ रहा है। होने नहीं देना। गाँव के लोग जुटते, उसका विरोध करते। पहले तो बुचानन घबराता। उसके मन में भरा था कि उत्तर-पूर्व के ट्राइवल स्वभावत: हिंसक हैं। लेकिन ज्यों-ज्यों वह खासियों के संपर्क में आता गया, दृढ़ होता गया कि ये बंदरघुड़की देने वाले लोग हैं, इनका विरोध ''पैसिव'' है। इसे बहुत तवज्जह देने की जरूरत नहीं है। एक तो गोरी चमड़ी से काली चमड़ी वाले वैसे ही भयाक्रांत रहते हैं, अपने को हीन समझते हैं। ऊपर से इतनी बड़ी कुलियों की संख्या। उसमें भी बिहारी लठैत पांडेय लोग।

अब यह कर्मकांड जैसा हो गया था, कि वह जिस गाँव के सिवान पर जाता लोग उसका विरोध करते। रास्ता नहीं देते। वह पहले रास्ता देने का अनुरोध करता, नहीं मानते तो जोर-जबरदस्ती आगे चल देता, उनको ठेलता हुआ। फिर वह आगे-आगे अपना काम करता हुआ, गाँव उसके पीछे-पीछे उसका काम देखता हुआ। अगर विरोध करनेवाले लोग पहले से जुटे नहीं होते तो वह उनके जुटने का भरसक इंतजार करता। वही इंतजार वह यहाँ भी कर रहा था।

बुचानन ने अपनी छड़ी की मूठ खोल ली थी और नोक को जमीन में धसा दिया था। मूठ के फाँक पर ठुड्डी रख कर दूर गाँव की ओर देख रहा था। उसकी खिचड़ी दाड़ी हवा में फहरा रही थी। कौतूहलवश पहले बच्चे जुटे और उसकी दाढ़ी को देख मुस्कराते रहे। उनकी मासूमियत से आकर्षित हो अपनी टूटी-फूटी भाषा में उनसे बात करने लगा। बच्चों ने बताया कि गाँव के लोग इक्का-दुक्का आने वाले हैं, अभी मोती

डिडदोह से मशविरा कर रहे हैं। वैसा ही हुआ। बीस-पचीस लोग जुट गये तो बुचानन ने अपना काम शुरू किया। लोगों ने विरोध किया तो वह मुस्कराया और हाथी की तरह मस्त चाल से चलकर आगे के टीले के पास पहुँचा। कैंप टेबुल लगा कर उसका नक्शा बनाया। फिर आगे बढ़ा।

टीला आगे जाकर दो भागों में विभक्त हो गया था। वहीं से रास्ता मुड़ता था। मोड़ इतना तेज था कि आगे कुछ दिखाई नहीं देता था। बुचानन वहाँ पहुँचा तो यह देख कर दंग रह गया कि वहाँ सैकड़ों लोग खामोश खड़े उसका इंतजार कर रहे हैं। अपनी चाल की गरिमा से चलता वह उनके पास पहुँचा। लोगों ने उसका रास्ता रोक लिया। अपनी टूटी-फूटी खसिया में उसने कहा, ''रास्ता दो।''

लोगों में से किसी ने कहा, ''नहीं मिलेगा।''

बुचानन ने कहा, ''यह सरकारी काम में बाधा होगा।''

''कैसा सरकारी काम?''

''कम्पनी सरकार इस इलाके का सर्वेक्षण करा रही है।''

''उस सरकार को हम नहीं मानते।''

''लेकिन हम मानते हैं।''

''उससे हमें क्या?''

''यही कि रास्ता दो।''

''हम नहीं देंगे।''

''क्यों?''

''क्योंकि यह हमारी जमीन है।''

''होगी! लेकिन सरकार...''

''वह भी हमारी है।''

''सरकार तुम नहीं हो।''

''ठीक! पर सरकार हमारी है।''

''वह क्यों नहीं रोकती।''

''वह नहीं रोकती, इसलिए हम रोकते हैं।''

''तुम रोकने वाले कौन हो।''

''हम सरकार बनानेवाले।''

''सरकार बनानेवाले और सरकार में अंतर होता है।''

''होगा! हम अपना काम खुद करते हैं।''

''हम नहीं मानते।''

बुचानन उन्हें धकियाता आगे बढ़ा। आगे एक छोटा-सा नल्ला था। वहीं कैंप टेबुल फैलाया। दूरबीन के सहारे इलाके का जायजा लिया। नक्शा बनाया। कागज-पत्र समेटा और आगे बढ़ा। नाले के उस पार सैकड़ों लोग खड़े थे। उनमें बुचानन के पीछे-पीछे आ रहे लोग भी आकर मिल गये। फिर वही वार्तालाप शुरू हुआ। अंत में फिर बुचानन उन्हें धकिया कर आगे बढ़ने लगा। उछलकर एक औरत सामने आयी और कड़क कर बोली, ''आगे मत बढ़ो।'' बुचानन ने ठमक कर उसे गौर से देखा, फिर आगे बढ़ने लगा। वह कूद कर उसके सामने पहुँची और स्त्रियों से कहा कि सभी एक-दूसरे का हाथ पकड़ंकर रास्ता रोक खड़ी हो जायें। उन्होंने वैसा ही किया।

बुचानन एक क्षण के लिए ठमका। अपनी दाढ़ी पर हाथ फेरा। माथे पर चुहचुहा आये पसीने को पोछा। फिर छड़ी को सीधी कर चल पड़ा। किसी अपरिचित पुरुष से उनका बदन न छू जाये, इस डर से स्त्रियों ने एक-दूसरे का हाथ छोड़ दिया। फौरन मोती सामने आयी और पुरुषों को इशारा किया। उन्होंने एक-दूसरे का हाथ पकड़कर उसका रास्ता रोका। बुचानन ने लठियालों को इशारा किया। उनका अगुवा जमीन पर लाठी पीटते हुए बोला, ''हट जाओ।'' भीड़ में से किसी ने कहा, ''ए बबुआ! तुम बीच में न पड़ो।'' तब सभी लठियाल घुड़की देकर लाठी भाँजते आगे बढ़े। भीड़ बिखर गयी। उन्हें इकट्ठा करने के लिए मोती चिल्लाती ही रह गयी।

बुचानन ने वहीं डेरा डाला। जब तक उजाला था, इलाके का पैमाइश करता रहा। अँधेरा होते ही खाना बना-खा वे मैदान में तम्बू तान सो गये। सुबह तम्बू उखाड़े जाने से पहले ही लोगों की भीड़ वहाँ खड़ी थी। सभी चुप थे। बुचानन ने चुपचाप चलना शुरू किया। रास्ते पर आते ही लोगों ने उसे रोका। वही बातचीत फिर हुई। आगे बढ़ने को हुआ तो वे दीवार की तरह डट गये। लठियालों ने लाठी पटकी, फिर भाँजी। पर वे टस से मस नहीं हुए। तब बुचानन उन्हें धकियाते हुए आगे बढ़ा। लोगों ने एक-दूसरे का हाथ पकड़ कर उसे घेरे में ले लिया।

आगे एक तंग घाटी थी। वहीं से गाँव के भीतर जाने का रास्ता शुरू होता था। रास्ते के छोर पर लकड़ी का मजबूत गेट बना था। उसे बंद कर मोती डिड्दोह अपने साथियों के साथ डटी थी। बुचानन ने रास्ता माँगा। उसने इंकार कर दिया। बुचानन उसकी कठोरता से परेशान हो गया। उसे लगा कि यह महिला अन्य महिलाओं की तरह किसी सामान्य धातु से नहीं बनी है। चालीस वर्षों से कुछ अधिक वय की यह महिला शीतला माता के गहरे चुम्बनों के बावजूद आकर्षक थी। बातचीत जैसे बच्चों को कहानी सुनाने के स्वर में करती थी। कहीं से भी खराब या बरबाद होने की भनक नहीं देती थी। नारी, प्रसन्नवदना, स्थिर आँखों से शैतानी बरसाती, देवदूती की तरह सरल लेकिन लोमड़ी जैसी चालाक। दृढ़ इच्छाशक्ति की प्रतिमूर्ति।

उसी तरह मोती को लगा कि यह अंग्रेज सामान्य आदमी नहीं है। जिस तरह से उसके सूजे ओठों कदम है, उसी तरह से उसका पूरा चौकठा गरम मिजाज है। चालाकी इतनी भरी है कि अपना काम निकालने के लिए यह चापलूसी तक कर सकता है।

अपने ही जैसा व्यक्तित्व पाकर बुचानन और मोती बड़ी तेजी से एक-दूसरे के प्रति आकर्षित हुए। बुचानन को लगा कि अपनी टक्कर की इस औरत के साथ खेलना बहुत अच्छा होगा। मोती को लगा कि जैसे बिल्ली चूहे को खेला-खेलाकर मारती है, वैसे ही मारना होगा।

लोगों के घेरे में बुचानन चला जा रहा था। उनका घेरा कसता जा रहा था। एक मोड़ पर रुक कर उसने लोगों से कहा, "आप लोग हट जाइए।"

लोग उसे उसी तरह घेरे में लिए रहे। वह थोड़ा तैश में आकर लठियालों से कहा, "तुम लोग रास्ता बनाओ।"

लठियालों ने नजर डाली तो चारों तरफ लोग ही लोग नजर आये। इन गाँवों में इतने लोग होते होंगे, उन्हें आभास नहीं था। इतने लोगों से टक्कर लेना उन्हें सम्भव न लगा। उन्हें हिचकता देख बुचानन ने कहा, "क्या देखते हो? लाठी भाँजो।"

लठैतों ने लाठी भाँजी तो लोग भागे नहीं, बस फैल गये। घेरा बड़ा हो गया। मोती सामने आयी। बुचानन को लगा कि इस औरत में न केवल दृढ़ इच्छाशक्ति है, गजब का आत्मानुशासन भी है। बोली, "अंग्रेज का लठैत लाठी चलाए, तो भी हमें लाठी नहीं चलाना है। बस इसे घेरे में लेकर रास्ता रोकना है।" उसकी बात सुनकर फैल गये लोग फिर करीब आ गये। बुचानन के लिए एक-एक कदम बढ़ना मुश्किल होने लगा। उसे इस बात का दुःख हुआ कि ऐसे मौके पर रंगपुर या सिलहट से आयी फोर्स नहीं है। तो भी घबराना नहीं है। एक बार घबराकर पाँव पीछे कर लिया तो इनका मनोबल इतना बढ़ जायेगा कि ये आगे कोई काम ही न करने देंगे। वह एक-एक कदम आगे बढ़ता रहा। मोती को उसका यह जिद और ढिठाई अच्छी लगी। महान् होते हैं वे लोग जो अपने उद्देश्य को अपने मनतरंग का दास नहीं होने देते। प्रतिकूल स्थितियों में उसे और धैर्य से साधते हैं। लेकिन तद्क्षण ही मोती को लगा कि इस विदेशी में धैर्य नहीं है। इसलिए इसे जीतना भी कठिन नहीं है। उसके सामने खड़ी होकर बोली, "अब इससे आगे बढ़ना ठीक न होगा।" बुचानन ठमक गया। सिर उठाकर देखा, चारों तरफ से लोगों की भीड़ चली आ रही है। मर्द, बूढ़े, बच्चे, स्त्रियाँ। उसे आश्चर्य हुआ कि इतनी भीड़ क्यों इकट्ठी हो रही है। अन्य गाँवों में तो ऐसा नहीं हुआ। वह आत्म प्रशंसा से भर उठा। उसका काम ही ऐसा है कि लोग उसे देखें। दूर-दूर से देखने आयें। उसने अपनी छड़ी अकड़ा कर जमीन पर गड़ाई और आगे बढ़ा। मोती बोली, "रुक जाओ।" उसने ध्यान नहीं दिया। वह दौड़ कर फिर उसके आगे गयी और बोली, "रुक जाओ।" ऐसा बार-बार हुआ। भीड़ कसती गयी। रास्ते की एक थोड़ी ऊँची जगह पर वह खड़ी होकर बोली, "अब यहाँ से एक भी कदम आगे बढ़ाया तो ठीक नहीं होगा।"

बुचानन रुक गया। बोला, "आखिर तुम रोकने वाली होती कौन हो।"

मोती बोली, "मेरे ही गाँव में बलात् घुसते हुए मुझी से पूछते हो मैं कौन हूँ।"

"मैं अपना काम कर रहा हूँ। हट जाओ।"

"नहीं हटूँगी। मैं भी अपना काम कर रही हूँ।"

"नहीं मेरे काम में बाधा डाल रही हो।

"तुम मेरे काम में बाधा डाल रहे हो।"

" कैसे?"

"मैं अपने गाँव की रक्षा कर रही हूँ।"

"तुम्हारे गाँव को कोई खतरा नहीं है।"

"है।"

"किससे?"

"तुमसे।"

बुचानन ने लठैतों को इशारा किया। एक आगे बढ़कर मोती को धक्का दिया तो दूसरे लोगों पर पिल पड़े। बड़ा हो-हल्ला मचा। बड़ी गुत्थम हुई। तभी एक तीर आकर बुचानन की दाहिनी कान में लगा और सर्र से बायीं कान की ओर उसकी नोक निकल गयी। वह गिर पड़ा तो उसके लठियाल भागने लगे। जीरा के पल्टनियें जरूर अड़े। उनके साथ उलझे लोगों के पावों तले पिचल कर बुचानन के प्राण पखेरू उड़ गये।

का हाट[1] का दिन था। सात घड़ी दिन। मोती नंगे सिर, नंगे पाव अदालत में पेश की गयी। जज के सामने घुटने के बल बैठी। तब यही परंपरा थी। गोरी फौज उसे चारों तरफ से घेरे थी। उसे बड़ा मेहनत करना पड़ा था मोती को पकड़ने के लिए। बिना खाये-पिये नाक की सीध में दौड़ना पड़ा था दिन-रात। कितने जंगल, नदी, नालों को छान मारना पड़ा था, तब वह मिली थी। वैसे वह छुपना नहीं चाहती थी। उसने कोई गलत काम नहीं किया था। अपनी तरह से अपने गाँव की रक्षा करनी चाही थी। हत्या करने का कोई इरादा नहीं था। वह कोई हथियार लेकर नहीं गयी थी। वह निहत्था ही बुचानन को आगे बढ़ने से रोक रही थी। बल्कि बुचानन ने उस पर लाठी चलवायी थी। अगर न चलवाया होता तो मारा नहीं जाता।

"मारा किसने?"

"जोर राय ने।"

"यह जोर राय कौन है?"

"मांफू गाँव का वासी, जिसे पादरी ने उजाड़ कर खाडर मारबोह में बसवाया था।"

---

1. **खासियों में दिनों की संख्या 8 होती है। इनके नाम जहाँ बाजार लगते हैं, उस स्थान के नाम पर रखे होते हैं। का हाट-जयंतीपुर के बाजार को कहते थे, जो खासियों का तब सबसे बड़ा बाजार था।**

सरकारी लोगों का माथा ठनका। पादरी इसाई बना रहा था जरूर, लेकिन किसी का घर भी उजाड़े है, यह पता नहीं था। लेकिन पादरी के समर्थकों की कमी नहीं थी। कोई नव-क्रिस्तान बोला, "गाँव से उजाड़कर अन्यत्र बसाने की राय तो इसी मोती डाइन ने दिया था।"

यह एक नया तथ्य था। सरकारी लोग एक-दूसरे का मुँह देखने लगे। मोती ने कहा, "हाँ, पंचायत मैंने कराई थी। पंचायत की राय भी यही थी। पर घर तो उजाड़ा था पादरी ने।"

"पादरी को क्या गरज थी?"

"कहता था कि जोर राय ने एक जरूरी सबूत नष्ट कर दिया है।"

"कैसा सबूत?"

"एक गवाह।"

"कैसा गवाह।"

"जो प्नार राजा के बलि पकड़ का गवाह था।"

सरकारी लोग भौचक हो गये। जो बात भूल-सी गयी थी, वह गड़े मुर्दे की तरह खोदकर बाहर आ गयी। मुकदमें का स्वरूप दूसरा होने लगा। इसमें अनन्त संभावनाएँ दिखने लगीं। उसे कूत लेना जरूरी था। यह तभी हो सकता था, जब आपस में बात हो जाये। आपस में बात तभी हो सकती थी, जब एकान्त हो। एकान्त रात में होता था जाम के साथ। इसलिए सुनवाई अगले किसी दिन के लिए स्थगित कर दी गयी। कहा गया जोर राय की तलाश और गिरफ्तारी जरूरी है।

मोती डिडदोह सरकारी हिरासत से एकाएक गायब हो गयी। इसके बारे में कुछ लोगों ने कहा : बाजार का दिन था। जयंतीपुर में दुनिया भर की भीड़ थी। कम्पनी सरकार इसका फायदा लोगों को डराने के लिए उठाना चाहती थी। लेकिन लोग डरने के बजाय मोती को डाइन नहीं, देवी के रूप में स्वीकार करने लगे। वह तो एक मर्द थी, छब्बीस खसिया राजाओं के राज में, जो गोरों के मुखालिफ खड़ी हुई थी। खड़ी ही नहीं हुई थी, इस जमीन को कब्जा करने का इरादा रखनेवाले को देवीलोक पठा दिया था। लेहाजा बिना किसी योजना के, हुल्लड़ के बल पर उसे कम्पनी की हिरासत से लोगों ने मुक्त करा लिया था।

लेकिन कम्पनी के ओहदेदार ऐसा नहीं मानते थे। जो जंगली भालू, चीता देखकर डर जाते हैं, साँप की पूजा करते हैं और नदी के डर से उसे पार नहीं करते, वे क्या खाकर उसे मुक्त करायेंगे। यह किसी राजा की साजिश है। इस पर तो उनमें एका था। किन्तु किस राजा की साजिश है, इस पर एका नहीं था। आधे कहते कि ऐसा साहस जयंतिया का हिन्दू राजा ही कर सकता है। हिन्दू बनकर अपने को अवतार मानता है।

दूसरे कहते : उसे क्या मोती से लेना-देना! वह तो खिर्रिम की प्रजा थी और घटना भी खिर्रिम में ही घटी थी, इसलिए वहीं के राजा ने ऐसा दुस्साहस किया होगा। लेकिन कोई स्पष्ट प्रमाण नहीं था। और बिना प्रमाण के न्याय का ढोंग अंग्रेज नहीं करते थे।

लेकिन वास्तविक कहानी कुछ और ही थी। तिरोत सिंह एक-एक राजा के यहाँ जाकर अंग्रेज की नीयत के बारे में निवेदन कर चुका था। लेकिन कोई सुनने के लिए तैयार नहीं था। सबका कहना था कि खसिया जाति को खतरा धर्म-परिवर्तन से था, राजसत्ता के परिवर्तन से नहीं। धर्म परिवर्तन चूँकि प्नार राजा ने किया था और चेर्रा राजा ने किया था, इसलिए उन्हें खसिया संघ में लेने की जरूरत नहीं है। बल्कि खसिया जाति से ही बाहर कर देना चाहिए। तिरोत सिंह समझाता कि इससे मामला बिगड़ जायेगा। तब बात उठती कि इस संघ का नेतृत्व कौन करेगा। लोगों को लगता कि कहीं नेतृत्व तिरोत सिंह स्वयं तो लेना नहीं चाहता। बाहरी खतरा का डर दिखा कर खसिया जाति का सिरमौर बन जाना चाहता है। वह इस शंका का समाधान यह कह कर देता कि खिर्रिम के सियेम हममें सबसे सम्मानित हैं, इसका ताज उन्हीं के सिर पर रखना चाहिए। लेकिन तब खिर्रिम सियेम का एक अपना संदेह था। अपनी पत्नी के सहारे यह हमारे परिवार में घुसा है। कहीं यह एका स्थापित कर अपने पुत्र के लिए रास्ता न बना रहा हो। तमाम छोटे-छोटे राजाओं का कहना था कि किसी एक के नेतृत्व में नहीं रहना चाहिए। अगर वह हार गया तो सभी इकट्ठे हार जायेंगे। इसलिए सबको अपनी-अपनी लड़ाई स्वयं लड़नी चाहिए। इसमें कुछ लोगों का अस्तित्व तो बचा रहेगा। यानी जितने घट उतने मत। ऊबकर तिरोत सिंह जन के बीच घूमा था। जन को उत्प्रेरित किया था कि वे अपने-अपने गाँव के स्तर पर अंग्रेज से लड़ें। उसे सर्वे करने के लिए अपने गाँव में घुसने ही न दें। इससे दो फायदा होगा—एक तो यह कि राजा लोग इस बात से शर्मसार होंगे कि जो काम उन्हें करना चाहिए वह काम ये छोटे-छोटे गाँव-गिराँव के गवाँर लोग कर रहे हैं। दूसरे जन-उभार को देखकर अंग्रेज डरेगा। जिस जनता पर उसे शासन करना है, जब वही उठ खड़ी हुई है—तब इस इलाके को अपने राज में क्या मिलाना? जनता दबेगी नहीं और सबको यदि मार डाला जाये तो फिर राज किस पर किया जायेगा।

तिरोत सिंह का जादू चल गया। बहुत धीरे-धीरे लोगों में यह साहस पैदा हुआ। लेकिन जब पैदा हो गया तो उसकी परिणति मोती डिङ्डोह के रूप में हुई। वह खासी विरोध की प्रतीक थी। उसे बचाना जरूरी था। नहीं तो लोगों का मनोबल टूट जाता। लेहाजा तिरोत सिंह ने रात के अंधेरे में जयंतीपुर के अंग्रेजी वासा पर हमला किया और मोती को ले उड़ा।

बात धीरे-धीरे लोगों में फैल गयी। लेकिन अंग्रेज के कान तक नहीं गयी। वह जोर राय को गिरफ्तार करने के लिए योजना बनाता रहा। सफल नहीं हुआ तो जयंतीपुर का बाजार नष्ट कर दिया। श्रीहट्ट के राजा पर दबाव डाला कि वह अपनी जायदाद जयंतिया राजा से वापस ले ले। खसियों के व्यापार करने पर पुनः प्रतिबंध लगाये।

गारो-खासी-जयंतिया हिल्स के नीचे बने मैदानी किलों में अब सिलहट के राजा की नहीं, उनकी फौज रहेगी, इन जंगलियों पर चौकसी करने के लिए।

लेकिन इतना ही पर्याप्त नहीं था। फौजी इस्तेमाल के लिए तुरंत ही एक सड़क बनाई जानी थी सिलहट को गुआहाटी से जोड़ने के लिए। उस सड़क के बल पर ही इन जंगलियों पर नियंत्रण रखा जा सकेगा। लेकिन सड़क ऐसे बन नहीं सकती थी। जरूरी था कि यहाँ के राजाओं से इसके लिए करार किया जाये। पहले छोर पर तिरोत सिंह की ही जायदाद पड़ती थी। सबसे पहले समझौता उसी से होना था। कंपनी ने आनन-फानन में स्काट को इसके लिए अपना दूत नियुक्त कर दिया। स्काट ने चेर्रा में अपना सेनेटोरियम बनाया। वहीं बनाना समीचीन था। राजा इसाई हो चुका था, इसलिए दोस्त था। सेनेटोरियम बनाकर अंग्रेजों को मुर्गे, दारू का दावत देने लगा। इसी से सेहत बनेगी : सेनेटोरियम का नाम सार्थक होगा। उनकी रक्षा के लिए सेना की एक टुकड़ी की जरूरत थी : खासी लोग अब वे ही नहीं रह गये थे, जो पहले थे। अब वे अंग्रेज की हत्या कर देते थे, वह भी कई गाँवों की भीड़ इकट्ठा कर। उनकी हिरासत से मुजरिम भागा ले जाते थे। कही छीन ले जाते थे। लेहाजा बंगाल नेटिव की एक सशस्त्र टुकड़ी अंग्रेज सेनानायक के चार्ज में वहाँ तैनात कर दी गयी।

एक दिन स्काट बिना कोई पूर्व सूचना दिये नाडख्लाउ आ धमका, उसी सशस्त्र टुकड़ी के साथ। तिरोत सिंह को लगा कि मोती के छुड़ाने में उसका जो हाथ था, उसकी भनक ललमुँहे को लग गयी है और गिरफ्तार करने आया है। सो वह सामने ही नहीं पड़ना चाहता था। लेकिन मजबूरी थी। सामने पड़ा तो स्काट ने सड़क बनाने के मामले में समझौते का प्रस्ताव रखा। तमाम लाभ गिनाये। बिना उन पर गौर किये वह आनन-फानन में उसकी बात मान लिया। आई बला टले।

बला उसके यहाँ से टल गयी। लेकिन दूसरे राजदरबारों में फैल गयी। वह जहाँ भी गया अपनी सशस्त्र टुकड़ी के साथ गया और सड़कें बनाने का करार लेकर आया। सभी दरबारों के कान खड़े हुए। संदेशा तिरोत सिंह के पास गया। उसने घूम-घूम कर बताया कि यह उनके इलाके को कब्जा करने का दूसरा चरण है। मैंने पहले ही आगाह किया था। तब किसी ने सुना नहीं। अब जब अंग्रेज ने बाँस धाँस दिया है, तो तिरोत सिंह याद आ रहा है। लेकिन कोई दरबार उसका तर्क सुनने के लिए तैयार नहीं था। सभी का कहना था कि चूँकि पहले तुमने समझौता किया है, इसलिए हमने भी किया है। चिढ़कर तिरोत सिंह बोला : "तो मैं तोड़ देता हूँ। क्या आप भी तोड़ सकेंगे?" किसी में भी साहस नहीं हुआ, यह कहने के लिए कि "हाँ, तुम तोड़ो, हम भी तोड़ देंगे।" सभी ने यही कहा कि दूसरे दरबारों से मशविरा करूँगा।"

"तो करिये, लेकिन जरा जल्दी। अंग्रेज चुप नहीं बैठेगा।"

सभी राजा लोगों को लगता कि अकेले 27 दरबारों में कहाँ-कहाँ भटकूँ। इसलिए मामला टलने लगा। इसका भी समाधान तिरोत सिंह ने ही ढूँढ़ा। रिंजा की पत्नी को

बच्चा होने वाला था। उसकी खुशी में जो दावत होगी उसके लिए निमंत्रण सभी राजाओं को जायेगा। लोग उसी में जुटें। कुछ लोगों को इस पर भी इतराज था। भला एक नौकर की दावत में दूसरे राज के राजा क्यों शरीक हों। खिर्रिम राजा की बात दूसरी है—वह उनके कुल, राज का है। नाङख्लाउ के लिए भी वही बात है। उसकी बीवी खिर्रिम की का सियेम सद् है। तिरोत सिंह को नये सिरे से भाग-दौड़ करनी पड़ी; यह बताने के लिए की रिंजा मिंत्री बन गया है। इसलिए मान-सम्मान की कोई बात नहीं है। है तो मैं उसे अपना सेनापति नियुक्त करता हूँ।

दुनिया के गोरखधंधे से दूर बिखरे हुए बादलों के बीच तमाम सितारे टिमटिमा रहे थे। उगता हुआ स्निग्ध चाँद क्षितिज पर पीले तरबूज की तरह किसी अदृश्य लतर से लटका लग रहा था। नीचे की वनस्पतियाँ काली पड़कर एक समुद्र की तरह स्थिर लग रही थीं। तभी थाली बजने की आवाज उभरी। गाँव की शांति में जैसे एक बड़ी-सी लहर अचानक उछल पड़ी हो। पूरा गाँव अपने घरों से बाहर आ आवाज सुनने लगा। थाली बजनी बंद हुई नहीं कि एक दूसरी थाली की आवाज उभरी। पूरा गाँव चिल्ला उठा जैसे समुद्र की अचानक उछल पड़ी लहर टूट कर बिखर गयी हो। लेकिन यह चिल्लाहट खुशी की थी। सभी को पता चल गया कि अल्खा आवरी ने बेटी जना है। तुरंत ही एक बूढ़ी औरत लाल घड़े में गरम पानी लेकर अल्खा के घर की तरफ दौड़ी। एक युवतर स्त्री बाँस की पनिच लेकर दौड़ी। उसने नाल काट दिया तो दूसरी ने बच्ची को टाँग से पकड़ उलट दिया। सिर नीचा होते ही बच्ची चीख पड़ी तो तमाम इकट्ठे मर्द लोग रिंजा को और औरतें अल्खा को बधाई देने लगीं। बूढ़ी ने आनन-फानन में नवजात को गरम पानी से नहलाया। फिर नाल-पुरइन को उसी लाल घड़े में भर लिया। उसे घर के किसी कोने में बहुत ही सुरक्षित ढंग से गाड़ा जायेगा। उसी दिन बच्चे का नामकरण किया जायेगा। दिन तयकर सत्ताइसों राज में लोग दौड़ाये गये राजन्यों को इस अवसर पर उपस्थित रहने के लिए।

राजे जुट गये तो काबा जेर कुन[1] संस्कार आरंभ हुआ। कई दिन से गाँव भर की औरतें जुट कर चावल पीस कर बूरा बना रही थीं। सूखी हल्दी पीसकर बूरा बना रही थीं। पीसने के दौरान तरह-तरह के शुभगान गा रही थीं। और एक-दूसरे को छेड़ रही थीं। वही छेड़-छाड़ करती वे बड़े से सूप में चावल का बूरा ले आयीं। केले के बड़े से पत्ते पर सजाकर हल्दी का चूरा ले आयीं। बाँस की टोकरी में पाँच साबूत सूखी मछलियाँ ले आयीं। एक तुमड़ी में रखा पांता-भात ले आयीं। तब गाँव के बूढ़ों ने मिलकर उन्हें घर के बीचो-बीच के कमरे में रख दिया। नाल-पुरइन वाली हाँड़ी वहाँ पहले से ही रखी थी। तब नामकरण-क्रिया में माहिर एक बूढ़ा आगे आया और केले

---

1. **नामकरण संस्कार।**

के एक बड़े-से पत्ते पर पानी छिड़क कर जमीन पर बिछा दिया। अल्खा आवरी अपने नवजात के साथ आयी और उसे केले के पत्ते पर बड़े प्यार से लिटा दिया। नवजात शायद इतने लोगों को और इतने तरह के लोगों को पहली बार देख रही थी। इसलिए कुछ निमिष चकित रहने के बाद केहाँ-केहाँ करके रो पड़ी। माँ ही नहीं, जितने भी लोग उपस्थित थे सभी उसे एक साथ प्यार से चुप कराने लगे। लेकिन वह कहाँ मानने वाली! नन्ही-सी जान तुरंत ही थक गयी। तब नामधारण करानेवाले पुरुष ने उसके सिर के पास दाव और उ स्तार[1] रख दिया। यह इस बात का प्रतीक था कि बड़े होकर अपने काम में बस इन्हीं का इस्तेमाल करना है। इसको उलट कर यह भी कह सकते हैं कि स्त्री होने के नाते बस वही काम करना है, जिनमें इनका इस्तेमाल होता है। फिर तुमड़ी से पांता-भात का पानी छिड़क किसी साक्षी देव का आवाहन किया कि वे इस संस्कार के गवाह बनें। तब एक दूसरी तुमड़ी से उसने शराब की बूदें जमीन पर टपकानी शुरू कीं, जिसके साथ-साथ लोग एक-एक कर दुनिया भरके नामबाची शब्द उच्चारित करते रहे। जिसके साथ शराब की अंतिम बूँद गिरी, वही उस बालिका का नाम हो गया। तब साक्षी देवता को वह नाम जोर से बताते हुए उसने प्रार्थना की कि वह उसे सौभाग्यवती बनाये।

बच्ची का बाप यानी रिंजा आगे आया और नाल-पुरइन वाली लाल हाँडी को वहाँ रखे चावल और हल्दी के बूरों से भर दिया। उस पर वह सड़ाया हुआ पांता-भात रखकर लड़की के सिर पर तीन बार घुमाया। उसे लेकर घर के मुख्य दरवाजे से बाहर निकला और मुख्य रास्ते से गाँव पार कर जंगल की ओर गया। वहीं किसी पेड़ पर उस हाँड़ी को टाँग दिया। कुछ दिनों बाद उसे उतारेगा और किसी गुप्त जगह में गाड़ देगा। उस जगह को भरसक किसी को बतायेगा नहीं। किसी दुश्मन ने यदि उसे खोदकर निकाल लिया तो लड़की की जान चली जायेगी।

वापस लौटा तो कुछ स्त्रियों ने उसके गाँव पर पानी डाला। प्रच्छालन के बाद वह बीच वाले कमरे में आया और सूप से उठाकर चावल का बूरा तीन बार मुँह में भरा। तब दो लोग उठ खड़े हुए और पाँचों मछलियों को दोनों तरफ से पकड़ लिए। फिर आपस में खींचकर उन्हें दो हिस्सों में तोड़ दिये। कोई बड़ी-बूढ़ी उठी और चावल तथा हल्दी का बूरा पानी के साथ सानकर उसने रिंजा, अल्खा और बच्ची का पाँव रंग दिया। फिर एक-दूसरे का बाँया पाँव रँगने का सिलसिला चल पड़ा। बूढ़े ने दाव और टोकरी सम्हालने की रस्सी जतन से घर की छान के कोरों में दबा कर रख दिया। यह संस्कार के अंत की घोषणा थी। सभी लोग चावल का बूरा प्रसाद स्वरूप ले बाहर निकल आये।

खिर्रिम राजा के दरबार कक्ष में सभी राजाओं की पीने की दावत चल रही थी। उचित अवसर तलाश कर उ तिरोत सिंह ने कहा, ''हमारा यह एका बहुत मतलब नहीं रखेगा यदि एक नेता न चुन लें।''

---

1. **टोकरी ढोने की रस्सी।**

संभवत: भोवाल के सिरदार ने कहा, ''कौन उपयुक्त आदमी होगा कोई तो राय दे।''

बस यही राय तो कोई नहीं देना चाहता था। राय देने से बचने का कारण यह नहीं था कि सभी नेता बनना चाहते थे, बल्कि यह था कि कोई नहीं बनना चाहता था। सभी जानते थे कि अंग्रेज से टक्कर लेना बेकार है। जब हार अवश्यंभावी है तो उसका नेतृत्व कर सभी की आँखों में बद्दू क्यों बनना। हिम्मतकर नाडस्ताइन के राजा ने कहा, ''यह भार चेर्रा राजा को सौंपा जाय तो कैसा रहे।''

नोबोस्तोन के राजा ने कहा, ''क्यों? थोड़ा खुलासा हो।''

नाडस्टाइन के राजा ने उत्साहित होकर कहा,''वे इसाई हो चुके हैं। अंग्रेजों से उनका संबंध भी थोड़ा गहरा गया है। वे उनकी दाँव-पेंच अच्छी तरह जानेंगे।''

यही तो खतरा है : मिल्लिम के राजा ने सोचा। उसकी सहानुभूति खामाख्वाह अंग्रेजों के साथ रहेगी और उनके लिए हमें दमित करना और आसान हो जायेगा। लेकिन बोला कुछ नहीं। कौन विरोधी होने का तोहमत लगवाये। लेकिन जिस तरह से चेर्रा राजा के नाम पर सभी चुप थे, उससे लगा कि कहीं वही मान न लिया जाये। इससे तो बड़ी गड़बड़ी हो जायेगी। मफलाङ के सिरदार को इशारे से बुलाकर कान में कुछ कहा। तब सिरदार ने बहुत विनीत होकर कहा, ''राजाओं के बीच सिरदार का क्या काम? तो भी मेरी बात शायद उपयोग की हो।''।

वह चुप हो गया तो नाडस्पुन के राजा ने कहा, ''अपनी बात कहें।''

उसी विनीत भाव से सिरदार ने कहा, ''क्या जयंतिया राजा को उनका नेतृत्व स्वीकार होगा?''

सभी की भौंहें तन गयीं। अब तक सभी को पता चल गया था कि प्नार राजा की हत्या किसने की है। जयंतिया का वर्तमान राजा अभी नाबालिग है। इसलिए चुप है। बड़ा होकर इसका बदला जरूर लेगा। जाहिर है वह नेतृत्व स्वीकार नहीं करेगा। और करेगा भी तो सिर्फ इस दोषारोपण के लिए कि देखा, किसे नेतृत्व सौंपा था! सारा दोष चेर्रा राजा का है। उसका वध किया जाना चाहिए।

बोला कोई कुछ नहीं। काफी समय बीत गया तो लाङरिम के राजा ने कहा, ''जाहिर है चेर्रा राजा को नेता बनाना उन्हें स्वीकार नहीं होगा। तो चेर्रा राजा को भी प्नार राजा का नेतृत्व स्वीकार नहीं होगा। दोनों बड़े राजा हैं। इनका नेतृत्व होता तो ठीक ही था...।''

''क्या खाक ठीक था? दोनों विधर्मी हो गये हैं। गैर-खासी आचार-विचार अपना लिए हैं। खासी अस्मिता की रक्षा के लिए जरूरी है कि किसी खाँटी खसिया के हाथ में कमान हो।'' अपने पूर्ववर्ती वक्ता की बात काटकर महरम राज्य के काले राजा ने

---

1. महरम राज के दो हिस्से थे। एक राजा को काला और दूसरे को गोरा या सफेद कहते थे।

कहा। उसकी बात सुनकर सफेद राजा जल गया। फौरन बोला, ''तब तो खिर्रिम राजा को ही कमान सम्हालनी होगी।''

खिर्रिम राजा इस पचड़े में नहीं पड़ना चाहते थे। वे जानते थे कि यह बात पंचायत में उठेगी। उसकी काट की तैयारी वे करते आ रहे थे। उचित अवसर जानकर उन्होंने कहा, ''मेरा थोड़ा दूर रहना ही ठीक है। मैं आगे रहूँगा तो वह एकता महसूस नहीं होगी, जो इस संघर्ष के लिए जरूरी है। लोगों को ही नहीं अंग्रेज को भी लगेगा कि मैं इसलिए आगे आ रहा हूँ क्योंकि राली अपने बच्चे को मेरी गद्दी पर बिठाना चाहता है। इसलिए मामला व्यक्तिगत लगेगा। और जन में वह उत्साह पैदा नहीं होगा जो अपेक्षित है।''

थोड़ा चुप रहकर उन्होंने फिर कहा, ''और यह सोचना गलत है कि इसाई हो जाने के कारण चेर्रा राजा का नेतृत्व ठीक नहीं होगा या प्नार राजा के हिन्दू हो जाने के नाते वे अयोग्य हैं। यह संघर्ष धर्म का नहीं, जाति का है, संस्कृति का है। इसाई या हिन्दू हो जाने के कारण वे खासी जाति, खासी संस्कृति से अलग नहीं हो पाये। वे उतना ही खासी है, जितना मैं या तिरोत सिंह।

तर्कत: बात सबको सही लगी। पर विश्वास किसी का भी नहीं जगा। विश्वास का आधार तर्क नहीं होता। तर्क से कमजोर बात को न्यायोचित ठहराया जाता है। दरअसल बातचीत के दौरान तर्क का निर्माण ही अपनी बात को उचित ठहराने के लिए किया जाता है। इसलिए वह सत्य-संसाधन का बहुत विश्वसनीय उपकरण नहीं है।

इन तमाम बातों का लम्बोलुआब यह निकला कि कोई समझौता नहीं हो पाया—न नेतृत्व का, न जाति के एका का। तिरोत सिंह जैसे अकेला पहले था, वैसा ही अब भी रहा। अपना सा मुँह लेकर लौट आया।

लेकिन खिर्रिम राजा ने उसका मुँह अपना-सा रहने नहीं दिया। पीछे ही पीछे रिंजा को भेजा, इस खबर के साथ, ''रिंजा को लेकर तुम सैनिक तैयारी करो। ताकत का मुकाबिला ताकत से होता है। इसका एक ढंग मोती डिड्दोह का था। लेकिन उसका दायरा छोटा था। आनेवाले संघर्ष का दायरा बड़ा है। तुम अंग्रेजों के फौज गें रहे हो। उनका दाँव-पेंच जानते हो। उनकी तैयारी और अनुशासन जानते हो। तुम्हारे ही सीने में सबसे ज्यादे आग जल रही है। इसलिए नेतृत्व के लिए सबसे उपयुक्त आदमी तुम हो। और नेतृत्व का निर्णय बहस से नहीं, कर्म से होता है। तुम से कर्मठ कौन? तुम दोनों मिलकर सेना तैयार करो। आदमी और धन सभी राज्यों से जुटेगा।''

तिरोत सिंह चकित रह गया। उसे पूरा विश्वास हो गया कि हमारी कौम का सच्चा नेता खिर्रिम राजा ही है। और जितना भला वह पीछे रहकर कर सकता है, उतना आगे रह कर नहीं। तुरंत ही अपना एक विश्वासपात्र उनके पास भेजा इस संदेश के साथ, ''इस टक्कर में आप अपने को किसी पक्ष में जाहिर न करें। हमारे बीच एक ऐसा आदमी होना चाहिए जो दोनों के बीच बात-चीत जारी रख सके। जरूरत पड़ने पर

समझौता करा सके।....और जो सीधे टक्कर में होगा, उसका नाश अवश्यंभावी है। उसके साथ कौम का नाश नहीं होना चाहिए। भविष्य में उसे अगुवाई देने के लिए आपका और खिर्रिम का बचा रहना जरूरी है। हम तो आहुति होते ही हैं।''

संदेश पाकर खिर्रिम राजा को लगा कि नेतृत्व बहुत सधे हाथ में है और एक सच्चे आदमी के हाथ में है। उसके साथ किसी तरह का धोखा नहीं होना चाहिए।

: 26 :

रात मटमैली हो गयी थी। थोड़ी बूँदा-बाँदी हो रही थी। खिड़की के बाहर अँधकार लिपटा हुआ था, निश्चेष्ट और भूखा। जंयती की आँखों से नींद गायब हो गयी थी। क्यों? ऐसी रातों में वह सोचती तो पाती इसलिए कि वह दूसरों की तरह नहीं हो पा रही है। दूसरों ने स्वीकार कर लिया है कि जो ढाँचा है वह टूटने जा रहा है। प्रगति इसी में है कि उसे यथाशीघ्र तोड़ दिया जाये। कुछ लोग इसकी भी जरूरत नहीं महससू करते। टूटने के बाद जो बनेगा उसे अभी से बनाने लगे हैं। जैसे तिरोत की माँ। तो क्या वे इतने होशियार हैं, इतने आगमजानी? उनसे वह भिन्न कहाँ पर है? यहाँ पर है कि वे मानकर चल रहे हैं कि जो उथल-पुथल आसन्न है, उससे उन्हें और भी अच्छी व्यवस्था मिलेगी। वह नयी तरह की रोशनी होगी, जिसमें सन्निद्ध खासी जीवन की एकरसता और तद्जन्य ऊब के लिए कोई जगह न होगी। जीवन एक निरंतर का उत्सव होगा। तिरोत सिंह इसे रोकना चाहता है, इसलिए प्रतिभागी है। उसकी प्रतिगामिता से उसकी माँ तक प्रभावित नहीं है। राली को लेकर ऐश कर रही है।

लेकिन राली को लेकर ऐश तो उसने भी किया है। तो क्या वह प्रगति थी? थी तो जो अब हो रहा है उसे स्वीकार क्यों नहीं कर पा रही है? क्या इसलिए कि उसका हक मारा जा रहा है? या इसलिए कि वह अपने को दूसरों के बीच बाँट नहीं पा रही है? जिसे दूसरों के बीच बाँटा न जा सके वह आनन्द नहीं। तिरोत की माँ के पास आनन्द है, जिसे वह न केवल बाँट रही है, लुटा रही है। वह सोचती होगी कि सबकी तरह ही जीवन-यापन का तरीका ही सही तरीका है। बिना किसी प्रकार का पहचानचिह्न छोड़े दूसरों में समा जाना ही जीवन का साकार रूप है। लेकिन तब क्यों वह इसे स्वीकार नहीं कर पा रही है?

बादल कड़का, मानो आसमान में किसी देव ने हल चला दिया हो। इससे सामने वाली पगडंडी का सूनापन, उसका अंधकार और बढ़ गया। वैसे ही बढ़े अपने अंतर के अंधकार में उसने सोचा कि जिस चीज को हम नहीं पा सकते, उसे नष्ट कर देना

चाहिए, जिससे कोई दूसरा, खासकर हमारा प्रतिद्वंद्वी न प्राप्त कर सके।

रात भर हुई बारिश के बाद पेड़ पर टँगी बची बूँदे एक-एक कर टपक रही थीं। रिंजा आया था। गाँव-गाँव घूम कर जवान जुटा रहा था, जिसे सैनिक प्रशिक्षण दिया जा सके। यानी वह भी एक ढाँचा तोड़ रहा था। तो वह भी क्यों न तोड़े? लेहाजा उसके हाथ में तिरोत का माँ को लिखा राली का वह पत्र थमाया जिसकी शुरुआत इस वाक्य से होती थी: बिना प्यार जताये तुम्हें देखना असंभव है...रिंजा को यह पत्र बड़े काम का लगा और नाडख्लाउ पहुँच कर जो उसने पहला काम किया, वह था इस पत्र को तिरोत सिंह को सौंपना।

रिंजा को उम्मीद थी कि पत्र पढ़ते ही तिरोत सिंह भड़क जायेगा। गुस्से से नथुने काँपेंगे और मुँह से फुफकार उभरेगी। लेकिन तिरोत सिंह ने पत्र पढ़कर उसे जैकेट के जेब में रख लिया और ओंठों से सीटी बजाकर कहा, ''पता करो हमारे इलाके में सड़क बन गयी कि नहीं?''

रिंजा ने पता करके बताया कि नाडख्वाउ के इलाके में पूरी हो गयी है। चेर्रा के इलाके में बनने जा रही है। खबर पाकर तिरोत सिंह प्रसन्न नहीं हुआ। होना भी नहीं था। कोई खुले मन से तो सड़क बनाने की इजाजत दी नहीं थी। इसलिए रिंजा ने आगे की कोई बात नहीं की। चलने लगा तो तिरोत बोला,''ट्रेनिंग कैसी चल रही है?''

''जितना मैंने पाया था, उसका सब कुछ उन्हें सिखा दिया है। निरीक्षण कर आगे आप भी देते तो अच्छा था।''

तिरोत बोला, ''हथियारों का क्या है?''

''गाँव-गाँव संदेश भेज दिया है कि सभी लोग अपने हथियार हमारे सिपाही को दे दें। अब जिनके पास दो हैं वे एक देने को तैयार हैं। जिनके पास एक है, वे नहीं।''

''क्यों?''

''सभी को लगता है कि अपनी रक्षा के लिए एक हथियार अपने पास होना चाहिए।''

''एक बात बताऊँ ? अपने ही पास तक रखना। रंजीत सिंह के इलाके में दो अंग्रेज बिना सूचना के शिकार खेलने घुस आये थे। सिक्ख ने अपनी फौज को उन्हें पकड़ लाने के लिए भेजा। बाइस लोग गये। उन्हें बाँधकर सरदार के सम्मुख लाये। दोनों लहुलुहान थे। सरदार ने उन्हें देखकर हड़काने के लिए गिरफ्तार करने गये सिपाहियों को फौरन बुलाया। वे आये तो देखा कोई साबूत नहीं था। किसी की एक आँख नहीं थी, तो किसी की एक बाँह। किसी की उँगुलियाँ नहीं थीं, तो किसी के पाँव। हाँ, गर्दन सबकी सलामत थी।''

तिरोत चुप हो गया तो रिंजा बोला, ''मैं इस बात का मतलब नहीं समझा।''

''यही कि राजा रणजीत सिंह अब अंग्रेजों से लड़ने की जगह समझौता करने के लिए सोच रहे हैं।... और जानते हो रणजीत सिंह कौन हैं? सिक्ख हैं। सिक्ख लोग

अब्दाली जैसे लुटेरे पठानों का छक्का छुड़ाते रहे हैं। अपने को पैदाइशी योद्धा मानते हैं। और उन्हें ट्रेनिंग फ्रांसीसी जनरल ने दिया है।''

यह सुनकर, न रिंजा कुछ बोला, न तिरोत सिंह।

दूसरे दिन से तिरोत सिंह स्वयं अपने जवानों को युद्धाभ्यास कराने जाने लगा।

पानी कुछ इस तरह से बरस रहा था कि उसके व्यवहार को समझना मुश्किल था। एक बादल का टुकड़ा आता और तड़तड़ाकर बरस कर चला जाता। तब लगता कि इस वर्ष बरसात समय से पहले ही आ गयी है। यही बात लोगों के मन में डर पैदा कर देती कि यह सूखा पड़ने का लक्षण है। उसके बाद बड़ी तड़क-भड़क के साथ दूसरा बादल आता और बिना बरसे ही तिब्बत की ओर चला जाता। तब लोग कहते कि पहले के बरसे बादल से डरने की जरूरत नहीं है। खासी-जयंतिया की पहाड़ियों में रोज ही ऐसी बारिश होती है। इस साल समय से पर्याप्त मात्रा में पानी बरसेगा और अकाल-सूखे की स्थिति समाप्त हो जायेगी।

कम्पनी बहादुर की सरकार ने इस स्थिति का पूरा फायदा उठाया था। पीड़ितों को काम देने के नाम पर मजदूरों-कुलियों को इतना हूल दिया था कि साल भर का काम छः माह में ही में ही हो जा रहा था।

ऐसे ही एक दोपहर जब बरसने वाले और न बरसने वाले बादल आ-जा रहे थे, मफलाङ के सिरदार ने कहा, ''सियेम! एक बार और सोच लो कि चेर्रा के राजा से सवाचना ठीक होगा कि नहीं।''

''सोच लिया है। कोई जरूरत नहीं है।''

''जमीन तो उनकी है।''

''लेकिन करार तो नहीं है।''

''इसलिए सवाचना चाहिए।''

''नहीं। कहीं कह दिया कि बना लेने दो, तब?''

''तब हमारे पास आइन का ही नहीं, नैतिकता का भी आधार नहीं रह जायेगा।''

''बात उठेगी तो जवाब क्या दोगे?''

''साफ है। चेर्रा राजा हमारे संघ से अलग तो है नहीं। कहेंगे कि चूँकि करार से बाहर की जमीन पर बन रही है, इसलिए गलत है।''

''भेद खुलेगा।''

''देखेंगे।''

वे जंगल से निकल पड़े। उनके पीछे दस हथियारबंद और। सामने पानी कुछ इस तरह से बरस रहा था कि जैसे कोहासा बरस रहा हो। बूँदें तेज नहीं थीं तो भी कुछ ही

दूर के बाद कुछ भी साफ-साफ दिखाई नहीं पड़ रहा था। आदमी की आकृतियाँ पर्दे के पीछे की परछायी की तरह लग रही थीं और पत्थरों से टकराते औंजारों की आवाज ऐसे अदृश्य वन-गमन में पटाखों की फटकर फैली आवाज।

दोनों वहीं आये। साथ के लोगों को थोड़ा धीमे से आने का इशारा किया। अचानक बादल फट पड़ा और तेज धूप चमक आयी। काम करते लोग एक दूसरे की ओर देखने लगे। उन्हें देख दो अंग्रेज कैम्प से बाहर आये। पटरे पर समतल देखने का उपकरण फिट था। पटरा तिपाई पर रखा था। एक अंग्रेज उसी पर झुक देखने लगा कि कितनी चट्टान और खोदनी होगी कि रास्ता समतल बन जाये। सिरदार वहीं गया और बोला, ''काम रुकवाइए।''

अंग्रेज उभरसियर उसकी बात समझ नहीं पाया। सिर ऊँचाकर, आँखें कुंचित कर उसे घूरा। उसने फिर अपनी बात दुहराई। उसे लगा कि यह हथियारबंद आदमी शिकारी है। दूसरे अंग्रेज को बुलाने के लिए उसने सिर घुमाया तो पीछे एक-दूसरा हथियारबंद आदमी दिखाई दिया। उसका विश्वास पक्का हो गया कि यह शिकारियों का दल है। जिज्ञासाबस सड़क का बनना देखने आये हैं। हँसते हुए उनकी तरफ मुखातिब हुआ और बोला, ''ह्वाट डू यू वांट।''

तिरोत सिंह ने कहा, ''स्टाप कांस्ट्रक्शन।''

उभरसियर को अपने कानों पर जैसे विश्वास नहीं हुआ। विश्वास लाने के लिए उसने कहा, ''ह्वाट।''

''आई से, स्टाप कांस्ट्रक्शन।''

''हू आर यू?''

''यू नीड नाट नो।''

''ह्वाई? हू आर यू टू से सो।''

''आई एम सरवेंट ऑफ सियेम।''

''बट ही हैस एग्रीड फार...''

''नो! चेर्रा सियेम हैस नाट एग्रीड फार रोड कांस्ट्रक्शन इन हिस एरिया।''

''बट ऐस फार माई इंफारमेशन सियेम नाडख्लाउ हैस एग्रीड।''

''फार हिस एरिया ओनली। हू इस ही टू एग्री फार अदर्स टेरीटोरी?''

''ही हैस एग्रीड फार आल।''

''फार द रोड कनेक्टिंग सलहट टू गौहाटी।''

''एस।''

''बट दिस रोड इस नाट कनेक्टिंग...।''

''इट विल कनेक्ट चेर्रापूँजी सेनेटोरियम।''

''फार इट यू रिक्वार राजा' स परमीशन।''

''नो। ही हैस एग्रीड फार कान्स्ट्रक्शन ऑफ सिनेटोरियम एट चेर्रापूँजी।''

''बट नाट फार रोड।''

''दैट इज इन्नाएड।''

''एग्रीमेंट्स आर आल्वेस एक्सप्रेस।''

उभरसियर को गुस्सा आ गया। यह तमाम तर्क-वितर्क उसके लिए बेमानी था। उसके काम में बाधा था। और एक नेटिव की इतनी हिम्मत कि एक अंग्रेज से हुज्जत करे! बोला, ''यू ब्लडी फूल गो अवे फ्राम हियर।''

''यू डैम फूल स्टाप योर वर्क।''

''यू बास्टर्ड'' कह कर उभरसियर ने एक बेत उठा लिया और तिरोत सिंह के सिर पर दे मारा। तभी कहीं से एक गोली आयी और उभरसियर को बेध दिया। उभरसियर ने गिरते-गिरते सेनानायक को आवाज लगाई जो गोली की आवाज सुनकर दौड़ता आ रहा था। उभरसियर को तड़फता देख उसने अपनी टुकड़ी को फायर की आवाज दिया। सैनिक ऐसे किसी आदेश के लिए तैयार नहीं थे। पहले तो वे चकित रह गये फिर जब तैयार हुए तो सोचते ही रह गये कि फायर किस पर करें। कमांडर तेजी से कैम्प के भीतर आ रहा था। सिपाहियों को देखकर फिर डपटा ''फायर'' और उंगली से एक तरफ इशारा कर दिया। उधर काम करने वाले मजदूरों में अफरा-तफरी मची थी। कोई नहीं समझ पा रहा था कि देखते ही देखते यह क्या हो गया। उनके सामने तड़फड़ाते उभरसियर को देखकर सिपाहियों ने समझा कि मजदूरों ने उसे घायल कर दिया है और यह आज्ञा उन्हीं के ऊपर गोली चलाने के लिए है। इसलिए वे दो जानू बैठकर तड़ातड़ उनपर गोली चलाने लगे। देखते ही देखते कई मजदूर गिर गये और उनमें भगदड़ मच गयी। कमांडर ने यह सब देखा तो उसके क्रोध का ठिकाना न रहा। गाली देता हुआ बोला, ''तुम साला हिन्दोस्तान, भेड़िया धसान! किसको गोली मारता है? उधर दुश्मन को मार।''

तब सिपाहियों ने देखा कि दूर कुछ हथियार बंद उनको घेर रहे हैं। उन्होंने चारों दिशाओं में मुँह कर फायर करना शुरू किया तो कमांडर ने कुलियों को लेट जाने के लिए कहा। फिर दोनों तरफ से गोली चलने लगी। एक बड़ा-सा बादल का टुकड़ा कहीं से आया और उमड़-उमड़ कर बरसने लगा। जैसे धरती से इन मारे लोगों का खून धो रहा हो।

जो कुली-सिपाही बचे वे भाग कर चेर्रापूँजी स्काट के सेनेटोरियम में पहुँचे। स्काट अपने पढ़ने के कमरे में बैठा मोमबत्ती की रोशनी में डायरी लिख रहा था : जीवन का सबसे बड़ा आनन्द यही है कि अपने लिए, अपने परिवार के लिए से बढ़कर अपने मित्रों, अपने दूर के रिश्तेदारों, अपनी जाति के लोगों के लिए मेहनत किया जाये। और कैसी मेहनत?—उनके लिए भोजन बनाया जाये, घर बनाया जाये, राज बनाया जाये।

कितना अच्छा लगता है यह अपने वतन से दूर रह कर करने में। अकेले।

राली नाडख्लाउ की राजमाता को गोद में बिठाकर शेरी की चुस्की ले रहा था। एक सिप खींचने के बाद स्काट से बोला,, "डायरी लिखने से पहले कुछ अनुभव तो ले लो।" राली को हमेशा यह चिंता सताये रहती थी कि डायरी में भला अपने प्यार की अनुभूतियों के अलावा और क्या लिखा जा सकता है? प्यार के मामले में वह इतना समृद्ध हो गया था कि सूत का वह सिरा ही नहीं मिलता था, जहाँ से बात शुरू करे। हारकर उसने तय कर लिया कि वृद्धावस्था में वह एक छोटी-सी चमड़े से मढ़ी सुन्दर-सी डायरी खरीदेगा। पहले पन्ने पर मोटा-मोटा लिखेगा "बीसवाँ वाल्यूम।" इससे लोगों को लगेगा कि इसके पहले उन्नीस वाल्यूम और हैं, जिन्हें खोजने के लिए लोग उसके मरने के बाद जाने कहाँ-कहाँ जायेंगे और न पाने पर उसके "कन्टेंट" के बारे में तरह-तरह की कल्पना किया करेंगे। इस बीसवें वाल्यूम में भी वह कुछ खास नहीं लिखेगा। बस कुछ इस तरह के पैराग्राफ छोड़ जायेगा—

"The idea I had of love in the past is very different form one I have today. I found it charming and was familiar only with its pleasures. Its pains were unknown. I loved without sighs. If my beloved was cruel, I left her and at the most I regretted the time she had made me waste. When I found one who corresponded to my desires, the time I spent with her was delightful, I assured her that I loved her tenderly and with heart. And in that I did not decieve her. If later on she found it contradictory or false, it was not my fault. For when I loved, I believed it. When I left her I felt sorry for her poor ignorance......What happy ignorance! the vanity of women makes it easy to persuade them of truth of anything one says on this score, and the confidence they have in their beauty makes them believe that their lovers are sincere...."

स्काट ने राली के कमरे में झांकने के लिए सिर उठाया तो देखा बाहर बूँदा-बाँदी हो रही है और कुली बदहवास भागे चले आ रहे हैं। वह उठ कर खिड़की तक गया। सोचा कि वे बारिश से बचने के लिए आ रहे हैं। मन तो किया कि झिड़क दे। लेकिन जैसे दया खाकर लौट पड़ा और सीधे राली के कमरे में गया। उसे आता देख नाडख्लाउ की राजमाता राली की गोद से उतर गयीं। इसके पहले कि वह आसन ग्रहण करता, बाहर शोर उभरने लगा। "ये कुली साले...." कहता हुआ पुनः बाहर आया, डाँट लगाने के लिए। उसे देखते ही लोग चिल्लाने लगे। वह कुछ समझ नहीं पाया। कड़क कर बोला, "कोई एक आदमी अपनी बात कहो।" तपाक् से एक ने कहा "उभरसियर और कमांडर को मार डाला।"

"क्या? किसने?"

इसके उत्तर में फिर सभी एक साथ बोलने लगे। वह फिर घुड़का, "कोई एक आदमी बोलो।"

इसका जो उत्तर मिला, उसका उसने मोटा-मोटी यह अर्थ लगाया कि कुछ शिकारियों ने उभरसियर और कमांडर को मार दिया है। उसे यह बात बकवास लगी। आश्वस्त होने के लिए फिर पूछा, "टुकड़ी कहाँ है।"

"गोली चला रही है।"

कोई और बोला, "कुली लोग भी मारे गये हैं।"

स्काट के समझ में फिर भी बात नहीं आयी। मोती डिंगदोह वाला प्रसंग याद कर सोचा कि हो सकता है किसी विवाद पर कुलियों ने अंग्रेज अधिकारियों को घेर रखा हो, या मार ही दिया हो। इनकी यह हिम्मत? उसने तो पहले ही कहा था कि बुचानन के कत्ल का कठोर बदला लिया जाना चाहिए, नहीं तो इन जंगलियों का मन बढ़ जायेगा। कहीं वही तो नहीं हुआ? प्यूनिटिव एक्पेडिशन भेजा गया होता तो होश ठिकाने आ गये होते। जयंतिया को मिला लेने से क्या होगा? और सिर्फ मोती और जोर को कब तक खोजते रहोंगे? स्काट के रहते ऐसा नहीं होगा। वह वहीं से दहाड़ा: दरबान, लठियालों को तैयार करो। अभी चलना है।" अपना हथियार लेने के लिए वह पीछे मुड़ा तो देखा राली, नाडख्लाउ राजमाता के साथ खड़ा है। बोला, "सुनो।"

राली ने कहा, "हाँ सुना।"

स्काट ने कहा, "चलो।" और अपने कमरे में चला गया। हथियार लेकर लौटा तो राली वैसे ही खड़ा मिला। स्काट ने कहा, "क्यों?..."

राली ने कहा, "इस तरह लठियालों को लेकर अभी चलना क्या बुद्धिसंगत होगा?" थोड़ा रुक फिर बोला, "रात का मामला है। मामला भी साफ नहीं है। जाने दुश्मन की ताकत क्या हो?"

स्काट ने भवें सिकोड़कर कहा, "क्या कायरों जैसी बात करते हो? हमारे साथी घायल हों, तड़प रहे हों, विपत्ति में हों और हम यह सब सोचें?"

"सोचना ही ठीक होगा।"

"मैं गोरखपुर का कलेक्टर रहा हूँ।"

"वह दूसरे तरह का इलाका है।" थोड़ी देर तक चुप रहकर फिर बोला, "यह जंगली इलाका है। लोग भी जंगली हैं। उनकी संख्या का ठीक पता नहीं है।...और यह भी हो सकता है कि हमें ट्रैप करने के लिए यह दुश्मन की कोई चाल हो।"

स्काट की उत्तेजना शांत हुई तो उसे लगा कि राली की बात में दम है। लेकिन तो भी तुरंत न जाना उसे कायरता लगा। राली उसकी मन: स्थिति समझ कर बोला, "यह कायरता नहीं बुद्धिमानी है। सिर्फ लड़ाई करने का कोई मतलब नहीं होता है। मतलब जीतने का होता है। जीतने के अनुकूल स्थितियाँ जब तक न हो जाँय, जब तक चुप रहना और चुपचाप प्रयत्न करना ही बुद्धिमानी है, बहादुरी है। पहले ठंडे मन से, इन्हें शांत कर, बात का पूरा खुलासा लो। योजना बनाओं। सुबह जो करना होगा, करेंगे।"

स्काट की समझ में बात आयी। तब यह भी लगा कि सेनेटोरियम की पूरी सुरक्षा की जानी चाहिए। अपने लठैतों को चारों ओर पहरे पर लगा दिया। आये कुलियों को एक बड़े से कमरे में भेड़-बकरी की तरह ठूँस दिया। दूसरे कमरे में राली के साथ बैठ कर एक-एक को बुलाकर सही स्थिति का जायजा लेने लगा।

कुछ दिनों में बात बहुत दूर-दूर तक फैल गयी कि खासियों ने अंग्रेजों के विरुद्ध विद्रोह कर दिया है। दो अफसर और छत्तीस सिपाही मारे गये हैं। साठ कुली-मजदूर अलग से। यह विद्रोह मुंडारियों के विद्रोह से अधिक खतरनाक है। किसी ने यह नहीं कहा कि खासी लोगों ने अपनी आजादी बचाये रखने के लिए अंग्रेजों की बलात् पैठ को रोकने के लिए ऐसा किया है। ये तमाम बातें जब लोगों की स्मृतियों में धुँधली पड़ने लगीं तब तक अंग्रेजों ने पता कर लिया था कि इसमें तमाम खासी राजाओं का हाथ है; कि इसका नायक नाङख्लाउ का सियेम उ तिरोत सिंह है; कि वह अंग्रेजों की नीति, रणनीति और राजनीति से वाकिफ है और कि इसलिए वह हर तरह से तैयारी कर रहा है; कि बिना चौतरफा मिलिट्री एक्पेडिशन भेजे इन्हें दबाया नहीं जा सकता।

लेकिन तिरोत सिंह क्या खाक तैयारी कर रहा था? असम के सुदूर बीहड़ में खासी हिल्स, छोटा-सा। उसके एक छोटे से रियासत का एक छोटा-सा राजा। न धन, न जन, न संपर्क और न ही इनकी संभावना। तो भी जान तो थी, अपने लोगों का विश्वास तो था, लोगों को अपनी आजादी से लगाव तो था, उसको बचाने के लिए वहाँ के युवकों में उत्साह तो था। उसी को पूँजी बनाकर उ तिरोत सिंह रणभूमि में उतरा।

रिंजा को साथ लेना जरूरी था। अंग्रेज दो ही तरफ से खासी-जयंतियाँ हिल्स में घुस सकते हैं—सिलहट की तरफ से और गुवाहाटी की तरफ से। एक तरफ का मोर्चा रिंजा को ही सम्हालना होगा। फौरन एक आदमी मिल्लिम रवाना किया।

शाम होते ही बादल का एक बड़ा-सा काला टुकड़ा कहीं से उड़ता हुआ आया और गाँव के ऊपर स्थिर हो गया। हवा ने अपनी कलाकारी दिखाई और कुछ ही देर में उसे एक विशाल ह्वेल और फिर किसी अनाम प्राणी के पंजर में बदल दिया। अलग-अलग जैसे सीने की पसलियाँ गाँव पर टँगी हों। तभी दशमी का चाँद निकला। उसके स्निग्ध आलोक में लगा कि देवदारू के तमाम नुकीले पेड़ अपने तने, डालियों और पत्तियों के साथ एक पंक्ति में सड़क के किनारे रोप दिये गये हैं। रिंजा उनके सौंदर्य में खोया उनके पार अपनी माँ मोती की आत्मा तलाश रहा था। जब से सुना था कि एक नारी आकृति रोज दिन निकलने से पहले रूपतिल्ली की पहाड़ी पर खड़े डिङेई के पेड़ के पीछे टहलती नजर आती है और हो न हो वह मोती की ही आत्मा हो, उसने बार-बार जाकर उसे देखा था। किन्तु परख नहीं पाया था। लोगों का कहना था कि वह मोती की ही आत्मा है और यदि उसका श्राद्ध कर शांत न किया गया तो बड़ी अनहोनी होगी—मोती कोई सामान्य औरत नहीं थी, जिन्दगी भर डाइन मानी जाती रही और मरी तो एक देवी की तरह अपने देश के वास्ते। लेकिन रिंजा को विश्वास नहीं होता

था कि मोती मरी है। मरी होती तो किसी को तो पता चलता। आखिर जयंतीपुर में अंग्रेजों की चौकी पर हमला तो तिरोत सिंह ने ही किया था और बाजार का दिन होने की भीड़-भाड़ का फायदा उठाकर उसे गारो की पहाड़ियों में सुरक्षित पहुँचा दिया था। यूँ हानस लोगों से खासियों की कोई मैत्री नहीं थी, तो भी कोई ऐसी दुश्मनी नहीं थी कि जिसके चलते वे मोती का अनिष्ट करते। अपने इलाके में नहीं रखते तो खासी इलाके में आने से रोकते भी नहीं। तब आखिर मोती गयी कहाँ। उसने न केवल हानस लोगों का, बल्कि वार, लिंगम सभी का इलाका तो खोज डाला था। न वह मिली, न कोई ऐसा मानव-कंकाल कि मान लिया जाये कि वह नहीं रही। लेकिन तब गयी कहाँ? बाघ-चीता खा गया हो, अजगर लील गया हो, कोई भालू अपनी गुफा में रखे हो, किसी अवधूत के साथ मोरंग चली गयी हो। कुछ भी हो सकता है। तब मरना ही मान लेना उचित है। लेकिन जो देश के लिए मरी, वह अपनों का अनिष्ट भला क्यों करेगी। तो भी क्या हर्ज है यदि बड़े-बूढ़ों की बात मान कर उसका श्राद्ध कर दिया जाये। लोग कहीं यह न सोचें कि सगा बेटा नहीं है, इसलिए टाल-मटोल कर रहा है। सगा होता तो भला क्या ऐसा करता?

हार कर उस रात उसने श्राद्ध करने की ठान ली। लेहाजा दूसरे दिन सुबह उसके गोत्र के बाल, वृद्ध, वनिता इकट्ठा हुए और पाँच कौड़ी लेकर गाँव के बाहर तिराहे की ओर आगे बढ़े। तिराहे पर पहुँच कर वे जोर से चीखे, ''मोती की आत्मा जहाँ कहीं भी हो, यहाँ आ जाये।'' जब उन्हें विश्वास हो गया कि आत्मा वहाँ आ गयी है, उन्होंने कौड़ियों को आसमान में लोका दिया। वे जब जमीन पर गिरीं तो सभी चीख उठे, ''तो अल्ले नोह बा डिन सा लुम सा कि-शेउ नोह इया फी''। यानी ''अब आ जाओं, हम तुम्हारे फूल चुनें।'' और कौड़ियों को चुन लिया कि जैसे वे मोती की हड्डियों के अवशेष हों। उन्हें चुनकर उन्होंने एक सूप में रख लिया। फिर वह पूरा कर्मकांड शुरू हुआ जो श्राद्ध के लिए होता है। जब सारा कर्मकांड समाप्त हो गया तब तिरोत सिंह के भेजे आदमी ने बताया कि उसे अपनी टुकड़ी लेकर फौरन गुवाहाटी की ओर बढ़ना है और उचित स्थान देखकर घात लगा कर पड़े रहना है। इस बार प्युनिटिव एक्पेडिशन जरूर आयेगा।

अचानक हो गये इस बवाल से रिंजा थोड़ा रुष्ट जरूर हुआ। लेकिन एक-न-एक दिन तो यह होना ही था, सोचकर संतोष भी कर लिया। एक पछतावा जरूर था कि जितनी तैयारी युद्ध के लिए होनी चाहिए थी, उतनी हो नहीं पायी। तमाम देशों के राजाओं को विश्वास में लेना जरूरी था। कम से कम उन्हें बताकर रखना जरूरी था। हालाँकि उससे होता कुछ नहीं। यहाँ के राजा तभी हथियार उठाते हैं, जब सीधे उन पर हमला होता है। तब क्या वे खाक हमारी मदद करते; वह भी अंग्रेज के विरुद्ध। उससे तो सबकी पूँ-पूँ हो गयी है। अहोम राजा रहा नहीं। मणिपुर और त्रिपुरा के राजा अंग्रेज के आश्रित हैं। कूच-बिहार का राजा दूर है। सिडली की रानी राली और स्काट की रखैल है। तो खासी हिल्स में लड़ाई जयंतिया, खिर्रिम, मिल्लिम, नाङस्तोइन,

चेर्रा, नाङ्ख्लाउ, मरहम के राजा को ही लड़ना है। तब सोचना क्या। वह अपनी टुकड़ी लेकर निकल गया।

कई महीने तक मोर्चा बाँधकर पड़े रहने के बावजूद जब अंग्रेजी फौज नहीं आई तब तिरोत सिंह का माथा ठनका। वह कुछ समझ नहीं पाया। क्या अंग्रेज इतने डर गये हैं कि इन जंगलों में घुसना नहीं चाहते? ऐसा कैसे हो सकता है? जो टीपू से, जसवंत सिंह से, तमाम दूसरे राजाओं से नहीं डरे, वे खासियों से क्या खाक डरेंगे? हो सकता है कि इस अनुर्वर प्रदेश से उन्हें क्या हासिल होगा, जोड़-घटा कर पा रहे हों, कि इस इलाके को कंपनी राज में मिला लेने के बावजूद कोई आर्थिक लाभ तो होगा नहीं तो लड़ाई क्यों करना? बनिया तो पैसे के बारे में ही सोचेगा। और हो सकता है कि डर ही गये हों। जिन दो गोरों को पकड़ने में सिक्ख राजा रणजीत सिंह के बाइस सिपाही विकलांग हो गये, उन दो गोरों को 35 सिपाहियों और साठ कुलियों के साथ जहन्नुम पहुँचा दिया। और तब जब कि रणजीत सिंह की फौज फ्रांसिसियों ने प्रशिक्षण पायी थी, लेकिन हमारी हमसे, तो उनका डरना स्वाभाविक है।

लेकिन ये तर्क उसे बहुत मदद नहीं करते। बार-बार यही लगता कि अंग्रेज चुप बैठने वाली कौम नहीं है। उसे सड़क तो बनाना ही है। तब शायद वे हमारे ढीला पड़ जानें का इंतजार कर रहे हों। यह भी हो सकता है कि वे पूरी ताकत सड़क बनाने पर लगायें—हमें जंगल-जंगल, पर्वत-पर्वत कहाँ ढूँढ़ेंगे?

कई महीने बीत गये तो तिरोत सिंह नाङ्ख्लाउ लौट आया। खेती-बारी सम्हालना जरूरी था।। चुंगी वसूलना जरूरी था। नहीं तो फौज का खर्च कैसे चलेगा?

उतरते जाड़े की एक शाम अंधेरा नाङ्ख्लाउ गाँव को दबकाये हुए था। हल्की चाँदनी के प्रभा-मंडल में दरबार का ऊँचा घर शरद की रात के बरक्स चुपचाप तना खड़ा था। अचानक एक अस्पष्ट खटर-पटर गाँव की मुख्य सड़क की ओर से उभरी। इस खटर-पटर का शोर ज्यों-ज्यों दरबार-घर के पास पहुँचा स्पष्ट होने लगा कि यह घोड़ों की टापों की आवाज है जो पहाड़ी पर चढ़ने के लिए एड़ लगाने से उभर रही है। तभी जलती मशालों की रोशनी में दिखा कि बीसों घुड़सवार राजवाड़ी की ओर बढ़ रहे हैं। उनका नायक चुस्त फौजी पोशाक में आगे-आगे है। दूसरे सिपाही के पोशाक में हैं।

राजवाड़ी के पास पहँचते ही, बजाय मुख्य दरवाजे से भीतर घुसने के कोई फटाफट सीढ़ी लगाकर चहारदीवारी के उस पार घुस गया और हथौड़े से मारकर फाटक का बड़ा-सा ताला तोड़ दिया। तब सभी के सभी सैनिक भीतर घुस आये। भयाक्रांत पिरथी दौड़कर उनके सामने आयी। फौज का नायक एक हाथ में पिस्तौल और दूसरे में नंगी तलवार, चेहरे पर डरावनापन लिए शुद्ध गाली बकता हुआ आगे बढ़ा

और चीख कर पूछा कि तिरोत सिंह कहाँ है। पिरथी की स्थिति बड़ी दयनीय हो गयी जो भय और आतंक के बीच झूलने लगी। हकलाती हुई बोली कि सियेम यहाँ नहीं है। नायक ने एक भद्दी-सी गाली दी और सिपाहियों को घर के चारों तरफ से घेरकर चप्पे-चप्पे की तलाशी लेने का आदेश दिया, "जिन्दा या मुर्दा वह जैसे भी मिले उसे पकड़ो।" परिणामस्वरूप वे नंगी तलवार लेकर चप्पा-चप्पा छानने लगे। चेहरे पर भाव यह था कि उसे मिलते ही एक वार में उड़ा दें। जिन कमरों में ताले बंद थे, उन्हें तोड़ दिया गया। कमरों में जो सामान था उसे उलट-पलट दिया गया। फर्नीचर तोड़ दिये गये। जानवरों को खोल दिया गया। बर्तन और अनाज रखने के कोठिले तोड़ दिये गये। घर के प्राणियों को पीट-पीट कर बेहाल कर दिया गया। नायक ने तलवार की नोक से पिरथी का जिङ्फ्रेम उठाकर देखा कि तिरोत सिंह कहीं वहाँ तो नहीं छिपा है। फिर हुक्म दिया कि राजवाड़ी जला दिया जाये। जब राजवाड़ी जलने लगी और लगा कि गाँव के लोग तीर-धनुष और भाले, कटार के साथ इकट्ठा हो रहे हैं, उसने सिपाहियों को आज्ञा दी निकल चलने के लिए, यह शोर मचाते हुए कि तिरोत सिंह पकड़ा गया।

लेकिन तब तिरोत सिंह चला कहाँ गया था? वह जब से नाङख्लाउ आया था, घर से बाहर कम ही निकलता था, या तो चहारदीवारी के भीतर चहलकदमी करता रहता था, या फिर दरबार हाल में बैठकर अपने अमीनों से हिसाब लिया करता था, या खासी हिल्स के विभिन्न इलाकों का समाचार सुना करता था। हर पल वह चौकन्ना रहता था कि जरा-सी खटका पर तुरंत गाँव के बाहर चोर दरवाजे से भाग जा सके। उस दिन सिपाहियों के आने के मुश्किल से आधा घंटा पहले खबर मिली थी कि उसे पकड़ने के लिए गारद आ रही है। वह आनन-फानन में भाग चला था और गारद हाथ मलती रह गयी थी।

लेकिन यह खबर मिली कैसे थी?

सड़क बनानेवालों पर हुए हमले के दूसरे दिन स्काट और राली अपनी टोली के साथ घटनास्थल पर गये थे और वहाँ हुई मार-काट को देख कर दहल गये थे। अपनी टोली और आस-पास के गाँवों के लोगों की मदद से किसी तरह आधा-अधूरा उनका कफन-दफन करने के बाद उसी रात वे तिरोत सिंह की माँ को, जिसे वे नाङख्लाउ रानी कहते थे, लेकर रंगपुर की ओर भाग चले थे। सिलहट जाना उन्हें सुरक्षित नहीं लगा था। था तो नजदीक, लेकिन रास्ता टेढ़ा-मेढ़ा था, खाई-खादर, जंगल-पहाड़ से भरा। रंगपुर दूर था। लेकिन चेर्रा से थोड़ी दूर पर से ही गारों लोगों का इलाका शुरू हो जाता था, जो इस तरह के किसी बगावत में शामिल नहीं थे। उल्टे उनके गाँव-बूढ़ा अंग्रेजों के पक्ष में थे। इसलिए यात्रा के लिए सुरक्षित इलाका था।

रंगपुर पहुँचकर स्काट नाडख्लाउ रानी को लेकर कलकत्ता चला गया, गवर्नर-जनरल को विश्वास दिलाने कि खासी हिल्स में पानी अब गले से ऊपर आ गया है और बिना प्युनिटिव एक्पेडिशन भेजे खैर नहीं। उनकी देखा-देखी यदि मिकिर, नगा और लुशेई जनजातियाँ उठ खड़ी हुईं, तो असम जो हाथ से चला जायेगा, वह तो दर किनार, इतना खर्च कर जीता गया बर्मी युद्ध भी बेकार हो जायेगा यदि मणिपुर, त्रिपुरा की रियासतें उठ खड़ी हुईं।

लेकिन राली जीरा की टुकड़ी लेकर मफलाङ आ गया। उसे न केवल अपने बागीचों और शराब की फैक्ट्री की चिन्ता थी; सिरदार को भी ठिकाने लगाने की जल्दी थी। कुलियों से बातचीत कर जो हुलिया बनी थी, वह मफलाङ के सिरदार का ही था। अब उससे सीधे टकराना जरूरी था। नहीं तो वह मनबढ़ मफलाङ से खदेड़ देगा। वहाँ जाकर पाया कि सिरदार गाँव में नहीं है। उसे लगा कि तब उसे नेस्तनाबूद करना बड़ा आसान है। एक दिन सुबह गरजता हुआ उसके घर पर चढ़ दौड़ा। जब तक नथुने फुलाकर वह सिरदार व उसके घरवालों को गाली देता रहा, पूरा गाँव शांतिपूर्वक सुनता रहा। चूँकि वे उन गालियों का अर्थ नहीं समझते थे, इसलिए वे उनके लिए बेमानी थीं। लेकिन ज्यों ही उसने उसका घर जलाने का हुक्म दिया, गाँव के जवान भाग कर अपने घरों को गये और जैसे ही जीरा की लुशाई टुकड़ी लपट तैयार कर सिरदार के घर में लगाने के लिए बढ़ी चारों तरफ से तीर चलने लगे। तीर किसी को लगे नहीं तो जीरा ने सोचा कि यह धमकाने के लिए नहीं चलाया गया है, इनका निशाना ही कच्चा है। इसलिए वह स्वयं ही लुकारा लेकर आगे बढ़ा और घर की ओरियानी फूस से छुआ दिया। तभी एक तीर आया और उसकी कलाई में धंस गया। यही हश्र उन लोगों का भी हुआ जो जीरा की देखा-देखी आग लगा रहे थे। फिर तो वे आग लगाने के बजाय चौतरफा लोगों पर टूट पड़े। जो निहत्थे थे वे तो पिट गये, लेकिन जो भाले-बरछी के साथ थे वे भिड़ गये। मामला गर्माता देख राली जैसे था वैसे ही अपने टट्टू पर चढ़ भाग चला। उसे भागता देख उसके लठैत जीरा के साथ कुछ जान बचाने की गरज से और कुछ राली को सुरक्षा देने की गरज से उसके पीछे चल पड़े। लोगों ने दौड़ा लिया। उन्हीं में से किसी ने राली के घर व फैक्ट्री में आग लगा दी। आग पूरे गाँव में फैल गयी। पर किसी ने उसे बुझाने का प्रयत्न नहीं किया। कोई साधन ही नहीं था। खासी हिल्स के गाँवों में कभी आग नहीं लगती थी, इसलिए लोग उसको बुझाने के लिए कोई प्रबध भी नहीं करते थे। बस विलाप करते अपने घरों को धूँ-धूँ जलता देखते रहे। और सोचते रहे कि यह अंग्रेज से उनकी लड़ाई क्यों-कर? उनकी भला अपनी क्या दुश्मनी?

घोड़े मुँह में झाग और आदमी मुँह में फेचकुर भरे नाडथिमाई पहुँचे। नाडथिमाई विलाप करने लगी, कि जैसे हर टीले, हर पेड़ से सिसकी उभर रही हो। राली बंगले के भीतर गया तो जयंती किचन के सामने खड़ी मिली। सूख कर काँटा और वस्त्र मैले।

लगा कि अब यह पक्की खसिया हो गयी है। जयंती ने राली को देखा तो उसकी आखें फटी की फटी रह गयीं। शरीरमुद्रा स्थिर। लगा कि वह एक पागल है। आँखों में जिज्ञासा भरे राली उसके पास गया तो वह पागल की ही तरह उसका गला पकड़कर झिझोड़ने लगी। राली कुछ समझा नहीं और उसे परे ठेलने के लिए हाथ चलाया तो वह थप्पड़ मारने लगी और एक बार तो उसके सीने में दाँत ही गड़ा दिया। राली ने उसे परे ढकेला तो काठ की फर्श पर गिर पड़ी। तब उसका रुदन फूटा "जॉन का कातिल तुम है। जोर राय नहीं।"

नौकरों से तहकीकात करने पर पता चला कि एक खसिया कुछ दिनों से नौकर बनकर इस घर में रह रहा था अति दीन, आज्ञाकारी। कोई नहीं जानता था कि कहाँ से आया है, और उसका मंशा क्या है। सभी यही जानते थे कि गरीबी से उबरने के लिए अंग्रेज की नौकरी में रहना चाहता है। लेकिन जयंती उसे पहचानती थी। यह वही माफू गाँव का जोर राय था, जो कभी अपने विपत्ति के निवारण के लिए जयंती के पास बपद का सियेम सद् आया था और जिसने उसपर थ्लेन के आक्रोश का रहस्य बताया थ्रा। उस पर दया आना स्वाभाविक था। एक तरह से उसने उसी की पुरानी राय को मानते हुए मानव बलि दी थी, जिसके परिणामस्वरूप उसका घर मोती डिड्दोह ने उजाड़ कर खाडर मरबोह गाँव में छवा दिया था और आज पादरी उसकी जान के पीछे पड़ा था। सोचा था कि यहाँ रहेगा तो जान भी बची रहेगी और राली को लाइन पर लाने के लिए कुछ मदद भी मिलेगी। पर क्या पता था वह इतना दगाबाज निकलेगा। खिर्रिम सियेम का आदमी बनकर रहेगा और जॉन की जान जहर पिला कर ले भागेगा।

लेकिन इसके लिए वह खिर्रिम राजा को उतना दोषी नहीं मानती थी, जितना राली को। राली ने ही उसके बेटे को खिर्रिम की गद्दी पर बिठाने की बात की थी। अगर यह बात नहीं हुई होती तो कोई भी उसके बेटे की जान का दुश्मन नहीं हुआ होता। बेटे को वह सबूर कर जाती, यदि कोई बेटी होती। लेकिन यह ललमुँहा राली उसे बरबाद कर नाङख्लाउ रानी की गोद गरम कर रहा है।

जयंती की आर्तनाद से नाङथिमाई काँप उठा था। वह जब थोड़ी होश में आयी तो राली ने उसे रंगपुर ले चलने को तैयार किया। यहाँ रहकर अभी पूत गँवाया है, और रही तो भतार और अपनी जान भी गँवानी पड़ेगी।

जयंती रंगपुर चली तो आयी। लेकिन उसके सीने में राली को जलाकर खाक करने की आग धधकती रही और जैसे ही उसे पता चला कि रंगपुर से एक टुकड़ी तिरोत सिंह को पकड़ने जा रही है, उसने अपना एक विश्वस्त आदमी नाङख्लाउ दौड़ा दिया कि सियेम सावधान हो जाये। लेहाजा टुकड़ी आने से पहले ही वह फुर्र हो गया था।

: 27 :

उ तिरोत सिंह के भाग जाने की खबर से स्काट विचलित हो गया था। राली इस बात पर दुःखी था कि एक अलग से टुकड़ी मफलाङ के सिरदार को पकड़ने के लिए नहीं भेजी गयी। तिरोत सिंह का भाग जाना एक बात है। लेकिन सिरदार तो ढींठ हो जायेगा और अब जाने कितने सिरदारों, ओहदेदारों को भड़का रहा होगा। यदि एक बार राजाओं के मन में यह बात बैठ गयी कि कम्पनी सरकार जब इतने छोटे लोगों के विरुद्ध कुछ न कर पायी तो हमारे खिलाफ क्या कर लेगी और वे कहीं वाकई एकजुट हो गये तो कम्पनी सरकार कभी कुछ न कर पायेगी।

राली दुःखी था; पर स्काट दुःखी नहीं था। इस घटना में उसे वह संभावना दिख रही थी, जिसके लिए वह गवर्नर-जनरल से अनुरोध करते-करते थक गया था। अब वह कलकत्ता जाकर स्पष्ट शब्दों में कह सकता था कि खासी हिल्स में पुलिस कार्यवाही से कुछ नहीं हो सकता है। वे हिन्दुओं से घिरे हिन्दू हो गये कोल, भील, मीना, गोड़, भर, संथाल या मुंडारी जैसे आदिवासी नहीं हैं। उनका खून दूसरा है और बिना मिलिट्री एक्सपेडिशन के वे सेहत न होंगे। उसने राली को समझाया कि यहाँ बैठ कर बेटे की मृत्यु का शोक मनाने से कुछ नहीं होगा। कलकत्ता चला जाये।

कलकत्ता जाना जितना आसान था, गवर्नर जनरल से मिलना उतना आसान नहीं था। जब से मद्रास और बंबई की प्रेसीडेंसी उसके अधीन कर दी गयी थी, उसका काम बढ़ गया था। ऊपर से विलायत में रहनेवाले डाइरेक्टर लोग प्रतिदिन अपनी आमदनी बढ़ाने संबंधी कारगुजारियों का हिसाब माँगते थे। प्रशासन के नाम पर हो रहे खर्चे में निरंतर कटौती चाहते थे। पहाड़ी जातियों को दबाने के लिए कोई अलग से फंड मुहैया नहीं किया गया था। कानून व व्यवस्था के नाम पर जो फंड था उसी में से कतर-ब्यौंत कर उन पर हमले का खर्च निकाला जाता था। गवर्नर-जनरल इसलिए इनसे मिलने से कतरा रहा था। ये आकर यही कहेंगे कि कंपनी सरकार की इज्जत का मामला है। इस तथ्य को वह भी स्वीकार करता है। लेकिन करे क्या?

एक दिन शाम दोनों अपना मोटा हैट पहने और सोने की मूठ की छड़ी हिलाते हुगली के किनारे टहल रहे थे। विभिन्न रंगों के बादल पश्चिमी क्षितिज पर लटके हुए थे। लगता था किसी ने तूलिका से यूँ ही कुछ रंग पोत दिया है, यह देखने के लिए कि नीले-गुलाबी पट पर उनका क्या असर होता है। लम्पट हवा सूरज के पीछे काफी देर से पड़ी थी। लेकिन समुद्र जैसी चौड़ी नदी पर लहरें वैसे ही शांत किसी रहस्य-गीत को गुनगुना रही थीं। उस गीत को चुपचाप सुनने के लिए नहीं, सारी बातें जैसे चूक गयी थीं, इसलिए वे दोनों चुपचाप टहल रहे थे। अचानक उनकी नजर टूटी टाँग को

छड़ी में लपेट कर चले आ रहे पादरी पर पड़ी। इन कुछ वर्षों में पादरी बूढ़ा हो चला था। शरीर स्थूल हो गया था और दाढ़ी और लम्बी। बाल सफेद से भूरा होने लगे थे कि जैसे चिलम के धुएँ से साधुओं की दाढ़ी के बाल हो जाया करते हैं। भचक कर तो वह पहले भी चलता था, लेकिन अब तो पूरा लंगड़ा कर चल रहा था। लगता था कि छड़ी अगर जरा-सा भी तिरछी पड़ जाये या लचक जाये तो वह भरभरा कर गिर जायेगा।

दोनों तेज गति से चलकर उसके पास आये। आरंभिक अभिवादन के आदान-प्रदान के बाद पादरी जैसे फूट पड़ा। कहने लगा, ''आप लोगों जैसे सिविलियनों के निकम्मेपन से अब हम पादरियों पर आफत आन पड़ी है। हम धर्म का काम करते हुए हमेशा आप लोगों की सिविल कार्यवाही में मदद करते रहे हैं, लेकिन अब आप लोगों के नाते धर्म का कार्य करना कठिन हो गया है।''

चूँकि खासी हिल्स की स्थिति को दोनों ही एक जैसा जानते थे, इसलिए उनके पास उत्तर देने के लिए कुछ था नहीं। तो भी राली ने कहा, ''इसीलिए तो हम कलकत्ता आये हैं।''

''आप कलकत्ता आये हैं। यहीं रह लेंगे। लेकिन हमें तो वहीं वापस जाना पड़ेगा। वहाँ नहीं गये तो उसी जैसे किसी और इलाके में जाना होगा। स्थिति यह होती जा रही है कि ये ट्राइबल अब पादरियों को भूनकर वैसे ही खाने लगेंगे जैसे असभ्य नगा कोन्याक और लुशेई करते रहे हैं।''

स्काट का ध्यान उसके पाँव पर गया। जिस तरह की गाँठ घुटने के ऊपर पैंट के बाहर से उभरी दिख रही थी, वैसी पहले न थी। पादरी का ध्यान खींचा तो उसने बताया, ''वही तो कहा रहा हूँ। वहाँ से जिंदा बच कर आ गया हूँ, यही बहुत है।''

''क्या हुआ?''

पादरी ने विस्तार से बताया कि जब सड़क बनाने वाले इंजीनियरों की हत्या की बात मफलाङ के बलबे के साथ वहाँ पहुँची तो जैसे मुर्दों में भी जान आ गयी। जो झुक कर चलते थे, तनकर चलने लगे थे। जो सामने नहीं पड़ना चाहते थे, वे टकराने लगे थे। हवा का रुख पहचान कर आवश्यक सामान बसंता के साथ सिलहट भेज दिया था। स्वयं अनुयाइयों के बीच घूमकर उन्हें तैयार करना चाहता था कि यह झगड़ा इसाइयों और गैर-इसाइयों के बीच का है और तुम्हें इसाई होने के कारण इन खासियों का न केवल साथ छोड़ देना है, उनके विरुद्ध खड़ा होना है। चेर्रा के राजा से काफी उम्मीद थी। उस दिन घोड़े पर सवार होकर वहीं के लिए निकला था कि रास्ते में देवधाई मिला। सिर और दाढ़ी के बाल बढ़ा लिए है। न तो कभी बदन साफ करता है न बाल। दाँत और आँखें पीले पड़ गये हैं। लेकिन ललाट चमकने लगा है। रोज की तरह हड़तोड़ का डंडा लिए घूम रहा था कि जैसे सुअर चरा रहा हो। सभी जानते हैं कि उसके पास एक भी सुअर नहीं है। जब मैंने पकड़ा था, तभी उसके बीवी-बच्चे न जाने कहाँ लेकर चले गये थे। लेकिन उसके मन में भर गया है कि मेरे कारण ही वे सब मर-बिला गये। अब सुअर नहीं चराता है, सुअर चराने का अभिनय करता है। उस दिन भी सोचा कि पगला उसी अभिनय में जुटा है।

''सामने रास्ता एक कछुएनुमा टीले पर चढ़कर जाता है। बीचोबीच में वह टीला दो भागों में कटा है। दूर से देखिए तो लगता है, खुले गेट के दो खंभे हैं। वह वहीं पर खड़ा था। मुझे देखा तो सलाम किया। मैंने घोड़े की चाल धीमी कर उसका हाल-चाल पूछा, तो बोला, ''हाल-चाल पूछता है?'' इसके पहले कि मैं कुछ समझ पाता उसने तानकर डंडा घुटने पर मारा, यह कहते हुए कि ''दूसरा टाँग भी तोड़े देता हूँ। एक तो सुअर तोड़ ही चुका है।'' संयोग कुछ ऐसा था कि डंडा उसी घुटने पर लगा जो पहले से टूटा है। मैं छौंछिया कर रह गया। गनीमत हुई कि घोड़े से गिरा नहीं। घोड़े को सम्हाल ही रहा था कि ताबड़तोड़ डंडा चलाने लगा। गतर-गतर तोड़ कर रख दिया। संयोग से एक डंडा घोड़े के कूल्हे पर लगा और वह नाक की सीध में चला भाग। तब जान बची पादरी ने साँस लेने के लिए मुँह बंद किया। काफी आक्सीजन नाक से खींचने के बाद बोला, ''सिलहट में रुककर दवा कराया है। तब यहाँ नालिश करने आया हूँ। चला नहीं जाता। लेकिन डाक्टर ने चलते रहने के लिए कहा है।''

राली को उसकी बात सुनकर दया आयी। इतनी कि करुणा से भरी हँसी फूट गयी। पादरी को यह बात बुरी लगी। समर्थन पाने के लिए स्काट की ओर देखा वह कहीं और देख रहा था। सोच रहा था कि पादरी की घटना से एक और संभावना बनती है। इसे लेकर दरबार में जायेगा और कहेगा, ''सिविल की बात छोड़ दीजिए, अब धर्म-प्रचार में वे रुकावट डाल रहे हैं।'' कम्पनी धर्म के नाम पर एक्सपेडिशन भेजने के लिए कभी मना नहीं करेगी। इसके लिए अलग से फंड होता है।

स्काट की चाल काम आयी। स्थानीय बोर्ड ऑफ डाइरेक्टर्स के लोग मामले को 'डिस्कस' करने के लिए तैयार हो गये।

जयंती इस बात से बहुत खुश नहीं हुई कि नाङख्लाउ रानी स्काट के साथ रहने लगी है। क्या पता राली की यह एक चाल हो। मेरे सामने उससे मिलने में संकोच हो इसलिए नहीं, मैं लड़ूँगी शायद इसलिए। जयंती वैसी ठगी गयी औरत नहीं थी जो बैठ कर रिरियाती हैं। अगर ऐसी होती तो राली को कभी को छोड़ चुकी होती—एक खसिया औरत के लिए यह कोई खास बात नहीं थी। वह जानती थी कि वह राली की इच्छाओं पर बहुत नियंत्रण नहीं कर सकती है। यदि करने का प्रयत्न करेगी तो उसे राली को छोड़ना पड़ेगा। और छोड़ना वह चाहती नहीं थी क्योंकि उसे प्यार करती थी। उसका प्यार घृष्ट नहीं समर्पित, प्रभावशाली और क्रियाशील था। लेकिन वह उद्विग्न, चौकन्ना और मौका मिलते ही हस्तक्षेप करने को आतुर भी था। यही कारण था कि नाङख्लाउ रानी के नाम राली का पत्र उसने उ तिरोत सिंह को भेज दिया था। उम्मीद थी कि राजा अपनी माँ पर इतना गुस्सा होगा कि उसे नाङख्लाउ बुला लेगा या फिर एक बहाने से राली को ऐसा सबक सिखायेगा कि वह उसके पास नहीं फटकेगा। लेकिन ऐसा कुछ नहीं हुआ—यहाँ तक कि लगा तिरोत सिंह ने इस 'अफेयर' का

संज्ञान ही नहीं लिया है—तो उसे गुस्सा नहीं आया। उल्टे दया आयी। जब वह विद्रोही बन गया तो जयंती को लगा वह एक बड़े मानसिक संकट से गुजर रहा होगा राली को लेकर : माँ के इस प्रेमी के साथ कैसा व्यवहार करे, जबकि राली उसके साथ कैसा व्यवहार कर रहा था—यह स्पष्ट था। किसी भी अंग्रेज की तरह वह उसके जान का प्यासा हो रहा था, यह जानते हुए कि वह उसकी प्रेयसी का बेटा है।

रंगपुर आकर वह और भी परेशान हो उठी थी। नाङख्लाउ रानी की मानसिकता अजीब तरह से बँट गयी थी कि जैसे कोई तेजधार वाले हथियार से एक ही चोट में चीरकर दिमाग के दो टुकड़े कर दे। देखने में दोनों जुड़े रहें लेकिन आपस में कोई संसर्ग न हो। दोनों की दूरी इतनी सूक्ष्म हो कि बाहर के किसी आदमी को कुछ दिखाई ही न दे। आखिर वह कितना बड़ा तनाव जी रही होगी अपने बेटे की अनिष्ट चाहने वाले प्रेमी के साथ? इसलिए नाङख्लाउ रानी जब स्काट के साथ चली गयी तो थोड़ा राहत महसूस जरूर हुआ, लेकिन खुशी नहीं हुई।

राली, स्काट और पादरी करीब-करीब साथ ही रहने लगे थे। इसलिए जयंती, नाङख्लाउ रानी के बीच निकटता बढ़ी। उससे अधिक दोनों की निकटता बसंता लालुङ के साथ बढ़ी। विदेश में दूर के आदमी भी बड़े करीब के लगते हैं। उसी से मालूम हुआ कि तीनों अंग्रेजों ने बतौर गवाह उसे पेश किया था कम्पनी के स्थानीय मैनेजमेंट बोर्ड ऑफ डाइरेक्टर्स के सामने यह बताने के लिए कि स्वर्गीय प्नार राजा ने मानवबलि चढ़ायी थी और उसकी जयंतीपुर की आराजी जब्त कर लिये जाने के बावजूद लालुङ लोग खुश नहीं हैं; कि नाङख्लाउ का राजा खसिया विद्रोह का नेतृत्व कर रहा है क्योंकि प्नार राजा की संपत्ति जब्त किया जाना उसे खसिया स्वाभिमान पर चोट सरीखा लग रहा है, विशेषतः इसलिए कि वह प्नार राजा का गोत्रीय है; चूँकि प्नार राजा हिन्दू हो चुका है, इसलिए इसाइयों से उसका बैर स्वाभाविक है। चेर्रा राजा जो इसाई हो चुका है और जिसने प्नार राजा का वध किया था, उसका पहला दुश्मन है; सोचता है कि उस पर हमला करेगा तो अंग्रेज उसकी मदद में आयेंगे, इसलिए वह उन्हें खसिया हिल्स से बाहर खदेड़ देना चाहता है, कि इस काम के लिए तमाम खसिया राजाओं की सहमति है, खिर्रिम राजा को छोड़ कर।

बोर्ड ने पूछा था कि खिर्रिम राजा को छोड़कर क्यों? तो उसने बताया था कि वह हिन्दू इसाई के पचड़े में नहीं पड़ता, अपने काम से काम रखता है।

राली ने इसका विरोध किया था। तब बसंता ने बताया था कि साहब शायद इसलिए कह रहे हैं कि इन्होंने अपने बेटे को राजा बनवाना चाहा था, जिसका सियेम ने विरोध किया था। अब साहब को लगता है कि इनके बेटे की हत्या सियेम ने ही करवाया है, इसलिए बदले की भावना उमड़ पड़ी है।

राली को जैसे बसंता की बातों पर विश्वास ही नहीं हुआ था। यह छोकरा इतने कूटनीतिक ढंग से बात कैसे कर रहा है? अपने मन से तो कर नहीं सकता। जरूर कोई इसे सिखा-पढ़ा रहा है। तो क्या यह पादरी? हो सकता है कि पादरी इस बात से जल

रहा हो कि इसाई बनाने में प्राथमिक सफलता मुझे मिली थी।

सारी बातें सुन-समझ कर बोर्ड ने फैसला किया कि गवर्नर जनरल अपने काउंसिल की सहमति से खासी हिल्स में मिलिट्री एक्पेडिशन भेजें जिसका उद्देश्य उ तिरोत सिंह को गिरफ्तार करना हो, दूसरे जयंतिया राजा को मटियामेट करना हो, तीसरे जोर राय की मदद करने वालों को सबक दिया जाये; और जो इस काम में बाधा डाले उन्हें मटियामेट कर दिया जाये।

दोनों रानियों को लगा कि यह बात जल्दी से जल्दी उ तिरोत सिंह को बताई जानी चाहिए। बसंता से बढ़कर और कोई साधन नहीं था। लेकिन उसे ये सीधे भेज नहीं सकती थीं। पादरी का आदमी था। पादरी ने उसे कभी यंत्रणा दिया था। इसलिए पादरी को इस बात का डर हमेशा बना रहता था कि वह फूट न जाये। इसलिए आँखों से ओझल नहीं होने देना चाहता था। खासी हिल्स भेजने के लिए अनुरोध करने पर हो सकता था कि वह संदेह कर बैठे। वह तो अच्छा हुआ कि फौज का रास्ता बताने के लिए जो स्काउटों की टुकड़ी बनी उसमें उसे रख दिया गया।

पानी बरसना बंद हो गया था। फटे बादलों के बीच यहाँ-वहाँ तारे चमक रहे थे जैसे किसी मियाइन के बुर्के के पीछे से उसकी नथ, झुमका, मनटीका के नग चमकें। कुछ क्षणों के लिए आधा चाँद अचानक निकलकर नदियों और घाटियों में भरे समतल जल को चमका कर तुरंत ही आसमान की अंतहीन कालिमा में गुप्प हो जाता था। लेकिन हवा पूरे जोर से बह रही थी, जिससे जंगल बज रहे थे और उनका संगीत प्रांतर के पार दूर की बस्तियों में पैठ रहा था। उसने भिन्न एक संगीत लोग तारों पर तार रगड़ कर निकाल रहे थे, जिससे सुर मिलाकर कुछ पखावजी थाप लगा रहे थे। उनसे ताल मिलाकर कुछ युवतियाँ बड़े अश्लील ढंग से नाच रही थीं। रिंजा उन्हें देख नहीं रहा था, सिर्फ उनकी हरकतों का अंदाज लगा रहा था। जंगल में इस तरह से पड़े रहना उसे अच्छा नहीं लग रहा था। उ तिरोत सिंह को वह कई बार संदेश भेज चुका था कि बरसात के मौसम में इस तरह से घात लगा कर बैठे रहना बेमानी है। अंग्रेज युद्ध के लिए बरसात के बाद ही निकलते हैं और प्रचंड गर्मी आरंभ होते ही अपनी बैरकों में दुबक जाते हैं। खासी हिल्स के बारे में वे कोई आपवाद नहीं करने जा रहे हैं। लेकिन उ तिरोत सिंह भी एक आदमी था। उसकी बात मानता ही नहीं था। कहता था कि लड़ाई में 'सरप्राइज' का महत्व होता है। तब रिंजा समझाता था कि अनुभव बताता है कि जो पहले हमला करता है, वह विजयी होता है और 'सरप्राइज' इसे ही कहते हैं। तिरोत सिंह कहता है कि भला वे किस पर पहला हमला करें? दुश्मन तो दूर कलकत्ता में बैठा है। उस पर तो हमला किया नहीं जा सकता। हम तो सिर्फ अपने को बचाने वाला युद्ध लड़ सकते हैं, जब वह हमारे पर हमला हमारी भूमि पर आकर करे। हम अपनी आजादी को सिर्फ अक्षुण रख सकें, यही हमारी जीत है। हमारा उदाहरण लाचित फूकन है। लेहाजा जैसे वह अपनी सेना लेकर रूपतिल्ली के नीचे पड़ा था,

उसी तरह रिंजा को भी उम्सनिङ के नीचे के पवित्र जंगलों में डेरा डाले रहना पड़ रहा था।

मफलाङ के सिरदार को खतरा दूसरी तरह का सूझ रहा था। भले ही कम्पनी ने निर्णय सिलहट और गुवाहाटी की तरफ से फोर्स भेजने का लिया हो, बहुत संभव है कि वह नगाँव की तरफ से प्रवेश करे। अंग्रेज खूब जानते हैं कि खासी लोग कोपिली भरसक पार नहीं करते। इधर नालों की संख्या भी अपेक्षाकृत कम है। नगाँव से गोवालपाड़ा जाने का रास्ता भी पूरी तरह से नष्ट नहीं हुआ है। चाहे तो नदी-नदी भी बाजुओं की जोर से जाया जा सकता है। इस इलाके में प्रवेश कर एक साथ ही जयंतिया और खिर्रिम-मिल्लिम पर हमला किया जा सकता है। चूँकि तिरोत सिंह की फौज रूपतिल्ली की तरफ है इसलिए वह तुरंत मुकाबिला करने के लिए आ भी नहीं सकती। इसलिए जोर राय को लेकर वह नगाँव की तरफ बढ़ा।

जोर राय उसका अतिविश्वस्त हो गया था। इसलिए नहीं कि उसने उसके कहने पर राली-जयंती के पुत्र जॉन की हत्या कर दी थी। हत्या दरअसल वह कराना नहीं चाहता था। खिर्रिम के राजा ने जिस दृढ़ता से उसके प्रस्ताव का विरोध किया था और लोगों ने जिस उत्साह से उस विरोध का स्वागत किया था उसको देखते हुए स्पष्ट था कि वह फिर साहस नहीं करेगा। किन्तु जिस तरह से उत्तराधिकार के बहाने अंग्रेज दुनिया भर की रियासतों में दखल दे रहे थे, उसे देखते हुए खिर्रिम के अछूता रहने की संभावना नहीं थी। बड़ी बात यह थी कि जॉन सीधे एक अंग्रेज का लड़का था, जो कलंक की तरह लगता था। जोर राय का कहना था कि आघात हमेशा मूल पर करना चाहिए। और अंग्रेजी राजा का मूल यह अंग्रेज पुत्र ही होने वाला है। इसलिए उसे समाप्त करना पहली प्राथमिकता है। वह जानता था कि निर्दोष बालक का जान लेना जघन्य काम है। लेकिन अपने अस्तित्व को बचाये रखना उतना ही जरूरी था। इसलिए वह आगे बढ़ा था।

विश्वास का कारण यह था कि वह खसिया संस्कृति की रक्षा तहे-दिल से चाहता था। राजा लोग अपना अस्तित्व अपनी स्वतंत्रता बचाने के लिए लड़ना चाहते थे। उनको यदि कहीं से इस बात की तसल्ली मिल जाती कि उनकी आजादी बची रहेगी, भले उनकी संस्कृति चली जाये, तो वे नहीं लड़ते। लेकिन जोर राय कोई राजा नहीं था। अब तो वह एक सामान्य खासी भी नहीं था—उसे अपराधियों के गाँव में बसा दिया गया था। अपनी अपराध-भावना से मुक्त होने के लिए उस गाँव के सभी लोग तमाम खसिया परम्पराओं को त्याग कर नयी परम्परा बना लिए थे। वह उनके बने रहने के लिए जरूरी भी थी। लेकिन खास बात यह थी कि अपने को सामान्य खासियों से अलग समझने के लिए मौका मिलते ही वे इसाई हो गये थे। इसाई लेकर वे चेर्रा राजा के विश्वासपात्र हो गये थे। गो चेर्रा राजा ने अतीत में उनके साथ कोई सहानुभूति नहीं दिखाई थी। सहानुभूति उसने जोर राय के प्रति दिखाई थी। लेकिन तो भी जोर राय इसाई नहीं बना था। उस गाँव में बहिष्कृत रहकर भी खसिया जीवन-पद्धति को

उसकी समस्त रूढ़ियों के साथ अक्षुण्ण रखना चाहता था। इसलिए जब मोती आगे बढ़ी थी और उसके जीवन पर खतरा मडराता नजर आया था तो अपनी कमान से बुचानन पर तीर दागने में जरा भी देरी, जरा सी भी हिचकिचाहट नहीं दिखाई थी। इन तमाम बातों के कारण वह मफलाङ के सिरदार को तिरोत सिंह से भी अधिक महत्वपूर्ण आदमी लगता था।

उसको साथ लेकर वह नवगाँव की तरफ मोर्चा जमाने बढ़ा था। तभी उसे पता चला कि झकाड़ी देवधाई ने पादरी को पीटकर नीला पहाड़ से भगा दिया है। उसे पता था कि पादरी के पास एक किलानुमा घर है पहाड़ी के ऊपर सब तरह से सुरक्षित। उसी को लेने के लिए वह दौड़ा। पादरी तो भाग गया था, लेकिन उसके बिहारी लठियाल मजे कर रहे थे। उन पर हमला किया तो पहले वे अड़े—शायद इसलिए कि कोठी में जो लूटने लायक था उसे बाँधकर लेते जाँय। उनके इस कृत्य में जो जुझारूपन था उसमें नमकहलाली की बू चाहे जितनी आ रही हो, तुरंत ही जाहिर हो गया कि यह सरासर नमकहरामी है जब उनके मुखिया पांडेय जी अपने सिपाहियों को ललकार कर बोले कि जिसके लिए लड़ना है, जब वही मैदान में नहीं है, तो क्या लड़ना। फिर जो वे सामूहिक रूप से भगे तो तीतावर में ही आकर रुके। साइकिया लोगों से विनती की कि वे अपने यहाँ दरबान रख लें।

सिरदार और जोर राय ने उस कोठी को पूरी तरह से किले में तब्दील कर दिया और अंग्रेजी फौज के सम्भावित रास्ते में तरह-तरह के अवरोध खड़ा कर अपना मोर्चा बनाने लगे।

रूपतिल्ली से नीचे या ऊपर, जिधर भी तिरोत सिंह देखता तो सोचता : मनुष्य की जब प्रथम चेतना ने विश्व को पहली बार देखा होगा तो धरती से आसमान तक सब एक विशाल खोखल, एक शून्य लगा होगा। धरती पर जो वनस्पतियाँ खड़ी होंगी, पहाड़ियाँ, जलघेर खाइयाँ, तरह-तरह की प्रकृति की निर्मितियाँ सभी उस शून्य के सामने इतनी बौनी लगी होंगी कि उनकी नगण्यता का बोध उसे आक्रांत कर गया होगा। आँखों को और ऊपर उठाया होगा तो आसमान में बिखरे पड़े ज्योति-पिण्ड बिल्कुल नगण्य लगे होंगे। तब उसे एक अपरिमित सत्ता का आभास हुआ होगा। न भी हुआ होगा तो कभी अपने स्वाभाविक भाव में, तो कभी भय में, तो कभी उल्लास में उसे ही उस शून्य को भरता महसूस किया होगा, बल्कि उस शून्य को आवेष्टित किये महसूस किया होगा। उसे सत्ता के रूप में पहचाना होगा और केन्द्रीभूत कर ईश्वर की कल्पना की होगी।

जब उसने धरती पर निगाह गड़ाई होगी, जीवन को समझने की कोशिश की होगी तो लगा होगा कि वह जल से है, नहीं वायु से है, नहीं धूप से है, नहीं आकाश से है, नहीं सिर्फ धरती से है, जिस पर ये सभी बिखरे पड़े हैं, तब वह उनके सामने

नतमस्तक हो गया होगा। उसका बौनापन उसमें देव का निरूपण किये होगा। अब वह उसी देव की तलाश में विचर रहा है।

लेकिन अंग्रेज किसलिए विचर रहा है? उसने दक्षिण की ओर नजर डाली। जाभादूकाटा, सुमानसीरी, बराक, सभी नदियों में लबालब भरा पानी नजर आया। नदी जहाँ पतली थी और अगल-बगल ऊँचे पहाड़ नहीं थे, वहाँ फैल कर दरियाव बन गयी थी। दरियाव के दोनों छोरों पर जहाँ पानी कम था वहाँ धान और पटुआ की फसलें लहरा रही थीं। उनके पार आँखें जहाँ तक जायें, वहाँ तक कहीं अंग्रेज नहीं नजर आ रहा था। इस पाँक भरी धरती को लाँघकर इन पहाड़ियों पर आक्रमण करना मुश्किल ही नहीं, असंभव लग रहा था। तब अंग्रेज भला क्यों जोखिम उठायेगा? युद्ध उसके लिए शिकार की तरह कोई मौज की चीज़ तो है नहीं?

उसे लगा कि रिंजा की ही बात सही है। अंग्रेज हमला करेगा तो बरसात के बाद। इसलिए थोड़े से आदमियों को मोर्चे पर छोड़कर राजधानी में जा आगे की तैयारी करना ही ठीक है। वह काफी लोगों को लेकर नाङख्लाउ वापस आ गया। अपनी फौज को जवाई भेज दिया अभ्यास करने के लिए। तमाम राजाओं को पुनः पत्र लिखा सचेत रहने के लिए; क्योंकि बरसात बीतते ही अंग्रेज कसकर हमला करेगा। मणिपुर और त्रिपुरा के राजाओं के पास दूत भेजा, इस संदेश के साथ कि अंग्रेजों ने यदि उन्हें बर्मियों के चंगुल से मुक्त कराया है तो इसलिए नहीं कि वे संप्रभु बादशाह बनें, बल्कि इसलिए कि वे उसके दास बनें। इसलिए जरूरी है कि वे अपनी स्वतंत्रता कायम रखने के लिए सतत प्रयासरत रहें। अच्छा तो यह हो कि वे धन और बल से उसके आयोजन में खुले मन से मदद करें। अंग्रेज इस इलाके से दूर रहेगा तभी उनकी स्वतंत्रता बरकरार रह सकेगी।

अंग्रेज तिरोत सिंह की एक-एक गतिविधि पर नजर रखे हुए थे। जैसे ही उन्हें पता चला कि वह कुछ लोगों को छोड़कर नाङख्लाउ चला गया है और टुकड़ी को जवाई में रखा है, अंग्रेज सेनानायक ने तुरंत हमलाकर रूपतिल्ली को अधिकार में ले लेने की योजना बनाई। लेकिन एडजुटेंट को यह ठीक नहीं लगा। बोला, "इससे कोई विशेष फायदा नहीं होगा। तिरोत सिंह से तो भिड़ा नहीं जा सकेगा। उसकी सेना 'इन्टैक्ट' रहेगी।"

सेनानायक ने कहा, "वह गरम मिजाज का आदमी है। हमारी उपस्थिति को जानते ही स्वयं हमला करने के लिए आगे बढ़ेगा।"

"ठीक है। पर इससे विशेष लाभ न होगा। इन कई-कई नदियों को पार करने की

जहमत हमारी फौज को उठानी पड़ेगी। लोग बीमार पड़ेंगे। वैसे ही मलेरिया के नाम पर काँप रहे हैं। उनका मनोबल गिरेगा। हमें भी दो मोर्चा खोलने का तनाव झेलना पड़ेगा। गुवाहाटी की तरफ भेजकर उत्तर से आक्रमण किया जाये। रास्ता भी साफ है, नदी-नाले कम हैं।''

इन तमाम बातों से बेखबर रिंजा पूरनमासी का चाँद घूर रहा था। चाँद के दाग को देखकर किसी सिपाही ने पूछा, ''यह क्योंकर है?''

दूसरे सिपाही ने बताया, ''किसी जमाने में एक स्त्री की तीन बेटियाँ और एक बेटा था। उनके नाम थे का सडी[1], का उम[2], का डिङ[3]और उ बिनाई[4]। उनका परिवार धनी था और गाँव के लोग सम्मानित थे। लेकिन चंद्रमा बदजात निकला। अपनी बड़ी बहन सूरज से प्यार करने लगा। तब वह सूरज की ही तरह चमकीला और भव्य था। लेकिन सूरज को उसका प्यार पसंद नहीं था। उल्टे वह क्रोध दिखाती थी। एक दिन वह हाथ में राख लेकर बोली, ''तुम्हें शर्म नहीं आती अपनी बड़ी बहन से प्यार जताते, जो तुमसे उम्र में बड़ी है और जिसने अपनी गोद में तुम्हें खिलाया है और पीठ पर कपड़े से बाँधकर घुमाया है माँ की तरह।'' चंद्रमा बड़ा ढीठ था। बोला, ''तब माँ की तरह कभी दूध तो पिलाया नहीं। आज पिलाओ'', कहकर उसके स्तन को अपने मुँह में डाल लिया। उससे छुड़ाने के लिए उसने उसके चेहरे को दूर ठेला। हाथों में राख लगी थी, जो उसके चेहरे पर पुत गयी। उससे उसका तेज जाता रहा। उल्टे कालिख चमकने लगी।''

रिंजा को सुनकर मजा नहीं आया। लोहे की तरह मजबूत बने नागेसर के बिरड़े पेड़ों के बीच बिछी चाँदनी बड़ी सुन्दर और पवित्र लग रही थी। उसमें कहीं भी कलंक का भाव नहीं था। उल्टे वृक्षों की छाया और भी मनोहारी लग रही थी। चीड़ की पत्तियों से उभरती आवाज सुदूर गाते चाँद की रागिनी लग रही थी। साल के वृक्ष उसकी भव्यता के मानक लग रहे थे। उनको निहारता रिंजा कब सो गया, पता ही नहीं चला।

सुबह जब कोलाहल से नींद खुली तो भौचक्क रह गया। बंगाल इंफैंट्री की टुकड़ी कैम्प में घुस आयी थी और सिपाहियों की धड़-पकड़ चल रही थी। खासी लोगों का लड़ने का मुख्य हथियार तीर-धनुष था, जिससे मार एक दूरी से ही की जा सकती थी। लेकिन यहाँ लोग गुत्थमगुत्था थे। लड़ाई तलवारों से हो रही थी। खसिया तलवार मूठ से लेकर नोक तक लोहे का एक भारी टुकड़ा था। भाँजने में जो असुविधा थी, वह तो

---

1. **सूरज।**
2. **पानी।**
3. **आग।**
4. **चंद्रमा। यह गौर करने की बात है कि खासियों में पहले तीन मादा और चंद्रमा नर है।**

थी ही, अंग्रेज की तलवार उससे टकराती तो हाथ की नसें कंधें तक झन्न से चिलक उठतीं। देखते ही देखते कई खसिया मार डाले गये, कुछ घायल हो गये, बाकी बंदी बना लिए गये। उनमें रिंजा भी था, जो इस ग्लानि से मरा जा रहा था कि वर्षों की तैयारी धरी रह गयी। बिना लड़े ही गिरफ्तार हो जाना पड़ा। वाह रे किस्मत!

फौज खसिया हिल्स में उत्तर की ओर से घुसकर पूरब की ओर बढ़ रही थी। दक्षिण जाना थोड़ा मुश्किल था। नदियों में पानी भरा था और पहाड़ भरभरा कर गिर रहे थे। इलाका भी अपेक्षाकृत कम जाना था और जंगल बड़े घने और गहरे थे। स्काउटों को पता चल गया था कि इधर मुकाबिले की तैयारी वैसी नहीं है, जैसी दक्षिण में है। खसिया युद्धबाँकुरों की आकांक्षा है कि अंग्रेजी फौज को लुभा कर खसिया हृद-प्रांत में लाया जाये, फिर चारों तरफ से घेर कर मार डाला जाये। इसलिए अंग्रेज फौज के नायक कप्तान लायल ने तय किया कि क्यों नहीं इन्हें ही चारों तरफ से घेरा जाये और घेरा को क्रमशः सिकोड़ कर बागियों को हृद-प्रांत में ढकेल चौतरफा धावा बोल दिया जाये। लेहाजा अपना कर्त्तव्य पूरा करने के लिए वह उत्तर-पूर्वी किनारों पर पश्चिम से पूरब की ओर बढ़ने लगा। रास्ते में जो धान, मक्के, बाजरे की लहलहाती युवा फसल मिलती उसे उजाड़ देता। गाँवों में जो युवा मिलते उनकी पिटाई करता, जिनके घरों में हथियार मिलते उन्हें नष्ट कर देता। बूढ़ियों और बूढ़ों को जानवरों की तरह हाँक युवतियों को पकड़ लेता। जहाँ रुकता दो-चार दिन तक उन्हें साथ रखता। वे जवानों का मनोरंजन करतीं, फिर छोड़ देता। सबके लिए एक पूरा हरम लेकर मुसलमान विजेताओं की तरह इन पहाड़ियों में तो विचरा नहीं जा सकता था।

उसके सहायक ले० सेक्सपियर को यह सब अच्छा नहीं लगता। कहता : फसलों का क्या दोष है? और ये गाँववाले तो एकदम 'इन्नोसेंट' हैं। हमें बागियों को नेस्तनाबूद करने पर जोर देना चाहिए।...आखिर हमारा पादरी इसाइयों को अच्छा आदमी बताकर इन्हें इसाई बनाना चाहता है। हमारे व्यवहार से तो इन्हें उसकी बात पर कभी विश्वास ही नहीं होगा।

लेकिन लायल उसे लौंडा समझता। कहता : जब प्रौढ़ होवोगे तब जानोगे कि फौजी एक्पेडिशन पूजा करने लिए नहीं निकलता कि वह अच्छे इसाई होने का सबूत दे। वह बागियों को 'क्रश' करने के लिए निकलता है। उसका निशाना बागियों की जगह उसके समर्थक होते हैं, जिनसे उन्हें शक्ति मिलती है। ऐसा हो सकता कि स्वयं बागी नेता को कम्पनी सरकार क्षमा कर दे। पर उनके समर्थकों को नहीं करेगी—वे बागियों की शक्ति हैं, उन्हें नष्ट करना जरूरी है। उनका नाश हो जाने पर बगावत वैसे ही नाश हो जायेगी। अकेला नेता क्या करेगा?

"लेकिन औरतों पर अत्याचार?"

"जरूरी है। यह कौम का मान मर्दन करना है। इसके भय से वे आगे कभी सिर

नहीं उठायेंगे। यह मर्दन ऐसा किया जाना चाहिए कि उसका ख्याल आते ही वे ही नहीं, देश के तमाम दूसरे लोग जीभ काट कर तय कर लें कि अपनी हरकतों से कभी भी फौज को कार्यवाही करने का मौका नहीं देना चाहिए। 'पनिशमेंट' से बढ़कर 'डेटेरेंस' का असर अधिक होता है, एक विजित प्रदेश में।''

शेक्सपियर की आत्मा इसे स्वीकार नहीं करती। पर क्या करता? मातहत था। लायल आगे कहता, ''होना तो यह चाहिए कि जवानों को मार दिया जाये। बूढ़े-बूढ़ियों को उनके वतन से खदेड़ दिया जाये। बालक-बलिकाओं को गुलाम बनाकर बेच दिया जाये और युवतियों को सामूहिक रखैल बनाकर उनका ''ब्रीड'' ही बदल दिया जाये। अफ्रीका और दक्षिणी अमेरिका में हम यूरोपीय यही करते हैं। पता नहीं एशिया में ऐसा करने से हमारे 'सुपीरियर' क्यों मना करते हैं? वे कहते हैं कि यह अधिक सभ्य इलाका है। इसकी संस्कृति बचाये रखना ही ठीक है?...कुछ नहीं, कुछ भाषा और पुराने साहित्य पढ़ने वाले अंग्रेज विद्वानों ने उनका माथा खराब कर दिया है। नहीं तो हम लोग ठीक करके रख देते।''

इन तमाम बातों को रिंजा अपने कानों से सुनता, अत्याचार को आँखों से देखता, तो कसमसा कर रह जाता। कुछ न कह पाने की, कुछ न कर पाने की बेवसी उसे जर्जर किये जा रही थी। उसकी झोंक में वह कभी-कभी आत्मग्लानि से भर उठता। जिस जातीय सम्मान और स्वतंत्रता के लिए यह लड़ाई लड़ी जा रही है, उसे इस तरह से रौंदा जा रहा है और वह भी इन लोगों को, जिनका इस लड़ाई से कुछ भी लेना-देना नहीं जो इस लड़ाई के बारे में कुछ जानते ही नहीं। उनका दोष कुल इतना है कि उनके ही सम्मान के लिए हम लड़ रहे हैं, गो इसे वे जानते नहीं। तो भी अंग्रेज तो जानता है। फिर वह मर्दन करने से क्यों चूके? तब हम कौन-सी स्वतंत्रता, कौन-से सम्मान की रक्षा कर रहे हैं? उसका मन एक अव्यक्त निराशा से भर जाता और वहाँ एक अदृश्य कमजोरी का शिकार हो जाता। तभी उसे उ तिरोत सिंह का ख्याल आता। सोचता वह उसी जैसे लोगों के बूते पर तो लड़ रहा है। उसे यदि मेरे जैसे आदमियों की निराशा, आत्मग्लानि का पता चल जाये तो?...इससे बचना चाहिए।

कभी-कभी यह भी ख्याल आता कि आखिर यह लड़ाई राजे-रजवाड़ों की रक्षा की ही तो लड़ाई है? तिरोत सिंह अपनी और अपने जैसे लोगों को ही बचाकर रखना चाहता है। उससे सामान्यजन का क्या संबंध है? कोई सीधा संबंध नहीं दिखता। बस यही लगता कि ये राजे-रजवाड़े उनके प्रतीकात्मक-प्रतिनिधि हैं। लगता है कि उनका पतन होने से पूरी खसिया संस्कृति का ही पतन हो जायेगा? इसलिए उनकी रक्षा की जाये। पर क्या ऐसा होगा? क्या सियेम लोगों के न रहने पर खसिया संस्कृति समाप्त हो जायेगी? भारत के अन्य हिस्सों में जहाँ राजा-सुल्तान नष्ट कर दिये गये हैं वहाँ क्या हिन्दू संस्कृति और मुसलमानी तहजीब नष्ट हो गयी है?

वह आगे सोचना बंद कर देता। ये सारी सोच उसे कमजोर करने के लिए है। और विपत्ति में कमजोर नहीं पड़ना चाहिए। वही सोचना चाहिए जिससे मनोबल बढ़े।

आखिर कोई तो बात थी कि इसमें मोती डिड्दोह और जोर राय जैसे सामान्य जन ने भाग लिया था, ले रहे हैं।

स्काउटों में बसंता था। कभी रिंजा के सामने नहीं पड़ता था। अंग्रेज कमांडर उसे भगाये रखता था। अगले गाँवों के भूगोल और लोगों की दशा की सूचना लाता तो लायल दूसरे आदमियों को भेजकर सच्चाई का पता करता, फिर अगला कदम उठाता। बसंता की बातों की सच्चाई का वह कायल होता चला गया, तो बसंता जब एक गाँव से दूसरे गाँव की ओर बढ़ता तब लोगों को अंग्रेजों के अत्याचारों का पूर्वाभास दे जाता। जिन्हें विश्वास होता वे नदी, नाले, जंगल में छुप जाते। जिन्हें नहीं होता वे गाँव में पड़े रहते। बहुत होता तो भाला व दाव लेकर खड़े रहते। लेकिन अंग्रेजों को देखते ही फेंक देते। भला बंदूक और संगीनों के आगे उनका क्या काम? तब वे तिरोत सिंह को गाली देते कि यदि वह इन गाँवों की बंदूकों को अपने पास नहीं मँगा लिया होता तो वे इस तरह से अपने को असमर्थ नहीं महसूस करते। उस वक्त लायल गाँव के इज्जतदार लोगों की बेइज्जती बढ़-चढ़ कर गाँव के छोटे लोगों के सामने करता, बिना कहे यह बताने के लिए कि जब इनकी यह दशा है तो तुम्हारी क्या होगी? इसलिए चुप ही रहो। और वे चुप ही रहते।

चलते-चलते बसंता कोपिली के किनारे पहुँचा। वहाँ पता लगा कि मफलाङ का सिरदार और जोर राय मोर्चा बाँधकर पड़े हैं। उसे अच्छा लगा जानकर कि कहीं तो कोई इन ललमुहों का मुकाबिला करने के लिए जुटा है। प्रयत्न कर उनसे मुलाकात की। उनके आने का रास्ता बताया और उस पर पूरी तैयारी रखने का अनुरोध किया। जोर राय को विश्वास नहीं हुआ। सोचा कि यह छोकरा अंग्रेज का आदमी है। मोर्चा लगाने को एक रास्ते पर कहेगा, लायेगा दूसरे से। इसलिए मोर्चा उसने दूसरे रास्ते पर ही लगाया। लेकिन सिरदार को ऐसा कोई भय नहीं था। इसलिए उसने मोर्चा पहले रास्ते पर ही लगाया। मोर्चा लगाना क्या था, सीधी पहाड़ियों पर कच्चे बाँस और पत्तीदार लट्ठों का छत बनाना था। छतों पर पत्थर के बड़े-बड़े टुकड़े रखने थे। छत की केन्द्रीय धुरी या बेड़वाने में मजबूत रस्सी बाँधनी थी, जिसे अंग्रेजी फौज के उस छत के नीचे पहुँचते ही खींच देना था, जिससे कि वे दबकर मर जायें।

बसंता ने राय दिया था कि यह ट्रैप कई जगह बनाया जाये। खटका तभी खींचा जाये, जब सबके नीचे फौज हो, अगली टुकड़ी आखिरी खटके के नीचे हो। इशारा करने के लिए कंठ से सीटी बजानी होगी। इसके लिए दूर कहीं ऊँचे पेड़ों पर लोगों को बैठे रहना होगा।

योजना के अनुसार निर्धारित दिन को फौज बसंता के बताये रास्ते से चली। टीलों के नीचे की छतों के नीचे जब वे पहुँचे तो मौका देखकर अपनी हरकत छिपाते हुए उसने सीटी बजायी। उसकी सीटी सुनकर जंगल से बीसों सीटियाँ बज उठीं। उनके शोर से अंग्रेजी पल्टन घबरा उठी कि बात क्या है। अपनी-अपनी जगहों पर ऊँट की तरह गर्दन उठाकर जब वे अकनने लगे कि या इलाही यह माजरा क्या है, तब तमाम

छतों के खटके खींच दिये गये और दुनिया भर के टुकड़े-पत्थर भरभरा कर गिर पड़े। तमाम सिपाही खेत रहे। इस मौके का फायदा उठाकर खसियों ने उनके हथियार लूट लिये। भगदड़ मची तो वे किसी तरह नदी-नाला पार कर समानान्तर रास्ते पर पहुँचे। वहाँ भी बनावटी छतों के नीचे पहुँचने पर खटका खींच दिया गया। लोगों के चिपुला उड़ गये। फिर जो भगदड़ मची तो कोई उनको रोकने वाला नहीं था। मौके का फायदा उठाकर रिंजा भी भागा। लेकिन उसी ओर जिस ओर पलटन भागी थी। इसलिए पकड़ लिया गया। कई दिनों तक इंतजार किया गया कि लायल आयेगा। नहीं आया तो मान लिया गया कि खेत रहा। शेक्सपियर ने पूरी रिपोर्ट गौहाटी भेजी। असम के रास्ते, बिना खासी हिल्स में घुसे कुमुक पहुँची।

सेना का संगठन नये सिरे से किया गया। तय किया गया कि खासी हिल्स में फिलहाल नहीं घुसना है, पता नहीं कौन-सा टीला नकली छत वाला हो। इस नयी लड़ाई-पद्धति से पलटन वैसे ही दहशत में थी। इसलिए हुक्म का पालन पूरी तरह से किया गया। किसी ने बसंता की ईमानदारी पर शक की, इसलिए उसे स्काउटों के बीच से हटा दिया गया। कोई सजा नहीं दी गयी, क्योंकि उसके ऊपर सिर्फ शक था, उस शक का कोई प्रमाण नहीं था।

योजना पादरी के बंगले को ले-लेने की बनाई गयी। वह एक सुरक्षित किलेनुमा मकान था। आर्मी के हेडक्वार्ट्स के लिए बिल्कुल उपयुक्त। सो एक दिन रात जब जोर राय और सिरदार अपने सिपाहियों के साथ विजय की खुशी मनाने में मशगूल थे और पीने का दौर चल रहा था, अंग्रेजों ने अचानक धावा बोला और उसे ले लिया। गनीमत रही कि सिरदार और जोर राय किसी तरह भागकर जान बचा लिये। जो मरने से बच गये और पकड़े गये उन्हें गुलाम बना लिया गया, हेडक्वार्ट्स में बेगार करने के लिए।

बरसात की समाप्ति के साथ मृत्युलोक के इस खंड की हवा कठोर और भारी हो गयी थी। खाने और जलाने का सामान जमा किया जाने लगा था। फौजी तूफान के दौरान लोग ऐसे असहाय हो गये थे कि जैसे एक छोटे से बच्चे को एक विराट और विकराल ऐसी अज्ञात शक्ति के सामने अकेला छोड़ दिया गया हो, जिसने अब तक के तमाम ज्ञात की बातों को झाड़-पोंछ कर उसकी स्मृति से बेदखल कर दिये हो और बचा रह गया हो सिर्फ उजड़ा हुआ गाँव और खंखाड़ जंगल। ऐसे में दैनिक जीवन के लिए किये जा रहे संघर्ष में वे अपने को छला हुआ पाते। जब सुनते कि रूपतिल्ली की पहाड़ी पर खड़े डिडेई पेड़ के पीछे से रोज एक मोती डिडदोह की कद-काठी की छाया गुजरती है जो चीख-चीख कर कहती है कि जब तक यह डिडेई का पेड़ खड़ा रहेगा खसिया कौम को कुछ नहीं होगा, तो उन्हें लगता कि वे किसी अज्ञात उद्देश्य की तरफ लड़खड़ाते हुए ही सही बढ़ते जा रहे हैं। बात एक कंठ से फूट कर दूसरे कंठ तक पहुँचती और वहाँ से एक पूरे गाँव से चलकर दूसरे गाँव तक पहुँचती तो लोगों के बीच

में एक सनसनाहट फैल जाती कि जो कुछ भी हो तिरोत सिंह का साथ देना है। कैसे? यह किसी के भी विचार में स्पष्ट नहीं था।

यही तिरोत सिंह की पूँजी थी। वह देखता कि तमाम वृक्षों की अधिकांश पत्तियाँ गिर गयी हैं। सामने की नदियों का पानी समुद्र की ओर भाग गया है। उनकी पेटी में पैठे चट्टानों और पत्थरों के बड़े-बड़े टुकड़े अब पुल का काम करेंगे, जिनसे होकर अंग्रेजी फौज कभी भी इस प्रांतर में घुस सकती है। तब वह माउपन का रितियाङ का पुल देखता और सोचता कि यदि उसके नीचे से कोई रास्ता होता, कोई सड़क—यह नदी ही यदि सड़क बन जाती—तो अंग्रेज को इस रास्ते से चलने के लिए बाध्य करता और इस एक चट्टानी पुल में खसिया इलाके का सारा रस्सा बाँधकर पूरी खसिया शक्ति के साथ खींच देता, जिससे दबकर अंग्रेज की पलटन मर जाती। अब यदि वह हरक्यूलस होता तो यह संभव था। लेकिन तब का रितियाङ के पास इतनी ताकत कहाँ से आयी थी कि इस एक पत्थर को जाने कहाँ से घसीट कर लायी थी और नदी के आर-पार काठ की सिल्ली की तरह रख दिया था, जिस पर से होकर न जाने कब से लोग आ-जा रहे हैं। इस बात पर वह जितना ही विचार करता उतना ही पाता कि यह शक्ति जन से आयी थी। जन उसके साथ है तो वह का रितियाङ की ही तरह शक्तिशाली है। यह विचार एक साथ ही उसे शक्ति, उल्लास, हौसला और कर्त्तव्यपरायणता से भर देता कि जब जन उसके साथ है, तब जन की आकांक्षा को ठेस पहुँचानेवाले किसी काम को नहीं करना है। बल्कि वह काम करना है, जिससे जन का विश्वास उसमें और बढ़े।

सिलहट की तरफ से मार्च करने वाली फौज का नायक कर्नल हालवर्ड था। जब से उसने लायल की मौत की बात सुनी थी, तब से वह रोज ही जादूकाटा, सुभानसीरी और बराक नदियों को एक साथ पार कर तीनों तरफ से एक ही दिन तिरोत सिंह पर टूट पड़ना चाहता था। लेकिन नदी की गति ऐसी थी कि उन काठ की भारी नावों से ऐसा करना संभव नहीं दिखता था। प्रतीक्षा करते-करते जब उसका धैर्य टूटनेवाला था, तभी स्काउटों ने आकर खबर दी कि जादूकाटा और सुभानसीरी में ऐसे स्थल उभर आये हैं, जिन पर पाँव रखकर फौज जब चाहे तब उसे पार जा सकती है। हालवर्ड उन पर हँसा, ''क्या सुअर का बच्चा तिरोत सिंह यह न जानता होगा? इन पर पहले से ही घात लगाकर बैठा होगा। उन जगहों की तलाश करो, जहाँ नदी में पानी हो और काठ की भारी नाव बिना फँसे उस पार तक जा सकती हों।''

इस हुक्म से स्काउटों को लगा कि बड़े अधिकारी के पास बड़ा दिमाग होता है। उस दिमाग के ही चलते हम छोटे दिमागवाले लोगों से बड़ा काम करवाता है और अधिक दरमहा लेता है। लेहाजा वे ऐसे स्थलों की जानकारी तुरंत ले आये। एक दिन सुबह जब हेमंत के पतझरी वृक्षों के पीछे से निकले सूर्य का प्रकाश फैला था, उसने अपनी टुकड़ी का दो भाग बनाकर एक को स्थल के रास्ते और दूसरे को जल के रास्ते

नदी पार कर तिरोत पर चढ़ाई करने का हुक्म दिया।

तिरोत सिंह उसके इंतजार में था। दिखाने के लिए थोड़े से आदमी सूखे रास्ते की ओर भगा दिया। स्वयं बड़ी फौज लेकर पानी वाले रास्ते के पार के जंगल में छिप गया। स्थलवाले रास्ते से अंग्रेज फौज इस पार आयी तो उन्होंने बंदूकों से गोली दागी। जैसा कि आदेश था अंग्रेजी पलटन पीछे हट गयी। खासियों ने सोचा कि भाग गयी। वे आराम करने लगे।

उधर पानी के रास्ते आती फौज ज्यों ही इस पार उतरी, तिरोत सिंह उन पर टूट पड़ा। इस अचानक हमले की उन्हें उम्मीद न थी। ऊपर के टीलों से तीर आ रहे थे, नीचे कगार पर भाला भोके जा रहे थे। पल्टन घबरा गयी और कई नावों को दूसरी दिशा में फेर दिया गया। हालवर्ड को यह अच्छा न लगा। स्वयं बंदूक लेकर खड़ा हो गया और बोला, "जो भी लौटने की कोशिश करेगा, हमारी गोली से मार दिया जायेगा। गोली से मरना तीर से मरने की तुलना में अधिक निश्चित है। इसलिए आगे बढ़ो।"

सैनिकों को भी लगा कि हालवर्ड की बात में दम है। फिर मरने के लिए ही तो उन्हें पाला-पोसा जाता है। इसलिए वे उस पार उतरने के लिए लौट पड़े। जमकर मार-काट मची। तिरोत सिंह जब पूरी शक्ति और जोश के साथ यह लड़ाई करने में लगा था, हालवर्ड ने तमाम सैनिकों को तुरंत सूखे रास्ते से जाकर पीछे से खसिया सेना को घेरने का हुक्म दिया। स्थल रास्ते से आ रहे अंग्रेज सैनिकों के पीछे हट जाने से खसियों ने सोच लिया था कि वे भाग-पराये हैं, इसलिए सुस्त पड़ गये थे। इसका लाभ उठाकर जब अंग्रेज सैनिक झुक पड़े तो उनके पैर उखड़ गये। टीलों पर छत बनाये तैनात सैनिकों ने सोचा कि अब उन्हें अपना करबत दिखाने का मौका आया है। लेकिन उन्हें यह देखकर बड़ा आश्चर्य हुआ कि वे रास्ता छोड़कर जंगल में विरड़-विरड़ कर जा रहे हैं। उनके मुँह खुले के खुले रह गये अपनी रणनीति के असफल हो जाने के कारण। जब तक वे होश में आते और अपना कर्त्तव्य दूसरी तरह से निर्धारित करते अंग्रेजी पलटन तिरोत सिंह के फौज को पीछे से भी घेर चुकी थी।

बड़ा मार-काट मचा। इस दोहरे आक्रमण के अचम्भे ने तिरोत सिंह को हतप्रभ कर दिया। बुरी तरह होती हार को देखकर वह चला भाग। अगर जान बची रही तो वह फिर लड़ लेगा।

अंग्रेज पल्टन जिसको पकड़ पायी उसे काट डाली। यहाँ उनके पास कोई जेल नहीं थी, जिसमें रखते। जो बचे वे कहाँ गये, पता नहीं चला।

इस करारी हार के बाद स्पष्ट हो गया कि अंग्रेजों के साथ मोर्चा बाँधकर नहीं लड़ा जा सकता। उनके पास जो बंदूक है वह अधिक घातक आग उगलती है और उसके पास जो सेना है उसका मनोबल ऊँचा है, लड़ाई की कला में भी अधिक पारंगत है।

इसलिए कुछ दिन आराम करने के बाद उसने बचे-खुचे लोगों को पुनः संगठित किया और बोला, ''मोर्चा बाँधकर लड़ने से कहीं अच्छा है, बिना मोर्चा बाँधे लड़ो। अचानक पीछे से छापा मारो और इनके हथियार छीन लो। जितना नुकसान कर सकते हो उतना कर भाग जाओ।''

परिणामस्वरूप खासी लोग फौज को एक गाँव से दूसरे गाँव जाने के लिए रास्ता दे देते। बल्कि चारों तरफ से हुलका कर रास्ते पर लाते। रास्ते के पेड़ों-पहाड़ों पर मचान बनाकर एम्बूश लगाते कि उनके नीचे आने पर खटका खींच कर कुचल दें। लेकिन लायल की मृत्यु के बाद वे इस ट्रिक से सचेत हो गये थे और भूले से भी ऐसी जगहों से नहीं गुजरते जहाँ ऐसी खतरा की संभावना लेश मात्र भी लगती थी।

तिरोत सिंह ने तब पैंतरा बदला। मुख्य मार्ग पर उसके लोग होते, जिनसे बचकर हालवर्ड के लोग जंगलों से चलते। जंगलों में लचीले पेड़ों और बाँसों को नेवाकर किसी कमजोर झाड़ी से बाँधकर रखते। जैसे ही कोई उन्हें छूकर जाता वे फटाक् से ऊपर उठ जाते। उनके फुलंगों से बंधे फंदों में सिपाही पाँव के बल आसमान में लहरा उठते।

अंग्रेजी फौज में बड़ी त्राहि-त्राहि मची। आदमी यदि लटका रह जाता तो कुछ घंटों में मुँह से अतंड़ियाँ निकल आतीं और वह तड़फ-तड़फ कर मर जाता। उसे नीचे उतारना संभव नहीं था। उतने ऊँचे लचीले बासों-छरके वृक्षों की डालियों पर चढ़ा नहीं जा सकता था। यदि जड़ से काट दिया जाये तो चट्टानों पर गिर उनके सिर पके बेल की तरह फट जाते। हड्डी-पसली टूटकर एक हो जाती।

तब पल्टन ने फिर रास्ता बदला। पगडंडियों और उनके पास के जंगलों से हट कर उन्होंने बीच जंगल से चलना शुरू किया। तिरोत सिंह ने अपनी टैक्टि्स बदली। वह घने-जंगलों में बाँस की तिरछी खूटियाँ ठोकवा देता कमर भर ऊँची घासों में छुपाकर। सिपाही जैसे ही उधर से गुजरता वे उसकी फिल्लियों में धस जातीं। उनकी नोक पर जहरीली वनस्पतियों का लेप होता। तब फौजी हाफ पैंट पहनते थे। पैरों पर पट्टी बाँधते जरूर थे। लेकिन इन खूटियों के बरक्स वे कारगार नहीं सिद्ध हो रहे थे। जरूरत थी फुल पैंट की और ऊँचे अम्युनीशन बूटों की। इनका इंतजाम आनन-फानन में तो हो नहीं सकता था। इसलिए हालवर्ड नकनका कर चिल्ला उठा, ''क्या मुसीबत है?''

हालवर्ड मुसीबत को पहचान सकता था, उससे परेशान हो सकता था, लेकिन मुँह नहीं फेर सकता था। उसे लगा कि लड़कर यदि तिरोत सिंह को शिकस्त देना मुश्किल है, तो उसे चालबाजी से दी जानी चाहिए। सबसे अच्छी बात तो यह होगी कि उसे किसी तरह से पकड़ लेना चाहिए। पकड़ लिया जाये, चाहे मारा न भी जाये तो बिना नायक के यह मारपीट यूँ ही बंद हो जायेगी। सो उसने तिरोत सिंह की रिहाइस का पता लगाना आरंभ किया।

पीतवर्ण सूर्य की सुनहरी रोशनी से कमरा भर गया था। मौसम का पहला पाला

उषाकाल में आज पड़ा था। नीलकंठों के साथ शरद ऋतु के तमाम पक्षी छतनार वृक्षों के चमकदार पत्तों में विहार कर रहे थे। उन वृक्षों के ऊपर देखने से लगता कि आकाश पहले से कुछ अधिक ऊँचा हो आया है। इस आकाश और धरती के नीचे एक पतली, धुँधली, नीली, ठंडी पारदर्शी वायु भरती जा रही है। चेर्रा राजा को लगा कि जगत् में जो कुछ भी है इसी तरह प्रत्यक्ष होकर दिखाई देता है।

नीचे गाँव के बारि पर शोर उठने लगा था। उसे सुना तो लगा उसके सौंदर्यबोध में खलल पड़ रही है। किसी को नीचे भेजना चाहता था कि जाकर पता करे यह गुल गपाड़ा क्यों, कि उसका खास दरबान भाला सम्हाले भागता हुआ आता नजर आया। राजा खड़ा हो गया। दरबान पास आकर निवेदन किया, ''अंग्रेजी पलटन घुसी आ रही है।''

''कितने आदमी होंगे?''

''कोई दो कोड़ी।''

राजा ने सोचा कि तब यह पलटन न होगी। कोई टुकड़ी होगी। बोला, ''जाकर और पता करो।''

वह अभी गया ही था कि एक मिंत्री आकर बोला, ''अंग्रेजी फौज का नायक हालवर्ड दरवाजे पर कोई चालीस आदमी लेकर आ धमका है। बोलता है फौरन राजा से मुलाकात कराओ।''

राजा थोड़ी देर के लिए जैसे अवाक् हो गया। बात पर जैसे विश्वास ही नहीं हो रहा था। अंग्रेज फौज उसके गाँव में भला ऐसे कैसे घुस सकती है? थोड़ा संयत होने पर बोला, ''जाकर बड़ी विनम्रता से कहो कि दोपहर के भोजन पर राजा से मुलाकात होगी। दूसरों के खाने-पीने और आराम की व्यवस्था करो। हालवर्ड को अतिथिशाला में ठहराओ।''

मिंत्री जाने को हुआ तो इशारे से पास बुलाकर बोला—सभी तोपों का मुँह उनकी ओर कर दो। जितने हथियारबंद सिपाही मिलें सबको गाँव के चारों तरफ तैनात कर दो। पूरी तैयारी के साथ। वे सिर्फ हुक्म की प्रतीक्षा करें। और कुछ नहीं।

दो-तीन घंटे के बाद खाने की मेज पर उनकी मुलाकात हुई। राजा जब से ख्रिस्तान हुआ था, पादरी ने उसे अंग्रेजी तहजीब पूरी तरह से सिखा दिया था। उस तहजीब का प्रयोग वह अपने लोगों के बीच भूलकर भी नहीं करता था। लेकिन कोई अंग्रेज आ जाय तो वह अंग्रेज से बढ़कर अंग्रेज बन जाता था। औपचारिकताओं के बाद भोजन हुआ। भोजन के बाद नैपकिन से हाथ पोंछते हुए हालवर्ड ने कहा, ''मेरे आने का मकसद तिरोत सिंह है।''

राजा ने कहा, ''हूँ।''

''उसे मेरे हवाले कर दें।''

''और यदि न हो तो?''

''है कैसे नहीं?''

''कैसे?''

''सारी खुफिया रिपोर्ट कहती है कि वह यही है।''

''ठीक है।''

''तो हमें सौंप दें।''

''क्योंकर? मैं कैसे सौंप सकता हूँ?''

''उसे पकड़कर।''

''ऐसा मैं नहीं कर सकता।''

''क्यों?''

''यदि तिरोत सिंह आपको पकड़कर सौंपने के लिए कहे तो क्या मैं कर सकता हूँ?''

हालवर्ड चकित रह गया। थोड़ी देर बाद बोला, ''आप इसाई हैं। इसलिए हमारे खैरख्वाह...''

''यह आप गलत सोचते हैं।''

''क्यों?''

''इसी तर्क पर कहूँ कि मैं खासी हूँ। तिरोत सिंह का खैरख्वाह... ।''

हालवर्ड को जैसे शब्द नहीं मिल रहे थे। बहुत सोच-विचार कर बोला, ''वह छोटा राजा है। उसे आपका खैरख्वाह होना चाहिए।''

''राजाओं के बीच छोटा-बड़ा नहीं होता। इसी तर्क पर यदि कहूँ कि इंग्लैण्ड, हिन्दुस्तान की सल्तनत से छोटा है तो क्या आप उसकी अधीनता स्वीकार करेंगे।''

हालवर्ड चुप हो गया। काफी देर के बाद बोला, ''खैर मुझे तिरोत सिंह को पकड़कर ले जाना है।''

''कैसे?''

''आप उससे कहें कि बाहर आये।''

''यह मैं नहीं कह सकता। जैसे आप को नहीं कह सकता कि यहाँ से बाहर जायें। आप दोनों ही मेरे अतिथि हैं।''

''तब तो मुझे जबरदस्ती ले जाना पड़ेगा।''

''वह बाहर देखिये।''

हालवर्ड के पाँवों तले की ज़मीन खिसक गयी। उसकी टुकड़ी हथियार बंद खासियों से घिरी थी और टुकड़ी को उस बात का पता तक नहीं था। उसकी निगाह ऊपर गयी तो परकोटों पर लगी छोटी तोपों का मुँह उन्हीं की ओर था। हालवर्ड के मुँह से गर्म हवा निकल गयी। बायें हाथ की गदोरी पर मुक्का मार कर बोला, ''यह उम्मीद न थी।''

''तो क्या उम्मीद थी।''

''आप इसाई हैं, इसलिए दोस्त समझा।''

''सिर्फ इसाई होने के कारण ही दोस्त कैसे हुआ जा सकता है। यूरोप के सभी देश इसाई हैं। फिर उनमें लड़ाई कैसी?''

"बताऊँगा।"

"गवर्नर जनरल से कह देना वे ही बतायेंगे।"

हालवर्ड अपनी टुकड़ी लेकर खिसक गया तो तिरोत सिंह भी वहाँ से खिसक गया। इतना स्पष्ट हो गया कि चेर्रा की अब खैर नहीं।

अंग्रेजी पलटन की दुर्गति की खबर जब कलकत्ता पहुँचती तो स्काट हिंसक ढंग से मैथुन करता। उसके अंतर्मन में भाव होता : इस वक्त तुम मेरी प्रेमिका नहीं तिरोत की माँ हो।

नाडख्लाउ रानी अपने समाज से कटी थी। तिरोत के कल्याण के लिए चिंतित थी। यहाँ कोलकाता में कोई रास्ता दिखता नहीं था, सिवाय इसके कि अधिक से अधिक अंग्रेजों से दोस्ती की जाये, जिसका उपयोग कभी लड़के की जान बचाने के लिए हो सके। दोस्ती करने का एक ही साधन उसके पास था—न थकने वाली स्वस्थ प्रौढ़ शरीर। स्काट इसके लिए पूरा मौका देता। तब भाव होता, "तिरोत सिंह! तुम्हें पकड़ तो नहीं पाया, तो क्या? तुम्हारी माँ को रंडी बना दिया।"

: 28 :

शेक्सपियर एक होशियार सेनानायक माना जाने लगा। कमान से आज्ञा हुई कि उसे वांछित संख्या में सिपाही मुहैया कराये जायँ। अहोमो की राजधानी गढ़गाँव नष्ट करने के बाद अंग्रेजी सेना जोरहाट में रह रही थी, क्योंकि अहोम राजा का वंशज वहाँ रह रहा था। एक दूसरी टुकड़ी मरियानी में रह रही थी नगाओं पर नजर रखने के लिए। वे अक्सर असम के मैदान में उतर आते थे और लूट-पाट करते थे। उन्हीं में से थोड़े-थोड़े सिपाही लेकर एक टुकड़ी बनाई गयी और पादरी के बंगले पर भेज दी गयी। सेक्सपियर समय बरबाद नहीं करना चाहता था। रिंजा को उसी बंगले में कैदकर, एक मजबूत पहरा बिठा जयंतीपुर के लिए कूच कर गया।

रिंजा को पहले जंजीरों में जकड़कर 'हेल' में रखा गया था। योजना थी कि लड़ाई की समाप्ति के बाद उसे कलकत्ता ले जाया जायेगा और अदालत में मुकदमा चला फाँसी पर लटका दिया जायेगा। लेकिन जिस तरह से लड़ाई खिंचती चली जा रही थी, किन्हीं अधिकारियों के मन में आया कि क्यों न रिंजा को अपनी तरफ मिला लिया

जाय। और कुछ नहीं तो खासी राजाओं से भविष्य में यदि कोई वार्ता हुई तो इसका इस्तेमाल किया जायेगा। लेहाजा उसे 'हेल' से मुक्त कर 'परगेटरी', 'ट्रेजरी' से पार कराते हुए 'पैराडाइज' में बंद कर दिया गया। एक ही दिन में उतनी उन्नति देने से उसका दिमाग चढ़ जाता, इसलिए धीरे-धीरे ऊपर उठाया गया। अंग्रेज-अधिकारियों ने अपना मंशा तो नहीं जाहिर किया किन्तु वह एक महत्त्वपूर्ण योद्धा है कह-कह कर उसने जो-जो माँगें रखी, दे दिया गया—खाने-पीने और रहने के मामले में। बस अपने लोगों से मिलने-जुलने पर पाबंदी थी, कमरे से बाहर बिना-इजाजत जाने पर पाबंदी थी। तो भी जो भी मौका मिलता उसका फायदा बाहर का समाचार जानने के लिए उठाता। पहरेदारों से धीरे-धीरे इतनी मित्रता कर ली थी कि कुछ नशा-पानी का सामान वे बाहर से ला देते थे या उसका समाचार किसी आत्मीय को बाहर भेज देते।

मौसम ने तमाम नाटे वृक्षों की पत्तियाँ झाड़ दी थी। नंगे वृक्षों की छरहरी टहनियों से सूर्यास्त का रसीला और चमकदार प्रकाश उसके कक्ष में पड़ रहा था। एक विशाल वृक्ष पर बैठे दो मधुकढ़वे जाडिङा की ओर देख रहे थे। जिस मौन और टकटक ढंग से देख रहे थे, उसे देखकर लगा कि मुक्ति साधना से ही मिलती है। मौन रहना और ध्यान को एकाग्र करना ही साधना है। सोचते-सोचते उसे लगा कि मुक्ति सबके लिए अलग-अलग होती है। थोड़ा सूरज धुँधला पड़ा तो वे दोनों पक्षी एक साथ जाडिङा की ओर उड़ चले। आज अमावस की रात थी। वहाँ जाकर वे आत्महत्या कर लेंगे। उनकी मुक्ति हो जायेगी। और मेरी?

कहते हैं इस तरह जोड़े मधुकढ़वा को जाडिङा की तरफ उड़ते देखना शुभ होता है। शायद मेरे लिए भी हो। आज ही रात पता चल जायेगा।

उस रात तो कुछ नहीं हुआ; लेकिन दूसरे दिन दोपहर बसंता उसकी पत्नी अल्खा को लेकर पहुँचा और पोस्ट-कमांडर से मिन्नत की कि उसे रिंजा से मिलवा दे। कमांडर जितना अल्खा को घुड़का उससे अधिक बसंता को घुड़का। बसंता ने अंग्रेजों का खैरख्वाह होने का वास्ता दिया और रिंजा को भी बना देने का वादा किया। यह बड़ी बात थी। कमांडर को पता था कि बड़े अधिकारी कुछ ऐसा करना चाह रहे हैं। इसलिए थोड़ा नरम पड़ा, "मिलवा तो देता हूँ। लेकिन कुछ गड़बड़ हुआ तो जिम्मेदारी तुम्हारी।"

"हुजूर, तब तक के लिए मुझे भी कैद में रख लें।"

कमांडर को चापलूसी पसंद आयी और दोनों के मिलने का इंतजाम कर दिया। कोई वर्ष भर बाद आमने-सामने पड़ने पर पहले दोनों चुपचाप एक दूसरे को देखते रहे। फिर चुपचाप ही रोने लगे। अपनी भावनाओं पर नियंत्रण न रख पाये तो फूट-फूट रोने लगे। थोड़ी देर के बाद देखा गया कि जो अलग-अलग रो रहे थे, वे एक-दूसरे के कंधे पर सिर रखकर रो रहे हैं। फिर बैठ कर बातें करने लगे।

समय तेजी से बीत रहा था। कमांडर को बरबस दोनों को अलग करना पड़ा।

दूसरे दिन सुबह रिंजा ने कमांडर से कागज-कलम माँगा और भाषा को जितना नरम बना सकता था, उतना नरम बना कर कंपनी सरकार बहादुर को लिखा कि उसे अपने करने पर पछतावा है, उसे माफ कर दिया जाय और जिस तरह से सरकार कहे, उस तरह से वह प्रायश्चित करे।

कैंप-कमांडर को विश्वास नहीं हुआ कि पत्नी से मिलने के बाद इतना बड़ा परिवर्तन रिंजा में आ जायेगा। पत्र को कुछेक दिन साथ ही रखा। रिंजा को तरह-तरह से टटोलता रहा कि उसका इरादा कितना सच्चा है; कहीं आवेग में तो नहीं लिखा है। महीना भर बीत जाने पर उसने कमांडर से एक दिन अपने पत्र का हस्र पूछा, तब कमांडर को लगा कि प्रार्थना पत्र आवेग में नहीं, सोच विचार कर लिखा गया है। उसने कहा, ''इस तरह के पत्र पर कंपनी सरकार ध्यान नहीं देती। साफ शब्दों में माफीनामा लिखो।''

रिंजा ने उसी से कलम-कागज माँगा और उसी के सामने एक घुटना मोड़कर बैठते हुए कहा, ''आप ही लिखा दे हजूर।''

कमांडर ने माफीनामा लिखवाया और उस पर अपनी टीप लगाकर कि आदमी विश्वसनीय लग रहा है और आगे कंपनी के काम आ सकता है, चिट्ठी आगे बढ़ा दी। कुछ ही दिनों में ऊपर से उत्तर आ गया कि अभी लड़ाई चल रही है। ऐसे में ऐसे अनुरोध पर विचार नहीं किया जा सकता। बस उसे फोड़े रहो।

कैंप कमांडर जितना उसे फोड़ सकता था, उतना फोड़ चुका था। अपना सौहार्द दिखाने के लिए कभी-कभी अपने मेस में बना अच्छा खाना उसके पास भेज देता था। तब वह खाना अपने कमरे में खाता था। अबकी बसंता आया तो अनुरोध कर कमांडर से यह स्पेसल खाना मँगवाया और उसे भी अपने साथ खिलाने का आग्रह किया। अनुमति मिल गगी तो दोनों घंटे भर कमरे में खाते रहे, बात करते रहे। हाँ, एक संतरी उनकी बात जरूर सुनता रहा।

उसने क्या सुना यह तो पता नहीं। लेकिन आधी रात के बाद बसंता एक बड़ा-सा बाँस जंगल से काटकर लाया और जिधर ढाल सबसे ज्यादा, खड़ा और ऊँचा था उधर की दीवाल से लगा उसे दबाकर खड़ा हो गया। बाँस के सिरे पर दीवार में एक खिड़की थी, जिसमें लोहे की मजबूत छड़ें लगी थीं। उस खिड़की के फ्रेम में जड़ी कीलियों को रिंजा एक-एक कर महीनों से निकालता आया था। बसंता ने एक चिड़िये की कोमल-सी आवाज़ निकाली तो कुछ क्षण बाद वह खिड़की गायब हो गयी। दीवार में बने छेद से एक आदमी निकला और बाँस के सहारे नीचे आ गया। बसंता ने कहा, ''जानबूझ कर घोड़ा नहीं लाया हूँ। उनके टापों की खटर-पटर से खतरा था। पैदल ही भागना होगा।''

रिंजा बोला, ''जल्दी करो।''

दूसरे दिन सुबह जब कैदियों की रोलकाल हो रही थी तो रिंजा को अनुपस्थित पाया गया। कमांडर ने सोचा: शायद आलस्यवस कमरे में पड़ा हो। लेकिन यह ठीक

नहीं। थोड़ी-बहुत सहूलियत देने का मतलब यह नहीं है कि अनुशासन तोड़े। एक सिपाही को उसके कमरे की ओर दौड़ाया। सिपाही थोड़ी देर बाद लौटकर आया और रिपोर्ट किया कि रिंजा कमरे में नहीं है। ''तो संडास की ओर देखो।''

''खासी सुबह-सुबह संडास नहीं जाते।''

''तो आज चला गया होगा। शायद पेट खराब हो।''

सिपाही चुप रहा। कमांडर की आँखें जल उठीं तो एक चिट्ठी बढ़ाते हुए बोला, ''यह उसके सोने के तख्ते पर पड़ा था।''

खुली चिट्ठी थी। कमांडर तुरंत पढ़ने लगा, ''महाशय!

''जो बात मुझे इस मुक्ति की बेला में चुभ रही है, वह यह है कि इसके जिम्मेदार आप ठहराये जायेंगे। इसके लिए जितना मैं आपको धन्यवाद दूँ और आपकी भलाई के लिए ब्लेई से प्रार्थना करूँ, उससे ज्यादे गालियाँ आपको अपने बड़े हाकिमों से मिलेंगी, और बड़ी जल्दी ही पदमुक्त कर दिये जायेंगे। हो सकता है इसी कोठरी में आपको बंद कर दिया जाय। इसलिए मैं अपने कपड़े वगैरह छोड़ आया हूँ। वे आपके काम आयेंगे।

''और हाँ, खबर मिलने पर मुझे पकड़ने की कोशिश मत करियेगा। मैं पंद्रह घुड़सवारों के साथ हूँ, जिनके पास तीर-कमान ही नहीं, बंदूकें भी हैं, गोलियाँ भी हैं और तलवार पंजाब की बनी हुई है, जिस पर धार राजपूती ढंग का चढ़ाया हुआ है।''

पत्र पढ़कर कमांडर गरज उठा, ''पकड़ो साले को।'' लेकिन सुननेवाले यह नहीं समझ पाये कि किसको? उनमें जो ज्यादे तेज था उसने पत्र लाने वाले सिपाही को ही पकड़ लिया। कमांडर फिर गरजा, ''तुम साला हिन्दोस्तान, भेड़िया धसान! इन कैदियों को बंद करो और सब जंगल की ओर दौड़ो। वह तिरोत सिंह का कुत्ता रिंजा भाग गया है।''

बिना लड़ाई के ही अंग्रेजों ने जयंतीपुर ले लिया था। राजा अभी लड़का था। शासन दरबार देख रहा था। दरबार में मिंत्री की चलती थी। वह कहता था कि जयंतीपुर का राज तो बर्मी लोग हड़प लिये होते। वे तो अंग्रेज थे जो इधर से लड़े और हमारा राज बचा रहा। आज यदि वे ले ले रहे हैं, तो हम क्या कर सकते हैं?''

लिडन्दोह इस तर्क से इत्तेफाक नहीं करता। कहता, ''हमने तो अपनी ओर से अंग्रेजों को लड़ने के लिए कहा नहीं था। लड़ाई भी वे बर्मा की सीमा पर लड़े। तो हमारे लिए कैसे?''

''ऐसे कि बर्मा का राजा कूच बिहार तक अपना राज कह कर माँग रहा था।''

''किससे?''

''अंग्रेज से।''

''अंग्रेज देने वाला कौन?''

"जो ताकतवर होता है, उसी से माँगा जाता है, लड़ा-भिड़ा जाता है। अंग्रेज ताकतवर था...।"

"लेकिन हम उसके आधीन नहीं।"

"दूसरों को ऐसा नहीं लगता।"

और बात यहाँ से खिसक कर नरबलि में हुई त्रुटि, हिन्दू बनने पर कोपिली का अभिशाप और जाने कहाँ-कहाँ चली जाती थी। बस जो नहीं होती थी वह अंग्रेजों से लड़ने की बात होती थी।

लेकिन चेर्रा का राज अंग्रेजों ने लड़कर लिया था। राजा की पेंशन बाँध दी थी और चेर्रापूँजी को कंपनी सरकार का मुख्यालय बना पूरा खासी जयंतिया हिल्स उसके अधीन कर दिया गया था। स्काट कलेक्टर हो कर लौट आया था और अपनी सैनेटोरियम को कलेक्टरेट घोषित कर दिया था। उसकी मदद के लिए एक कंपनी गोरी पल्टन और कई कंपनी नेटिव पल्टन रख दी गयी थी। उनके बल पर लम्बे-लम्बे हुक्म देता था, जिसका अनुपालन कहीं होता था, कही नहीं होता था। भरसक नहीं होता था। जहाँ होता था वहाँ कंपनी राज था, जहाँ नहीं होता था वहाँ बागी खासियों का राज। इन बागियों को पकड़ने की मुहिम निरंतर चल रही थी। पर सफलता हाथ नहीं लग रही थी। मुठभेड़ कभी आमने-सामने होती ही नहीं थी। अंग्रेजी पल्टन उनकी उपस्थिति की खबर पाकर जिस दिशा में चलती, उसके पीछे की दिशा से बागी आते और दो-चार का कतल कर या सामान छीनकर भाग जाते। कभी सामने पड़ते तो मारे जाते। पर निर्णायक लड़ाई हो नहीं पा रही थी। गुरिल्ला लड़ाई कभी निर्णायक होती भी नहीं। अंग्रेज प्रतीक्षा करते-करते थोड़ा थकने लगा था। और जबसे सुना था कि लोगों में यह विश्वास और गहरे से पैठता जा रहा है कि जब तक रूपतिल्ली की चोटी पर डिडीयेई का वृक्ष खड़ा रहेगा और उसके साये में डाइन विचरती रहेगी, तब तक यह इलाका अंग्रेजों का गुलाम नहीं होगा—वह उद्विग्न रहने लगा था। यह जानकर गवर्नर-जनरल ने फटकार लगाई की कि तब उस पेड़ को कटवा क्यों नहीं दे रहे हो?

अब स्काट क्या करता। यह बैकवर्ड का बच्चा खासी, साला अंधविश्वासी, उसे सुरतरु कहता है और काटने के लिए तैयार नहीं होता। ज्यादे जोर देने पर भड़क उठने की संभावना है। साला भड़क उठे एक ही बार में उबारा-निवारा हो जाये। लेहाजा पादरी को पत्र लिखा कि वहाँ से कुछ लकड़हारे लेकर आ जाये और इस शुभ काम को अंजाम दे। पादरी जब लकड़हारों की तलाश में निकला तो अपने ही कौम के लोगों ने मजाक उड़ाया, "फिर तुम्हारा उस इलाके में क्या प्रभाव है कि कुछ लकड़हारे नहीं ठूठ पाते।" वह कहता, "वहाँ लकड़हारे क्या खाक मिलें? वे उसे पूजते हैं।"

"तो मुसलमानों से काम लो।"

"वे हार चुके हैं। उनके बल पर मीर जुमला ने कटवाने की कोशिश की थी। पेड़ तो नहीं कटा लेकिन वह मानकाचर जाकर अल्ला मिया को प्यारा हो गया। मिया लोग डरते हैं।"

"लेकिन कटा क्यों नहीं?"

"कहते हैं कि पेड़ इतना मोटा और कड़ा है कि चाहे जितने आदमी लगा दो, एक दिन में नहीं कट सकता। वहाँ एक शेर आता है। कटे हुए हिस्से को चाट जाता है, तो पेड़ जस का तस हो जाता है। अब दूसरे दिन फिर नये सिरे से शुरू करो।"

"तो उस शेर को मार डालो।"

"मिले तब तो।"

"इतने दिन तक रह कर लोगों को क्रिस्तान बनाये हो। अपना अनुयायी बनाये हो। उनमें से ऐसे लोग नहीं जो शेर को ढूँढ़ लें? उसे मार डालें? पेड़ को काट डालें? फिर क्या हम लोग खाक शासन करेंगे?"

पादरी को बात लग गयी। लोग नहीं काटेंगे तो मैं खुद काटूँगा। देखूँगा क्योंकर नहीं कटता है। इन लोगों ने तो मेरी टोपी ही उछाल दी। प्रकारांतर से सिद्ध कर दिया कि मैंने वहाँ क्रिस्तान बनाया ही नहीं है। बनाया है तो सिर्फ कागज पर, अनुयायी नहीं बनाया है। यानी उनके नाम पर फंड खाया है। यानी जैसे ये शासन के लोग बेइमान हैं, वैसा ही मुझ परमात्मा के सेवक के बारे में सोचते हैं? धिक्कार है। उसने फौरन स्काट को पत्र लिखा कि मैं आ रहा हूँ।

स्काट के मन में आया कि उसके साथ ही नाडख्लाउ रानी और जयंती को बुला ले। और इस खासी भूमि में उन्हें भोगे। तिरोत सिंह को भी पता चले कि मैं उसका बाप हूँ और उसकी बीवी की बड़ी बहन को भी रखे हूँ। तभी मन के दूसरे पक्ष ने कहा कि यह ठीक न होगा। अपनी पगड़ी उछलती देख जितना तिरोत सिंह क्रोधित होगा, उतना ही खिर्रिम को सियेम। Out of sight, out of mind. उन्हें देखकर खासी जनता उठ खड़ी हुई तो यह छापामार युद्ध न जाने कब तक चलता रहेगा।

पादरी आया तो नजवा को बुलवाया। पेड़ काटने की बात समझाई तो वह बोली, "और खसिया ख्रितान तो तैयार नहीं होंगे। लेकिन खाडर मारबोह गाँव के लोग शायद तैयार हो जाँय। अपराधी लोग हैं और खसिया जाति-बहिष्कृत लोग हैं। शायद उनके मन में बात पैठे।"

पादरी बोला, "तो यह काम जल्दी करो। जितना भी पैसा इस काम के लिए चाहिए तैयार मिलेगा।"

जाने कितने नदी-नालों, जंगल-पठार, मैदान-कदली बन पार करता, जंगली जानवरों से बचता-मारता और अंग्रेजी पलटन से लड़ता रिंजा एक दिन गाँव पहुंचा। पहुँच कर दंग रह गया कि वह तो एक पुत्र छोड़कर गया था, यहाँ एक पुत्री भी है, चार-पाँच माह बड़ी।

अल्खा आवरी ने साफ-साफ बता दिया, "वह बसंता की संतति है। मैं तुमसे प्यार जरूर करती हूँ, लेकिन शरीर का धर्म है। रहा नहीं गया। परिणाम तुम्हारे सामने है।"

रिंजा ने कहा, "इस शरीर धर्म को खूब निबाहो। मेरा प्रेम इसमें बाधक नहीं रहेगा।"

"क्यों? क्या मतलब?"

"मुझे जाने कब तक और जाने कहाँ-कहाँ भटकना होगा। पकड़ा गया तो फाँसी चढ़ जाऊँगा, नहीं पकड़ा गया तो लड़ाई में खेत रहूँगा। इनसे बचा भी तो जाने कब घर आऊँगा। क्या पता यह लड़ाई कभी खत्म भी होगी या नहीं। मैं तुमसे छुट्टा-छुट्टी करता हूँ।"

लेहाजा एक क्षियांङ नियुक्त किया गया, क्योंकि विवाह पिन्हियार सिंजात पद्धति से हुआ था। उसके बाद एक दिन तय किया गया, जिस दिन अल्खा आवरी और रिंजा के मामा लोग बतौर गवाह उपस्थित हुए। पति-पत्नी दोनों अपने-अपने लिए पाँच-पाँच कौड़ी लेकर आये। उनके सामने अल्खा ने अपनी पाँचों कौड़ियाँ रिंजा के हाथ में रख दी। रिंजा ने उन्हें अपनी कौड़ियों के साथ मिलाकर अल्खा को वापस कर दिया। तब अल्खा ने उन दसों कौड़ियों को पुन: रिंजा को दे दिया, जिसने तुरंत ही उसे जमीन पर फेंक दिया। इसे देखकर उ नोङ पिरता श्नोङ पूरे गाँव में नगाड़ा बजाकर घोषणा करने लगा, "सुनो, सुनो, सुनो!! का अल्खा आवरी और उ रिंजा गाँव के बड़े-बूढ़ों, विशेषत: अपने-अपने मामा की गवाही में और क्षियाङ की उपस्थिति में अलग हो गये हैं। का अल्खा आवरी अब अविवाहित हो गयी है और उ रिंजा अविवाहित हो गया है। अब दोनों आपस में प्यार नहीं करेंगे और आगे उनके अपने संयोग से बच्चे नहीं होंगे। सुनो, सुनो, यह कि दोनों आपस की राय से अलग हुए हैं और दोनों को एक-दूसरे को कुछ भी देना नहीं है, न ही लेना है। और कि अब ये दोनों आपस में एक-दूसरे को कोई रोक-टोक नहीं कर सकेंगे।...और यह कि दोनों एक-दूसरे के परिवार में पुन: विवाह नहीं कर सकेंगे...सुनो, सुनो, सुनो!!"

दो-एक दिन गाँव में रह कर रिंजा तिरोत सिंह के पास जाकर युद्ध के आगामी कार्यक्रम को समझना-बूझना चाहता था। तभी पता चला कि नजना खाइर जाकर वहाँ के इसाइयों को डिंडेई को काटने के लिए उकसा रही है। खबर ठीक न थी। वह फौरन भागा।

रास्ते में बसंता मिला। वह अंग्रेजों के चंगुल से निकल गया था। साफ मानता था कि रिंजा को भगाने में उसकी जो भूमिका थी उससे वे अनभिज्ञ न होंगे और मौका पाते ही सबसे नजदीक के पेड़ से गले में रस्सी बाँध उसे टाँग देंगे। लेहाजा वह खुल कर उनके विरुद्ध उठ खड़ा हुआ था। अपने कौम लालुडों की एक सेना तैयार की थी। उन्हीं को लेकर वह उसी गाँव जा रहा था। इरादा उसका वहाँ से इसाइयों से लड़ने का था जिससे कि डिडेई का काटना रोका जा सके। रिंजा ने समझाया कि यह ठीक न होगा। यह तो आपस में लड़ना होगा। अंग्रेज तो यही चाह रहा है।

बसंता को रिंजा की बात ठीक न लगी। बोला, "तब उन्हें कैसे रोका जा सकता है?"

"बात से। सच पूछो तो उन्होंने सुरतरु काटने के लिए हामी नहीं भरी है। मैं जा रहा हूँ। उन्हें समझाऊँगा कि भले वे इसाई हो गये हैं, हैं खासी ही। और डिडेई इसाई, हिन्दू या मुसलमान या किसी और कौम की नहीं, खासी आस्था की चीज है। वे इसाई होकर भी खसिया ही हैं। उनका कर्त्तव्य है कि वे डिडेई की रक्षा करें।"

"तब हम क्या करें?"

"फौरन चेर्रा राज पर आक्रमण कर दें। अंग्रेजों को मार भगाएँ।

जोर राय एक टुकड़ी लेकर उधर ही घूम रहा था। चेर्रा में अंग्रेज इतने चुस्त-दुरुस्त थे कि राजबाड़ी पर कौन कहे, गाँव के किसी कोने पर ऐसा छापा मारने का अवसर नहीं दे रहे थे कि जिनमें उनका नुकसान हो। जब पता लगा कि बसंता टुकड़ी लेकर गया है तो संपर्क कर तय किया कि तुम पश्चिम से हमला करो, मैं पूरब से। जीत गये तो राजा को पुनः गद्दी पर बिठा देंगे, हार गये तो भाग लेंगे।

योजनानुसार आक्रमण हुआ। पूरी सफलता मिली। अचानक की इस कार्यवाही में पलटन के कई लोग खेत रहे। जो बचे वे चेर्रापूँजी की ओर भाग लिये। जोर राय और बसंता एक साथ राजा के सामने गये। सैलूट कर और हाथ जोड़कर आग्रह किया कि वह गद्दीनसीन हो जाय और बागी लोगों को नेतृत्व दे। राजा ने इंकार कर दिया, "तुम्हारी यह विजय क्षणिक है। कल परसों में चेर्रापूँजी से जब गोरी पल्टन आयेगी तो तुम लोग भाग लोगे। छापामारों के बल पर राज नहीं किया जा सकता।"

"तिरोत सिंह कैसे कर रहा है।"

"वह राज नहीं कर रहा है, तुम लोगों की ही तरह मारा-मारा फिर रहा है। राज खिर्रिम-मिल्लिम के राजा कर रहे हैं, क्योंकि वे अपनी रियासत में, दरबार में हैं।"

"आप जानते ही हैं वे हमारी मदद कर रहे हैं। आप भी पुनः राजा बनकर हमारी मदद करें।"

"मैं कितने घंटे राजा बना रह पाऊँगा?"

"हम लोग पूरी मदद करेंगे।"

"कैसे? कहा तो फौज आते ही भाग लोगे।"

जोर राय को लगा कि राजा से बात करना बेकार है। जब वह स्वयं ही नहीं चाहता तो हम क्या कर सकते हैं? दरबार घर से बाहर आये तो जोर राय ने कहा, "अपराधी अनुभव कर रहा होगा। सोच रहा होगा कि जिसे उ थ्लेन की पूजा की सजा से नहीं बचा पाया, आज वह हमें राजा बनायेगा, सुरक्षा देगा...।"

बसंता बोला, "अहम्, भाई अहम्! मेरे लिए भी सोच रहा होगा यह दान पर पलने वाला पुजारी, तीन दिन का लिडदोह अब मुझ राजन को राय देगा।"

अभी उनकी बातें पूरी भी नहीं हुईं कि चौतरफा गोलियाँ चलने लगीं। देखा कि पहाड़ियों के ऊपर से पल्टन चली आ रही है। दोनों ने अपने-अ५ने गले से पशुओं की आवाज़ निकाली जिसका मतलब था कि जो जहाँ है वहीं से भाग-पराये। अंग्रेजी फौज आ रही है।

हफ्तों की लुका-छिपी के बाद जोर राय कुछ अनुयाइयों के साथ खाडर पहुँचा। लोगों के कान खड़े हो गये, ''तो अपनी दुश्मनी का बदला लेने के लिए टुकड़ी लेकर आया है?''

जोर राय इस गाँव का अकेला आदमी है, जो इसाई नहीं है। जब पूरा गाँव पादरी और के प्रभाव में इसाई बन रहा था, तब उसने विरोध किया था। लोगों का कहना था, ''जिस मतवालों ने हमें अपने बीच से बहिष्कृत कर दिया, उस मत में बने रहने का क्या मतलब? उससे अच्छा तो ख्रिस्तान है, जो अपने मत में मिला रहे हैं। कह रहा है कि हम अपराधी नहीं पापी हैं। ईश्वर के शरण में जाते ही तर जायेंगे। हमारा अपराध माफ हो जायेगा। आखिर इस गाँव में हम बसाये ही इसलिए गये हैं कि गलत हैं। तब फिर...''

उनकी बात काट कर जोर राय कहता, ''ये ऊपर से चिकनी-चुपड़ी बात करने वाले लोग हैं। जैसे इन्होंने बंगाल ले लिया है, वैसे ये यह पहाड़ ले लेंगे। हमें गुलाम बनायेंगे...।''

''ये जो स्कूल खोल रहे हैं, अस्पताल बना रहे हैं...।''

''यही तो ये लोग करते हैं। आगे-आगे पादरी चलता है, पीछे-पीछे कंपनी सरकार...।''

जोर राय आज यही बात बता रहा था। लेकिन कोई सुनने के लिए तैयार नहीं था। यदि उसे हमें समझाना ही था तो टुकड़ी लेकर क्यों आया है। सोचता है कि इससे हम डर जायेंगे, तो मुगालते गें है।

बात जोर पकड़ने लगी। जोर राय का विरोध करने के लिए गाँव ने तय किया कि हम डिडेई काटने जरूर जायेंगे। यदि वह देववृक्ष है, तो अपनी रक्षा स्वयं कर लूंगा। नहीं है तो हम क्यों करें। उनकी बात सुनकर जोर राय ठगा रह गया है।

रिंजा नाडस्लाऊ तक नहीं पहुँच पाया। वन-वन भटकता रहा। चप्पे-चप्पे पर अंग्रेजी सेना घूम रही थी। उनके बीच से टुकड़ी लेकर निकलना कठिन जितना था, उससे कम कठिन अकेले निकलना नहीं था। मफलाङ सिरदार को कहीं से रिंजा की उपस्थिति का पता चला तो बुलवा कर बोला, ''तिरोत सिंह तुमसे जवाई में मिलना चाह रहा है। अंग्रेजी पल्टन मेरे लिए इधर चाक-चौकस होकर घूम रही है। मैं कुछ दिन इन्हें यहीं अटकाये हूँ। तुम उससे मिल कर चेर्रापूँजी पर हमला करो। तिरोत सिंह अपनी माँ को छुड़ाना चाह रहा है। स्काट उस पर रोज स्वयं बलात्कार कर रहा और दूसरे अंग्रेज कुत्तों को उस पर लुहकार रहा है।''

कुछ देर चुप रहकर आगे बोला, "जब तुम लोग चेर्रापूँजी पर हमला करोगे तो यह फौज उधर की तरफ दौड़ पड़ेगी। तब मैं इन जंगलों से बाहर निकल कर उन पर पीछे से हमला करूँगा। यह युद्ध निर्णायक होगा।"

"लेकिन मैं तो खाडर वालों को डिडेई काटने से रोकने जा रहा था।"

"इस काम के आगे वह गौण है।"

लेहाजा रिंजा जवाई चला।

वहाँ दीवार के बराबर एक खिड़की थी, जिससे घाटी पूरी तरह दिखाई पड़ती थी। इसी तरह घाटी के उस पार से राजबाड़ी भी अच्छी तरह से दिखाई पड़ती थी। वहाँ से कोई देख रहा है, यह किसी को भी पता नहीं था। रिंजा चला गया तो सामने मेज पर पड़ी हुई बंदूक को तिरोत सिंह ने साफ किया और बारूद भर कर एक ओर खड़ा कर दिया। शाम की ठंड पड़ने लगी थी। तिरोत सिंह ने स्नान किया। पिरथी पहले ही स्नान कर चुकी थी। वह खाना लेकर कमरे में आयी। वह खाना खाने लगा और सोचने लगा कि कितने वर्षों के बाद ऐसा दिन आया है। कोई चार वर्षों से वह लगातार भाग रहा है। उसे भगानेवाले वही लोग हैं, जिन्हें वह भगा रहा है। लेकिन वे भागते-भागते ही सुख कर रहे हैं और मैं ठहरकर भी सुख नहीं कर पाता। आजादी का यह कोई बड़ा मोल नहीं है। शायद मेरे बच्चों को भी भागता रहना पड़े।

घनघोर अँधेरा बढ़ने लगा था। दो-चार हाथ की दूरी पर भी कुछ नहीं दिखाई देता था। लेकिन दूर कहीं मशाल जल रही है या पहाड़ी पर कोई घर है इसका अंदाजा तो लगता ही था। जो अंदाज लगा रहा था वह उतरा और राजबाड़ी की ओर चला।

रात को सोने के लिए कमरा तैयार कर दिया गया था। पिरथी अभी आयी ही थी कि काठ के दरवाजे पर दस्तक दी गयी। दोनों चकित हो गये कि भला इस वक्त यहाँ तक आने की जुर्रत कौन कर सकता है? पिरथी ने दरवाजा खोला तो मुख्य पहरेदार ने कहा, "राजा भाग कर जान बचाओ। पल्टन दरवाजे पर पहुँच गयी है।"

तिरोत सिंह ने समय नहीं गवाँया। तुरंत बंदूक उठा ली। पहरेदार ने हाथ जोड़कर कहा, "ऐसा गजब न करना। बस भागो। गोली चलाओगे तो पता चल जायेगा कहाँ हो?" राजा भाग कर पहरा देने के लिए छत पर बने मिनार जैसे पोस्ट में घुस कर ऊपर चढ़ गया। उसकी खिड़की से घाटी की तलहटी तक एक रस्सी बँधी रहती थी। उसकी दुरुस्ती आजमाने के लिए हिलाकर थोड़ा ऊपर की ओर खींचा तो लगा कि वह फँसी हुई है। थोड़ा जोर से खींचा तो वह कहीं से खट्ट से टूट गयी। बरसात में भींग कर सड़ गयी थी और उसे बदलने के लिए किसी ने ध्यान नहीं दिया था। कौन देता? वह तो था ही नहीं। उस रस्सी के बारे में जानता भी सिर्फ वही था।

तिरोत सिंह घबरा कर एकदम से नीचे की ओर भागा इसके पहले कि प्रांगण के चोर दरवाजे तक पहुँचता, दसों सिपाहियों ने घेर लिया। बुर्ज से तोप दगी। लेकिन गोला कहीं और गिरा। हवलदार ने कहा, ''शराफत इसी में है कि हथियार सौंप दो।'' तिरोत सिंह ने ओठ के साथ-साथ मूँछ का कोना काटा और जाकेट की दोनों जेब से निकालकर दो तमंचा दे दिया। नायब हवलदार ने राजा के हाथ फौरन बाँध दिये।

अँधेरे में कुछ दिखाई नहीं दे रहा था। तोप के गोले से रिंजा को यह आभास तो हो गया कि राजवाड़ी पर संकट आ गया है। शायद लड़ाई शुरू हो गयी है। लेकिन उसके छापामार कहाँ हैं, यह तो पता नहीं। तिरोत सिंह ने एक सप्ताह बाद चेर्रा पर चढ़ाई करने की बात कही थी। इस दौरान छापामारों को इकट्ठा करना था। तो भी ऐसा नहीं होगा कि राजा कुछ लोगों को अपने साथ न रखे हो। उसने एकत्रित होने वाले संकेत की कर्कश ध्वनि की। थोड़ी देर के बाद एक ध्वनि उठी, फिर दूसरी, फिर तीसरी। स्पष्ट हो गया कि कुछ लोग हैं। उसने मुँह से सीटी बजा कर ही राजबाड़ी की ओर बढ़ने का संकेत किया।

रात अँधेरी थी। राजवाड़ी ही नहीं पूरे जवाई गाँव के चिराग गुल थे। घाटी से गाँव की ओर चढ़ना मुश्किल था। जिधर समतल मैदान था, जाहिर था उधर अंग्रेजों के सिपाही होंगे। स्वयं छापामारों की संख्या कितनी थी, यह किसी को मालूम नहीं था। बस लोग सिर्फ अपने होने के बारे में जानते थे। तो भी रात भर किसी तरह चढ़कर राजवाड़ी के पिछवाड़े पहुँचे। विहान के उजाले में रिंजा ने देखा कि खरोंचों से लहुलुहान कोई एक दर्जन लोग इकट्ठा हो गये हैं। तीर किसी के पास नहीं है। बरछा व दाव हाथ में जरूर है। संकेत से उन्हें पश्चिमी चहारदीवारी के चोर दरवाजे के पास के पेड़ के पीछे इकट्ठा होने का संकेत किया।

लोग अभी वहाँ पहुँचे ही थे कि देखे तिरोत सिंह के हाथ रस्सी से बाँध अंग्रेज के कोई दो दर्जन हथियारबंद सिपाही लिए जा रहे हैं। एक बार रिंजा ने सोचा कि इन पर आक्रमण करना बेकार होगा। लेकिन मन न माना। जब वे आगे निकल गये तो पीछे से हमला कर दिया। सिपाहियों ने फौरन तिरोत सिंह को बलात् सामने खड़ा कर, लेट कर पोजीशन ले लिया। अजीब स्थिति हो गयी। लेटकर गोली चलाते लोगों पर भाला-बरछी से प्रहार करना बेकार था। उल्टे राजा की जान जाने का खतरा था। सो वे भाग चले। लेकिन पीठ में लगती गोलियों से खेत होते गये। किसी तरह रिंजा भागकर उनकी जद से बाहर आ ओझल हो गया।

: 29 :

उ तिरोत सिंह की गिरफ्तारी की खबर बड़ी तेजी से पूरे खासी हिल्स में फैली। जिसने भी सुना क्रोध से भर गया। लेकिन वह जमाना जन-आन्दोलनों का नहीं था कि

लोग घर के बाहर निकल पड़ते। जो घर से बाहर थे, वही कुछ कर सकते थे। ऐसा ही आदमी मफलाङ का सिरदार था। तिरोत सिंह की गिरफ्तारी के बाद चेर्रा और जवाई के जंगलों के बीच में फैलाई गयी अंग्रेजी पल्टन चेर्रापूँजी बुला ली गयी। सिरदार अपने छापामारों के साथ उनके पीछे-पीछे गया। आनन-फानन में जितने आदमी जुटा सकता था, उतने आदमी लेकर रिंजा पहुँचा। सिरदार ने उत्तर की तरफ से मोर्चा जमाया तो रिंजा ने दक्षिण से। चेर्रा के राजा ने कुछ आदमियों को जोर राय के नेतृत्व में पश्चिम की तरफ भेज दिया था। पूरब का इलाका सीधे पहाड़ों और उनकी तलहटी में फैली गहरी खाइयों से भरा पड़ा था। तीनों सेनानायकों को लग रहा था कि न केवल इस इलाके की अंग्रेजी सेना बल्कि सिविल सरकार का केन्द्र भी पूरी तरह से घिर गया है, और चौतरफा मार से एक भी आदमी बच नहीं पायेगा। संयोग से रातभर पानी बरसता रहा जिससे कच्चे पहाड़ की लाल मिट्टी टूट-टूट कर कीचड़ में बदल गयी थी। उसका प्लास्टर चेरापूँजी के गली-कूचों में भर गया था। कोई फौजी बूट पहने बाहर आता तो दो-चार कदम चलने के बाद ही वह कीचड़ इतना लिसड़ जाता कि एक-एक पाँव एक-एक मन के हो जाते।

पानी बरसना बंद हुआ तो सिरदार ने सीधे स्काट के बंगले पर हमला किया। हमला तीरों से किया गया था और बिना किसी व्यक्ति-विशेष पर लक्ष्य करके वे फेंके गये थे। इससे कोई हताहत नहीं हुआ। उल्टे जो जहाँ था, वहीं दुबक गया। थोड़ी देर बाद तीरों का चलना बंद जानकर लोग पहले खिड़कियों से बाहर झाँकें, फिर दरवाजा खोल कर बाहर आये और फौज को पुकारने लगे। आक्रमणकारियों को अपना इरादा पूरा होता दिखा। जैसे ही फौज के लोग बाहर आये, चारों तरफ से तीर चलने लगे। सैनिक असावधान नहीं थे, इसलिए कोई नुकसान न हुआ। उन्हें जब लगा कि तीरों की बौछार बंद हो गयी है और इसलिए बंद हो गयी है कि वे समाप्त हो गये हैं तो वे एक फार्मेशन में तीरों के आने की दिशा में बढ़े। जंगल में पहले एक तेज आवाज़ उत्तर से उभरी। फिर उसके प्रतिउत्तर में पश्चिम और दक्षिण से। उनकी प्रतिध्वनि गिरि, वन, कंदराओं में इस तरह से फैल गयी कि लगा आक्रमणकारी चारों तरफ हैं और इकट्ठे ही चारों तरफ से हमला करने जा रहे हैं। आनन-फानन में अंग्रेजी फौज चारों दिशाओं में रुखकर मोर्चा बना ली। दो तरह से बंदूकें चलने लगीं। काफी देर तक चलती रहीं। उनके समवेत स्वर से जंगल में जो भी जंतु और पक्षी शरण लिए हुए थे वे नाक की सीध में भाग पराये। लेकिन आक्रमणकारियों का गोली-बारूद जल्दी ही चुक गया। अंग्रेजी पल्टन चूँकि सुरक्षात्मक लड़ाई लड़ रही थी, इसलिए कहा जा सकता है कि जीत गयी। लेकिन इतना पर्याप्त नहीं था। उनके कमांडर ने हुक्म दिया कि आक्रमणकारियों को बाकायदे इतनी दूर खदेड़ दिया जाय कि वे कैम्प को कोई नुकसान न पहुँचा सकें। तदनुसार फौज बिखर गयी।

मौसम खराब था और टीलों पर पिसलन थी। अंग्रेज फौज़ इस बीहड़ की संरचना से भी परिचित नहीं थी। तो भी अपनी मार करने की क्षमता के बल पर बागियों को

दौड़ा-दौड़ा कर गोली मारा। ढेर सारे खेत रहे। उनमें मफलाङ का सिरदार भी था।

पादरी ने अपने तरह-तरह के उपदेशों से खाडर गाँव के लोगों को डिडेई का वृक्ष काटने के लिए तैयार कर लिया था। लेहाजा एक सुबह जब दिन साफ था और जंगली फूलों से अच्छी खुशबू चारों तरफ फैल रही थी, सैकड़ों आदमी, जिनमें युवकों की संख्या अधिक थी, रूपतिल्ली के शीर्ष पर चढ़ गये। कुल्हाड़ी चलाने से पहले उन्होंने खाना बनाया-खाया। पेड़ कोई एक दिन में कटने वाला नहीं था, इसलिए कई दिन तक रहने की तैयारी करके आये थे। आज सिर्फ श्रीगणेश करना था। इसलिए दोपहर बाद अपनी कुल्हाड़ियों की धार दरेरे। एक बुजुर्ग ने पूछा, ''पादरी साहब! आपने बताया नहीं कि शेर के चाटने का प्रतिकार कैसे होगा।''

वह बोला, ''आप लोग काटना शुरू तो करें। जितना कट जायेगा उतना कट जायेगा। काम को बंद करते वक्त कुल्हाड़ियों को पेड़ में उल्टा ठोंक दिया जायेगा। शेर जब तने को चाटेगा तो उनकी धार से कट कर मर जायेगा।''

कहानी प्रचलित थी कि मीर जुमला ने जब इसे कटवाना शुरू किया था, तब दिन भर वह जितना कटवाता था, रात भर में वह भर जाता था। पेड़ ज्यों का त्यों साबूत रोज सुबह मिलता। रात में पहरा लगा कर पता किया गया था कि रात में एक बाघ आता है जो कटे हिस्से को चाटने लगता है। वह ज्यों-ज्यों चाटता जाता है, त्यों-त्यों पेड़ जस का तस होता चला जाता है। हार कर उसने पेड़ कटवाना बंद कर दिल्ली की ओर कूच किया तो कालू नदी के किनारे पहुँचते-पहुँचते मानकाचर में प्राण गवाँ बैठा। यह वृक्ष-देवता की कृपा से ही हुआ था।

कुल्हाड़ी चलाने से पहले एक-एक आदमी ने उस पेड़ को ऊपर से नीचे चारों तरफ से घूम-घूम कर देखा। वे पेड़ काटने आये थे जरूर, लेकिन सबको लग रहा था कि यह अनोखा पेड़, जो उनके जातीय जीवन की गारंटी की तरह रहा है, इस धरा-धाम से मिट जायेगा। आगे क्या होगा, वह तो पता नहीं, लेकिन यह पेड़ अब नहीं रहेगा, यह जरूर पता है। काटें-न-काटें की दुविधा में फँसे वे जब इस तरह से परिक्रमा कर रहे थे तब पादरी ने ललकारा, ''देर कर रहे हो। बड़ा काम करना है। इस तरह से तो बहुत दिन लग जायेगा।''

एक प्रौढ़ ने पगड़ी कसी। गदोरियों में थूक कर दोनों हाथों को रगड़कर मला और कुल्हाड़ी का बेंट उसमें अच्छी तरह से फँसा पेड़ के पास गया। रुक कर ऊपर की तरफ देखा और उ खुब्लेई कह कर पहला चोट मारा। एक हल्की सी खच्च की आवाज़ हुई और कुल्हाड़ी की धार कोई एक अंगुल धस गयी। जितनी ताकत से उसने कुल्हाड़ी मारी थी, उससे उम्मीद थी कि वह तने के छिलके को चीर सीधे लकड़ी से टकरायेगी। लेकिन ऐसा कुछ नहीं हुआ। उसने कुल्हाड़ी को सीधे खींचना चाहा तो लगा जैसे वह गोंद के दरिया में डूब गयी है। टस से मस नहीं हुआ। फिर उसने दायें-

बायें हिलाकर निकालना चाहा। बड़ी मुश्किल से कुल्हाड़ी हिली। वह जितनी हिलती उतनी ही पानी की धार जैसा कुछ पेड़ से निकलता। देखनेवालों में से कोई बोला, ''पेड़ का खून निकल रहा है।''

दूसरा बोला, ''यह वास्तव में देववृक्ष है। यह देवता का खून है।''

पादरी सुन रहा था। उसे लगा कि लोग यदि इसी तरह से तर्क-वितर्क करते गये तो पेड़ कट चुका। बोला, ''ऐसा कुछ नहीं है। यह अफ्रीका का बोआ वृक्ष है। इसमें पानी बहुत होता है। छाल से वही निचुड़ रहा है।''

''लेकिन कुल्हाड़ी क्यों नहीं निकल रही है?''

पादरी ने भवें संकुचित कीं। आगे बढ़ा। लगा कि बूढ़े को हटा वह स्वयं कुल्हाड़ी खींचेगा। लेकिन उसने जैसे इरादा बदल दिया। एक युवक से कुल्हाड़ी लेकर बल भर प्रहार उसने दूसरी जगह किया। कुल्हाड़ी धसी रह गयी। उसने भी हिलाकर निकालना शुरू किया तो पेड़ से पानी बहने लगा। उधर बूढ़े ने कुल्हाड़ी निकाल ली थी। देखने से लगता ही नहीं था कि कहीं कुल्हाड़ी मारी गयी है। जो छाल कुल्हाड़ी के लगे रहने पर कटा दिखता था कुल्हाड़ी निकाल लेने पर जुटा दिख रहा था। पानी का निकलना भी बंद हो गया था।

इसे देखकर लोग चकित हो गये। पादरी ने कहा, ''एक दूसरे का मुँह क्या देख रहे हो। सभी अपनी-अपनी कुल्हाड़ी से प्रहार करो और देखो कि कैसा लग रहा है।''

जिज्ञासुभाव से ही सही बीसों लोगों ने एक साथ कुल्हाड़ी चलायी। बीस गुना जोर से खच्च् की मद्धिम आवाज़ उभरी। बीस गुना पानी बहा।

पादरी बोला, ''इस तरह से काटते-काटते जब छाल का पानी बह जायेगा तब तने की लकड़ी कटेगी।''

लोग दिन डूबने तक कुल्हाड़ी चलाते रहे।

चेर्रापूँजी की लड़ाई में घायल होकर जोर राय जंगल-जंगल फिर रहा था। उसी में खाडर कब पहुँच गया, पता ही नहीं चला। पूरा गाँव खाली था। पत्नी ने बताया कि लोग डिडेई काटने गये हैं। वह तिलमिला उठा। इस तिलमिलाहट में जितनी निराशा थी, उसकी रुग्णता उतनी ही बढ़ गयी। बाद में वह क्रोध में भर गया। जितना क्रोध बढ़ा, उसकी तबीयत उतनी ही ठीक हो गयी। वह तुरंत रूपतिल्ली की ओर जाने के लिए तैयार हुआ। पत्नी को यह अच्छा नहीं लगा। कहा, ''थोड़ा दवा-दारू किये देती हूँ। तबीयत थोड़ी सम्हले तब जाओ।''

''तब जाकर क्या करूँगा जब पेड़ कट जायेगा।''

मर्द के आगे औरत की चली है कि जोर राय के घर में चलती? मुश्किल से वह रात भर घर रहा। बीवी-बच्चों को प्यार किया और अल्सुबह जल्दी लौटने का वादा कर चला गया।

लोगों ने पेड़ पर कुल्हाड़ी चलाई जरूर, लेकिन पेड़ के नीचे रुकने के लिए कोई तैयार नहीं हुआ। लोगों ने सुन रखा था कि रात में डाइन आती है। बिल्कुल मोती डिड्दोह की तरह दिखती है। हो सकता है, बाघ उसी की सवारी हो। अपनी सवारी के साथ देवी आ गयी तो? पादरी ने समझाया, ''यह सब बकवास है। फिर तुम लोग पुराने खासिया तो रहे नहीं। ईश्वर की संतान हो। उसकी माँ मेरी तुम्हारी रक्षा करेगी।

''न कर पायी तो?''

''कौन जान जोखिम में डाले। चलो नीचे चलकर रहते हैं।''

सो लोग नीचे रहने लगे। दिन भर पेड़ काटते, शाम होते ही नीचे उतर आते।

कई दिन बीत गया था। लेकिन पेड़ कटने पर आ नहीं रहा था। पहले तो पेड़ की छाल जस की तस मिलती। लोग कहते बाघ चाट गया है। पादरी कहता पानी पूरा सूखा नहीं है। उसे निकालो तो।

अब छाल कटा-कटा दिखाई देता। लेकिन उतना नहीं, जितना अपेक्षित था। लोग निराश होने लगे थे। ''जरूर बाघ आता है और चाट जाता है। ऐसे तो साल भर में भी पेड़ नहीं कटेगा। तो क्या हम लोग यहीं पड़े रहेंगे?''

पादरी को उनकी बातों से निराशा की बू आती। एक दिन सोचा कि कुछ करना ही पड़ेगा। जीरा के लठियालों के पहरे में उन्हें पेड़ काटने के लिए छोड़कर कहीं चला गया। शाम को लौटा तो बोला, ''आज अपनी कुल्हाड़ी पेड़ों में ही धसा कर छोड़ जाओ। मैं रात में यहीं रहूँगा। देखूँगा बाघ क्या करता है।''

लोगों ने कहा, ''ब्लेई-ब्लेई। भला ऐसे कैसे हो सकता है कि आप अपना जान जोखिम में डालें।''

पादरी बोला, ''मैं धार्मिक आदमी हूँ। मुझ पर खासी मान्यताएँ लागू नहीं होतीं। फिर मैं बाघ को देखना चाहता हूँ।''

लेकिन लोग उसे अकेला छोड़ने के लिए तैयार नहीं हुए। तब उसने कहा, ''ठीक है जीरा अपने 4-5 लोगों के साथ मेरे पास रहेगा। वह आन कौम का आदमी है, लुशेई। उस पर तुम्हारे देवता का कोप नहीं चलेगा।''

लोग किसी तरह से मान गये और अपनी कुल्हाड़ी उल्टी धसा कर चले गये।

दूसरे दिन लौट कर आये तो देखे पादरी नहीं है, जीरा नहीं है, उसके आदमी नहीं हैं। पेड़ की परिक्रमा किये तो देखे थोड़ी दूर पर एक झाड़ी में बाघ का बच्चा मरा पड़ा है। उसके होंठ और जीभ कटे हैं। चेहरे पर खून के धक्के हैं। बूढ़ों ने कहा, ''सच-सच बाघ आता था। यह देववृक्ष है। अब नहीं रहेगा। इसका रक्षक गया। देवता कूच कर गये।''

लोगों ने कुल्हाड़ी उठायी और वृक्ष का छाल काटकर फेंकने लगे। एक अनजाना युवक अपनी बारी की प्रतीक्षा में इधर-इधर घूमता रहा। घूमते-घूमते बाघ के पास गया। जिज्ञासा बस एक लकड़ी से उसे उलट दिया तो देखा जो हिस्सा धरती की ओर था वह खून से तरबतर था। कान के पास एक छेद था, कि जैसे वहाँ पर गोली मारी गयी हो।

कुछ देर के बाद पादरी, जीरा और उसके आदमियों के साथ आया। बाघ को उल्टा पड़ा देख भौंहें कुंचित कीं और कहा, "यह बाघ जब पेड़ चाट रहा था, तब तुम्हारी कुल्हाड़ियों से इसकी जीभ और होंठ कट गये। रोज-रोज की झंझट से बचने के लिए जीरा ने गोली मार दी। अब अपना काम निर्द्वन्द्व होकर करो।"

सात घरी दिन चढ़े एक दिन जोर राय रूपतिल्ली के माथे पर पहुँचा। घायल आदमी था। कंदरा में बैठकर आराम करने लगा। जंगल में एक ठक् की बड़ी जोर की आवाज़ उभरी कि जैसे कोई घायल गरज रहा हो। आवाज़ की दिशा में आगे बढ़ा तो देखा डिडेई का पेड़ अपनी टहनिया आसमान की ओर उठा-उठा कर किसी को बुला रहा है। ठक्-ठक् की आवाज़ बढ़ती जा रही थी, जिसकी प्रतिध्वनि से पूरा प्रांतर काँपा जा रहा था। और करीब पहुँचा तो देखा पच्चासों कुल्हाड़े एक साथ पेड़ पर गिर रहे हैं और पादरी अपनी दाढ़ी फैलाये, सफेद चोङा पहने दोनों हाथ कमर पर रख उसे देख रहा है। घायल भुजाओं में जाने कहाँ से इतनी ताकत आयी कि पड़छ पर प्रत्यंचा चढ़ा उस पर तीर साध कमान कान तक खींच चला दिया। दूरी कुछ ज्यादे थी। तीर पूरे वेग से नोक की सीध में आसमान की ओर उठा। फिर आधी दूरी तय कर धरती को ओर झुका। झुकता ही गया। जोर राय को लगा कि खाली गया। जमीन में धँस जायेगा। दूसरा चलाना पड़ेगा। लेकिन तीर गिरते-गिरते भी पादरी के घुटने में घुस गया और वह फदफदा कर गिर गया। मुँह से भयंकर चीख उठी। सभी काम छोड़ उसकी ओर दौड़ पड़े। जीरा ललकार कर बोला, "बागी आ गये, मुकाबिला करो।" उसके आदमी बंदूक चलाने लगे। जोर राय ने एक तीर हनकर जीरा को मारा जो सीधे उसके पेट में जाकर धसा। उसके चीख कर धराशायी होते ही किसी को तीर आने की सही दिशा का आभास हो गया। उधर गोली छोड़ते आगे बढ़ा। उसकी पहली ही गोली जोर राय के दाहिने काँख में लगी और वह गिरकर लुढ़कता नीचे चला गया।

दो चार दिन बीते तो स्काट को लगा अब सब निरापद है। अपने आदमियों को जादूकाटा पार करने के लिए नाव तैयार करने को कहा। तैयारी की सूचना मिल गयी तो

एक सुबह उ तिरोत सिंह को सिर से कमर तक चादर में ढक दिया गया, हाथ पीठ की तरफ बाँध दिये गये। कमर में सूत की मोटी-मोटी दो रस्सियाँ बाँधी गयीं। उसे पकड़ कर दो सिपाही चले। उनके पीछे पचास की गारद। लोगों को अपने घरों से बाहर आने की इजाजत नहीं थी। फिर भी लोग घरों की खिड़कियों और दरवाजों से सिर निकाल कर बाहर की ओर गाँव के मुख्य रास्ते की तरफ देख रहे थे। गलियों में भी लोग एक आड़ बना कर खड़े थे। सभी चुपचाप तिरोत सिंह का जाना देख रहे थे। ऐसी ही गली के एक छोर पर उसी तरह सिर से कमर तक चादर में लिपटी एक आकृति खड़ी थी। तिरोत सिंह यूँ तो सीधे, बिना किसी की ओर देखे चले जा रहे थे, लेकिन उस गली के पास कोई ऐसी आवाज़ हुई कि उधर की ओर सिर फेरा। देखा कि रिंजा खड़ा है। दोनों की आँखें मिलीं तो वे निमिष मात्र के लिए ठहरे। लेकिन तुरंत ही तेजी से चल दिये कि उनकी हरकत से वह कहीं पहचान न लिया जाय। रिंजा एक जुनून में देर तक उनको जाता देखता रहा। जब आँखों से ओझल हो गये तो होश में आया। हाथ से खून बह रहा था। सहारा के लिए जिस बाँस की बाती को उसने पकड़ रखा था उसे क्रमशः इतनी जोर से दबाता चला गया था कि वह गदोरी में धस गयी थी। बहते हुए खून को उसने गौर से देखा। लगा कि जो बह गया है वह तिरोत सिंह के साथ जाने वाला था। जो बच गया है वह मातृभूमि पर चढ़ाया जायेगा।

डिडेई के तने से अब ठक् की नहीं, फस्-फस् की आवाज़ आती थी। शाम हो रही थी। जोर राय देख रहा था कि हर फस् के साथ पूरा पेड़ काँप जा रहा है। पत्तियाँ झड़ जा रही हैं और टहनियाँ अरक् जा रही हैं।

उसके घाव सड़ने लगे थे। शरीर में इतनी ताकत न बची थी कि घिसट कर किसी आबादी तक जाय और दवा करवाये। अनाहार, निराजल वह धीरे-धीरे मर रहा था। मरते-मरते डिडेई का कटना देख रहा था।

डिडेई का काँपना बढ़ गया था। हर चोट के साथ थोड़ा झुक जाता। तब लगता कि वह झुक जरूर रहा है, लेकिन खड़ा रहने के लिए पूरी ताकत लगाये हुए है।

कितना लगाता? एक बार वह ताकत तनते-तनते भरभरा कर टूट गयी। उसके साथ ही चतुर्दिक चित्कार मारता, अकूत हहास लिए वह सुरतरू अररा कर जमीन पर भहरा पड़ा। रूपतिल्ली के सिर पर जो ताज की तरह विराजता था, वह कुरूप कंकाल की तरह पड़ गया था। गिरते ही अपने ही बदन की भार से उसकी तमाम टहनियाँ टूट कर—कि जैसे हड्डियाँ टूटी हों—इधर-उधर उछले गयीं। उन्हीं में से एक छोटी पर ठोस और मोटी टहनी पहले उछल कर फिर लुढ़क कर जोर राय के सिर पर जा लगी। उसकी चोट से जोर राय की खुली आँखें बाहर निकल आयीं। उन्हीं के सहारे उसके

प्राण-पखेरू भी निकल गये।

दिन ढल रहा था। नाडख्लाओ रानी खिड़की से बाहर देख रही थी। जमीन पर रहनेवाला एक छोटा-सा कछुआ अपनी खोलरैया पर सात चित्तियाँ लिए धीरे-धीरे चला जा रहा था। रानी को बचपन में सुनी यह बात याद आयी कि थल-कछुए की पीठ पर जितनी चित्तियाँ होती हैं, उसके पेट में उतने ही अंडे होते हैं। चलते-चलते कहीं नरम जमीन पा जायेगा तो उसे खोदेगा। गड्ढे में अंडे देगा। मिट्टी से ढक कर चला जायेगा। समय पाकर एक दिन वे अंडे फूटेंगे। यही जीवन है। एक दिन हम नहीं रहेंगे, पर यह दुनिया ऐसे ही चलती चली जायेगी।

शाम को राली घर आया तो देखा अपने कमरे में, अपने बिस्तर पर रानी नाडख्लाउ नंग-धडंग मरी पड़ी है। इतनी विशालकाय, शिला जैसी ठोस काया नीली पड़ती जा रही है। चेहरे पर मक्खियाँ न बैठें, इसलिए जयंती बाँस की खपच्चियों से बना पंखा झल रही है। उनसे पूछा, ''क्या हुआ?''

जयंती ने कोई जबाव न दिया। वैसे ही पंखा झलती रही। राली ने फिर पूछा, ''क्या हुआ?''

जयंती ने कहा, ''दिखाई नहीं देता क्या हुआ।''

राली चुप हो गया। कुछ देर तक देखता रहा। फिर एक बड़ी-सी सफेद चादर उठा लाया और नाडख्लाउ रानी के शरीर पर डाल दिया। फिर पूछा, ''कैसे हुआ?'' जयंती ने कोई जवाब नहीं दिया। तब क्रोध में आकर बोला, ''बताती क्यों नहीं, कैसे हुआ।''

जयंती ने उसे घूर कर देखा। हाथ का पंखा फेंक दिया। सामने दीवार के सहारे राली की सुबह घूमने वाली छड़ी रखी थी। उसे उठा लिया और राली की पीठ पर एक देते हुए कहा, ''मुझसे पूछता है, क्या हुआ?''

''क्या हुआ? क्या हुआ?'' कहती-कहती वह राली को सटासट पीटती चली गयी।

दूर मिल्लिंम गाँव में रिंजा की बेटी तीर-धनुष से खेल रही थी। उसका छोटा भाई बसंता का बेटा उससे छीन रहा था। दोनों की माँ अल्खा आवरी उनका झगड़ा छुड़ाती हुई कह रही थी, ''मैं तुम्हारे लिए भी बना दूँगी। थोड़ा बड़ा तो हो जा। अभी डंडे से खेल।''

''नहीं मेरा नाम रखते वक्त तीर-धनुष रखा था। मैं उससे खेलूँगा।''

अल्खा ओठ काटकर मुस्करा पड़ी। लड़की ने कहा, ''तीर,-धनुष बना तो दिया। लेकिन चलाना नहीं सिखाया।''

उसने कहा, ''आता तब न! यह मर्दों के लिए है।''

दूर बैठा एक गंदा-सा बूढ़ा हँस पड़ा, ''मेरे पास आओ। तुम दोनों को बारी-बारी चलाना सिखा दूँ।''

मिल्लिम का राजा उधर से कहीं जा रहा था। खड़ा हो गया और उनका तीर चलाना सीखना देखने लगा।

❑❑❑